U0596384

中华学术·有道

唐宋「古文运动」与士大夫文学

朱　刚——著

中华书局

图书在版编目(CIP)数据

唐宋"古文运动"与士大夫文学/朱刚著. —北京:中华书局，2025.6.—(中华学术·有道).—ISBN 978-7-101-17142-6

Ⅰ.I209.4

中国国家版本馆 CIP 数据核字第 2025KF9744 号

书　　名	唐宋"古文运动"与士大夫文学
著　　者	朱　刚
丛 书 名	中华学术·有道
责任编辑	孟庆媛
装帧设计	刘　丽
责任印制	管　斌
出版发行	中华书局
	（北京市丰台区太平桥西里 38 号　100073）
	http://www.zhbc.com.cn
	E-mail:zhbc@zhbc.com.cn
印　　刷	北京盛通印刷股份有限公司
版　　次	2025 年 6 月第 1 版
	2025 年 6 月第 1 次印刷
规　　格	开本/920×1250 毫米　1/32
	印张 16½　插页 2　字数 355 千字
印　　数	1-4000 册
国际书号	ISBN 978-7-101-17142-6
定　　价	88.00 元

目　录

第一章 "古文运动"与"文以载道"

第一节 "古文运动"覆议——研究史和问题点

中国传统的文章体式,从先秦两汉时期"随言短长"的古文,转变到六朝隋唐基本上以对偶句结撰的骈文,及至中唐—北宋期间,则又再次转变到以单句散行的古文为主流①。至少就现存相关史料呈现的面貌来看,这前后两次转变的情形是很不一致的,前一次转变似乎不须重要人物去倡导引领,显得自然而然,后一次转变却经历了复杂曲折的过程,包含了许多人为的努力,故产生于20世纪的"中国文学史"和"中国文学批评史"学科,都采取了"(唐宋)古文运动"的说法,用来概指后一次转变的历史过程。

---

① 从名称上说,与"骈文"相对的应是"散文",与"古文"相对的应叫"时文"。但是,"散文"一名现在另有含义(与诗歌、小说、戏剧并列的"散文",可以包括中国传统的骈文),而"时文"一名在不同的时代所指有别(比如明代以八股为"时文"),这两个名词的含义都不够确定,所以本书以"骈文"、"古文"对举,这也是目前比较通行的做法。

本来,"运动"二字颇能反映出这一次转变的人为性、不自然性。然而,按 20 世纪中国学界的通行观念,历史上什么时期发生什么事情,大致都有其必然性的原因。依此观念去从事研究和著述,就会把"古文运动"解释成被各种历史机缘所决定的自然的结果,从而在很大程度上遮蔽了它的人为性。但是,除非我们认定已经亡佚的汉魏时期的史料中曾经有过大量反对古文、主张骈偶的言论,否则就有理由发问:为什么当初由古而骈,不需要什么"骈文运动",后来由骈而古,却需要一个"古文运动"呢?而且,即便只从韩愈(768—824)算到欧阳修(1007—1072),这个"运动"也历时两百年以上。那么,如果以"古文运动"为学术研究的课题,我们首先就应该为它的历时之久感到惊异:为什么需要两三百年时间的"运动",才能把人们从对偶句式中解放出来?这样的解放岂不比近代推翻帝制的革命,比现代白话文运动还艰难许多倍?所以,今天看来同样值得惊异的是,关于"古文运动"的表述含有如此超越常情的内容,而近百年之间,多数人对此浑然不觉,或重视不够。——笔者这样说的意图,不在于自矜高明而指责前辈,只是想说明,"古文运动"的课题从其提出到后来的各种研究解释,都与 20 世纪的思想、学术语境紧密关联,当时的语境使这样超越常情的内容也显得似乎容易理解。

目前的学术规范要求研究者从事著述时先回顾相关课题的研究史,谓之"文献综述"。笔者也赞同这样的规范。不过,把研究史等同于"文献综述",似乎是理工科的观念,人文领域的研究史不能被简化为研究文献的累积,或者说,这些文献不只是客观的研究结果的累积,而许多不够客观的言论,也不能当作错误而简单削除。所以,尽管已经有学者对 20 世纪研究"古文运动"的历史作了比较翔实的回顾①,但笔者仍拟联系上个世纪各个时期的思想、学术语境,再度作一回顾,从中分析出可以质疑的问题点,并提供自己认为可行的解决思路。

一、"古文运动"术语的提出

"古文运动"的术语,最早见于胡适的笔下。从 1921 年起,他在国民政府教育部主办的"国语讲习所"讲授"国语文学史"一课,同时着手编撰《国语文学史》讲义。这部讲义的油印本曾在当时北京的高校中广为流行,经过几次增订后,于 1927 年由北京文化学社排印出版。《国语文学史》第二编《唐代文学的白话化》第三章《中唐的白话散文》中已经出现了"古文运动"一名:

> ……"古文"乃是散文白话化以前一个必不可少的过渡时期。平民的韵文早就发生了,故唐代的韵文不知不觉的就白话化了。平民的散文此时还不曾发达,故散文不能不经过这一个过渡时代。比起那禅宗的白话来,韩、柳的古文自然不能不算是保守的文派。但是比起那骈俪对偶的"选体"文来,韩、柳的古文运动,真是"起八代之衰"的一种革命了。②

在这部讲义的基础上,胡适撰作了著名的《白话文学史》,但只完成了上卷,于 1928 年由上海新月书店出版,还没有写到唐代"古

---

① 参考杜晓勤《隋唐五代文学研究》第十三章《唐代古文运动和韩柳研究》,北京出版社,2001 年;冯志弘《北宋古文运动的形成·绪论》,上海古籍出版社,2009 年。
② 胡适《国语文学史》,安徽教育出版社,1999 年重印,第 58 页。

文运动"。不过他在《自序》里说，下一卷就要"从古文运动说起"①。他没有写出下卷，但"古文运动"一名却从此通行于学界。

很明显，胡适将"古文"纳入了白话文学的发展过程，认为"古文运动"是中国文学白话化的一个阶段，即从六朝隋唐骈文向宋元白话文转变时的一种"过渡"或者"革命"。这个观点的影响非常深远，虽然现在看来很不符合历史事实（韩柳"古文"不但不比同时代的骈文"白话化"，反而更难句读），但它却是胡适提出和表彰"古文运动"的初衷。我们从他留美时期的日记中，就能看到他如何努力地思考着把中国文学史描述为文学语言不断趋向白话的过程，以为提倡"文学革命"的根据。1916 年 4 月 5 日的日记已经涉及到与"古文运动"相关的内容：

> 文学革命，在吾国史上非创见也。……韩退之"文起八代之衰"，其功在于恢复散文，讲求文法，一洗六朝人骈俪纤巧之习。此亦一革命也。②

类似的说法在 1917 年 5 月发表于《新青年》第 3 卷第 3 号的《历史的文学观念论》中正式面世：

> 古文家又盛称韩、柳，不知韩、柳在当时皆为文学革命之人。彼以六朝骈俪之文为当废，故改而趋于较合文法，较近

---

① 胡适《白话文学史·自序》，上海古籍出版社，1999 年，骆玉明导读本，第 6 页。
② 曹伯言整理《胡适日记全编》之二（1915—1917），安徽教育出版社，2001 年，第 353 页。

自然之文体。其时白话之文未兴,故韩、柳之文在当时皆为"新文学"。韩、柳皆未尝自称"古文","古文"乃后人称之之辞耳。①

韩愈明明自称"愈之为古文,岂独取其句读不类于今者邪"②,胡适却说韩、柳皆未尝自称"古文",当然也不符合事实。但这可能只是偶尔失检,因为就算韩、柳未尝自称"古文",他们的那么多标榜"复古"的言论,也不该在胡适的知识之外。尽管如此,为了以"文学革命"的观念构建中国文学史,胡适仍肯定韩、柳"古文"乃是历史上的"新文学"。当然,相对于当时流行的骈体来说,"复古"也具一种"革新"之效,问题是,既然主张"革命",赞赏白话,则对于历史上的"复古"之言论、聱牙之"古文",若径加痛斥,坚决否定,似乎更为理直气壮,为什么反而加以肯定,誉为"革命"呢③? 这里隐含的推理是:真正的"复古"不可能取得成就,既然韩、柳文章的成就如此之高,那么根据某种以"革命"或改革为动力的"进步"史观,他们所进行的必然是一场"文学革命"。相比于以古文为"革命"之说,后来被接受的"运动"一词已经相对温和了。

　　应该深究的是,"韩、柳文章的成就如此之高"这个前提从何而来? 除了对常识的尊重外,这在很大程度上应该出于对"古文家盛称韩柳"之现状的顾虑。面对韩柳文或"八家"文研读的巍巍

----

①欧阳哲生编《胡适文集》2《胡适文存》,北京大学出版社,1998年,第28页。
②韩愈《题(欧阳生)哀辞后》,马其昶《韩昌黎文集校注》卷五,上海古籍出版社,1986年。
③必须补充说明的是,在胡适形成上述观点的时代,韩柳早已不是具有绝对权威的不可非议的对象,严复的《辟韩》发表于1895年,参见下文。

传统,胡适不得不小心从事。事实证明,他的这番小心确实带来了良好的效果,民国时期即便对"新文学"不以为然的旧派学人,对"古文运动"的说法也乐于接受,或许他们还以手加额,从心底感激胡适之居然不否定韩柳文。然而从另一立场看,此事也暴露了胡适的"妥协性"。同样是1917年发表于《新青年》的陈独秀《文学革命论》,其议论就更具"革命性"。此文虽也肯定韩柳文"乃南北朝贵族古典文学,变而为宋元国民通俗文学之过渡时代",与胡适所论相近,但同时也对韩愈加以严厉的批判:

> 吾人今日所不满于昌黎者二事:一曰,文犹师古。虽非典文,然不脱贵族气派,寻其内容,远不若唐代诸小说家之丰富,其结果乃造成一新贵族文学。二曰,误于"文以载道"之谬见。文学本非为载道而设,而自昌黎以讫曾国藩所谓载道之文,不过抄袭孔、孟以来极肤浅极空泛之门面语而已。余尝谓唐宋八家文之所谓"文以载道",直与八股家之所谓"代圣贤立言",同一鼻孔出气。①

毕竟,韩柳文之"师古"也是常识,所以虽许其为向通俗的"过渡",陈独秀还是指责韩愈"文犹师古"。作为革命者,有这样的指责是理所当然的,但不知何以专责韩愈,而放过了柳宗元?难道柳就不"师古",或者韩的"师古"名副其实,而柳是名为"师古"实则"革新"?我们不得而知。从道理上说,韩柳所"师"之"古"乃

---

① 陈独秀《文学革命论》,原载1917年2月1日《新青年》第2卷第6号,后收入胡适编《中国新文学大系·建设理论集》,上海良友图书印刷公司,1935年,第45页。

是比"南北朝贵族古典文学"更古的先秦两汉之文,这何以不是倒退,而反能向"宋元国民通俗文学"过渡?我们也不得其解。接下来批判"文以载道",看来颇能证明此文对"五四"新文学运动的引领作用,因为它马上将成为一种深入人心的观念。但仅论观念则可,若究其所论内容,则将唐宋"新儒学"视为"抄袭孔、孟以来极肤浅极空泛之门面语"而已,毕竟有违常识。值得注意的是,这件事柳宗元也明明有份,何以亦独责韩愈?或许,陈独秀未必有轩轾韩、柳之意,只因韩愈名气更大,所以责贤尤备。但这篇文章的影响实在不可小觑,数十年后,当韩、柳二人被冠名为"两条路线"各自的代表时,陈氏放过柳州而专责昌黎,将显得极具先见之明。

总之,"古文运动"的术语从它被提出的时候起,便含有为20世纪初的"文学革命"张本的策略性因素,就是说,即便是旧派所推崇的对象如韩、柳,历史上也是以"文学革命"创造"新文学"之人,而符合新派所执持的观念。这样大概可收一举两得之效,与有些旧派人物反过来称赞周氏兄弟(鲁迅、周作人)擅作古文,策略性上正好相似。然而,包括韩、柳在内的"古文运动"当事人,确实留下了大量与"五四"新文化运动的观念不合乃至对立的言论,这就给后来继承胡适思路的文学史家带来一个极头痛的难题:如何使这些言论一一获得与其字面意思相反的解释?当他们中的一部分人因为绝望而放弃此类努力时,便很可能追随陈独秀的革命思想,而转向对韩愈的大批判。值得指出的还有一点是:变骈体为古文,本是文章体式或者说表达方式上的变化,这表达方式所涉及的领域相当广泛,原不囿于近代意义上的"文学"领域,但由于"古文运动"的术语是在文学史的领域被提出,而人们又相信文学的发展有其内在的规律,所以"古文运动"如何体现了那样的规律，也成为有待解释的问题。

二、"中国文学史"上的"古文运动"

"中国文学史"是 20 世纪发展迅猛的学科之一，百年以来，可谓名家辈出、名著迭现。为了与"五四"以后的新文学相对照，我们习惯于把此前的中国文学统称"古代文学"。这个"古代"与英语的 ancient times 或日语的"古代"并不同义，它实际上涵盖了日语中的"古代"、"中世"和"近世"，相当于目前欧美汉学家多用的 premodern（前近代）。如此宽广的"古代"概念，其实颇妨碍我们考察历史上各个时期的变化，但对于中国文学史来说，倒也不难定义，就是以文言文为正统表达工具的时代。说起来，中国人使用文言文写作的时间，也确实足够长久，而论其文章体式，却不过古、骈二体，在历史上各有其流行的时代，并且经过多次反复。虽然唐宋"古文运动"使古文成为主流文体，但骈体也并没有消亡，明代以后还有复兴之势。对于一个清代的作者来说，经过培训和练习，他完全可能兼擅古文和骈文，而应用于不同的场合，就好像一个诗人既写古体诗也写律诗一样。换句话说，虽然历史上产生过不少可以称为"骈、古文优劣论"的言说，但至晚到清代中期，这样的争议已趋向消弭，有关的问题在传统的文章学范围内，通过对各类文体、技巧、风格和应用场合的说明，完全可以得到解决①。实际上，"五四"时期主张白话文的人，对于文言文的古、骈二体也是一概予以攻击的，所谓"桐城谬种、选学妖孽"，就分指当时的古文和骈体作者。这个时候他们并不区分古、骈二体何者更接近白

---

① 关于清代中叶以降，文章家对古、骈二体的比较折衷的见解，参考奚彤云《中国古代骈文批评史稿》下编第三、第四章，华东师范大学出版社，2006 年。

话,绝对不会把"桐城谬种"看作"选学妖孽"到白话文之间的过渡。然而,自胡适《白话文学史》以来,继承"古文运动"之说的"中国文学史"著作却一直力图证明,韩、柳所主张的古文在体制上具有相对于骈体的进步性。已然趋向消弭的"骈、古文优劣论"居然在这样的语境下复活,真令人深感世事难料。

1932年,胡云翼、刘麟生和郑振铎的《中国文学史》相继出版,郑著还配上许多精美的插图,故又称《插图本中国文学史》,影响尤大。这些书都继承了"古文运动"这一术语,以专章论述,并且都肯定革骈为古是一种进步。如胡云翼说,韩、柳"洗尽两晋六朝浮靡的风尚","目的是提倡一种有内容的实用文章"[①];郑振铎也说,"古文运动是对于魏、晋、六朝以来的骈俪文的一种反动。严格的说起来,乃是一种复归自然的运动"[②]。值得注意的是,"浮靡"固然是前世古文家指责骈体的常用语,但以古文为"实用"或"自然",则在很大程度上出于想当然。就体制规式而言,古文不须追求对仗,不妨说是相对自由的,但骈文的体制性特征只是对仗,未必伴随"浮靡"风格;就历史实情而言,骈文倒确实出现过"浮靡"的作品,但古文在当时却绝不"实用",韩柳的文风也绝不"自然"。从以上两方面各取一偏之辞,才能构成胡云翼、郑振铎的论述,而这样的论述基本上成为20世纪"中国文学史"学科的通行表述。比照清代中期李兆洛等文章家对古、骈二体的折衷性见解,这种表述明显偏向于古文一体。可见,为了证明"古文运动"具有历史进步性,唯一的办法就是复活"骈、古文优劣论"。然

①胡云翼《新著中国文学史》,上海北新书局,1947年重版本,第110—111页。
②郑振铎《插图本中国文学史》(二),人民文学出版社,1957年重版本,第367页。

而,传统的"骈、古文优劣论",并不是就其作为"文学作品"的角度论其优劣的,如果"中国文学史"要继续证明"古文运动"符合文学史发展的内在规律,那么以古文为"实用"、"自然"还不够,必须证明古文比骈文更具"文学性"。——自然,这件事难上加难,因为按照以非功利的"审美价值"为标尺的"纯文学"观,毋宁说骈文倒更具"文学性"。

在其他的章节中,以上两部《中国文学史》都把六朝文章称为"美文",这也是 20 世纪比较流行的看法,反映出"纯文学"观念的影响。特别是《插图本中国文学史》,对那样的"美文"其实更为由衷地加以赞美,从中可以看出郑氏真正的欣赏趣味。所以,他对"古文运动"的评价也有保留的一面:

> 虽是一个文学改革运动,却究竟还不是什么真正的文学革命运动。为的是,他们去了一个圈套——六朝文——却又加上了另一个圈套——秦、汉文。他们是兜着圈子走的,并不是特创的,且不会创造出什么新的东西来。故其成功究竟有限。只是把散文从六朝的骈俪体中解放出来而已。①

按此说法,"古文运动"的意义仅仅是改变文体而已,那么,除非古文比骈文更"实用"更"自然",否则这样的改变就毫无意义了。然而即便如此,也无法证明"古文运动"是一次文学史上的"进步",因为论定那样的"进步"是必须以更高的"文学性"为条件的。所以,在"古文运动"的论题上,20 世纪流行的"进步"史观和"纯文学"观发生了对立的作用。文学史家施展巧妙的手笔,可以

---

① 郑振铎《插图本中国文学史》(二),第 374 页。

把这种对立处理得不太显著，但推其理势分明如此。与胡适的《白话文学史》相比，1930年代的文学史不再说韩柳语言"白话化"了，这应当是对历史事实的让步，但转向文体优劣的角度寻求"进步"性，也给后来者带来许多误解。

1930年代也是"中国文学批评史"学科的创建时期，以郭绍虞出版于1934年的《中国文学批评史》上卷为标志。虽然《插图本中国文学史》也已把北宋文章史描述为"古文运动的第二幕"①，将中唐至北宋的文体变革视为连续的过程，但批评史因为更关注观念的演变和历史人物本身的言论主张，就更容易对"唐宋古文运动"形成总体把握。不宁唯是，郭绍虞的出色之处还在于他归纳出中国历史上有"复古之思想"和"复古之文学"一脉，而把"古文运动"纳入其中。在全书的第一篇"总论"里，他专设了"文学观念之演进与复古"、"文学观念演进与复古之文学的原因"、"文学观念演进与复古之思想的原因"三章②，来探讨这个问题。"总论"一共五章，关于"复古"的就占了三章。可见在郭绍虞眼里，"中国文学批评史"学科恐怕是以认真处理"复古"问题为核心的，后来续出的多种批评史，在叙述得越来越详细的同时，对此核心问题的关注反而大为减弱。郭氏在"进步"史观盛行的年代如此正视"复古"问题，可谓难得。当然，他为"复古"之思想和文学求证价值的办法，仍是从中辨析出其有利于"文学观念之演进"的因素。值得一提的是，郭氏以"复古"问题为核心的对批评史的这个总体把握，似乎终生未变，只是在建国以后，他很聪明

①郑振铎《插图本中国文学史》（三），第521—526页。
②郭绍虞《中国文学批评史》上卷，上海商务印书馆，1934年原版，百花文艺出版社，1999年重版，第5—10页。

地把相关的观点改写成符合"辩证法"的表述①。

无论如何,在文体解放论、语言"白话化"论乃至"文学革命"论的另一面,郭氏正视"古文运动"当事人的"复古"观念并试图据实分析之,确实迥出时流。因为熟悉历史上出现过的各种"骈、古文优劣论",他就不会从体式上简单地认定古文比骈文优越,而是联系六朝隋唐的"文笔说",认为古文乃"以笔为文",通过吸收"笔"的表述特点而创造了具有新貌的"文"。因为认可"复古"观念具有价值,他就愿意去分析唐宋人所谓复古之"道"的具体含义,而不是简单地把"文以载道"断为"谬见"。在探讨宋人文学批评的时候,他还归纳了"文"与"道"发生关系的三种方式,分别认作"道学家"、"古文家"和"政治家"的文论。这些观点,即便对今天的专业研究者来说,依然具有启示作用。

1940 年代出现了关于"古文运动"的专著,即龚书炽《韩愈及其古文运动》②,以韩愈为中心,上溯"古文运动之先驱者",兼及"韩愈同辈之古文家",又继以"韩派古文家",基本叙述了唐代"古文运动"的全貌。而将北宋纳入叙述范围的专著,则要到 1960 年代初才有钱冬父的《唐宋古文运动》③。这两部专著的问世可以说明,当初为了给"文学革命"张本而提出的"古文运动"一词,

①参考郭绍虞作于 1958 年的《试论"古文运动"》一文中关于"复古主义"的"局限性"和"进步性"的论述,《照隅室古典文学论集》下编第 92—93 页,上海古籍出版社,1983 年。
②龚氏自序言此书作于 1940 年春,1945 年由上海商务印书馆出版。在此之前,有王锡昌《唐代古文运动》,是燕京大学国文学系 1935 年的学位论文,未公开发表,参考杜晓勤《隋唐五代文学研究》第十三章。杜氏又谓龚书炽有《唐宋古文运动》(商务印书馆,1945 年)一书,冯志弘《北宋古文运动的形成·绪论》亦云然,但笔者寻检未得。
③钱冬父《唐宋古文运动》,中华书局上海编辑所,1962 年。

已经转化为对于一系列文学史现象的比较稳定的指称,而对"古文运动"的研究作为一个专业学术领域,也正在被确立,那同时也意味着一种力求客观的研究和表述态度。

时过境迁,策略性消除而客观性增强,应该是可以理解的一种转向。而且"古文运动"研究领域发生这种转向的时期,正好与新中国的建立相前后,那也符合中国共产党在建国初大力倡导的"实事求是"的思想方法。这方面最有代表性的是王运熙先生作于 1950 年代的一篇论文《韩愈散文的风格特征和他的文学好尚》①,除了揭示韩愈"尚奇"的爱好之外,还正面质疑了"古文运动"是文学语言的解放的观点。王先生考明,中唐的古文实际上比当时的骈文更为难读,反而是骈文比较通俗平易,接近口语的古文是到宋代才产生的。这一"实事求是"的考察结果,现在看来是个基本事实,但我们不能忘记,从胡适提出"古文运动"术语以来,这个基本事实是一直被扭曲的。就此而言,王先生此文的意义可谓重大,虽然他强调的是语言问题,但语言实际上也跟文体密切相关,因为那尚奇聱牙的古文,是绝不可能比骈文更"实用"或"自然"的,至于其与骈文相比,"文学性"上高低如何,那最多也不过见仁见智、乐山乐水而已。推而言之,此前关于"古文运动"在文学史上的进步性或历史合理性的种种论证,都可能因此文而毁于一旦。更准确的说法是,因此文所揭示的基本事实而毁于一旦。

那么,结束从前扭曲史实的论法,以"实事求是"的态度重写

---

① 此文原载 1958 年《复旦学报》社科增刊《古典文学论丛》,后收入《汉魏六朝唐代文学论丛》,上海古籍出版社,1981 年,又见《汉魏六朝唐代文学论丛》(增补本),复旦大学出版社,2002 年,第 226—238 页。

"古文运动"的历史,本来应该是新中国的文学史家可以随着政权的稳固、社会的安定而顺利走上的途程。然而,一种来自文学史研究界之外的更大的扭曲,使这样的途程步履维艰。

三、从"辟韩"思想到"两条路线"

"古文运动"的术语是在文学史领域被提出的,但每个研究者只要一接触相关史料,就能直觉到这个"运动"的内容至少还包括思想方面。实际上,一提唐宋古文,我们立即就会联想到其基本主张,即所谓"文以载道"。以这个"道"为核心概念的儒学思想,现在被称为"新儒学",大致兴起于中唐,繁荣于北宋,而成熟于南宋,其中被称为"道学"或"程朱理学"又或"朱子学"的一支,元明以后获得了权威意识形态的地位。"五四"时期所谓"打倒孔家店",实际上不是以孔子学说,而是以朱子学为主要批判对象的。所以,尽管"古文运动"被视为"文学革命",但"文以载道"的主张却遭受攻击,以"道"为核心概念的"新儒学"更被厌憎敌视。这便造成"古文运动"研究上的一个奇异景象:在敌视其"道"的前提下谈论其"文"的进步性。当然,这样的进步性大概也只好从语言或文体方面去寻求了,而寻求的结果并不理想,也毋庸讳言。

具体来说,"古文运动"代表作家之思想遭受攻击,亦并不自"五四"始。早在 1895 年,严复就在天津的《直报》上发表《辟韩》一文①,以近代民主思想激烈批判韩愈《原道》中对君主独裁的主张,可以看作近人"辟韩"言论的开端。应当说,这不是从思想史的角度研究和评价韩愈的结论,而是严复以批判前人的方式来表述自己的思想,所以,《辟韩》理应属于中国近现代思想史,作为韩

――――――――――――――
① 收入《严复集》,中华书局,1986 年。

愈研究的参考资料是不合适的。但是，由于严复借"辟韩"所表述的是现代思想中非常基本的观念，被大部分研究者所接受，便难免对韩愈乃至"古文运动"研究造成影响。

以"辟韩"思想为背景来看，"古文运动"术语的提出者胡适对于韩柳文的推崇，是值得再度提及的，因为这说明他把思想批判和文学评论分作两回事。另一方面，陈独秀在这个问题上的态度，就很像是严复和胡适的综合，而他之所以放过柳宗元而独责韩愈，恐怕也可从"辟韩"思想的影响得到解释。也许，文学上肯定韩柳和思想上"辟韩"的种种言论交织影响的结果之一，就是促使人们去发现韩、柳二人的差异或"矛盾"，乃至于"斗争"。韩与柳将被分开。

民国时期诋韩最烈的文字，要数陈登原的《韩愈评》①，与其说是思想批判，不如说是人格攻击。自孙中山去世至抗日民族统一战线形成，十余年间中国政权似有若无，一片波谲云诡中，翻云覆雨之人大有用武之地，政客、军阀不必说了，文人学者的道德操守也岌岌可危，当时的报刊上出现过不少关于"文人无行"的谈论，很可能陈登原也因为胸中另有块垒，而激烈攻击韩愈为无耻无行之文人的典型代表。对此，虽无直接反驳的文字，但很多学者或隐或显地表达了不以为然的态度，有的研究者还因此觉得自己必须担负起为韩愈"辨诬"的责任。三四十年代出版了几部韩愈研究的专著，如钱基博《韩愈志》②、李长之《韩愈》③等，都从不

①陈登原《韩愈评》，《金陵学报》第 2 卷第 2 期，1932 年。
②钱基博《韩愈志》，上海商务印书馆 1935 年第一版，中国书店 1988 年影印重版。
③李长之《韩愈》，1945 年在重庆出版，1946 年南京胜利出版公司再版。后收入《李长之文集》第六卷，河北教育出版社，2006 年。

同程度上肯定了韩愈的成就与历史意义。不过,论述韩愈历史意义的经典之作,则出现于建国以后,即陈寅恪的《论韩愈》。

中华人民共和国以马克思主义为学术研究的思想指导,对历史遗产持批判继承的态度。由于马克思主义本身是一种外来学说,故引起"文化本位"观念比较浓厚的学者对中国文化能否延续下去的担忧。可以相信,这是陈寅恪奋笔撰写《论韩愈》一文的原因。此文发表于1954年的《历史研究》第2期①,它实际上并不讨论韩愈的哲学观点、政治态度和文学主张的具体得失,而是高屋建瓴,径取"新儒学"、"新古文"二语以概括"古文运动":

> 退之发起光大唐代古文运动,卒开后来赵宋新儒学、新古文之文化运动,史证明确,则不容质疑也。

在此基础上,陈氏从中国文化延续和发展的角度,肯定韩愈继往开来的巨大功绩:

> 综括言之,唐代之史可分前后两期,前期结束南北朝相承之旧局面,后期开启赵宋以降之新局面,关于政治社会经济者如此,关于文化学术者莫不如此。退之者,唐代文化学术史上承先启后转旧为新关捩点之人物也。

这一卓越的文化史观并未阻止"辟韩"思想的发展,在《论韩愈》发表的同一年,黄云眉《柳宗元文学的评价》②在《文史哲》杂志刊

---

①后收入陈寅恪《金明馆丛稿初编》,上海古籍出版社,1980年。
②黄云眉《柳宗元文学的评价》,《文史哲》1954年第10期。

出,当他读到《论韩愈》后,便又写作《读陈寅恪先生〈论韩愈〉》①一文,与之商榷,接着又有《韩愈文学的评价》上、下②,都发表于《文史哲》,而且马上汇集为《韩愈柳宗元文学评价》③一书。现在看来,黄云眉似乎不太理解陈氏的文化史观念,他从哲学思想、政治态度、文学成就各方面评议韩、柳,据此衡量他们在历史上进步与否。这在方法论上与陈氏大相径庭,所以双方实未形成真正的交锋。但黄氏的方法显然更易为当时的学界所接受,依此方法考察的结果,使他无法认可陈氏对韩愈的推崇,却对柳宗元的思想、人格作出了高度评价,当他判定永贞革新的进步意义时,只要将韩、柳对此政治事件的态度略作比较,便不难肯定柳宗元的政治斗争性超过韩愈。从此开始,中国学界褒柳贬韩之声四起,"辟韩"进入新的阶段。

当时作为指导思想的马克思主义,后来被指责为偏离了真正马克思主义的"左"的思潮,其在学术评价方面形成的特点是:哲学上的唯物主义观点一定比唯心主义观点更为高明,政治上的激进主张一定比保守主张更值得肯定,而文学上的进步与否,则决定于它与上述哪种哲学观点和政治主张相关联。这样一来,骈文、古文的问题其实不必关心,是否"载道"也无关紧要,关键是据历史人物谈及宇宙生成或社会发展的言辞,来辨别其属于唯物论抑或唯心论,如果此人生前正好撞见一次政治改革、"农民起义"或其他重大政治事件,那么据他对此事件的态度来考评其进步与

---

① 黄云眉《读陈寅恪先生〈论韩愈〉》,《文史哲》1955 年第 8 期。
② 黄云眉《韩愈文学的评价(上)》,《文史哲》1956 年第 11 期;《韩愈文学的评价(下)》,《文史哲》1956 年第 12 期。
③ 黄云眉《韩愈柳宗元文学评价》,山东人民出版社 1957 年初版,齐鲁书社1980 年再版。

否,便是极简当的办法。如此辨别和考评的结果,使许多学术领域呈现出迥然不同往日的新貌。同样是"道学家",只因有关"气"和"理"的论述稍有差异,便可能分属唯物主义和唯心主义两大阵营;同样倡导新儒学和"古文运动"的韩愈、柳宗元,也不免如此分属。尽管唯物主义者柳宗元绝不可能把唯心主义者韩愈认作他思想上的敌人,但因为哲学史就是唯物主义和唯心主义两大阵营的斗争史,所以韩、柳之"斗争"势不可免。如果再引入"阶级分析",那么官至吏部侍郎又喜欢夸耀郡望的韩愈多半要被归入大地主阶级,而政治上遭受打击又著有《六逆论》以反对贵族礼制的柳宗元最多算个中小地主,二人在阶级属性上的差异也注定他们要"斗争"的。

有些学者并未忘记韩、柳二人本身是友好的,而且韩愈虽不像柳宗元那样投入永贞革新,但他的文集具存,有许多文章表明了看来"进步"的政见,足以使他区别于那些文集失传的"大地主",那是仅从阶级属性就可以推断其政见之反动的。所以,1960年代关于韩愈的政治态度进步与否,王芸生、吴孟复等学者们还曾有过争论,1965年出版的范文澜《中国通史》第四册,对韩愈还有所肯定。不过,这显然不可能阻止褒柳贬韩的潮流,因为即便有人能够证明韩愈的"进步"性,这"进步"性比起柳宗元也相距遥远。一生负屈不平而思想独特的柳宗元,在这个时代可谓遍地知音。无论作为资产阶级学者胡适提出的课题,还是作为地主阶级文人韩愈倡导的运动,"古文运动"都可能面临被批判否定的命运,但柳宗元拯救了它。

当然,即便"进步"性远逊于柳宗元,韩愈本来也未至于被指责为"反动",不幸的是,此时偏有一位熟悉前清、民国旧事的老人,想得起严复的《辟韩》,拿来给褒柳贬韩推波助澜,这便是章士钊的《辟韩余论》①。包含此篇《辟韩余论》的《柳文指要》出版于1971年，对1960年代肯定韩愈的论者表示了极大的愤怒，似乎他们都不配做中华人民共和国的人民。章士钊颇为年长（1881年生），《辟韩》发表时（1895年）大概已具读报能力，又值勇于接受新知的年龄，其本人受此思想影响，并不足怪。但他也应该足以明白，严复是借"辟韩"批判君主独裁，而历代主张君主独裁的人多得无计其数，可"辟"的何止一"韩"！就如柳宗元的《封建论》，旨在反对分封建国，则又何尝不主君主独裁？也是事有凑巧，近代以来中国史学界的通行术语把君主独裁社会也称作"封建社会"，使人们很容易误解柳宗元"反封建"思想的性质，不切实际地拔高他的"人民性"，遂与严复所"辟"之"韩"形成对立。无论如何，在章士钊的指点下，《辟韩》一文重新走红，被人们注译、解读②，几乎成了批判韩愈的杀手锏。与此同时，所谓"韩柳之争"也终于上升为两条路线的斗争，我们只需看袁行霈发表于1974年第1期《北京大学学报》上的一篇文章的标题，就可明白：《唐代中叶思想文化领域内两条路线的斗争——论韩柳之争》。这里的"两条路线的斗争"，也就是当时被认作贯穿于中国思想文化史的基本矛盾——"儒法斗争"，韩愈是反动的"儒家"，柳宗元是进步的"法家"。熟悉当代史的人都知道，这个时期叫作"无产阶级文化大革命"。

---

① 章士钊《柳文指要》下"通要之部"卷六《第韩·辟韩余论》，中华书局，1971年。

② 湖南师院中文系法家著作注译小组《严复〈辟韩〉（节选）注译》，《湖南师院学报（社会科学版）》1974年第1期；福建师大中文系写作小组《读严复〈辟韩〉》，《福建师大》1974年第3期。

四、回归"文学史"

从 1970 年代末至 1980 年代初,在中国大陆各种重要的报刊和学术杂志上,都可以看到一系列纠正"文革"时期的"极左"观点,力图消除其影响的文章,就"古文运动"和韩柳研究的领域来说,像胡如雷《关于唐代韩柳之争的几个问题》①、陈光崇《关于韩愈评价的几个问题——揭穿所谓儒法斗争中的一个骗局》②、吴世昌《重新评价历史人物——试论韩愈其人》③、蒋凡《韩愈柳宗元与唐代古文运动的再评价》④、《韩愈与王叔文集团的"永贞革新"——兼论韩愈政治思想的进步因素》⑤等,皆属此类。用通行的政治术语说,这叫"拨乱反正"。

"拨乱反正"语出《春秋公羊传》,应用于当代,"乱"当然指"极左"思潮,"正"是什么,却不那么容易把握。在政治意识形态上,确认"实践是检验真理的标准"可谓总体态度之"正",可惜的是,像"古文运动"研究这样的专门学术领域,离实践的检验未免过于遥远。从上列诸多论文来看,这个领域的"拨乱反正"显示出两种倾向:一种是对理论辨析仍有浓厚的兴味,处处跟"文革"时的说法反其道而行之;另一种倾向是尊重基本史实,以及对史实的限于常识性的判断,而避免作过多的理论推阐。这后一种倾向肯定与迄今三十年来考证学的兴盛有关,但前一种倾向也不随时

①原载《历史研究》1977 年第 4 期,后收入胡如雷《抛引集》,河北教育出版
　社,1993 年。
②载《光明日报》1978 年 1 月 19 日。
③载《文学评论》1979 年第 5 期。
④载《古代文学理论研究丛刊》1979 年第 1 辑。
⑤载《复旦学报(社会科学版)》1980 年第 4 期。

效性的丧失而完全消散,从中发展出 1980 年代以后学术研究中非常重要的观念:既然"文革"时期的"乱"是因政治干扰学术而起,那么反之于"正",就应当排除政治的干扰,而强调各学术领域自身的规律。中国文学史、思想史、科学技术史等等,都有其自身的发展规律,推而言之,几乎所有学科、所有领域,都宣称其研究重点是对自身规律的探索。至少,中国文学史研究界"拨乱反正"的结果,这个"正"字的具体内涵差不多就落在自身规律上了。

确实,对文学发展自身规律的强调,效果是显著的,有关"古文运动"的研究也由此摆脱"辟韩"思想乃至路线斗争思路的干扰,而得以回归"文学史"领域。这个领域当然也不拒绝探讨作家作品跟政治、思想的关系,但价值判断的标准是文学,所以,凡是具备文学价值的作家作品都是探讨的对象,而将这么多对象前后贯连起来,便能显示出发展的线索,从中可以辨认规律。渐渐地,不必与辨认规律的最终目标直接相关,只就某一侧面、某一环节作细致考察的研究方式也被认可。这就使许多具体的成果在"拨乱反正"以后日益丰富地涌现出来,仅就题名中包含"古文运动"的著作来说,1980 年代就有孙昌武《唐代古文运动通论》(百花文艺出版社,1984 年)、刘国盈《唐代古文运动论稿》(陕西人民出版社,1984 年)两部,1990 年代则有祝尚书《北宋古文运动发展史》(巴蜀书社,1995 年)面世,而罗宗强《隋唐五代文学思想史》(上海古籍出版社,1986 年)和王运熙、杨明《隋唐五代文学批评史》(上海古籍出版社,1994 年)也相继出版,唐宋"古文运动"尤其是中唐"古文运动"的历史过程、重要的作家作品和理论主张,基本得到了清理,某些细节的探讨还已到达非常深入的程度。就此而言,"古文运动"研究今后的重点势必由中唐转到北宋。

其实,在 1950 年代末王运熙先生发表《韩愈散文的风格特征和他的文学好尚》后，有些学者就对北宋古文予以重视了。前文说过，王先生此文表明，把"古文运动"视为语言、文体之解放的观点，并不符合韩、柳古文的实际①，那么，为了证实"古文运动"有造就自然、实用的语言、文体之功绩，便必须求救于北宋的欧阳修，把欧公的平易流畅风格视为"运动"的合理成果和此后古文的主流。比如钱冬父1962年出版的《唐宋古文运动》，就认为"古文运动"至宋代才告"成功"，关键便在以平易通顺之宋文取代生僻艰深的唐文。与此同时，王水照先生连续发表《宋代散文的风格——宋代散文浅论之一》②、《宋代散文的技巧和样式的发展——宋代散文浅论之二》③，也强调"平易自然，流畅婉转"是宋代散文的基本风格，而这一风格的形成，正是欧阳修批判地继承韩柳古文，自觉倡导的结果，此后又由其弟子苏轼等延续下去。——对唐宋古文的这一通观，有利于后人将"唐宋古文运动"视为连续的过程，于整体之中含阶段、曲折，使该课题呈现出立体化的景观。我们不难发现，"文革"以后对唐宋古文的研究，基本上承续了这样的思路，乃至一般的文学史著作，也如此描述"古文运动"的曲折历程。

看来，对欧阳修的推崇，似乎拯救了将"古文运动"阐释为语言、文体之解放的观点。那么，回归"文学史"的结果，恰恰等于跨越"文革"而连接了20世纪前半叶，也就是胡适以来的思路。为了给当代的"文学革命"提供历史依据，胡适从语言"白话化"的

①王运熙先生的论文以韩愈古文为探讨对象，而实际上，柳文之难读难解尤过于韩文，在现代的许多通俗选本中，柳文所需注释之密，往往超过韩文。
②原载《光明日报·文学遗产》1962年11月11日，后收入《王水照自选集》，上海教育出版社，2000年。
③原载《光明日报·文学遗产》1963年3月31日，后收入《王水照自选集》。

角度提出了"古文运动"术语，预先确立了它的历史进步性；为了证实这一进步性，1930年代的文学史著作复活了清代中期以前的"骈、古文优劣论"，想当然地肯定古文比骈文自然、实用；等到王运熙先生指出韩、柳古文并不自然、实用的事实，遂又放眼至北宋，取欧阳修为此"运动"的正果，以自圆其说。应当承认，这个思路为"古文运动"建立起一个历史框架，使许多具体的研究工作能参照此框架而着手进行，其功决不可没。然而，具体成果的积累，并不能掩盖这个思路本身存在的问题。第一，这个思路明显带有"白话文运动"和进步史观的影响痕迹，它所赋予古人的历史价值，与古人自己的追求相去甚远。当我们用"平易流畅"和"生僻艰深"这一褒一贬的词语来形容两种行文风格时，宛然已是成见在胸，为什么不说成"肤浅饶舌"和"雄深雅健"呢？这"雄深雅健"是韩愈评价柳宗元的话，他说柳文"雄深雅健似司马子长，崔蔡不足多也"①，即便在欧阳修提倡平易文风之后，他的学生曾巩还是"自负要似刘向，不知韩愈为何如尔"②，可见古文家心目中多数要跟汉人一较高低，其超拔流俗、远复旧典的意识十分浓厚，与进步史观所赋予他们的价值恰恰相反。他们中的很多人确实看不起骈文，要写古文，但其目的并不是要创造一种比骈体更接近白话，更自然、实用的文体。这方面，我以为郭绍虞对"复古之思想"、"复古之文学"的正视和重视，仍足发人深省。第二，这个思路在很大程度上认同了某些古文家对骈文的贬低，以骈文在某个历史时期呈现出的风格流弊，为其体制上固有的缺陷，所以正如古文家的言论在历史上被骈文家所反感一样，"古文运动"研究

①刘禹锡《河东先生集序》，《柳河东集》卷首，上海古籍出版社，2008年。
②王震《南丰先生文集序》，《曾巩集》附录二，中华书局，1984年。

者的这一思路也正在引起骈文史研究者的反感，因为它确实缺乏对骈体形成、发展历史的同情之了解。实际上，就在被视为令"古文运动"获得"成功"的欧阳修去世不久，中国的文章史又重新走上了组建对偶句的道路，随王安石科举改革而涌现出来的"经义"之文，就以多用对偶句为行文特征，只不过那并非骈四俪六之对偶，而是恍如两小段古文组建的长对子，谓之"扇对"。这当然是明清"八股文"的前身，但据晁说之在元符三年（1100）的说法，当时的局面就已是"《三经义》外无义理，扇对外无文章"①了。无论宋代的"经义"还是后世的"八股"，体制上都结合了骈文和古文两方面的因素，而纯粹的骈体也在清代发展出所谓"选学妖孽"一派，与"桐城谬种"的古文分庭抗礼。可见，对于用文言写作的人来说，对偶句式的吸引力是相当巨大的，从文体学的角度说，骈文、古文作为文言文的两种体式，就像律诗、古诗一样，本不需要在文学上强分优劣。如果说两种体制的适用场合有所差异，在特定场合下会显示出优劣的话，那大抵也不是"文学"上的优劣，须到"文学史"的范围之外寻求解释的。第三，按这个思路建立的历史框架，太依赖于欧阳修的存在，而就历史事实来说，上引晁说之的言论，已经足以让我们怀疑：欧阳修的文风是不是北宋古文的主流文风？在他身后，北宋"古文运动"或者"散文史"是不是真的照他指引的方向顺利发展？熟悉宋史的人都知道，王安石的科举改革使他所倡导的"经义"文泛滥天下，按理说，这才是北宋后期的主流文风，只不过"文学史"依据"审美价值"确认研究对象

---

① 晁说之《元符三年应诏封事》，《景迂生集》卷一，《文渊阁四库全书》本。《三经义》指王安石主持编定的《诗经》、《尚书》、《周礼》之注释，为科举"经义"阐发义理之准则，相当于朱熹《四书集注》在后世的地位。

的方式,经常把"经义"文排斥在视野之外,使研究者无视此类文章,而想当然地把欧阳修的文风认作主流了。而且,就算我们承认欧阳修的文风是"古文运动"的正果,那么对于韩柳文的价值又如何认识?如果只因欧阳修的"成功"而为韩柳讨得一份方向不太正确的"先驱"价值,那恐怕也过于贬低了韩柳文的成就和影响,须知明清时期不少古文家是迷恋韩柳而指责欧苏坏了古文之法的。

有一些韩柳文的研究者似乎意识到上述历史框架有抑低韩柳的危险,他们从郭绍虞关于"复古"意识与"文学观念之演进"的关系的论述中得到启发,力图证明韩柳对于古文之"文学性"的重视,使他们获得了远远超越初、盛唐古文"先驱"的成就,而奠定了一种文学性古文的创作范式。这里显示出在语言、文体之外,用"文学性"为眼目,重新解释上述历史框架的努力。在这样的解释中,欧阳修等"古文家"之所以能超越同时的"政治家"、"道学家"的文论,而使"古文运动"获取成功,正是因为他们正确地继承和发展了韩柳对古文之文学性的重视。如此一来,成功的原因就在"文学"本身,所以"古文运动"的成功就是"文学史"自身规律的成功,"拨乱反正"以后强调自身规律的治学方法,由此也在"古文运动"研究的领域获得了成功。

然而,把"文学性"的高低看作历史上一次文体改革运动成功或失败的主因,这大概只是一种"文学史"的信仰。必须正视的是,作为文体改革运动的"古文运动",原本并不囿于"文学史"的范围,古文家对于文章写作所提出的各种主张,也并不专对文学性古文而言。换句话说,虽然高度的文学性有助于"古文运动"的开展,也确实为中国文学史打开了新的一页,但我们并不能据此衡定其"成功"与否,因为它的目的本来就不是文学性古文创作范式的建立,而是绝大部分领域的重要文章都用古文去写,在其总体倾向上是排斥骈体的(虽然排斥的程度因人而异)。唐宋"古文运动"作为一个历史过程,是在许多人的自觉倡导之下,把内容涉及诸多领域的文言文的主流文体从骈体转变到了古文,其所谓"成功",应当就此而言。这便涉及许多文学以外的因素,其实际进程,是不能仅据"文学观念之演进"去构想的。笔者并不否定这一过程中包含有"文学观念之演进",或者说,那也是"古文运动"的成果之一,但这"运动"的兴起、受阻、成功乃至终结,原因多在文学之外。当研究方法上对各领域自身规律的强调,遮蔽了研究者考察历史、考察事物的视野时,对此方法的反思就迫在眉睫。

五、士大夫阶层与士大夫文学

如果说,学术研究的任何领域都应该重视自身规律的话,那么反过来,任何领域也都应该防止仅据自身规律解释历史的倾向。道理很简单,除非全社会都正确认识和尊重这种自身规律,不以外力加之,否则自身规律便不可能独自主宰一个领域的历史。文学史也是如此,影响其发展的因素极多,而且不能断言在每一个发展环节,都由"文学自身的发展规律"起到主导作用,因为我们熟知,别的因素决定文学发展的历史时期并不少见。当然,现在要判定什么因素在"古文运动"中起主导作用,似乎还为时过早,但如果我们不再坚信古文比骈文在体制上就具备更高的"文学性",那么"古文运动"就不能被解释为文学自身的发展所造成的结果,其成败也不是古文家文学水平的高低所能决定的。其实,只要我们不对文学作品的感召力估计过高,就不难认识到:这种感召力至少敌不过科举。那科举不考古文,你韩、柳的古文写得再好,又能吸引多少追随者? 在此情形下怎能设想"古文运动"的"成功"？此事根本用不着从韩、柳古文艺术上的缺点去找原因，因为即便没有那样的缺点，也是不可能"成功"的。在影响文学发展的诸多因素中，科举只是其一，但只这一个因素的力量，便经常大于"文学自身的发展规律"。实际上，古文家若不能操持科举衡文之权，"古文运动"恐永无"成功"之日。

回顾 20 世纪论证"古文运动"之历史合理性的几种主要思路，现在看来大都显得失效：它既不是语言白话化的结果，也不是文体回归"自然"、"实用"的结果，在笔者看来也不是文学自身发展规律主导所致。在通观文言文的历史时，除非我们像从前的某些古文家那样，以（中）唐宋直承秦汉，而把六朝隋唐视为中国文章史上一大段误入歧途的时期，否则就不宜把"古文运动"看作对于某种显而易见的合理性的回归。恰恰相反，唐宋"古文运动"的历时之久，骈体文的依然存在，正好说明这个"运动"有着相当的勉强之处，如不少骈文家指出的那样，它至少没有汉魏时期文体"骈化"的过程那样自然而然。在这个问题上，我们实在不该只听古文家的一面之词，而把骈文家的言论撇置不理。当然，"古文运动"之说，毕竟概括了一个实际存在的历史现象，就此而言，我觉得胡适所用的"运动"一词比较成功地传达出了这个历史现象的人为性、不自然性，即在许多人的自觉倡导和持续努力下，达到了勉强合乎预期的结果①。对于今日的研究者来说，只要抱着对骈、

————————

① 自 1980 年代以来，有些学者对"古文运动"的术语本身提出了质疑，如罗联添《论唐代古文运动》（原载韩国《中国学报》25 辑，1985 年 3 月，后收入氏著《唐代文学论集》上册，台北学生书局，1989 年），[日]东英寿《欧阳修的科举改革与古文复兴》（中译本见氏著《复古与创新——欧阳修散文与古文复兴》，上海古籍出版社，2005 年），莫道才《唐代"古文运动"宜作"古文思潮"说》（收入王水照、朱刚主编《中国古代文章学的成立与展 （转下页）

古二体平等看待的态度,便不难意识到这种人为性。如果"古文运动"只是对骈体在当代的压倒优势表示反感,而要求古文一体的复兴,或者古文与骈体的对等地位,那不妨说是自然、合理的;如果它只是以诋排骈体为手段以谋求古文之复兴,那或许也可以理解;但事实上它以极简单的论证方式宣传古文高于骈体的观念,并且使用了包括政治手腕在内的种种方法,也确实为古文争取到了文章的主流地位。这说明,通过"古文运动"倡导者的持续努力,人们在较长的时期内认同了古文高于骈体的观念,这种观念本身并不很合理,至少不合"文学"之理,其所谓古文之高也并不高在"文学性"上。

　　研究"古文运动"产生与发展过程的学者中,也有的比较重视文学以外的因素。比如葛晓音就认为,"古文运动"不只是文体上的一场革新,也是"儒道自身由礼乐转向道德、由雅颂转向讽谕、由章句转向义理的一场革新",它"反映了大多数寒门地主的政治利益,使人心乐其道而习其文"①。这里提到了思想和政治两个方

（接上页）开——中国古代文章学论集》,复旦大学出版社,2011 年）等。但概观以上论文的主旨,只是说"运动"一词过于现代,不太合适而已,并未否定该历史现象之存在。我以为,用现代的词语概括历史现象的做法,在学术研究中是可以允许的,作为一个领域的专用术语,加以说明后用之无妨。如罗联添一面质疑,一面仍用入论文的标题。笔者的办法是,凡用此语都加上引号。重要的是,"运动"一词所突出的人为性、主动性、自觉性、持续性及其挟带的声势,很难由其他词语形容出来。"思潮"者思想潮流,只突出思想性的一面,不能包括古文家操纵科举以推行古文的行政手段;东氏所用"古文复兴"一语,似乎综合了"复古"与"创新",斟酌而得,但也须依靠动词置后的日语语感,才能体会到较强的行动性,移为汉语,则只是描述现象的主谓词组,不能彰显历史人物的主观努力。

①葛晓音《论唐代的古文革新与儒道演变的关系》,《中国社会科学》1987 第
　　1 期。

面。实际上,在 20 世纪研究"古文运动"的整体历程中,这两个方面总的来说并未完全被学者们忘怀,而且在思想史和政治史的领域,对"新儒学"的兴起和君主独裁政体的建立、完善,也有相当精深的研究。只不过,一方面"古文运动"的术语是在文学史领域被提出,当时又正值朱子学和君主独裁政体遭到厌恶敌视的"新文化运动"高涨之期,评价上的落差之大使人觉得"古文运动"应该离那样的思想和政治越远越好;另一方面,"拨乱反正"以后强调文学自身发展规律的研究思路,使人们习惯把"古文运动"安置在文学史的范围内,如果要谈论到思想和政治,那也是文学与思想、政治的关系问题。但这样一来,由于任何时代的文学都存在其与思想、政治的关系问题,"古文运动"的特殊性也未免被淡化了,犹如从一般男女关系的角度去谈论夫妻母子。总之,20 世纪的学术语境里含有太多与"古文运动"当事人正相反对的现代观念,甚至可以说,"古文运动"当事人所召唤并致力于建设的那种文化整体,恰恰就是"新文化运动"的批判锋芒所针对的"旧文化",就此而言,假设学者们把君主独裁政体、朱子学和唐宋八家文视为一丘之貉,俱予痛斥,倒显得更容易理解,但事实偏偏又不如此简单,在激烈批判"旧文化"的同时,很多人还想拯救出其中的"文学",这就使情形变得复杂乃至离奇。从整体上被否定的文化中,剥离出进步的文学,事属难能,重则扭曲史实以随从理论,轻则所言隔膜,与对象不够切合。经过了这么多曲折,回想陈寅恪着眼于文化整体以处理相关问题的思路,确实启人深省。

20 世纪肯定是中国历史上最精彩的时段之一,但不免也已经成为历史。从历史研究的角度说,唐宋时期的"新儒学"也好,君主独裁政体也好,应该越来越可以得到公正平允的看待。即便借用进步史观的话语,我们也不难为之确立一种"历史的进步性",

因为那至少不失为世界上最早、最完善精密的君主独裁政体及其意识形态。所以，要谈"进步"的话，也完全不必开脱其与"新儒学"和君主独裁政治的关系来谈"古文运动"的进步性。这一点，只要我们走出了20世纪中国的非常特殊的学术语境，其实并不难于认识。如果能够突破近代学制所划分的学科疆域，则也不难看到：从中唐到北宋，呼吁和建设君主独裁政治、建立"新儒学"以及"古文运动"，基本上是同一批人所从事的同一个文化"运动"，至少从韩愈、柳宗元到欧阳修、王安石，都曾身处这一文化"运动"的核心位置，所以无论谈政治史、思想史还是文学史，他们都是所处时期的代表人物。在他们的主观意识上，或者也可以说这个"运动"的旗帜，乃是"复古"：行古制、兴古道、写古文。无论这是不是真正的"古"，当事人是把古制、古道、古文看作一体的，所以他们不必从文体学上去比较古文如何优于骈文，只要说"志在古道，又甚好其言辞"①，便为推行古文提供了充足的理由。就此而言，我以为对于唐宋"古文运动"的比较完整的概括是：以古文文体，表达"新儒学"思想，以指导君主独裁国家。如果一定要像郭绍虞那样区别"古文家"、"道学家"和"政治家"，那么至少到王安石为止，文章、学说、政治三者还是一手抓的，只能在一个人身上区分三个方面，到比他更下的一代，苏轼、程颐、蔡京的对立，才仿佛形成了三者的区分。在"古文运动"的开展过程中，从古制、古道、古文的完全一体化，到"政治家"、"道学家"、"古文家"可以区分，也是我们考察这"运动"走向时不可忽视的一个方面，因为即使从"文学观念之演进"的角度说，研究以上三者如何从一体走向分裂，也是比"骈、古文优劣论"更重要得多的事。当然，若以苏轼

---

① 韩愈《答陈生书》，马其昶《韩昌黎文集校注》卷三。

为分裂的标志,则从他的老师欧阳修身上寻找分裂的起因,仍是比较合理的做法,但这同时也就说明,谈论"古文运动"的进程时,不宜以欧阳修的"成功"而告终,而应该把传统所谓"唐宋古文八大家"的写作活动都包含在内。

这里且不谈"古文运动"后期的分裂,既然它兴起的时候是古制、古道、古文一体化的,我们当然不能只从"文学自身的发展规律"去加以说明,而且,除非我们坚持古文在文体上比骈体更具文学性,更符合文学自身发展的要求,否则便必须承认"古文运动"的开展基本上得力于这种一体化,也就是说,古文之被推行,正因为它跟古制、古道,尤其是古道结合为一体,否则恐怕连推行的理由也没有。在文学史的领域,这一次文体复古当然不妨被视为文学革新,但它从政治、思想方面得力如此之大,本身又没有多少文学上的合理性可言,则其在文学领域显得人为、不自然,花上两三百年时间亦不能获得完整意义上的"成功",也就不难理解。需要追究的是,以全面恢复古制、古道、古文为内容或口号的这样一种文化"运动"的兴起,其原因何在?

就"运动"的承担者方面来说,我以为葛晓音所云"寒门地主的政治利益"还是很具启发性的。不过我不太善于衡定某位古文家的出身是否属于"寒门地主",就"唐宋古文八大家"的身份特点来说,有一点非常显著,就是除了苏洵以外,全是科举出身的官僚士大夫,而且官位大致不低。中国文学史经常把作家们归为"七子"、"四杰"、"八家"、"六君子"之类的小组或集团,"唐宋八大家"恐怕是第一个由进士出身的高级士大夫为主体组成的集团。他们是否一一来自"寒门地主",尚需检定,但至少以通过科举走上政治舞台的方式,确与六朝以来的门阀贵族不同。实际上,在唐宋"古文运动"开展的时候,中国社会的领导阶层即士大夫阶层也正在经历一次巨大而深刻的变革,即从血统决定的门阀士大夫转向考试决定的科举士大夫。自隋代进士科创立以后,唐代的士大夫阶层就处在这一转变的过程之中,"安史之乱"及乱后的军阀割据局面,持续地摧毁着门阀贵族的力量,使中唐时期的科举士大夫的作用显著凸现,至少已可与门阀贵族分庭抗礼,而到了北宋,除开国时有一批"功臣"外,基本上已进入科举士大夫领导的时代。对于这两种士大夫,忽略个体差异而笼统地观察,其立身的依据是明显不同的,门阀贵族有家族婚姻集团和地域实力为支撑,科举士大夫则主要依靠其对于古典经史的知识和诗文写作能力,所以古制、古道、古文一体化的文化主张,体现了后者的基本立场(尽管属于前者的个体也可以如此主张)。在戏曲、小说、说唱等通俗文学兴起之前,中国的文学基本上是士大夫的文学,唐宋"古文运动"就是这种士大夫文学因其作者阶层的性质发生了巨大的历史性变革而随之出现的表达形式(古文)、表达内容("新儒学")与表达目的(指导君主独裁国家)上的改变。主张历史必然性的论者,也许可以说士大夫阶层的性质变化是具有必然性的,所以这种表达活动总体上的变化也是必然的,但这绝不是表达艺术本身的进步所致,却可以断言。

既然"古文运动"是士大夫文学的一次变革,那么从士大夫阶层的性质发生转变的角度,梳理"古文运动"兴起和开展的进程,我以为是一种比较有效的思路,可以解释不少问题。本书后面的章节,将依此思路做些力所能及的探索,但在此之前,拟先对唐宋"古文运动"的基本主张"文以载道"一语的含义加以说明。

第二节　关于"文以载道"

唐宋古文家对于"文"、"道"关系的论述,有多种说法,如韩愈云"志在古道,又甚好其言辞"①,柳宗元云"文者以明道"②,李汉云"文者贯道之器也"③,王禹偁言"夫文,传道而明心也"④,欧阳修、苏轼言"我所谓文,必与道俱"⑤等等,其含义大同小异,大致都主张"文"要以"道"为内容。至于"载道"一词,北宋思想家周敦颐首先用来论文⑥,而诗人王令且用以论诗⑦,其含义与上面说的"明道"、"贯道"、"传道"等或有同异⑧,但此后学者常借"文以载道"一语来概指唐宋"古文运动"的文章理论,笔者亦仍在这个意义上使用此语。

一、"载道"与"言志"

在很长的历史时期内,"文以载道"的主张并未受到明确非

---

①韩愈《答陈生书》,韩愈著、马其昶校注《韩昌黎文集校注》卷三,上海古籍出版社,1986 年。

②柳宗元《答韦中立论师道书》,《柳河东集》卷三四,上海古籍出版社,2008 年。

③李汉《昌黎先生集序》,《韩昌黎文集校注》卷首。

④王禹偁《答张扶书》,《王黄州小畜集》卷一八,《四部丛刊》本。

⑤苏轼《祭欧阳文忠公夫人文(颍州)》述欧阳修语,《苏轼文集》卷六三,中华书局,1986 年。

⑥周敦颐《通书·文辞》,《四部备要》本。

⑦王令《答吕吉甫书》,《王令集》,上海古籍出版社,1980 年,第 331 页。

⑧参考郭绍虞《中国文学批评理论中"道"的问题》中"载道与贯道"一节,见《照隅室古典文学论集》下编,上海古籍出版社,1983 年,第 45—49 页。

议,有之,则自周作人氏《中国新文学的源流》一书始。周氏拈出"诗言志"一语中的"言志"二字,用来与"载道"对立,说这是古代的两种对立的文学观,并断定"言志"的文学是好的,"载道"的文学是坏的。他还画了一张图,表明这两种文学观在历史上轮流占据统治地位,大致先秦、魏晋、五代、晚明、现代是主"言志"的,所以文学发达;而汉、唐、宋、明各朝盛时皆主"载道",故文学衰落。照此说法,文学颇像个唯恐天下不乱的东西。这里有个与常识相悖的大问题,即唐诗和唐宋八大家的古文,历来都被认作最好的文学珍品,如何就因"载道"而坏?周作人说,唐诗只是多,大家都写,便难免会有些好诗出现。又说,苏轼主要不是因为古文写得好出名,而是因为他反对王安石变法才有名①。——这样的奇谈当然不值得一辩了。尽管这本小书在新文学崛起的历史上曾起过积极的作用,但从学理上讲,它里面的观点是很难站住脚的。

原周氏立说之意,不过说文学要写作者的真情实感,而"道"却是妨碍着主体情志之表达的,甚至根本违反人性,故凡文学,只要它一与"道"发生关系,就不好。"道"的存在,被看作人性和文学的枷锁,而不是其精神灵魂,因此他虚构出"载道"与"言志"的对立,并悬想这种对立贯穿了文学史。钱锺书先生曾于《中国诗与中国画》一文中破斥这个对立:

> 我们常听说中国古代文评里有对立的两派,一派要"载道",一派要"言志"。事实上,在中国旧传统里,"文以载道"和"诗以言志"主要是规定各别文体的职能,并非概括"文

① 参见周作人《中国新文学的源流》,华东师范大学出版社,1995年,第17、18、21页。

学"的界说。"文"常指散文或"古文"而言,以区别于"诗"、"词"。这两句话看来针锋相对,实则水米无干……或者羽翼相辅……同一个作家可以"文载道",以"诗言志",以"诗余"的词来"言"诗里说不出口的"志"。①

依钱先生之说,"诗言志"而"文载道"是两种体裁的问题,而不是两种文学观的问题,故"言志"与"载道"本自并存,不曾在理论上对立,当然也不曾在文学史上交替占据统治地位了。

需要补充的是,"诗言志"的"志",在儒家思想体系中,有着特定的含义。《孟子·公孙丑上》将"志"与"气"对举:"夫志,气之帅也;气,体之充也。"一个人的"志"统帅着他的"气",使这"气"成为"配义与道"的浩然正气②。这就是儒家学者一直强调的"以志帅气"③。可见,"志"是指人的理性,与哲学上具有本体含义的"道"相通的。"诗言志"的另一种表述是"思无邪"④,即灵

①钱锺书《七缀集(修订本)》,上海古籍出版社,1994年,第4页。
②参见《孟子注疏》卷三上,《十三经注疏》,中华书局,1980年影印本,第2685页。
③按"志"、"气"对举,除《孟子》外,《左传》昭公九年亦云:"气以实志,志以定言。"而《礼记·孔子闲居》有"志气塞于天地"、"气志不违"、"气志既得"、"清明在躬,气志如神"等语,可与孟子之论同参,见《十三经注疏》第1616—1617页、2057—2058页。苏轼《苏氏易传》(《丛书集成》本)卷七以"志气"论释"魂魄"、"鬼神",极为精彩:"众人之志,不出于饮食男女之间,与凡养生之资。其资厚者其气强,其资约者其气微,故气胜志而为魄。圣贤则不然,以志一气,清明在躬,志气如神,虽禄之以天下,穷至于匹夫,无所损益也,故志胜气而为魂。众人之死为鬼,而圣贤为神。"这里可以看到"志"的重要性。王夫之《宋论》(中华书局,1964年,第251页)曰:"以志帅气,则气正;以气动志,则志骄。"
④《论语·为政》,《十三经注疏》第2461页。

魂的净化、飞升,要到达的也就是"道"的境界。因此,即便把"言志"和"载道"看成两种文学观,也很难说它们是对立的。

当然,问题的实质不在"言志"与"载道"两个概念是否对立,而在借"文以载道"一语概括的唐宋古文家的文学观究竟如何。"载道"如果真的是取消主体情志的表达,那么它无论是否与"言志"对立,都是错误的。现在我们要弄清楚,唐宋人讲"文以载道"是什么意思?

二、"载道"的含义

黄本骥《痴学》卷五《读文笔得》①云:

> 唐宋大家论文之言,如出一先生之口,非相袭也,行文之法固尔也。韩之言曰:"文必有诸中,故君子慎其实。"②"仁义之人,其言蔼如。"③"师古人者,师其意而不师其辞。""文无难易,唯其是。"④柳之言曰:"文以行为本,在先诚其中。"⑤"学者务求诸道而遗其辞。"⑥欧之言曰:"畜于其内实,而后发为光辉者,日新而不竭。"⑦"讲之深,而后知自守,言出其

---

① 黄本骥编《三长物斋丛书》本,光绪四年(1878)古香书阁印行。
② 按,此语见韩愈《答尉迟生书》,《韩昌黎文集校注》卷二。
③ 语见韩愈《答李翊书》,同上卷三。
④ 以上二语见韩愈《答刘正夫书》,同上卷三。
⑤ 语见柳宗元《报袁君陈秀才避师名书》,《柳河东集》卷三四。
⑥ 语见柳宗元《报崔黯秀才论为文书》,同上。
⑦ 语见欧阳修《与乐秀才第一书》,洪本健《欧阳修诗文集校笺·居士外集》卷一九,上海古籍出版社,2009年。

口而皆文。"①"道胜者词不难而自至。"②"君子之学是而已，不闻为异也。"③苏之言曰："有德者必有言，非有言也，德之发于口者也。"④"辞达而已矣。辞至于达，至矣，不可以有加矣。"⑤以四子之说观之，凡缔章绘句，金玉其外而败絮其中者，皆不足以言文矣。

他引了韩愈、柳宗元、欧阳修、苏轼四家的论文之语，以为如出一口。观四家之语，其一致性在于强调作家主体以"道"来充实自己，提高修养，然后发为文章。类似的言论，在这四家的集子里还有不少，略举数例：

> 韩愈《答李翊书》："将蕲至于古之立言者，则无望其速成，无诱于势利，养其根而俟其实，加其膏而希其光。根之茂者其实遂，膏之沃者其光晔。"⑥
>
> 欧阳修《答祖择之书》："道纯，则充于中者实。中充实，则发为文者辉光。"⑦
>
> 苏轼《与李方叔书》："读之终篇，莫知所谓，意者足下未甚有得于中而张其外者……冀足下积学不倦，落其华而成

----

①语见欧阳修《与乐秀才第一书》。
②语见欧阳修《答吴充秀才书》，《欧阳修诗文集校笺·居士集》卷四七。
③语见欧阳修《与石推官第一书》，《欧阳修诗文集校笺·居士外集》卷一六。
④语见苏轼《范文正公文集叙》，《苏轼文集》卷一〇。
⑤语见苏轼《与王庠书》，同上卷四九。
⑥韩愈《答李翊书》，《韩昌黎文集校注》卷三。
⑦欧阳修《答祖择之书》，《欧阳修诗文集校笺·居士外集》卷一八。

其实。"①

可见，唐宋古文的这四个代表作家，其论"道"或有同异，但他们讲"文"与"道"的关系时，总是通过作者主体为其间的中介的。

这也就是说，"文以载道"一语中的"道"，并不是某种强加于文学的意识形态，而是一个作家自己独立的见解、心得，它不但不是文学的枷锁，而且正是自觉追求的精神境界。子曰："人能弘道，非道弘人。"离开了人，并无所谓"道"。"道"的概念的设置，本是就人的活动的一种合目的性而言的，唐宋古文家所追求的精神境界，是主体的自由的合目的性，这叫"圣贤气象"。就这个"道"的最高境界而言，它是一切人类的精神文化的共同理想；但若就每个个人而言，则其所谓"道"当然是指他自己的对于"道"的认识，即其独立的见解，也就是古人常说的"吾道"。那么，"道"之为言，就其为人们思考的对象来说，是世界的本体，即真善美的最高统一；而就其为人们思考所得的成果来说，则是指每个人的独立见解。此类见解积累至多，融会贯通，便如司马迁《报任少卿书》所说："究天人之际，通古今之变，成一家之言。"②这样独立不苟、不随流俗而左右的"一家之言"或"吾道"，应是每一个立身行事有点原则的人都会秉持守护的，当然也要见诸事业，发诸文章。唐宋人讲"文以载道"，大致即是此意，不但不与"言志"相矛盾，而且就是"言志"的另一个说法。因为一个有理想的人，他的"志"绝不会只是吃饱睡足而已，必定要追求真善美，即"道"的。

当然，元、明以降，朱子学成为权威意识形态之后，国家取士，

---

① 苏轼《与李方叔书》，《苏轼文集》卷四九。
② 司马迁《报任少卿书》，《六臣注文选》卷四一，中华书局，1987年影印本。

学校教人,皆以此为准,其时所谓"载道",便很可能成为钦定教条之传达,或有口无心之念诵,不能体现士人的"一家之言"。应该说,朱子学本是唐宋"新儒学"诸流派中发展得最为精深的一支,倘真能深解朱子之"道"的原委,理会其精义而发展之,载于文章,那也不失为有所自立。但在朱子学一统天下的时代里,"载道"确实容易被教条化,近代人之讨厌"载道",当因此故。所幸的是,明清士人亦未尝全入此途。明人焦竑曾汇集苏轼、苏辙的解经之作,编成《两苏经解》,在序言中,他就声明刻此丛书的起因,是对于人们只知奉行"一先生之言"(按,当即指朱子学)深感不满①。清人张惠言《文稿自序》云:

> 古之以文传者,虽于圣人有合有否,要就其所得,莫不足以立身行义,施天下,致一切之治。荀卿、贾谊、董仲舒、扬雄以儒,老聃、庄周、管夷吾以术,司马迁、班固以事,韩愈、李翱、欧阳修、曾巩以学,柳宗元、苏洵、轼、辙、王安石虽不逮,犹各有所执持,操其一以应于世,而不穷。故其言必曰道,道成而所得之浅深醇杂见乎其文,无其道而有其文者,则未有也。②

他对所提到的各家的具体评议,或许有些问题,但说的道理是很对的。刘熙载《艺概·文概》评周秦诸子之文,"虽纯驳不同,皆有

---

① 焦竑《刻两苏经解序》、《续刻两苏经解序》,《澹园续集》卷一、二,《金陵丛书》本。又,《两苏经解》有明万历间刻本。
② 张惠言《文稿自序》,《茗柯文编》三编,《四部丛刊》本。

个自家在内”，故“左顾右盼”乃“诸子所深耻”①，亦是此意。可见明、清时代有见识的批评家，也未尝不知“载道”理论的真实意蕴。

三、“道”与学养

到此为止，或许还会有人怀疑：何从见得唐宋人之“载道”，其所载就不是教条之类，而必能肯定其为独立之思想？这便需要再引一些资料来作证明。

权德舆《唐陆宣公翰苑集序》述陆贽语：

> 吾上不负天子，下不负吾所学，不恤其他。②

此所云“不负吾所学”，原承先秦儒家“匹夫不可夺志”的人格理想，与汉代士人“成一家之言”的学术自立之思想，在唐代儒学复古运动兴起之际，被陆贽淬砺出来，以此为立身行事的原则。陆贽的人格风范对唐宋古文家影响甚大，韩愈是他的门生，自不必说，欧阳修亦曾被苏轼称为“论事似陆贽”③，而苏轼本人则不但曾向宋哲宗进御陆贽的奏议集④，其创作且被黄庭坚称为“草诏陆贽倾诸公”⑤。他们对陆贽人格风范的推崇、仰慕和仿效，使“不负吾所学”的精神贯穿在整个儒学复古运动暨“古文运动”之中。

---

①刘熙载《艺概·文概》，见《刘熙载集》，华东师范大学出版社，1993年，第58页。
②权德舆《唐陆宣公翰苑集序》，见陆贽《唐陆宣公集》卷首，《四部丛刊》本。
③苏轼《六一居士集叙》，《苏轼文集》卷一〇。
④苏轼《乞校正陆贽奏议上进札子》，同上卷三六。
⑤黄庭坚《病起荆江(亭)即事十首》之七，《豫章黄先生文集》卷七，《四部丛刊》本。

宋孝宗尝称苏轼:"负其豪气,志在行其所学。"①这很对,苏轼晚年在海南岛作《千秋岁》(岛边天外)词,云"新恩犹可觊,旧学终难改"②,就是"不负吾所学"精神的体现。

那么他们的"所学"又是什么呢?就最高的层次来说,那是非"道"莫属的。李汉《韩昌黎集序》曾批评韩愈之前的文章"剽掠潜窃为工耳,文与道蓁塞,固然莫知也",他说剽窃为文是文道蓁塞的,那么要文道不相蓁塞的话,就势必要自铸伟辞,所谓"文必己出"了。可见,对韩愈来说,只有"己出"之文才可因以见道,而要做到这一层,则如李汉所云,"不深于斯道,有至焉者,不也"③,打通文道蓁塞的,就靠这深刻地理解着"道"的作者。要理解"道",就必须学习,韩愈《送陈秀才彤序》说:"读书以为学,缵言以为文,非以夸多而斗靡也,盖学所以为道,文所以为理耳。"④这里的思路是,通过学习,养成"道",发为文章以讲明此"道"。故《新唐书·韩愈传》称其"深探本元,卓然树立,成一家言"⑤。

学——道——文,这三者皆系于作家主体不断追求充实以期自立的不懈之精神,在《答李翊书》中,韩愈有详细的自述。他对李翊说,你能如此谦虚地向人求问,"谁不欲告生以其道"?然后他就告诉李翊他的"道"是怎么学成的:

①宋孝宗赵昚《御制文集序》,郎晔《经进东坡文集事略》卷首,《四部丛刊》本。
②苏轼《千秋岁》(岛边天外),见吴曾《能改斋漫录》卷一七,中华书局上海编辑所,1960年。
③李汉《昌黎先生集序》,《韩昌黎文集校注》卷首。
④韩愈《送陈秀才彤序》,同上卷四。
⑤《新唐书》,中华书局校点本,1975年,第5265页。

学之二十余年矣！始者，非三代两汉之书不敢观，非圣人之志不敢存。处若忘，行若遗，俨乎其若思，茫乎其若迷。当其取于心而注于手也，唯陈言之务去，戛戛乎其难哉！其观于人，不知其非笑之为非笑也。如是者亦有年，犹不改，然后识古书之正伪，与虽正而不至焉者，昭昭然白黑分矣，而务去之，乃徐有得也。当其取于心而注于手也，汩汩然来矣。其观于人也，笑之则以为喜，誉之则以为忧，以其犹有人之说者存也。如是者亦有年，然后浩乎其沛然矣。吾又惧其杂也，迎而距之，平心而察之，其皆醇也，然后肆焉。虽然，不可以不养也，行之乎仁义之途，游之乎诗书之源，无迷其途，无绝其源，终吾身而已矣。气，水也；言，浮物也。水大而物之浮者大小毕浮，气之与言犹是也，气盛则言之短长与声之高下者皆宜。①

这里交代了他学道为文的艰辛历程，而写作之事被表述成"取于心而注于手"，可见文道之间，正是以此"心"为枢纽。后来苏轼在《与谢民师推官书》中讲"了然于心"和"了然于口与手"的关系②，在《日喻》中讲"学"和"道"的关系③，都可视为对韩愈的继承。值得注意的是，韩愈讲到了"学"，又讲到了"养"。学、养相成，是《孟子》以来儒家的修身要领。学是从前人著作中汲取思想，孟子所谓"知言"；养是指养气，若一个人所学正当，他的气便不受损伤，学之弥富，则其气弥盛，至于浩然塞乎天地之间。韩愈觉得，

①韩愈《答李翊书》,《韩昌黎文集校注》卷三。
②苏轼《与谢民师推官书》,《苏轼文集》卷四九。
③苏轼《日喻》,《苏轼文集》卷六四。

到了这个境界,写文章就不是"取于心而注于手"的问题了,而是"肆焉",随心所欲地发放出来。当然,"养"是终生不可间断的,否则会把源头堵绝,没了活水。在这里,学道和著文之间,又有了个养气的环节。学道与养气,自然是"以志帅气"的关系;养气与著文,则是"气盛言宜"的关系。总之,这是一套在逻辑上颇为连贯的古文理论,如果我们不是从字面上去看"文以载道"一语,而是把它确凿地理解为这一整套古文理论的概括,那么,这个理论本是相当突出创作主体的,比"诗言志"的说法更为完整、明确和深刻,内容也丰富得多。

除了韩愈,别的古文家讲"道",也是指其"所学"的一家之言,而且一般是学、养相成的,虽然有的更注重学而强调文理,有的更注重养而强调文气。柳宗元讲养,其精辟尤胜于韩愈。韩愈学道养气,其气颇挟唐人之意气,尝以"利害必明,无遗锱铢,情炎于中,利欲斗进,有得有丧,勃然不失,然后一决于书"①来解释张旭狂草之成就,而谓艺术家皆须如此。柳宗元则自谓其作文以来不敢"以轻心掉之","以怠心易之","以昏气出之","以矜气作之",而是:"抑之欲其奥,扬之欲其明,疏之欲其通,廉之欲其节,激而发之欲其清,固而存之欲其重,此吾所以羽翼夫道也。"②这段话深得孟子"志气"学说的三昧,可以看作"以志帅气"一语之内涵的展开。宋代士气最盛,文人中谨厚如曾巩,方其年壮气锐之时,亦"自负要似刘向,不知韩愈为何如",而终得"衍裕雅重,自成一家"③之成就。宋人之所以多能负气不屈,无疑是因为自信其所

①韩愈《送高闲上人序》,《韩昌黎文集校注》卷四。
②柳宗元《答韦中立论师道书》,《柳河东集》卷三四。
③王震《南丰先生文集序》,见《曾巩集》,中华书局,1984年版,第801页。

学最合于"道"的缘故。

南宋学者林希逸曾论苏洵：

> 老泉《上欧阳书》，如曰："退养其心，幸其道之将成，可以
> 复见于当世贤人君子。"又曰："斯人之去，而道虽成，不复足
> 以为荣。"又曰："姑养其心，使其道大有成，而待之，何伤？"又
> 曰："道既以粗成，而果将有以发之也。"愚尝反覆诵此数语，
> 恐只须换"道"字作"学"字。未知世之学者，有与余同
> 疑否？①

他认为苏洵自述其"道"之成否，是有问题的，应该把这"道"字易
为"学"字方妥。其实，苏洵自述其"道"，正是指其一家之"学"，
并不须改字，而所谓"道"成以后"将有以发之"，即是"发"之于文
章的意思。王安石《上人书》论"作文之本意"云：

> 孟子曰："君子欲其自得之也。自得之，则居之安；居之
> 安，则资之深；资之深，则取诸左右逢其源。"独谓孟子之云
> 尔，非直施于文而已，然亦可托以为作文之本意。②

他认为写文章的"本意"就是表达作者"自得之"的独立见解。
《与祖择之书》中又说："圣人之于道也，盖心得之。"③这"心得之"
就是"自得之"，其内容为"道"。此种见解，在古文大家之外也不

---

① 林希逸《竹溪鬳斋十一稿续集》卷二八《学记》，《文渊阁四库全书》本。
② 王安石《上人书》，《王文公文集》卷三，上海人民出版社，1974年。
③ 王安石《与祖择之书》，同上卷五。

少同调,如孙复《答张洞书》云:"文之作也,必得之于心而成之于言。"①他的看法与王安石一致。大概宋人讲"道",最重心得,即其"所学"而能"养气"者也。

"文以载道",此"道"既为作家"所学"而能"养气"的独特心得,则"载"字亦得其解,周必大《王元勃洋右史集序》云:

> 文章以学为车,以气为驭。②

这"车"和"驭"的比喻,结合起来,正足以形象地说明"文以载道"之"载"字的含义。王安石《上张太博书二》又谓:"夫文者,言乎志者也。"③古文家亦欲以文"言志"。若问何者为"志",则孔子云"十五而志于学",孟子倡以志帅气之论,可见儒者不能离开学养而谈"志"。那么,把"志"具体地落实到学养后,所谓"言志"也就是"以学为车,以气为驭"的意思,也就与"载道"无以异了。

总之可以断言:在唐宋思想家、古文家继承经典、诸子而来的话语系统中,"载道"、"言志"的含义不可能是对立的。

四、"道"与"新儒学"

或者又将云:唐宋诸人讲"道",固指其"所学"矣;但其学以六经为旨归,不出儒家思想之范围,则其所谓自成一家,所谓独立见解,恐亦未必完全独立、自成,至少要大打折扣。——这一点,是应该承认的,就此角度来说,如果一个反对儒学的人同时反对

---

① 孙复《答张洞书》,《孙明复小集》,《文渊阁四库全书》本。
② 周必大《王元勃洋右史集序》,《文忠集》卷二〇,《文渊阁四库全书》本。
③ 王安石《上张太博书二》,《王文公文集》卷三。

"文以载道"，乃至否定唐宋古文，那几乎也顺理成章，反而是既从思想上反对儒学，又要从文学上肯定"古文运动"的一部分学者，持论时显得左右为难。这里当然会牵涉到学者对于中国思想史的认识。我们赞赏一个人的独立见解，并不意味着他可以脱离思想史上已有的一切传统，完全无所依据；我们对儒学持反对的态度也好，持赞美的态度也好，都不能把中国两千多年间的儒学看成僵死的一块，而应当看到它有继承和发展的历史过程。从这个角度说，唐宋时代真正有成就的大家，都是善于继承，持之有故，而又善于发展，自出机杼的。他们对于传统的儒学，固然十分尊崇，却也并非简单袭取，以为作文之资而已；他们是经过了自己的思考，用文章来写出这思考的结果。

如韩愈《论语笔解》释《论语·为政》中"温故而知新，可以为师矣"句云：

> 韩曰：先儒皆谓寻绎文翰，由故及新。此是记问之学，不足为人师也。吾谓"故"者，古之道也，"新"谓己之新意，可为新法。①

这个解释很精彩，可见韩愈虽以所谓"道统论"著称于世，一再标榜自己的"道"是尧舜以来列圣相传不变的古"道"，但实际上他不以复述古"道"为满足，而要自出"新意"，来为当代立"新法"的。在《答崔立之书》中，他曾说自己的理想是"作唐之一经，垂之于无穷"②，这是颇为罕见的气魄。自古以来，自任为当代良

①韩愈、李翱《论语笔解》卷上，《文渊阁四库全书》本。
②韩愈《答崔立之书》，《韩昌黎文集校注》卷三。

"史",或以自成一"子"相标榜的人,都数见不鲜,但遽谓自作能于六经外更增一经,则可叹为稀有。韩愈的口气这样大,想来他自信其"新意"已足可为划时代的创举,而实际上也确乎如此。今天的思想史学界,经常把韩愈以后的宋明儒学称为"新儒学",基本上承认了他的自许。所以,我们一方面要看到他对传统儒家思想的继承,另一方面更应看到,儒学在他手上已呈现新的面貌,即从汉唐经学转向了宋明"新儒学"。

宋代是"新儒学"成立和成熟的时期,那时候的文章家,几乎都兼为自名一说的思想家,如王安石开创"新学"一派,三苏以"蜀学"自树一帜,曾巩的学术也颇得南宋道学大家朱熹的好评。作为儒学发展的一个新阶段,"新儒学"当然也还是一种"儒学",但思想者若思考得深广彻底,其思想未必不能穿越儒家立说的底层,而进为对于真善美的普遍性的思考。虽大体仍指归于经典,但宋人"疑经"成风,对经典的解释相当自由。故宋人以文"载道",不会将"道"看成圣训教条,而是看作自己对于真理的独特领悟的。正如章学诚《文史通义·说林》所云:"道,公也;学,私也。君子学以致其道,将尽人以达于天也。"①儒者言"道",要上升到对于天人之际的根本性思考,则"载道"之文的最高境界也要"尽人以达于天",超越一家之学,而成为对真理的表述。

按一般的理解,唐宋"新儒学"以南宋的朱子之学为"集大成",并在元明以后取得统治思想的地位。这个统治思想在20世纪初受到猛烈的批判,而带头批判的多数兼为感情丰富的文学家,所以除理性的批判外,还带上浓重的厌憎情绪。但是,产生于20世纪的"中国文学史"和"中国文学批评史"学科,却又依据一

---

①章学诚著,叶瑛校注《文史通义校注》,中华书局,1985年,第347页。

种"进步"的历史观,不得不对所谓"唐宋古文运动"有所肯定。于是,学者们长期地陷于厌恶"新儒学"而又肯定"古文运动"的两难困境之中,直到今天也还没有完全走出来。作为"中国文学批评史"的创始人,郭绍虞先生为解脱这一困境付出了相当的努力,他竭力论证古文家所讲的"明道"、"贯道"、"致道"等语,与始见于周敦颐笔下的"载道",在含义上是如何的不同,由此而区分了所谓"古文家的文论"与"道学家的文论"①。此种语义上的辨析,当然也未始全无道理,但在他明显过分的强调当中,我们不难读取其潜台词:只要与"道学"保持区别,文学便可得到拯救。可惜的是,这样的区别要以某种固定化的身份确认为前提,即按照今天区分学科的模式,把历史人物确定为仿佛各学科的专家那样的身份,比如周敦颐,就依据旧时"道学始祖"的说法,将其身份固定在道学领域,从而与"古文家"相区分。在郭先生从事撰述的年代,周氏作为"道学始祖"大概还未遭受质疑,但随着宋代思想史研究的深入,思想史学界基本上否定了这个说法②,于是继承郭先生思路的文学批评史家就只好在这方面闭目塞听。其实,即便我们不怀疑周氏是"道学始祖",这个在欧阳修大倡古文之前就以古文(散体)写作的人,为什么就不能算在"古文家"行列呢③?难道"道学始祖"就一定不能成为"古文家"吗?反过来,用"载道"一

①详见郭绍虞《中国文学批评史上文与道的问题》、《中国文学批评理论中"道"的问题》等文,《照隅室古典文学论集》上编第170—191,下编第34—65页。
②参考土田健次郎《道学之形成》第二章,上海古籍出版社,2010年。有趣的是,土田氏从道学思想的形成史上否定了"周敦颐神话"后,又将周氏重新定位为"宋初古文家"的继承人。
③关于周敦颐与北宋"古文运动"的关系,详见本书第二章第三节。

语的,也不见得全是"道学家"。相比于周作人对"载道"与"言志"的强加区分,郭氏的区分实在更为用心良苦,却未必能通释所有相关的史料。要而言之,问题的症结在于 20 世纪初延续下来的对"新儒学"的厌憎情绪,并且这种厌憎情绪在文学史、文学批评史学者的身上,保持和发展得比思想史学者远为强烈,这就使一般文学史、文学批评史中出场的"新儒学"(或限定为"道学")仿佛就是文学的天敌。毫无疑问,历史上苏轼与程颐的矛盾,以及朱熹对欧阳修、苏轼的某些贬斥之辞,令"古文家"与"道学家"的对立显得言之凿凿,——这固然是一个值得分析探讨的现象,但时至今日,我们对"新儒学"的历史意义应有更为理性的认识,至少不必为我们所喜爱的文学家撇清他与"新儒学"的联系了。

五、小结

总之,中国传统文论中并无"载道"与"言志"的对立;唐宋古文家讲"文以载道",其"道"实指本其"所学"而独自树立的一家之言,与"言志"恰为同义;而唐宋古文大家之"所学",虽不出儒道之范围,却也重在自出新意,并努力上升到对于真善美的普遍性的思考,从而与同时期其他的思想家一起,共同促成和建设了"新儒学"。因此,"文以载道"的实质,是要求古文创作能表达作者理性思考的结果。

由于"道"在后世被教条化,"载道"之文也有可能蜕变为钦定教条或老生常谈的面目可厌的传声筒。但此种可能性甚或必然性的存在,不能成为否定这一理论主张的根据,就好像美丽的少女有可能或者说必然会变成老太太,但我们不能据此否定她青春时代的美丽。相比于历史上产生过的其他创作主张,"文以载道"当然也并非没有缺憾,在"以学为车,以气为驭"的描述中,

"气"是与情感相关联的，但总体上看，在理性与情感之间，这一主张是偏重理性，而于情感有所忽视的。不过既然是一种主张，就必有其响应思潮、针砭时弊的效用，后人若以一种平稳而全面的理论框架去衡量之，自不难指摘它的偏颇。但不偏不颇的言说，恐怕也不可能成为具有历史作用的主张。所以平心而论，那与其说是缺憾，不如说是特点，即对于在文章创作中贯注理性精神的强调。

自六朝以来，人们更多地把文学与情感相联系，为什么到了中唐至北宋的这个时期，转而如此地强调理性了呢？在我看来，此事首先跟创作主体，即士大夫阶层的性质转变相关，因为就是在这个时期内，士大夫的主干部分从门阀贵族逐渐转变成了科举出身的进士。拿科举士大夫与贵族士大夫相比，性质上的差异是很明显的，一个科举出身的官员，其地位和权力仅来自皇帝的一纸任命书，不像贵族官僚那样背后有家族、集团、地域的政治、经济、军事实力为依托，也就是说，贵族官僚是某种实力的代表，据此可以谋得皇帝与他们妥协，而进士们则没有这种代表性，从势利的角度讲，他们似乎只能依靠皇帝，看皇帝的脸色做事，谋得信任和富贵。但是科举士大夫也有优点，就是拥有知识，以及伴随知识而来的"合理"观念，或者对于意识形态的把握。也可以说，他们能够"代表"的就是"合理"观念、意识形态，或者如他们经常宣称的那样，"为民请命"，抽象地"代表"所有的民众。实际上，他们很少做民意调查，经常把自己的"合理"观念当作民意。所以，对"合理"性的主张，是科举士大夫的核心特征，甚至是其存立的依据。那么，在文学创作上强调理性，也就是理所当然了。

理性精神在文章领域的崛起，与宋诗"主理"的倾向一致，它有可能给文学带来一些损失，因为理性思维可能过滤掉某些诗性的智慧，但另一方面，它也把那些烂熟的情调、陈陈相因的意象和浅薄的抒情从文学领域放逐出去，锻炼了宋代作家的理性锋芒，从而铸就了宋代文学的总体特性，更重要的是，它使士大夫的文学创作与其在思想领域的进展（即"新儒学"的创建和成熟）保持了同步，促使其对文学的思考进入一个更深刻、更自觉的阶段。这种深刻性和自觉性的最为突出的表现，就是谈"文"必先论"道"。作为天地群生、一切存在的最高本体的"道"，因其被创作主体所认知体会，而具现为浅深不同的"学养"，通过主体的表达活动，而被承载于"文"。

第二章 "古文运动"与"新儒学"的进展

本章承接第一章提示的思路,从士大夫阶层性质转变的角度,考察其主张的"道"的理论内涵如何对应此转变而不断深化,也就是"新儒学"在思想上的进展,及其施与古文文风之影响。

第一节 中唐儒学所谓"尧舜之道"

唐初钦定的《五经正义》为读书人提供了儒家经典的标准文本和标准解释,这对于一个太平盛世所需要的意识形态来说,似乎已是够用的了,所以,在较长的时期内,人们只是学习,而不需另作理论思考。此种情形的改变要到8世纪中叶的"安史之乱"发生以后,一方面,盛世的稳定秩序被破坏,另一方面,唐室中央政权还没有完全崩溃,人们期待着它的"中兴",为了应付这样的局面,儒学就必须获得新的理论内容,来批判和挽救当代的世道人心。以《春秋》学家啖助为代表的一些"异儒"随"安史之乱"而出现,他的学生陆淳在8、9世纪之交的朝廷里任职,永贞元年(805)王叔文等一度主持政局时,陆淳同情和帮助了这个政治集团,并由于过早去世而幸免了该集团失败后被清洗的命运。曾经向他问学的柳宗元则遭受了十余年的贬谪，殁于柳州。但柳宗元却成为中唐儒学复兴和"古文运动"中与韩愈齐名的领袖人物，其儒学学说与韩愈同中有异，而从下述资料来看，他明显地继承了啖助的理论思想。

柳宗元曾经对陆淳的学说做出总结，这个总结也可以反映他自己的旨趣。在他给陆淳写的墓表里，总结了陆淳的学说要点：

> 其道以生人为主，以尧舜为的。
> 其法以文、武为首，以周公为翼。①

这是说，陆淳的道合乎尧舜之道，周文王、武王与周公的礼法也被他采取。但柳集中《唐衡州刺史东平吕君诔》又云："跨腾商周，尧舜是师。"②则尧舜之道显然是高于文武周公的。又柳集《答元饶州论〈春秋〉书》，将此意表述得更为清楚，书中说他读了陆淳解释《春秋》的著作，有许多收获，其第一条是：

> 于"纪侯大去其国"，见圣人之道与尧舜合，不唯文王、周公之志，独取其法耳。③

这才彰明昭著，他们所谓的"圣人之道"乃是尧舜之道，而对文武周公有所超越。在他们看来，尧舜与文武周公之间有区别。

陆淳、柳宗元的这个论调，是继承啖助的学说而来的，清代姚

---

① 柳宗元《唐故给事中皇太子侍读陆文通先生墓表》，《柳河东集》卷九，上海古籍出版社，2008年。
② 柳宗元《唐衡州刺史东平吕君诔》，《柳河东集》卷九。
③ 柳宗元《答元饶州论〈春秋〉书》，《柳河东集》卷三一。

范《援鹑堂笔记》曾予以指出：

> 啖助曰："公羊子言:'乐道尧舜之道,以拟后圣。'《春秋》用二帝三王法,不一守周典,明矣。"子厚学《春秋》于陆质,质之学本于啖助,故云:"见圣人之道与尧舜合,不唯文武周公之志,独取其法。"而《陆质墓表》云:"以尧舜为的,以文武为首,以周公为翼。"而他文亦曰:"理不一断于古书老生,直趣尧舜大道。"其渊源本于此也。①

从这段分析可以获知:第一,柳宗元从陆淳那儿继承了啖助的观点;第二,所谓文武周公的"法",就是"周典",也即我们平常说的"周礼";第三,尧舜之道被认为是超越周礼的;第四,圣人(指孔子)之道被认为与尧舜合,而不照搬周礼,据说从《春秋》可以看出此意。

我们一直不明白柳宗元与韩愈的儒学思想有何显著的差异,但若注意一下中唐儒学里这一种关于"尧舜之道"与文武周公之礼制有异的言论,就自然会联想到韩愈在《原道》中阐述的著名的"道统论",两者之间有着很显然的异趣。因此,我们有必要弄清此所谓"尧舜之道"的理论内涵,那不但能使我们更完整地了解中唐儒学的面貌,而且能使我们改变一种成见,即以为《原道》的主旨仅在于攻击佛教,实际上,"道统论"阐明尧舜禹汤文武周公孔孟之道的一贯性,主要是针对所谓"尧舜之道"而发的。以下先清

---

① 姚范《援鹑堂笔记》卷四三,道光乙未刊本。按,陆质即陆淳,避唐宪宗讳改名质。"理不一断于古书老生,直趣尧舜大道"语见《柳河东集》卷三〇《与杨京兆凭书》。

理啖助、陆淳、柳宗元关于"尧舜之道"的学说及其影响，再叙述韩愈对此学说的批判。

一、从啖助到柳宗元的"尧舜之道"

啖助的著作没有完整地流传下来，现在可据以参见其说的是陆淳编的几部书：《春秋集传纂例》十卷、《春秋集传微旨》三卷和《春秋集传辩疑》十卷。据《纂例》卷一《修传始终记》载，啖助于"安史之乱"发生后避地江东，从唐肃宗上元辛丑岁（761年）开始"集三《传》释《春秋》"，到唐代宗大历庚戌岁（770年）完成《春秋集传》，不久即弃世。这部《集传》今虽不传，但陆淳的三部书中颇引其文。啖助《春秋》学的核心思想，在《纂例》卷一《春秋宗指议》里讲得很明白：

> 啖子曰：夫子所以修《春秋》之意，三传无文。说左氏者以为，《春秋》者周公之志也，暨乎周德衰，典礼丧，诸所记注多违旧章，宣父因鲁史成文，考其行事而正其典礼，上以遵周公之遗制，下以明将来之法（杜元凯《左传序》及《释例》云然）。言公羊者则曰，夫子之作《春秋》，将以黜周王鲁，变周之文，从先代之质（何休《公羊传注》中云然。）解穀梁者则曰，平王东迁，周室微弱，天下板荡，王道尽矣，夫子伤之，乃作《春秋》，所以明黜陟，著劝戒，成天下之事业，定天下之邪正，使夫善人劝焉，淫人惧焉（范宁《穀梁传序》云然）。吾观三家之说，诚未达乎《春秋》大宗，安可议其深指？可谓宏纲既失，万目从而大去者也。予以为《春秋》者，救时之弊，革礼之薄。何以明之？前志曰："夏政忠，忠之弊野，殷人承之以敬；敬之弊鬼，周人承之以文；文之弊僿，救僿莫若以忠，复当

从夏政。"夫文者,忠之末也,设教于本,其弊犹末,设教于末,弊将若何? 武王、周公承殷之弊,不得已而用之。周公既没,莫知改作,故其颓弊甚于二代,以至东周,王纲废绝,人伦大坏。夫子伤之,曰:"虞夏之道,寡怨于民,殷周之道,不胜其弊。"又曰:"后代虽有作者,虞帝不可及已。"盖言唐虞淳化,难行于季末,夏之忠道,当变而致焉。是故《春秋》以权辅正,以诚断礼,正以忠道,原情为本,不拘浮名,不尚狷介,从宜救乱,因时黜陟……故曰:救周之弊,革礼之薄也。①

此段讨论圣人作《春秋》的宗旨,对杜预、何休、范宁三家的学说皆予以摈弃,自立其说。所根据的"前志",未明言为何书,但此种"三代损益论"在汉代的文献如《说苑·修文》、《史记·高祖本纪赞》、《白虎通义·三教》及某些纬书如《春秋纬·元命苞》中可以见到,董仲舒《贤良策三》已有此论的胚胎,《盐铁论·错币》中亦曾提及,盖为汉人之常谈。汉代编集的《礼记》中有《表记》一篇,里面记载的孔子言谈也表达了相同的历史观。啖助在上引文中引述的两句孔子的话,就出自《礼记·表记》。汉代今文经学家爱讲"三代损益",为的是把汉朝论证为纠周之弊而起的一个合法政权,总结三代而更创新貌的伟大时代,所以不必拘守周礼,而要复从夏政,以追还唐虞(尧舜)之治。啖助以《礼记·表记》为据,来解释《春秋》的宗旨,亦引董仲舒、太史公之说为据:

---

① 陆淳《春秋集传纂例》卷一《春秋宗指议》,笔者校点本见复旦大学思想史研究中心编《思想史研究》第三辑《经学、政治与现代中国》,上海人民出版社,2007 年。

太史公亦言："闻诸董生曰：'《春秋》上明三王之道。'"
《公羊》亦言："乐道尧舜之道，以俟后圣。"是知《春秋》参用
二帝三王之法，以夏为本，不全守周典礼，必然矣。①

依此，则杜预全以周礼为据来定褒贬是完全错误的，范宁的说法
也过于笼统，唯何休的"变文从质"，实与啖助所谓救周之弊，尚夏
之忠相同，但啖助反对他的"黜周王鲁"之说，以为"周德虽衰，天
命未改，所言变从夏政，唯在立忠为教，原情为本，非谓改革爵列，
损益礼乐者也"②。这是说，"救周之弊，革礼之薄"并不是要"革
命"，并不是反对周这个中央政权，而是要"以权辅正，以诚断礼"，
从而扶助中央政权。

我们知道，董仲舒、太史公其实与何休同宗《公羊》，啖助承董
仲舒、太史公之说而不从何休，不过因为汉人已在周亡之后，可以
讲"黜周"，而啖助身处唐肃宗、代宗之朝，自不宜遽言"革命"，故
他不言"黜周"而言"救周"，其"原情为本"，"革礼之薄"不是为一
个取代旧政权的新政权而说的，是为呼吁现政权的改革而说的。
可见，啖助在《春秋》宗旨问题上摈弃三传，自立其说，其意图乃是
"经学救国"，与汉儒"经学立国"的论调自当有所同异。

那么，说《春秋》"以夏为本，不全守周典礼"，在经文中又有
何根据呢？其最主要的一条根据，就是柳宗元指出的："于'纪侯
大去其国'，见圣人之道与尧舜合，不唯文王、周公之志，独取其法
耳。"按《春秋》鲁庄公四年，齐襄王灭纪国，纪侯出逃，《春秋》于
此事书以"纪侯大去其国"，这"大去"的含义似不简单。《左传》

①陆淳《春秋集传纂例》卷一《春秋宗指议》。
②同上。

无解说。《公羊传》以为是给齐襄公讳饰，因为齐国与纪国的先世有仇，襄公为报祖先之仇而灭人国，是可以谅解的，故而《春秋》不书其灭人之国。《穀梁传》的解说正好相反，谓"大去"之意是赞扬纪侯，因为他贤明，所以他出逃后，老百姓都要跟随他去，"民之从者四年而后毕"，这叫"大去"。对此两种解说，啖助皆不赞同，陆淳的《春秋集传辩疑》卷三于《公羊》之说直斥为"迂僻"，于《穀梁》之说则引录啖助自己的解说，见陆淳《春秋集传微旨》卷上：

> 淳闻于师曰：国君死社稷，先王之制也，纪侯进不能死难，退不能事齐，失为邦之道矣，《春秋》不罪，其意何也？曰：天生民而树之君，所以司牧之，故尧禅舜，舜禅禹，非贤非德莫敢居之。若捐躯以守位，残民以守国，斯皆三代已降家天下之意也。故《语》曰："唯天为大，唯尧则之。""《韶》尽美矣，又尽善也；《武》尽美矣，未尽善也。""禹，吾无间然矣。"达斯语者，其知《春秋》之旨乎？①

此段议论，原来或在啖助的《春秋集传》里，或为陆淳从啖助处耳闻。其意亦以为"大去"是赞扬纪侯，他没有"捐躯以守位，残民以守国"，而是弃位出走，让百姓免遭兵祸。啖助认为这样的做法符合尧舜禹之道，而与"三代已降家天下之意"不同。在此，尧舜与文武周公的区别已被明确揭示：尧舜以天下为公，而文武周公则是"家天下"的。这与《礼记·礼运》所谓"大同"、"小康"之说相一致。在啖助看来，《春秋》对纪侯的褒赞态度透露了孔子的真意，是倾向"大同"而贬斥"家天下"的，他并且引了《论语》中孔

---

① 陆淳《春秋集传微旨》卷上，《丛书集成》本。

子的话来作证明。是故,柳宗元读了陆淳的书后,于此条得出"圣人之道与尧舜合,不唯文王、周公之志"的结论。

我们今天讨论孔子的思想,几乎只依据《论语》一书,认为只有它是可靠的资料。但古人并不如此。《礼记》各篇引述孔子言论甚多,若据此以探寻孔子的"真意",今人多不认可,但在唐代,这样做是完全合理的。《礼记·礼运》确实将"天下为公"的"大同"之世与"天下为家"的"小康"之世相区别,而分别对应于二帝(尧舜)、三王(夏商周)两个时代;《礼记·表记》也确实有赞美尧舜而相对地贬低殷周之意。类似的思想观点至晚在战国时代就有一定程度的流行,那也许应该属于儒家的七十子后学,但啖助显然将它归属于孔子的思想。啖助从《论语》里引出的上述几句孔子的话,看来也不无这样的意思,但《论语》也有"吾从周"及赞美周公的话,所以孔子本人大概还不会把二帝与三王之道对立起来。即便就《礼记》一书来说,其中各篇的主旨亦不太统一,如《中庸》篇讲"仲尼祖述尧舜,宪章文武",较之《礼运》、《表记》诸篇,是更突出二帝与三王之道相同一面的。自从"道统论"流行后,读经的人就只注意这一面,有意无意地忽略了《礼记》里面确实存在的将尧舜之道与三王之制相区别的一面,而在"道统论"流行之前,像啖助那样崇奉"尧舜之道",相对地贬低文武周公,并不算一种无根之谈,因为那也是战国以来儒家的旧说。要是在赵宋以后还出现这样的观点,就会被看作奇谈怪论了。

既然啖助的观点是战国以来儒家之旧说,那么,他本此以解读《春秋》,原非经学之所不许。然而,《旧唐书·儒学·陆质(淳)传》却称陆淳师从的啖助为"异儒",宋人所编《新唐书·儒学·啖助传》更直斥其说是"凿意"之谈,可见啖助的学说与当时一般的儒者是不相同的,在宋代也未获许可。宋时"道统论"流行,啖助的观点被批判是可以理解的;其说在唐代也显得新奇,则主要是因为中古时期以士族知识分子为主体的儒家学者一般是尊崇"制礼作乐"的周公,而精于辨识名物礼数的。自东汉古文经学兴起以来,对"礼"的研习渐成儒家学说和教育的重心,学者注疏各经也大体以考明礼制为根本。士族大家标榜"礼法清检"为其"门风",若谈及政治,则必要先议古制,以恢复周礼为基本的施政纲领。在这样的学术背景下,啖助复活了西汉今文经学的某些观点,借尧舜的名义来贬低周礼,就颇有反传统的意味了。当时士族门第虽已趋消亡,但社会上的士族意识还是很强的,在以研习礼数为学术之本的士族经学家看来,啖助走的显然不是经学的正路,故啖助会得到一个"异儒"的称号。但正是这个"异儒",给中唐时期的儒学带来了新的生机。

上文说过,啖助著书的意图在于"经学救国",他探讨《春秋》的宗旨,是为了呼吁政府依此宗旨实行改革。既然"圣人之道与尧舜合,不唯文王、周公之志",而所谓"尧舜之道"就是"天下为公"的"大同"之道,那么,他所期望的新政,当然就是如《礼运》讲的"大道之行也,天下为公,选贤与能,讲信修睦",而不必遵行"亲亲""贵贵"的周礼。这个思想被柳宗元很鲜明地表达了出来。《柳河东集》卷三《六逆论》就是攻击周礼的一篇激烈的文字。所谓"六逆",见《左传》鲁隐公三年,谓"贱妨贵,少陵长,远间亲,新间旧,小加大,淫破义"是六种逆乱的现象。柳宗元进行了反驳,他认为,少陵长、小加大、淫破义三者确属逆乱的现象,但贱妨贵、远间亲、新间旧三者却不是逆乱。不仅不是逆乱,而且还是"礼之本"。朝廷用人之际,唯一的准裁当在贤愚。他以贤愚为断,罗举史例,说明"贵不足尚"、"亲不足与"、"旧不足恃"。这样,周礼的"亲亲""贵贵"之义被据理驳斥。此文虽似讨论《左传》的义理,其实针对国家的用人方针而发，是将啖助的《春秋》学之精神体现于政论，而欲以此"救国"的。自然，一律以贤愚为断，不计贵贱、亲疏、新旧诸因素，在任何时代都只是一个理想，但柳宗元特发此论，意在批判当时的贵族政治的遗留，有其特定的含义。在他看来，非此则不足以"救国"的。永贞年间，柳宗元的这个思想通过他跟王叔文的关系而一度影响及于政局，当年的人事调动确实体现出"贵不足尚"、"亲不足与"、"旧不足恃"的精神，但马上就碰得头破血流了。我们基本上可以把昙花一现的"永贞革新"看作啖助、柳宗元"尧舜之道"理论的一次政治实践，虽然这次"革新"的主事者并不很理想。

二、唐人的皇帝王霸之道

如上所述，中唐时期的某些"异儒"，在经学领域挑起"尧舜之道"与周礼的矛盾，其目的即在借经学以批判贵族制度在当代政治中的遗留成分，则其理论自有新意，也自会获得相当程度的社会反响。或许是一种巧合，此时的中央政权以"唐"为国号，就容易使人们用"唐尧的继承者"来恭维它，而皇室也必乐于接受这样的恭维。如果说，唐尧的继承者应当施行"尧舜之道"而超越周礼，大概不至于招致皇室的反感。陆淳的另一个弟子吕温（他因为出使吐蕃而远离永贞政局，幸免了"二王八司马"之难）就曾巧妙地道出这样的议论：

> 国家体元立极，继天而作，腾轶殷周，绍休唐虞，率我蒸人，登于寿城。王一变至于帝，帝一变至于皇。①

----

①吕温《复汉以粟为赏罚议》，《吕衡州文集》卷一〇，《四部丛刊》本。

这里的"王"指夏商周三代之王,"帝"指唐尧、虞舜二帝,"皇"指更早的伏羲等三皇。虽然儒家学说一致推崇三代盛世,但以古人一般的思路,"帝""皇"的时代是更为淳正的。礼乐昌明的周文化是三代盛世的典范,也曾经是儒者的精神家园,但吕温却进一步把李唐政权提到与唐尧之治相拟配的高度,那自然就可以讲"腾轶殷周"了。

类似的观念大概曾在中唐时期流行,如元稹亦云:"臣虽贱庸,尚不敢陈王道于帝皇之日,况权术乎?"①王道是三王之道,帝皇之日是应讲求更高的帝皇之道的,至于比王道再等而下之的霸道,即权术,就不必提了。唐人喜谈皇帝王霸之术,中唐时期国事日蹙,士论益繁,观白居易《策林》七十五篇,可见当时知识界经常谈论的议题,如"封建"之制是否可行、佛教势力应否限止、财政困难如何解决等等,其中就有皇帝王霸问题。其说云:

> 五帝以道化,三王以礼教。②
>
> 圣王之致理也,以刑纠人恶,故人知劝惧;以礼导人情,故人知耻格;以道率人性,故人反淳和。三者之用,不可废也。
>
> 刑者,可以禁人之恶,不能防人之情;礼者,可以防人之情,不能率人之性;道者,可以率人之性,又不能禁人之恶。循环表里,迭相为用。……是以衰乱之代,则弛礼而张刑;平定之时,则省刑而弘礼;清净之日,则杀礼而任道。……方今华夷有截,内外无虞,人思休和,俗已平泰,是则国家杀刑罚

---

① 元稹《才识兼茂明于体用策》,《元稹集》卷二八,中华书局,1982年。
② 白居易《策林》一五《忠敬质文损益》,《白居易集》卷六二,中华书局,1979年。

之日,崇礼乐之时。①

　　这刑、礼、道就是霸道、王道与帝道,对应于古史上春秋、三代与三皇五帝时代,白居易主张三者迭相为用,而认为目前应用王道,即崇礼乐。此与柳宗元、吕温之主张跨商周而绍唐虞,观点不同。但谓帝皇之"道"在理论上高于文武周公之"礼",则白居易必也认可。

　　超越三代而继美唐虞乃至羲黄,作为一种政治主张,原是汉初黄老道家之说,魏晋玄学家亦主此说,如何晏《景福殿赋》(《文选》卷一一)末云:"方四三皇而六五帝,曾何周夏之足云。"故《颜氏家训·勉学》斥谓:"何晏、王弼祖述玄宗,递相夸尚,景附草靡,皆以农、黄之化在乎己身,周、孔之业弃之度外。"崇礼的士族对此深为不满。及至唐代,此说尤见风靡,文人撰词多以太古治世、羲黄尧舜之道相夸尚,姑引盛唐大诗人李白、杜甫集中数例为证:

　　　　王琦注《李太白文集》卷九《赠清漳明府侄聿》:"弦歌咏唐虞,脱落隐簪组。心和得天真,风俗尤太古。牛羊散阡陌,夜寝不扃户。"卷一一《经乱离后天恩流夜郎忆旧游书怀赠江夏韦太守良宰》:"百里独太古,陶然卧羲皇。"卷二六《代寿山答孟少府移文书》:"天为容,道为貌,不屈己,不干人,巢、由以来,一人而已。"

　　　　仇兆鳌《杜诗详注》卷一《奉赠韦左丞丈二十二韵》:"致君尧舜上,再使风俗淳。"卷三《醉时歌》:"先生有道出羲皇。"卷四《自京赴奉先县咏怀五百字》:"许身一何愚,窃比

①白居易《策林》五四《刑礼道迭相为用》,《白居易集》卷六四。

稷与契。"

无论以巢、由自比,抑或以稷、契自许,皆引尧舜时人为况,而所述政治理想也高企上古。这不是偶作夸谈,实在是唐代庶族文士持论的常态,而与尊崇周礼的士族意识形态相异趣。庶族文士对于礼学的研究自不如士族精细,遂乐以更为高妙的羲黄尧舜之道相标榜,其动机不难理解。若在士族看来,此是"游谈无根"之说,不如礼制的研究尚为实在的学问。但唐代朝廷上有关礼制的争论经常是马拉松式的,且少能有所决断,如唐高宗、武则天欲建明堂,礼学家们对明堂应设五室还是九室的问题就争论不决,武则天遂抛开这些礼学家,找了一批文士来商量,把明堂造得宏伟新奇,虽被礼学家嘲笑,却自有文士们吟诗作赋予以歌颂。《李太白文集》卷一就有《明堂赋》,极力赞美,许为"采殷制,酌夏步","掩栗陆而苞陶唐",论及明堂的政治意义,则不谓其效法周礼,而云"贵理国其若梦,几华胥之故乡"。此正同于吕温所谓"腾轶殷周,绍休唐虞"了。需要说明的是,这种论调虽源自黄老道家,但唐人似已不觉其与儒学殊科,他们自觉这是在谈论帝皇王霸之术。我们探讨李白的政治态度时,若把上述言论看作道家思想的影响,固无不可,但不如解释为那个时代里特定阶层(庶族文士)之政治主张的特定表现形式,乃更为切实。

由此,我们就能明了中唐儒学以"尧舜之道"来抨击周礼的观点依托于怎样的社会基础。这是把盛唐庶族文士的治国理想转为救国之方案,而改其诗赋骈文的表达手段为探求《春秋》大义,将"尧舜之道"与文武周公之制视为两途,应该不算太奇异的观点,但贬三代而夸唐虞,见于诗赋虽已习为常态,著于经学则始于啖助,其人被当时称为"异儒",或由此故。其学说获得广泛的响应,当非偶然。

三、韩愈对所谓"尧舜之道"的批判

以上考论"尧舜之道"学说既明,以下叙述韩愈对此学说之批判。笔者认为,其著名的"道统论"就是自觉地针对啖助、柳宗元之说而发的。

《韩昌黎集》中有《本政》一篇,因被朱子斥为"僻涩"不通,断为少作,至谓"阙之可也"①,故向来不太受人关注,其断句与释义都存在许多错误。按"本政"之"本",是推索其本原之义,《大戴礼记》有《本命》篇,"本"字同此义,正与《原道》之"原"释义相近。今细绎《本政》文意,实是批判所谓"帝道"或"尧舜之道":

> 周之政文,既其弊也,后世不知其承大敷古,先遂一时之术以明示民。民始惑教,百氏之说以兴。其言曰:"天下可为也。彼之政仁矣,反于谊;此之政敬矣,戾于忠。"何居? 我其周从乎? 曰:"周不及殷。"其殷从乎? 曰:"夏。"曰:"虞。"曰:"陶唐。"曰:"三皇氏。"曰:"遂古之初。"暴孽情,饰淫志,枝辞琢正,纷絫纠射,以僻民和,以导民乱。②

此处明显反对以二帝三皇乃至遂古之初的所谓"质"来取代周的"文",认为那是公开宣扬情欲,只会带来混乱。这当然是对夸谈羲黄尧舜者的当头棒喝,也是对啖助、柳宗元等"变文尚忠"、"绍

---

①见《原本韩文考异》卷四《本政》篇"何居"条下,《文渊阁四库全书》本。
②韩愈《本政》,马其昶《韩昌黎文集校注》卷一,上海古籍出版社,1986年。
　笔者据自己对文义的理解重新标点。

休唐虞"之论调的反驳。同时,韩愈认为周的"文"原是"承大敝古"而来的,其初与尧舜之道未尝不一致。这就有了"道统论"的意思。

不过,啖助立说的根据在于汉代以来流行的"三代损益论",欲驳啖说,也须首先辩正此论。韩集《进士策问十三首》之二云:

> 古之人有云:"夏之政尚忠,殷之政尚敬,而周之政尚文。是三者相循环终始,若五行之与四时焉。"原其所以为心,皆非故立殊而求异也,各适其时,救其弊而已矣。夏殷之书,存者可见矣,至周之典籍咸在,考其文章,其所尚若不相远然,焉所谓三者之异云乎?抑其道深微,不可究欤?将其词隐而难知也?不然,则是说为谬矣![1]

他对于夏尚忠、殷尚敬、周尚文的概括提出质疑,谓考其遗文似不见三者之异。那么,三代循环损益之论也就站不住脚了。此问题到宋代亦有继续讨论者,如刘敞《公是集》卷三八有《三代同道论》三篇,其上篇专驳忠敬文损益之说,林希逸《竹溪鬳斋十一集续稿》卷二八称刘敞"此说甚正",他们都支持韩愈的观点。

三代既无异尚,那尧舜又如何呢?"尧舜之道"是不是真的与三代礼乐相异趣?韩愈据《尚书》所载的尧舜之事做了一番探讨,见《策问》之十一:

> 夫子言:"尧舜垂衣裳而天下理。"又曰:"无为而理者,其舜也欤。"《书》之说尧,曰亲九族,又曰平章百姓,又曰协和万

---

[1]韩愈《进士策问十三首》之二,《韩昌黎文集校注》卷二。

邦，又曰历象日月星辰，敬授人时，又曰洪水怀山襄陵，下人其咨。夫亲九族、平百姓、和万邦、则天道、授人时、愁水祸，非无事也。而其言曰"垂衣裳而天下理"者，何也？于舜，则曰慎五典，又曰叙百揆，又曰宾四门，又曰齐七政，又曰类上帝、禋六宗、望山川、遍群神，又曰协时月正日，同律度量衡，五载一巡狩，又曰分十二州，封山浚川，恤五刑，典三礼，彰施五色，出纳五言。呜呼！其何勤且烦如是！而其言曰"无为而理"者，何也？①

如此，则尧舜治道非清净无为，其"勤且烦"不亚于周之礼文，恰是周礼之权舆。可证周的"文"却是"承大敷古"而来。把二帝三王的道术礼教理解为一个发展的历史过程，较之忠敬质文循环损益之论更为平实，宋代苏辙有一段文字，将此意发挥得甚为明畅：

> 传曰："夏之政尚忠，商之政尚质，周之政尚文。"而仲尼亦云："周监于二代，郁郁乎文哉，吾从周。"余读《诗》《书》，历观唐虞，至于商周，盖尝以为自生民以来，天下未尝一日而不趋于文也……盖其当时，莫不自以为文于前世，而其后之人乃更以为质也……夫自唐虞以至于商，渐而入于文，至于周而文极于天下。当唐虞夏商之世，盖将求周之文，而其势有所未至，非有所谓质与忠也。②

其论盖承韩愈而来。

---

①韩愈《进士策问十三首》之十一，《韩昌黎文集校注》卷二。
②苏辙《古史》卷五《周本纪》之论赞，《文渊阁四库全书》本。

上引韩愈文字，皆以啖助、陆淳、柳宗元、吕温等所谓"尧舜之道"的论调为攻辩的对象，至为明显。据此，则中唐"古文运动"之二巨子，其持论之差异乃可得而论，"道统论"之提出，遂有一特殊之背景，非仅复述《孟子》卒章之言而已。韩集《原道》一篇，即"道统论"之宣言：

> 尧以是传之舜，舜以是传之禹，禹以是传之汤，汤以是传之文武周公，文武周公传之孔子，孔子传之孟轲。
>
> 帝之与王，其号名殊，其所以为圣一也。夏葛而冬裘，渴饮而饥食，其事殊，其所以为智一也。今其言曰："曷不为太古之无事？"是亦责冬之裘者曰："曷不为葛之之易也？"①

观其以夏裘冬葛喻王道帝道，阐明其一致性，则亦可见"道统论"实针对流行于同时期的"尧舜之道"学说而发，谓《原道》之义尽于排摒佛老，犹是肤廓之论也。

四、评议韩、柳之"道"

"道统论"是影响非常深远的学说，简直可以视为唐宋"新儒学"的标志之一，虽然韩愈的"道统论"本身的理论内涵并不那么深刻精彩，但如上所述，先有所谓"尧舜之道"与"周礼"对立，然后才有取消这种对立，加以贯通的"道统论"。两者相比，啖助、陆淳、柳宗元阐述的"尧舜之道"倒更具理论上的深度，和批判贵族经学的力度。我们揭示出这个作为"道统论"先行学说的"尧舜之道"理论，就为了唤起"新儒学"历史上已被尘封的一段记忆，即在

———————————

①韩愈《原道》，《韩昌黎文集校注》卷一。

其兴起的当初,原本含有明确的反对贵族经学之目的,与多数出身庶族的科举士大夫在政治舞台上的崛起正相呼应。韩愈的"道统论"是对这个理论的修正,经过他的修正后,虽然对佛道的排斥性增强了,但对贵族意识形态的批判性却明显减弱。不过我们也不难想象,"道统论"在宣传效果上应该比"尧舜之道"要好一些,因为以孔子直承尧舜而与文武周公对立起来,毕竟有点骇人听闻的味道,在贵族、庶族之对立的语境成为历史后,人们就更难理解这样的学说究何所为。韩、柳之"道",就他们本人所能自觉到的异同来说,这一点大概可算关键,比唯心论和唯物论的差异更重要些。

柳宗元的思想很有特色和深度,但赵宋以降的"新儒学"者更乐意继述韩愈提示的话题,这不单因为柳宗元参与的"永贞革新"遭到否定的缘故,也因为他的理论形态往往不利于宣传,"尧舜之道"就是一证。还可以举出的一证是《天爵论》,此文以"明"和"志"为人生之天赋(文中称为"天爵"),其实与韩愈《原性》一样,在《孟子》《中庸》的基础上探讨人性的问题,正是"新儒学"的又一个标志性论题,而且其所论实在比《原性》深入得多,但他不用《孟子》的"志"、"气"对举,也不用《中庸》的"明"、"诚"对举,而是自出心裁,从《中庸》《孟子》各取一字,以"明"、"志"对举,虽必有其理由,究竟有碍于别人的接受。相比之下,韩愈《原性》就直接提出一个"性"字,而讨论其善恶,尽管他只是把孟子的"性善"、荀子的"性恶"、扬雄的"性善恶混"简单地综合为"三品"而已,似乎算不得深刻,但宣传效果比《天爵论》要好得多。唐五代和宋初的科举士大夫,通过考试进入仕途,此前大抵为应试而学习,虽能吟诗作赋,绝大部分并没有真正的学术根底,与柳宗元承续啖助、陆淳之经术,学有渊源的情况不同,要他们理解和接受柳宗元的论文,是相当困难的。逮北宋中期以后,士大夫的学养虽有显著提高,但大家都已习惯使用韩愈提示的概念进行探讨,很少人能去重温柳宗元的所思所想了。

韩愈以一篇《原道》搭起了"道统论"的框架,以一篇《原性》指示了"新儒学"最核心的论题,虽然都不够深入,影响却比柳宗元远为巨大。不过谈"道"的时候,古道、古文不妨融为一体,等到北宋中期谈"性"之风盛行起来,却引起了欧阳修、苏轼等"古文家"的反感,而使"新儒学"与"古文"这对孪生兄弟闹起了分家。说见下节。

第二节　北宋"性命之学"与"太学体"

把啖助、陆淳、柳宗元关于"尧舜之道"的阐述看作中唐以来"新儒学"的第一个重要学说,有利于我们考察"新儒学"与当时正在崛起的科举士大夫阶层的关系,因为那比韩愈的"道统论"更明确、尖锐地表现出反贵族的性质。在我看来,柳宗元的古文名篇《封建论》也恰具相同的宗旨。目前通行的历史分期法,将战国以后直至清末的两千多年统称"封建社会",其实很妨碍我们分辨这两千多年间不同阶段的特征,从政治上说,虽然最高权力大抵集中到皇帝身上,但贵族的存在与否毕竟使唐前、宋后的政治面貌呈现出甚大的差异,从皇权与贵族势力相妥协的状态转变到君主独裁的实现,并非纤芥细故,据此而将中华帝国的历史剖分为前后两段(如海外汉学界流行的"唐宋转变"论),也具有相当的合理性。从这个角度说,《封建论》所反对的"封建"表面上指的是先秦的分封制度,在当时的背景下却既可与军阀割据相联系,也可与贵族政治相联系，因为无论是割据军阀还是拥有家族自身的政治、经济乃至军事实力的贵族，对于君主来说都是实现独裁的严重障碍，其为拥护君主的科举士大夫所反对，乃是理所当然。所以，若在柳宗元的意义上谈"封建"，则反"封建"也是"新儒学"的特点之一，甚至可以说是题中应有之义。比较复杂的是，儒学本身产生于"封建"时代，有大量的内容与"封建"时代的社会状态和基本观念相适应，实际上并不怎么适用于以皇帝和科举官僚为领导的君主独裁政治，但儒学的意识形态地位又未曾改变，故将旧儒学改造成"新儒学"以应对和引领政治社会的"唐宋转变"，乃势所必然。从中唐延绵至北宋的"古文运动"，不但以此为背景，而且也主动参与其中，所谓"文以载道"，"道"正是"新儒学"的最高概念。

但是，"新儒学"在北宋的发展，却越来越呈现出探讨的话题向"性"集中的倾向。虽然"道"依然是最高概念，事实上的核心话题却是"性"，而以人性论为宋代"新儒学"最显著的特点，也已得到目前思想史学界的公认。从科举士大夫与贵族的身份区别来看，与后者根深蒂固的等级观念相对，前者强调一种普遍、均等的人性以为立身之地、出发之轫，当然是可以理解的，不过历史事实并未呈现为科举士大夫对"性"的话题的一致认同，北宋"古文运动"的重要领袖人物欧阳修，就曾否认这个话题的意义，他的学生苏轼在早期也曾跟随老师拒斥这个话题。他们的态度引起了所谓"道学家"与"古文家"之间的不睦，对"古文运动"的发展影响甚大。以下将详细探讨这一问题，而据笔者个人的看法，此与著名的欧阳修排抑"太学体"事件相关，故本节先从该事件说起。

一、排抑"太学体"事件

北宋嘉祐二年(1057),欧阳修权知贡举,"时举者务为险怪之语,号'太学体',公一切黜去,取其平淡造理者,即预奏名"①。此年登第者中有程颢、张载、苏轼、苏辙、曾巩、曾布、王韶、梁焘、吕惠卿、章惇②等,几乎囊括了北宋中后期哲学、文学、军事和政治界最具代表性的一批人物,想来他们的应试文章都可以算得"平淡造理"。至于被欧公所排斥的那种"险怪"的"太学体"文章,也有一个代表人物,曰刘几,见《梦溪笔谈》卷九:

> 嘉祐中,士人刘几累为国学第一人,骤为怪险之语,学者翕然效之,遂成风俗。欧阳公深恶之,会公主文,决意痛惩,凡为新文者一切弃黜,时体为之一变,欧阳之功也。有一举人论曰:"天地轧,万物茁,圣人发。"公曰:"此必刘几也。"戏续之曰:"秀才剌,试官刷。"乃以大朱笔横抹之,自首至尾,谓之红勒帛,判大纰缪字榜之。既而果几也。复数年,公为御试考官,而几在庭,公曰:"除恶务本,今必痛斥轻薄子,以除文章之害。"有一士人论曰:"主上收精藏明于冕旒之下。"公曰:"吾已得刘几矣。"既黜,乃吴人萧稷也。是时试《尧舜性之赋》,有曰:"故得静而延年,独高五帝之寿;动而有勇,形为

①韩琦《故观文殿学士太子少师致仕赠太子太师欧阳公墓志铭》,《安阳集》卷五〇,《文渊阁四库全书》本。

②《宋史·章惇传》:"进士登名,耻出侄衡下,委敕而出。再举甲科。"其侄章衡为嘉祐二年状元,可见章惇已预欧公奏名之列,而自己放弃了。关于此科登第者的情况,参看王水照《嘉祐二年贡举事件的文学史意义》,香港浸会大学《人文中国学报》第二期,1996年。

四罪之诛。"公大称赏,擢为第一人。及唱名,乃刘煇。人有识之者,曰:"此刘几也,易名矣。"公愕然久之。因欲成就其名,小赋有"内积安行之德,盖禀于天",公以谓"积"近于学,改为"蕴",人莫不以公为知言。①

刘煇为嘉祐四年(1059)状元,此年省试主考官是胡宿,欧公则为殿试的考官。两年前,刘煇还是"太学体"的代表人物刘几,后来不但改了名字,而且还能写出令欧公"大称赏"的文章。可见此人并非没有"平淡造理"的写作能力,其为"太学体",只是在当时的风气中追求卓越而已。

据说,此事引来了刘敞的嘲笑,金王若虚《滹南集》卷三三《谬误杂辨》云:

> 江邻几《杂志》云:"欧阳永叔知举,太学生刘几试卷凿纰。俄有间岁诏,几惧,改名煇。既试,永叔在详定所,升作状元。刘原父曰:'永叔有甚凭据?'"予谓不然,公本疾其怪僻,故特黜落,以厉风俗,及变其体,则从而取之,此乃有凭据也。正使知其为几,亦必喜之矣。且公以斯文为百姓师,岂几辈可得而眩乱哉。原父素与公争名,故多讥戏之语,而邻几猥录之,予不得不辨。②

按,今本江邻几《嘉祐杂志》无此条,当是被后人删去。刘敞所谓"有甚凭据",就是立场不坚定,容易改变的意思。王若虚认为这

---

①沈括《梦溪笔谈》卷九"人事一",辽宁教育出版社,1997年。
②王若虚《滹南集》卷三三《谬误杂辨》,《四部丛刊》本。

是刘敞无理取闹，动机在于"争名"。其实，刘敞与曾巩、司马光同龄，是欧公的后辈，"争名"恐怕谈不上。此中或者有学术立场上的差异。刘煇的《尧舜性之赋》是宋代的一篇名文，南宋陈振孙作《直斋书录解题》时，犹云"至今人所传诵"①。题面出自《孟子》，重点在于一个"性"字，正是宋代"新儒学"最核心的话题。欧阳修把刘煇赋中"内积安行之德"一句的"积"改为"蕴"，也是因为"积"字有后天学习积累的含义，而"性"是先天的，表达上确有不妥。但据《公是弟子记》，欧阳修原是反对谈"性"的，他曾跟刘敞说过："以人性为善，道不可废；以人性为恶，道不可废；以人性为善恶混，道不可废；以人性为上者善、下者恶、中者善恶混，道不可废。然则学者虽毋言性可也。"此论当即引来刘敞的反驳②。这反对谈"性"的欧阳修，在嘉祐四年居然也如此认真地考究起"性"的问题来，可能令刘敞觉得好笑。当然，谈"性"是北宋学术思想发展的大势所趋，欧公自也无法抗拒，偶尔失去"凭据"，亦不可怪。

　　大致说来，北宋士风、儒学的振起固然应归功于范仲淹、欧阳修等人的倡导砥砺，但这一代人所理解的儒学，在义理上还比较粗浅，如苏轼所概括："以通经学古为高，以救时行道为贤，以犯颜纳说为忠。"③大旨不过是尊重经学、干预政治、树立人格而已。欧阳修关于"道"和"正统"的论述，以及对于《诗》、《易》文本的解释，对"新儒学"颇有建设意义，但并未达到"穷理尽性以至于命"的理论深度。其后，王安石"新学"崛起，并主导北宋的思想界。

---

① 陈振孙《直斋书录解题》卷一七"刘状元《东归集》十卷"条，上海古籍出版社，1987年。
② 见《公是弟子记》卷四，《文渊阁四库全书》本。
③ 苏轼《六一居士集叙》，《苏轼文集》卷一〇，中华书局，1986年。

据陈瓘所说:"先王所谓道德者,性命之理而已矣。此王安石之精义也。有《三经》焉,有《字说》焉,有《日录》焉,皆性命之理也。"①从振兴儒学到深究"性命",正是"新儒学"发展的一大关节,除荆公"新学"外,二程"洛学"及张载"关学"皆以此为核心问题,即便以忠实继承欧公学术为标榜的二苏"蜀学",后来也不无这样的倾向,而刘敞《七经小传》亦颇有以"性命"解经之处,正为荆公之先导。可见,在欧阳修的地位、声望达到鼎盛阶段的嘉祐年间,他的后辈们已试图在思想深度上超越他②。此种新兴的学理思潮,未必不激荡到当时的太学之中,刘辉的一篇《尧舜性之赋》,在南宋"道学"诸家大阐性理之后,尚未失去被人传诵的价值,则其于"性命"之学的造诣,恐也未可轻视。

　　所以,欧阳修的存在固然令刘辉不得不收敛其"险怪"的文风,就此而言,我们不妨把"太学体"视为一种文病,经过欧阳修的努力而得到了纠正;但就事情的全过程来看,刘辉才是赢家。"险怪"是文章用语风格上的问题,它可能反映出作者独特的审美趣尚,但鉴于当时的考题大都关涉到儒学义理,则引起文风"险怪"的原因多半也在于思想的深度。如果当时的太学里确实涌动着比欧公那一代人所理解的儒学更为新兴的理论思潮,那么无法设想它从一开始就能获得晓畅明达的成熟表述,而理应认可它经历一个艰涩险怪的阶段。在北宋儒学的发展过程中,包括刘辉在内的一代太学生,其实思考着比欧公学说更为深入的问题,而且最后也令欧公有所改变。这当然需要思想史层面的考察,但到目前

①陈瓘《四明尊尧集·序》,《四库全书存目丛书》影印清康熙刻本。按,"先王所谓道德者,性命之理而已"语,出自王安石《虔州学记》。
②关于欧阳修对新兴的"性命"之学的抗拒,与王安石对此方面的推动,请参考刘成国《荆公新学研究》第五章第三节,上海古籍出版社,2006年。

为止,学界对于"太学体"的探讨,都是局限在文学领域进行的。

二、有关"太学体"之研讨

清代乾隆年间,馆阁臣僚编《御览经史讲义》中,有沈德潜对于"太学体"的一段讲说,谓"所称太学体,一名杨刘体者,以窒塞昏昧之辞文其浅陋"①,这大概是把"太学体"误认为杨亿、刘筠之"西昆体"骈文的始作俑者。这一误认曾在学术界延续甚久,故1982年曾枣庄发表《北宋古文运动的曲折过程》②一文,辨明"太学体"是一种古文,而不是骈文。1983年葛晓音亦发表《欧阳修排抑"太学体"新探》③,通过对北宋太学文风的考察,进一步探寻"太学体"的面貌。此举在日本学界也获得了回音,东英寿于1988年发表《"太学体"考》④一文,详细回顾了从前的"太学体"研究情况,并论定其为奇涩险怪的古文。东英寿对于这个课题的推进,主要是引证了张方平作于庆历六年(1046)的奏疏《贡院请诫励天下举人文章》:

自景祐元年,有以变体而擢高第者,后进传效,因是以

①《御览经史讲义》卷二九,"仁宗嘉祐二年以翰林学士欧阳修知贡举"条,《文渊阁四库全书》本。
②见《文学评论》1982年第5期。按,王水照《宋代散文的风格》(《光明日报·文学遗产》1962年11月11日)及刘子健《欧阳修的治学与从政》(台湾新文丰出版社,1963年)都已谈到欧阳修在嘉祐二年反对古怪的古文,显然他们已把"太学体"正确地理解为古文,但并未专就"太学体"一名作出考辨。
③见《北京大学学报(哲学社会科学版)》1983年第5期。
④原载《日本中国学会报》第40集,1988年10月。译文见东英寿《复古与创新》,上海古籍出版社,2005年。

习。尔来文格日失其旧,各出新意,相胜为奇。至太学之建,直讲石介课诸生试所业,因其所好尚,而遂成风。以怪诞诋讪为高,以流荡猥烦为赡,逾越规矩,或误后学……今贡院考试,诸进士"太学新体",间复有之。其赋至八百字已上,而每句有十六、十八字者,论有一千二百字以上,策有置所问而妄肆胸臆,条陈他事者。①

这里出现了"太学新体"一语,东英寿认为是嘉祐"太学体"的前身;而被张方平指责的石介,自然就应该对"太学体"负责了。本来,对于"太学体"这一"不良文风"的造成,曾枣庄追究的是宋祁、杜默的责任,葛晓音认为不妥,转而追究石介、孙复、胡瑗这三位太学先生的责任,东英寿通过引证张方平文章,而坐实了石介的责任。

　　对张方平的上引文字作出详细考辨,进一步追究石介责任的,是祝尚书发表于 1999 年的《北宋"太学体"新论》②。但到 2005 年吕肖奂发表《欧阳修对奇险风格的矛盾态度》③,却认为欧阳修本人也曾对"太学体"的形成发生了不小的作用。如此一来,曾被司马光斥为"奸险贪狠,士论共知"④的张方平,倒是最值得表彰的人物了。

　　到此为止,对于嘉祐二年排抑"太学体"事件,几乎所有的研

①张方平《贡院请诫励天下举人文章》,《乐全集》卷二〇,《文渊阁四库全书》本。
②见《四川大学学报》1999 年第 3 期。
③见《西南民族大学学报》2005 年第 11 期。
④司马光《论张方平第三状》,《温国文正司马公文集》卷二一,《四部丛刊》本。"士"原作"上",据《文渊阁四库全书》本《传家集》卷二二校改。

究者都认同了欧阳修当年的立场;而经过一番源流方面的追寻,与范、欧、石介诸公政治立场相异的保守派张方平获得了更高的赞誉,甚而至于认张、欧为同道,以石介为反面典型。局限于文学领域的考察而得出的此种结论,基本上背离了对北宋思想文化发展历史以及党争局面的总体观照、总体评价。知见所及,大概只有邓国光的《〈宋史〉论宋文》①一文,对刘辉表示了同情,指责欧阳修对待其考卷的做法"有可议处"。但他根据《梦溪笔谈》的记述,认为"太学体"根本与古文无关,只是"宋赋体发展过程中昙花一现的少年玩意",则似乎并未参考东英寿、祝尚书的考证结果。

也许我们应该注意思想史学者对这一问题的态度。土田健次郎《道学之形成》谈到嘉祐二年事件时,加了一个注释,译出于下:

> 东英寿《"太学体"考》认为,欧阳修所排斥的不是被前人一贯认定的骈文,而是孙复、石介等在太学所倡导的晦涩的古文。确实,可以认为"太学体"一名跟当时已成太学之主流的古文家有关,而且,如果说到了嘉祐二年的时候,古文还未被广泛接受,则未免令人感到太晚了。因此东英寿的意见是有说服力的。不过,现存的孙复、石介的文章,不但并不晦涩,毋宁说是极为平易明白的,所以仍有重新检讨的必要。再者,胡瑗与孙复互相对立,太学里也不是通体一致的。胡瑗的本领并不在文章方面,即便太学的文体当真存在问题,对他的门下也是影响不大的。也许正因为这样的情况,使他

---

① 见莫砺锋编《第二届宋代文学国际研讨会论文集》,江苏教育出版社,2003年。

的门下在太学出身的登科者中的比例增大了。①

他对东英寿的结论采取了审慎的态度，但他为太学三先生所作的辩护，是值得我们重视的。一方面，胡瑗与孙复关系不好，在太学里也是互相回避的，而胡的弟子登科者甚多，所以他应该跟"太学体"无关。另一方面，尽管不少史料记载石介是个怪人，但并不因此就可以断定其文风一定险怪晦涩。石介的文集现存，说他的文章怪还是不怪，当然随读者的体会可以有不同的看法，但至少有一个外国人觉得石介文章"极为平易明白"，这个事实本身就很说明问题吧。

所以，有关石介的问题，还必须重新探讨。

三、关于石介和"太学新体"

其实，在庆历六年张方平攻击"太学新体"的前两年，石介早已在"众人皆欲杀"②的危迫情势下离开太学，并于前一年去世；到嘉祐二年欧阳修排抑"太学体"的时候，石介已经去世十几年。其间太学的学生至少更换了好几拨，要说刘煇这一代学生的写作风尚还处在石介的影响之下，无论如何是困难的。把石介跟"太学体"相关联的根据，只有张方平排斥"太学新体"的那段文字。但这里有两个问题必须研究，一是庆历"太学新体"是否真是嘉祐"太学体"的前身，二是张方平的说法是否足以信凭。

除了字面相同以外，我们没有任何根据来判断庆历"太学新体"确为嘉祐"太学体"的前身。把"太学体"看作北宋文章史上

---

① 土田健次郎《道学之形成》第二章注 16，创文社，2002 年。
② 欧阳修《重读徂徕集》，《欧阳文忠公文集》卷三，《四部丛刊》本。

的一个专门名称,是现代人的做法,在宋代的各种史料中,这个名称只是偶然出现,算不得专门名称,其含义也至为简单,不过按字面理解为太学中流行的文风而已。当然严格地说,应该是跟社会上一般的文风产生了较大差异的太学文风,否则就不需要"太学体"这样一个说法。鉴于太学的先生和学生不断更换,我们无法设想北宋的太学里一直保持了跟社会相异的某种前后一致的文风,并且独立发展。所以,一般来说,"太学体"的现象跟名称一样,都是偶然出现的,其前后出现的"太学体",在内容实质上未必一致,也未必相关。《梦溪笔谈》对刘几(辉)的记载,是"骤为怪险之语,学者翕然效之,遂成风俗",如果真如东英寿所论,从庆历"太学新体"到嘉祐"太学体"是一个延续的发展过程,则亲见其事的沈括,恐怕不会这样形容。

当然,把张方平和欧阳修通过科举考试来"纠正"文风的两次事件相联系的说法,在宋代就出现了,如《续资治通鉴长编》录元祐七年四月臣僚奏议云:"往时开封举人路授,倡为长赋,几千言,但为浮辞,不求典要。当时能文者往往效之,得张方平摈斥,而其文遂正。嘉祐初,刘几辈喜为怪僻,得欧阳修革去,而其风复雅。"①《玉海》卷一一六云:"路授为长赋,张方平摈斥,而其文遂正;刘几为僻句,欧阳修革去,而其风复雅。"②然而,这也只是说科举考官对于文风的"纠正"作用,并没有说前后两次被"纠正"的文风具有源流关系。除了路授的千言长赋外,张方平所列举的"太学新体"之特征,还有一些:如作赋的每句字数长达十六、十八字,作论的篇幅达到一千二百字以上,对策的内容与题目无关,自

---

①李焘《续资治通鉴长编》卷四七二,上海古籍出版社,1986年。
②王应麟《玉海》卷一一六,江苏古籍出版社、上海书店,1988年。

已发挥一套见解等。这些都跟刘几的思想和文风没有直接的关系。

有趣的是,宋代对程试文章的字数,一般只规定其下限,如赋要三百六十字以上,论要五百字以上,等等,制订章程的时候并不觉得有规定其上限的必要。这说明,考生中更普遍的问题是写不长,而不是写得太长。等到社会整体的文化水平提高,大家都具备足够写长的能力时,为了显示不同一般的水平,有的人就要写得更长,这原是可以理解的现象。如果超越程试文的范围,从文章发展的总趋势看,宋代的文章比唐以前普遍显长,仅奏折一类中就出现了不少"万言书",这是由阐述观点的需要所决定的。相比之下,一千二百字不过小意思而已,哪里值得张方平这样气愤?至于赋句的字数有达十六、十八字者,这应该是一种长对子,后来成为宋四六最显著的特点,在古文中也不乏其例,赋中自也可以运用,张方平少见多怪,在他以后的时代里,长对子将是士子写作"经义"文的基本手段。还有对策自抒胸臆,从反面去理解,固然是意图侥幸,但若从正面理解,也可以认作强烈责任感的驱使,令考生对国家事务有太多的意见要表述,或者他认为还有比题目更重要的问题要提出。总体上说,被张方平指斥的"太学新体"的诸多特征,即便都算作缺点,也只是就科举程文而言,如就一般文章来说,不但不是什么问题,而且正是北宋文化的进展和庆历士风的突出表现,也是范仲淹、欧阳修努力倡导的结果之一。而石介在太学的一番作为,或许有过激之处,但其振起士风之功是主要的方面。虽然欧阳修的个性比石介平和,对其过激之处也有所不满,但与张方平的肆意诋毁是完全两回事。在庆历党争中,诋毁石介、苏舜钦这类个性鲜明的人,是打击范仲淹集团的重要手段,正如元祐党争中诋毁秦观是打击苏轼集团的常用手段。所以,张方平的诋毁是不足为凭的。欧公《读徂徕集》诗有"不知诹诹者，又忍加诋词"①之句，为石介深感不平，这"诹诹者"当然就是张方平之流。石介所培养的太学士风应是庆历新气象的集中体现，对于"太学新体"，也不妨从正面去理解。至于嘉祐"太学体"，则未必自庆历"太学新体"发展而来，当然就不能指定要石介负责。

庆历时的太学先生中有孙复，嘉祐时的太学先生中也有孙复。此人的存在，或许使我们无法完全切断"太学新体"与"太学体"的联系，但如上所述，张方平所指陈的"太学新体"的诸多特征，与刘几所代表的险怪文风，不见得有直接的关系。句子长、字数多、答非所问，未必就意味着文风的险怪晦涩。其间只有一点是相同的，就是考生的追求卓越的激情。也许孙复的去而复来，维护或重新唤起了太学里的这种激情。从更大的范围来看，庆历时的范仲淹集团，除其本人早逝外，欧阳修、韩琦、富弼等人，也是去而复来，并且掌握了朝政，如欧阳修就得到了操持文柄的权力。但这个时候他将面对的，是儒学造诣上比他更高更深，政见上也更为尖锐的年轻官员：司马光、王安石、刘敞等人，还有更年轻的太学生和新兴的"太学体"。同时，已经在太学里坐拥皋比的孙复、胡瑗，也将面对一位真正道学家的来访：嘉祐二年二十五岁的程颐。此年前后的东京（开封府）太平兴国寺里，住着前来参加科举考试的苏轼、苏辙兄弟，而张载就在这里坐着虎皮为听众讲《周易》，刚刚抵达京师的程颢前来与张载讨论了一整天，迫使张载撤去了虎皮。他们的讨论结果，反映在不久后程颢写出的北宋"性命"之学的扛鼎之作《定性书》里。王韶可能已经在构想他进攻西北的军事计划，而"累为国学第一人"的刘几，正在引领太学的文

<hr>

① 欧阳修《读徂徕集》，《欧阳文忠公文集》卷三。

风。太学也正在向朝廷建议,把潦倒大半生的李觏请到太学来讲课,而同样潦倒了大半生的苏洵,也终于在此时展现了"苏氏文章,遂擅天下"①的雄厚实力。——嘉祐初的东京群星灿烂,当时最受欧公欣赏的曾巩,也带着他的弟弟曾牟、曾布,从弟曾阜,妹夫王无咎、王彦深前来参加考试,而且一门六人全被欧公取中。然而,有两个著名的人物被欧公黜落,或者未入他的法眼:一个是刘几,一个是程颐。

四、排抑"太学体"事件的受害者

在今天的"文学史"视野里,嘉祐二年欧公排抑"太学体"的事件颇有意义,因为他在反对杨、刘的"西昆体"骈文后,又反对了险怪的古文,从而鼓励了北宋古文平易流利的基本风格。此年被他取中的苏轼兄弟继承发扬了这种风格,而苏轼又无疑是宋代古文的至高点,所以欧苏的方向确实可以被认作主导的方向。但是,这并不意味着没有其他的方向,或者其他方向都没有价值。比如王安石的文风,就并不平易流利,他的"性命之理"、"经术"之文,虽说不上险怪,也多少不免晦涩,至少可以说,没有读过相当数量的古书,没有达到相当程度的理论修养,是无法体会其遣词用语之精审不苟的。虽然欧阳修曾通过曾巩去指导王安石要注意文风的"自然",但王氏并不接受。而在北宋时代,王氏之文与欧苏之文的影响孰大,其实很难分辨。比如,曾肇在绍圣年间为王无咎的文集作序,对此前的文章史有这样的回顾:

> 宋兴百年,文章始盛于天下,自庐陵欧阳文忠公、临川王

---

①欧阳修《故霸州文安县主簿苏君墓志铭》,《欧阳文忠公文集》卷三四。

文公、长乐王公深甫,及我伯氏中书公,同时并出。其所矢言,皆所以尊皇极,斥异端,明先王道德之意为主,海内宗之。于是学者能自力以追数公之后,卒成其名者相望,补之一也。①

这里提到了欧阳修、王安石、王回(字深甫)、曾巩和王无咎(字补之),根本不提三苏父子。认欧苏为文章主流,该是北宋末期乃至南宋以后的事。

王安石通过科举改革而倡导了北宋后期泛滥天下的"经义"文,此种"经义"文是后世八股文的前身,而现存北宋"经义"的最早一批作品,在元丰五年状元黄裳的《演山集》中。那是比王安石本人的文章更难读懂的,但黄裳由此获得状元。故黄裳应该庆幸自己没有遇到欧阳修那样的主考官,而他也确实为一位嘉祐年间的落第者深感不平:

> 长乐陈傅商老,为人俊逸,不就束缚,能饮酒及书画。嘉祐中,已有文章名于士大夫间……虽然,卒以其谲怪,不能俯就有司法度,少年引试崇政下第,流落南邦,遂老以死。②

这位陈商老因为"谲怪"而落第,很可能就是欧阳修排抑"太学体"一事的受害者。黄裳在这篇文章中,还举出了"谲怪奇迈"的李贺等唐人之诗,为谲怪的风格争取存在的权力。他认为,既然做不到杜甫那样全面,那么浅易就要浅易到白居易那样的程度,

①曾肇《王补之文集序》,《曲阜集》卷三,《文渊阁四库全书》本。
②黄裳《陈商老诗集序》,《演山集》卷二一,《文渊阁四库全书》本。

谲怪也就要谲怪到李贺那样的程度,这才具有艺术价值。应该说,这个意见也不无道理。只是陈商老的作品一篇也没有流传下来,令我们无从讨论。但黄裳显然对欧阳修的做法不以为然。

在嘉祐二年被欧公黜落的刘几,通过改变名字和文风,在嘉祐四年瞒过欧公,获得了状元;但同样在嘉祐二年落第的程颐,却在两年后继续遭受厄运。朱熹《伊川先生年谱》载:

> 举进士,嘉祐四年廷试报罢,遂不复试。①

按嘉祐二年程颐与其兄程颢都在东京,程颢登第,程颐想必是落第了。到嘉祐四年,他得以参加殿试,则必已通过胡宿这一关(省试),却依然被欧阳修摒之门外,殿试黜落。按理说,《尧舜性之赋》这样的考题应该是很适合程颐做的,因为他才是北宋性理之学的第一高手。但他的文章显然不在欧公所取的"平淡造理"之列。

另一方面,太学里的胡瑗却感到了程颐的分量。《伊川先生年谱》云:

> 皇祐二年,年十八,上书阙下,劝仁宗"以王道为心,生灵为念,黜世俗之论,期非常之功",且乞召对,面陈所学。不报,闲游太学。时海陵胡翼之先生方主教导,尝以《颜子所好何学论》试诸生,得先生所试,大惊,即延见,处以学职。吕希哲原明与先生邻斋,首以师礼事焉。既而四方之士,从游者日益众。

---

① 朱熹《伊川先生年谱》,见《二程集》,中华书局,2004年,第338页。

按所谓十八岁上书,指的是程颐《上仁宗皇帝书》,"以王道为心"数句就是此书中的原文。但此书绝不可能是皇祐二年所上。书中自述程家世代蒙受国恩,"父珦又蒙延赏,今为国子博士"①。程珦的经历在程颐的《先公太中家传》里有记录,他先后做过黄陂县尉、庐陵县尉、润州观察支使、兴国知县、龚州知州、沛县知县,然后迁国子博士。② 程颐虽没有交代他父亲担任这些职务的时间,但曾提及程珦离开龚州不久,州城就被侬智高攻陷。按侬智高起事在皇祐四年(1052),次年被狄青平定。据程颐说,程珦的后任被"贷死羁置",而程珦"获免"。这应该是朝廷追究地方官的责任,那位后任来得不是时候,倒了大霉,遭到流放,其实刚刚离开的前任应该责任更大些,但就因为已经离开,程珦被免于追究。程颐说这是"积善之报",但至少程珦的官职从知州又降回到知县了,而且很可能在起知沛县之前还有一小段被停职的时间。其任沛县知县与国子博士的具体年份都不能确定,可以确定的是嘉祐二年(1057)程氏兄弟必在东京,因为程颢是在此年登第。如果程珦在沛县任满三年,则其迁国子博士也就在嘉祐元、二年。所以,程颐上书及轰动太学等事,应该都发生于嘉祐二年的前后,所谓"闲游太学",其实跟他父亲身任教官有关。

程颐的思想震动了当时最大的教育家胡瑗,后者营造的太学环境使这位二十五岁的道学大师获得了最初的一批追随者。《颜子所好何学论》③确实是最杰出的思想史文献之一,在这篇短短七百余字的论文中,程颐镕《中庸》、《洪范》、《论语》、《孟子》于一

<hr />

①程颐《上仁宗皇帝书》,《二程集》,第515页。
②程颐《先公太中家传》,《二程集》,第646页
③见《二程集》,第577页。

炉,以其深刻的思辨、严密的逻辑和精严的行文,贯穿一体地论述了学与道的问题、已发与未发的问题、性与情的问题、明与诚的问题,以及凡人通过颜子而走向圣人(孔子)的途径。这些都是道学的重大课题、儒家思想最精粹的部分,传统士大夫精神世界中的一盏盏古灯,被程颐一齐点亮。有趣的是,文中也提到了"尧舜性之"的含义。相比之下,当年的科举试卷中最获欧公激赏的苏轼那篇《省试刑赏忠厚之至论》①,固然是一篇流利的古文,却谈不上什么学理价值,在程颐的眼中想必是无聊的。

《颜子所好何学论》是一篇出现在嘉祐二年前后的太学应试文章,受到太学先生的高度肯定,令太学生们十分佩服,将这样的文章归属于"太学体",应该不算太勉强了。不过,"太学体"的特征据说是"险怪",史料上留下了四句例子,除了沈括引用的刘几、萧稷两句外,还有欧阳发撰其先公《事迹》中引用的两句:

> 僻涩如"狼子豹孙,林林逐逐",怪诞如"周公伻图,禹操畚锸,傅说负版筑,来筑太平之基"。②

由于都只有一句话,无法考察其全文的内容,所以只能从字面上去理解其用语之怪。如果只就这个角度而言,则程颐的《颜子所好何学论》大概不算怪。但"险怪"似乎也可以指人而言,比如石介的文章"极为平易明白",而张方平却说他"以怪诞诋讪为高"。无独有偶,后来程颐在元祐时也被诋为"鬼怪"。如果一个人的思想远离常人蹊径,那么他写的文章即使用语很平常,人们也可从

---

① 见《苏轼文集》卷二。
② 欧阳发《事迹》,《欧阳文忠公文集·附录》卷五。

内容方面感觉其"险怪"的。后来苏辙作《祭欧阳少师文》，提到当年的"太学体"文章，就用"奇邪谲怪"、"狂词怪论"等语来形容①，由"怪论"一语可见，议论的内容难以理解，也不妨认作为"怪"的。但这就不全是作者的问题，也牵涉到读者理解力的问题了。无论如何，程颐的文章通不过欧公的法眼，是确凿的事实。

至于当时太学生濡染"太学体"文风的具体情形究竟如何，现已难以探究。《梦溪笔谈》形容刘几在太学的影响甚大，但他的文章今已不可见矣；葛晓音曾从《宋元学案》找出了太学三先生的一些弟子，如何群、徐积，证明他们是"怪"的。按何群《宋史》有传，乃是庆历年间的太学生，徐积则并未做过太学生。所以，现在要举出一篇全文保存下来的"太学体"文章，恐怕非程颐《颜子所好何学论》莫属了。另外，有一个至和、嘉祐间的太学生，其文集尚有部分残存到今天，就是被程颐称为"吾弟"②的好朋友朱长文的《乐圃余稿》。

五、关于朱长文

朱长文字伯原，苏州人，曾著《春秋通志》二十卷，已佚，但其自序尚存《乐圃余稿》卷七，中云：

> 庆历中，仁宗皇帝锐意图治，以庠序为教化之本，于是兴崇太学，首善天下。乃起石守道于徂徕，召孙明复于泰山之阳，皆主讲席。明复以《春秋》，守道以《易》。学士大夫翕然向风，先经术而后华藻。既而守道捐馆，明复坐事去国。至

---

①苏辙《祭欧阳少师文》，《栾城集》卷二六，上海古籍出版社，1987年。
②程颐《答朱长文书》，《二程集》，第600页。

和中，复与胡翼之并为国子监直讲，翼之讲《易》，更直一日。长文年在志学，好治三《传》，略究得失，日造二先生讲舍，授两经大义，于《春秋》尤勤。未几，明复以病居家，虽不得卒业，而绪余精义，不敢忘废。①

这里回顾了三先生在太学授教的始末，并说自己从"志学"即十五岁时开始在太学学习。目前《全宋文》、《全宋诗》的作者小传，都把朱长文的生年写成 1039 年，则其十五岁为皇祐五年（1053），与上文所云"至和中"不合。按《乐圃余稿》附录有张景修所撰朱氏《墓志铭》与米芾所撰《墓表》，皆云其元符元年（1098）卒，"享年六十"。1039 年的生年当是由此推算而来。但《墓志铭》载其"擢嘉祐四年（1059）进士第，吏部限年，未即用"，而《墓表》又谓"十九岁登乙科"，如果朱氏生于 1039 年，则嘉祐四年已二十一岁矣。检沈遘《西溪集》卷四有《敕赐进士及第朱长文可试秘校守许州司户参军》制："敕某：前日朕诏有司，以天下所贡士来试于廷。尔以文辞之美，得署乙科，属于吏部。吏部举限年之法，未即用也。今既冠矣，请命以官。"②由此看来，所谓吏部限年，就是指他还未冠（二十岁）。那么十九登科的说法是正确的。如果我们确定朱长文在嘉祐四年（1059）登科时年十九，则其生年当为庆历元年（1041），其卒时年五十八，所谓"享年六十"不过虚举成数而已。这样，朱氏十五岁的时候是至和二年（1055），与其自述"至和中"的说法也相符了。

---

① 朱长文《春秋通志序》，《乐圃余稿》卷七，《文渊阁四库全书》本。
② 沈遘《敕赐进士及第朱长文可试秘校守许州司户参军》，《西溪集》卷四，《文渊阁四库全书》本。

欧阳修《孙明复先生墓志铭》云:"翰林学士赵概等十余人上言,孙某行为世法,经为人师,不宜弃之远方。乃复为国子监直讲。居三岁,以嘉祐二年(1057)七月二十四日,以疾卒于家。"①据此,则孙复再为国子监直讲,正好就在至和元、二年间。朱长文从至和二年(1055)起在太学跟随孙复研究《春秋》,到孙复"以病居家"为止。若假定孙复在去世前病居一年,则朱氏在太学的经历大概到嘉祐元年左右结束。

　　至晚到嘉祐三年,朱长文已在彭州,这有他的《与诸弟书》为证:

　　　　嘉祐中,侍行之彭州,与成都漕台荐,将赴礼部,父子相视不忍别。……明年,果擢第。②

我们已知朱氏登科在嘉祐四年,则其从彭州获荐赴京,当在嘉祐三年也。朱长文登科的那年正值程颐被殿试黜落,但他们相识而成为至交,也就应该在这个时候。此后朱氏因为骑马摔断了腿,不能为官莅民,就一直在苏州家居。但十五六岁时的太学经历,使他在尚未成熟的少年时代亲身经历了"太学体"兴起的过程,难免受到濡染。

　　不过,现存朱长文古文中的"险怪"字面也并不太多,姑且摘出于下:

　　　　A. 大丈夫用于世,则尧吾君,虞吾民,其皋泽流乎天下,

---

①欧阳修《孙明复先生墓志铭》,《欧阳文忠公文集》卷二七。
②朱长文《与诸弟书》,《乐圃余稿》卷九。

及乎后裔,与夔、契并其名,与周、召偶其功。①

B. 见山冈下有池水入于坤维……东为溪,薄于巽隅。②

C. 见命作记,确辞莫获,辄系之声诗,刻之隆碣,以告于后世。③

D. 嬴秦震矜厥勋,勒泰山,镵邹峄,剟之罘,刊会稽。④

E. 其子之长者九岁,幼者未晬也。⑤

F. 畴不忧栗,我独安行;畴不谄笑,我独洁清。⑥

以上诸例中,A 是说大话的例子,其中"尧吾君,虞吾民"的说法有点不同寻常;B 中的"坤维"和"巽隅",分别指西南方和东南角,C 中的"隆碣"谓高大的石碑,E 中的"晬"是满周岁的意思,这些虽不是太难解的词语,但至少令笔者阅读时查了几回词典;C 中的"确辞"一般用"固辞",F 中的"畴"一般用"谁",这些大概是追求生新的例子;至于 D,则排列了四个相当于"刻"的动词,而唯独不用最简单的"刻"字,令人莞尔。

朱氏古文在表达上的问题也就如此而已,总体来说并不太严重。可以认为他受到了"太学体"的影响,但还不至于被欧公黜落。而且,这位程颐的"吾弟"还获得了苏轼的好感,在元祐年间因苏轼的推荐而出任苏州州学教授⑦。

---

① 朱长文《乐圃记》,《乐圃余稿》卷六。
② 同上。
③ 朱长文《苏州学记》,《乐圃余稿》卷六。
④ 朱长文《阅古丛编序》,《乐圃余稿》卷七。
⑤ 朱长文《宋故汝南郡夫人王氏墓志铭》,《乐圃余稿》卷一〇。
⑥ 朱长文《三高赞》,《乐圃余稿·补遗》。
⑦ 苏轼《荐朱长文札子》,《苏轼文集》卷二七。

六、苏轼的态度

程颢对欧阳修并无好感,他的岳父彭思永诋毁欧公有私生活方面的问题,程颢作彭氏行状时,完全站在岳父一边,甚至以颇为肯定的语调转述彭思永斥责韩琦、欧阳修等大臣"朋党专恣"①。这与欧公黜落程颐未必无关。作为太学教官的儿子,二程对排抑"太学体"之举也不可能持赞同态度。从排抑"太学体"事件中得利的是与太学没有渊源的外地来的考生,他们本因不了解京城的风尚,还未接受最新思潮的洗礼而容易吃亏,但欧阳修使这种不利因素变成了有利因素。所以,王水照先生总结嘉祐二年登科者的特点,首先就是"外地进士比近畿者为多"②,其中尤以福建、四川等远方来的考生为最多。这样的结果,当然也不乏积极的意义,但对自以为领袖全国思想文化的太学不能不是一次重创,其激起太学生反对欧阳修的风潮,也是理所当然。后来重新建立太学的意识形态核心之地位,有赖于王安石的学校科举政策,此种政策的最大的反对者是苏轼。而在嘉祐二年科举风潮的当事者中,也正是这个苏轼,最为热情地歌颂欧阳修排抑"太学体"之举。

苏轼的反应奇快,在通过考试后所作《谢欧阳内翰书》③中,立即严词批评当下的"古文",并表示决心追随欧公。这是所有关系到"太学体"的史料中最早的一份,也最明确的表态。其弟苏辙也在熙宁五年(1072)所作《祭欧阳少师文》中,将欧阳修排抑"太

---

① 参阅程颢《故户部侍郎致仕彭公行状》,《二程集》,第489页。
② 王水照《嘉祐二年贡举事件的文学史意义》,香港浸会大学《人文中国学报》第二期,1996年。
③ 见《苏轼文集》卷四九。

学体"之举誉为重大的历史功绩①。当时苏轼已在王安石的打击下出任杭州通判,在考试杭州的进士时作诗云:

> ……缅怀嘉祐初,文格变已甚。千金碎全璧,百衲收寸锦。调和椒桂酽,咀嚼沙砾硙。广眉成半额,学步归踸踔。维时老宗伯,气压群儿凛。蛟龙不世出,鱼鲔初惊渗。至音久乃信,知味犹食椹。至今天下士,微管几左衽。谓当千载后,石室祠高朕。尔来又一变,此学初谁谂。权衡破旧法,刍豢笑凡饪。高言追卫乐,篆刻鄙曹沈。先生周孔出,弟子渊骞寝。却顾老钝躯,顽朴谢镌锓。②

这首诗一点也不比那些"太学体"的文句好读,但也许诗跟古文的写法不同,这且不论。诗中再次肯定了"老宗伯"欧阳修打击怪文的历史功勋,并借此来为自己抗拒王安石在前一年推出的科举学校政策提供根据。"先生周孔出,弟子渊骞寝"固然是指王安石及其弟子陆佃等人在太学的作为③,而所谓"高言追卫乐,篆刻鄙曹

---

① 见《栾城集》卷二六。后来,苏辙在《亡兄子瞻端明墓志铭》(《栾城后集》卷二六)、《欧阳文忠公神道碑》(《栾城后集》卷二三)中亦再申此论。

② 苏轼《监试呈诸试官》,《苏轼诗集》卷八,中华书局,1982年。

③《宋会要辑稿·崇儒》一之三一,熙宁四年十月建太学事,小字注:"初,苏颂子嘉在太学,颜复尝策问王莽复周变法事,嘉极论为非,在优等。苏液密写以示曾布,曰:'此辈唱和,非毁时政。'布大怒,责张琥曰:'君为谏官判监,岂容学官与生徒非毁时政,而不弹劾?'遂以告安石。安石大怒,遂逐诸学官,以李定、常秩判监,选用学官,非执政所喜者不与。陆佃、黎宗孟、叶涛、曾肇、沈季良与选。季良安石妹婿,涛其侄婿,佃门人,肇布弟也。佃等夜在安石斋受口义,旦至学讲之,无一语出己。其设三舍,皆欲引用其党耳。"

沈"，意谓王氏师弟崇尚卫玠、乐广的玄言，鄙薄曹植、沈约的文学，这显然是对已经甚嚣尘上的"性命"之学的不满。

从思想史的角度看，"性命"之学本是范、欧一代振起儒风后，儒学理论深化的表现，也是宋学发展的主导倾向。但欧公却不赞同这样的倾向，认为立意太高而不切实用。这当然不只是欧公一个人的想法，因为"性命"之学的代表人物如王安石、程颐等，在当时都被认作"怪"人，难为常人所理解。而这些"怪"人，其学识的深广既为常人所难以企及，又实在太迷恋自己从经典里体会出来的思想，便颇有一种超越世俗、特立独行的风貌。据苏轼在嘉祐年间给一些大臣的上书中的说法，这已经成为庆历以来的一个社会问题：

> 昔者夫子廉洁而不为异众之行，勇敢而不为过物之操……异时士大夫皆喜为卓越之行，而世亦贵狡悍之才……昔范公收天下之士，不考其素，苟可用者莫不咸在，虽其狂狷无行之徒，亦自效于下风，而范公亦躬为诡特之操以震之。夫范公之取人者是也，其自为者非也。①
> 世之奇特之士，其处也莫不为异众之行，而其出也莫不为怪诡之词。②

为了指责奇特诡激的风气，他甚至批评了范仲淹。这样的说法令我们想起苏洵攻击王安石"不近人情"的《辨奸论》，进而也可以联想到张方平对三苏的扶植与对石介的诋毁，以及元祐党争中苏轼斥

---

① 苏轼《上富丞相书》，《苏轼文集》卷四八。
② 苏轼《上曾丞相书》，《苏轼文集》卷四八。

程颐为"奸"的事。无独有偶的是,曾经参与鼓动庆历以来之士风的欧阳修,于嘉祐初也有同样的反思:"夫人之材行,若不因临事而见,则守常循理,无异众人。苟欲异众,则必为迂僻奇怪,以取德行之名,而高谈虚论以求材识之誉。前日庆历之学,其弊是也。"[1]他亲身反思"前日庆历之学"的弊端,结论与苏氏父子不谋而合。

反过来,站在王安石的立场看,这些便都是"流俗"。而且,他认为苏轼是一个一心只想"附丽欧阳修"的"邪佞之人",举出的一个劣迹是:"修作《正统论》,章望之非之,乃作论罢章望之,其论都无理。"[2]这是指欧阳修、章望之、苏轼三人关于历史上哪些王朝可许为"正统"的不同意见,详情可以参阅饶宗颐《中国史学上之正统论》(上海远东出版社,1996年),此处不必展开。但这场争论颇能说明问题:欧阳修自己提出了"正统"问题,本是根据儒家的《春秋》义法而对历史作一种严格的批评,不料引出了对《春秋》义法更为迷恋的章望之对历代王朝的更为严格的批评,把欧阳修承认为"正统"的许多朝代摒出了"正统"的序列。这便是后期欧阳修的历史处境:受他影响而起的人已经走得比他更远。虽然苏轼写了反驳章望之的文章,为欧公辩护,但在王安石看来,"其论都无理",他显然支持章望之。

那么,"太学体"的关键人物刘煇的情况又如何呢?

七、关于刘煇

刘煇,字之道,江西铅山人。在获得嘉祐四年的状元后,过了

---

①欧阳修《议学状》,题下小字注:"嘉祐元年。"《欧阳文忠公文集》卷一一二。
②《续资治通鉴长编拾补》卷六,神宗熙宁二年十一月己巳条,上海古籍出版社,1986年。

不久便去世了。其同年进士杨杰的《无为集》中有他的墓志,而《事实类苑》卷五六也简要地载其生平:

> 铅山刘辉,俊敏有词学。嘉祐初,连冠国庠及天府进士。四年,崇政殿试又为天下第一,得大理评事,签书建康判官。丧其祖母,乞解官,以嫡孙承重服。国朝有诸叔而嫡孙承重服者自辉始。辉哀族人之不能为生者,买田数百亩以养之。四方士人从辉学者甚众,乃择山谷胜处以处之。县大夫易其里曰义荣社,名其馆曰义荣斋。未终丧而卒,大夫惜之。初范文正公、吴文肃公皆有志置义田,及后登二府,禄赐丰厚,方能成其志。而辉于初仕,家无余赀,能力为之,士君子尤以为难。①

这里记了刘辉的三个情况:一是明明有叔父在,却还要替死去的父亲为祖母守重孝以致死;二是明明没有多余的钱财,却还要为族人置义田;三是四方士人跟从他学习的甚多。

刘辉的自虐式的孝行和义举,显然就属于苏轼指责的"诡特之操"、"异众之行",与其"怪诞之词"的"太学体"正相表里,而为许多人所追随。元祐宰相苏颂曾议论道:

> 庆历末,石中立卒,未几庶子从简又卒,嫡孙祖仁先已服期,不知后服,礼官以谓宜别制斩衰;嘉祐中,刘辉祖母卒,自言幼孤,鞠于祖母,虽有诸父,亦乞解官行服,礼官议辉是长孙,自当承重。臣窃谓祖仁官丞郎,列近职,世荷赏延,是亦有重可承者也;辉乃庶官,世又非显,若云鞠于祖母,报以三

---

① 江少虞《事实类苑》卷五六,"刘辉"条,《文渊阁四库全书》本。

年可也,有诸父在而令承长孙重,非也。故熙宁八年六月诏
书,嫡子死,无众子者,然后嫡孙承重,袭封爵者,虽有众子,
犹承重。此明宗子传重,正合古礼。①

苏颂认为刘辉有叔父在,又未尝继承祖父的封爵,所以既无必要
也无资格去行"嫡孙承重"之礼。殊不知,作为制度的丧礼只对那
些不守孝道的人起到规范作用,若就"性命之理"的高度来说,刘
辉既然深解"尧舜性之",则其孝行应是发自内心的,从天命之性
中源源而来,造次必于斯,颠沛必于斯,不可须臾离的。南宋人韩
元吉对刘辉的做法便持赞赏的态度:

> 刘公举进士,天下第一也,作《起俗记》以诋讪不义之俗。
> 其祖妣之丧,有二季父,而公自以嫡孙而为之重服,买田聚
> 书,教养其族之贫者,邑令名其社曰义荣,是可法尔。②

除了赞赏外,这里还提供了一个信息:刘辉在获得嘉祐四年状元
后,作了一篇《起俗记》来"诋讪不义之俗"。我们无法获知此文
的用词是否"险怪",但从内容说,必是陈义甚高而嫉俗甚激的,如
果张方平看到,一定又会说这是"以怪诞诋讪为高"了。

看来,欧阳修的排抑并未使刘辉最终屈服,他在瞒过欧公之
后,马上回到了他的"太学体"的路上继续前行,且也不乏追随者。
天假之年,他或许会是一个像王安石、程颐那种类型的士大夫,被
苏洵、苏轼父子斥为"奸"的人。

---

① 苏颂《议承重法》,《苏魏公文集》卷一五,《文渊阁四库全书》本。
② 韩元吉《铅山周氏义居记》,《南涧甲乙稿》卷一六,《丛书集成》本。

八、结论

正如苏轼所说:"世之奇特之士,其处也莫不为异众之行,而其出也莫不为怪诡之词。"①像"太学体"这样的"怪诡之词"并不是单独存在的,它应与"异众之行"互为表里,是"奇特之士"的所为。嘉祐年间这种"奇特之士"的崛起,既是庆历士风的合乎逻辑的发展,更是北宋思想文化向"性命之理"的深处挺进时必然经历的阶段。所以,不能把"太学体"简单地斥为古文创作上的一股歪风,它本身包含着比欧公学术更为前行的因素。也就是说,它主要不是石介的影响在历史上的残留,而是欧公的后辈企图超越前人的尝试。从文学史的领域来说,因为苏轼的出现,使欧阳修排抑"太学体"之举有了积极的意义;但从思想史的领域而言,因为程颐的存在,也使那个时候的太学拥有足以骄人的资本。若以程颐的《颜子所好何学论》为"太学体"文章,那么从其人其文受太学师生推崇的情况来看,这个时期的太学里确实正在发生思想史上的大事,而"太学体"正是其表达方式。宋代文化在整体上呈现出一个令人遗憾的大问题,就是所谓"周程、欧苏之裂"②,即具有代表性的古文家和"新儒学"思想家结束了中唐以来结合一体的历史,从北宋中期起呈现出分裂的倾向,恰好与近代哲学、文学的分科相印合,结果令文学史的研究对象与哲学史的研究对象势同水火,而研究者也很容易各自同情一方的立场。从更大的文化史的视野来看,嘉祐二年排抑"太学体"事件正可说是"周程、欧苏之裂"的一个颇具象征性的起点。

---

①苏轼《上曾丞相书》,《苏轼文集》卷四八。
②刘埙《隐居通义》卷二,《文渊阁四库全书》本。

第三节 "险怪"文风:"古文运动"的另一翼

上节以"太学体"问题为中心,探讨了北宋中期"新儒学"在义理上的发展也即"性命之学"的兴起给予当时古文文风的影响,本节将由此出发去理解北宋朝野人士的一种表达倾向,从而在常见的"文学史"叙述之外,勾沉出"古文运动"或者北宋散文史的另一条演变路线。应该说明的是,"太学体"未必是这条演变路线中多么重要的关节点,笔者采取这样的叙述方式,仅仅因为自己的有关研究是从"太学体"着手而已。

就传统的表达体制而言,诗和文是士大夫采用的两种最基本的体制,其表达的性质,与今人理解的"文学创作"都有一定距离。但习惯上,我们把所有的诗都看成"文学作品",而对于文,则只取其具有"审美价值"的部分。其实,如严格贯彻"审美"标准,则一部分诗也要除外。就宋代文学研究而言,对诗的宽容态度使我们越来越多地收获积极的成果,不至于粗暴地对待宋诗,这反过来提醒我们对文的取舍是否过于苛刻? 散文史对散文作品的范围作过于严格的限定,会导致对"史"的误解:当我们把一系列受到肯定的作家作品前后贯联,以勾画发展脉络时,此种脉络的真实性或完整性如何,是值得怀疑的。历史进程中起过作用的某些因素,会因为我们的"文学"观念而被摈除视野之外,或得不到合理的评述。具体到北宋散文史来说,其核心内容无疑是"北宋古文运动",最受肯定的作家是"唐宋八大家"中的"宋六家",尤其是欧阳修和苏轼,被推崇为北宋文坛的领袖。通常,我们如此论述欧阳修对于"古文运动"的指导作用:他一方面提倡古文,使主流的表达体制从骈体转为散体,另一方面又极力扫除"太学体"之类"险怪"的古文,奠定了自然畅达的主流文风。在这样的宏观叙述中,被欧公所扫除的"太学体"之类"险怪"文风,是表达风格上的一种弊病,在古文创作健康发展的流程中起消极作用,加以简单说明后就可以忽略过去。然而,笔者前一节对"太学体"的详细考辨,至少可以提示:问题并不那样简单。事实上,北宋的"险怪"文风远远超越"表达风格上的弊病"这样的定位,如果把宋人指责为"怪"的东西(暂且不管它们是不是"文学作品")一一纳入视野,聚集起来将是庞然大物。上一节已经提到,"太学体"不是孤立的存在,从现存史料来看,其前前后后出现过的"险怪"文风,宛然自成一个系谱,我们且先勾出这个系谱。

一、"太学体"与怪文的系谱

庆历六年(1046)张方平所上奏疏《贡院请诫励天下举人文章》,上一节已经引用,为了说明的方便,这里重新引用:

> 自景祐元年,有以变体而擢高第者,后进传效,因是以习。尔来文格日失其旧,各出新意,相胜为奇。至太学之建,直讲石介课诸生试所业,因其所好尚,而遂成风。以怪诞诋讪为高,以流荡猥烦为赡,逾越规矩,或误后学……今贡院考试,诸进士太学新体,间复有之。其赋至八百字已上,而每句有十六、十八字者,论有一千二百字以上,策有置所问而妄肆胸臆,条陈他事者。①

---

① 张方平《贡院请诫励天下举人文章》,《乐全集》卷二〇,《文渊阁四库全书》本。

据此，嘉祐之前已有景祐"变体"和庆历"太学新体"两种怪文。如果再顺延到嘉祐"太学体"，那么北宋的"险怪"文风就呈现出一个系谱，而与北宋士风的发展过程相应。在这里，被张方平所指责的古文家石介，似乎成了"险怪"文风的代表人物。

仅仅如此，便可看出"太学体"并非偶然出现的文弊，它颇有历史渊源，值得认真追索。当然，追索的结果似乎进一步证明了欧阳修指导作用的重要性，因为他必然要付出相当的努力，才能扫除此种不良文风。不过，有一个事实显然被忽略了："太学体"文章的作者，无论刘几（刘煇）还是嘉祐年间其他不知名的太学弟子或部分考生，毫无疑问全是欧公的后辈，在历史叙述的序列中，真的可以完全置于欧公之前，确信他的力量足以将其扫除吗？由于学术界通常把"太学体"看作石介的影响在历史上的残留，而刘煇的过早去世，又令我们失去了最合适的考察对象，故多数学者对此事不作深究。然而，若如笔者上一节所考，此种"险怪"文风与当时的士风，以及渐趋兴盛的"性命之学"思潮相关，而程颐在太学的活动也显示了他与"太学体"的联系，那么，从程颐对中国思想史的巨大推进力可以看出，"太学体"所包含的欧公的后辈们企图超越他的尝试性因素，并非毫无发展前景。问题的关键还在于，嘉祐"太学体"是否仅仅是庆历"太学新体"在文风上的延续，而不是嘉祐年间新兴思潮的表达方式？在笔者发表了以上一节所述为基本内容的论文后[①]，张兴武先生曾提出异议，他强调景祐"变体"、庆历"太学新体"和嘉祐"太学体"是一个"险怪"文风的发展过程，在此基础上，他又从张方平对"太学新体"的描述中，得出其所指并非古文，而是赋、论、策等科场文体，故"太学体"与古

---

① 朱刚《"太学体"及其周边诸问题》，《文学遗产》2007 年第 5 期。

文并无关系的新结论①。

在笔者看来，如果真的可以断定"太学新体"所指不是古文，那么这正好证明它与"太学体"之间有所差异，因为"太学体"所指恰恰就是古文，至少是以古文为主。这一点是有确凿证据的，如苏轼在通过嘉祐二年省试后所写《谢欧阳内翰书》，及苏辙后来所作《祭欧阳少师文》，都明确交代欧阳修当年所排斥的怪僻文章号称"古文"②。他们身经其事，所言应当不误。其实，即便就赋、论、策等科场文体而言，与古文无关的也只有赋，在东英寿发表《"太学体"考》的次年，他的同事高津孝先生就撰文说，庆历"太学新体"肯定包括了赋，而现存嘉祐"太学体"文章的几个片段，从用韵的情况推测，也有赋的可能性，所以他认为"太学体"是以古文为核心，兼及其他文体③。这个说法相对比较平允，但前提还是要把"太学新体"与"太学体"联系起来，看作一个前后"发展"的过程。

现在看来，景祐"变体"、庆历"太学新体"和嘉祐"太学体"涉及的人物不同，其间有否师承关系，也较难肯定，认作同一个东西的"发展"过程（犹如流派）是相当勉强的，但是，毕竟它们都被视为"怪"文，都是"险怪"文风及与此相应的士风在不同时期的表现，而见于史料的记载。在此创作风气的意义上，笔者愿意承认

---

① 张兴武《北宋"太学体"文风新论》，《文学评论》2008 年第 6 期。
② 苏轼《谢欧阳内翰书》："求深者或至于迂，务奇者怪僻而不可读……转相摹写，号称古文。"《苏轼文集》卷四九，中华书局，1986 年。苏辙《祭欧阳少师文》："嗟维此时，文律颓毁。奇邪谲怪，不可告止……号兹古文，不自愧耻。"《栾城集》卷二六，上海古籍出版社，1987 年。
③ 高津孝《北宋文学之发展与太学体》，原文载《鹿大史学》第 36 号，1989 年；译文见《古典文学知识》第 35 期，1991 年，后收入论文集《科举与诗艺》，上海古籍出版社，2005 年。

这个怪文的系谱。需要补充的是,所谓"险怪"文风的外延,须放得比较宽大,才有利于研究总结。笔者的意见是,它不仅指文章用语艰涩怪僻,也兼指所写内容偏激或难以理解,还要考虑到作者被世俗看作怪人的情况。

勾稽怪文的系谱不是无聊之举,事实上,对于"古文运动"的历史叙述,是不宜以欧阳修为终点的,因为北宋后期的文坛也并非只有他所倡导的平易流畅风格。欧阳修的打击固然令"太学体"消沉下去,但他反对的"险怪"文风却并未就此消失。这就好像张方平的打击令"太学新体"消沉后,还会有"太学体"冒出来。如果像笔者所论,"太学体"与"性命之学"的思潮有关,则后者在历史上的继续深入发展,仍有可能制造另一种形态的怪文。祝尚书先生最近出版的《宋代科举与文学》一书,其第十五章"宋代科场的学风与文风",在论述了上述怪文的系谱后,接着指出,北宋后期流行于科场进而泛滥天下的文章是王安石"道德性命之学"指导下的"经义"之文①。据笔者所知,此种"经义"文,恰恰也曾被时人看作怪文,如《邵氏闻见录》卷一二引钱景谌的批评云:

> 乃以穿凿不经,入于虚无,牵合臆说,作为《字解》者,谓之时学,而《春秋》一王之法,独废而不用;又以荒唐诞怪,非昔是今,无所统纪者,谓之时文;倾险趋利,残民而无耻者,谓之时官。驱天下之人务时学,以时文邀时官。②

---

① 祝尚书《宋代科举与文学》第十五章,中华书局,2008年。
② 邵伯温《邵氏闻见录》卷一二,中华书局,1983年。除了祝尚书外,论述王氏"经义"而引及此条材料的,还有方笑一《北宋新学与文学》,上海古籍出版社,2008年,第139页。

他所说的"时学"指王安石"新学","时文"无疑指"经义",而指责为"荒唐诞怪"。当然,如祝先生所论,宋人对"经义"的指责,更多的是"穿凿"。但"穿凿"往往是追求新奇的结果①,与"诞怪"的意思有邻接之处。本节后面将会提到,苏轼对"经义"也有类似的指责。到了南宋,《古今源流至论》亦云:

> 国朝自熙宁之间,黄茅白苇几遍天下。牵合虚无,名曰时学;荒唐诞怪,名曰时文。王氏作之于前,吕氏述之于后,虽当时能文之士,亦靡然丕变也。②

由此看来,"经义"文也不妨纳入怪文的系谱。那么,鉴于它的势力和影响,便可见"险怪"文风在北宋后期足以与欧苏一系的平易流畅风格分庭抗礼。

问题是,文学史一般不处理此种"经义",因为它不是"文学作品"。这样一来,人们就只据苏轼一派的文风来乐观地看待欧阳修扫除怪文的收效。这其实颇有掩耳盗铃的味道,因为"经义"对当时文坛的巨大影响,决不因我们不承认其为"文学作品"而不存在,它既然被称为"时文",就可见其盛极一时。比如,南宋的叶适就曾如此描述北宋的文章史:

> 文字之兴,萌芽于柳开、穆修,而欧阳修最有力,曾巩、王

---

① 如徐度《却扫编》卷中云:"方王氏之学盛时,士大夫读书求义理,率务新奇,然用意太过,往往反失于凿。"《文渊阁四库全书》本。
② 林駧《古今源流至论》前集卷四,"欧苏之学"条,《文渊阁四库全书》本。"黄茅白苇"是苏轼对"经义"文的指责,见苏轼《答张文潜县丞书》,《苏轼文集》卷四九。"吕氏"指吕惠卿。

安石、苏洵父子继之，始大振……及王氏用事，以周孔自比，掩绝前作，程氏兄弟发明道学，从者十八九，文字遂复沦坏。①

叶适的描述与今人"北宋古文运动"的观念是大抵符合的，他表彰了古文先驱，突出欧阳修的历史作用，赞扬"宋六家"的成就，但接下来，他却又强调北宋后期王安石"新学"、二程"道学"之门派的消极作用，认为结果是"文字遂复沦坏"。很显然，他对北宋后期文坛的总体印象并不乐观。叶适当然绝不至于看不到苏轼一派的成就，但他一定更关注全局，至少他不会认为欧阳修的力量足以使此后古文发展的前途一片光明。

回头再说怪文的系谱，祝先生的著作已经把它勾连得比较完整，从中唐"古文运动"的奇崛文风说起，到北宋前期的一批偏激的古文家，然后是景祐"变体"——庆历"太学新体"——嘉祐"太学体"一脉，按笔者的意见，还可续之以"经义"文。由此可见，被当时人指责为"怪"文的这个系谱，贯穿了"唐宋古文运动"的全过程，不但没有被欧阳修所扫除，而且在他身后还更嚣尘上。这就不能不引起研究者的重视。笔者以为，如此长期存在的怪文，虽然"怪"的具体内涵各有不同，宜作个别探讨，但作为一种创作风气、表达倾向，也不妨综合考察之。有关这些"怪"文的史料，本身都带着否定的记录立场，如张方平笔下的"变体"和"太学新体"，在肯定欧阳修功绩的背景下被提及的"太学体"，以及作为王安石"罪证"之一的"经义"文，等等。因此，在个别看待时它们很容易一一被否定和忽略，但面对整个系谱的时候，我们便不得不思考其长期存在的原因，追究其中可能包含的合理性因素。如祝

①叶适《习学记言》卷四七，《文渊阁四库全书》本。

先生所论,此事与"学风"相应,故我们仍须联系北宋儒学和古文创作的进展实情,再予考察。

二、以"怪"自傲的宋初"隐士"型古文家

"险怪"是个具有强烈紧张感的词语,如果一般地讲"怪",无非是与众不同之意,这是跟周围的情况比较而言的。可以想象,在骈体流行的时代,只要出现了古文,人们就会觉得它"怪",比较直接的证据是穆修《答乔适书》所云:

> 今世士子习尚浅近,非章句声偶之辞不置耳目,浮轨滥辙,相迹而奔,靡有异途焉。其间独敢以古文语者,则与语怪者同也。①

穆修的活动时期在柳开之后、欧阳修之前,是"北宋古文运动"的先驱人物。与柳开一样,北宋史料中出现的穆修等早期古文家形象,多有怪奇之处。这其中当然也有表达风格乃至人格方面的问题,但根本上是因为他们的创作态度与周围环境不相协调,因为写作古文这件事本身就是"怪"的表现。就此而言,只要"古文运动"的说法可以成立,那么"怪"就是它与生俱来的底色,怪文的系谱能够一直向上追溯到中唐,也就不难理解了。

坚持一种与周围环境不相协调的创作态度,无疑需要思想学识层面的有力支持,而不仅是表达风格上的偏好而已。柳开对于唐代韩愈、柳宗元之文和文中子王通之道的自觉继述,是众所周知的事实了,相对来说,我们对于穆修的认识可能还不够充分。

---

① 穆修《答乔适书》,《河南穆公集》卷二,《四部丛刊初编》本。

其实，除了跟柳开一样推崇韩愈、柳宗元外，穆修还有更富意义的一面，就是他的名字也被写入宋明道学史上举足轻重的"太极图"的传承序列中：

> 陈抟以先天图传种放，放传穆修……修以太极图传周敦颐，敦颐传程颐、程颢。①

这里提供的序列"陈抟——种放——穆修——周敦颐——二程"，是颇具象征意义的：穆修的前面是两个富有传奇色彩的"隐士"，后面则是道学的正宗。一般来说，宋代的"新儒学"可以理解为中唐"古文运动"在思想性方面的继续，但其间相隔颇久，故宋人自述其思想渊源时，除了前代的思想遗产外，还喜欢表述为五代宋初的某些世外高人的独传之秘。与此相应的是，在北宋文化史的肇启阶段，各个领域不约而同地出现"隐士"形象（诗人林逋、魏野也是其中之例），《宋史》有"隐逸传"三卷，前两卷基本上都是北宋初的人物。这使我们相信，世外高人不止一二人而已，那应该是一种相当普遍的存在。换句话说，宋初的"隐士"不是个别现象，与其视为个人姿态，不如看作一种社会角色。同时，自称"东郊野夫"的柳开，虽然入仕，但精神上仍不妨说是"隐士"。因此，如欲寻求中唐和北宋两次"古文运动"之间的桥梁，这些世外高人是值得关注的②。

---

① 朱震《汉上易传表》，《汉上易传》卷首，《文渊阁四库全书》本。
② 知见所及，根据《宋史·隐逸传》而对宋初隐士作为一个群体的特征作出论述的，可能以日本学者大槻信良为最早，其《宋初隐士的朱子学风格》（《支那学研究》第 21 期，1958 年）一文，论述了宋初隐士的思想特征，不是简单的隐逸思想，而是颇具道学化（即"新儒学"）的倾向，故能被后来的道学家引为先驱。

我们无法想象"隐士"们全部只靠馈赠来维持生计,其大部分应有一定的经济条件。经过晚唐五代长逾百年的乱世,六朝隋唐的贵族门阀被扫荡殆尽,政府控制无力,均田制崩坏,军阀任意掠夺,再加上商品经济的发展,社会财富重组的结果,未免使各地乡村、城市中的地主、富民更换了一大批。在北宋政权建立之初,当时的民间文化人,虽不排除有家境贫寒者,但就大端而言,应该多数出自新兴的地主、富民。如果北宋政府直接任用他们,俾其与政治权力相结合,那么这等于再来一次与六朝时期相似的门阀贵族的形成过程。但北宋的太祖、太宗却采用了另外的政策,他们大力发展科举考试制度,用进士出身的文官来管理国家,而将盘踞各地的地主、富民基本上压制在胥吏职位上,以至于官员经常轮换,而胥吏反而世代相传,这就是所谓"官无封建而吏有封建"①了。当然进士也可能出自地主、富民,但两者之间至少不会完全重合。换句话说,以新兴的地主、富民为社会基础的民间文化人,势必有一部分不能进入官僚士大夫阶层,而成为世外高人。那么,是哪一部分不能进入呢? 总体上说,是由科举考试来决定。

科举是入仕的门槛,跨不过这条门槛的人历代都有,原因也多种多样,但有一点可以肯定:五代宋初的科举维持着隋唐以来用诗赋骈文取士的方式,对于那些继承着中唐"古文运动"之主张和文风的人是极为不利的,如果他们不能委屈自己去练习与自己主张相反的应试技巧,那就只能停留在民间,参加到"隐士"的行列。从宋初"隐士"的情况来看,这些世外高人中不乏对政治充满兴趣者,他们的问题在于考不上进士。即便勉强考上,或者以另外的方式进入仕途,如果不够年轻,也无法通过漫长的升迁途径,

---

① 叶适《吏胥》,《水心别集》卷一四,《叶适集》,中华书局,1961 年,第 808 页。

去获取较高的职位来发挥影响,故其表达活动仍呈现为在野的方式。"古文运动"不光是一个文学运动,也是一个思想运动,而且与政治联系紧密,宋初古文家大抵都具有浓厚的不满分子的色彩,在一般人眼里显得"怪",甚至自己也以"怪"自傲,是可以从当时的社会状况获得解释的现象。局面的改变,需要相当年轻的进士认同那些世外高人的主张。

应当承认,世外高人或不满分子的复古主张含有相当程度的历史合理性,否则他们不能被年轻的进士们所认可。但在起初,也只是部分地、有所保留地得到认可。这里举出两个身居高位的文章家为例,他们以"神童"出身而致美官,走上仕途的时候比一般的进士还要年轻。一个是杨亿,一个是晏殊。石介曾记录杨亿早年的言行云:

> 或以其早成夙悟,比前代王勃辈者,则愀然曰:"吾将勉力,庶几子云、退之,长驱古今,岂止于辞人才子乎?"[1]

晏殊也曾自云:

> 某少时闻群进士盛称韩柳,茫然未测其端。洎入馆阁,则当时隽贤方习声律,饰歌颂,诮韩柳之迂滞,靡然向风,独立不暇。自历二府,罢辞职,乃得探究经诰,称量百家,然后知韩柳之获高名为不诬矣,迩来研诵未尝释手。[2]

---

[1] 石介《祥符诏书记》,《徂徕石先生文集》卷一九,中华书局,1984 年。
[2] 晏殊《与富监丞书》,《全宋文》卷三九八,上海辞书出版社、安徽教育出版社,2006 年。

据此,杨亿、晏殊也曾对古文家推崇的扬雄、韩愈、柳宗元表示仰慕,这说明他们(也包括晏殊说的"群进士")部分地认同了复古主张,但众所周知,此二人仍以骈体制诰而享一代文宗之盛誉,故只能说,他们对于世外高人思想、文风的认同是有所保留的。这种矜持的态度,也延续到进士出身的士大夫欧阳修身上,这一点下文再详。

留存至今的史料,对士大夫的记录比较详细,而对在野"隐士"的记载多是片段剪影而已,并且大抵是士大夫眼里的片段剪影。所以,宋初"隐士"型古文家的怪异形象也是需要分析的。他们中的一部分可能个性怪异,但未必全都如此。即便真的"怪",考虑到其生存境况,也是可以理解的:抱持一种相当入世的思想主张而以"隐逸"身份生存于社会,这本身就很不协调,稍不克制就会与世冲突,而被视为"险怪"。从这个角度说,"险怪"也体现了一种生命力,在韩愈和欧阳修这两个当朝士大夫之间,"唐宋古文运动"经历了漫长的在野时期,而其在野时期的生命力,就通过"险怪"折射出来。

三、"学统四起"与"险怪"文风的漫延

仁宗朝的庆历新政,是世外高人的思想和文风开始冲击中央的标志。主张改革的年轻官员(范仲淹、欧阳修等)为了与保守派的资深官僚抗衡,而求助于社会舆论,以官办学校聘用教授的方式,积极收召民间思想家(按宋初官制,教授可聘用"处士",不需进士出身),于是许多带有"新儒学"色彩的思想体系,一齐浮出水面,用全祖望所撰《宋元学案·士刘诸儒学案》序录中的话说,就是:"庆历之际,学统四起。"他把这些"学统"一一列举出来,大约如下:

齐鲁:士建中、刘颜之学;孙复之学;

浙东明州:杨适、杜醇、王致、王说、楼郁"五子"之学;

浙东永嘉:王开祖、丁昌期"二子"之学;

浙西杭州:吴师仁、吴师礼之学;

浙西湖州:胡瑗之学;

福建:章望之、黄晞之学;陈烈、周希孟、郑穆、陈襄"古灵
四先生"之学;

陕西:申颜、侯可之学;

四川:宇文之邵之学。①

对照《宋史》,这个名单中只有吴师礼、郑穆、陈襄进入了一般
士大夫的列传,多数散见于《隐逸传》(黄晞、陈烈、宇文之邵)、
《儒林传》(刘颜、孙复、胡瑗)、《文苑传》(章望之)、《孝义传》(侯
可)或根本无传,由此可见宋初"隐士"与庆历"学统"的密切关
系。其中个别人(如宇文之邵)年辈稍晚,但绝大部分与范仲淹、
欧阳修同代或者更为年长,此外,年辈相近的还有四川的苏洵,江
西的李觏、周敦颐,河南的邵雍,都不妨置于"庆历之际,学统四
起"的全景之中。虽然保存至今的文献资料不能全面反映当时的
盛况,但在欧阳修之前或同时,有那么一大批民间人士在从事"新
儒学"的建设,却是不争的事实。庆历学校政策的实施,使他们中
的一部分人有机会成为教员,被称为"先生",积极培养自己思想
的继承者,并响应范仲淹等庆历士大夫的需要,而开始面向中央
发言,以为舆论。

---

① 黄宗羲撰,全祖望补《宋元学案·士刘诸儒学案》,中华书局,1986 年,第
251 页。

从世外高人变成了"先生"后,接下来必须解决的就是一直阻止他们进入仕途的科举制度的问题了。有一些"先生"因为个性温和,能够成功地与科举制度妥协,变得不那么"险怪",但也有相当一部分继续发展其独特的作风,与科举习尚激烈冲突。从结果来看,对科举现状不满的种种力量,终于导致了科举制度的改革。值得注意的是,以上这些"学统"的人物,几乎都坚持用古文(非骈偶的写作体制)来表达其思想。由于迄今为止的"古文运动"研究大抵将考察视野自限于所谓"文学作品"的范围,故在文体运用或表达方式上如此重要的信息,并未引起足够的关注。其实这个现象也不难理解,因为擅长诗赋骈体的人,可以投奔科举而致身通显,留在民间的"先生"当然多数是古文古道的顽固信徒。所以,如果超越一般文学史所认可的"文学作品"范围,仅就写作体制而论,时至北宋中期,"古文"的写作队伍其实已非常可观,除孙复、胡瑗、李觏、苏洵之外,留下了《儒志编》的王开祖、现存《聱隅子歔欷琐微论》的黄晞,著《皇极经世书》的邵雍,还有《通书》的作者周敦颐①等等,都是古文家。必须说明的是,他们用古文写作,时间上与欧阳修或先或后,但根本上都不是因为受到欧阳修的感召或影响,而是对其自身思想、师承的忠实表达。欧阳修早年只偶然读到过韩愈的文集,并未与上述民间"学统"发生密切联系,他以骈俪之文取科第,然后才学写古文,那些民间的思想家有的起步比他更早。只不过,欧阳修等年轻进士对他们的认可,使他们

---

① 自南宋以来,周敦颐被引为道学的始祖,但现代学者多持怀疑态度。早稻田大学的土田健次郎认为,周敦颐应被归入北宋前期"古文家"的行列,见土田健次郎《道学之形成》第二章第三节(创文社,2002 年,上海古籍出版社,2010 年),笔者中译本。本章关于庆历"学统"以及"性命之学"的论述,亦多受该书的启发。

能从世外高人转变为"先生"。

　　然而,尽管比杨亿和晏殊更进一步地认可这些民间的"学统",欧阳修却仍能保留他的矜持。比如《续资治通鉴长编》嘉祐四年八月癸未载:

　　　　赐殿中丞致仕龙昌期五品服、绢百匹。昌期陵州人,宝元中韩琦使蜀,奏授试国子四门助教,文彦博知益州,召知州学,奏改校书郎,用明镐荐,迁太子洗马致仕,又以明堂恩迁殿中丞。先是,昌期上所著书百余卷,诏下两制看详,两制言昌期诡诞穿凿,指周公为大奸,不可以训,乞令益州毁弃所刻板本。昌期年几九十,诣阙自辨。彦博少从昌期学,因力荐之,故有是赐。翰林学士欧阳修、知制诰刘敞等劾昌期异端害道,当伏少正卯之诛,不宜推奖。同知通进银台司兼门下封驳事何郯亦封还诏书。乃追夺昌期所赐,遣归。①

　　来自四川的世外高人龙昌期,因为欧阳修的阻遏,不能顺利地转变为"先生"。此事的发生,仅在欧阳修排斥"太学体"两年之后。与此恰成对照的是,十几年前,胡瑗得到了范仲淹的有力扶持,而成为太学的"先生"。当然胡瑗的学说和龙昌期应该不同,但第一个推荐龙昌期的韩琦,分明也是庆历时范、欧的同党。

　　庆历士大夫中,最彻底、真诚,毫无保留地认同民间"学统"及其表达方式(古文)的,就是被张方平诋为"怪诞"的石介了。这位欧阳修的同年进士,却以"徂徕石先生"的身份震撼当世,而生

---

① 李焘《续资治通鉴长编》卷一九〇,"嘉祐四年八月癸未"条,上海古籍出版社,1986年。

涯可谓不幸。他真诚地拜孙复为师，称扬士建中的学问，恨不为刘颜的弟子，还想把黄晞请到太学。远在张方平弹击之前，他早已面对"鬼怪"、"怪诞"之类的指责，写过《怪说》三篇以自辩，大意是：以"怪"的名义拒斥与世俗不同的价值，那才真叫"怪"①。石介的个性当然比较偏激，但他的文集现存，其用语并不艰涩怪癖，这也是笔者考察"险怪"文风时，主张把文章表达的思想和作家个性风貌考虑在内的原因，因为石介一贯被视为"险怪"文风的倡导者。

当然，并不是说诸多"学统"的"先生"们所写的古文都是"险怪"的，但如石介的例子所示，导致和支持"险怪"的因素多数来自这些"先生"②，他们的历史意义，目前多在思想史领域被谈及，而实际上他们也与欧阳修同时构成"古文运动"的一翼。"古文运动"的说法是近人在文学史领域提出的，但就其涉及到的人物在历史上的活动和作用来看，它至少兼具思想运动的方面，如果那些写作怪文的人对思想史的进展起过积极作用，那么文学史也不妨对"险怪"文风多一些同情，因为思想与文学至少在"古文运动"中是不可分割的。缺少了许多思想家的参与，不但"古文运动"的内容会苍白许多，对于今人考察其发展脉络，也极为不利。虽然苏轼曾把欧阳修称为当代的韩愈③，但"古文运动"的历史毕竟不能从韩愈直接飞跃到欧阳修，如果上面梳理的五代宋初之"隐士"、"野夫"和庆历"学统"的诸多"先生"可

①石介《怪说上》、《怪说中》、《怪说下》，《徂徕石先生文集》卷五。
②祝尚书以张唐卿为景祐"变体"的代表，并论述了他与石介的关系，见《宋代科举与文学》第432—433页；张方平斥责庆历"太学新体"时，指名要石介负责；至嘉祐"太学体"流行时，孙复、胡瑗在太学为师。
③见苏轼《六一居士集叙》，《苏轼文集》卷一〇。

以填补这段历史空缺,那么他们所导致和支持的"险怪"文风,便是中唐"古文运动"的更为"直系"的继承者,在这样的图景之中,作为高级士大夫的欧阳修倒时而表现出与杨亿、晏殊相通的一面。

在笔者看来,一方面延续宋朝立国以来的士大夫文化①,另一方面又从民间汲取宋初"隐士"到庆历"学统"所提示的价值,而谋求两者的融合,希望确立一种简易明白的普世价值,以期得到所有人的赞同,正是欧阳修的特点。这使他曾经收获朝野双方的景仰,而成为接近于"精神领袖"之地位的人物,出色地完成其历史作用,本人又提供了大量优秀的思想和文学遗产,值得我们充分肯定。但是,我们也不必以他为绝对"正确"的基准来看待"古文运动"中发生的各种现象。在他身上融合着的上述两种成分,本身是容易互相冲突的,当冲突发生时,作为一个见解明确的政治家,他会根据自己的判断选择一方而打击另一方。这个时候,他所希望的"所有人的赞同"肯定是泡影。仅就他所反对的"怪"而言,本来他自己也并非绝对与"怪"无缘②。比如范仲淹遭到贬斥时,他因为自己没有为范辩护的合适身份,就去斥责有此身份而不愿辩护的高若讷,写下了著名的《与高司谏书》,痛骂其不识羞耻。按通常的世俗人情而论,高若讷与此事全不相干,真是莫名其妙地挨骂。如果用张方平指责石介的话来说,这岂不也是"以怪诞诋讪为高"? 实际上,欧阳修此举确实引起了世俗的

---

①关于宋初的士大夫文化,详见本书下一章的讨论。
②参考吕肖奂《欧阳修对奇险风格的矛盾态度》,《西南民族大学学报》2005年第11期。

"惊怪"①,但同时也令他声名大振。他用这样的"险怪"之举实施了对当朝士大夫的严厉指责,自然得到在野舆论的支持,其议论为当世所重,实始于此。可是,我们不必认定高若讷真是个不识羞耻的坏人。后来欧阳修操持文柄,果断打击"险怪"的"太学体",事发之日,皇帝和大臣们支持他,一时的舆论却不以为然。当然,若就"怪"而论"怪","怪"固然是一种弊病,欧阳修的主张在失去语境的后世很容易获人首肯,但是,过急地判别是非会令是非判别代替历史研究,从而使我们观察历史的视野被严重地遮蔽。就欧阳修的影响力来说,他对于"险怪"文风确实起过一定的纠正作用,但此种作用也并不绝对强大。笔者下文将证明,事实上不是所有的后辈都听从其主张,毋宁说,他所不愿意看到的东西,从他的晚年起就大行其道了,遑论身后。

四、"性命之学"与欧阳修"晚年文衰"问题

在欧阳修之后,文学史通常要处理的对象是以苏轼兄弟为主,苏氏后面有"四学士"、"六君子",接下来就是"江西派"等等,都与苏轼或其门人有关,所以我们将欧、苏二人推为北宋文坛的两代领袖。不过,这是按我们的"文学"观念挑选研究对象的结果,并不反映北宋文坛的全貌。北宋后期更为风靡的文章,恰恰是可以被列入怪文系谱的"经义"之文。要说"领袖",也不该在欧阳修和苏轼之间略去王安石。身为宰相的他,依自己的学说经

---

①欧阳修《与尹师鲁第一书》:"五六十年来,天生此辈,沉默畏慎,布在世间,相师成风。忽见吾辈作此事,下至灶间老婢,亦相惊怪,交口议之。不知此事古人日日有也。"见《居士外集》卷一七,《欧阳修诗文集校笺》,第1791页。

纶天下,其编著成为统一教材,其文章成为科举规式,则无论从政治上、思想上,还是文学上说,他都是当之无愧的"领袖"了。在这个问题上,不能以我们现在的评价去代替对历史事实的考察。按现在一般的评价,王安石也是北宋诗文的重要一家,但不视为欧、苏那样的文坛领袖;而若关注历史事实,则其领袖作用原本相当强大,因为王氏的"新学"曾被朝廷钦定为指导思想,至少从总体外观上主宰了北宋后期的士大夫社会。所以,考察王安石对欧阳修的评价,对于我们了解"古文运动"在欧公身后的实际情形,是至关重要的。

王安石本人的文风可能还不至于"险怪",但多少有些奇崛,所以欧阳修也曾通过曾巩去指导他,希望他写得更"自然"一些①,却不见王氏有接受此种教诲的表现。我们找不到王安石对于欧阳修排斥"太学体"一事的反应,但可以找到他对晚年欧阳修的许多不满之辞,那不仅针对政治主张,也牵连到文章和儒学,有记载:

> 介甫对裕陵论欧公文章,晚年殊不如少壮时,且曰:"唯识道理,乃能老而不衰。"人多骇此语。……东坡《祭原父文》云:"大言滔天,诡论灭世。"盖指介甫也。②

王安石在宋神宗面前公然指责欧阳修晚年文衰,而其原因,从他的话里看,当是说欧阳修不识"道理"。"人多骇此语",表示许多

①见曾巩《与王介甫第一书》,《曾巩集》卷一六,中华书局,1984年。
②朱弁《曲洧旧闻》卷四,"韩秉则以介甫之论欧公文为非"条,中华书局2002年,第144页。

人不理解这样的指责,确实,王安石在当时人眼里也是个"怪"人。

出于宋人之手的有关王安石言行的记录,有些是恶意的误传,上引的记载是否可靠,也还是个问题。不过,若联想到苏轼、苏辙兄弟的一系列捍卫欧阳修声誉的文字,辞锋皆有所指,便可以想见,以王安石为领袖的当时主流意识形态对欧公的否定,不会是空穴来风。苏氏兄弟属于反对王氏的所谓"旧党",他们的影响也很大,但领袖作用只能局限在"旧党"的一部分,所以苏轼自己也承认对立面非常强大,有"滔天"、"灭世"①之势。对于王氏以其"经义"一统天下的做法,他们始终抗拒,所谓"大言"、"诡论",便是相当激烈的批评。这当然主要指学说,但也可指文风,与前引钱景谌所谓"荒唐诞怪"是相似的②。同时,对欧阳修晚年文衰的指责,也被当作王氏的一句怪话记录下来。

需要深究的是,王安石指责欧阳修不识的"道理"是什么? 从当时的社会思潮和王氏学说的核心特征来看,笔者以为他指的应该是"性命之理"。这就要联系宋代的"性命之学"来作探讨了。

从比较宏大的历史视野来看,宋代以来的"新儒学",其特点和主要成就,便在对于心性层面的形而上学式的探求上。唐人一味追求外在事功的"皇帝王霸之学",经过中唐"古文运动"后,主流向儒家"道统"归依,殆至北宋儒者,则吸取佛道思想的一些因素,主张"穷理尽性以至于命",以个人内在的先天本质("性")为一切问题的起点。此种内在化的儒学,在后世成为官方意识形态的,当然是程朱之学,但北宋后期"性命之学"的权威,却是王安石

①苏轼《祭刘原父文》"灭"作"蔑",见《苏轼文集》卷六三。
②当王安石开始改革科举时,苏轼在杭州作《监试呈诸试官》诗,也把王氏倡导的文风与嘉祐"太学体"相提并论,见《苏轼诗集》卷八,中华书局,1982年。

的"新学"。这两种学说，从哲学角度去分析，当然有许多不同乃至对立之处，但就两者都关注心性问题的角度来看，却同为庆历"学统四起"以来社会思潮的产物。与王安石同时的司马光云："今之举人，发言秉笔，先论性命。"①程颐云："今日之风，便先言性命道德。"②苏轼亦云："今之学者，耻不言性命。"③"世之论性命者多矣。"④可见，比欧阳修更年轻一代的士大夫们，所面对的已是性命之说泛滥的局面。

那么欧阳修的态度如何？令当时许多人感到遗憾的是，欧阳修恰恰反对谈论"性"的问题，认为这样的谈论毫无意义，其著名的《答李诩第二书》云：

> 今世之言性者多矣……患世之学者多言性，故常为说曰：夫性非学者之所急，而圣人之所罕言也。……性者，与身俱生而人之所皆有也。为君子者，修身治人而已，性之善恶，不必究也。使性果善邪，身不可以不修，人不可以不治；使性果恶邪，身不可以不修，人不可以不治。……故为君子者，以修身治人为急，而不穷性以为言。……使孟子曰人性善矣，遂怠而不教，则是过也；使荀子曰人性恶矣，遂弃而不教，则是过也；使扬子曰人性混矣，遂肆而不教，则是过也。……夫三子者，推其言则殊，察其用心则一……凡论三子者，以予言

①司马光《论风俗劄子》，《温国文正司马公文集》卷四五，《四部丛刊初编》本。
②程颢、程颐《河南程氏遗书》卷二上，《二程集》，中华书局，2004年，第23页。
③苏轼《议学校贡举状》，《苏轼文集》卷二五。
④苏轼《东坡易传》卷一，乾卦象传注，《文渊阁四库全书》本。

而一之,则诐诐者可以息矣。①

欧阳修的类似言论,也见于记录刘敞言行的《公是先生弟子记》,
但在此书中,他当即遭到刘敞的反驳。要之,欧阳修对于"性命之
学"的态度,与当时的思潮,特别是他的许多后辈的好尚是不合
的。由此不合,也引出了后辈对欧阳修文章的批评。比如王安石
就根据欧阳修不识"性命之学"的"道理",指责他晚年文衰。

王氏的思想和政策在宋室南渡后遭到否定,但"性命之学"却
继续发展,而正是宋代"性命之学"的集大成者朱熹,延续着对欧
公晚年文衰的指责。他说:

> 欧公文字大纲好处多,晚年笔力亦衰。②
> 人老气衰,文亦衰。欧阳公作古文,力变旧习,老来照管
> 不到,为某诗序,又四六对偶,依旧是五代文习。③

从后一条来看,似乎他指责的仅是欧阳修晚年兼取骈体的态度,
但其实他是把欧阳修总体上视为一个"文人",不太懂得"义
理"的:

> 又问:"欧公如何?"曰:"浅。"久之又曰:"大概皆以文人
> 自立。平时读书,只把做考究古今治乱兴衰底事,要做文章。

---

① 欧阳修《答李诩第二书》,《居士集》卷四七,《欧阳修诗文集校笺》,上海古
　籍出版社,2009 年,第 1168 页。
② 《朱子语类》卷一三〇,《朱子全书》第 18 册,上海古籍出版社、安徽教育出
　版社,2002 年,第 4060 页。
③ 《朱子语类》卷一三九,《朱子全书》第 18 册,第 4305 页。

都不曾向身上做功夫,平日只是以吟诗饮酒戏谑度日。"①

因言文士之失,曰:"今晓得义理底人,少间被物欲激搏,犹自一强一弱,一胜一负。如文章之士,下梢头都靠不得。且如欧阳公初间做《本论》,其说已自大段拙了,然犹是一片好文章,有头尾。它不过欲封建、井田,与冠婚丧祭、蒐田燕飨之礼,使民朝夕从事于此。少间无工夫,被佛氏引去,自然可变。其计可谓拙矣,然犹是正当议论也。到得晚年,自做《六一居士传》,宜其所得如何? 却只说有书一千卷,《集古录》一千卷,琴一张,酒一壶,棋一局,与一老人为六,更不成说话,分明是自纳败阙。②

这里举出了晚年文衰的具体例证,就是著名的《六一居士传》。从"文学性"上说,这篇漫画式的自传可谓颇具特色,但朱熹关注的是其思想性,认为"不成说话"。在他看来,欧阳修对儒学的理解只停留在"浅"的表层,如"考究古今治乱兴衰底事","欲封建、井田,与冠婚丧祭、蒐田燕飨之礼"等,全是外在的事功方面。那么反过来"深"的又是什么呢? 就是"向身上做功夫"的"性命之学",没有这内在的功夫,"下梢头都靠不得",容易"被佛氏引去",晚年便"自纳败阙"。说到底,还是因为欧阳修拒斥"性命之学",故有此指责。

而且,朱熹对这个问题还十分在意,他曾编辑《名臣言行录》以记载北宋"名臣"的嘉言懿行,欧阳修当然也在其列,但令人感到意外的是,此书欧阳修部分的最后两条,却是批判性的:

①《朱子语类》卷一三○,《朱子全书》第18册,第4055页。
②《朱子语类》卷一三九,《朱子全书》第18册,第4303页。

欧阳文忠公《答李诩论性书》："性非学者之所急，而圣人之所罕言。或因而及焉，非为性而言也。"文忠虽有是说，然大约慎所习与所感及率之者，以孟、荀、扬之说皆为不悖，此其大略也。临岐计都官用章谓予曰："性，学者之所当先，圣人之所欲言。吾知永叔卒贻后世之诮者，其在此书矣。"（王公《麈史》）

《孟子》一部书，只是要正人心，教人存心养性，收其放心。至论仁义礼智，则以恻隐、羞恶、辞让、是非之心为之端。论邪说之害，则曰生于其心，害于其政。论事君，则欲格君心之非，正君而国定。千变万化，只说从心上来，人能正心，则事无足为者矣。《大学》之修身齐家，治国平天下，其本只是正心诚意而已。心得其正，然后知性之善。孟子遇人便道性善，永叔却言圣人之教人，性非所先。永叔论列是非利害，文字上仅去得，但于性分之内，全无见处，更说不行人。性上不可添一物，尧舜所以为万世法，亦只是率性而已。所谓率性，循天理是也。外边用计用数，假饶立得功业，只是人欲之私，与圣贤作处，天地悬隔。（《龟山语录》）①

这两条直批欧阳修拒绝言"性"之谬，虽是转录他人之说，也可见朱熹的态度。至于其原作者，前一条是王得臣，后一条是杨时，分别为嘉祐和熙宁年间的进士，他们已对欧阳修不以为然，其中杨时的批评尤为严厉。朱熹之学出自杨时，他们在这个问题上的意见真正是一脉相传。

---

①朱熹《三朝名臣言行录》卷第二之二，《朱子全书》第 12 册，第 428—429 页。

那么杨时的老师，即程颢、程颐兄弟，其意见又如何呢？笔者曾努力寻检二程有关欧阳修的文字，几乎没有什么结果，似乎他们有意回避了对欧阳修的谈论。① 程颢是欧阳修嘉祐二年录取的进士，但他对欧公并无好感，程颐曾在欧公主试时连遭黜落，且其文章与"太学体"有关，这些已在上一节谈及。《程氏外书》的下面这一条大约可见程颐对欧阳修的态度：

> 宽因问："伊川谓永叔如何？"先生曰："前辈不言人短，每见人论前辈，则曰：'汝辈且取他长处。'"②

此条出自祁宽所记尹焞之语，"先生"是指尹焞（程颐晚年弟子），其所谓"不言人短"的"前辈"，则大约指程颐（伊川）。虽然非常暧昧，但勉强可以推见，程颐对于欧阳修好像没有什么好话可讲。由此看来，道学一系，从程氏兄弟到杨时、尹焞、朱熹，对欧阳修的态度跟王安石相似。那么道学家自己的文章又如何呢？南宋初年反对道学的人有这样的批评："狂言怪语，淫说鄙喻，曰此伊川之文也；幅巾大袖，高视阔步，曰此伊川之行也。"③一句话，就是怪文、怪行。直到庆元党禁之际，弹劾道学家的人还说："观其文则对偶偏枯，亦如道家之科仪；语言险怪，亦如释氏之语录。"④可见道学家的文章

---

① 洪本健先生辑《欧阳修资料汇编》（中华书局，1995年），宋代部分所录甚详，却也没有二程的言论，大概他也找不到。
② 程颢、程颐《河南程氏外书》卷一二，《二程集》第436页。
③ 绍兴六年十二月己未左司谏陈公辅弹奏，见李心传《建炎以来系年要录》卷一〇七，上海古籍出版社，1992年。
④ 佚名《续编两朝纲目备要》卷六，庆元六年"三月甲子朱熹卒"条引施康年奏章，中华书局，1995年。

亦被指责为"险怪",怪文的系谱还不因北宋的灭亡而断绝。

文学史也许有足够的理由拒绝处理道学家的文章(诗歌方面的"道学体"则被谈及),但我们至少应该看到,除了"苏门"文学外,"古文运动"还产生了另外的结果。从文学评论的角度说,笔者并不赞同欧阳修晚年文衰的说法,但考察史实的结果是:欧阳修对于"性命之学"的拒斥,使他蒙受了晚年文衰的指责,而且这样的指责来自王安石和朱熹,即北宋后期和宋元以来代表了主流意识形态的人物。所以,说欧阳修反对"太学体"之类怪文而使自然流畅的文风成为主流,这样的判断与叶适所谓"文字遂复沦坏"正好各持一端,都不全面。历史事实是:一方面"苏门"的文学可以视为欧阳修方向的继续,另一方面也仍有"险怪"的方向存在,而且后者在当时还颇具声势。我们承认以苏轼为代表的"旧党"文学家成就卓著,但上文已经说过,仅仅把我们所肯定的作家前后贯联,还不足以成"史"。当然,历史上曾经颇具声势的存在,我们也未必就要肯定,值得思考的现象是:与怪文相牵连的,似乎经常是思想史上获得肯定的人物。那么,在"唐宋古文运动"的全过程中,思想家及其怪文的作用,应该如何看待呢?

五、"古文运动"鸟瞰

传统上,以"文以载道"为唐宋"古文运动"的核心命题,就此运动包含了文体改革和儒学革新两个方面来说,该命题还是颇具概括力的,而这也就意味着,对"古文运动"的研究势必是文学史和思想史相结合的研究。结合的方法之一,是把关注的目光从学科转到人,即对这个历史过程中牵涉到的人物作综合的考察,由此我们不难联想到,唐宋"古文运动"正好与中国士大夫阶层的一次历史性变革相伴随,即门阀士大夫的消亡和科举士大夫的兴起。前者有家族势力可以依靠，后者则以有关古典儒学的教养和写作能力为其存立依据，所以行古道、作古文会成为后者的基本主张。这种主张从提出到成为主流，当然需要较长的过程，那也就是科举士大夫作为一个社会阶层的成长过程。从上文所作的考察，我们可以看到，中唐"古文运动"并非劳而无功，五代宋初相当普遍地存在的世外高人、不满分子，和庆历"学统四起"时一齐冒出来的那么多"先生"们，都继承着这个运动的精神，只不过，他们长期沉沦在民间，其声音难以被聆听。而造成这个现象的原因之一，却在科举制度本身。这个制度是科举士大夫阶层兴起的保障，但它的考试内容却一直与其发展倾向不合。只要科举还在考诗赋骈文，朝廷以此取士，那就难以令"古文运动"的理念获得充分实现，所以晚唐五代至宋初，骈体仍为朝廷文章的主流，而古道古文的忠实信徒便只能沉沦民间，因其与世俗不合而显得"险怪"。但这种"险怪"也包含了合理因素，以骈俪取得科第的士大夫越来越多地向其认同，杨亿、晏殊和欧阳修，这三个相继主盟文坛的高级士大夫，就标志着这种认同的逐步加深。同时，庆历士大夫对舆论支持的需求和他们的"兴学"政策，使民间"学统"的声音终于响彻朝野，接下来的必然之举，就是改革科举制度了。历史把这个重任交到了一个"怪"人——王安石的手上。尽管他的改革方案也不无可议之处，但从"运动"的角度说，以"古文"形式表达新儒学思想来指导国家，才是对"古文运动"理念的完整表述，那么综合文学、思想、政治诸方面，笔者以为王安石才是这个理念的完备实践者，也就是把"运动"推到极点的人物。

　　如果以上的宏观描述可以成立，那么"险怪"文风的性质和历史作用也就不难获得理解。前后出现的许多怪文贯穿了"古文运动"的始终，一方面，"怪"的具体内涵随时而异，并未呈现为一个延续的艺术流派，另一方面，根据其表达的思想而把诸多怪文连成一个系谱，却是可能的，通过这个系谱可以看到思想史的一步步推进。正是思想方面的合理性因素，为此种创作风气、表达倾向的长期存在提供了根本依据。怪文在艺术上的缺陷是无可否认的，但对于历史进程的推动力度，有时候也不下于艺术上完美的作品。然而，怎样看待欧阳修的态度？

　　欧阳修曾积极融纳民间"学统"的价值，且其学术文章的水准在庆历士大夫中堪称最高。但后辈们并不都认同他的主张，这主要因为他拒斥"性命之学"，而后者正是新儒学的根本特色，也就是庆历学术进一步发展的方向。欧阳修抗拒这个方向，反对"险怪"便是其表现之一，颇具象征性的举动，即是嘉祐二年排抑"太学体"。当然，他的成就、地位和影响，也足以使他自己的主张成为另一种方向，那就是被苏轼兄弟所继承和发展，近代以来在文学史领域获得充分描述和肯定的方向。笔者并不否认这种方向的价值，只不过，我们观察历史的视野不该被这个方向占尽，而看不到同时存在的另外的方向，也就是本节所描述的"险怪"系谱。

　　不同方向的产生，如用朱熹的话说，那就是"晓得义理底人"与"文人"的分途，也就是说，中唐以来一直水乳相融的新儒学和古文，当前者发展到"性命之学"的阶段时，以欧阳修为代表的一部分古文家表示了拒斥，从而造成两者分途。后来"性命之学"中又发展出王安石的"新学"和程朱一系的"道学"，而继承欧阳修古文的苏轼及其后学便与之对立。借用宋元之交刘埙的话来说，这叫"周程、欧苏之裂"①。虽然这个说法忽略了王安石所起过的作用，但对于分途的概括还是不错的。很显然，那恰恰相当于近

———————————
① 刘埙《隐居通义》卷二，"合周程欧苏之裂"条，《文渊阁四库全书》本。

代以来哲学和文学两个学科的分立。所以,站在分途后的某一方的立场,去看待走向分途的过程中出现的某些冲突,或者把现在看来应归属另一学科的对象摈出视野之外,作为研究方法是不够妥善的,因为那些对象原本曾在实际的历史过程中起过积极作用。就"古文运动"的历史全貌而言,许多思想家及其被指责为"险怪"的文风,原本构成"运动"的重要一翼。

第四节　"周程、欧苏之裂"与宋代士大夫文学

　　前二节已考明:宋代"新儒学"发展到"性命之学"的深度时,引起了一部分古文家的反感,从而改变了中唐以来"新儒学"与"古文"水乳交融的状态,发生了分裂。郭绍虞《中国文学批评史》所描述的"道学家文论"与"古文家文论"的对立,大致与这样的分裂相对应,不过郭氏的概括在用语上显得不太严密,因为关注"性命"而具形而上学倾向的思想家,并不只限于程朱"道学"一系,而把与欧苏观点不同却同样采用"古文"方式进行表达的许多作者摈出"古文家"队伍,也未必妥善,而且像王安石那样,既是"性命之学"的一时权威,又是地地道道的"古文家",影响还十分巨大的人物,其与上述对立模式的关系如何,该是极其复杂的问题,但郭氏却简单化地把他的身份固定为"政治家",在"道学家文论"与"古文家文论"之外补上一种"政治家文论",谓之"三派"①。考虑到北宋

----

①"三派"之外,还有"释子之文论",所以郭氏实际上概括出四种文论,不过"道学家"与"古文家"的对立是基本。见郭绍虞《中国文学批评史》上卷第六篇第一章,上海商务印书馆 1934 年原版,百花文艺出版社 1999 年重版。

后期士大夫社会的实情,对王安石的简单化处理肯定是这部名著的一大缺憾,但无论如何,郭氏的概括确实呈现了北宋士大夫的不同思想倾向、不同的专长领域,也可以成为我们探讨上述分裂现象的一个参考。

很明显,郭氏的分派是以近代学科体制对社会文化诸领域的划分方式为背景的,所以在具备相当程度的概括力的同时,也显示出其与北宋史实有些参差出入之处。当然,近代学科体制虽是"西化"的结果,也未必完全不能对应中国的实际,比如人文领域文、史、哲三个学科的分立,至少就现状来看,中国文学史、史学史与哲学史都毫不费力地找到了各自合适的研究对象,除《史记》等少数显例外,其主要的部分发生重合的情况并不严重。如果说,把先秦的《诗经》归属于文学、《春秋》归属于史学、《周易》归属于哲学的做法有些可议,那么把北宋的秦观看成文学家、刘恕看成史学家、程颐看成哲学家,或者把南宋的陆游看成文学家、李焘看成史学家、陆九渊看成哲学家,就没有太大的问题。像苏轼、司马光、朱熹那样的大家,固然不宜被局限在文学、史学或哲学学科的范围内,但我们也不必要求哲学史家去研究大量的才子佳人小说,或者要求文学史家对二十五史的每一部都像《史记》那样重视。这也就是说,三个学科的研究对象发生重合的情形以上古时期为多,以后大致趋于减少,这就说明,如此分科也具有一定的自然性。至少可以认为,中国文化在它本身的发展过程中为接受这样的分科提供了观念上的基础。分科固然带来不少研究上的盲点,但使分科成为可能的那些因素,也是无法抹煞的。问题在于,带着近代的学科观念去概括史实的结果,往往利弊俱存,像郭氏的"三派"之说,就是如此。在此情形下,笔者以为有一点是亟须考察的,就是在近代学科体制成立以前,传统的学者如何表述相关的分裂现象。前文已经提到，郭氏用"道学家文论"与"古文家文论"的对立所概括的那种分裂现象，宋元之际的刘埙是用"周程、欧苏之裂"一语加以表述的。所以本节将从此语出发，来探讨宋代士大夫文学的一些问题。

一、关于"周程、欧苏之裂"

刘埙（1240—1319）之语出自其所著《隐居通议》卷二：

> 闻之云卧吴先生曰："近时水心一家，欲合周程、欧苏之裂。"①

按刘埙《水云村稿》卷五《朱陆合辙序》称"云卧吴先生汝一"②，《四库全书》本《江湖小集》、《两宋名贤小集》皆有吴汝式《云卧诗集》，而《全宋诗》据汲古阁本作"吴汝式"，"弌"字即"一"字，"式"字看来是"弌"字之讹。《水云村稿》卷七《跋吴云卧与包文肃公荐士书》称吴为"包门高第弟子"，此包文肃公当是包恢（1182—1268），《宋史》有传，谓"其父扬、世父约、叔父逊，从朱熹、陆九渊学，恢少为诸父门人"。由此看来，这位吴汝式虽然只有诗歌传世，但其学术渊源却跟道学相关。也许就因为他既有道学渊源，又喜欢写诗，所以关心"周程、欧苏之裂"的问题。"周程"指周敦颐、程颢、程颐，是道学家；"欧苏"指欧阳修、苏轼、苏辙，是古文家。既然有"周程、欧苏之裂"的说法，则道学家与古文家的分裂便几乎是自明的了。虽然程颐与苏轼有政治上的矛盾

---

①刘埙《隐居通议》卷二，《文渊阁四库全书》本。
②刘埙《朱陆合辙序》，《水云村稿》卷五，《文渊阁四库全书》本。

（所谓"洛蜀党争"），但欧阳修、周敦颐之间并无人际关系上的问题，所谓的"裂"只能指道学与古文之"裂"。

至于吴汝式语中的"水心"，乃南宋浙东学者叶适（1150—1223），比包恢还年长三十余岁，吴氏未必能亲见之，但他对叶适学说的这种概括，也值得我们注意。四库辑本陈耆卿《筼窗集》前，有吴子良序云：

> 自元祐后，谈理者祖程，论文者宗苏，而理与文分为二。吕公病其然，思融会之，故吕公之文早葩而晚实。逮至叶公，穷高极深，精妙卓特，备天地之奇变，而只字半简无虚设者。寿老一见，亦奋跃，策而追之，几及焉。……余十六从筼窗，二十四从叶公，公亦以嘱筼窗者嘱予也。

这里的"吕公"是浙东学者吕祖谦（1137—1181），"叶公"是叶适，"寿老"是陈耆卿（1180—1236）的字。照吴子良（字明辅，号荆溪）的说法，把分裂为二的程氏之"理"与苏氏之"文"重新融合起来，是浙东学派一贯的态度。这个说法与刘埙引用的吴汝式之说完全一致，而且吴子良亲得叶适传授，应该是可信的。

融会苏、程的说法，也不限于浙东学派。陈元晋（1186—？）《渔墅类稿》卷二有《上魏左史了翁启》，其中称赞魏了翁（1178—1237）云："会同蜀洛，上通洙泗之一源；凌厉庄骚，下掩渊云之众作。"所谓"蜀洛"，就指苏氏所代表的"蜀学"和程氏所代表的"洛学"。既然要"会同"，说明原本是分裂乃至对立的。苏、程之间的对立当然可以从多种角度去理解，但陈元晋是从道学和文章两方面夸奖魏了翁，所以他心目中的蜀洛对立，大约也跟吴子良相似，即文与理的对立。

以上这些材料都出于南宋的晚期或宋元之际，反映出宋末学人对于本朝文化的一种反省，他们不约而同地把文章与道学的分途视为遗憾。可见，所谓"周程、欧苏之裂"，是北宋中期以来客观存在的事实，这分裂的双方恰好被20世纪以后的哲学史和文学史各自取为研究的对象，倍加推崇。刘埙在引述了吴汝式的说法后，经过一番分析，得出的结论是："文章乃学道家之所弃，安可得而合哉？"重新融合只是良好的愿望，其实是不可能再合为一体的。如此说来，分裂便不可避免，那么，哲学史和文学史的分科，只是给本来就存在的分裂赋予近代化的形式而已。换句话说，分裂不是近代的学科体制引起的，而是原本存在的。固然，近代的分科形式会妨碍研究者从另外的角度去理解这种分裂，但只要研究者忠实于自己的教养和兴趣，或者尊重研究对象在历史时空中真实的延展性，就不难突破学科的樊篱，除非他刻意固守专家的身份。真正应该被深入探讨的，是原本存在的分裂本身，及其在历史上形成的原因和过程。不过这个课题过于庞大和复杂，现在且让我们对北宋时期产生的这种分裂加以面貌上的描述，以为进一步探讨的基础。有大量的史料表明，他们虽然分裂，却没有各自分道扬镳，互不相关，而是始终保持着在某种共同语境下的对立关系。显然，有一个使分裂者们能够保持互相对立的更具基础性的平台，这是我们首先要加以追究的对象。

二、分裂与对立

在今天以中文、历史、哲学分科的大学里，各学科的教授可以各做自己的研究，互不相关。一个推崇苏轼的文学史家和一个推崇程颐的哲学史家，不难声称他们之间并不像其研究对象一样感到互相对立，他们很可能以"学科不同"为由来避免思想交锋，从而保持彼此之间的客气，或者竟至于遵守不摘邻家葡萄的道德律，拒绝处理相关史料中的另一部分，久而久之，也便失去处理的能力。这确实是分科带来的重大缺陷，它在加深分裂的同时取消了对立。这才是相互揖让之后真正的分道扬镳，而很可能令彼此都成为小心翼翼的南辕北辙者。在我看来，加深分裂可能获得对某一方面的更为完善的阐述，但取消对立，却等于掩耳不听分裂者们曾经实现的对话，其弊端显而易见。

就北宋时代的有关史料来看，分裂已经存在，而且确实也有拒绝对话的倾向，但彼此依然拥有对话的语境，来显示其相互对立。"新学"创始人王安石和史学家刘恕之间的故事，可能最为典型：

> 荆公笑刘道原耽史而不穷经，相见必戏之曰："道原，读到汉八年未？"而道原力诋荆公之学，士子有谈新经义者，道原怒形于色，曰："此人口出妖言，面带妖气。"①

所谓"新经义"指王安石（荆公）主持修订的《三经新义》，其主旨曾由反对这"新经义"的陈瓘道出："先王所谓道德者，性命之理而已矣。此王安石之精义也。有《三经》焉，有《字说》焉，有《日录》焉，皆性命之理也。"②这是北宋中期兴起的哲学思潮，当然根据"穷理尽性以至于命"的经典教导而来。但刘恕（字道原）却是个沉迷于史学的人，他也是司马光编写《资治通鉴》的最得力助手。王安石和刘恕之间的对立，就如上引材料本身便已说出的那样，

①《三朝名臣言行录》卷一四引《范太史遗事》，《四部丛刊》本。
②陈瓘《四明尊尧集·序》，《四库全书存目丛书》影印清康熙刻本。

呈现为"耽史"与"穷经"的对立,若从近代的学科立场看,视为史学与哲学的分裂,基本上是恰当的。然而,我们却不能本着史学和哲学原可以各干各的想法,而将两者如此激烈的相互嘲弄和诋斥视为学人意气,一笑了之。

有足够的史料可以证明,王安石并非不读史书,刘恕也绝未轻视经典,所以这不是知识结构的问题。鉴于刘恕与司马光的密切关系,我们首先会猜测他们的对立可能与政治态度有关。确实,政治是最直接的共同语境,作为士大夫,无论他站在何种学术立场,持有何种学术观点,都会把自己的言说延伸到这个语境,从而发生或交融或对立的关系。不过,这种对立的具体形态,却由于刘恕与王安石几乎拒绝对话,而不曾明确显示出来。倒是在苏轼、苏辙兄弟与王安石的对立中,可以窥其一斑。晁说之曾概括道:"王荆公著书立言,必以尧舜三代为则,而东坡所言,但较量汉唐而已。"①此话看起来不过是以不同的历史时代为借鉴,实际上正是"穷经"与"耽史"在政治语境下对立的表现,因为对于所谓"尧舜三代"的理解,主要是从经典中研读出来,"以尧舜三代为则",基本上就是一种经学的立场,而"较量汉唐"才是以史为鉴。

苏辙以"策问"的文体形式更为具体地展现了这样的对立:

> 问:三代之治,以礼乐为本,刑政为末,后世反之。儒者言礼乐之效与刑政之弊,其相去甚远。然较其治乱盛衰,其比后世,若无以大相过者。盖夏后氏自禹再传而失国,乱者三世;商人再衰而复兴;周人一迁而不振。其贤于汉唐,其实无几。至于汉文帝、唐太宗,克己裕人,海内安乐,虽三代之

———————

① 晁说之《晁氏客语》,《丛书集成》本。

盛王，何以加之？夫礼乐、刑政，其功之异，岂特如此而已？今自祖宗创业，百有余年，法令修明，上下相维，四方无虞。求之前世，未有治安若今之久者。然而儒者论其礼乐，常以为不若三代。此为诚不若耶？为习其名而未稽其实也？不然，世之治安则不在礼乐欤？宜一有以断之。①

这个策题站在史学立场比较三代与汉唐的优劣，而倾向于汉唐。据说，当时司马光看到这番议论，也感到惊异，因为这毕竟与崇尚三代的风气背道而驰，但对苏辙比较理解的张方平却一言道破："策题，国论也。"②他明白苏辙是在跟王安石争论国家政治的根本方针问题。走向分裂的经学和史学，就在政治语境下以"三代"与"汉唐"之争的形态对立起来。有趣的是，各自站在史学和经学立场的对立双方，其本人又都是被后世归入"唐宋八大家"的第一流古文家。这个现象颇具象征性地说明，与近代文、史、哲分科相应的分裂，并未妨碍分裂者们的对话。到了南宋的陈亮与朱熹之争，仍然以"三代"与"汉唐"之争，或者说道学与史学之争为重要的主题。

可以说，宋代的文官政治具有把走向分裂的学者重新纠集在一个语境内的作用，使他们仍然拥有对话的平台。不过，现代人习惯于把政见对立还原为利益对立甚或阶级对立的思路，容易使问题枝蔓开去。如果因为利益或阶级的原因首先决定了政治态度的对立，然后寻求一种与对方相异的学术表达，那对于忠实于

---

①苏辙《河南府进士策问三首》之二，《栾城集》卷二〇，上海古籍出版社，1987年。
②苏籕《栾城遗言》，《文渊阁四库全书》本。

自己的学术立场而到政治语境中跟他人对话的人来说，简直就是搅局。我们确实难以断定这种搅局的因素在宋代就不会存在，然而可以相信，宋代文官政治本身的运行原则是在努力排除此类搅局的因素，比如，几乎所有著名的士大夫都极力提倡"以道事君"，就是要求政治态度成为学术思想的合理延伸。这使得他们的政见对立基本上可以还原为学术对立。比如北宋政界的那些党派名称，"新党"、"元祐奸党"、"洛党"、"蜀党"等，就与学术流派的名称"新学"、"元祐之学"、"洛学"、"蜀学"等一一对应，党派的分裂与学术的分裂大体一致。这样，学术思想就是比政治更为根本的对话基础。

从近代学科分立的视点看去，"学术思想"这个说法不过是把各个学科加以某种很容易流于空疏的总括而已。然而，在分科的意识下，即便突破学科的樊篱去进行研究，也只是致力于寻找文学家在哲学方面的言论去跟哲学家进行比较，或者寻找哲学家有关历史的意见去跟史学家进行比较，等等诸如此类的工作。迈出这一步也许已经不易，但苛刻地说，这样的研究模式还无法切入问题的核心。刘恕未尝以他的经学观点去跟王安石争论，而是以他的史学直接否定王氏的新经学。当程颐对杜诗表示不理解，或者程颐的弟子尹惇指责"黄鲁直如此做诗，不知要何用"①时，他们并不担心暴露其艺术感悟力的低下，而认为以道学直接否定诗歌是非常正当的事。这就是说，争论并不需要跑到邻人的屋子里去进行，因为大家拥有共同的庭院。为了倾听他们的争论，就有必要在此共同庭院的意义上理解"学术思想"，这便意味着一种思想史视野下的把握方式。

―――――――――

①吕本中《东莱吕紫薇师友杂志》，《丛书集成》本。

三、思想史视野

汉语的"思想史"一词,对应了英语中的 history of thoughts、history of ideas、intellectual history 等几种表述,使用这些词语的西方学者原本可能使它们分指不同的甚至互相否定的理论内涵,但就其以人类精神的所有意识行为为对象的研究视野来说,获得相同的汉语译名也无可非议,因为中国人首先是在研究视野或方法的意义上重视西方人对西方思想史的这种研究。为具有如此视野的研究方式寻找一个学术史上的起点,也许是徒劳的,但作为影响深远而颇具标志性的学术活动,美国《思想史学刊》(*Journal of the History of Ideas*)在 1940 年的创刊可以视为酝酿阶段的结束。在洛夫乔伊(Arthur O. Lovejoy)发表于创刊号上的《对思想史的反思》("Reflections on The History of Ideas")一文中,他激烈地攻击了近代式的学科分立,恰好与今天研究国学的中国学者感受相通。

就具体的方法来说,洛夫乔伊致力于在古今各种领域的各家学说中寻找一系列基本相同的数量有限的构成要素,谓之"单元观念"(unit-ideas)。不是对于具体历史语境所发表的意见,而是学者在这些永恒的"单元观念"上的创造性阐说,才是照亮思想史的真正成果。此种类似分析化学的非历史性的考察方式,到 20 世纪 60 年代末受到了使用 intellectual history 一词的剑桥学派的猛烈批判,后者否定永恒观念的存在,主张所有的思想都必须返回历史语境中去理解。①

----

① 关于西方思想史研究的历史,请参考彭刚《历史地理解思想》一文,见复旦大学思想史研究中心编《思想史研究》第一辑《什么是思想史》,上海人民出版社,2006 年。该辑所刊出的另外一些译文,更为具体地展示了西方学者对于"思想史"这一学术视野的各种论述。

据陈弱水、王汎森的介绍,台湾的中国史学界及时地回应了西方的思想史研究立场,自 1970 年代以来逐渐形成思想史研究的传统,但其成果则主要体现在明清以后的思想研究①。而且,这些成果中最出类拔萃的部分,似乎是对通常被哲学史所认领的著名人物进行史学性的考察。当哲学史家费尽心机去理解一个哲学家的种种言说之间内在的理路或隐含的结构,并为某些细微的区别而冥思苦想时,思想史家却可以通过对历史语境的把握,在大为开阔的视野下作出某种往往与历史事件相关的对其"实际含义"的引人入胜的解读,从而夺去大部分读者的兴趣。至于对宋代思想的研究,美国学者包弼德(Peter K. Bol)出版于 1992 年的 *This Culture of Ours: Intellectual Transitions in T'ang and Sung China*(California: Stanford University Press, 1992)一书,由于刘宁的出色译文②,目前已经成为最受关注的美国汉学著作之一。书名是"斯文"一词的英译,与副标题中的 Intellectual 一词极为传神地体现了思想史的视野。值得称道的是,当他以唐宋士大夫性格之变化为考察对象,并关注"道"的内涵演变,尤其是士大夫兴趣的重点从"文"转向"道"的过程时,通常意义上的"文学家"也进入了思想史的视野。这在目前为数较多的有关明清思想的论著中,也并不多见。当然,正如日本学者土田健次郎指出的那样,当包弼德得出南宋以后的士大夫趋向"地方化"的结论时,他应该受到了对于明清乡绅之研究的某些成果的影响③。

①陈弱水、王汎森主编《思想与学术·导言》,《台湾学者中国史研究论丛》之一,中国大百科全书出版社,2005 年。
②包弼德《斯文:唐宋思想的转型》,刘宁译,江苏人民出版社,2001 年。
③见土田健次郎《道学之形成》序章第一节"二、思想史上的变革期",上海古籍出版社,2010 年。

土田健次郎曾指责中国对于思想史的记述，经常成为记述者表达欲望的牺牲品。他难以理解中国学者的研究著作，为什么能够把章节标题都做成巧妙的对句形式，为什么对每一个思想家所用的重要概念的清理结果都会得到同样的数目。他认为这是对于个别思想出现的时地的具体语境缺乏考察的结果①。这个说法也许正好跟剑桥学派的主张相呼应。在土田氏的《道学之形成》一书中，尽管中心部分是周敦颐和二程，却也用较多的篇幅讨论了欧阳修、陈襄、胡瑗、王安石、苏轼等士大夫的思想。看来，"文学家"在思想史视野中的出现，乃是宋代（尤其是北宋）思想史研究的一个特点。

　　当我们考察"文学家"在宋代思想史视野下的表现时，仍然可以回到分裂与对立的话题上来。如果只有分裂而没有对立，像"道学之形成"这样的课题中，是不需要"文学家"出场的。"文学家"当然也可以有哲学思想，由此也不难分析他跟"哲学家"之间的对立。可是，真正重要的对立是文学与哲学直接对立。比如，作为文官政治重要环节的科举制度，就为"诗赋"与"经义"的直接对立提供了长期有效的语境。

四、科举语境中的文学

　　虽然一般的文学史都声称中国在魏晋时代实现了"文学的自觉"，但最重要的文学体裁诗赋，却在选拔政治人才的科举考试中，长期占据主导的席位，而毫无身在他乡、自觉归去的意识。即便到了北宋，受到哲学论文"经义"和政治论文"策论"的严正挑战，也顽固地不愿退出。此种现象被称为"诗赋取士"或"文学取

————————
①同上书序章第一节"一、思想与思想史"。

士",对于所谓"文学的自觉"之类的近代化课题来说,它构成了巨大的反讽。终生致力于为这个制度进行辩护的苏轼,其辩护词本应成为"文学批评史"的重要考察对象,但著名的七卷本《中国文学批评通史》①对此事不置一言,而批评史文献的最流行的汇集本,如郭绍虞《中国历代文论选》②、陶秋英《宋金元文论选》③等,都不选入苏轼的辩护词。也许学者们认定这是政治领域的科举方面的事情,与文学无关。但显然有关,而且会令近代以来的学科话语变得非常可笑:为什么苏轼固执地要令文学"成为政治的奴婢"?难道它对魏晋时代的"自觉"毫无所知?他的文学观是不是巨大的"倒退"?等等。

近代西方学制将人文领域分为文、史、哲三科,如上文所述,基本上对应了人类精神现象中存在的分裂。但这种对应既不完善,也不唯一。其对精神现象的分类,与传统中国对书籍的分类即经、史、子、集四部法相似(实际上四部法也就意味着另一种分科方式,因为书籍目录也有"辨章学术"的追求)。这就好像人们定制了几个书架,来安放自己的藏书,为了便于寻检,通常归类安放。但书架的分立与藏书内容的分裂并不完善而唯一地对应,而且书架就是书架,讨论某个书架在某个时代获得了"自觉",将是一个神话般的课题。如果"自觉"指的是人们有意为某一类书籍专设一个书架,绝不杂入他书,那么,此种状态完全可以随人的心意而改变或恢复,这样的"自觉"就可以有无数次,换句话说,它并不像科学史上某条定律的发现那样一锤定音。所以,模仿科学史

①王运熙、顾易生主编,其第四卷《宋金元文学批评史》第五章第五节专论苏轼,上海古籍出版社,1996年。
②中华书局上海编辑所,1962年。
③"中国历代文论选"丛书之一,人民文学出版社,1984年。

而来的各种学科话语,本身存在许多问题。这里当然不拟抹煞学科分类的意义,但在思想史视野下,我们关注的是被分在"文学"一科的那类精神现象,在人们的精神教养中占据何种地位。也就是说,问题将从学科回到人。

多年以前,笔者参观西安的碑林时,曾在其第三室的北宋释梦英书《篆书目录偏旁字源碑》的碑阴,看到北宋至和元年(1054)所刻的《京兆府小学规》,抄录了一些内容:

一、教授每日讲说经书三两纸,授诸生所诵经书文句、音义题,所学书字样,出所课诗赋题目,撰所对属诗句,择所记故事。

一、诸生学课分为三等。

第一等,每日抽签问所听经义三道,念书一二百字,学书十行,吟五七言古律诗一首,三日试赋一首(或四韵),看赋一道,看史传三五纸(内记故事三条)。

第二等,每日念书约一百字,学书十行,吟诗一绝,对属一联,念赋二韵,记故事一件。

第三等,每日念书五七十字,学书十行,念诗一首。

由此可以观察王安石科举改革之前,小学生基础教养的内容,大约有经义、书法、诗赋与史传四项。必须注意,这里的经义是听老师照着课本解释后背诵出来而已,阅读史传的目的则是为了记些故事,在写作诗赋时可以派上用场,书法方面的要求对于三个等级的学生都是一致的,可能主要是学字。这样,唯一对学生的创造性有所培训的,就是诗赋。按理说,与背经义、记故事对等的文学方面的培训,应该是赏析名篇,如"念诗一首"、"看赋一道"之类,但当时的小学却马上便要求创作。诗赋在基础教养中占据如此重要的地位,当然不是因为那时候的人们特别风雅,而是由科举制度决定的。

当然,讨论科举与文学之关系的专著和论文,目前并不稀见,可是,在思想史的视野下,我们还须关注另一方面,就是力图将诗赋驱逐出科举的那种力量是如何成长起来的。简单地说,起初是王安石主张的"经义"想取代诗赋的地位,经过几番拉锯后,由"经义"演化而来的八股文终于达到目的,但其所依据的文本却由王氏的《三经新义》变成了朱熹的《四书章句集注》——这便是宋明之间科举领域发生的革命性变化,道学取得了最终的胜利。在基础教养方面,我们也不难看到另一番景象:贾宝玉被他的父亲斥责为不求上进的逆子,只因为不肯苦读四书,而实际上他的诗赋修养至少超过那些受他父亲尊重的清客,若生在唐宋时期,贾宝玉便是个优秀的学生。

然而,在科举领域获得最后胜利的道学,原本却是鄙薄科举的。在道学所谓的"北宋五子"中,只有程颢和张载两位进士,其他三位都不是。邵雍可能并未参加过科举考试,周敦颐则根本看不起科举,而且据程颐的说法,在跟周敦颐交往的时候,心中一定会感到科举是鄙俗的东西。当然,离开了周敦颐后,程颐还是去参加了考试,大概由于主考官欧阳修不喜欢他的文章,没有考上,后来程颐也就鄙薄科举,还鼓励他的弟子们鄙视科举。到了南宋,情况也相似,虽然科举本身并没有排斥所有的道学家(朱熹很年轻就成为进士),但道学家往往发表厌恶科举的言论。宋代科举考试的主要内容不过三种,一是诗赋,这是道学家最不喜欢的;二是经义,本来应该为道学家所擅长,但由于朝廷长期以王安石的学说为经义的标准,故也遭道学家的反对;三是策论,这是要参考历史上的种种策略来解决现实的问题,其基础是史学,与道学家的兴趣亦不合。所以道学家讨厌科举,本身便意味着贬低诗赋和史学,以及经义中的其他流派。除了王氏"新学"长期主导科举,苏轼一直为"文学取士"辩护外,擅长史学的浙东学派也曾跟科举渊源甚深。吕祖谦就编写过许多科举参考用书,据说极受欢迎。道学之所以能最终统治科举领域,是由于王安石先为"经义"奠定了统治性的席位,苏轼等人奋起抗争,似乎反有利于道学取代"新学"。

不过,科举领域的革命毕竟有一个过程,宋代的科举毕竟也曾拥有诗赋、策论和经义共存的历史,也就是与文、史、哲分科大致相应的分裂在科举语境下的对立景况。为了科举而进行的培训决定了小学生的精神教养,通过科举而走上仕途的士大夫,其精神世界内各种元素的消长也应当跟科举领域的革命过程相关。

五、作为士大夫的文学家

在有关宋代思想的研究中,学者们使用"士大夫"一词,指的是以科举制度和文官体制的成熟为前提的,以进士及第者为中心而形成的一个精英群落,按其性质,或者可以称为"前近代中国的知识共同体"。自唐末五代以后,贵族消亡殆尽,这一特殊的知识共同体遂成为中国文化之主体。他们以读书中举起家,达者入朝执政,穷者亦为乡居绅士或江湖名流,在自宋至清的一千年间,他们是政治活动、法律裁断、经济决策和文化创造,甚至军事指挥等几乎一切领域的主体。如果把他们定义为一个社会阶层,那么科举制度不但是这个阶层的创造者,而且持续地为之换血,以维护其精英的性质。在很多研究者看来,此种作为社会中坚而存在的

"士大夫"阶层的形成,是宋代对于中国史的最大意义。继包弼德关于宋代"士大夫"的论述后,1999 年 3 月 21 日,日本的宋史研究者曾在东京大学文学部召开一次专题讨论会,名为"宋史研究者所见的中国研究之课题——士大夫、读书人、文人或精英",会议的主题就是呼唤以"士大夫"为中心的研究。自此以后,他们陆续在此课题上结集发表研究成果,如 1999 年勉诚出版《アジア遊学 7 特集:宋代知識人の諸相》、2001 年勉诚出版《知識人の諸相——中国宋代を基点として》等。如果与上文讨论的思想史视野结合来看,可以说,"士大夫"研究几乎等于思想者研究。

　　士大夫研究当然是个宏大的课题,而且方兴未艾,目前似乎还不到总结成果的时候。但可以肯定的是,把宋代的文学家还原为一个士大夫,对于我们理解其精神世界将是非常有益的。宋代士大夫必须担负的社会责任广及所有领域,这使他们不得不去掌握各方面的知识,在基础教养、个人兴趣、工作需要或师友影响等种种因素的作用下,他们会在某一个或几个方面展现特长,有些人便擅长于文学,这是非常自然的事。然而即便是擅长文学的士大夫,也不曾知道文学在几百年前已经"自觉",即便早已获得"诗人"的称号,也仍须作为一个士大夫而担负起其他方面的责任。因为实际生存的士大夫可能各具特长,但理想型的士大夫应该是"全面发展"的,既是政治家,又是诗人,又是学者,等等。而且,北宋时期的著名士大夫如欧阳修、王安石、司马光、苏轼等,也确实近乎"全面发展"的理想型。当各具特长而又追求全面的士大夫们成为文化的主体时,思想史视野下的分裂与对立,诸如"周程、欧苏之裂"等,便显得容易理解。

　　不过事情并不到此为止。如果把"周程、欧苏之裂"理解为哲学与文学的分裂,那么从理论上说,可以有各种各样关于分裂的表述,比如在刘恕与王安石之间体现的史学与经学的分裂,也应当有相应的说法。但至少,其他的分裂并不像"周程、欧苏之裂"那样引人注目。可见,种种分裂并不构成均衡的格局。虽然对于某一个士大夫来说,形成哪方面的特长是他的自由,但就群体的倾向而言,为了适应科举考试而从小接受的基础教养是举足轻重的。正如上文所述,在北宋至和以前的小学基础教养中,文学占有那样重要的地位和分量,这势必造成分裂格局的不均衡性,奠定文学在此格局中的优势。而道学的兴起以及从鄙视科举到最终统治科举领域的曲折过程,自然会不断地冲击文学在分裂格局中的优势地位,乃至于取而代之。所以,"周程、欧苏之裂"几乎必然性地成为宋代思想史上最显著的分裂与对立。

当我们从总体上考察宋代思想时,不能不承认道学是最具标志性的成果,以至于一提到宋代,便会首先联想到道学。文学在其与道学的长期对立中,也未必不从对方吸取有益的启示。然而,近代以来有关宋代文学史的著作对道学采取了惊人的不同情态度,道学家在文学史里被习惯性地描述为可笑的反面形象。从北宋到南宋,道学的话语越来越频繁地出现在士大夫的自我表达(比如抒情诗)中,这至少是士大夫的整体素养、精神境界得到提升的鲜明表现,文学史家却不知何故便讨厌这类话语,从而使这种提升得不到积极的肯定。其实,从思想史的视野来看,文学家与道学家作为思想者仍有其精神相通的一面,这里举一个例子。

《宣和奉使高丽图经》作者徐兢的祖父徐师回(字圣望),元丰年间曾知南康军(治所在今江西星子),其官厅的东面有八棵笔直挺立的杉树,故在树旁造了一个"直节堂"。元丰八年(1085)正月苏辙路过此地,为之写作《南康直节堂记》①一篇,并亲自书写,刻石立在堂上。九十余年后的南宋淳熙六年(1179),朱熹来到南康军担任长官,却发现所谓的直节堂以及那些杉树,早已无影无踪。苏辙记文的石刻倒是找到了一块,但据说不是原刻,且被丢弃在别处。于是,朱熹去访问了很多老人,想知道直节堂的故址在哪里,却也一无所获。没有办法,朱熹只好把官厅西面的一个被废弃的旧堂,重新命名为直节堂,而把那块不知何人摹刻的苏辙记文搬来,嵌在这新的直节堂的墙壁中。照他的本意,还想再种些杉树,来重现前贤的遗迹,但结果没有做成,朱熹就离开了南康军②。

　　显然,朱熹做了一项恢复古迹的工作。但是,这古迹只是延续原来的名称,朱熹的直节堂并不是徐师回的直节堂,他找来的记文石刻也并不是苏辙当年的原刻。在这一不算长久的历史过程中,物质方面的一切都经过了摧毁和重建,就文物角度来说都是假的。直节堂的历史仿佛得到了延续,其实早就断裂,真正得到延续的是徐师回和苏辙崇尚"直节"的思想,因为朱熹的共鸣而获得新的物质寄托。一生严厉拒斥三苏学说的朱熹,在崇尚"直节"这一思想单元上,与苏辙精神相通。而且,依靠这种精神相通而不断延续的思想史,才是中国人可以拥有的真正的历史。物质方面的直节堂之类,早已是假的了。

　　作为思想者,文学家与道学家可以拥有的诸如"直节"之类共同的思想单元,其实并不少,而其中最重要的,可能是崇尚"道统"。

---

①见苏辙《栾城集》卷二四。
②事见朱熹《跋苏文定公直节堂记》,《晦庵先生朱文公文集》卷八一,《朱子全书》第24册,上海古籍出版社、安徽教育出版社,2002年。

六、道统论的勘定

道统论是一个真正属于思想史的核心课题，虽然通常被归入哲学史去探讨，其实它曾经跟文学、史学都密切相关。

继《孟子》卒章之言后，道统论大约经历了三种形态。第一种是司马迁在《史记·太史公自叙》中的说法，谓周公死后五百年有了孔子，孔子死后五百年有了他司马迁。后来萧绎在《金楼子》里继续说，司马迁死后五百年，就正好轮到他。第二种形态是韩愈在《原道》中阐述的，自尧、舜、禹、汤、文王、周公、孔子到孟子，单线相传，孟子死后就断绝了。言下之意，是从孟子一下子跳到他韩愈。宋初人讲"道统"，一般也承认韩愈可以占据一席，当然在孟子跟韩愈之间，还可以补上扬雄、王通。在韩愈之后，又有谁可以接上去呢？在《六一居士集叙》中，苏轼认为欧阳修是最有资格的，而从欧阳修下来，自然便轮到他苏轼。第三种形态是程颐在《明道先生墓表》中创始的，不承认韩愈，更不承认扬雄、王通、欧阳修、苏轼之流，而以程颢直续孟子。后来朱熹基本上接受程颐的说法，只是考虑到二程有个老师周敦颐，要把他放进去，所以变成周敦颐直续孟子了。至于张载、邵雍，由于志趣跟二程相似，便也一并放进去，但核心人物显然是二程。当然，从二程下来，不难落到他朱熹本人的头上。

第一种形态的道统论反映出一位伟大史学家的自信和一位小朝廷皇帝的学术追求，但到宋代已经没有影响。第三种是道学家最后勘定的新"道统"，《宋史》的《道学传》就是这种新"道统"的谱系。相比于第二种形态的道统论，这个新"道统"的特点很鲜明，就是排除了韩愈、欧阳修等古文家。本来，自中唐到宋初，主张重振儒道的主要是一批古文家，如果我们把中唐以后的儒学称为"新儒学",那么"新儒学"与古文本来是孪生兄弟。新"道统"的出台,标志着这对孪生兄弟的正式分家,其实也就是所谓"周程、欧苏之裂"。

虽然所谓"道统"具有不同的性质,但崇尚"道统"的思想是一致的。而且,各种"道统"的头上一段都是相同的,不同的性质由尾部的继承者来决定,这尾部的继承者可多可少,但最后一人或明或暗都是说者本人。如此当仁不让的态度,并不令宋代的读者太感惊异。如果抹去历史的尘埃,我们将会发现一种更不谦虚的表述,来自王安石的"新学"一派。王氏身后,其遗像被宋哲宗的政府供入孔庙,其子王雱为他作的《画像赞》"列圣垂教,参次不齐。集厥大成,光乎仲尼",被蔡卞"书之大刻于石"①。至宋徽宗崇宁四年(1105),学士院又奉命撰赞曰:"孔孟云远,六经中微。斯文载兴,自公发挥。推阐道真,启迪群迷。优入圣域,百世之师。"②这就是说,王安石是比孔子更光辉灿烂的新圣人,他与孔孟一样从六经中发掘出真理,而其令斯文再兴的功业已开创新的历史(这大概因为王安石拥有孔孟不曾掌握的政治权力)。与此相比,自甘为"道统"之尾部的诸公,已经非常谦逊了。

不同性质的道统论和"新学"一派的超道统论,集中地展示了宋代思想史上的分裂与对立,但这样的论调本身却是尚"统"的表现③,即对于思想统一的追求。此种追求本身便是造成分裂的原因:只有一个人追求统一,而其他人都放弃时,统一才能实现,如

①见陈璘《四明尊尧集·序》,《四库全书存目丛书》影印清刻本。
②见《续资治通鉴长编拾补》卷二五,"崇宁四年五月癸亥"条,上海古籍出版社,1986年。
③参考王水照《北宋的文学结盟与尚"统"的社会思潮》,《王水照自选集》,上海教育出版社,2000年,第105页。

果人人都要以自己的思想去统一别人，结果便只能是分裂。另一方面，对于统一的追求又使分裂者始终保持着他们在一系列核心问题上的对立，而不是各自满足于经营自己的领域。文学家在这样的思想漩涡中曾经卷入得如此深，而且本身就是这漩涡的制造者之一，那么，文学史从近代学科的观念出发对仿佛属于其他学科的问题采取回避态度，至少就宋代文学研究而言，无疑便是方法论上的重大缺陷。在目前，我以为纠补的办法是：从学科回到人，即把宋代文学家还原为士大夫进行整体的或个案的研究，从而也可以认识到士大夫文学的某些特征。本书后面的章节，就将作这样的尝试。

第三章　北宋士大夫文学的展开（上）：
思想心态

　　以科举士大夫阶层的崛起为背景考察"唐宋古文运动"时，这个"运动"所经历的曲折显示出它与一个历史事实的关联，就是"运动"的承担者在相当长的一段时期内并未获得士大夫身份，在韩愈与欧阳修之间，坚持用古文文体从事写作活动的，多为考不上科举的民间"隐士"和"学统"先生。上一章已经提及这一事实对"险怪"文风的促成作用，本章将从与此相关的另一面开始论述，即那些顺利通过科举考试而走上仕途的士大夫作家，如何看待和从事文章写作。我们已知，积极汲取和融纳民间"学统"所主张的价值，使石介、欧阳修改变了士大夫文学的性质，振起了古文，那么在此之前，北宋的士大夫是在何种价值观下进行文学创作，换句话说，这些士大夫的思想心态如何，将是本章首先要追究的问题。

　　众所周知，欧阳修把中唐的韩愈看作自己的先驱，这也是"唐宋古文运动"之说得以成立的基础。由此出发，探寻韩愈到欧阳修之间发生的故事，将是文学史研究的题中应有之义，于是北宋初期那些声称继承韩愈思想和创作的人，就得到了文学史家的热情关注，从柳开、穆修到欧阳修，呈现出一条发展的线索。然而，事实上柳开和穆修远未具有欧阳修那样领袖文坛的影响力,他们的主张还未得到多数人的理解,是所谓"不得志"的或者非主流的人物。在欧阳修之前,被社会所崇尚的代表了主流风格的作家,是杨亿(974—1020)和晏殊(991—1055)①。事有凑巧,此二人都是以少年而能诗善赋的"神童"身份开始仕宦生涯的:杨亿在十一岁的时候被宋太宗召试,入朝为官;晏殊则在十五岁时得到宋真宗召试,并特赐进士出身。那么,欧阳修之前的北宋士大夫文学,竟是以两位"神童"为代表的,可以名之为"神童"时代。

第一节 "神童"时代(上)——杨亿

在市井通俗文学兴起之前,中国的文学基本上是士大夫的文学,而决定一个人能否进入士大夫的行列,在宋代,基本上是看他能否通过堪称公平的科举考试。科举包含了各种科目,其中的"神童"科产生了本节的研究对象。非常早慧的儿童因为出众的文学天赋,不但提前成为士大夫,而且比一般的进士更为引人注目。如果进士们可以把写作诗赋的能力当作敲门砖,通过考试后便不妨丢弃,那么"神童"就必须追求终生具备写作方面的特长,否则就显得名不副实。所以,"神童"的文学是士大夫文学的特殊

①此在宋人笔下,已有定论。如欧阳修云:"杨文公亿以文章擅天下。"(《归田录》)"先朝杨刘风采,耸动天下。"(《后村诗话》卷二引)《观文殿大学士行兵部尚书西京留守赠司空兼侍中晏公神道碑铭》:"以文章为天下所宗。"(《居士集》卷二二)周必大《跋抚州邬虑诗》:"临川自晏元献公、王文公主文盟于本朝。"(《文忠集》卷四八)这些都肯定了杨、晏二人作为文坛领袖的地位。

部分。

文学上的"神童"本来算不得怪物,如果我们承认有"天才",那么"神童"只不过是"天才"的极端形态。但是,"神童"未必皆成大器,而从 10 世纪末至 11 世纪前半叶,由杨亿和晏殊这两位"神童"出身的作家相继"主盟"文坛,更是绝无仅有的现象。南宋杨万里诗云:"莫言幼慧长不奇,杨文公与晏临淄。"①李刘《谢得解》自云:"年当五岁,日记万言,实希踪杨文公之辞章,复妄意晏元献之科目。"②由此可见,杨、晏二人不但是少年天才的典范,也是这样的少年天才终成大器的标本。不过,这种崇尚"神童"的风气,与我们对宋代文学的一般理解是不相称的。比如,我们常说唐诗以风神情韵见胜,宋诗以筋骨思理擅场,这"筋骨思理"就与"神童"不相称,至少在他们以"神童"应举的时候,还远未具备成熟的心智和深厚的学养,以及在足够长的生活历练中形成的对于世间事物的独立看法,如何谈得上"筋骨思理"呢?不难想象,当年的朝廷对于"神童"作品的赏识,必然来自另一种鉴赏眼光,也就是说,"神童时代"的人们对文学的理解,与宋诗成熟时代完全是另一回事。

虽然今天的学者们常把天水一朝的文化看作中唐以来的复古运动的结果,但宋朝的创建者太祖皇帝并没有按照复古运动的精神来建设政治制度的本意,他的一系列促成君主独裁的措施,全出于其平民式的实用智慧。太宗皇帝倡导的所谓"文治",也不具备明确的文化理想,只是依唐代的办法,以诗赋来录取进士,或者提供经费让文官们去编几部大书。在此种"文治"局面下,文学

---

① 杨万里《送李童子西归》,《诚斋集》卷六,《四部丛刊》本。
② 李刘《谢得解》,《四六标准》卷一三,《文渊阁四库全书》本。

被当作太平盛世的必要点缀，仍未摆脱实用的价值观。依照明确的文化理想和道德观念来"救时行道"，反对"苟合取容"，是宋仁宗之世由范仲淹、欧阳修等人倡导起来的士人风节，北宋的世风自此才由迎合实用转向崇尚理想。随之兴起的那种要求承担道义和历史使命的文学观，虽然常被今人唤作"儒家实用主义文学观"，实际上其内在的价值取向是理想主义的。而在此之前，缺乏理想的时代可以点缀升平的文学，即便表面上可能是一味追求言辞华美的"纯文学"，其内在的价值观恰恰是实用主义的。而且，正是因为没有明确的文化理想和使命感，便不能超越世俗标准去作深刻的思考，对文学的理解也就只剩下"文采"而已。思想、学养和生活历练也许有助于这"文采"的增长，但显然不是决定因素，因为渊博的老人写不出漂亮文章的比比皆是。这样，人们很容易认为天生的"才华"是决定性的，那么，这种决定性的最纯粹的表现形态就是"神童"了。所以，范、欧崛起之前的实用主义"文治"政策和相应的世态，才是产生"神童"的合适温床，两位"神童"相继领袖文坛的现象正是此种"文治"的标志性成果。当然，"神童"本人未必甘心只为盛世之华美点缀，两位"神童"的超越自我的不懈努力，使他们终于成长为优秀的士大夫，而且其意义还在于：他们的存在也成为范仲淹、欧阳修一代人的崛起所必要的依托。故就北宋士大夫文学的进程来说，相比于"柳开——穆修——欧阳修"，我们更有理由勾画"杨亿——晏殊——欧阳修"的发展线索。

科举制度特地为"神童"打开了入仕的大门，然后，成熟的文官制度也给"神童"提供了成长为高级士大夫的机会。比起同样是少年天才的"初唐四杰"来，杨亿和晏殊的仕途生涯可以用"飞黄腾达"来形容了。不过，若与北宋的其他士大夫相比，"神童"出身也给他们带来一些特殊性,我们将由此入手检讨杨亿、晏殊的生平和创作。

一、从"神童"到士大夫

在官僚政治中,"神童"出身者的最大优势在于年轻,如果时值太平,官僚晋级制度比较稳定,那么起步甚早的他们会比一般士大夫更早地步入仕宦生涯的辉煌期。而且,因为朝廷不能派一个小孩去任地方官,故往往将"神童"留在京城的馆阁任职,这就使他接近中央,不会错过朝廷颁行的恩典。即便政界充满"朋党"之争,年轻而有前途的"神童"也会被有力的人物主动笼络,乃至于招为东床佳婿,保证其拥有升迁的机会。杨亿的岳父是太宗朝晚期的参知政事张洎,晏殊"初娶李氏,工部侍郎虚己之女;次孟氏,屯田员外郎虚舟之女,封巨鹿郡夫人;次王氏,太师尚书令超之女,封荣国夫人"[1],其结亲的对象并非泛泛之辈。这样,杨亿能在他年方而立的时候,与寇准一起主持"澶渊之盟"这样头等的军国大事;到仁宗朝,比晏殊年长两岁的范仲淹刚在政治舞台上崭露头角时,晏殊已经是朝廷的"元老"重臣了,据说,范仲淹在晏殊面前始终执门生之礼。

更为重要的是,当皇帝考虑皇太子的教育问题时,他会认为"神童"是辅佐太子读书的最佳人选,故"神童"成为东宫亲信的概率极高。事实上,杨亿和晏殊都是真宗、仁宗太子时代的旧交。对于年轻官员来说,如果现任的皇帝比自己年长得多(太宗比杨亿年长35岁,真宗比晏殊年长23岁),那么尽早追随未来的皇

---

[1] 欧阳修《观文殿大学士行兵部尚书西京留守赠司空兼侍中晏公神道碑铭》,《居士集》卷二二。

帝，无疑是更为有利的。如此一来，"神童"的前途就不只是官品升高而已了，因为在君主独裁的时代，随着太子成为皇帝，东宫旧交走向执政大臣的脚步几乎是难以阻止的。确实，无论别人怎样想方设法，都不曾改变真宗对杨亿和仁宗对晏殊的信任。

当然，过早的升迁以及追随太子，也会给"神童"带来麻烦。过早的升迁使他无法逃避官僚政治中必然存在的"党争"对他的摧残，而追随太子则可能陷入更为凶险的境地，如储位之争、帝后之争等等。当杨亿在京城的馆阁受到前辈的普遍宠爱，乃至于被张泊招为东床时，他肯定还未到达理解"党争"的年龄，不能意识到其岳丈的党派身份将对以后的生活和政治道路产生重大的影响。这一点至少导致了其家庭生活的不幸。司马光《涑水纪闻》卷三云："（张）泊女嫁杨文公，骄倨不侍姑，或效其姑语以为笑，后终出之。由是两家不相能，故文公修国史，为张泊传，极言其短。"这是说，婆媳不和造成了夫妻离异、翁婿反目。今人李一飞《杨亿年谱》（上海古籍出版社 2002 年版）不信出妻之说，但引郑再时《西昆唱和诗人年谱》，谓张泊与杨亿从祖杨徽之有隙，推论"亿之诋泊，或以此欤"。按，张泊在太宗晚年被提拔为参知政事，是出于寇准的推荐，但后来却出卖寇准；其人又曾与苏易简相争。寇与苏皆太平兴国五年（980）进士，笔者下文将会论证，杨亿终生依靠和支持该年进士组成的政治集团，由此遂与张泊成了政敌。出妻之说应属可信，以后似乎也未再娶，且因无子而以侄子为嗣。无论婆媳不和是否为事实，无法逃避的高层"党争"肯定是造成其家庭不幸的重要原因。

"神童"一旦参与"党争"，他的缺陷就不仅仅来自年龄问题。从唐代后期到北宋初期官僚"党争"的一般规律来看，士大夫勾结"朋党"的最重要的社会关系是进士同年，而"神童"出身的人恰恰就没有这样的同年，无法依靠这层关系来组织"朋党"。可以说，这是"神童"在"党争"局面中最根本的缺陷。虽然无党无派一直被表彰为令人尊敬的作风，但实际上一个士大夫要使自己的声音被朝廷和社会所倾听，就必须把它扩大为"朋党"的声音。如果自己没有党羽，就只好去依附于某一个党派。这便使杨亿靠向了太平兴国五年进士集团。

二、杨亿与太平兴国五年进士

有幸留存至今的一本《西昆酬唱集》，使杨亿作为"西昆诗人"而被记忆；随着杨亿仕宦生涯的变化而被先后编订的"括苍、武夷、颍阴、韩城、退居、汝阳、蓬山、冠鳌等集"①，本来应该是考察其政治态度的最好材料，可惜现存的仅有《武夷新集》而已。好在范仲淹对杨亿的政治态度有一段概括，而自古以来，范氏的发言都被认为是可以信凭的：

> 命世之才，其位不充，故天下知公之文，而未知其道也。昔王文正公居宰辅仅二十年，未尝见爱恶之心，天下谓之大雅；寇莱公当国，真宗有澶渊之幸，而能左右天子，如山不动，却戎狄，保宗社，天下谓之大忠；枢密扶风马公慷慨立朝，有犯无隐，天下谓之至直。此三君子者，一代之伟人也。公与三君子深相交许，情如金石，则公之道，其正可知矣。②

这里提到的三个伟人，是王旦、寇准和马知节。所谓"深相交许，

①《宋史·杨亿传》。
②范仲淹《杨文公写真赞》，《范文正公集》卷五，《四部丛刊》本。

情如金石",可见其为一个牢固的政治集团。马知节是武将,在文官政治中,高级武将也是政治集团的必要成员,但大抵不是决策核心,只因武将说话可以不必含蓄,适合担当"党争"的先锋,故马知节每能替王旦去说出后者自己不便说的话①。另外两人都是真宗朝的名相,同为太平兴国五年进士。现存的各种史料都未指责王旦和寇准是"朋党",但他们既然都跟杨亿"情如金石",则相互关系决不简单。

同武将一样,一个擅长写作的人如杨亿,也是政治集团所必备的(同样必备的可能还有宦官),但他比武将更有可能参与决策。当然,他首先要担负的任务是发挥所长,为决策者代写文章。杨亿仅存的《武夷新集》里,除了代寇准作的表状,还有不少是代李沆所作。据《续资治通鉴长编》卷四八载,杨亿于咸平四年知制诰,就出于李沆所荐。李裕民先生辑录的《杨文公谈苑》中,也可以看到杨亿与苏易简、李沆的密切关系②。苏是太平兴国五年的状元,因为嗜酒而早死了;李沆却当了真宗朝初年的宰相,而且被称为"圣相"③,其年龄比王旦、寇准大得多,但也是太平天国五年进士。据说,李沆曾警告寇准要小心丁谓,又曾对王旦预言宋真宗会走向铺张浪费,"吾老不及见,此参政他日之忧也"④。这些记载都为了表明他有先见之明,但他的话里显然有一个前提,就是宰相的位置无非由这一榜同年进士轮流占据。真宗朝的史实

①马知节与真宗朝党争的关系,可参看何冠环《论宋初功臣子弟马知节》,收入氏著《北宋武将研究》,中华书局香港有限公司,2003年。
②李裕民辑校《杨文公谈苑》第93条"苏易简最被恩遇"、第97条"李沆",上海古籍出版社,1993年。
③《宋史·李沆传》。
④《续资治通鉴长编》卷五六,《宋史·李沆传》。

确乎如此。

此榜进士中还有宋湜,《武夷新集》中有杨亿为他写的神道碑;张咏,列名于杨亿所编的《西昆酬唱集》。杨亿的年龄比他们小得多,只因为是"神童",早早入仕,故得与他们相交。年龄上跟他接近的,是这一榜进士中最年轻的寇准,所以杨亿与寇准的感情大约是最好的。《续资治通鉴长编》卷五八载,"寇准在澶州,每夕与知制诰杨亿痛饮,讴歌谐谑,喧哗达旦",这是缔结"澶渊之盟"时的情形。同书卷九五又载,真宗天禧四年,寇准与杨亿密谋请太子监国。此事颇为重要,留待后论。与寇准的关系显然增加了今天的研究者对这位"西昆体"诗人的好感,但寇准行事粗率,在"党争"中不能稳操胜券,免不了也连累杨亿。真正对杨亿起到巨大保护作用的是王旦,当大中祥符六年杨亿擅自离朝,次年又要求还朝时,都多亏了身为宰相的王旦为他斡旋(见《长编》卷八〇、八三)。《长编》卷九〇还说"(王)旦与杨亿素厚善,病革,延至卧内,托以后事",可见他们之间确实是"情如金石"。

由此看来,自己没有同年关系的"神童"杨亿,始终依靠和支持比他年长许多的太平兴国五年进士集团,而这个集团从太宗的晚期到真宗一朝,可以说一直具有政治上的主导地位。明乎此,我们才能比较真切地理解这位"神童"所扮演的政治角色,而不至于跟随旧史的闪烁之辞,仅据其对寇准的态度如何,来谈论其人品的正直与否。同时,在解读他的作品时,也亟须将我们心目中已经大致定型的"西昆体"诗人的形象还原为一个北宋朝廷的士大夫,才能探求到比较切实的意蕴。下面举出一个例子。

三、杨亿《偶兴》诗与太宗朝晚期的储位之争

杨亿《偶兴》诗云:

芳兰滋九畹，萧蒿亦旁植。威凤翔丹山，鸱枭犹接翼。雅琴歌南风，蛙鸣不容息。骊珠媚清川，鱼目光激射。薰莸岂同器，云壤自悬隔。咄咄来逼人，薨薨止于棘。发迹由屠沽，操心希桀跖。天形固残毁，吏曹尝摈斥。狠羊远刀机，黠马委衔策。心同溪壑险，恶比丘山积。天听本聪明，神道尤正直。当用御魑魅，岂令为鬼蜮。春喉鲁阳戈，钩颈子云戟。肉委饿虎蹊，尸投穷发北。饥鹰砺吻啄，狡貑磨牙食。魂气絷酆都，膏血途荒碛。去草绝本根，决痈恣针石。所居必污潴，遗种尽刬剔。渠魁已歼殄，非类弥怵惕。稂莠既芟夷，善苗渐滋殖。君子益知命，视履如平昔。小人竞革音，灭身在漏刻。尧民率可封，汤网从此释。永跻仁寿期，共造华胥域。

此诗见《武夷新集》卷一。这个集子里的诗歌与《西昆酬唱集》确实呈现着不尽相同的面貌，让我们可以看到以文采华丽著称的"西昆体诗人"的另一面。但无论如何，大部分作品仍表现出遣词造句的精美和温文尔雅的书卷气，只有这首《偶兴》显得非常特别。杨亿在这里表达的是对某一个坏人的极度痛恨，开篇的八句就用四个比喻，写这个坏人混在好人当中；然后写坏人的劣迹，全然不是温文尔雅的贬斥，而是破口大骂；更为怵目惊心的是"当用御魑魅"以下对坏人的诅咒，要用武器将他杀死，并把尸体投到荒野去喂各种凶猛的动物，连魂魄到阴间也要囚禁起来，而凡留有其人遗迹的地方都要彻底清剿，其同类都要遭受毁灭。无所不用其极的言辞，简直令人不忍卒读——人与人之间的怨恨，竟可以到达这种程度！究竟是什么人给这位"神童"带来如此巨大的心理创伤？

依《武夷新集》的编次顺序，杨亿此诗作于宋真宗咸平二年

（999）秋后，作者时在处州（今浙江丽水）知州任上。曾枣庄先生《论〈西昆酬唱集〉的作家群》一文注意到这首诗，谓杨亿"在处州严惩了受贿为奸的盐酒案吏陈元凯"，因而作此诗，"集中表现了他那嫉恶如仇的精神"①。按，杨亿在处州所作《郡斋即事书怀十二韵呈诸官》诗有自注云："盐酒案吏陈元凯受赇为奸，舞文变法，其事已败。"（见《武夷新集》卷一）此当是曾先生所据。但是，认真想来，这位贪财的"盐酒案吏"显然不会是《偶兴》诗里痛恨之极的那个坏人，因为他无论如何不至于"操心希桀跖"、"恶比丘山积"，而惩罚一个小吏也用不上"天听本聪明，神道尤正直"，更何况这小吏根本谈不上是什么"渠魁"。

李一飞先生的《杨亿年谱》将此诗全文引录，并云："忧谗畏讥之思，抑邪扶正之志可见，而意深切，语隐约，已露西昆端倪。然系泛论抑或实指，俟考。"②按，此诗语意非常显露，且一点没有温柔敦厚之气，与西昆风格全不相似，李先生所谓的"端倪"，实在难以看到。在杨亿所痛恨的对象不明的情况下，无论是"嫉恶如仇"还是"抑邪扶正"的说法，都过早地认同了杨亿的立场。

今考诗中所云"天听本聪明"，一般当指皇帝而言。由皇帝来处理的坏人，当然不会是偏远小州的一位吏员，而是有着相当权势的某个政治派别的首领，即所谓"渠魁"。"当用御魑魅"，是说此人被贬窜，而"渠魁已歼殄"云云，则此人必是刚刚死去。综合这些信息，笔者推论杨亿所指的这个坏人应当是宦官王继恩，《宋史》本传谓其"咸平二年卒于贬所"，杨亿想必是听到了他的死讯，

---

① 曾枣庄《论〈西昆酬唱集〉的作家群》，《文学遗产》1993 年第 6 期，收入氏著《唐宋文学研究》，巴蜀书社，1999 年。
② 李一飞《杨亿年谱》，上海古籍出版社，2002 年，第 53 页。

觉得出了一口恶气，但余恨未释，所以写了此诗来诅咒他的尸体、魂魄和党羽。诗里写到这坏人"天形固残毁"，可以证明他是宦官。

杨亿何以痛恨王继恩？这完全出于政治立场。王继恩在太祖时代就参与宫内机要，太祖临崩之夕，王继恩及时将太宗唤入宫中，使太宗有机会控制弥留之际的太祖，获得皇位继承权。所以，他一直得到太宗的信任。到太宗的晚年，他又在皇位继承问题上自有主张，因为他同情太宗的长子楚王元佐，但太宗却与寇准密谋，立了寿王元侃为太子（即后来的宋真宗），并派寇准的同年李沆去辅导太子。于是，王继恩一方面争取了李皇后的支持，一方面又与朝臣胡旦、李昌龄等联络，寻求废立的机会。胡旦和李昌龄都是太平兴国三年进士，而寇准、李沆则是太平兴国五年进士，分别成为拥元佐和拥元侃派，明争暗斗。胡旦的同年冯拯首先向寇准发难，使太宗疑心寇准擅权，而本来被寇准提拔的参知政事张洎（杨亿岳父），可能因看到王继恩一派势大，突然倒戈出卖寇准，致使寇准被贬出京。危急关头，幸亏"大事不糊涂"的老臣吕端在太宗弥留之际用计诱捕了王继恩，并控制了李皇后，才使真宗得以顺利继位。继位之后，当然要贬斥王继恩、胡旦、李昌龄等人，而吕端老病，相权实际上落入李沆手中，任其副手的参知政事向敏中、枢密副使宋湜，也是太平兴国五年进士。李沆去世之后，寇准入朝继为宰相，主持了"澶渊之盟"。后来寇准罢相，继任的仍是其同年王旦。王旦不仅自己做了十几年宰相，且令他的同年向敏中也一起当宰相，令他的盟友马知节成为枢密使，在他死后仍掌握朝政，而在向敏中去世之前，寇准已经及时复相。所以，这个基本上由同年进士组成的政治集团，从太宗晚期到真宗一朝，始终在政坛上扮演着主角。而真宗之所以如此信任他们,当然因为他们本来就是太宗朝晚期的拥元侃派,虽然王继恩曾使他们受到挫折,但在吕端的帮助下,他们仍获得胜利。继位之初的真宗说过一句话:"朕在宫府,多令杨亿草笺奏,文理精当,世罕偕者,宜即加奖擢。"(《续资治通鉴长编》卷四一)这说明,杨亿也早就投入拥元侃派的怀抱,与太平兴国五年进士集团同气连根。所以,杨亿不但跟他的岳父张泊在政治上对立起来,那对立一派的"渠魁"王继恩更是他的生死仇敌。《偶兴》一诗为闻其死讯而作,可以无疑。

由于杨亿在真宗继位后马上成为《太宗实录》的主要撰修人,而这《太宗实录》显然成为此后有关史书的基础,因此关于太宗晚期储位之争的纪录当然都烙上最初的"秉笔"者杨亿的褒贬痕迹。宦官干政本来就令一般人反感,加上胜利者又是真宗一派,于是王继恩自然成了十恶不赦的坏人。其实,在储位之争中支持皇长子,并不违背中国的政治伦理,问题的关键只在成功与否。储位之争本是最大的政治赌博,成则鸡犬升天,败则万劫不复。"神童"杨亿在二十出头的年龄参与了这场惊心动魄的赌博,虽然获得了胜利,但在《偶兴》诗里也可以看出他心有余悸。当时王继恩等人必然花样不少,连真宗后来也回忆说:"当此之时,朕亦自危惧。"[1]真宗尚且如此,杨亿就更不用说了。

《偶兴》诗的表达风格不但偏离了杨亿的通常作风,在北宋士大夫文学的整体中,也是颇为独特的。从他本人的政治立场出发,当然不妨说成"抑邪扶正"或者"嫉恶如仇",但如此激烈的诅咒,其实已不止是"如仇"而已。士大夫在"党争"中攻击乃至咒

---

[1]沈括《梦溪笔谈》卷一二。关于太宗朝晚期的储位之争,请参考何冠环《宋初朋党与太平兴国三年进士》第五章,中华书局,1994年。

骂政敌,固然是常有的事,但其言辞到达如此咬牙切齿的程度,则可谓绝无仅有。苏轼在元祐年间所撰的贬责吕惠卿制书①,是当时盛传的骂人文字,骂得痛快淋漓,但与《偶兴》诗相比,就是非常客气的了。如果我们有兴趣去作对比,杨亿的这番诅咒恐怕还超过大部分南宋士大夫对"金虏"的痛斥。指出这一点,并不是要批评杨亿用辞不当,而是要说明其心灵受到伤害的程度,与他处在那个年龄的承受能力实在相距遥远。这当然是"神童"出身带来的问题。

四、杨亿与真宗朝党争

在李沆的援助下,杨亿在真宗继位后只当了不到两年的地方官,就被召回京城,出任要职,从谏官到知制诰,到翰林学士,他一直是李沆、寇准、王旦的得力助手。值得一提的是,在"澶渊之盟"时,他也跟着真宗和寇准到了前线,负责起草文书的他肯定给寇准帮了不少忙。他们在真宗朝的"党争"对手是淳化三年进士王钦若和丁谓。大概太祖、太宗朝尚有进士集团与开国功臣间的"党争",至仁宗后则士大夫以不同的学术和政见立党,而在真宗朝,"党争"的双方只是不同年份的进士集团而已。由于王钦若和丁谓搞出了"天书"、"封禅"的闹剧,所以史书上说他们是"小人",而寇准等便成为"君子",以同年关系党同伐异的斗争被认作"君子小人之争",杨亿也有幸而做了"君子"。不过,王钦若、丁谓虽然能使勇任大事、不拘小节的寇准罢相,也经常能欺负一下官位稍低的杨亿,却一直被老谋深算的王旦所压制。有王旦的保

---

① 苏轼《吕惠卿责授建宁军节度副使本州安置不得签书公事》,《苏轼文集》卷三九,中华书局,1986年。

护,加上真宗的念旧,杨亿即便意气用事,也不至于太吃亏。

局势的变化导源于真宗朝后期上台的一位厉害女性,就是章献明肃刘皇后。《宋史》本传称:"真宗欲立为皇后,大臣多以为不可,帝卒立之。"按刘后之立在大中祥符五年(1012)之末,次年五月,就发生了翰林学士杨亿擅自离开朝廷,到阳翟(今河南禹县)去看望母亲,继而称病家居的事。这一次出走事件,当然引起朝野哗然,而推究其内幕,却与刘后相关。范镇《东斋记事》卷一云:

> 祥符中,杨文公以母疾,不俟报归阳翟。初,真皇欲立庄献为皇后,文公不草诏。庄献既立,不自安,乃托母疾而行。上犹亲封药,加以金帛赐之。①

按刘后原谥"庄献",庆历四年改谥"章献"②。杨亿不肯起草册立刘后的诏书,也被看作他不附权贵的正直表现,其实刘后出身微贱,家庭背景绝非权贵。在宋代的政治语境中,词臣不肯草诏,是表达政见的一种方式,就是反对立她为后。可见,《宋史》所谓"大臣多以为不可",这些"大臣"便包括杨亿。除了范镇外,黄庭坚也提到此事,其《思贤》诗的序文云:

> 思贤,感杨文公遗事也。公事章圣,以直笔不得久居中。诏欲命公作某氏册文,公不听,卒以命陈公彭年。命下之日,全家逃归阳翟。今者道出故邑,冢木合抱,想见风烈,故作

---

①范镇《东斋记事》卷一,《文渊阁四库全书》本。
②见《宋史》卷一一。

是诗。①

　　他比范镇说得隐晦一些,但"某氏册文"显然就是刘后的册文。当然,从刘氏被立为皇后到杨亿出走,毕竟时隔数月,所以《长编》卷八〇叙述此事后,有李焘自注云:"立后在去年十二月,亿以今年五月出奔,其出奔不缘此也。"②就是说,直接促成其出奔的,另有他事②。但是,刘皇后的出现确实改变了真宗朝"党争"的形势。我们大约可以推想,反对册立刘后并不是因为杨亿与刘后的个人感情不好,而很可能代表以王旦为首的政治集团的态度,在"党争"中一直处于优势的他们不欢迎这个无法控制的新的政治力量,而他们的政敌丁谓、陈彭年等人,则通过拥戴刘后而改变了劣势。

　　不过宋真宗确实是喜欢杨亿的,事发后并不怎么生气,只是解除了他翰林学士的职务,改任太常少卿分司西京,允许他居家养病,还赐予药物和金帛。第二年八月,杨亿说自己的病好了,要还朝,真宗又差他去知汝州。当然这里面少不了王旦的斡旋,但真宗本人跟杨亿少年相交,感情自也不错。

　　与王旦的老谋深算形成鲜明对照的是寇准的好功行险,他在真宗的晚年居然不择手段地谋求到复相,而且一回到朝廷就悍然激化党争,还要彻底解决刘皇后的问题。于是,杨亿又跟随寇准投入一场政治赌博。时在天禧四年(1020)六、七月间,真宗病重,权归刘后,寇、杨却勾结宦官周怀政、驸马李遵勖等,密谋屏排皇后干政,而让太子(即后来的宋仁宗)监国,甚至想让太子继位,让真宗退为太上皇。如果此举成功,不但寇准将再建"定策"之勋,

───────────────

①黄庭坚《思贤·序》,《山谷外集》卷一一。
②详见李一飞《杨亿年谱》,第185—188页,此不复述。

杨亿也势必出任宰相。然而,这一次没有吕端、李沆之类的老练角色主持大局,他们就没有那么运气了,计划不久便被丁谓侦知,寇准被逐,刘后掌握了朝政。这才到了杨亿真正要忧惧的时候,但想不到的是,杨亿并未随着寇准远贬,结果还当他的翰林学士。

据说是好不容易做上宰相的丁谓,为了得到一篇漂亮的拜相诰命,而将当时已经惧怕到大小便失禁的杨亿留在起草诰命的翰林学士任上。亏得旧时的史家似乎真相信这样的说法,令现在的我们无从寻求杨亿不遭贬逐的确切原因。可以推想的理由是,杨亿作为朝廷的代言人而久负盛名,如果接下来势必要颁布的许多诏令不出于杨亿之手,恐怕难以做到名正言顺。何况真宗毕竟还没驾崩,病中的他未必就没有保护杨亿的力量,即便是刘后,也并不希望从此以后让丁谓一党所向无敌。无论如何,结果是令杨亿有机会在此年十一月丁谓罢相的制书上将他痛骂一顿。不过,经受了这番巨大波折的杨亿也就在此年的岁暮与世长辞,年仅四十七岁。他没有来得及看到,章献明肃刘皇后(不久成为皇太后)将寇准和丁谓双双远贬南荒,自己专政十余年。直到她去世,当年的太子仁宗皇帝亲政,才重提旧事,对杨亿大加表彰。①

寇准、杨亿晚年的这场政治赌博,受到了范仲淹的高度肯定,他的表述是:"真宗不豫,中外为忧。莱公(寇准)将奋大计,正前星于北辰,引太阳于少海。公(杨亿)预宏议,就高文。"②这是说,他们对刘后动手,就是要拥戴宋仁宗。其实,刘后虽非仁宗生母,但别无他子,原本也不可能对仁宗怎样不利。只不过按照惯例,反对女人掌权的大抵被视为正义(哲宗朝反对太皇太后高氏的蔡

①详见李一飞《杨亿年谱》,第214—224页。
②范仲淹《杨文公写真赞》,《范文正公集》卷五,《四部丛刊》本。

确被视为奸邪,是极罕见的例外),重要的是这种帝后之争的表述,与范仲淹的政治生涯极为相称。本来刘后果断地贬斥寇、丁二党,已经结束真宗朝的党争局面,以为可以安静一阵子,想不到范仲淹这帮后进却掀起新的波澜,对她的权力的合法性提出质疑,要她"还政天子"。太后固然非常恼怒,仁宗的心目中却对范仲淹积累着好感,一旦亲政,便予擢用。以范仲淹为首的政治集团由此登上历史舞台,而高踞宰辅之位提拔和保护他们的,便是早在真宗时代就追随太子的另一位"神童"晏殊。此时的晏殊已经拥有欧阳修、石介等科举门生。他在早年曾获得前辈"神童"杨亿的赏识,但他比杨亿更懂得等待。他们终于拥戴着宋仁宗走向了庆历时代,要说他们与寇准、杨亿是前赴后继的关系,并无什么不妥。当然,刘太后把权力掌握到临死前夕,然后撒手给仁宗,本来就是她预定的步骤,就此而言什么都没有改变。这个突破了王旦的封锁,击溃了寇准的进攻,及时处理了即将坐大的丁谓,并严厉压制了初露锋芒的范仲淹,真正雄踞一代的女性,在她生前并未有人能阻挡其意志的实现,只是在身后被送上了一个很没有女人味的谥号"章献明肃"。

五、结论

文学史对"西昆"诗人的描述,本来是颇为符号化的,虽然对这种符号化的不满,使包括《杨亿年谱》在内的成果在近年得以产生,但把杨亿还原为一个生活在复杂政治环境中的士大夫来加以探讨的论著,目前还并不多见,所以本节基本上放弃了纯粹文学性的鉴赏,而以主要篇幅追述其政治生涯。但这并不意味着笔者忽视其文学才华,实际上,文学才华使他以"神童"身份极早地步入仕途,此后的人生道路也一直与其写作才能相关。同时,笔者也无意否定过去和现在的有关论述对其华美富丽的写作风格的概括，不管它们出于赞扬或批判的立场。其实，只要把上面的追述与我们对"西昆"诗人的固有印象结合起来，就不难想见，他在如此复杂、凶险，时时会令其心情恶劣的政治环境中，依然编织着美丽的辞章和繁复的典故，是一种多大的心力付出。

尤为可贵的是，杨亿以积极的态度投入他的时代，试图践履一个知识者对社会的责任。这使他完成了自我超越，从本质上属于盛世之点缀的"神童"，成长为人格鲜明，对当代和后世都有影响的优秀士大夫。虽然因为还未拥有像范仲淹、欧阳修所表达的那种新的文化理想，以及前文所述"神童"出身带来的一些问题，使他从事的政治斗争未必具备旧史所云的积极意义，但值得注意的是，认可这种积极意义的，正是范仲淹之辈。尽管范仲淹的朋友石介从思想和文学的领域发起了对杨亿的批判，但在北宋士大夫文化演进的整体进程上看，包括杨亿在内的太平兴国五年进士集团获得范仲淹集团的肯定，是更具意味的。如果我们比较这两个集团，就会看到：在政治领域，拥戴太子或皇帝，排除后宫干政，攘斥外敌，主动掌握政权的积极态度是共同的；在思想领域，后一个集团所展现的自觉性、丰富性、尖锐性，当然远远超过了他们的前辈；而在文学领域，两个集团之间政治上的继承性和思想上的革新性同时得到了反映。但是，就士大夫人格的总体上说，范仲淹通过对前一个集团的赞美而提出的"大雅"、"大忠"、"至直"的人格标准，是最有意义的。这表明，杨亿的自我超越也预示着北宋士大夫整体的自我超越，他们不再满足于以知识和文采来装点这个世界，他们还要成为这个世界的主人，至少要与君主"共治天下"。在范仲淹以他的言行来铸造"士大夫"的标准内涵之前，太平兴国五年进士集团已经使北宋的政治成为典型的"士大夫政治"，而杨亿在这个集团中的地位和作用，大约就相当于范仲淹集团中的欧阳修。所以，在北宋士大夫走向庆历时代的进程中，杨亿曾标志了向前跨出的一大步。

当然，若从时间上考虑，上述两个集团之间并不直接衔接，所以我们还要考察把两者衔接起来的人物，就是晏殊。虽然这个考察须留待下一节去完成，但从士大夫文学的角度勾画"杨亿——晏殊——欧阳修"这样的发展线索，其可能性已大致呈现了。

第二节 "神童"时代（下）——晏殊

晏殊（991—1055）是继杨亿之后又一个"神童"出身，以擅长骈体制诰的写作而长期担任翰林学士的一代文宗。其前半生的仕途也跟杨亿相似，"神童"身份使他起步既早，机遇亦佳，不但优游馆阁，而且尽早跟从太子，然后随着太子登基为帝（即宋仁宗），他也就自然成为朝廷重臣。与杨亿不同的是，晏殊的后半生在仕途上相当成功，担任了宰相兼枢密使的最高职务，而且有机会主持贡举，成为欧阳修、石介的座师。范仲淹虽非在晏殊门下及第，但因受过晏殊的推荐、提拔，亦终生执门生之礼，其政治集团中的另一个重要人物富弼，则是晏殊的女婿，而与欧阳修齐名的诗人梅尧臣，也曾在晏殊幕下任职，关系极为密切。我们把以范仲淹、欧阳修为代表的一代名臣称为"庆历士大夫"，他们在北宋中期的崛起，对于北宋政治、文化的演变，新儒学以及"古文运动"的发展，科举士大夫的身份自觉，所起的作用都是极为关键的。可以说，宋之为宋，其文化上的特质就是从"庆历士大夫"开始展现的。然而，从人事上看，他们几乎都曾在晏殊的羽翼之下。如果我们认同范仲淹的叙述立场,将真宗朝的"君子"党(寇准、王旦、杨亿等)视为"庆历士大夫"的前驱,那么如上一节已经提示的那样,从士大夫文学的角度勾画"杨亿——晏殊——欧阳修"这样的发展线索,其合理性几乎是不言而喻的。

当然,对晏殊的以上考察,终究过于粗略。由于其诗文别集的失传,我们难以具体地了解晏殊的思想动态。当年夏承焘先生为晏殊作年谱①,也只是钩稽各种传记资料来排比生平事迹,未能清晰地勾画出晏殊跟真宗、仁宗朝士大夫党争的关系。这也是因为当时的史学界对北宋党争的情形,还没有详明的研究。不过,现在《全宋诗》和《全宋文》辑录晏殊存世诗文比较完备,再结合夏先生钩稽的史料,目前已有可能对晏殊作出更详细的论述了。

一、抚州晏氏家族

据记载,晏殊的父亲晏固是抚州的手力节级,即地方政府的吏役人员,有的研究者因此推定其家世不显或出身低微。但我以为,这样的推定很可能不合实情。

如果说,北宋中期以降,即科举—文官制度在政权稳定的前提下获得发展以后,地方吏员不妨被认为身份低微的话,对于五代宋初的这类吏员,尤其是南方州县的吏员,就有必要另眼看待。唐末以来的长期战乱和频繁的政权更迭,使地方社会被迫形成较高程度的自治性,而这种自治性的体现,就在地方政府的吏员身上,他们基本上是在伴随"唐宋转型"而来的社会财富的激烈重组

---

① 夏承焘《二晏年谱》,收入氏著《唐宋词人年谱》(修订本),上海古籍出版社,1979 年。张草纫在夏氏的基础上,作有《晏殊年谱简编》,见《二晏词笺注・珠玉词笺注》附录,上海古籍出版社,2008 年。

中出现的豪强大户，是地方实力的占有掌握者，也就是地方社会的实际领袖。当时的割据政权要有效地控制地方，一般无法绕开他们，但出于制度上或其他各种原因，又尚未及时将他们吸收到官僚序列中，故此类豪强大户的领袖作用多以吏员的身份呈现出来。实际上，此类豪强大户的形成，与六朝隋唐门阀贵族的形成过程，差异不大，如果稳定下来的中央政权直接任用他们为官，那么他们完全有可能成长为新的门阀贵族。然而，北宋朝廷却采用科举—文官制度来生成其政治领导阶层，而把地方上的豪强大户一直抑制在吏役职责上，还经常有意借故破败其产业，这才使他们不能直接获得政治权力，其明智者不得不弃农弃商，而令子弟从学，以适应科举—文官制度。抚州的晏氏，极有可能就是这样的家族之一。

从现存史料来看，抚州晏氏从地方豪强转型为科举—文官家族，似乎相当成功。《全宋文》卷三九八收有晏殊的《答赞善兄家书》《答中丞兄家书》，这"赞善"当是太子左右赞善大夫，"中丞"当是御史中丞，书中称前者为"十一哥"①，后者为"三哥"，由此可见，抚州晏氏在晏殊这一代已有数名显官，则其父辈虽然身份"低微"，实力却应相当雄厚。虽然我们不怀疑晏殊确有早慧的天才，但"神童"不能自举，须仗有力的官员推荐于朝，真正家世贫寒而与官场无所交往者，即便早慧也做不成"神童"的。杨亿之举"神童"，肯定跟他的从祖杨徽之身为侍从文臣有关，真宗朝还有一个

---

①宋庠有《太子右赞善大夫通判吉州晏融可殿中丞制》（《元宪集》卷二五，《丛书集成》本），从官名和时间来看，这位晏融很可能就是晏殊的"十一哥"。夏承焘《二晏年谱》卷首世系表，以晏融为晏殊亲兄。

"神童"宋绶①,则是杨徽之的外孙。晏殊的亲属中虽找不到这样身登朝堂的先达,至少也须有机会在地方官面前展示他的才华,而且这地方官还须有资格在中央说话,品级不能太低。

总之,"神童"的产生不但需要优越的家教环境,还须有可以通达朝廷的社会关系。从这个角度说,虽然科举制度在总体上孕生了近世的科举士大夫,但其中的"神童"科却多少延续了中世贵族社会的遗风,一般情况下它不会给普通家庭的天才儿童带来机会②。事实上,晏殊与典型的近世科举士大夫(如范仲淹、欧阳修等)也确有较大的差别,其家族实力和"神童"出身带来的少年富贵,使他具备了类似中世贵族的某种气质,而在北宋文臣中显得特殊。他从容的表达中透出优雅的感伤和含蓄的清高,令一般出身微贱,依靠苦学应试而进入官界的士大夫感到无法效仿而钦羡不已,他们由衷地赞美晏殊笔下的富贵才是真富贵,相形之下,自己不免像一个寒措大坐在玉堂里,无法获得那一份从容。不过需

---

① 《玉海》卷一一六"淳化童子科"条云:"咸平得宋绶。"《宋史·宋绶传》谓"年十五召试中书"。按,据《续资治通鉴长编》卷四六,咸平三年(1000)杨徽之卒,其外孙宋绶(991—1040)以荫得官,此是宋绶入仕之始,非正式召试而授"神童"出身。若信《宋史》本传之说,则宋绶年十五,当宋真宗景德二年(1005),才获正式召试。如此,宋绶竟是晏殊"神童"科的"同年",而这两人也真的是同年所生。景德二年一举而得两"神童",可谓盛事。与杨亿、晏殊一样,宋绶也有较长时间担任翰林学士,成为朝廷重要的词臣,官至参知政事。

② 若崇尚"神童"成了一种风气,具有推荐能力的朝廷大员会有意到民间去加以寻访,则情形又当别论。宋朝"神童"科的总体情况,在《玉海》卷一一六"淳化童子科"条下有简要的概述,大抵北宋前期的"神童"擅长吟诗作赋,而元丰以后的"神童"多以背诵经书应举,其遗风直至南宋而不衰。据叶梦得《避暑录话》卷上载,北宋后期民间已有专门开发儿童的背诵潜力,逼迫其为"神童"者,成为儿童的一大灾难。

要说明的是,晏殊的优雅含蓄,既不来自他的个性,也未必因为学问高深。从夏承焘《二晏年谱》所引证的有关传记资料来看,晏殊的脾气实际上颇为急躁残暴,他曾经把潜入其家行窃的小偷抓起来活活打死①,一次跟从皇帝行幸玉清昭应宫,有人迟到了,他就用朝笏劈面打去,撞折其齿,因此还被御史弹劾②。这哪里像个优雅的人!从学问方面说,北宋有个真正的神童,就是刘恕,《宋史》本传载其"年十三,欲应制科,从人假汉唐书,阅月皆归之。诣丞相晏殊,问以事,反覆诘难,殊不能对。恕在巨鹿时,召至府,重礼之,使讲《春秋》,殊亲帅官属往听",可见,当了宰相的晏殊,经史方面的学问尚在年未及冠的刘恕之下。大抵学问的形态,与文章的流行体制基本相应,在骈文流行的时代,学问是类书式的,多记"典章""故事",便于组织对偶,而古文流行的时代,学问的形态才跟现代相近,事实须考辨清楚,道理须追究明白。晏殊不是没有学问,但他的学问即便广博丰富,也经不起刘恕的"反覆诘难"。像这样个性和学问方面都存在问题的晏殊,居然还能给人淡定从容的印象,这只能归因于他在北宋士大夫中非常稀见的中世贵族气质了。

不但晏殊本人,晏氏家族似乎还是个培养贵族气质的温床,我们在晏殊之子晏几道的身上,也能看到睥睨世俗、痴迷于个人兴趣而性情真挚的贵族青年的影子。历史的发展使旧时王谢的遗风飘然远去,像晏几道《小山词》、纳兰容若(他是满洲贵族,与汉族社会已不存在贵族的情形不同)《饮水词》所咏唱的贵族青年

---

① 《二晏年谱》卷首"性刚峻愒急"条下引《五朝名臣言行录》:"盗入其第,执而榜之,既委顿,以送官,扶至门即死。"
② 见《二晏年谱》,"天圣五年"条。

的纯真伤感,在近世社会里实在是凤毛麟角。而且,因为缺少贵族制度的保障,若晏氏的子弟都像晏几道那样生活,这个家族便会立即走向败落。所幸晏殊的其他子孙中,多有深通世务,善于为官的,故抚州晏氏家族在两宋时期获得了持续的发展,其详细的情形,美国学者韩明士(Robert P. Hymes)曾有专著加以研究①,此处不再赘述。

二、晏殊与真宗朝党争

晏殊于宋真宗景德元年(1004)获举"神童",次年召试,正式步入仕途。这真宗朝的士大夫,可以说始终处在党争之中,大抵一方是太平兴国五年进士集团,主要人物有王旦、寇准、张咏等,加上"神童"杨亿,他们被认作"君子"党,另一方则以淳化三年进士王钦若、丁谓为代表,被认作"小人"党。晏殊与他们的关系如何,根据现存史料,尚可理出头绪。不过所谓"君子"党、"小人"党,现在也只能当作便于指称的名目来看待,不必完全认同其中包含的道德判断。

据夏承焘的年谱,晏殊被举"神童",起初可能跟寇准或杨亿的赏识有关,但景德元年正式将他推荐于朝的乃是张知白。这张知白在大中祥符九年被提拔为参知政事,那是王旦当政的时候,等王旦去世,张知白就因为跟宰相王钦若议事不合,而称疾辞位②。可见,在真宗朝的党争双方中,张知白是偏向于王旦、寇准、杨亿这一集团,即"君子"党的。晏殊举"神童"后,宋真宗令他在

①Robert P. Hymes, *Statesmen and Gentlemen*:*The Elite of Fu-chou*,*Chiang-hsi*, *in the Northern and Southern Sung.* Cambridge University Press,1986.
②事见《宋史·张知白传》和《续资治通鉴长编》卷九二。

秘阁读书,恰恰杨亿等人此时正在秘阁编纂《册府元龟》,由此直至大中祥符元年(1008),数年间相互唱和之诗,后来编成了著名的《西昆酬唱集》,是"西昆体"得名之由。所以,晏殊读书秘阁,正值杨亿在秘阁主持西昆酬唱之时,而杨亿对于这位新的"神童",显然是颇感兴趣的,现存其《晏殊奉礼归宁》诗云:

> 垂髫婉娈便能文,骥子兰筋迥不群。南国生刍人比玉,梁园修竹赋凌云。堵墙看试三公府,反哺知干万乘君。赐告归宁来别我,亭皋木叶正纷纷。①

据夏谱,晏殊于景德三年(1006)迁太常寺奉礼郎,杨诗当作于此年,诗中可见他们的交往。由此看来,晏殊虽尚年少,却未必没有参加西昆酬唱的可能,夏谱因《西昆酬唱集》无晏殊诗,而断定晏殊"与西昆无涉",有点过于绝对。北宋刘攽《中山诗话》叙述"西昆体"时,就将晏殊与杨亿、钱惟演、刘筠并列为代表作家。《西昆酬唱集》不收晏殊诗,除了其年少外,还可能与其"归宁"离京有关,若谓其全不参与唱和,则是难以想象的。就现存的晏殊诗歌作品来说,看作"西昆体"也大致不错。

　　欧阳修撰晏殊神道碑,谓其读书秘阁时,真宗还"命故仆射陈文僖公视其学"②,这等于给他指派了一位导师。陈文僖公即陈彭年,《宋史》本传谓其"附王钦若、丁谓",属于所谓"小人"党。夏谱于大中祥符九年条下叙:"真宗之世,天书屡降,祥瑞沓至,文人

---

①杨亿《晏殊奉礼归宁》,《武夷新集》卷五,《文渊阁四库全书》本。
②欧阳修《观文殿大学士行兵部尚书西京留守赠司空兼侍中晏公神道碑铭》,《居士集》卷二二。

惟以应制颂德为事,同叔词亦多祝祷之作。"这降天书、封泰山、报祥瑞、崇道教之类的闹剧,正是王钦若一党所导演,晏殊在馆阁确实写了不少与此相关的吹捧文字,夏谱提及的就有《东封圣哲颂序》《连理木赞》《大醮赋》《河清颂》《景灵宫赋》《会灵观赋》《维德动天颂》等等。需要说明的是,晏殊写这些文字,不见得是出于无奈的勉强应付,《全宋文》卷三九八收有其作于庆历二年的《五云观记》,是为王钦若家属在茅山所建道观而作,时王钦若死去已久,而晏殊本人已贵为宰相,但文中对王氏夸奖有加,并谓自己"夙以文翰游公馆宇",则晏殊与王钦若的交情,确实颇为深厚。夏谱于天禧四年(1020)条下,也考定晏殊起草丁谓复相制诰乃是事实。

这样看来,晏殊与真宗朝的"君子"党和"小人"党,关系都很不错。欧阳修撰神道碑,对此类事都不提,显然是不以为然而又不愿显斥座师,故有意回避。他为晏殊所作挽辞有云:"富贵优游五十年,始终明哲保身全。"[1]这大概有些讽意。

三、晏殊与宋仁宗

记载晏殊生平的最重要的一份资料,当然是其门生欧阳修所撰的《观文殿大学士行兵部尚书西京留守赠司空兼侍中晏公神道碑铭》。不过这篇神道碑的写法,多少让人感到意外,因为它对晏殊政治经历的叙述实在过于简要,几乎只有一个职务不断迁转的梗概而已。全文篇幅虽不算太短,但对于一个少年富贵的两朝重臣,完全可以用更长的篇幅来详叙其经历、夸耀其伟绩的,更何况欧阳修擅长的本来就是曲折备悉、一唱三叹的风格,而不是如此

---

[1]欧阳修《晏元献公挽辞三首》之三,《居士外集》卷六。

简要的文字。看来,若不是晏殊的生涯中确实乏善可陈,便是欧阳修对他的那些经历不以为然,不愿多说。

当然,仔细阅读下来,也可发现此文决不潦草。自始至终,欧阳修似乎只想强调一点,即晏殊与宋仁宗异乎寻常的亲密关系。他的行文紧扣着这一点展开,而这一点可能真是理解晏殊政治态度的关键。欧阳修一定是经过郑重考虑后,采用了这种抓住要害的写法。

确实,晏殊自天禧二年(1018)任升王府记室参军,就开始成为宋仁宗(时为升王)的亲信,其时晏殊二十八岁,而仁宗才九岁,这大概使仁宗从小养成了依赖晏殊的习惯,相应地,晏殊也以教导和保护仁宗为其生平第一要务。所以,晏殊的"明哲保身",不全由于他的个性,也跟他的身份有很大的关系。他的政治生命是与仁宗相共的,而仁宗是真宗唯一的皇子,不存在储位之争,故晏殊毫无必要参与真宗朝的党争,他与双方都搞好关系,极力避开矛盾,以免意外。直到真宗晚年,寇准、杨亿跟刘后、丁谓要一决胜负,闹出一场大事,据《续资治通鉴长编》卷九五、九六载,病中的真宗曾两度将晏殊"误召"入内①,要他去起草诏书,实际上有商量人事安排的意思,晏殊却以非其职责为由,左躲右闪,不肯介入。接下来寇准被逐,杨亿去世,真宗病得发昏,一时埋怨皇后,一时想念寇准,找不到人托孤的他想必对晏殊有不小的期待,可惜晏殊并不积极,任由刘皇后掌控了局面。当然这并不影响仁宗继位,对于这一点,晏殊肯定心中有数,所以他并不着急。即便在仁宗登基后,他也因皇帝年幼,羽翼未满,而少露圭角,尽量不得

---

① "误召"之事,夏谱引《江邻几杂志》,推测在天禧二年,但《续资治通鉴长编》明载在天禧四年,正当寇准、杨亿密谋太子监国事败后。

罪刘太后。他的目的无非是保着小皇帝安全度过太后听政的时期,按照常规,这样的时期总是不会太久,等到皇帝亲政,再有所作为也不算太晚。

可是刘太后并不是一个安分的人,加上她信用的那些大臣也都不愿意只扮演过渡的角色,而要尽量长久地维持权势,故帝、后之间不免紧张起来。随着仁宗的成长,面对时时具有僭越权限之危险的太后,晏殊跟她的冲突本来也难以避免,但比当年的寇准远为幸运的是,晏殊的时代有范仲淹、孔道辅这样的勇士主动冲在前面,去冒犯太后,维护皇帝。这样一来,晏殊本人就不必冒险出击,可以躲过危机。从某种角度说,范仲淹做了晏殊的挡箭牌,反过来,无论主观上情愿与否,晏殊都势必成为范仲淹集团的保护人。实际上,从思想方面探讨晏殊和范仲淹的共同点颇为困难,使他们结合起来的首先是拥戴仁宗的政治态度。等到太后去世,仁宗亲政以后,范仲淹、欧阳修、富弼等人跟太后留下的权臣展开党争时,晏殊的态度就再次显得模糊起来,他可能从人事上支持了这些门生,但对其主张的政治改革,未必有多少兴趣。否则,欧阳修撰神道碑时,对晏殊庆历时期的"相业",记载不会如此简单。欧阳修大概看透晏殊的基本态度只是要给仁宗护驾,没有更远大的政治理想,而庆历政争无论哪一方得势,都不会影响到仁宗的皇权,所以晏殊对"庆历新政"可谓漫不经心,他并不愿意完全认同于庆历士大夫。

不过无论如何,晏殊的存在使北宋真宗、仁宗两朝的士大夫党争体现出一定程度的连续性,也使杨亿和欧阳修之间的士大夫文学拥有了一个代表人物。所以,下文将转谈他的文学创作。

四、晏殊的士大夫文学

现存的晏殊文学作品主要是《珠玉词》。一般来说,词对士大夫思想心态的反映远不及诗文,但晏殊词仍有与其士大夫身份相应之处。

《苕溪渔隐丛话前集》卷二六引范温《诗眼》云:

> 晏叔原见蒲传正云:"先公平日,小词虽多,未尝作妇人语也。"传正云:"'绿杨芳草长亭路,年少抛人容易去',岂非妇人语乎?"晏曰:"公谓'年少'为何语?"传正曰:"岂不谓其所欢乎?"晏曰:"因公之言,遂晓乐天诗两句云,'欲留年少待富贵,富贵不来年少去'"。传正笑而悟。①

晏叔原乃晏殊之子晏几道,他提出的晏殊词"未尝作妇人语"之说,后人多有论及,大抵不以为然,今人孙望、常国武主编《宋代文学史》第六章,也认定这"显然是开脱之语"②,因为描写男女缠绵情思、离愁别恨,不但是晏殊词很常见的内容,而且还写得非常出色。

其实,这里存在一个误解,就是把"作妇人语"理解为词的描写对象涉及"妇人"。果然如此,则晏殊词中女性形象可谓俯拾皆是,晏几道、蒲传正又何必斤斤计较"年少"一词的理解问题?蒲传正将"年少"理解为"所欢",即女性所喜欢的那个少年子,如此一来,"年少抛人容易去"便是女性的哀怨口吻,所谓"作妇人

---

①胡仔《苕溪渔隐丛话前集》卷二六,人民文学出版社,1993年第二版。
②孙望、常国武主编《宋代文学史》,人民文学出版社,1996年,第114页。

语"，就是代女子抒情。这样的"代言"体制，在晚唐五代词中是很常见的，因为词一般由歌女演唱，词人为了获得良好的演唱效果，也就经常以女性为第一人称去填词。晏几道的意思是，他父亲从不采用这样的写法。确实，同是男女之情的内容，写法上也可有种种不同，可以男性为第一人称直接抒情，也可以女性为第三人称加以刻画，不一定要用"代言"体。

那么，晏殊词究竟用不用"代言"体呢？这个问题并不容易回答，因为词句中确切表明了人称的，其实很少，许多相思怨恨之语，我们阅读时体认为第一人称的抒情，其实也可以理解为第三人称的刻画，更何况，即便确认为第一人称，也很难分辨那是女性或男性口吻，往往两种解读都是可以的。今天的读者如不考虑晏几道的说法，对于部分晏殊词，是不妨解读为"代言"体的；但既然晏几道敢于断言他的先公"未尝作妇人语"，此事就当慎重考虑。虽然我们不能排除晏几道有"开脱"的动机，但他总不能闭着眼睛抹煞事实去"开脱"，也就是说，他的"开脱"至少要基于一个事实，即晏殊词可以不从"代言"的角度去解读。也许像"年少抛人容易去"那样的句子，不解为女性对情人抛弃的怨恨，而解为男性对年华流逝的慨叹，有些过于勉强，但现存《珠玉词》难以判定哪一首断然无疑地采用了"代言"体，这也是事实。就此而言，对《画墁录》所载晏殊与柳永之间的那段关于词的著名对白，也不妨重新看待：

> 柳三变既以调忤仁庙，吏部不放改官。三变不能堪，诣政府。晏公曰："贤俊作曲子么？"三变曰："只如相公亦作曲子。"公曰："殊虽作曲子，不曾道'针线慵拈伴伊坐'。"柳遂退。①

---

① 张舜民《画墁录》，《文渊阁四库全书》本。

为什么晏殊看不上"针线慵拈伴伊坐"这样的句子呢？若就男女情爱的内容而言，晏殊写得并不比柳永少，一般认为这是晏殊嫌柳词太俗，不够高雅。但是，我们也可以从另一个角度来理解。"针线慵拈"自是女性行为，则"伴伊坐"的"伊"当是男性，故此句乃女性口吻，即"代言"体，是毫无疑问的。晏殊自称不曾作这样的词句，恐怕与晏几道所谓"未尝作妇人语"的意思相同，就是不用"代言"体。

用不用"代言"体，并非无关紧要的细枝末节，因为从晚唐五代以来词体发展的角度说，结束为女性"代言"的历史，也曲折地体现出词人写作态度的变化，即词从娱宾侑觞之具，逐渐转变为士大夫自我表达的一种体制。此转变的明确完成，当然有待于苏轼词的登场，因为苏轼词中凡出现第一人称的，无一例外是他本人，并非"代言"。但如果我们愿意认同晏几道的说法，承认晏殊词"未尝作妇人语"，则晏词已经表现出"士大夫化"的倾向。当然，这与词风的"豪放"、"婉约"无关。

近代词评家王国维曾云："词至李后主而眼界始大，感慨遂深，遂变伶工之词而为士大夫之词。"[1]其实，李煜乃是南唐皇帝，视为"士大夫"多少有些勉强，北宋士大夫词的开山，大概要算晏殊。

至于晏殊的诗文，留存虽然不多，但也有可以论及者。上文已经提到，他的诗不妨归入"西昆体"，其文章以骈体为主，说成"西昆"之风的延续也大致不错。然而，有一则材料反映了晏殊与

---

[1] 王国维《人间词话》，"李后主词眼界大"条，唐圭璋编《词话丛编》第5册，中华书局，1986年，第4242页。

北宋古文的关系，值得特别拈出，就是他的《与富监丞书》①。清人所作的晏殊集辑本并未收录此文，夏先生的年谱也未提及，它出自《国朝二百家名贤文粹》，学者不易见到，直到《全宋文》面世，才获易见之文本。日本学者副岛一郎《宋代古文史上的晏殊》②，主要内容就是对此文的详细分析。本书于第二章第三节也已引述此文，以证明晏殊虽以骈体制诰享一代盛誉，却也崇尚韩柳古文。不过晏殊此文还有一项引人注目的内容，就是比较韩柳，而认为柳文优于韩文。这在韩柳文的接受、评价的历史上，是非常特别的观点，可以显示晏殊独特的鉴赏眼光。虽然他的这一见识肯定得不到欧阳修等庆历士大夫的赞同，甚至他的女婿富弼（即"富监丞"）也未必会受教，但这无疑表明了晏殊与庆历士大夫声气相通的一面。

五、晏殊与庆历士大夫

如上所述，我们不能否认晏殊与他门下的庆历士大夫确有相

---

① 见《全宋文》卷三九八，上海辞书出版社、安徽教育出版社，2006年。
② 刊于日本宋代诗文研究会《橄榄》杂志第14号，2007年。按，《与富监丞书》中有"仆为郡以来"及"自历二府，罢辞职，乃得探究经诰，称量百家"之语，副岛先生据此认为，晏殊自康定元年（1040）任枢密使，此后兼同中书门下平章事，庆历四年（1044）出知颍州，此书当是颍州任上所作。我以为这一考证有待商榷。宋人所谓"历二府"，只是担任宰执的意思，不必指兼任枢密院和中书门下的长官。"富监丞"乃晏殊女婿富弼，"监丞"并非富弼的最高官职，则应该理解为晏殊写信时富弼所任之官。检《续资治通鉴长编》卷一〇九、一二〇，富弼以天圣八年（1030）制科入等，授将作监丞知长水县，景祐四年（1037）试馆职，授太子中允直集贤院，称为"监丞"当在此期间。对照晏殊的仕历，明道元年（1032）已担任过枢密副使、参知政事，可以谓之"历二府"了，次年出知亳州，景祐二年（1035）徙陈州，宝元元年（1038）还朝，则《与富监丞书》当是亳州、陈州任上所作。

通之处,但其间的隔阂也非常明显,宋人所记的如下轶事,就反映出这种隔阂:

> 庆历中,西师未解,晏元献公殊为枢密使,会大雪,欧阳文忠公与陆学士经同往候之,遂置酒于西园。欧阳公即席赋《晏太尉西园贺雪歌》,其断章曰:"主人与国共休戚,不惟喜悦将丰登。须怜铁甲冷彻骨,四十余万屯边兵。"晏深不平之,尝语人曰:"昔者韩愈亦能作言语,每赴裴度会,但云'园林穷胜事,钟鼓乐清时。'却不曾如此作闹。"①

谈到晏、欧关系时,这一则轶事几乎是必提的。夏承焘《二晏年谱》系此事于庆历元年(1041),两年以后,欧阳修作《论吕夷简札子》云:"人臣大富贵,夷简享之而去;天下大忧患,留与陛下当之。"②这便是著名的"天下忧患"疏③,表明了欧阳修庆历时期的思想作风,认为人臣应主动承担天下事,不能只享富贵而不负责任,他据此弹劾宰相,整顿朝纲,其英风劲气,给记载此事的史书添了多少精神!对于晏殊,他当然要客气得多,但所谓"主人与国共休戚",也是严肃的提醒,其立场与弹劾吕夷简时无异,与范仲淹倡导的士大夫"先忧后乐"精神也是完全一致的。

---

① 魏泰《东轩笔录》卷一一,商务印书馆《丛书集成》本。按,宋人笔记如孔平仲《谈苑》卷四、赵德麟《侯鲭录》卷四、吴曾《能改斋漫录》卷一一,以及《苕溪渔隐丛话前集》卷二六、《类说》卷一七、《事实类苑》卷三五、《古今事文类聚》前集卷四引《倦游录》等,都提及此事,想必是个热门的话题。
② 欧阳修《论吕夷简札子》,《欧阳文忠公集·奏议》卷四,庆历三年奏上。
③ 刘埙《隐居通议》卷二〇称:"天下忧患一疏,大鸣于奸究馋鼎之交。"此宜是欧阳修奏疏的代表作,但《宋文鉴》卷四六、四七录欧公奏疏,却不含此文,缘编者吕祖谦乃吕夷简后代,故取去不公。

然而庆历士大夫的这种人格风范,在晏殊看来却是"作闹"。他当然并非不关心国事,但若责任感过于强烈,忧患意识过于浓重,乃至干扰其日常生活时,他便深觉扫兴。据说,晏、欧之间从此不睦。从北宋士大夫人生态度发展演变的角度来看,这一件轶事反映出的不仅仅是晏、欧二人之间的隔阂,也是崛起中的庆历士大夫与其前辈之间精神上的鲜明差异。

大抵近世社会的科举士大夫,其与中世贵族官僚的差异,首先就在于他们的背后没有家族、集团、地域的政治、经济、军事实力作为依托,所有地位和权力都来自皇帝的一纸任命书。这也就是说,贵族官僚是某种实力的代表,借此而与皇帝达成妥协,名义上是君臣,实际上有相当的合作成分,可以有一定的自主性;但科举出身的文官则没有这种代表性,从消极方面说,他们只能依靠皇帝,看皇帝的脸色做事,谋得信任和富贵,这是贵族制成为历史后,君主独裁体制下的科举文官的基本境遇。就此而言,一个科举士大夫做到忠于皇帝,勤于职事,还有学问润身,诗文传世,像晏殊那样,已经足够良善。宋初以来,士大夫品行较优者,所为亦不过如是。庆历士大夫的崛起之所以具有重大的历史意义,就因为他们反对这种消极苟合的处世态度,要求以天下为己任,以道德学问为依据,上干万乘,下济黎民,所谓"以通经学古为高,以救时行道为贤,以犯颜纳说为忠"[1],这才激励起崇尚理想,勇于任事,坚持道义,奋不顾身的士风。因此,庆历前后的士大夫在精神面貌上发生了极大的差异,而在晏殊与欧阳修这一对师生的身上体现得颇为典型,故后人对西园咏雪的轶事,如此津津乐道。

①苏轼《六一居士集叙》,《苏轼文集》卷一〇,中华书局,1986年。

比较两位神童，其实杨亿跟庆历士大夫的相通之处，比晏殊还要多些。在"文学批评史"的视野里，我们往往只重视石介对杨亿的猛烈攻击，但实际上范仲淹的《杨文公写真赞》①更能反映庆历士大夫的领袖人物对杨亿的认识，他是把包含杨亿在内的真宗朝"君子"党引为先驱的。晏殊虽在人事上担当了承上启下的功能，但就承上的方面说，他在真宗朝的"君子"党与"小人"党之间依违两可，态度模糊，就启下的方面说，又与庆历士大夫之间隔阂显著。他没有像杨亿那样被石介抨击，恐怕只因为他是石介的座师，而从欧阳修有关晏殊的文字中，我们总能觉察到一丝不满，所谓"富贵优游五十年，始终明哲保身全"，这与"人臣大富贵，夷简享之而去；天下大忧患，留与陛下当之"，说法不同，内容上有何差别呢？事实上，一代文宗只剩下一个词集传世，便已经说明晏殊的思想、文章不被后来者看重。另一方面，这也说明庆历士大夫的崛起确实改变了历史，改变了人们看待事物的态度。虽然他们几乎每个人都给晏殊留了情面，但在他们心目中，晏殊的形象肯定远不如杨亿、寇准那样高大。

当然，就晏殊与欧阳修之间的不谐而言，我们若完全站在庆历年间的欧阳修的立场上，一味严责晏殊，也有不情之嫌。无论责任感、使命感、忧患意识多么强烈，要求为日常生活留下一些空间，也并非不可饶恕的罪过。实际上，责任感与日常生活之间的矛盾，在欧阳修的身上将有更深刻而复杂的体现，这是本章下一节要讨论的话题了。

---

① 见《范文正公集》卷五，《四部丛刊》本。

第三节 "日常化"的意义及其局限
——以欧阳修为中心

上一节提及,在西园咏雪的轶事中,晏殊喝酒赏景的兴致被欧阳修破坏,因为后者在不适当的时机提醒他对于国家所负的责任。很显然,晏殊不喜欢他的日常生活被过于强烈的政治责任感所侵犯。宋人笔记对此津津乐道,是因为这件轶事确实颇为显著地反映出"庆历士大夫"与其前辈之间在精神面貌上的差异。不过,虽然我们可以在"庆历士大夫"的领袖人物范仲淹的笔下找到诸如"进亦忧,退亦忧"①之类,关于无时或休的政治责任感的极端表达,但这并不意味着他们中的所有人都一贯如此。就欧阳修来说,把许多前辈、上司乃至同事指为"奸邪",痛恨其循默苟且,力主整顿革新的态度,比较集中地表现在景祐至庆历年间,这与范仲淹政治集团的崛起过程相应,也与欧阳修在庆历年间担任馆职、谏官、按察使等职务有关。换句话说,被晏殊请去咏雪的欧阳修,正好以提供建议乃至批评朝政为职责,与担任决策大臣的晏殊形成了职务上的对立,要把这样的对立严格地控制在公务的场合,而绝不延伸至日常生活,情理上也未免为难。如果说,一个士大夫的日常生活空间也应当被救时行道的责任意识完全充满,不留闲隙,那恐怕也不是欧阳修的本意,至少嘉祐以后自己当了执政官的欧阳修并不如此。而且,近人对欧阳修文学的研究,恰恰得出与此相反的结论:他的诗歌被认为具有"日常化"的创作倾

①范仲淹《岳阳楼记》,《范文正公集》卷七,《四部丛刊》本。

向。可以认为,他在文章方面提倡平易,反对"险怪",也是这种创作倾向的表现。那么,"日常化"倾向与"庆历士大夫"的"先忧后乐"人格,其间将构成怎样的关系? 这便是本节要探讨的话题。

一、"日常化"的含义

欧阳修诗歌的"日常化"创作倾向,是日本学者吉川幸次郎在其《宋诗概说》中首先论述的。这部影响广泛的名著初版于1962年,作为《中国诗人选集》第二集的第一卷,由岩波书店刊行,至1990年已重印十八次,据说在二战以后向欧美化一边倒的日本唤起了文化上的乡愁①。吉川氏以欧阳修、梅尧臣为代表,来论述宋诗的"日常化"倾向,被此后的研究者普遍接受。不过比较而言,其作为宋诗总体特征的一面大概更受关注,在有关梅尧臣诗歌的评述中也有不少论者继述和发挥这一观点,而论及欧阳修时,"日常化"一点虽被提到,却往往不能成为讨论的重心。这当然也因为欧公复杂的经历和多方面的人生追求导致了诗歌题材、内容、风格上的多样化②,使其对普通日常生活的关注和描写,反不如梅尧臣那样密集和偏重。确实,学者们关于欧阳修有很多看起来更重要的话题要谈,这在相当程度上促成了除写诗之外别无所长的梅尧臣在诗歌方面享有更高的声誉。

不过,美国学者柯霖(Colin Hawes)所撰《凡俗中的超越》③,

①吉川幸次郎《宋诗概说》岩波文库本附竞文生《解说》,岩波书店,2006年。
②欧诗在风格上呈现的多样化,曾由宋末元初的刘埙论及,见《隐居通议》卷七,"欧阳公"条,《文渊阁四库全书》本。
③柯霖(Colin Hawes)著、刘宁译《凡俗中的超越——论欧阳修诗歌对日常题材的表现》,复旦大学思想史研究中心《思想史研究》第四辑《欧阳修与宋代士大夫》,上海人民出版社,2007年。

是一篇全力以赴地处理欧诗"日常化"问题的论文。柯霖似乎担心吉川氏的"日常化"之说被人们误解为对日常琐碎事物的诗歌形式的记录，或者像中国大陆的许多前辈学者那样，从"现实主义"的思路理解"日常化"，一味地与反映民生疾苦以呼吁改善的政治诉求相联系。所以他力图论证并强调：欧阳修诗歌在题材"日常化"的同时，也追求诗意上的某种超越性。此文对欧阳修嘉祐以后的大量诗歌作品展开引人入胜的解读和具有说服力的分析，说明晚年的欧阳修确实敏锐地观察和记录了日常生活的方方面面，但并不满足于简单描述周围的世界，而是通过谐谑，即幽默的夸张，使糟糕而枯燥的现实变得可以忍受，或者通过巧妙的布局，发动联想，将诗歌内容引向一个广大的世界。如柯霖所说："欧阳修吟咏的日常事物，一定总能唤起一个与之不同的世界，或者因其外形而与之有关的东西，或者因其出产之地。他一定要不遗余力地在庸常的存在中发现奇崛，同时又不否认存在的真实与必须。"这当然可以成为对吉川氏观点的补充。

从"日常化"与"超越性"的关系来看，另外一些学者围绕欧诗描摹"怪奇"事物的讨论，也跟"日常化"问题密切相关，因为对"怪奇"的爱好应该被视为力图超越日常的一种表现。吕肖奂曾指出欧阳修对"奇险"风格有过矛盾的态度①，这种矛盾也反映在他对诗和文的不同态度上，对于"怪奇"或古老的事物，"诗歌可以通过描摹以及神奇的联想想象等方式尽可能地书写其'奇'，而文似乎只适宜于平淡地记录"②。日本学者汤浅阳子也关注到欧诗

---

① 吕肖奂《欧阳修对奇险风格的矛盾态度》，《西南民族大学学报》2005年第11期。
② 吕肖奂《欧阳修的集古理念及其集古诗文研究》，《欧阳修暨宋代散文学术研讨会论文集》，2011年，北京。

题材的"怪奇"一面,而处理此类题材的作品往往与苏舜钦有关,她把这些作品(包括与苏舜钦的唱和诗)尽可能地勾连起来,认为这体现了欧、苏对韩门文学的接受①。与柯霖所论恰成对照的是,汤浅氏解读和分析了欧阳修前期的不少作品,最后又谈到了欧公超越韩诗"奇崛"风格的努力。这就产生一个有趣的问题:如果"奇崛"本身是对"日常"的超越,那么超越"奇崛"是否又返回"日常"了呢?按这个思路,吕氏所揭示的欧公对奇险风格的矛盾态度,似乎可以被理解为"日常化"与"超越性"之间的循环。

从理论上说,这样的话题可能没有多少意义,因为诗歌取材于日常生活而又具备审美超越性,本来算不得特殊现象,循环往复于"日常化"和"超越性"之间,宜乎其为"诗人"的存在方式,欧阳修自亦不能例外。然而,当吉川幸次郎把"日常化"论述为欧阳修给宋诗所开创的一个特点时,他的着眼点显然不在理论,而在历史。虽然"日常化"确实意味着宋代诗人对"日常生活"的描写更为微细②,但除此以外,更重要的是吉川氏所谓的"日常生活"有其具体的历史内涵,如他所言:"宋代人的生活环境,与中国此前的生活环境有划时代的变化,而与现代的我们比较接近。"③这也就是说,"日常化"之所以被我们视为宋诗的特点,主要是因为宋人笔下的日常生活的基本情形至今还延续在我们的周围,而与

①汤浅阳子《"怪奇"的走向——关于欧阳修和苏舜钦对韩门文学的接受》,《人文论丛:三重大学人文学部文化学科研究纪要》25,2008 年 3 月。
②这方面应该提及的极端例子,就是钱锺书先生论述梅尧臣诗歌时指出的以"琐碎丑恶不大入诗的事物"为题材做诗。这固然也有开拓题材的效果,但这类题材毕竟只能偶一为之,前途并不宽广,如钱先生所说:"从坑里跳出来,不小心又恰恰掉在井里去了。"见《宋诗选注》第 16 页,人民文学出版社,1958 年。
③吉川幸次郎《宋诗概说》序章第四节,岩波书店,2006 年,第 36 页。

唐代以前则有"划时代的变化"。忽视了这一种与历史时代区划相关的大判断,而谈论欧诗乃至宋诗的"日常化"特点,其实是十分危险的,因为谁也不能断定唐代或者更早期的诗人绝不描写他们的日常生活。吉川氏的意思是,宋代以前的诗人即便这样去写,他们笔下的日常生活与我们感受到的"日常"也相去甚远。换句话说,处在不同时代的诗人,其日常生活自然多少有些差异,但在唐宋之际,则产生了非常大的"划时代"的差异。——这样的说法很容易让人联想到京都学派所主张的"唐宋转型"学说。

"唐宋转型"学说的基本要点,是根据贵族的存在与否,将唐前、宋后分别为"中世"和"近世"社会。就吉川氏所讨论的"日常生活"之内容,或者上文所述诗人在"日常化"和"超越性"之间循环往复的生存方式来说,贵族的情况确实不能跟普通人同日而语。一个贵族子弟,只要他愿意,完全可以使某种纯粹超越性的精神生活成为"日常",而不必顾及其他。虽然唐代以前的诗人未必都是贵族,但贵族的存在自然会主导或影响那个时代的生活方式,我们从《世说新语》中就可以充分领略那种把超越性姿态展现于日常生活的贵族"风度"。如果说诗人是具有超越性追求的存在,那么中世社会的贵族制度就使此种存在依赖于贵族的特殊身份和经济基础而成为可能,甚至也不妨说,人类表现其超越性追求的种种极端的、纯粹的形式,大抵产生于贵族社会。当然,现代社会通过完善的职业分工,也可以使诗人以诗人的身份生存,但生活在近世、近代社会的既非贵族身份又无职业保障的诗人,则不得不面对日常生活与超越性追求相矛盾的严峻现实。于是,我们可以看到一批激烈排斥世俗而坚持艺术追求的诗人,这些"精神贵族"经常被后世所同情,却不免困顿于当世。毫无疑问,更多的作者会倾向于调和的态度,尤其是在世俗生活中获得一定成功,现实感比较强烈的士大夫(文官),势必要在调和中寻求出路,从而使近世、近代的文学艺术呈现出"世俗化"或"日常化"的倾向,也就是向实际生活的靠拢。从这个意义上说,吉川氏所谓"生活环境"方面"划时代的变化",基本上就指贵族的生活方式成为了历史,此后承担起"日常化"的诗歌创作的,主要是科举出身的士大夫,他们的日常生活被认为与现代的我们比较接近。因此,就作者方面而言,吉川氏指出的"日常化"倾向,应该跟科举士大夫在历史上的崛起相关。

可以旁证这一点的是,吉川氏本人也承认他讲的"日常化"倾向其实更早地出现在杜甫和白居易的笔下。比较而言,虽然杜甫在后来受到更高的推崇,但白居易几乎过上了跟北宋士大夫相同的日常生活:作为科举出身的文官,他曾表现出积极承担社会责任,以诗歌干预时政的一面,但另一方面,他也用大量的"闲适"诗来表现政治以外的日常生活,这在白居易的后期诗歌中成为更加显著的题材,所谓"日常化"也主要指这一方面。重要的是,白居易所描写的许多生活场景,可以被北宋的士大夫简单地复制到实际生活中。所以,北宋士大夫的诗歌史,几乎必然地以"白体"开场。我们通常把北宋前期的诗歌归纳为"宋初三体",但在这"三体"中,"晚唐体"的作者主要是僧侣、隐士等山野之人,属于士大夫的乃是"白体"和"西昆体",比较而言,"西昆体"出现在第三代皇帝宋真宗的治世,比"白体"要晚,所以"白体"才是宋代士大夫诗歌的开场。对于日常生活的感受,梅尧臣或许难免跟"晚唐体"诗人有一致之处,但欧阳修的生活境遇无疑跟那些写作"白体"诗歌的士大夫相同。当我们以欧阳修为中心来探讨宋诗"日常化"创作倾向形成的历史时,宋初的"白体"诗歌是首先要加以考察的对象。这方面有一个颇具代表性的诗集,即李昉(925—996)和李至(947—1001)的《二李唱和集》。下文先对这个诗集的内容作些简单的考察。

二、从《二李唱和集》看"白体"诗歌的"日常化"倾向

李昉、李至,分别是五代后汉和宋初的进士,在宋太宗时期担任宰相、执政,恰遇北宋和契丹关系紧张,这二人却对北方的战事持消极态度,据《宋史·李昉传》云:"端拱初,布衣翟马周击登闻鼓,讼昉居宰相位,当北方有事之时,不为边备,徒知赋诗宴乐。"①李昉因此被罢去政柄,李至则于此前已称疾改任②。然而,他们赋诗的兴致却有增无减,而且"篇章和答,仅无虚日",在此后三四年间,唱和一百多首,编成了《二李唱和集》③。大概自宋代以来,这个集子就被视为士大夫"白体"诗歌的代表,如吴处厚《青箱杂记》云:

> 昉诗务浅切,效白乐天体。晚年与参政李公至为唱和友,而李公诗格亦相类,今世传《二李唱和集》是也。④

近人陈榘刊刻此书,亦有跋文云:

_____

①《宋史》卷二六五《李昉传》,中华书局标点本,1976年。
②按《宋宰辅编年录》(《文渊阁四库全书》本)卷二,太平兴国八年(983)李昉拜相,李至参政,雍熙三年(986)李至罢,端拱元年(988)李昉罢相。
③李昉《二李唱和集序》,《宸翰楼丛书》本卷首。又见祝尚书《宋人总集叙录》第3—4页,中华书局,2004年。据此序,李昉端拱元年二月(988)罢相,至淳化二年(991)九月再相,集中唱和诗皆三年半之间所作,序称"一百二十三首",实际上不止此数。
④吴处厚《青箱杂记》卷一,"李文正公昉"条,李裕民点校本第3页,中华书局,1985年。

读其诗,体格并出香山,《青箱杂记》所论未谬也。余尝谓二公当宋室,均以谏称,尤服膺文正(按指李昉),每读史传,至文正对太宗诵白香山"怨女三千放出宫,死囚四百来归狱"句,辄叹其胆识远迈群臣,敢以讽咏折服君心……①

除了重申其诗歌为"白体"外,陈氏也推崇二李的人品。不过,若仔细检核《宋史》本传,则所谓"以谏称",无非是劝太宗对契丹退让,避免用兵,苟且偷安而已。至于放宫女、归死囚,原是贵族政治中表示君主德行的象征性行为,其实没有多少政治意义②。若是普通文人,能以诗句讽喻,尚有可称,但我们不能忘了,李昉乃当朝宰相,对政治负有决策和指导的责任,其所为如此而已,碰上庆历年间的欧阳修,这样的宰相怕只有遭弹劾的份。陈榘的推崇殊不可解。

位高身泰而持消极的政治态度,与后来身处低位却积极议政的"庆历士大夫",形成了鲜明的对照。从诗歌内容来看,也是如此。实际上,阅读这个《二李唱和集》需要很大的耐性,两位逃避责任的高官利用尸位素餐而获得的闲暇沉迷于诗歌唱和,固然可以说贤于声色狗马,却决不能让人感觉到诗意盎然。除了偶尔出现安边无术、难报主恩等自谦之语外,他们唱和的内容无非是看书、抄书、生病、齿落、须白、喝酒、下棋、访友、栽竹、养花、喂犬、苦热请假等日常生活,还有移床向阳、卧床看书等细节,以及江南

---

① 陈榘《二李唱和集跋》,见祝尚书《宋人总集叙录》第5页。
② 欧阳修就曾对唐太宗纵死囚之事提出质疑,认为这些死囚已经得到了主动归来将获赦免的暗示,才会如期归来,这是"上下交相贼以成此名也",见《纵囚论》,《居士集》卷一八,洪本健《欧阳修诗文集校笺》,上海古籍出版社,2009年,第563页。

"麦光草"做的席子、一种稀见的海红花,诸如此类琐碎之物。语言上的"浅切"使这种诗歌形式的无聊日记似乎不愧为"白体",但白居易以诗歌干预时政的精神在这里荡然无存,充其量只是对白诗"闲适"一面的缺乏诗意的发展。这样的"白体"真正令读者如饮白水,徒感腹胀而已。

另外值得一提的是,从《宋史·李昉传》也可以看到,招集高寿的官僚、僧人以复制白居易的洛中"九老"故事,便始于李昉的提议。这时的他已经退休,应该不会再有人击登闻鼓去攻击他了,但此举同样得到颇具讽刺性的结果:"议将集,会蜀寇而罢。"想撇开国事去吟诗的李昉,其诗兴却不免被国事所败,李昉的懊恼大概不下于西园咏雪时被欧阳修败了兴致的晏殊。

当然,指责李昉不恤国事,并非我们考察《二李唱和集》的目的,重要的是,作为宋初士大夫"白体"诗歌的一个代表集,它已经非常显著地表现出"日常化"的写作倾向,而且这种写作倾向所意味着的生活态度,与士大夫理应具有的政治责任感之间的矛盾,虽然因李昉对后者的放弃而不曾表现在他的诗歌中,但有关李昉的传记资料却屡次揭示出这样的矛盾。不恤国事的诗歌并非就没有存在的理由,问题是作者的士大夫身份使这样的写作倾向难逃尸位素餐之讥。造成这个现象的原因之一,在于这些士大夫面对的是宋太祖、宋太宗那样的开国皇帝。在凡事自有主见、决断能力甚强的皇帝领导之下,缺乏贵族官僚那样的家族实力而靠科举进身的士大夫,其基本境遇就是听话办事,不敢自作主张的。其他的"白体"诗人如徐铉(917—992),则是南唐的降臣,在宋初政权中被豢养作文化上的点缀,根本没有什么实事可做,更不敢以诗歌去干预时政。然而,对于士大夫的"白体"诗歌来说,缺乏政治意义毋宁说是致命的病症。与同时存在的"晚唐体"相比,

"白体"在写作技巧上本就不够精致，"晚唐体"作者即便没有意义深远的名作，至少还苦吟出一些佳句，被人传诵，这"白体"却率易而成，不讲究锻炼的功夫，如果内容上再缺乏政治或社会意义，那还有什么可取呢？也许可以说，宋初的"白体"诗歌几乎只是其作者的身份标志，表明他们是具有作诗能力的科举士大夫而已。那么，"日常化"写作倾向与这种身份标志之间，就有了密切的联系。

活跃于太宗朝后期的王禹偁（954—1001），比李至小七岁，通常也被归入"白体"诗人之列。但王禹偁却表现出非常主动的、强烈的政治责任心，与二李的情况大为不同。如果考虑到白居易本来也有主动承担政治责任的一面，则我们不妨说王禹偁的"白体"才算得上名副其实，因为"白体"的特征——诗语浅近，本来应该跟直抒政见的内容相适配的。不过，从北宋"士风"的发展进程来看，把王禹偁视为宋初"白体"士大夫向后来"以天下为己任"的"庆历士大夫"的过渡，也许更为合适。实际上，在文章领域，他一直被公认为"古文运动"的先驱人物之一。需要补充的是，从"士风"发展的角度说，积极干政的"西昆体"诗人，其实也具有这样的过渡性质。是诗语华丽的"西昆"诗人，而不是浅显率易的"白体"诗人，与"庆历士大夫"的精神面貌更为接近。

所以，"日常化"并非欧阳修、梅尧臣为宋诗开创的特色，它植根于科举士大夫的生活境遇，而渊源于宋初"白体"士大夫诗人对白居易诗风的片面发展。在很多场合，作为"庆历士大夫"代表人物的欧阳修恰恰被视为"士风"转变的标志，如其弟子苏轼所云：

> 宋兴七十余年，民不知兵，富而教之，至天圣、景祐极矣，而斯文终有愧于古，士亦因陋守旧，论卑而气弱。自欧阳子

出,天下争自濯磨,以通经学古为高,以救时行道为贤,以犯
颜纳说为忠。①

被苏轼指责为"因陋守旧,论卑而气弱"的宋初之"士",无疑可以
包括那些"白体"诗人,而改变此种士风,正是欧阳修的历史功绩。
对于欧阳修来说,"白体"诗人逃避政治责任的态度,恰恰是他呼
吁克服的风气,那么"白体"诗歌对日常生活的吟咏,又如何被他
延续下来,以至于吉川幸次郎将他看作了"日常化"倾向的典
范呢?

三、"软熟"与"险怪"

欧阳修不但是个文学家,也是杰出的政治家和历史学家,对
于北宋开国以来一直存在的"士风"问题,有着清醒的认识,其转
变"士风"之功,是与他的清醒认识和自觉挑战分不开的。景祐三
年(1036)随范仲淹被贬时,他就在写给尹洙的书信中愤激地
说道:

> 五六十年来,天生此辈,沉默畏慎,布在世间,相师
> 成风。②

所谓"天生此辈",无疑是指当代士大夫。二十余年后的嘉祐四年
(1059),他在《论包拯除三司使上书》中又云:

---

① 苏轼《六一居士集叙》,《苏轼文集》卷一○,中华书局,1986年。
② 欧阳修《与尹师鲁第一书》,《居士外集》卷一七,《欧阳修诗文集校笺》,第
  1793页。

> 国家自数十年来，士君子务以恭谨静慎为贤，及其弊也，循默苟且，颓堕宽弛，习成风俗，不以为非。至于百职不修，纪纲废坏。①

其对"士君子"的指责，前后无异，就是苟且畏谨，不敢有所主张，与苏轼所谓"论卑而气弱"正相一致，深中当时士风之病。而且，按欧、苏的说法，数十年来一直如此，可见这不是因为承平日久而形成的官场惰性，大抵从北宋开国起，官僚队伍就有此病。这方面有个很好的事例，就是著名的"依样画葫芦"故事：

> 国初文章，惟陶尚书谷为优，以朝廷眷待词臣不厚，乞罢禁林。太祖曰："此官职甚难做？依样画葫芦，且做且做。"不许罢，复不进用。谷题诗于玉堂曰："官职有来须与做，才能用处不忧无。堪笑翰林陶学士，一生依样画葫芦。"②

从太祖朝"依样画葫芦"的翰林学士，到太宗朝以"白体"诗歌相唱和的宰相、执政，直至欧阳修所诋斥的"天生此辈"，可谓一脉相承。这样的卑弱习气，当然会因承平日久而加深，但其起因却不在承平，既然开国以来一贯如此，则其成因便在于执政阶层本身的性质。北宋执政阶层的主体，已从六朝隋唐的门阀贵族转变为科举出身的士大夫，虽然贵族官僚中也未尝没有苟且畏慎之人，但贵族往往拥有一定的家族、集团或地域势力，为了维护自身利

---

① 欧阳修《论包拯除三司使上书》，《欧阳文忠公集·奏议》卷一五，《四部丛刊》本。
② 释文莹《续湘山野录》，中华书局校点本《湘山野录、续录、玉壶清话》第75页，1984年。

益,有时候也不惧顶撞皇帝,而自身没有实力的科举士大夫,则容易更普遍地形成卑弱习气,只知听命于君主,不敢自作主张。

因此,欧阳修所指责和企图改变的卑弱士风,可以从科举士大夫的性质所容易导致的处世态度获得解释,前文所述宋初"白体"诗歌的"日常化"倾向,也与这样的士风密切相关,因为所谓"士风",就意味着士大夫生活的日常形态,那当然也会反映到他们的诗歌写作之中。然而,卑弱还只是一种消极之病,实际上,宋人经常指斥的士风痼疾中,还有更为严重的,就是"软熟"。且先看下面几个例子:

> 鹑火耀芒,重离协光。下生俊杰,发为端方。俗尚软熟,视如坚刚。君子居之,不易其常。①
>
> 君看缙绅士,谁为天下忧?人情重软熟,要若新炊饎。②
>
> 翰林苏公子瞻往抚其枢曰:"世方喜软熟而恶峥嵘,相师成俗,求劲直如吾经父者,今无有也。"③
>
> 子见世之人,矫情乱志,拂类以成其行者乎?富贵之未来,则为之巧语软熟,视人有诩诩乞怜之色,不得则戚戚以为忧。④
>
> 臣闻天下国家所赖以维持者,在公卿士大夫。公卿士大夫所以能维持天下国家者,在节气忠义。本朝承平几二百

---

① 余靖《宋故两浙提点刑狱尚书度支员外郎林公墓碣铭并序》,《武溪集》卷一九,《文渊阁四库全书》本。
② 冯山《再和》,《安岳集》卷三,《文渊阁四库全书》本。
③ 苏颂《中书舍人孔公(文仲)墓志铭》,《苏魏公集》卷五九,《文渊阁四库全书》本。
④ 张绎《绛州思堂记》,《宋文鉴》卷八四,上海古籍出版社,1994年。

年,海内安富,一旦戎马长驱,中原板荡,陵迟至今,未能兴复,奚以然耶,皆公卿士大夫无节义以维持也。崇观宣和间,人才最多,大抵皆畏懦软熟,卑污苟贱。①

而今劲健已不售,要须软熟随人意。②

世方贵软熟,刚实不可为。③

以上引文的作者,从与欧公同时代的余靖,直至南宋的陆游,可见宋代士大夫几乎习惯性地批判"软熟",贯穿前后,说明"软熟"之风确实充满了他们周围的环境。"软熟"的意思与"坚刚"、"峥嵘"、"节义"、"劲健"等语相反,"软"是没有原则,善于变化,"熟"则通达世故,巧于逢迎,用今天的话说,"软熟"大概相当于"混得好"。不难推测,这也是宋代科举士大夫生活的一种日常形态,至少跟前代的门阀贵族相比,他们更需要掌握这样的处世本领,而近世社会阶层的流动也确实给这种处世本领提供了用武之地。如果说苟且畏慎、论卑气弱还只是消极之病,那么这"软熟"则像积极扩散的病毒,更严重而快速地败坏着整个士大夫社会的风气。

庆历士大夫所倡导的"以天下为己任",积极救时行道的精神,足以振起卑弱消极的士风,鼓励其有所作为;然而,针对"软熟"之病,却还需要有所不为的狷介作风,乃至诋斥世俗、特立独行的过人节操来与之相抗,故庆历士大夫及紧接其后的一代中,也越来越多地出现石介、王安石那样"不近人情"的"怪"人,他们

---

①李幼武《宋名臣言行录别集》上卷五录陈公辅奏语,《文渊阁四库全书》本。
②许景衡《故人惠马生笔》,《横塘集》卷二,《文渊阁四库全书》本。
③陆游《拟古》(之一),《剑南诗稿校注》卷四一,上海古籍出版社,2005年。

不光是主动承担社会、政治责任而已,还跟世俗构成激烈的冲突。北宋中期的这一士风流变,曾由苏辙概括地描述出来:

> 昔者天下既安,其人皆欲安坐而守之,循循以为敦厚,默默以为忠信。忠臣义士之气,愤闷而不得发。豪俊之士不忍其郁郁之心,起而振之,而世之士大夫好勇而轻进、喜气而不慑者,皆乐从而群和之。直言忤世而不顾,直行犯上而不忌,今之君子累累而从事于此矣。①

值得注意的是,所谓"忤世"即与世俗对抗的独立特行之人,本来应该只是少数,但苏辙却表述为"今之君子累累而从事于此",可见这又形成一股不小的风气。实际上,当苏轼、苏辙兄弟从遥远的西蜀刚来开封的时候,对于此种勇于对抗世俗的士风,印象是特别深刻的,在苏轼嘉祐年间给当时大臣的上书中,几乎无一不提及之:

> 士大夫皆喜为卓越之行,而世亦贵狡悍之才……昔范公(仲淹)收天下之士,不考其素,苟可用者,莫不咸在,虽其狂狷无行之徒,亦自效于下风,而范公亦躬为诡特之操以震之。夫范公之取人者是也,其自为者非也。②
>
> 世之奇特之士,其处也莫不为异众之行,而其出也莫不为怪诡之词,比物引类,以摇撼当世。③

---

①苏辙《君术策》第五道,《栾城应诏集》卷六,《栾城集》,上海古籍出版社,1987年,第1638页。
②苏轼《上富丞相书》,《苏轼文集》卷四八。
③苏轼《上曾丞相书》,《苏轼文集》卷四八。

> 西汉之衰,其大臣守寻常,不务大略;东汉之末,士大夫
> 多奇节而不循正道……忠臣义士不容于朝廷,故群起于草
> 野,相与力为险怪惊世之行。①
>
> 西汉之衰也,时人莫不柔懦而谨畏,故君臣相蒙而至于
> 危;东汉之衰也,时人莫不矫激而奋厉,故贤不肖不相容,以
> 至于乱。②

他认为庆历以前与西汉末相似的卑弱士风,经过范仲淹等激励后,已经振作起来,却又矫枉过正,走向了务求"卓越"、"异众"、"惊世"的"险怪"一途,正好跟东汉末相似,都不是好现象,而是致乱之因。

恰恰在苏轼指责"险怪"士风的同时,欧阳修正利用主持科举衡文的机会,打击"险怪"文风"太学体"。师生二人正可谓桴鼓相应。关于这"险怪"的士风和文风,本书的上一章已经对其思想基础有所讨论,着重分析了它与庆历之际浮出水面的民间"学统"以及"性命之学"的关系。若从更大的历史视野来看,以"复古"为旗帜的救时行道、积极干政之精神,随后走向了"险怪"一途,也是与科举士大夫阶层的性质相关的。如上所说,多数来自中小地主乃至平民家庭,依靠科举进身的他们,缺乏贵族那样雄厚的自身实力,需要"软熟"的处世本领来谋求更高的利益。为了对抗"软熟"之风,便不得不有"险怪"之行。如果说卑弱和"软熟"是科举士大夫生活的日常形态,那么"险怪"就意味着与日常形态相对抗的一种超越性,尽管在欧、苏看来,这同样也是弊病。

---

① 苏轼《上韩太尉书》,《苏轼文集》卷四八。
② 苏轼《应制举上两制书》,《苏轼文集》卷四八。

四、至理人情

早年激烈攻击卑弱士风的欧阳修,到了嘉祐年间,又付出同样的努力,以同样坚决的态度去打击"险怪"文风。仅就文章领域而论,一般情况下骈文被认为卑弱,而"太学体"那样艰涩的古文被认为"险怪",则欧公的态度看起来颇得中和之道,有利于古文向平易流畅的方向发展。然而,这不仅仅是文风的问题,文风的背后是士风,欧阳修对此也有明确的自觉,其嘉祐元年所上《议学状》有云:

> 夫人之材行,若不因临事而见,则守常循理,无异众人。苟欲异众,则必为迂僻奇怪,以取德行之名,而高谈虚论以求材识之誉。前日庆历之学,其弊是也。①

他对"庆历之学"进行反思,认为在日常生活中亦追求与众不同,乃是一种弊病,而流于怪僻。跟苏轼一样,他把"险怪"士风看作"庆历之学"对宋初以来卑弱士风矫枉过正的结果,可谓旧弊未尽,新弊又生,所以他要主张一种适中的态度:一方面,"临事而见",遇到大是大非敢于提出己见,勇于承担,当然仍须肯定;但另一方面,日常生活"无异众人",不会无故与世俗冲突。这样既不卑弱,也不"险怪",才是正确的处世态度。

欧公所主张的这种处世态度,在其门生后学的身上也确有回应,比如黄庭坚为苏轼画像作赞,便云:

---

①欧阳修《议学状》,题下小字注:"嘉祐元年。"《欧阳文忠公集》卷一一二。

计东坡之在天下，如太仓之一稊米；至于临大节而不可夺，则与天地相终始。①

所谓"太仓之一稊米"就是"无异众人"，"临大节而不可夺"就是"临事而见"，意思完全一致。欧、苏人生态度之契合，于此可见一斑。值得注意的是，在欧阳修的笔下，"无异众人"也被表述为"守常循理"。换句话说，对日常性的肯定，基于其符合于"理"。当然，"临事而见"也不是意气用事，那无非是对合理性的主张和坚持，所以两方面其实统一于"理"，因为"理"具有普遍性。

　　"理"是宋代各家学说几乎无一不标举的概念，但其含义却各有差异，而欧阳修论"理"的特点，则恰恰在于对日常性的肯定。苏轼曾概括欧公议论的特色：

　　其言简而明，信而通，引物连类，折之于至理，以服人心，故天下翕然师尊之。②

这里说的"至理"，就是具有普遍性的基本道理，能够被大家所认同。欧阳修自己也说过："夫论未达者，未能及于至理也。"③其称赞朋友尹洙，亦云："其与人言，是是非非，务穷尽道理乃已。"④这也就是说，只要追究到"至理"，就能判别是非，而且具有说服力。

①黄庭坚《东坡先生真赞》，《豫章黄先生文集》卷一四，《四部丛刊》影印南宋乾道刊本。
②苏轼《六一居士集叙》，《苏轼文集》卷一〇。
③欧阳修《易童子问》卷三，《欧阳文忠公集》卷七八。
④欧阳修《尹师鲁墓志铭》，《居士集》卷二八，《欧阳修诗文集校笺》第767页。

在欧阳修的议论性文字中,我们常能看到"此理之常也"①、"此自然之理也"②、"此天理之自然也"、"天地之常理也"③,诸如此类的句子,表明他所谓的"至理"乃是自然的常理。他认为,"物生有常理"④,人们可以正确地认识,随之就应该有正确的处事态度,比如"道者,自然之道也,生而必死,亦自然之理也"⑤,既然如此,就不必贪生学仙,能够做到的只是"尽其天年"而已。

必须说明的是,与"理之常也"、"天理之自然也"相似的说法,后来也多见于二程的语录,但欧阳修的意思与他们不同,虽然也强调这"理"的普遍性,却毫无形而上学的色彩,只是一般意义上的常理常识而已。之所以要从常理常识出发来谈问题,是因为如此简单明了的"理"容易被众人共同接受,在此基础上生发的议论就具有说服力。与此相应的是,面对当时日渐兴盛的"性命之学",欧阳修也明确拒绝谈"性",而大谈"人情",认为"圣人之言,在人情不远"⑥,"不近人情,不可为法"⑦。其《泰誓论》一篇,三次反复"此岂近于人情邪",来证明西伯受命称王是"枉说"⑧。并且,他坚信"尧舜三王之治,必本于人情,不立异以为高,不逆情以干誉"⑨,由此与务求异于众人的"险怪"者拉开了距离。要之,具

①欧阳修《本论下》,《居士集》卷一七,《欧阳修诗文集校笺》第 518 页。
②欧阳修《朋党论》,《居士集》卷一七,《欧阳修诗文集校笺》第 520 页。
③欧阳修《明用》,《居士集》卷一八,《欧阳修诗文集校笺》第 542、543 页。
④欧阳修《书荔枝谱后》,《居士外集》卷二三,《欧阳修诗文集校笺》第 1934 页。
⑤欧阳修《删正黄庭经序》,《居士外集》卷一五,《欧阳修诗文集校笺》第 1729 页。
⑥欧阳修《答宋咸书》,《居士外集》卷一九,《欧阳修诗文集校笺》第 1828 页。
⑦欧阳修《十五国次解》,《居士外集》卷一〇,《欧阳修诗文集校笺》第 1605 页。
⑧欧阳修《泰誓论》,《居士集》卷一八,《欧阳修诗文集校笺》第 558—560 页。
⑨欧阳修《纵囚论》,《居士集》卷一八,《欧阳修诗文集校笺》第 563 页。

有日常性的"至理"、"人情",乃是欧阳修持论的根据。

与其他宋儒一样,欧阳修也认为自己的持论出自经典。他有两部经学著作,一部是《易童子问》,一部是《诗本义》,前者致力于概括常识意义上的"至理",后者则从"人情"出发推求《诗》义①。实际上,他是从"至理"、"人情"出发去解释经典,只要他讲得通,便可认为经典原义如此。另一方面,以阐释经典的方式来提出己见,又符合了复古运动的思潮。所以,欧阳修确实有一套自圆其说的理论,来为他所主张的既不卑弱、也不"险怪"的处世态度提供依据。当他把自己的学说、见解阐释得合情合理,符合"至理""人情"时,他有理由认为这是一种普世价值,终究能为大家普遍接受,不至于跟世俗产生太激烈的冲突。

很明显,欧阳修的学说缺乏形而上学的深度,对宋代"新儒学"的发展推进不大,或者说并未走上"新儒学"后来发展的路子。但是,宋初延续下来的以"日常化"为特征的士大夫文化,与庆历之际由民间"学统"提示的复古价值观,原本存在激烈的冲突,前者视后者为"险怪",后者则攻击前者为卑弱或"软熟"。在此情形下,欧阳修企图绾合两者,诉诸普世价值,"折之于至理"、"人情"的态度,等于是在继承复古运动精神的同时,也拯救了日常性。不妨说,其诗歌的"日常化"倾向、古文的"平易"之风,与"至理""人情"之说体现了较高的一致性。

不过,虽然我们大致肯定欧阳修在文章领域提倡"平易",反对"险怪"的意义,但若将视野扩展至前文描述的北宋士风流变的历史过程,那么"险怪"的对立面将不是"平易",而是与科举士大夫阶层之性质具有必然联系的"软熟"之风,只要这样"软熟"的

①在《诗本义》中,"人情"一词出现了二十余次。

处世态度仍在漫延,与之对抗的"险怪"之士就有存在的理由乃至必要。实际上,除了欧公本人外,谁也不知道怎样才能适当地利用"至理""人情"去统一两者。"软熟"之人照样八面玲珑,"险怪"之士将继续惊世骇俗。而且,从人品和世风的角度说,与其"软熟",实在是毋宁"险怪"的。欧阳修对"险怪"的打击,未免令后辈卓绝之士对他不以为然。

五、"自纳败阙"

最近,日本九州大学的东英寿教授从天理图书馆收藏的宋本《欧阳文忠公集》发现了九十六篇通行欧集未收的书简①,引起了学界的广泛关注。这九十六篇中,一大半是欧公晚年所作,是考察其晚年心态和社会交往的第一手资料,再结合《归田录》、《六一诗话》等晚年著作,我们大致可以看到他的晚年生活,总体情形与他当年深致不满的晏殊没有多少差异,甚至也与李昉、李至相似,可能心态还更为悲观,精神上还更觉无聊一些②。用南宋朱熹批评他的话说,就是"都不曾向身上做功夫,平日只是以吟诗饮酒戏谑度日"③。这话虽似攻击,却不能不说是符合实情的。一个士大夫的日常生活,毕竟不能被政治责任感完全充满,尤其是在退休以后,若不学道士去闭关修炼,学禅僧去参公案斗机锋,则贤于声色狗马者,也无非吟诗、饮酒、戏谑而已,非此无以度日。

就欧阳修本人而言,当然也不能说他晚年如此度日,是对早

---

① 东英寿《新见九十六篇欧阳修散佚书简辑存稿》,《中华文史论丛》2012 年第 1 期,上海古籍出版社,2012 年。
② 参考欧明俊《从新发现的 96 通书简看欧阳修的日常生活》,《武汉大学学报》2012 年第 3 期。
③《朱子语类》卷一三〇,中华书局,1986 年。

年人生态度的违背。西园咏雪时指责的晏殊,正在国家领导人的任上,而晚年欧阳修退休在家,情况自不相同,加上老病相催,有点消极情绪也是可以理解的。更何况,欧阳修的"至理""人情"学说,对日常性是并不否定的,他的日常生活与前辈士大夫相似,可谓宜乎其然。但是,无论如何,这毕竟与当年移书高若讷、弹劾吕夷简的欧阳修判若两人。所谓"至理""人情",真的能把前后两个欧阳修形象统一起来么?在许多后辈看来,欧阳修的"理"是"不通"的,释惠洪《跋东坡仇池录》云:

> 欧阳文忠公以文章宗一世,读其书,其病在理不通。以理不通故,心多不能平。以是后世之卓绝颖脱而出者,皆目笑之。①

惠洪是个禅僧,他所指责的"理不通"也许跟欧公排佛,不通佛理有关,但"后世之卓绝颖脱而出者,皆目笑之",即便是夸张的说法,也应当传达出一定程度的实情。就是说,北宋后期独立思考能力超群、个性比较强的人士,大抵不满于欧阳修的说法,这就未必都跟佛理相关了。从"新儒学"发展的趋势看,作为其核心概念的"理"势必要指向世界的统一性,即形而上学意义上的抽象之"理",那当然不能是欧阳修所谓的常理常识。而"性命之学"的进展,也使"人情"之论越来越显得站不住脚。所以,在北宋后期那样一个理论思维发达的时代,人们觉得欧阳修"理不通",并不是一件太难想象的事。

回到"日常化"的问题来说,欧阳修容纳日常性以修正"庆历

---

①释惠洪《跋东坡仇池录》,《石门文字禅》卷二七,《文渊阁四库全书》本。

之学"的态度,确实使宋初以来士大夫诗歌的"日常化"倾向获得延续,并且同时具备一定的超越性。这只要看汤浅阳子和柯霖氏分析的一系列富有特色的作品,就能体会到他的成功之处。有两位学者的劳作在先,这里不必再结合具体作品来分析。必须指出的是,诗歌创作上的成功并不意味着相应的人生态度将被后人认可,比如朱熹就把"吟诗"与"饮酒"、"戏谑"一同列为他所否定的日常生活方式。那么,正确的日常生活宜是如何呢?确实,对于庆历以后的士大夫而言,日常生活该怎么过,不是一个小问题。宋代"新儒学"的一大套修身养性之论,包括道学家的"居敬"、"穷理"之说,将由此登场。用朱熹的话说,便是"向身上做功夫",通过对"天命之性"的反省体悟,来变化"气质",同时"格物致知",日渐与"道"同化,直至有一天做到"万物之表里精粗无不到,我心之全体大用无不明"。到了这个境界,日常生活与儒学人生价值的一体化才告完成。不是像欧阳修那样容纳和延续原来的日常性,而是要改造自我,改造日常生活,从而使日常生活本身具有超越性意义,连作诗也是"从道流出",完全一体化。由持此论调的朱熹来反观欧阳修,当然就会深怀不满:

> 到得晚年,自做《六一居士传》,宜其所得如何?却只说有书一千卷,《集古录》一千卷,琴一张,酒一壶,棋一局,与一老人为六,更不成说话,分明是自纳败阙。[1]

所谓"自纳败阙",就是交代了自己的失败。在朱熹看来,欧阳修对儒学的把握,只用来从政,不用以改造自身,改造日常生活,以

---

[1]《朱子语类》卷一三九。

至于其晚年的日常生活与从前写作"白体"诗歌的士大夫无异。无论朱熹的指责是否有些过分,欧阳修以其对常理常识和人情的信任,企图调和"庆历之学"与"日常化"倾向的做法,确实存在明显的局限,在反对"险怪"的同时,未免也失去了矫厉世俗的勇气。实际上,就在这个老人与琴棋书酒之类混为"六一"的时候,以"不近人情"著称的王安石已经掌握了政权,力排"流俗",厉行新政,用他所理解的儒学来重建意识形态和社会制度,从而把北宋历史带入了另一个时代。即便仅就诗歌领域而论,欧公的后辈也通过对杜甫"一饭不忘君"的解读,而树立了根据儒学人生价值来重塑日常生活的更好典范,这恰恰与"新儒学"修养论的进展保持了一致的步调。

第四节　士大夫文化的两种模式——读王安石《虔州学记》与苏轼《南安军学记》

王安石"变法"以及由此引起的争议,令北宋历史进入"新旧党争"的时代。对"变法"不以为然的欧阳修提前申请退休,而他最为欣赏的继承人苏轼则终生被卷在"党争"之中。苏轼与王安石在政治、思想和文学方面的对立或差异,也就成为北宋士大夫社会中最让人感觉意味深长的话题之一。

今江西省赣州市,在隋与南宋之间名为虔州,但自北宋初起,其下属的大庾(今名大余)、南康、上犹三县①,曾经从虔州分出,

---

① 此三县地面,除今天的大余县、上犹县和南康市外,还包括崇义县地。崇义县是明代从上面三县中分出。

另成一个州级的行政单位,曰南安军。王安石的《虔州学记》和苏轼的《南安军学记》①,就分别为这紧邻的两地所建的州学而写。

北宋中期以后州县学校的兴盛,可算"庆历新政"留下的最大成果,"记"类散文中的一个特殊品种"学记"也就"应运而盛"。最早的名作当然要数欧阳修的《吉州学记》,此后擅长作"学记"的便是曾巩和王安石,历来评论家也都以"曾王学记"为此类散文的典范②。相比之下,苏轼却并不以"学记"著名,他的集子里,除了《南安军学记》外也并无同类的作品。不过,他这唯一的一篇"学记"却正是针对王安石的名作《虔州学记》而写,表现出二人思想主张的鲜明对立。下文就从此种针对性谈起。

一、《南安军学记》针对《虔州学记》而作

判断《南安军学记》为针对《虔州学记》而作,当然不仅仅因为虔州和南安军是紧邻的地方,而有写作背景与文章内容上的更为确凿的依据。

王安石《虔州学记》作于宋英宗治平年间,文章在议论之前先叙州学建立的过程,谓其建成在治平元年(1064)的十月,则文章的写作当在此后不久。其时王安石居母丧于江宁,被视为其变法纲领的《上(仁宗)皇帝万言书》③提交于数年之前,而执政变法则在数年之后,所以这居丧的时期正是他可以获得空闲,来系统地总结变法思想并加以宣传,充分地酝酿变法实践的重要时期。当

①见《王文公文集》卷三四,上海人民出版社,1974年;《苏轼文集》卷一一,中华书局,1986年。
②如茅坤《唐宋八大家文钞》卷八七录王安石《慈溪县学记》,评语云:"予览学记,曾、王二公为最,非深于学,不能记其学如此。"
③见《王文公文集》卷一。

然他不会放过写作《虔州学记》的机会,向世人阐述自己的主张。

《虔州学记》写成后,在当代就被视为名作,至少被视为王安石思想的具有代表性的表述。即便在后来的"旧党"人物眼里,《虔州学记》也是值得肯定的佳作。比如黄庭坚就作有《跋〈虔州学记〉遗吴季成》云:

> 眉山吴季成有子,资质甚茂,季成欲其速成于士大夫之列也……故手抄王荆公《虔州学记》遗之,使吴君父子相与讲明学问之本……①

显然,黄庭坚认为《虔州学记》是足以教人"学问之本"的——这当然绝非一般的肯定。而且,黄庭坚如此推崇《虔州学记》,苏轼想必是知道的。苏轼本人也曾对此文发表过评论,见《苕溪渔隐丛话前集》卷三五所引的《西清诗话》:

> 王文公见东坡《醉白堂记》,云:"此乃是韩白优劣论。"东坡闻之曰:"不若介甫《虔州学记》,乃学校策耳。"②

这一条材料经常被引用来说明北宋古文家打通了各种文类的写法:王安石批评苏轼把一篇"记"写成了"论",而苏轼则反驳说,王自己也把"记"写成了"策"。值得注意的是,所谓的"策"正是苏轼最擅长的文类,他一定对这个文类的写作特点甚具体会,谓

---

① 黄庭坚《跋〈虔州学记〉遗吴季成》,《豫章黄先生文集》卷二五,《四部丛刊》本。
② 胡仔《苕溪渔隐丛话前集》卷三五,人民文学出版社,1993年。

《虔州学记》乃"学校策",正说明了他对此文的关注非同一般。

至于苏轼本人写作《南安军学记》,却是在其生命的最后一年,即建中靖国元年(1101)三月四日,这在文末有明确交代。与《虔州学记》先叙事再发议论相反,苏轼先发议论,最后才叙述地方官修建学校的事,谓"始于绍圣二年(1095)之冬,而成于四年(1097)之春",后来"轼自海南还,过南安,见闻其事为详",便应南安士人的请求而作此"学记"。不过,南安军在此前也并非没有州学,而且已经有人写过"学记",这便是治平二年(1065)的状元彭汝砺所作的《南安军学记》①。从内容看,彭文大概作于熙宁年间,而且彭汝砺卒于绍圣二年(1095),他的《南安军学记》无论如何是写在苏轼之前的。在已经有同僚写过"学记"的情况下,苏轼还要重写一篇,这当然并不仅仅是为回报南安士人的盛情而已。实际上,在以随笔小品为主的东坡晚年散文创作中,《南安军学记》是很少见的体裁庄重之作了。

当然,对于"《南安军学记》针对《虔州学记》而作"的判断来说,以上背景材料只具辅助作用,最主要的根据是前者的议论有直接针对后者之处,这就是关于二文都引以为据的"舜之学政"的解释。

二、关于"舜之学政"

所谓"舜之学政",指的是《尚书·益稷》中舜对禹说的一段话:

> 庶顽谗说,若不在时,侯以明之,挞以记之,书用识哉,欲

---

①见《全宋文》第 50 册,卷二二〇一,巴蜀书社,1994 年。

并生哉。工以纳言,时而扬之,格则承之、庸之,否则威之。

《南安军学记》将此段全文引录,并判断说:"此舜之学政也。"按此段大意是讲如何对待有错误的人,称为"学政"固然比较勉强,但确实跟教育相关。不过,首先根据这段话来谈论教育思想的,是王安石的《虔州学记》:

> 举其学之成者,以为卿大夫,其次虽未成而不害其能至者,以为士,此舜所谓"庸之"者也;若夫道隆而德骏者,又不止此,虽天子,北面而问焉,而与之迭为宾主,此舜所谓"承之"者也;蔽陷畔逃,不可与有言,则挞之以诲其过,书之以识其恶,待之以岁月之久而终不化,则放弃杀戮之刑随其后,此舜所谓"威之"者也。

这显然也是把《尚书·益稷》的那段话当成了"学政",认为君主对于士人,应随其学习的结果如何而分别采取"承之"、"庸之"、"威之"三种对待的办法。对于特别优秀的,要屈尊下问;对于学有所成的,要加以委任;对于犯了错误而不肯改正的,则要惩罚。这本应视为王安石自己关于教育与政治之关系所发表的主张,但既然是根据《尚书》的经文而立论,就存在着如何正确理解经文的问题。王安石显然把"承之"理解为尊重、推崇的意思,而苏轼则不然,《南安军学记》这样解释:

> "格"之言改也,《论语》曰"有耻且格";"承"之言荐也,《春秋传》曰"奉承齐牺"。庶顽谗说,不率是教者,舜皆有以待之。夫化恶莫若进善,故择其可进者,以射侯之礼举之。

其不率教甚者,则挞之,小则书其罪以记之。非疾之也,欲与之并生而同忧乐也。此士之有罪而未可终弃者,故使乐工采其讴谣讽议之言而扬之,以观其心。其改过者则荐之且用之,其不悛者则威之、屏之、棘之、寄之之类是也。此舜之学政也。

按照苏轼的解释,整段话都是讲如何对待有错误的人,跟"道隆而德骏者"毫无关系,"承之"自然不应被理解为尊崇之义,所以他释"格"为改,释"承"为荐,并提供了书证。他之所以如此细致地加以考究,显然是因为有王安石那篇著名的《虔州学记》在前,所以才不避烦琐地考订字义、串释全文,用来表明他对"舜之学政"的理解比王安石更为正确。

就后出的各种《尚书》注释来看,大致以赞同苏轼的居多,如蔡沈的《书经集传》,便完全采用苏轼的解说,而清代的《御选古文渊鉴》(《四库全书》本)卷四七选录《虔州学记》时,还特意加了一个夹注:"《书·益稷篇》'格则承之、庸之,否则威之',言庶顽谗说,如其改过则进之、用之,如其不改,然后刑以威之。"加上这个夹注的用意,显然在于"纠正"王安石的"误读"。

当然,真正的问题并不在于王安石是否"误读"经文,而在于他所表述的,对于"道隆而德骏者","虽天子,北面而问焉,而与之迭为宾主"的主张。宋徽宗时代的陈瓘曾指责《虔州学记》包含了王安石的不轨之心,其根据就是这几句话。陈瓘《四明尊尧集序》云:

> 臣伏见治平中安石唱道之言曰:"道隆而德骏者,虽天子,北面而问焉,而与之迭为宾主。"自安石唱此说以来,几五

十年矣，国是之渊源，盖兆于此。臣闻天尊地卑，乾坤定矣，定则不可改也。天子南面，公侯北面，其可改乎？今安石性命之理，乃有天子北面之礼焉。夫天子北面以事其臣，则人臣何面以当其礼？①

又其《进四明尊尧集表》云：

临川之所学，不以《春秋》为可行，谓天子有北面之仪，谓君臣有迭宾之礼。礼仪如彼，名分若何？此乃衰世侮君之非，岂是先王访道之法？赣州旧学记刊于四纪之前，辟水新雍像成于一婿之手，唱如声召，应若响随，使王氏浸至于强梁……②

这是说，蔡卞（王安石女婿）在太学里设王安石的像，奉王氏学说为权威意识形态（所谓"国是"），原出《虔州学记》的召唤。而以尊君的原则来否定王安石的主张，可能来自被苏轼荐举过的陈师锡写给陈瓘的一封信③。到了南宋之初，陈瓘便因此得到宋高宗的表彰，《建炎以来系年要录》绍兴二十六年七月乙卯记事云：

诏故赠右谏议大夫陈瓘特赐谥忠肃。先是，上谓辅臣曰："近览瓘所著《尊尧集》，无非明君臣之大分，深有足嘉。《易》首乾坤，孔子作《系辞》亦首言天尊地卑，《春秋》之法无

①见《宋忠肃陈了斋四明尊尧集》卷一，《四库存目丛书》影印清康熙刻本。该文又见《宋文选》卷三二"陈莹中文"，《文渊阁四库全书》本。
②见《宋忠肃陈了斋四明尊尧集》卷一。
③参考陈师锡《与陈莹中书》，见吕祖谦《宋文鉴》卷一二〇，中华书局，1992年。

非尊王。王安石号通经术，而其言乃谓道隆德骏者，天子当北面而问焉，其背经悖理甚矣。瑾宜赐谥以表之。①

尊君的原则得到君主的肯定，当然不难理解。但宋高宗指责王安石"背经悖理"，却也不然。因为"北面而问焉"及"迭为宾主"之说，自有来源。《吕氏春秋·下贤》云："尧不以帝见善绻，北面而问焉。"《孟子·万章下》云："舜尚见帝（按指尧），帝馆甥于贰室，亦飨舜，迭为宾主。是天子而友匹夫也。用下敬上，谓之贵贵；用上敬下，谓之尊贤。贵贵、尊贤，其义一也。"可见王安石所根据的，都是尧的故事，非但不曾"背经悖理"，正可谓深通经术。清代蔡上翔作《王荆公年谱考略》，也据《孟子》之义为《虔州学记》辩护②。黄庭坚推许《虔州学记》得"学问之本"，并非泛论，在这个问题上，他跟苏轼的态度不一样③。

围绕"舜之学政"的解读所引起的问题，大致如上所述。我们因此可以相信《南安军学记》确是针对《虔州学记》而作。但通读两篇文章，也不难知道，两家的对立之处，主要还不在"承之"一词的解释上，也不在对于"北面而问焉"或"迭为宾主"之说的肯定与否。他们的对立甚至也不限于教育、政治的方面，而是其思想整体的相当深刻的对立，因为他们分别表述了士大夫文化的两种不同模式，说见下。

---

①见《建炎以来系年要录》卷一七三，上海古籍出版社，1992年。
②参考蔡上翔《王荆公年谱考略》卷一一，上海人民出版社，1973年。
③内山精也《黄庭坚与王安石》一文，也论及黄庭坚和苏轼对《虔州学记》的不同态度，见《第二届宋代文学国际研讨会论文集》，江苏教育出版社，2003年。

三、士大夫文化的两种模式

所谓"士大夫",这里指以进士及第者为主的文官及其预备队（即准备应试的士子），他们受过良好的教育，通过科举而走上仕途，并成为宋代社会在政治、法律、经济决策、思想学术和文艺活动甚至军事指挥等各领域的统一主体。由科举制度所保障的这个特殊阶层作为社会中坚的存在，是中唐以后的中国社会明显不同于以往之处，而北宋时代，正是这种士大夫文化获得确立的最关键的历史阶段。北宋的"学记"之所以把教育看作学术和政治的联系环节，便跟士大夫文化发展的背景密切相关。在《虔州学记》里，"学"与"政"几乎被看作同一回事：

> 余闻之也，先王所谓道德者，性命之理而已。其度数在乎俎豆、钟鼓、管弦之间，而常患乎难知。故为之官师，为之学，以聚天下之士，期命辨说，诵歌弦舞，使之深知其意。夫士，牧民者也。牧知地之所在，则彼不知者驱之尔。然士学而不知，知而不行，行而不至，则奈何？先王于是乎有政矣。夫政非为劝沮而已也，然亦所以为劝沮。

正因为"学"和"政"的主体是同一批人，即所谓"士"，所以"学"才能成为"政"的指导，而"政"也要保障"学"的有效性，即实施其"劝沮"的功能。怎样"劝沮"呢？下文就是根据《尚书·益稷》的话，主张对于士人要随"学"的效果而分别对待，即"承之"、"庸之"或"威之"。如此，则"学"和"政"就通过教育而统一起来：

> 盖其教法，德则异之以智、仁、圣、义、忠、和，行则同之以

孝友、睦姻、任恤,艺则尽之以礼、乐、射、御、书、数。淫言诐
行诡怪之术,不足以辅世,则无所容乎其时。而诸侯之所以
教,一皆听于天子。命之教,然后兴学;命之历数,所以时其
迟速;命之权量,所以节其丰杀。命不在是,则上之人不以教
而为学者不道也。士之奔走、揖让、酬酢、笑语、升降、出入乎
此,则无非教者。……尧、舜、三代,从容无为,同四海于一堂
之上,而流风余俗咏叹之不息,凡以此也。

这里的表述虽然较为复杂,但简单地概括起来,就是通过对"士"
的教育,不但把学术与政治统为一体,也把全国统为一体,进一步
说,整个社会文化是单一而纯正的,——这就是王氏的一元化模
式,所谓"一道德而同风俗",也就是后来蔡卞力主的"国是"。这
样看来,陈瓘说蔡卞的"国是"渊源于《虔州学记》,确实不无道理。

　　必须说明的是,王氏的这个一元化模式,不同于简单的君主
专制。我们在以上引文中也能看到,其一元化的基础都建立在
"士"上面,但整个统一的体制所围绕着的核心却是"王"或"天
子"。那么"士"与"天子"的关系如何呢? 在这里,被陈瓘所指责
的对于"道隆而德骏者"须"北面而问焉,而与之迭为宾主"一点,
恰恰最为重要。有了这个"帝师"一般的角色,"学""政"一体的
理念才能覆盖整个一元化体系所围绕的核心即"天子"的位置,其
一元化模式才能完善,也才能保证其为一种士大夫文化的模式,
而不是简单的君主专制。在王安石看来,他的一元化模式将驯致
尧舜三代的治世,而简单的君主专制则只会导向秦代那样的暴
政,故在《虔州学记》里他也不忘补充说明:"周道微,不幸而有秦,
君臣莫知屈己以学,而乐于自用,其所建立悖矣,而恶夫非之者。"
这就是缺乏"帝师"角色的情况下,简单的君主专制所导致的局

面。他并且一再慨叹："然是心非特秦也。""则是心非特秦也。"——他分明意识到君主的权力意志的可怕，也意识到他的一元化体制容易被误解为简单的君主专制，所以非要在核心位置上设立一个"帝师"角色不可。为此，他很可能明知自己"误解"了《尚书》"承之"一语的原意而不顾。由此看来，王氏的一元化模式所围绕的真正核心实际上已经不是天子，而是那个"道隆而德骏"的士大夫了。所以，这是士大夫文化的一种模式，只不过借助于君主专制的体制来建立而已。大致说来，熙宁年间的新法政府，就是此种模式的体现，因为不是宋神宗而是王安石，才是新法的设计者。章惇、蔡卞以"国是"挟制宋哲宗的绍圣、元符之政，也与此相同。

正是熙宁年间的异议者，并在绍圣、元符之政下饱尝了苦难的苏轼，在他生命的最后一年写作了《南安军学记》，用来反抗王氏的一元化模式。通过对《尚书》文义的考订，他否定了王氏模式的经典依据，而他自己对于学校的社会作用的理解，则归结为四个字，曰"取士论政"：

> 古之取士论政者，必于学。有学而不取士，不论政，犹无学也。学莫盛于东汉，士数万人，嘘枯吹生，自三公九卿皆折节下之，三府辟召，常出其口。其取士论政，可谓近古。然卒为党锢之祸，何也？曰：此王政也。王者不作，而士自以私意行之于下，其祸败固宜。

从字里行间不难看出，他所谓的"论政"，更侧重在与现行政策相左的异议。——这才是苏轼思想与王安石绝然对立之处：他想把学校从王氏的一元化体制中解放出来，声明学校具有发表异议的功能和权力。最后关于"王政"的话,可以视为他的愤激之言,表明他所理想的真正的"王政"是应该而且必须容纳异议的。

　　同样是以"士"为主体,同样是把学校看作思想学术与政治之间的桥梁,苏轼却引出了跟王安石绝然相反的结论。他坚持学校的独立性,学校不但有发表异议的权力,而且还有这种责任,"不论政,犹无学也",如果不能提供异议,就不需要什么学校。这是士大夫文化的另一种模式,相对于王氏的一元化模式而言,可以称为多元化的模式。

　　《南安军学记》与《虔州学记》之间的针锋相对之处,端在于此。其实,苏轼对王氏一元化模式的不满,早就形诸文字,作于元祐元年(1086)初的《答张文潜县丞书》云:"文字之衰未有如今日也,其源实出于王氏。王氏之文未必不善也,而患在于好使人同己。自孔子不能使人同,颜渊之仁、子路之勇,不能以相移,而王氏欲以其学同天下!地之美者同于生物,不同于所生,惟荒瘠斥卤之地,弥望皆黄茅白苇,此则王氏之同也。"①明确表达了苏轼多元化思想的这一段著名文字,后来受到了朱熹的质疑,他说:"若荆公之学是,使人人同己,俱入于是,何不可之有?今却说'未尝不善,而不合要人同',成何说话!若使弥望者黍稷,都无稂莠,亦何不可?只为荆公之学自有未是处耳。"②可见朱熹虽然不赞同"荆公之学",但一元化的思路则跟王氏相同,对多元化毫无理解。③ 苏轼却在章惇、蔡卞的"国是"政策下历经磨难之后,加深了对一元化模式的反思,进一步感受到多元化的必要。他从海南

①苏轼《答张文潜县丞书》,《苏轼文集》卷四九。
②《朱子语类》卷一三〇"陈后山说"条。
③关于此点,请参考王水照先生《苏轼研究》第60—61页,河北教育出版社,1995年。

岛北归,于建中靖国元年(1101)正月至南安军,而写作《南安军学记》的三月四日,他正好已在虔州①。或许,他竟亲眼见到了《虔州学记》的石刻,才决心为邻州的学校留下体裁相同的文字,希望在这文化昌明之邦能回荡起另一种声音。

不过,正如王氏的一元化模式不同于简单的君主专制,苏氏的多元化模式也并不等于现代民主主义,因为他要求保障的异议权只在"士"的范围内,而且最后还要服从于"王政"。正如苏轼本人曾向太皇太后所交代:

> 臣闻圣人之治天下也,宽猛相资,君臣之间,可否相济。若上之所可,不问其是非,下亦可之,上之所否,不问其曲直,下亦否之,则是晏子所谓"以水济水,谁能食之",孔子所谓"惟予言而莫予违,足以丧邦"者也。臣昔于仁宗朝举制科,所进策论及所答圣问,大抵皆劝仁宗励精庶政,督察百官,果断而力行也。及事神宗,蒙召对访问,退而上书数万言,大抵皆劝神宗忠恕仁厚,含垢纳污,屈己以裕人也。臣之区区,不自量度,常欲希慕古贤,可否相济,盖如此也。②

可见,所谓"君臣之间,可否相济",乃是异议存在的合理性根据。但苏轼苦于不能把这种合理性落实为合法性,他只能通过指出一元化模式有"足以丧邦"的危险,来苦劝君主容纳异议,如果君主不能容纳,他也就没有办法。他的模式中缺乏王氏模式所包含的那种高于君主的权威。这样,异议的存在得不到保护,只能依赖

---

①参考孔凡礼先生《苏轼年谱》卷四〇,中华书局,1998 年。
②苏轼《辩试馆职策问札子二首》之二,《苏轼文集》卷二七。

于士大夫不计祸福的自觉牺牲精神。所以,就其作为士大夫文化的一种模式而言,王、苏之间也有相通互补之处。北宋的"党争"虽然不能等同于政党政治,但已足以培养起士大夫们对"执政"和"在野"两种生存状态的不同感受,如果说王氏模式的实践需以士大夫获得"执政"权为前提,那么苏氏模式便更多地反映了"在野"士大夫的价值观。

四、关于"学记"文类

最后,附带谈一下"学记"这一文类的问题。就写法来说,其实比较简单,无非是两个内容:一是叙述地方官建学的过程,二是发表关于学术思想与政治文化之关系的大议论(虽然观点可能不同,但论题是相似的)。应该说,后者几乎是"学记"的体制性特征。

虽然历代评论者大多推崇"曾、王学记",但在今天可以看到的北宋人文集中,"学记"类作品最多的并非此二人。实际上,曾巩《元丰类稿》只载两篇"学记",王安石有四篇,但黄裳的《演山集》中则有六篇,晁补之的《鸡肋集》中有五篇,此外余靖的《武溪集》中也有四篇,祖无择的《龙学文集》中有三篇,而范仲淹、李觏、韩琦、尹洙、张方平、欧阳修、沈括、苏辙、张耒等人也都写过一两篇"学记"。北宋士大夫所作的"学记"总数,是相当可观的,而写法也都相似。这些"学记"中,很多都提及"庆历"兴学之事,所以,把北宋"学记"类散文的兴起看作"庆历"兴学的一个结果,自然是合理的。但"学记"类散文也并非毫无来源,这方面值得注意的是蔡襄的《端明集》中有"庙学记"二篇,韩琦《安阳集》中有一篇"学记",也有一篇"庙学记"。所谓"庙学记",就是同时记叙孔庙和学校的兴建,至于其发表的议论,则与"学记"中的议论性质相同，其实是同类的文章。就事实而言，中国历代的官办学校总是跟孔庙在一起的，建学和修庙经常是合二为一的，所以就有了"庙学记"。不过，虽然建学经常包含修庙，但在未兴学之前，单独修建孔庙的行为早已存在，而"庙记"一类文字也更早出现，如徐铉的《骑省集》中有"文宣王庙记"二篇，王禹偁《小畜集》中有一篇，石介、梅尧臣、欧阳修、陈襄、司马光等也都写有"夫子庙记"或"孔子庙记"之类的文章。可以说，"庙学记"乃是"（孔）庙记"与"学记"之间的过渡形态，文章的写法是相似的，因为关于孔庙的记文，也总要发表有关儒学的议论。这样，余靖《武溪集》除"学记"四篇外，还有"文宣王庙记"三篇，他应当是现存此类文章最多的北宋作家。

　　"（孔）庙记"、"庙学记"和"学记"，写成以后是要刻石的，加上其议论的性质比一般的"记"类散文要庄严重大，所以虽说是"记"，也接近乎"碑"了。在唐人文集中，此类文章便多称为"碑"，如王勃有《益州夫子庙碑》，李邕有《兖州曲阜县孔子庙碑》，韩愈有《处州孔子庙碑》，柳宗元有《道州文宣王庙碑》、《柳州文宣王新修庙碑》，刘禹锡有《许州文宣王新庙碑》等①。这些"（孔）庙碑"长短不同，体制也有骈散之别，但其为修庙而作，则与北宋的"（孔）庙记"相同。因此，我们不妨说唐代的"（孔）庙碑"就是北宋"学记"一类散文的渊源。其实，因为学校与孔庙几乎不可分割，故在有关孔庙的"碑"或"记"中，也大多会提及学校，只不过其重点在"庙"，"学"只是附带成分。"庆历"兴学

----

① 唐人也有"（孔）庙记"，参看《文苑英华》卷八一四，中华书局，1983年。另外，独孤及有《福州都督府新学碑铭》，见《毗陵集》卷九，《文渊阁四库全书》本。但唐人"学碑"，似乎不多。

以后，"学"的分量渐至与"庙"相等，遂有所谓"庙学记"。此后随着"学"的不断发展，终于摆脱了"庙"而有专门的"学记"。值得一提的是王安石的《繁昌县学记》，还专门讨论了"庙"与"学"的关系，在他看来，建"庙"是毫无必要的，立"学"才是重要的事。

　　如果以上所述唐代"（孔）庙碑"脱化为宋代"（孔）庙记"，再通过"庙学记"而脱化为"学记"的过程可以成立，那么，对于中国传统的文章，只按照其标题所明示的"碑"、"记"等类目来进行"文体学"研究，是不免简单化的。因为文章的实际写法，固然跟文类相关，却决不能脱离内容。比如，"碑"一般以叙述为主，如墓碑叙人物生平，德政碑叙功业事迹，家庙碑叙宗族历史等等，然而孔庙的碑文则较为特殊，它当然也可以叙述孔子生平（如王勃《益州夫子庙碑》），但在大部分作者看来，对尽人皆知的孔子是没有必要再叙述其生平的。剩下来可以叙述的就是修庙的过程了，但光是这样的叙述，分量显然不够，故对儒学的议论便不可避免。虽然柳宗元、刘禹锡的"文宣王庙碑"，尚以对修庙过程的叙述为主，但在韩愈的《处州孔子庙碑》中，议论的份量就至少与叙述相等了，其与北宋"（孔）庙记"的差异，只不过文末有一段韵文铭辞而已。值得注意的是，韩愈此文被收入《文苑英华》卷八四六，题为《处州孔子庙碑》，同时又列目于卷八一四，却称为《处州孔子庙记》①，这说明编辑《文苑英华》的宋人已把这篇"（孔）庙碑"等视于"（孔）庙记"了。当然，除了孔庙以外，还有别的神庙、历史人物庙等等，故也有别的"庙碑"、"庙记"，情况又自不同，而唯孔庙

①卷八四六该篇后有校记云："此篇八百十四卷重出，前已削去。"当是南宋周必大等人校勘时，删去了八一四卷所收正文，只留篇目。

的碑、记,总要涉及儒学对世道人心的指导作用,又多与学校相关,这是被内容所决定的。而"(孔)庙记"经过"庙学记"的过渡转化到"学记",又是由所记对象存在于北宋时代的客观情形及其发展过程所导致的。这样,如果我们只把"学记"看作"记"类散文的一个品种,显然是不够的,因为"学记"所包含的议论,比其他亭台楼阁之类的"记"文要庄重得多,其庄重性并不来自"记"这个文类的理念,而是一方面来自对象本身的召唤,另一方面延续了唐代"(孔)庙碑"的流风余韵。

第五节　面向公共"文坛"的写作*
　　　　——北宋士大夫非集会的同题写作现象

　　从真宗朝的"君子小人"之争,到仁宗朝"庆历士大夫"向前辈保守官僚的挑战,再到神宗朝以后一直延绵至南宋初的"新旧党争",北宋的政坛确实纷争不断,但与此同时,科举士大夫作为政坛的主角也愈益自觉,他们举手投足、发言表态,一方面固然基于个人的学识见解,另一方面也要观察周围,联络同道,警惕异议,免致"落伍"。换句话说,对士大夫社会全体动向的关注和把握,将是决定个人言行的重要因素。这当然使"朋党"成为北宋政治的显著特色,却也令北宋"政坛"的公共性得到显著的提高。陈寅恪先生论北朝隋唐政治,曾揭示"关陇贵族集团"或"李武韦杨

---

　*本节内容,基于我和李栋合作的论文《从个人唱和到群体表达》(发表于《江海学刊》2012年第3期),经李栋同意,改写后编入本书。

婚姻集团"为统治阶级之核心①,这是中世贵族社会的情形,北宋的政界便不是与皇室有关的几个家族可以协议决策了,从理论上说,所有通过了科举考试的人,都已获得从政资格,有机会进入决策阶层,即便不能进入,其支持或反对某种政策,也多少是有效的。比较而言,北宋的"政坛"已不是贵族集团所能守护的禁区,而在相当程度上呈现为一个公共的领域。当然这种公共性并未发展到覆盖全民的程度,主要是向科举出身的知识精英开放。

"政坛"如此,那么"文坛"的情况又如何呢?从作者的角度说,与政见一样,文学作品首先也是他个人的一种表达。这个人表达被传递至公共领域,而获得某种价值,被人记忆,就是古人所谓的"立言"。如果以此为目的而进行表达活动,那么表达者的心中一定有了对于公共领域的意识(即便可能是"名山"、"后世"那样与当下有着相当距离的时空),为了有利于进入公共领域,他必须努力使自己的表达拥有公共性。然而,与政见那样直接以公共性话题为谈论对象的表达不同,文学表达的相当一部分源自极其特殊乃至私密的个人情境。文学的表达之所以被认为也具备获取公共性的可能,是出于对"人同此心"即人类在情感和审美意识上的共通性的信任。在此共通性的基础上确认一种公共性的文学价值,以此价值为维度确认一个公共领域,我们可以称之为"文坛"。就此而言,纯粹精神性的"文坛"不妨说是自古存在的,但在其现实性和共时性上,一个公共领域的存在须依托于一系列公共设施,如现代的人们就把各种文学类的报刊杂志和作家协会等视

---

① 参考陈寅恪《唐代政治史述论稿》上篇,上海古籍出版社,1982 年;《记唐代之李武韦杨婚姻集团》,《金明馆丛稿初编》,上海古籍出版社,1980 年,第237 页。

为"文坛"。那么,在这些公共设施出现之前,"文坛"又依托于什么呢?人们对此公共领域之存在的意识又如何形成?要考察这些问题,对历代文学作品传播方式和作者团体的研究就是至为必要的,而实际上,作品的传播和作者间的结合,也正是现代"文坛"的公共设施(文学类杂志和作家协会)所担负的功能。然而,究竟传播的发达与作者间的结合达到了何种程度,方可称为现实意义上的"文坛"存在,毕竟难以判断。因此,本节选取一个特殊的角度,通过对北宋非集会的多人同题写作现象的考察,来切入这个问题。

一、同题写作的集会模式与非集会模式

同题写作的现象,自古存在,但是,如果排除题目本身具有公共性的情形(以客观存在的风景名胜为题,以前人名作为范本的拟作,乐府曲名,公共话题如"封建论"之类,等等),以及某些偶然的巧合,专就两位以上的作者有意识地进行的同题写作而言,那应该起始于所谓"唱和",亦即相互邀约的同题写作。最简单的"唱和"发生在两位作者之间,完全可能是一种私密性的交流,但若参加"唱和"的人数较多,则题旨就会显得相对开放,反映出更广泛的人际认同。随后,将会出现不受邀约者也主动参与同题写作的情形。

从历史上看,多位作者的同题写作现象,首先表现为集会模式,即在一定时间内,聚集于一定地点,并进行文学创作。中国作者很早就有集会创作的传统,建安时期的邺下宴集、永和九年的兰亭之会,都是著名的集会创作。唐宋时期,文人集会尤其盛行,由此也产生了大量的集会作品。对此,贾晋华和熊海英的著作已

分别进行了考察①。在这些集会作品中,有数量丰富的多人同题之作,例如北宋元祐年间张耒、晁补之、李公麟等在馆阁中多次进行唱和,后来结集为《同文唱和诗》,几乎全是多人同题之作。士大夫社会中有不少活动可以产生此类同题作品,比如朝臣们陪同皇帝举行某个仪式,朋友们一起迎接某位官员或为他送行,等等。

　　然而,这里试图探讨的,却是与集会模式相异的另一种多人同题写作模式,即三位或更多的同时代作者围绕同一主题的多个作品并非完成于一地,却又相互关联。可想而知,这种"非集会"模式的实现,首先有赖于信息交通、作品传播的发达,所以它必然是在一定的历史时期才能产生的。据《新唐书·艺文志》的记载,唐代已有不少异地唱和形成的诗集,其中多是两人的诗筒往来,但也有作者多于两人的,如白居易、元稹、崔玄亮三人分别在杭、越、湖州任职时,曾借助邮驿系统,多次相互酬唱,后来编成《三州唱和集》②。不过,这个集子现已不存,崔玄亮诗也全部佚失,从元、白诗集中的唱和情况来看,他们的诗歌往来担当了朋友之间交流情感、切磋技艺、促进创作的任务。韩愈《韦侍讲盛山十二诗序》③则记载了元和年间多位诗人对韦处厚《盛山十二诗》继和的盛况。这次唱和最初有十位诗人参与,韩愈《序》中所提到的六位当时都任职于巴东各地,可以推测,开始是任职于巴东范围内的诗人们纷纷对韦处厚的诗进行唱和,后来由于作者们齐聚京城,将各自的作品"联为大卷",于是在京城引起了继作的高潮,成为

①贾晋华《唐代集会总集与诗人群体研究》,北京大学出版社,2001年;熊海英《北宋文人集会与诗歌》,中华书局,2008年。
②《新唐书》卷六〇,中华书局,1975年。
③马其昶校注、马茂元整理《韩昌黎文集校注》,上海古籍出版社,1986年,第440页。

一次有名的同题创作。可惜的是,现存的《盛山十二诗》也只有韦处厚的原诗与张籍的和诗①,都是描写盛山十二处景致的五言绝句。所以,要详细探讨唐代的非集会多人同题写作现象,颇有资料不足之嫌。相比之下,北宋时期则保留了更多的资料,且从这些资料来看,北宋的异地多人唱和在数量和内容上都比唐代有了很大的发展。所以,下文将以列举和论析北宋的非集会多人同题写作现象为主要内容。

同题写作从集会模式发展为非集会模式,说明身处异地的作者们保持着交流和认同的愿望,当这样的愿望因为传播条件的具备而不难实现时,同时代的作者们就有可能超越空间的阻隔而在意识上结合为一个整体,那么,我们对非集会同题写作现象的考察,就将有助于说明公共"文坛"观念的形成。如果散处各地的多位作者能够在不太长的时期内自发地进行同题写作,那就意味着作品传播的发达、作者之间的结合程度,以及每个作者对于文学作为一种公共领域的意识,都足以支撑起"文坛"的存在了。

二、集会模式的延伸

出于统一帝国的需要,唐朝在全国范围内建成了发达的邮驿传递系统,并制订了严格的制度,保证该系统的正常运作,这使唐代作者们的同题写作可以突破集会模式,借诗筒往来而进行异地唱和。白居易《醉封诗筒寄微之》中的"为向两州邮吏道,莫辞来

①王仲镛校笺《唐诗纪事》卷三一,中华书局,2007 年,第 1090 页;《张籍诗集》,中华书局,1959 年,第 63 页。张籍未仕巴东,或许是后来和作于京城。

去递诗筒"即是诗证①。不过,这跟集会模式的性质其实相似,可以说是集会模式的延伸。到了宋代,驿传制度更臻完善,信息的传递更有保障,并且当时已明文允许官员通过邮驿系统传递私书②,这使得宋代的士大夫在异地诗文往还方面更加得心应手。由此产生的异地唱和作品,数量应该不少,这里先分析最著名的一例。

事例一:《明妃曲》

王安石的两首《明妃曲》写成不久,便得到梅尧臣、欧阳修、刘敞、司马光、曾巩的唱和,形成了一组同题诗③。关于这组同题诗及其创作情形,内山精也已有详细的讨论④。根据他的研究,王安石应当是在嘉祐五年(1060)春送契丹使者归国的途中写作了《明妃曲》,不久他回到东京(开封府),将这一期间所作诗文送示友人。这一年,梅尧臣、欧阳修、刘敞、司马光四人都身在京城,使这次同题写作看起来很接近集会模式,但实际上,北宋士大夫即便

①白居易《醉封诗简寄微之》,顾学颉点校《白居易集》,中华书局,1979年,第505页。关于唐代的驿传与文学唱和,可参考李德辉《唐代交通与文学》(湖南人民出版社,2003年)、吴淑玲《唐代驿传与唐诗发展之关系》(《文学遗产》2008年第6期)等。

②曹家齐《宋代交通管理制度研究》,河南大学出版社2002年,第144页。

③相关作品见《临川先生文集》,香港中华书局1971年,第390页;朱东润校注《梅尧臣集编年校注》,上海古籍出版社2006年,第1143页;洪本健校笺《欧阳修诗文集校笺》,上海古籍出版社2009年,第231、234页;《温国文正司马公集》卷三,《四部丛刊》本;陈杏珍、晁继周点校《曾巩集》,中华书局1984年,第58页。

④内山精也《王安石〈明妃曲〉考——围绕北宋中期士大夫的意识形态》,收入氏著《传媒与真相——苏轼及其周围士大夫的文学》,上海古籍出版社,2005年。

同处一地,也习惯派人传递书简和作品,由此进行交流,而且另一个唱和者曾巩至本年末才从太平州回到东京,他很可能是利用邮件参与唱和的。

从题目的性质来说,"明妃曲"具备相当程度的公共性,这样的题目谁都可以说上几句。但重要的是,这一组同题诗在内容上有相互影响的痕迹,而且其作者无一例外地受到当代社会的关注仰慕,是士林的核心人物,他们的作品在当代就引起广泛的讨论,至今仍可推为名作。王安石的原作以所谓"翻案法"著称,对昭君出塞的旧题目发表了新的意见,其中最引人关注的是"人生失意无南北"、"汉恩自浅胡自深,人生乐在相知心"等"翻案句",历来批评者对它是否符合儒家伦理进行了反复的讨论。王安石原本就有特立独行的作风,当嘉祐四年(1059)他上呈给宋仁宗的"万言书"石沉大海之后,他是怀着政治上的失落之情,在此诗中探讨一个士大夫应有的立身之道。在他看来,一个士大夫内心所秉持的是高于君主的"道",他需要做的只是对此"道"负责,如果君主不能够认同他的思想、推行他的主张,那么他也并不需要保持忠诚。应该说,这里探讨的是"出处"问题,或者说君臣关系问题,在当时的环境下显然不必过于考虑昭君题材容易涉及的"夷夏"问题(那要到南宋才变得敏感起来),故王安石可以不顾嫌疑地强调他对于士人独立价值和精神自由的肯定。处于同一时代、有着相似背景的士大夫们,对于这一要旨肯定是心领神会的,五位唱和者没有一个怀疑王安石要背叛本朝,其中曾巩和司马光还对王安石所思考的"出处"问题有明确的回应,刘敞的诗虽然表面上只写汉帝错失昭君,但按中国诗歌以男女喻君臣的传统,也可以被理解为对王安石提示的君臣关系问题的回应。不过,欧阳修、梅尧臣二人则并未回应这一主题。

应该说明的是,两位年长者的跑题,并不是由于他们看不懂王安石的诗意,或者对于这个作品的轻视,至少欧阳修决不如此。据说,欧阳修对自己的两首《明妃曲》非常满意,认为"吾诗《庐山高》,今人莫能为,惟李白能之;《明妃曲》后篇,太白不能为,惟杜子美能之;至于前篇,则子美亦不能为,惟吾能之也"①。毋宁说,他把两首《明妃曲》看作了自己创作生涯的巅峰。这令人联想到,嘉祐年间的欧阳修无论在政治上还是文章学术上,都正处巅峰时期,与当时尚属"新锐"的王安石、司马光、刘敞以及刚刚考上进士不久的曾巩,人生处境完全不同,所以他不理会王安石提出的"出处"问题,而试图另立他意,并在写作艺术上与李白、杜甫一较高下。言下之意,他并不以首唱者王安石那种出奇制胜的"翻案法"为然,尽管事实将证明更负盛名的乃是后者。欧阳修的诗当然也涉及政治,但他更愿意直接而正面地批判汉朝的"和亲"政策,这符合他朝廷重臣的身份。他的态度显然影响了梅尧臣,虽然梅的仕途地位与欧阳修相去甚远,但毕竟跟老朋友欧阳修更有共同话语,其和诗的第一句"明妃命薄汉计拙",便与欧阳修的"汉计诚已拙"、"红颜胜人多薄命"非常相似。由此看来,两位年长者与另四位同代人构成了"代沟"。不过,刘敞的诗题作《同永叔和介甫昭君曲》,则无疑也受到欧阳修的影响,若仔细阅读曾巩的作品,也仿佛试图糅合王安石与欧阳修两家,同时对他们作出回应。那么总体上说,《明妃曲》的六人唱和是在一个互有来往的朋友圈中形成的,不但是王安石与朋友之间两两酬和的集合,也是继和者之间相互影响的结果。

前面说过,昭君的题目具有相当程度的公共性,此后也经常

---

①何文焕编《历代诗话》,中华书局 2004 年,第 424 页。

被人写作。但自从上述这组作品问世,后人面对这个题目时,就常会主动地对王安石或欧阳修的诗意作出回应,如李纲、吕本中、徐得之、王阮、王炎等人的作品①。

王安石所参与过的多人同题写作活动,还有下述规模更大的一次。

事例二:《题招提院静照堂》

宋神宗熙宁元年(1068)②,僧人本莹在所住的秀州招提院新建了一座"静照堂",并来到京城遍访名公,为此新堂求诗。他在京城至少盘桓了半年多,收获颇丰,司马光后来在《悼静照堂僧》中说他"金门乞得诗千首",而根据现有的材料,这些诗尚存三十七篇,一时名公,多与其事③,呈现为一次大规模的同题写作。

从题材来说,这次同题写作与某处风景名胜得到多人题咏的情形相似,只不过那不是众人实际游历所至,而是出于僧人本莹的上门征求。本莹为静照堂求诗时,设定的征求对象似乎只是京

①见北京大学出版社 1991 年版《全宋诗》第 17609 页(李纲),第 18047 页(吕本中),第 26837 页(徐得之),第 29688 页(王炎),第 31108 页(王阮)。
②据孔凡礼《苏辙年谱》(学苑出版社 2001 年,第 74 页),苏辙诗作于熙宁二年,从内容上来看,当时已是本莹到京的第二年,故本莹应是熙宁元年至京城。
③司马光诗及其他人的作品收入元代至元二十五年(1288)所编的《至元嘉禾志》,见《宋元方志丛刊》第五册,中华书局,1990 年,第 4176 页。作者分别为:张揆、阎询、周孟阳、范镇、王昪、闻人安道、闻人安寿、祖无择、李大临、陆经、张刍、王益柔、韩维、王珪、宋敏求、吴申、冯浩、吴充、王安石、郑獬、钱藻、刘攽、王存、李常、顾临、俞希旦、丁讽、苏轼、苏辙、张贲、陆伸、任恬、牟景先、林亿、秦玠、吴振。另有一篇作者失考。其中的作品与今可见之别集文本相较,或稍有字词差异。

城的名公,所以他求得的诗中有"满箧朝贤句"(周孟阳诗)、"公卿诗满壁"(祖无择诗)一类的句子,看来,他在拜访新作者的时候,也向他们夸耀了自己已有的收获。这样一来,作者们虽未集会,但本莹的跑动串联却担负了与集会相似的功能,使这一次同题写作也可以被理解为集会模式的变型。当然,由于参与者过多,分析作品之间的关系比较困难,但可以肯定的是,较晚写成的作品中有对较早作品的借鉴。例如,从内容上来看,李常诗当作于熙宁元年岁末,顾临、苏辙、王安石的三诗则完成于次年春天。后成的三首诗不但用词上多有一致之处,而且都与李诗一样,讽劝本莹及早归去,不要因追逐名望而滞留京师繁华之地,违背了"静照"的意旨。这显然都是对李常诗有所借鉴。

　　毋庸讳言的是,尽管也有许多名家参与,这一组作品在质量上与前面的《明妃曲》一组相去甚远。有的作者虽是"朝贤"却并不以写作见长,另有一些擅长写作的,看来也只是应付而已。更何况,这么多"公卿"们对政治、人生和文学的态度并不一致,故从这组作品中反映出来的认同感并不强。然而,同样是为刚刚竣工的建筑物征求作品,下面的"颜乐亭"事例却具有非凡的意义。

事例三:颜乐亭

　　熙宁末、元丰初,孔周翰在密州知州任上时,于曲阜建"颜乐亭"。根据《孔氏祖庭广记》卷九的记载,"士大夫闻之,如司马温公、二苏辈二十余人,或以诗、或以文、或以歌颂,皆揭以牌"①。今

---

① (金)孔元措《孔氏祖庭广记》卷九,清光绪琳琅秘室丛书本。

存苏轼、苏辙所作的《颜乐亭诗》，程颢①的《颜乐亭铭》，以及司马光的《颜乐亭颂》②。苏轼、程颢、司马光之作应当完成于颜乐亭建成后不久③，当时苏轼在徐州，司马光闲居洛阳，而程颢应当是在扶沟县令的任上；而据孔凡礼《苏辙年谱》，苏辙的诗是元丰七年作的，当时他从贬地筠州北上，经过洪州，而孔周翰正在洪州当官，应是受邀请而作④。

　　作为颜乐亭的建造者和作品的征求者，孔周翰起到的作用与上例中的本莹相似，所以这一次同题写作也可以被视为集会模式的延伸。但是，除了时间上延续更久，以及作者们分散各地，明显需要借助邮传系统达成交流外，更引人注意的是，从现存作品来看，孔氏邀请的对象有共同的政治身份，他们都是反对王安石"新法"的"旧党"，至少是"新法"政策下不得志的官员，而社会声望则甚高。在今人看来，苏轼、司马光、程颢乃是北宋文、史、哲三个领域的顶尖高手，他们三人的同题作品仅此而已。从司马光《颜乐亭颂》的小序可以看出其间的关联，他对另二人的《颜乐亭诗》和《颜乐亭铭》作了概括，并对苏轼所讨论的问题发表了自己的意见。他们表达的心情总体上相似，借《论语》中颜子穷居陋巷而箪瓢自乐的形象，来阐述超越政治的人生意义，显然是失意而又不肯屈服者之间的相互认同。

---

①司马光《序》中称李清臣作了《颜乐亭铭》，但现存的《颜乐亭铭》收入程颢的别集，或为程颢代李清臣所作。

②见《苏轼诗集》第 776 页，《栾城集》第 310 页，《温国文正司马公集》卷六八，王孝鱼点校《二程集》（中华书局，2004 年），第 472 页。

③孔凡礼《苏轼年谱》（中华书局，1998 年，第 363 页）将苏轼《颜乐亭诗》系于熙宁十年。

④孔凡礼《苏辙年谱》，第 277 页。

与一般"唱和"相区别的是,有关颜乐亭的这些作品虽然同题,却采用了不同的文体,显示出同题写作在形态上的发展,而这很可能出于孔氏的有意组织。相比于前两个事例,《明妃曲》虽由王安石首唱,但他并未组织别人写作;本莹起到了组织者的作用,但他的征求对象只是"朝贤",缺乏更深刻的共同性;孔周翰却成功地促成了失意的"旧党"士大夫代表人物的一次集体表达,意义较大。当然,这一组作品的文学性并不很强,这与孔氏本人并不擅长文学有关。令人欣喜的是,北宋最大的文学家,也曾亲自组织类似的同题写作活动,那便是苏轼。

三、有力的组织者

苏轼是一个对当代的创作动向、创作模式有着敏锐自觉的真正文学家、文学批评家和文学活动家,他善于利用时代赋予他的条件去推动新兴模式的发展。我们搜集到的北宋非集会同题写作事例,多数涉及苏轼,而有关"超然台"和"黄楼"的两个事例,更是由他本人精心组织。

事例四:超然台

熙宁八年(1075),苏轼在密州修葺了一座高台,苏辙为之命名"超然台",并作《超然台赋》一篇。苏轼随后写了一篇《超然台记》,并邀请多位作者以此为题进行写作①。现在可以见到的有文同、张耒、李清臣、鲜于侁的四篇《超然台赋》,司马光《超然台诗寄子瞻学士》、文彦博《寄题密州超然台》二诗,以及苏轼回赠后者的

---

① 张耒在所作《超然台赋》的小序中写道:"苏子瞻守密,作台于圃,名以超然,命诸公赋之。予在东海,子瞻令贡父来命。"

《和潞公超然台次韵》一诗①。从时间上来看,四篇赋与文彦博诗应当都写于熙宁九年春天,而司马光的诗则是熙宁十年所作②。从空间上来看,除李清臣为路过密州与苏轼同地酬和外,其余六人均未亲至超然台:苏辙之赋作于齐州,张耒时居海州,文同在洋州,鲜于侁在利州,司马光居洛阳,而文彦博判大名府。可以说,苏轼借助跨越半个北宋版图的书信通讯网络主持了这次同题写作活动。

事例五:黄楼

元丰元年(1078)九月,苏轼又于徐州建成一座"黄楼",并同样主持了诗文唱酬。其中最著名的同题之作是苏辙、秦观的《黄楼赋》及陈师道的《黄楼铭》③,吴子良称其"同时三文而皆卓伟可以传不朽"④。其时苏辙在应天府任职,秦观在家乡高邮,而陈师道与苏轼同在徐州。苏轼还曾邀请文同和黄庭坚作《黄楼赋》⑤,文同当年从洋州转任湖州,黄庭坚则任北京(即大名府)国子监教

①相关作品见孔凡礼点校《苏轼文集》,中华书局,1986年,第351页;《苏轼诗集》,中华书局,1982年,第681页;曾枣庄、马德富校点《栾城集》,上海古籍出版社,1987年,第413页;《张耒集》,中华书局,1990年,第15页;《温国文正司马公集》卷三,《四部丛刊》本;《全宋文》卷一○九八卷(文同)、卷一一一六卷(鲜于侁)、卷一七○九卷(李清臣),上海辞书出版社、安徽教育出版社,2006年;《全宋诗》第3473页(文彦博)。
②据孔凡礼《苏轼年谱》,第354页。
③见《栾城集》第417页;《淮海集笺注》,上海古籍出版社,2000年,第7页;《后山居士文集》卷一七,上海古籍出版社,1984年。
④王水照主编《历代文话·荆溪林下偶谈》,复旦大学出版社,2007年,第564页。
⑤见文同《丹渊集·跋》,《四部丛刊初编》本;黄庭坚《与苏子瞻书》,《黄庭坚全集》,四川大学出版社,2001年,第1707页。

授。今二人集中均不存,是否作成也已不可知。此外顿起当时在徐州,有诗"记黄楼本末",今亦佚失①。但苏轼自己则有诗《九日黄楼作》②。

与孔周翰的情况一样,苏轼的组织和邀请使分散各地的作者们实现了远距离唱和,这当然是对元白"诗筒往来"唱和形式的继承与扩大。更重要的是,居中联络的组织者的存在,增进了作者们之间的相互关注,当苏轼发出写作《黄楼赋》的邀请时,黄庭坚就对参与这次活动表示了谨慎,他希望首先获得其他人的作品③。因此,除了个别邀请外,主持人还应该将已有的作品在作者们之间传递,扩大他们相互认同的机会,从而使个别诗人间的唱和行为发展为一种具有群体性的表达。

所谓认同,当然首先要有一个范围,苏轼不是像本莹那样贪多务得地追逐"朝贤",他组织的这两次同题写作,与颜乐亭事例一样,有邀请范围上的某种限定,就是政治上的"旧党"或其同情者(只有李清臣是"新党",但此时他的"新党"身份还不太明确)。说颜子之"乐"也好,说"超然"也好,在当时"新党"坐稳中央、"旧党"被长期外放的政治形势下,虽不能说此类表达专属"旧党",其更易引起"旧党"诸人的共鸣,却是毫无疑问的。或者甚至可以说,他们是有意借着新建筑落成的机会,组织一次群体性的表达来增进相互间的认同。这样的群体表达反复多次,就交织重叠在一起,使他们共同的情感和思想在一个更大的范围内被凸显出来。如果这样的活动经常能够被成功地组织起来,则我们不难想

① 苏轼于《送顿起》(《苏轼诗集》,第 870 页)诗下有自注:"顿有诗记黄楼本末。"
② 苏轼《九日黄楼作》,《苏轼诗集》,第 868 页。
③ 黄庭坚《与苏子瞻书》。

象,包括邮驿系统在内的与作品传播相关的公共设施的发展,已经达到了主持人的要求。

然而不仅如此,苏轼所邀请的作者还有一个特点,就是大抵擅长文艺:文同是著名的艺术家,李清臣在当时也文名甚高,苏辙不必说了,张耒、秦观、黄庭坚、陈师道都属于后来所谓"苏门六君子",当时算得文学上的后起之秀。这几乎是个文学艺术家的联盟,他们共同完成了真正文学性的同题写作。考虑到四位后起之秀在当时还声名未盛,苏轼的邀请对他们来说犹如接受老师布置的作业,或者就像现代的文学青年参加由名家主持的征文竞赛。而事实上,苏轼确实起到了对后辈作品加以评荐的作用,他热情地称赏秦观的《黄楼赋》,并募工刻石,积极扩大这个佳作的影响①。可以说,苏轼通过组织"征文"活动在全国范围内发现和提携了具有文学天赋的后辈,由于他的眼光被文学史所认同,故他组织的活动具有文学史意义。

还有一点值得注意,就是苏轼邀请的同题写作,在作品体裁上固然多种多样,但也明显地突出了赋体,特别是对于后辈,他几乎一概邀其作赋,而苏辙也似乎理解兄长的心意,带头写作了宋赋的两个名篇。他们的这个做法应该别有深意:在"新党"主政期间,王安石的科举新制被付诸实施,经义和策论取代了传统的诗赋成为考试项目,这当然会削弱知识阶层对诗赋创作的兴趣,而且相比之下,具有强大交际功能的诗所受影响较小,失去科举支持的赋却真正面临了衰亡的危险。终生致力于反对科举新制的苏轼,显然企图以主持唱和的方式来拯救赋体。这不妨被理解为旧党政治态度在文学领域的延伸。可以顺便提及的是,虽然赋在

---

① 事见苏轼《太虚以〈黄楼赋〉见寄,作诗为谢》,《苏轼诗集》,第869页。

宋代已不是文学创作的核心体裁,已经通过科举考试的士大夫也不再需要作赋,但苏氏兄弟的赋体创作却维持终生。

以苏轼为中心被组织起来的文学性群体,到"旧党"执政的元祐年间,曾短暂地齐聚东京,此时当然少不了集会或接近集会模式的同题写作活动,但不久之后,随着"新党"的重新执政,他们再次流落各地,其相互关注的视线被迫拉长。然而这被迫拉长的视线,却能吸引更多的视线与之交织,乃至使他们颠沛流离的身影收获同时代的普遍关注。他们之间相当艰难地维持着的同题写作活动,将吸引许多人主动参与,从而使这种活动走向公共化。

四、走向公共化

多年前,王水照先生有一篇精彩的专论,搜集、考订和分析了围绕秦观《千秋岁》一词的许多和作,并将其意义概括为"元祐党人贬谪心态的缩影"①。事实上,我们的研究受此文启发甚大,而谈及北宋士大夫的同题写作,《千秋岁》将是非常重要的事例。

事例六:《千秋岁》

根据王先生的研究,《千秋岁》(水边沙外)本是秦观的一首旧作,绍圣四年(1097)秦观贬横州途中经过衡阳的时候,将它重新写赠给孔平仲。词中表达了对于元祐时期诗文盛会的追忆,以及时变世改,旧日友人风流云散、自己身遭贬谪的凄怆。这首词引起了朋友们深切的情感共鸣,孔平仲随即次韵写作了一首,此

---

①王水照《元祐党人贬谪心态的缩影——论秦观〈千秋岁〉及苏轼等和韵词》,收入《王水照自选集》,上海教育出版社,2000年。

后苏轼、黄庭坚、李之仪、惠洪都有次韵之作①。苏轼大约是在元符二年(1099)收到侄孙寄来的秦、孔二词,和作于海南岛;而黄庭坚则是宋徽宗崇宁三年(1104)在贬谪途中路经衡阳,见到秦观留下的手迹,方才追和《千秋岁》,以怀念友人。李之仪、惠洪的写作时地无从考知,但他们都不是最后的和作者,至南宋,又有王之道、丘崈继和此词②;到清代,仍有次韵和者。

对于这一组作品,特别是秦观、苏轼之作的高度的文学价值,王先生已有评鉴,这里首先要关注的是作者构成方面的特点。除了孔平仲的写作尚属传统"唱和"行为外,其他人都是在通过各种传播途径看到秦观的作品后,主动参与同题写作,并没有人居中联络组织,而且秦观本人也没有"首唱"意识,他起初只是抒发个人的情怀。但他的怀旧之情与浓烈得惊人的悲伤,深深打动了境遇相似的朋友们,使他们不能自已,主动唱和。然而,各自的唱和情形都有差异。孔平仲词的哀婉基调,其实承秦观的悲伤而来,只是出于宽慰朋友的目的,有意写得冲淡,不至于太过浓烈而已。苏轼在海南岛和作的时候,秦观尚在世,苏词豪迈而坚定,以"君命重,臣节在。新恩犹可觊,旧学终难改。吾已矣,乘桴且恁浮于海"的宣言,高度概括了自己的人生态度,同时也含有对秦观和孔平仲的教诲和鼓励。黄庭坚的和词是为了悼念秦观而作,用原本怀旧的题目进行唱和,恰能追怀情谊,抒发幽思。这些词都是对秦观原作较密切的回应,诚如王先生所言,这是"贬谪心态的缩

---

① 相关作品见《淮海居士长短句笺注》第 84 页,上海古籍出版社,2008 年;《苏轼词编年校注》,中华书局,2002 年,第 803 页;《全宋词》第 441 页(李之仪),第 476 页(孔平仲),第 532 页(黄庭坚),第 921 页(惠洪),中华书局,1999 年。
② 见《全宋词》第 1495 页(王之道),第 2252 页(丘崈)。

影",作为"元祐党人"或者说"苏门"文人,他们首先参与唱和,其杰出的文学感悟力和真诚的互相关切之情,促成了远距离的认同。然而不仅如此,同样是"苏门"文人的李之仪,他的作品与秦观原作的关系并不密切,看起来是模拟孔平仲词而成,只将孔词中的春景换成了秋景,写得比较随意。接下去,毫不相关的作者也参与进来,而且离题甚远,如惠洪的和词,乃是应兄长之命为崔徽写真而作,其采用唱和的方式,大概是为了分享秦观词的艺术效果和影响力。到南宋时期,两种唱和方式都获得了继承:王之道以次韵《千秋岁》来怀念秦观,用语上对秦、苏、黄词也多有借鉴;但丘崈的三首《千秋岁》则仅仅是次韵而已,内容上与秦观的原作并不相关。

因此,这个事例所反映出来的士大夫之间的相互认同,起初应基于相同的政治党派立场和朋友之情,但随后,它越来越向纯粹文学性的认同转化。继和《千秋岁》仿佛成为一个公共性的写作行为,后起的作者跟秦观素不相识,也未必具有相同的党派意识或文学主张,但他们肯定明白:采用这样的写作方式,将有助于自己的作品快速进入公共领域,而被公众所认可,甚至被文学史所记忆。换句话说,与当代名家名作进行同题写作,将成为作者与整个"文坛"对话的一种方式。自然,名家名作本身的感召力,是不可缺少的因素。与秦观《千秋岁》情况相似的,还有贺铸的《青玉案》。

事例七:《青玉案》

贺铸《青玉案》(凌波不过横塘路)一词大约作于建中靖国元年(1101)或略早①。黄庭坚被谪宜州时,其兄黄大临前去探望。

---

① 叶梦得《建康集》卷八《贺铸传》云:"建中靖国(1101)间,黄庭坚鲁直自黔中还,得其'江南梅子'之句,以为似谢元晖。"则贺铸词约作于此年前后。

崇宁四年(1105)二月,他将结束探望,离开宜州,临行时和此词赠给黄庭坚,不久后又次韵和一首,寄给黄庭坚。黄庭坚对第一首进行了次韵酬和。应当在是年稍后的初夏,惠洪也次韵黄庭坚兄弟而作《青玉案》一首①。李之仪也曾有次韵贺铸之作,题为《青玉案·用贺方回韵,有所祷而作》。后来次韵此词者众多,《全宋词》中标明"次韵贺方回"的还有蔡伸、张元幹等人,另外《全宋词》中没有标明,但用韵完全与贺铸词一致的还有韩淲、王之道等数人的作品②。

　　贺铸没有明确的党派身份,但跟"苏门"文人多有交情。《青玉案》的唱和,主要出于众人对原作的欣赏。据说黄庭坚非常喜

---

① 此处参考周裕锴《宋僧惠洪行履著述编年总案》(高等教育出版社,2010年,第104—105页)。《全宋词》中现存两首黄大临的《青玉案》,用韵全同贺铸词。一首(行人欲上来时路)无题,一首(千峰百嶂宜州路)题为"和贺方回韵,送山谷弟贬宜州"。从内容上来考察,二词关联紧密,写作时间应较接近,且所谓"行人"指的应是黄大临自己。前者是他清晨即将离开宜州时所作,当是面呈黄庭坚;后者则似出发后在途中又作,应是《宜州乙酉家乘》(《黄庭坚全集·黄文节公全集补遗》卷一一)所载崇宁四年二月二十六日,也就是黄大临离开后二十天,黄庭坚收到黄大临寄来的那首《青玉案》。而黄庭坚词在内容上与大临词第一首关系尤为密切,其酬和的应是第一首。吴曾《能改斋漫录》卷一六(上海古籍出版社,1979年)将黄大临第二首词作为首唱,且云:"及谪宜州,山谷兄元明和以送之。"故《黄庭坚年谱新编》(社会科学文献出版社,1997年)据此将黄大临第二首词系于崇宁二年,又据黄庭坚《青玉案》词题为"至宜州,次韵上酬七兄",将黄庭坚词系于他初至宜州的崇宁三年,但这首词既云"极目送、幽人去",则不应是黄庭坚只身到达宜州时所作,而是送黄大临的离别之作。故黄庭坚兄弟三词当俱作于崇宁四年。

② 相关作品见钟振振校注贺铸《东山词》第152页,上海古籍出版社,1989年;《全宋词》第449页(李之仪),第496页(黄大临),第531页(黄庭坚),第921页(惠洪),第1311页(蔡伸),第1412页(张元幹),第2888页(韩淲),第1477页(王之道)。

欢贺铸的这首词,他也曾在《寄贺方回》一诗中特别称赞"解道江
南断肠句,只今唯有贺方回"①。黄大临当然很了解兄弟的心情,
故二人离别唱酬,都用了次韵贺词的方式。其实,他们所写的内
容与贺词的爱情题材不同,内容上并不呼应原作,只是用次韵的
方式将自己与原作联系在一起。李之仪等人的唱和也都是如此。
而且,随着次韵之作的累积,贺铸原词也越来越受人关注,对它进
行的次韵唱和也越来越多,形成了一系列的作品。总的来说,这
也是从交游圈开始而逐渐走向公共化的一个事例,原作的艺术感
召力起到了关键作用。

　　比秦观、贺铸的感召力更为巨大的苏轼,在其生命之途即将
走向尽头的时候,又以一篇《和陶〈归去来兮辞〉》引起了一次更
大规模的同题写作。

事例八:《和陶〈归去来兮辞〉》

　　元符元年(1098),苏轼在贬谪地海南首先和陶渊明《归去来
兮辞》,表达自己精神上超越现实苦难、远离政治的决心。他将此
和辞寄给苏辙、秦观,邀请他们同作。秦观在元符三年(1100)获
赦北还时和作了此辞,而苏辙至建中靖国元年(1101)十月方才写
作,此时苏轼已经去世,苏辙闲居于颍昌府,他以苏轼和自己的和
辞邀请张耒、晁补之、李之仪、李廌等一起写作②,于是"陶渊明纷

---

①《山谷诗集注》第 442 页。
②相关作品见《苏轼诗集合注》第 1775 页,上海古籍出版社,2001 年;《淮海
　集笺注》第 30 页;《栾城集》第 1191 页;《张耒集》第 62 页;《鸡肋集》卷三,
　《四部丛刊》本;《姑溪居士文集·后集》卷一五,《丛书集成初编》本。据
　李之仪《跋东坡诸公追和渊明〈归去来〉引后》(《全宋文》卷二四二四),李
　廌也曾受邀,但作品今不可见。

然一日满人目前矣"①。风气所及,连不必谈论"归去"话题的禅僧参寥子、惠洪也都有和作②。自此之后,颇成风尚,从北宋末至南宋,不断有新的和辞出现,《全宋文》中就收有二十余篇,如陈瓘、胡铨、王质③等都有作品流传,有记载而作品不传的也不在少数④。南宋之后,唱和行为仍然经久不衰。

与前两个事例不同的是,以古人的名作为唱和对象,从一开始就增强了这一次同题写作活动的公共性。不过从后来的和作也不难看出,名义上虽是和陶,实际上都是和苏,至少都受到了苏轼和辞的影响。所以,我们也不妨把苏轼视为首唱者,而且最初唱和的秦观、苏辙也是由他主动邀请写作的,与当年超然台、黄楼的事例一样,苏轼在起初担负了组织者的功能。他去世后,苏辙继续向朋友发出邀请,等于继任为组织者。他们的邀请有一定的范围,显然包含了政治党派的立场,这在苏辙那里表现得尤其明显。苏轼在海南作此辞,引佛道思想来摆脱贬谪所带来的种种困扰,是试图以精神上的超越消除现实政治所带来的忧患,并表示自己不但身离魏阙,心灵也真正地与政治疏离了。他邀请苏辙和秦观一起写作,希望自己的这种思想得到认可。不过苏轼"以无何有之乡为家"的思路在秦观那里是行不通的,秦观歌颂的是实实在在的回归;苏轼远离政治的决心也没有获得苏辙的衷心赞成,他的作品中蕴含着对现行政治强烈的冷眼旁观态度。因此苏辙对张耒等发出追和苏轼的邀请,其中也含有共同对时政表示抗

①晁说之《答李持国先辈书》,《全宋文》卷二八〇二。
②参寥子道潜之作今已不存,事见晁说之《答李持国先辈书》。惠洪则留下了两篇《和辞》,见《全宋文》卷三〇一五。
③见《全宋文》卷二七八二(陈瓘);卷四二九九(胡铨);卷五八〇五(王质)。
④如王质《和陶渊明归去来辞》小序云:"崇宁崔德符、建炎韩子苍又继之。"

议的愿望。在严峻的政治形势下,他们集体对"归去来兮"的吟唱,对内省自修的强调,仿佛是一个时代的"旧党"文人渴望摆脱政治压迫的集体呼声。这样的声音超越时间与空间的界限,在当时以及后来的众多士大夫心中唤起了共鸣,因此,苏辙的组织作用马上失控,唱和行为被公共化趋势席卷而去。从北宋到南宋,乃至南宋以下,新的和辞不断出现。继和者由于各自的契机,在不同的时间、不同的场合通过写作对前人进行回应,以期形成精神上的认同。例如,苏轼、苏辙、秦观等人的贬谪经历使贬谪成为了一个继和的重要契机,后来陈瓘、胡铨、李纲、汪大猷等都有因贬谪而写作的和辞,其作品中可以发现对于苏轼、秦观和辞的追溯。

苏轼的文学成就、政治影响和人格上的巨大感召力,以及组织文学活动的自觉意识,使同时代的作者们可以围绕他而形成普遍的文学关联,众多川流朝宗大海,无数星辰拱卫北斗,在他之前,没有哪个时代的作者们能如此紧密地联结成一个整体,在他之后,已经形成的整体感便不容易消失,互相关注成为一种习惯,下一个关注焦点将是黄庭坚。

事例九:中兴碑

唐肃宗上元元年(761),元结作《大唐中兴颂》[1],后经颜真卿手书并刻于浯溪之侧的崖石,成为当地的一大景观,文人墨客多有赋咏。其中最负盛名的是黄庭坚作于宋徽宗崇宁三年(1104)三月的《书磨崖碑后》[2],诗中认为元结之《颂》实际上含有讽刺,

---

[1]孙望校《元次山集》,中华书局,1960年,第106页。
[2]黄宝华点校《山谷诗集注》,上海古籍出版社,2003年,第478页。

是对于唐肃宗在灵武继位、夺取父亲政权的批判。自此之后，黄诗的这一解读成为一个重要的命题，吸引了众多后来者参与讨论①，两宋时期如潘大临、李清照②、张孝祥、范成大、吕本中、王炎、僧人惠洪、道士白玉蟾等二十多人现在都有作品留存下来③。尤其是到南宋之后，经历了靖康之乱的士大夫往往将唐朝的中兴与北宋、南宋的交替进行类比，或是从被拘束于南内的唐玄宗联系到被金人囚禁的徽、钦二帝，由是出现了大量与中兴碑有关的作品。

　　由黄庭坚《书磨崖碑后》引发的讨论在后来的广泛展开，部分地缘于中兴碑的物质存在，从作品内容和作者生平资料来看，有的作者是恰好路过浯溪，并参观了石刻上的诸诗，如王炎、惠洪等。但同时，也有作者并未亲至浯溪，而只是由前人的作品引发感慨，从而继作，如潘大临、李洪等。总体来说，这次同题写作中少有交际酬和的因素，也并非仅是游览引起的泛泛之作，而是由

---

① 值得一提的是，黄庭坚游浯溪时还见到了张耒的《读中兴碑》一诗，它由秦观书写，并被刻石。张诗的主要内容是对郭子仪中兴之功的颂扬，并抒发历史兴废的感慨，它后来也受到较多的关注和继和，并且往往与黄诗一起被接受，如李洪《和柯山先生读中兴碑》等。

② 李清照二诗见收于《清波杂志》，今人整理本也都收录。它们是次韵张耒《读中兴碑》诗而作。此二诗的写作年代一直存在争议，黄墨谷辑校的《重辑李清照集》（中华书局，2009年）认为是崇宁元年（1102），而黄盛璋《赵明诚李清照夫妇年谱》（《李清照集》附录，中华书局，1962年）认为是元符三年（1100），或许是因为该年李清照之父李格非曾与张耒见面。但从内容上来看，李诗第二首显然受了黄庭坚诗的影响，则至少第二首诗的写作年代不应早于黄诗写作的崇宁三年（1104）三月。

③ 相关作品见《重辑李清照集》第79页；彭国忠校点《张孝祥诗文集》第10页，黄山书社，2001年；富寿荪标校《范石湖集》第171页，上海古籍出版社，2006年。《全宋诗》第13437页（潘大临），第15056页（惠洪），第18154页（吕本中），第29685页（王炎），第37557页（白玉蟾）。

话题本身的吸引力带来了广泛的关注和众多的讨论。黄庭坚将元结《中兴碑》定为一桩"罪案",后来的写作者多对此进行辨析,或同意,或反对。同意者都在黄诗的思路上进行申发;反对者或是认为元结之文并无讽刺,或是为唐肃宗的行为辩护。而南宋的作者们往往都将中兴碑与两宋之交的那段历史联系在一起,讨论尤其多,如张孝祥诗借唐代中兴之事表达对宋高宗议和的不满;王炎之诗更加强调李、郭的平定之功,希望南宋能够有强大的兵力收复失地;而吕本中的《浯溪》则表达了对奸臣当国的愤怒。总之,黄庭坚的《书磨崖碑后》得到了众多普通读者在多个方面的主动唱和。这一次没有任何组织者,大家完全出于自发,参与者亦无界限,体现了最明确的公共性。

总结以上诸多事例,可以看出,同题写作从朋友圈子开始,通过政治立场、文学趋尚等方面的互相认同,或者别的途径,而走向公共化;从有意的邀约、组织,而走向众人的自发唱和;从偶然的情感共鸣,而走向多角度、多主题的探讨:这些情况应该可以说明一个公共性"文坛"在那个时代的存在了。

五、历史条件与自觉意识

前文已经提及,非集会的多人同题写作能够经常被组织实施,须依靠完备的邮传制度给予的支持。不过,邮传连接的只是经过选择的特定参与者,同题写作活动能走向公共化,当然与传播媒介的发展所提供的历史条件相关。宋代雕版印刷术的普及,使作品可以及时向广泛的读者群中散布①,这一近代化的传播媒

---

① 关于当时作品传播的情况,请参考王兆鹏《宋代诗文的单篇传播方式初探》,《文学传播与接受论丛》第二辑,中华书局,2007 年,第 179 页。

体在中国历史上的超前成熟，使文学作品的迅速公共化成为连作者本人也无法控制的趋势。虽然就名人名作而言，历来便有甫一写就即被广泛传播的记载，如《梁书·刘孝绰传》云："孝绰辞藻为后进所宗，世重其文，每作一篇，朝成暮遍，好事者咸讽诵传写，流传绝域。"①这说明优秀的作品流传很快，而且不但在本国有市场，在外国也有需求。据后来元稹自述，他与白居易的酬和之诗便在异域受到推崇，这让他不无得意地感叹道："自篇章已来，未有如是流传之广者。"②但总体而言，在宋代之前，或者精确到北宋中期之前，这还是相对比较特殊的例子，至少在个人诗文的写作中，作者一般还不会强烈地意识到一个庞大而不确定的读者群将在当下对此作出反应，因此也没有必要在写作中给予特别的处理。而当出版业发达的环境将传播变得迅速而广泛之后，公众读者群的存在便能被作者意识到，并对其写作产生影响。宋代的作者们往往能够切身体会到，传播并非只带来名气，有时也会制造麻烦，当政治局势对己方不利时，对传播的顾虑确实曾经影响了创作，例如王明清《挥麈录》对于黄庭坚《书磨崖碑后》的写作有如下的记载：

> 太史赋诗，书姓名于诗左，外祖（王明清之外祖父曾纡）急止之云："公诗文一出，即日传播。某方为流人，岂可出郊？公又远徙，蔡元长当轴，岂可不过为之防耶？"太史从之，但诗中云"亦有文士相追随"，盖为外祖而设。③

---

① 《梁书》卷三三，中华书局，1973年。
② 元稹《白氏长庆集序》，《元稹集》，中华书局，1982年，第554页。
③ 《挥麈录·后录》卷七，《宋元笔记小说大观》，上海古籍出版社，2001年，第3709页。

从中可以知道,当时的这种传播环境已成为作者和读者们的共识,并且对写作也产生了影响。当快速传播成为事实,并被作者深刻地意识到时,对于作品的类似于今天所谓"发表"的观念便会自然形成。同时,就非集会的多人同题写作活动而言,居中联络的组织者的存在也就不是必要条件,换句话说,作者们完全可以在无人组织邀约的情况下自发地进行唱和。

自然,历史条件的具备也并不意味着这个时代的所有人都能利用这一条件,就我们对于北宋非集会的多人同题写作现象的考察来看,能够利用传播环境而随时获得联系并作出反应的,基本上局限于士大夫作者群。实际上,虽然也有市民通俗文学逐渐兴起的一面,但北宋文学的主体部分还是士大夫的文学,这一点仍然延续着汉代以来的情况。不过值得分析的是,北宋士大夫的性质与前代已有甚大的差异,而且正是这种差异促成了具有公共性的"文坛"观念逐渐形成。

所谓士大夫,简单地说,就是官僚或预备官僚。六朝时期的士大夫主要出自门阀贵族阶层,就文学创作而言,围绕着宫廷和高级贵族形成的若干集团,集合了当时主要的作家,成为一时文学的重心所在。曹魏时期的邺下集会、梁简文帝萧纲身边形成的宫廷文人唱和等,莫不是这种小范围内的精英创作。这一时期虽然也有社会地位较低的作者,但他们无法成为文学创作的主导力量,而往往要依附于皇室和贵族,成为他们文学沙龙中的成员。但是,隋唐科举制度的确立则使他们有了晋身仕途的机会,当越来越多的非贵族文士进入士大夫阶层时,这个阶层的性质便逐渐地发生变化。随着门阀贵族制度的衰落乃至消亡,以进士及第者为主体的科举士大夫取代了门阀士大夫。文学写作不再被限制在高层贵族的社交圈内,而是成为覆盖整个社会的行为;文学的风格和走向也不再由宫廷和贵族来主导，人们将眼光投向一个更广阔的公共领域，关注最为优秀的作家和作品。从历史上看，科举士大夫对政治、社会的把握，始于中唐而成于北宋，这与我们考察唐宋时期多人异地唱和现象的结果，是完全符合的。

科举制度对公共性"文坛"观念的促成，应该是极为有力的。一方面，作为国家的选官制度，它本身就拥有公共性，为众所关注；另一方面，隋唐和北宋初期的进士科以诗赋考试为主，即所谓"文学取士"，这就使绝大多数擅长文学的人被吸引到它的周围，实际上等于有了一个"文坛"。并且，"文学取士"制度也滋生了按文学水平考核和提拔官员的思路，比如唐代开元年间的著名文士王翰，就有这样的作为：

> 开元初……时选人王翰，颇攻篇什，而迹浮伪，乃窃定海内文士百有余人，分作九等，高自标置，与张说、李邕并居第一，自余皆被排斥。陵晨于吏部东街张之，甚于长名，观者万计，莫不切齿。①

王翰似乎为全国文士制作了一个排行榜，如果他的动机不是为了影响吏部的选官结果，我们几乎可以认为他给当时"文坛"描绘了一幅很现实的总图，并企图诉诸舆论。他的排行榜很容易让人联想到直至清末民初犹在流行的所谓"诗坛点将录"，这似乎是唐宋以来的批评家从整体上把握"文坛"的一种传统方式。不过，王翰的排行榜在当时虽已引起众人的关注，但"莫不切齿"表明他们并不认可。由此看来，一个真正被公众所推崇的核心人物的存

---

①封演《封氏闻见记》卷三，"铨曹"条，《文渊阁四库全书》本。

在，对于公共"文坛"观念的形成，是不可缺少的。盛唐大诗人如李白、杜甫，生前并未成为这样的核心人物，中唐的韩愈、白居易有一定的领袖作用，接下来北宋的杨亿、晏殊、欧阳修、王安石，领袖作用愈益显著，但如上文所述，自觉地组织文学活动，促使同时代士大夫在文学方面普遍地互相关注，乃是苏轼所完成的历史作用。

以科举士大夫阶层的崛起和成熟为背景，重新审视北宋时期非集会多人同题写作现象之所以形成的原因，还不得不提及北宋士大夫所拥有的群体意识。从政治上说，群体意识首先表现为"朋党"，例如在苏轼所主持和参与的几次唱和活动中，"朋党"意识的存在就显而易见。属于同一"朋党"的人当然容易产生共鸣，乐于参与唱和，但参与者的范围并不等于关注者的范围，那些政见不同的属于其他党派的人，也会因各种原因而投来关注的目光。比如秦观的《千秋岁》，不但感动了"旧党"的朋友，连"新党"的曾布也为之叹息伤感①。因此，就"关注"的层面来说，北宋士大夫们具有比"朋党"更大范围的群体意识。毕竟，成熟的科举——文官制度所造成的士大夫在知识结构、工作经历等多方面的相似性，使他们容易取得共识，形成交流。相比于门阀士大夫，科举士大夫往往缺乏雄厚的家族实力可供依凭，其荣辱沉浮全听朝廷之命，故国家意识更为强烈。这使他们倾向于以国家的立场来发表言论、采取行动，尤其是从北宋中期范仲淹等人"振起士风"之后，"以天下为己任"成为士大夫群体意识的一个标志，无论政见如何，自觉的国家立场可以使他们被意识为一个整体。

---

① 详见上揭王水照论文《元祐党人贬谪心态的缩影——论秦观〈千秋岁〉及苏轼等和韵词》。

具有这种群体意识的士大夫们同时也是文学创作的主体，因此他们在政治上的相互关注也被投射到文学的领域，从而对整个士大夫群体的写作进行关注。这使他们对当代的文坛有一个整体的概念，以及置身其中的认同感。可以说明这种观念的一个表现，就是宋人思想中根深蒂固的文学结盟意识。王水照先生在《北宋的文学结盟与尚"统"的社会思潮》中已经指出：北宋文人的文学结盟意识"已演成与文人们价值取向稳固相联的普遍的社会心理"①。如苏轼所说："方今太平之世，文士辈出，要使一时之文有所宗主。"②他们以相当严肃认真的态度关注整个士大夫社会的文学创作，并希望通过推举盟主而引导其发展的走向。这样的关注使士大夫在群体上形成了广泛的文学上的相互关联，或者可以说，形成了一个遍布士大夫社会的文学性的公共网络。

1998 年，日本宋代史研究会出版了论文集《宋代社会的网络》③，其《序言》引用金子郁容对"网络"一词的解释："多数人之间形成了某种具有一定程度持续性的关系"，并援引社会学网络论的基本思路——"决定行为者行为的重要原因，是这个行为者所身处的网络"，提出从网络入手对宋代社会进行考察的思路。如果用这样的思路来解释非集会同题写作现象的形成，则可以发现它们都被放置在网络当中，并且经历了一个网络范围逐渐扩大的过程。最初的唱和只有朋友参与，因此网络较小，范围有限；而随着普通读者们的主动参与，这些同题写作就被放置在一个范围广阔的公共网络中，它覆盖整个士大夫作家群，并且将与士大夫

①王水照《王水照自选集》，上海教育出版社，2001 年，第 108 页。
②李廌《师友谈记》，中华书局，2002 年，第 44 页。
③日本宋代史研究会编《宋代社會のネットワーク》，汲古书院，1998 年。

关系密切的作家如僧人惠洪、道士白玉蟾、闺阁李清照等也包含在内。围绕着每个主题都开辟出了一个更广阔的公共场域。在这个场域中，原本属于个人的情感表达成为了一个公共的话题和模本，人们不断地对它进行写作，使它的内涵越来越丰富，公共性也越来越强。这样一个网络，必然要伴随着写作主体对它的意识的增强而发生，二者是一种双向促进的关系。可以说，到北宋中后期，整个社会的文学创作者已经普遍地认识到自己所处文学环境的整体性和开放性，或者说是公共性，换句话说，也就是公共性"文坛"的存在。

第六节　从"先忧后乐"到"箪食瓢饮"
——北宋士大夫心态之转变

北宋科举士大夫由互相关注、自觉认同而形成的整体性，使我们通过对"代表人物"或"领袖人物"的研究来考察其总体倾向的方法，具备了较高的有效性。虽然这种方法经常被学者们不加顾虑地使用，但对于北宋以前的时代来说，其有效性想必是值得怀疑的。比如，对创作活动影响甚巨的作者心态，是文学史界近年来颇为流行的研究课题，鉴于每一个个别的作者从事创作时的具体心态各不相同，而研究个别作者的心态，意义又十分有限，于是就有必要确认，在一定的社会现状和思想潮流的作用下，多数人会在总体上呈现出某种比较普遍的倾向，这才是具有"文学史"意义的考察对象。但是，在传播条件和信息交流不足以将全国的作者联结为一个整体的时代，个别作者能否全面地把握社会现状，能否及时地对新兴的思想作出反应，是难以确认的，很可能他们笔下的"现状"并非真正的"现状",他们的思想也只是个别思想,不会形成"潮流"。所以严格地说,真正的"思潮"和具有普遍性的心态,是宋代以后才能确认其存在的东西。

关于宋代士大夫心态的总体倾向,刘子健先生曾提出过一个影响深远的观点,即认为北宋士大夫的特征是外向的,他们乐意从事制度上的改革,而南宋的士大夫却在本质上转向内敛,以个人的道德完善为首要的追求。从这个基本上正确的概括,他推导出中国文化史的一次带有根本性的转向,发生在两宋之交,就是所谓"中国转向内在",这成为他的一本著作的标题①。英文的原著出版于1970年代,当时提出这个观点时,刘先生所针对,或者说想要补正的流行说法是日本学者内藤湖南首倡的"唐宋变革论"。不过,由于两种观点未必完全矛盾,后来的多数学者乐意将它们结合起来,亦即对唐宋之间的变革和两宋之际的转向同时予以认可。笔者并不反对这种认可,但要补充说明,刘先生所发现的"转向内在"的倾向,在北宋士大夫的心态上已经表现出来。也就是说,北宋和南宋的士大夫文化有着天然的连续性,未可截然分割。

一、钓台和云台

王十朋《读岳阳楼记》诗云:"先忧后乐范文正,此志此言高孟轲。暇日登临固宜乐,其如天下有忧何!"②以范仲淹为首的庆历士大夫所倡导的忧患意识,确实具有深远的影响,它直接联系着

①James T. C. Liu(刘子健),*China Turning Inward:Intellectual-Political Changes in the early Twelfth Century*,Harvard University Press,1974. 赵冬梅译《中国转向内在——两宋之际的文化内向》,江苏人民出版社,2002年。
②王十朋《梅溪先生后集》卷一五,《四部丛刊》本。

那种以天下为己任的"外向"的精神,而且也意味着对刚强人格的追求,欧阳修的下面这段话很有代表性:

> 盖仁者制乱,而弱者纵之。然则刚强非不仁,而柔弱者仁之贼也。①

这可能是从《论语》"刚毅木讷近仁"得到启发,但显然不只是一种义理上的发挥,而带有强烈的批判意识与价值取向,从内容到表述方式,都反映出庆历气象。其出于个性温和的欧公笔下,尤能说明问题。

不过,刚强也不单单表现为一味的进取,正如"急流勇退"、"坚卧不起"等语所示,能果断地退出官场或拒绝爵禄,也用"勇"、"坚"之类义近刚强的词语来形容。宋代的一般情况是七十致仕,而欧阳修才过六十就要求退休。范仲淹则对东汉的隐士严光大加赞美,他不但在《桐庐郡严先生祠堂记》里仰望"先生之风,山高水长"②,还写了一首《钓台诗》,明确地用隐士和功臣作对比:

> 汉包六合网英豪,一个冥鸿惜羽毛。世祖功臣三十六,云台争似钓台高③。

诗中推崇严光的人格之高,超越了东汉的所有开国功臣,他们建

---

① 《新唐书》卷五六《刑法志》。
② 范仲淹《桐庐郡严先生祠堂记》,《范文正公集》卷七,《四部丛刊》本。
③ 范仲淹《钓台诗》,《范文正公集·别集》卷四。

功立业，画像于云台，却不如严光隐居于钓台。

对隐士的仰慕，经常是羞于表露功名心的士大夫瞒己不瞒他的掩饰，但范仲淹是公然声称他不为良相便为良医的[1]，虽然他最后也没能当上宰相，但并不掩饰要当宰相的意志，因为这在他看来是再正当不过的事。《钓台诗》出于他的笔下，是引人深思的。仅仅将此论定为与"先忧后乐"精神并存而矛盾的"范仲淹的另一面"，大概是不负责任的做法。

仔细想来，这也许正好为"先忧后乐"提供了心理基础。虽然范仲淹提倡士大夫投身政治，但他当然要求士大夫依据自己的儒学理想去改善政治，而不是苟且随顺于现实政治。鉴于现实政治肯定不会尽如人意，那么为了使理想不被污染，从政者的心中便应该时刻准备去当严子陵。如果士大夫面对朝廷时，是做好"去"的准备而"来"，那么仕途风波便不会淹没他的理想、操守。能不能建功立业，画像于云台，那要看机遇和能力，但心中必须先有一座比云台更高的钓台！——如此，进则有道，退则有守，才是裕然于进退之际的君子，而不是进退失据的小人。

从范仲淹的例子可以看出，北宋士大夫的"外向"进取精神，一开始就以"内在"的心理基础为补充。其实，儒家本来就有"内圣"之学，而像严子陵那样的隐士，显然还不是论述"内圣"之学的最好话题，北宋的士大夫很快就找到了更好的话题，就是孔子的门生颜回。

二、颜子学

颜子——孔子最锺意的学生颜回，不幸短命而死，既无功业

---

①《能改斋漫录》卷一三，"文正公愿为良医"条，《文渊阁四库全书》本。

彪炳当时,也无著作供后人学习,只因《论语》称他穷居陋巷,箪食瓢饮而不改其乐,便被尊为"亚圣"、"先师",成为历代知识人的人格楷模。这陋巷中的颜子,正标志着怀道含光而不用于世的生存状态,即儒家"内圣"的境界。在宋人之前,谈到颜子的话题而对宋人又颇有影响的,可以举出陶渊明和杜甫。陶的《五柳先生传》是一篇漫画式的自传,其中便说自己"箪瓢屡空,晏如也"①,这"箪瓢"和"屡空"都是颜子的典故,说明他甘于贫贱、隐居求志,并不是因为信仰道家哲学,而是要效仿颜子。不过他在诗中也说:"颜生称为仁,荣公言有道。屡空不获年,长饥至于老。虽留身后名,一生亦枯槁。"②像颜子那样在追求"内圣"中度过了所有的岁月,其生涯未免枯槁了一些。这个说法引起了杜甫的不满,也有诗云:"陶潜避俗翁,未必能达道。观其著诗集,颇亦恨枯槁。"③既然陶氏觉得颜子那样的生平不免枯槁,那就表明他本人还没有"达道"。杜甫的意思大概是说,颜子一直"不改其乐",何尝感到"枯槁"?

虽然韩愈曾把颜子的穷居自乐视为"哲人之细事"④,但宋代士大夫对颜子的话题却极为重视,知见所及,在北宋中期之后,著名的士人几乎都曾谈到这个话题,可以说,"颜子学"乃是宋代学术中一个颇具特色的领域。可能因为思想史家太关注孟子在唐宋儒学中的"升格",故未免忽视颜子的问题。据《四库全书》电脑检索系统作粗略的统计,在两宋别集的部分,"孟子"词条共出

①陶渊明《五柳先生传》,逯钦立校注《陶渊明集》卷六,中华书局,1979年。
②陶渊明《饮酒二十首》之十一,《陶渊明集》卷三。
③杜甫《遣兴五首》之三,仇兆鳌《杜诗详注》卷七。
④韩愈《闵己赋》,马其昶《韩昌黎文集校注》卷一,上海古籍出版社,1986年,第9页。

现 5966 次,而"颜子"词条也出现了 1281 次。孟子的"升格"固然是不刊的事实,但颜子的重要性也未尝降低,考虑到孟子有著作,而颜子并无著作可供探讨,则其被宋人如此频繁地提及,便更值得深思了。

范仲淹的朋友尹洙大概是较早阐述颜子之意义的,他在给一个僧人写的赠序中说:

> 废放之臣,病其身之穷,乃趋浮图氏之说,齐其身之荣辱穷通,然后能平其心。吁,其惑哉!……先圣称颜子箪食瓢饮,人不堪其忧,回也不改其乐。盖夫乐古圣人之道者,未始有忧也,尚何荣辱穷通之有乎?①

因为有颜子做榜样,儒者在遭遇逆境时也没有必要求助于佛教。范仲淹说他是"进亦忧,退亦忧",尹洙却说儒者根本没有"忧"②。更重要的是,尹洙用颜子之乐来抗拒佛教,其背景当然是一部分僧道和士大夫声称:儒学只能治外事,释道才能治内心。而尹洙却说,儒门自有治心之学,用不着和尚帮忙。

援释道以入儒,是宋代儒学无可否认的特征,但尹洙的说法仍富于启发性。这就是说,即便是从佛道去嫁接一套心性之学,也要通过对儒学自身命题的探讨,才能成功地移植过来。宋儒开始关注心性问题时,就是以探讨颜子之"乐"的内涵为命题的。据说周敦颐对程颢的启发,就是叫他去寻思"颜子、仲尼乐处,所乐

---

① 尹洙《送浮图回光一首》,《河南先生文集》卷五,《四部丛刊》本。
② 关于这忧乐的问题,后来王安石有深入探讨,见其《与王逢原书》(《临川先生文集》卷七五,《四部丛刊》本),基本上赞同尹洙之说。

何事"①? 胡瑗在太学里出的考试题目,也有《颜子所好何学论》,程颐就因为答得好,受到了赏识,名声大振②。苏辙与黄庭坚定交的第一封书信,就谈到颜子的问题:

> 盖古之君子,不用于世,必寄于物以自遣:阮籍以酒,嵇康以琴。阮无酒,嵇无琴,则其食草木而友麋鹿,有不安者矣。独颜氏子饮水啜菽,居于陋巷,无假于外,而不改其乐,此孔子所以叹其不可及也。今鲁直目不求色,口不求味,此其中所有,过人远矣,而犹以问人,何也?③

应该是黄庭坚先移书求教,而苏辙作答,但他把赐教表述成了仿佛互相印证的样子。其实,这一番关于颜子的阐释是苏辙人生思想中颇具特色的部分。其主旨是说,一个人内在的精神修养到了一定的程度,就可以无求于外物。钟情于酒与钟情于琴都有求于外物,安贫乐道的颜子才是内在精神完全战胜了外在世界的典范。虽然自古就有"达则兼济天下,穷则独善其身"的说法,但苏辙的意思是,即便是"独善其身",也有不同档次,低的要"寄于物",高的就"无假于外"。所以这显然不是对传统儒学的简单重复。

当苏辙把他这套人生哲学奉送给黄庭坚时,颇有知音相惜之感,而黄庭坚也确实值得他引为知己,其论述颜子之学云:

---

① 《二程遗书》卷二上,《二程集》,中华书局,2004 年,16 页。
② 见朱熹《伊川先生年谱》,《二程集》,第 338 页。
③ 苏辙《答黄庭坚书》,《栾城集》卷二二,上海古籍出版社,1987 年。

> 颜子以圣学者也。会万物唯己,是谓居天下之广居;常
> 为万物之宰,是为立天下之正位;无取无舍,是为行天下之大
> 道。具此三者,是谓闻道,是谓大丈夫。①

他把颜子之学概括为三点,即"会万物唯己"、"常为万物之宰"、
"无取无舍",大致也与苏辙"无假于外"的境界相通,重要的是,
从头至尾都停留在一种心理状态而已。当然不是说有了这样的
心理状态,就不必再做什么事了,而是无论做什么事,都要保持这
样的心理状态。在黄庭坚看来,做的事成功与否并不重要,能否
保持他所说的心理状态才是真正重要的。做事成功了,只不过是
一个成功者,最多当上一个宰相;而能够保持这样的心理状态,便
达到了颜子的"内圣"境界,那才叫"闻道",才是"大丈夫"。

确实,黄氏一生淡泊名利,莫砺锋先生对他有一句启人深省
的概括,说他"不是一个有远大的政治抱负和强烈的政治主张的
人"②。然而,这样一个人却一直被纠缠在党争之中,而并不归隐,
且越来越声名卓著、影响深远。欧阳修、苏轼的影响与他们的政
治地位不无关系,黄庭坚却不居高位而拥有大量的追随者,这说
明北宋后期的士人更乐意接受他的价值观。所谓"万物"、"天
下"、"大道",都是比政治更大的东西,真正的"大丈夫"不是政治
家,而是具有终极关怀的人。政治也许是人类生活中一个比较重
要的内容,但黄庭坚显然不视其为最重要的内容。

通过对颜子之学的探讨,北宋的士大夫越来越把关注的目光

---

① 黄庭坚《李彦回字进徽说》,《山谷集·别集》卷三,《文渊阁四库全书》本。
② 莫砺锋《论黄庭坚诗歌创作的三个阶段》,《文学遗产》1995 年第 3 期,后收
　入氏著《唐宋诗论稿》,辽海出版社,2001 年。

集中到内在的精神天地,这一倾向当然延续到南宋。与朱熹齐名的思想家张栻,就编过一本《希颜录》①。值得注意的是,在《朱子语类》中,"孟子"词条出现1427次,而"颜子"词条出现729次,超过"孟子"的半数。若将南宋乾、淳名家与北宋庆历士人对比,"内在"与"外向"的区别当然极其明显,但如上所述,北宋中、后期的士大夫已经在转向了。接下来的问题就是,什么原因造成他们的转向。

三、党争和"性命之学"

对苏辙和黄庭坚关注内在精神天地的现象,最容易让人想到的外在驱迫因素,就是北宋的"新旧党争"了。这党争的是非,现在无暇去细说,就总体而言,无论朝廷任用哪一党执政,另一党都被安置于闲地,甚或贬斥,但北宋的国家机器都能正常运转,基本上不必担心人手不够。也就是说,有一半数量的官员,便足以管理这个国家。就此而言,党争几乎可以理解为一种物理性的消耗,士大夫文化的急速发展和士大夫数量的庞大,超过了现有政治空间的容纳度,如果这个时候不去开疆拓土,扩大空间,那么无论是不是采取党争的方式,总会出现一种起调节作用的力量,把多余的士大夫挤出政界。换句话说,越来越多的人必定要出局,必定要到江湖上去寻求自己的安身立命之道②。所以,即便不是因为在党争中被打击得心灰意懒,那种关注个体修养的人生哲学也总会产生。

---

①《宋史·张栻传》云:"以古圣贤自期,作《希颜录》。"
②北宋后期以降的士大夫饱和现象,参考川上恭司《科举と宋代社会:その下第士人問題》,《待兼山論叢》史学篇21,1987年。

目前存在的可供探讨的史料,大多出自"旧党"。仅就"旧党"而言,熙宁、元丰年间的"旧党"与后来徽宗朝的"元祐党家"应该还有些不同。徽宗朝的政策专向"新党"一边倒,"旧党"子弟流落江湖二十年,就是不想做颜子,也毫无做管仲的机会了。转向"内在"的心态得以稳定下来,徽宗皇帝可谓功不可没。而熙、丰间的"旧党",论理还不该一下子就变得心灰意懒,事实证明他们还有复起的机会,而且只是被排挤出中央,其担任地方长官的资格未被剥夺(只要不像苏轼那样招惹"诗祸"),情况远没有徽宗朝严重,至少神宗和王安石还有理性的节制力,未使局面走向"党锢"。但是,也许因为这批"旧党"人物多在庆历时代度过价值观形成的青少年时期,故理想与现实的落差对他们的心态变化影响甚巨,关于颜子之学的探讨,正是在熙、丰年间形成一次高潮。

　　司马光《颜乐亭颂·序》云:

　　　　孔子旧宅东北可百步有井,鲁人以为昔颜氏之居也。周翰思其人,买其地,构亭其上,命日颜乐。邦直为之铭,其言颜子之志尽矣,无以加矣。子瞻论韩子以在隐约而平宽为哲人之细事,以为君子之于人,必于其小焉观之。[1]

这里的"周翰"是孔宗翰的字,据司马光该篇自注,乃"孔子四十七世孙",不过他的父亲孔道辅,《宋史》本传说是"孔子四十五代孙"。孔道辅是范仲淹的战友,而孔宗翰却崇拜颜子,在曲阜造了

──────────
[1]司马光《温国文正司马公文集》卷六八,《四部丛刊》本。"构"字原作"犯御名"。

一个"颜乐亭",并请当代的名公为此写些文字。孔凡礼先生《苏轼年谱》(中华书局,1998年)考证筑亭之事在熙宁末、元丰初。"邦直"是李清臣的字,他当时担任京东路提点刑狱,曲阜在其管辖范围内,故"为之铭"。不过《颜乐亭铭》实见《二程文集》卷一,为程颢所作。程与李是亲戚,可能是程颢代笔,当时冠了李清臣的名,后来却依靠程颢的文集保存下来。"子瞻论韩子"云云,即指《苏轼诗集》卷一五的《颜乐亭诗》,因为诗前有一篇较长的序,宋人也多称其为《颜乐亭记》。

现在看来,苏轼、司马光、程颢可谓北宋文史哲三界的顶尖人物,难得孔宗翰有这么大的面子,能让这三位士大夫留下一组同题的作品。内容自然都是他们学习颜子的心得,称其为北宋"颜子学"的一个高潮,应该不算过分了。鉴于他们都属熙、丰时不得志的"旧党",要说这是因为他们受党争的打击而表现出对颜子的心理认同,也无不可。但其中夹杂的李清臣却属"新党"。过了几年后,苏辙在江西洪州遇见孔宗翰,也为他补写一首《寄题孔氏颜乐亭》,见《栾城集》卷一三。不过就理论上说,北宋有关颜子的文献中,还是以程颐的《颜子所好何学论》谈得最为深入,此文大致是从心性层次上指出一条通过颜子而走向孔子的内在修养之途,其写作时间当在宋仁宗嘉祐年间①,那时候还没有"新旧党争"。

其实,即便是这些人在政治上的对头,"新党"的缔造者王安石,也很关注颜子的问题:

---

① 朱熹《伊川先生年谱》谓此文是皇祐二年程颐十八岁时作,不可信。参考本书第二章第二节对此文写作时间的考证。

能尽仁之道,则圣人矣,然不曰仁而目之以圣者,言其化也。盖能尽仁道则能化矣,如不能化,吾未见其能尽仁道也。颜回,次孔子者也,而孔子称之曰"三月不违仁"而已,然则能尽仁道者非若孔子者谁乎?①

他这里强调颜子不及孔子之处,在于一个"化"字。"化"大概是一个人与"仁道"完全同化,毫无勉强之感的意思。孔子是完全与"仁道"同化了,所以一直是"仁"的,而颜子则只能坚持"三月不违仁"。不过,他又在另一篇文章中解释说:

孔子曰:"如有所誉,其有所试矣。"谓颜子"三月不违仁"者,盖有所试矣。虽然,颜子之行非终于此,其后孔子告之以克己复礼而请事斯语矣。夫能言动视听以礼,则盖已终身未尝违仁,非特三月而已也。②

此谓颜子其实不止"三月不违仁",而是"终身未尝违仁"。那么,颜子之所以还不到孔子的自由境界,只是功夫未至而已,就其所行之道的性质而言,是一样的。所以,颜子正好是走向圣人的一个中间阶段,要通过学习颜子,才能最终达到孔子的境界。这当然就是所谓"孔颜之道"。就此而言,王安石的说法与程颐的《颜子所好何学论》相当接近,只是后者展开得更为具体而已。

王安石和二程的思想,都是北宋中期兴起的"性命之学"思潮

---

① 王安石《仁智》,《临川先生文集》卷六七。
② 王安石《答韩求仁书》,《临川先生文集》卷七二。

的产物①。从范仲淹、欧阳修一代振起儒学,到下一代人深究"性命",就理论上说是合乎逻辑的发展,但由此也就令士大夫的关注点向"内在"的方面转化。也许就出于这样的原因,欧阳修对他的后辈们喜欢谈"性"表示过不满,他对刘敞说:

> 以人性为善,道不可废;以人性为恶,道不可废;以人性为善恶混,道不可废;以人性为上者善、下者恶、中者善恶混,道不可废。然则学者虽毋言性可也。②

虽然宋儒大都声称"道"和"性"在本质上是一回事,但说"道"的时候,如"救时行道",关注的目光比较外向,而"性"则纯是自己分上事,而且颇有些禅宗的味道,故欧阳修认为,有一个"道"就够了,不必去谈"性"。然而,他的后辈们肯定嫌他浅薄,后来的事实是,不但王安石和二程在"性命之学"上卓然成家,连他的忠实继承者二苏,也不免要谈论"性命"。这"性命之学"的理论渊源,当然有主张"性善"的孟子、主张"性恶"的荀子、主张"性善恶混"的扬雄和主张"性三品"的韩愈,李清臣把他们称为"四子"③。从后来的发展情势看,孟子之说占了上风,"四子"也转指孔子、曾子、子思、孟子,即所谓"四书"的主人了。这里可以看出程朱理学(狭义的"道学")从北宋"性命之学"脱胎的过程。所以,不妨说孟子是"性命之学"的最重要的理论来源,但是,几乎所有谈论"性命"

---

①关于"性命之学"及其与王安石的关系,可参考刘成国《荆公新学研究》第五章第三节,上海古籍出版社,2006年;林岩《北宋科举考试与文学》第三章第三节,上海古籍出版社,2006年。
②见《公是弟子记》卷四,《文渊阁四库全书》本。
③李清臣《四子论》,《宋文选》卷一八,《文渊阁四库全书》本。

的人，都认为颜子才是学习的典范，其箪食瓢饮而不改其乐的作风，被视为尽性知命的表现。"性命之学"基本上是用孟子的理论来解释颜子。

被朱熹指派为二程之师的周敦颐，在重视"性命"这一点上确实颇着先鞭。他的《通书》专设了《颜子》一章，解释其乐于贫贱的道理；在《志学》一章中，又提出"学颜子之所学"。据胡宏为《通书》所作的序，这是针对当时的士大夫都喜欢读书学习，以知识丰富、见闻广博为能事，而提出真正重要的不是有关世事的学问，而是内在的对于天道、人性的终极关怀和根本领悟，故说应该学的是"颜子之所学"。——这当然是已经经过了解释的颜子，但也令人疑心这是否是经过了胡宏解释的周敦颐，因为这样的说法令人联想到程颐严格区分"见闻之知"与"德性之知"的著名论点。二程对周敦颐的尊敬程度还不如黄庭坚，周、程之间以"道"相授受的说法并不可靠，不过周敦颐曾经用"颜子、仲尼乐处，所乐何事"的课题去启发程颢，大概是事实。至于程颢由此体悟出"仁者浑然与万物同体"的境界，那是他的天分太高，后来李侗教朱熹一个人坐在屋子里去体会这样的境界，朱熹就觉得困难。

总之，北宋士大夫通过谈论颜子之学而使心态转向"内在"，追究其原因，虽不能忽视党争的影响，却也是"性命之学"发展的自然结果。只是，"性命之学"从纯粹抽象的理论上去辨析这个问题，反而让人看不到具体真实的人生感受，不能直接呈现为我们要探讨的"心态"。故在此问题上，可能更有必要考察文学家的带有抒情性的表述。而在北宋文学家中，对颜子式的人生态度思考和表达得最多的，就是上文已经提到的苏辙。

四、苏辙的意义

尽管也算"唐宋八大家"之一,苏辙却从来就不是文学史家关心的热门人物,有些论者甚至认为他只是沾了父兄的光而缪获美名。事实正好相反,父兄的夺目光彩让人不易看到他的真正杰出之处,因为他恰好标志着北宋士大夫的生命力开始向"内在"的方面去做功夫。有一个细节颇能说明问题:二苏都濡染禅风,喜欢尝试坐禅,但苏轼一向坐不牢,他不耐枯坐,忍不住要找人去说话,而苏辙却能一个人长期坚持坐禅。不过,用禅悟来表述思想对士大夫而言不太醇正,话题还是要回到颜子学。

据苏辙自言,他从少年时代起就思考着颜子的问题,而其有所领悟,则在元丰年间,因受苏轼"乌台诗案"的连累而谪居筠州时,其在筠州所作《东轩记》云:

> 余昔少年读书,窃尝怪颜子以箪食瓢饮,居于陋巷,人不堪其忧,颜子不改其乐。私以为虽不欲仕,然抱关击柝,尚可自养而不害于学,何至困辱贫窭,自苦如此? 及来筠州,勤劳盐米之间,无一日之休,虽欲弃尘垢,解羁絷,自放于道德之场,而事每劫而留之,然后知颜子之所以甘心贫贱,不肯求斗升之禄以自给者,良以其害于学故也。嗟夫! 士方其未闻大道,沉酣势利,以玉帛子女自厚,自以为乐矣,及其循理以求通,落其华而收其实,从容自得,不知夫天地之为大,与生死之为变,而况其下者乎? 故其乐也,足以易穷饿而不怨,虽南面之王不能加之,盖非有德不能任也。①

①苏辙《东轩记》,《栾城集》卷二四。

若从理论上分析,这段话的漏洞实在明显:一是把出仕从政仅仅等同于求禄,未免使论旨降低,由此而引出对出仕行为的否定,便缺少意义;二是认定颜子自己不肯求仕,恐亦无据,正如后来叶适的批评①,颜子未及出仕而早死,"初未尝必于不仕"。但是,这段话的意义正在于它不是严密的理论表述,而是在强烈的人生感受驱迫下真实心态的呈现。苏辙确实是在思考比从政行为更高、更根本的人生意义,这种意义是"虽南面之王不能加之"的。早在熙宁八年,即苏轼、程颢、司马光为"颜乐亭"写作文字之前,苏辙就在京东写了《齐州闵子祠堂记》(《栾城集》卷二三),谓孔门弟子称"德行"者颜回、闵损、冉耕、仲雍四人,除了仲雍外,其他三人都不肯出仕②。到了《东轩记》,这不肯出仕的意义就被明确表达出来,获得了这番领悟的苏辙便自称"东轩长老"。

　　"性命之学"从正面阐述"内在"修养的意义,一般还不会挑明"不仕",因为"学而优则仕"是不可怀疑的古训。但苏辙的仕途感受却迫使他把"仕"与"学"尖锐对立起来,并果断地用后者去否定前者。他的理论素养未必不能使他作出更完善合理的表述,问题在于,除了对仗上的完善外,"达则兼济天下,穷则独善其身"的合理表述并无任何意义,它不能使一个士大夫获得真正的心理安宁,尤其是面对死亡的时候,能让人不知"生死之为变"的"大道",必须是一种从理智和感情上都已全身心地认同的东西,而不是仅仅在逻辑上显得完善的理由。对于苏辙来说,他的颜子学就要成为人生的归依。其有关颜子的文字可谓不胜枚举,这里

①叶适《习学记言序目》(中华书局,1977年)卷四九,对《皇朝文鉴》所选苏辙《东轩记》等文有一段批评。
②叶适对此也有批评,他说颜子因为早死,冉耕因为生病,闵损因为不肯做季孙氏的家臣,都不是打定主意不出仕。

引用他晚年所作《论语拾遗》中的一段：

> 孔氏之门人，其闻道者亦寡耳，颜子、曾子，孔门之知道者也。故孔子叹之曰："朝闻道，夕死可矣。"苟未闻道，虽多学而识之，至于生死之际，未有不自失也。苟一日闻道，虽死可以不乱矣。死而不乱，而后可谓学矣。①

生死事大，"学"的目的不是为了出仕，而是要能使人"死而不乱"，满意地面对死亡，来去自在。这里分明援入了禅宗的要旨，但苏辙是用他从禅宗得到的启发，来深化他的颜子学。

据苏辙的孙子苏籀的记录，晚年的苏辙认为自己已经真正迈入了颜子的人生境界，"公曰：颜子箪瓢陋巷，我是谓矣。"②可以作为旁证的是，晚年苏辙的诗里，不断地出现"颜子"、"先师"、"陋巷"、"箪瓢"等词语③，表明他想让自己的生活完全与颜子同化，然后带着颜子学走向生命的最后安宁。

长寿的苏辙活到了徽宗朝的中叶，他的晚年在"新党"专政的局面下闲居于颍昌府，过"箪食瓢饮"的生活当然也是被迫如此。回顾其早年，也曾奋励于当世，还说过"曾闵匹夫之行，尧舜仁及四海"④的话，曾子和闵子的形象在他的笔下是与颜子相类的，但当年的他似乎并不满足于"匹夫之行"，还要追求"仁及四海"。

---

① 苏辙《论语拾遗》，《栾城三集》卷七。
② 苏籀《栾城遗言》，《文渊阁四库全书》本。
③ 拙作《论苏辙晚年诗》（《文学遗产》2005 年第 3 期）将出现这些词语的诗句列出了一部分，请参考。
④ 见苏籀《栾城遗言》，孔凡礼《苏辙年谱》（学苑出版社，2001 年）系于熙宁五年。

而到晚年,则已全身心地归依于颜子。伴随着实际人生旅途的反省、思索,使他终于形成与其生存状态相适应的人生观。北宋士大夫心态从"先忧后乐"到"箪食瓢饮"的内向转变,在苏辙的身上表现得极为典型。

总论"唐宋八大家",从年龄上可以分为四代人,韩柳一代、欧苏(洵)一代、曾王一代、二苏一代。如果每代只取一人为文学成就上的代表,大抵应取韩、欧、王、苏(轼)四人吧,至少苏辙一定被他哥哥的身影掩盖起来。不过,若将"八大家"的先后相续看作唐宋"古文运动"的全过程,则苏辙别有意义。"古文运动"使古文取代骈文成为一般的表述文体,这只是形式问题,重要的是文章所表述的思想。若把"古文运动"同时看作一个思想运动,则韩柳提出儒学复兴,至欧阳修号召士大夫而奠定成功的局面,但在欧公之后,士大夫的儒学思想呈现了分裂的格局,"新学"、关学、洛学、蜀学等等各自成家,政治上也产生了"新旧党争",经过激烈的拉锯式交替后,其在北宋的结果是王安石的"新学"取得官方意识形态的地位,被宋徽宗牢牢树为"国是"。这种钦定正确思想的出现,当然使以表述新见为生机的"古文运动"走向终结。所以,就"古文运动"所孕育的新思想征服一个国家而言,王安石才是鼎盛的标志,而在苏轼去世后还在徽宗朝生活了十余年的苏辙,就比他的哥哥更能代表"古文运动"的终结阶段①。如上所述,完全同化于颜子的"箪食瓢饮"的生存哲学,就是在"国是"环境下的无奈而又积极的应对,这是北宋士大夫思想的终结,也是"转向内在"已经完成的证明。

据说徽宗朝的"国是"已经从王安石的"新学"被偷换为蔡京

---

① 参考本书第五章。

的"丰亨豫大"之说，就是一味摆阔气、显盛平。现在几乎没有资料来研究蔡京的思想，他的科举学校政策固然颇受诟病，若谓其一定违背了王安石的思路，实不见得。他对于坚持不同学说、政见的士大夫的打击，当然骇人听闻，但这也未尝不是王安石要统一士大夫思想的意志变本加厉的发展。《宋史纪事本末》的"蔡京擅国"条撮叙其思想专制之举云：

> （崇宁二年四月）乙亥，诏毁范祖禹《唐鉴》及三苏、黄庭坚、秦观文集。……戊寅……除故直秘阁程颐名。言者希蔡京意，论颐学术颇僻，素行诪怪，专以诡异聋瞽愚俗，近以入山著书，妄及朝政。诏毁颐出身以来文字，其所著书，令监司严加觉察。范致虚又言颐以邪说诐行，惑乱众听，而尹焞、张绎为之羽翼，乞下河南尽逐学徒。颐于是迁居龙门之南，止四方学者曰："尊所闻、行所知可矣，不必及吾门也。"

神宗朝以来的党争局面，至此已发展为"党禁"，生活在此种局面下的程颐和苏辙的言行，实在颇值关注。如果他们不能为受其连累的子弟后学提供一套适合于这种形势的生存哲学，看来是不负责任的了。据《墨庄漫录》记载，就在苏辙、程颐所居住的颍昌府（许州）和西京洛阳，士大夫形成了"许洛两党"：

> 许、洛两都，轩裳之盛，士大夫之渊薮也。党论之兴，指为许洛两党。崔鶠德符、陈恬叔易，皆戊戌生，田昼承君、李廌方叔，皆己亥生，并居颍昌阳翟，时号戊己四先生，以为许

党之魁也。①

生活在苏辙和程颐身边的许、洛二党,加上苏门学士黄庭坚家乡的"江西诗派",和程门高弟杨时家乡的"道南学派",大致就是北宋末期的"旧党"子弟从中原到南方的分布格局。这个分布格局的形成当然有被蔡京驱迫的因素,他的严厉打击政策使对方只好越躲越远,但颇为讽刺的是,这恰恰有利于他们在南宋的崛起。黄庭坚和杨时的后学几乎是坐在他们的根据地接受南宋朝廷前来投奔,他们那种已经转向"内在"的士大夫心态自然就延续到了南宋。

五、独立个体的内在超越

当苏辙越来越觉得自己迈入了颜子的人生境界时,程颐通过他卓越的说教活动,从北宋中期以来的"性命之学"中脱胎出一种对后世的中国影响深刻的"道学"(狭义的"道学",经过南宋朱熹的发展,或称"程朱理学")。可以说,苏辙的人生感悟和程颐的理论创造共同完成了北宋的颜子学,也完成了士大夫心态的"内向"转变,虽然这两个人彼此关系不睦。

笔者自知没有能力对程颐的学说作出具有新意的探讨,但即便如此,也想指出由程颐所创立的"道学"与北宋中期"性命之学"的一大区别。正如上文所述,通过对孟、荀、扬、韩"四子"之说的鉴别而展开的"性"论,原本各式各样,而除了在北宋几乎没有影响的周敦颐和张载持"性善"论外,可以称为士大夫领袖人物的王安石、司马光、苏轼、程颢都不持"性善"论,比较主流的是"自

---

①张邦基《墨庄漫录》卷四,"戊己四先生"条,孔凡礼点校,中华书局,2002 年。

然"、"非善非恶"或者"不可以善恶论"、"不容说"等类似的说法，即作为本体的"性"超越了善恶之类的价值评判①。但是，由程颐创立的"道学"则以"性善"论为根本基石。在后来的朱熹眼里，凡不主"性善"的大抵都是"杂学"，要猛加攻伐的，唯一不好多说的是程颢，但也未免要指责："《定性书》说得也诧异，此'性'字是个'心'字意。"②认为程颢讲的超越善恶之上的"性"不是真正的本体"性"，应当是个"心"字。可见他其实并未放过程颢，至于王安石、苏轼，当然可以攻之不讳，而持"性善"论的周敦颐则被他强拉作祖师爷。其实，正如土田健次郎先生所考，作为一个特殊的思想体系的"道学"及相应的学派，是程颐创立的③。

从理论上说，"性善"只不过是孟子的成说，但在历史上，宋人的"性"论主流从超越善恶到确信"性善"的变化，对转向"内在"的士大夫心态来说却是极为关键的。立志要过颜子式"箪食瓢饮"生活的士大夫，似乎非常需要"性善"论来增加自信，一个有力的证明是，早年著《孟子解》批驳"性善"之说的苏辙，晚年在《论语拾遗》中谈到颜子的问题时，几乎就滑入了"性善"论：

> 性之必仁，如水之必清，火之必明。然方土之未去也，水必有泥；方薪之未尽也，火必有烟。土去则水无不清，薪尽则火无不明矣。人而至于不仁，则物有以害之也。君子无终日之间违仁，造次必于是，颠沛必于是，非不违仁也，外物之害

①关于北宋人的"性"论，简明的论述见小岛毅《宋學の形成と展開》第二章第一节《北宋の性說》，创文社，1999年。笔者的看法，也曾在《苏轼评传》第二章第三节谈及，南京大学出版社，2004年。
②《朱子语类》卷九五，中华书局，1994年。
③参考土田健次郎《道学の形成》，创文社，2002年。

既尽，性一而不杂，未尝不仁也。若颜子者，性亦治矣，然而土未尽去，薪未尽化，力有所未逮也，是以能三月不违仁矣，而未能遂以终身。其余则土盛而薪强，水火不能胜，是以日月至焉而已矣。故颜子之心，仁人之心也，不幸而死，学未及究，其功不见于世，孔子以其心许之矣。……使颜子而无死，切而磋之，琢而磨之，将造次颠沛于是，何三月不违而止哉？①

这里对"三月不违仁"的解释本与上引的王安石之说相似，但王安石强调的是克尽"仁道"而与之同化的过程，而苏辙却从"性"上说，除了用"不违仁"的自觉性来"治性"外，还加了一层"性之必仁"的基础，这就有了根本依据。要成为这样的根本依据，"性"在本质上似乎非善不可。"性之必仁"与"性善"论的差距如果不是零，也不会太大了。除此之外，在《古史》一书的序言中，他说上古的圣人"其于为善，如水之必寒，如火之必热；其于不为不善，如驺虞之不杀，如窃脂之不榖"②，也有"性善"论的倾向，所以连敌视三苏之学的朱熹也一再地夸奖此语说得极好③。

　　程颐和苏辙都极其推崇自己的兄长，也声称兄弟之间是同一家学问，但事有凑巧，弟弟的寿命都比哥哥长得多，在失去了兄长的岁月里，他们成为兄长学说的最权威的解释者，或发展和补正兄长之说，或干脆就把自己的思想强加给已经去世的哥哥。他们的这种活动至少有一个不约而同的内容，就是将兄长的超越善恶的"性"论改变为"性善"论或接近"性善"论。这多少反映出北宋

①苏辙《论语拾遗》，《栾城三集》卷七。
②《古史原叙》，见苏辙《古史》卷首，《文渊阁四库全书》本。
③见《朱子语类》卷一二二、一三〇，《晦庵先生朱文公文集》（《四部丛刊》本）卷五四《答赵几道》，卷七二《古史余论》。

末期士大夫的心灵需求。作为最高的抽象本体的"性",谓其超越任何价值评判,本来也不是站不住的说法,但"性善"论的优越性恰恰在于,它不需要衡量善恶的社会性的外在标准,而使心性自身的本来面目成为标准。也就是说,"性善"是价值的"内在"化,同时也意味着个体化。以颜子学的方式所表达的对人生超越性意义的积极寻求,原本不仅仅为了躲避党争的打击,但长期的"党禁"无疑使"旧党"士大夫有必要确信:即便什么贡献都没有做,作为一个人的生存本身便具有终极价值。于是,人生价值的实现不需依靠朝廷和明君给予的"外向"表现的机会,只依靠个人"内向"的体认。此种观念,可以概括为"独立个体的内在超越"。

当然,也许只有士大夫有条件去实现"独立个体的内在超越",但所谓"箪食瓢饮",确实已将生活条件降至极低,基本上可以成为普通的人生观。南宋的陆九渊把这种人生观表述得很形象:"若某则不识一个字,亦须还我堂堂地做个人。"[1]有颜子做榜样,有"性善"为依据,北宋末期的士人可以安心过上如此"内在"和个体化的生活,这也是南宋的"精英地方化"倾向[2]的心理基础。

但是,当初刘敞、王安石、程颢推动"性命之学"时,大概不曾

---

①陆九渊《象山先生全集》卷三五,《四部丛刊》本。

②关于宋代士大夫从北宋的"国士"转为地方"绅士",即"精英的地方化"倾向,参考 Robert P. Hymes, *Statesmen and Gentlemen: The Elite of Fu-chou, Chiang-hsi, in the Northern and Southern Sung.* Cambridge University Press, 1986。此书从地域社会史的角度论证了北宋社会与南宋社会的差异,继承了刘子健的两宋之际文化"转向"之说。本文认为北宋的颜子学和"性善"论是这种"转向"的价值依据。关于士大夫对"地域社会"的意义,参考森正夫《中国前近代史研究における地域社会の视点》,《名古屋大学文学部研究论集》,史学28,1982年。

预想到这样的结果，反而是欧阳修拒绝谈"性"，似乎颇有远见，因为"独立个体内在超越"的人生观带来的后果也非常严重，它至少将导致知识人与朝廷的疏离：即便爵禄真的已成天下之公器，也未必能吸引高尚的人，因为他们根本不需要国家。更何况，宋徽宗的政策无一不加剧这种疏离，那其实是比花石纲、万寿山严重得多的问题。南宋政权肇造，诗人陈与义即大声疾呼：

> 中兴天子要人才，当使生擒颉利来。正待吾曹红抹额，不须辛苦学颜回！①

国破家亡之痛使他猛然觉醒：大家都做颜子，谁来挽救国家和民族？他显然感到挽回疏离局面的重要性和困难性，所以不得不向"亚圣"挑战。外敌的入侵、国运的危急，要求士大夫将自己的人生价值与朝廷紧密结合，在一定程度上消解着"独立个体内在超越"的人生观。但问题并不容易解决，即便因为要救国而出山，他们也认为，只有无耻"软熟"的人才会对朝廷恋恋不舍，奔竞迎求，高尚的人一言不合，拂袖而去，回陋巷去做颜子。这一种以儒学方式来表达的本质上近于禅宗的颜子学，从心理上支持了士大夫对朝廷的轻蔑，肯定令南宋皇帝伤透脑筋，甚至也令宰相们（包括秦桧）暗暗嫉妒。其实，要说南宋的士大夫心态，倒应该从两个方向去考察和把握：救亡意识的勃兴和颜子式人生观的继续发展。这是后话了。

---

① 陈与义《题继祖蟠室三首》之三，白敦仁《陈与义集校笺》卷一七，上海古籍出版社，1990 年。

第七节　士大夫及其周边文人——走向南宋

本章前六节从传统诗文创作的主要承担者——士大夫思想心态变化的视角，提出和探讨了北宋文学演进过程中的一些问题，在此最后一节，将在前文探讨的基础上，对宋代乃至中国历史上的"士大夫"及其表达方式作一点宏观的论述。鉴于中国历代作家（严格地说，是现存作品的作者）在其身份方面大抵以士大夫为主，故文学在这里被视为士大夫的表达载体之一，是我们探讨其表达方式时的重要考察对象。反过来，士大夫群体的身份性质和结构特征的变化，也必然会直接导致文学领域与此相应的变化，我们既可以从这个角度理解"唐宋古文运动"，也可以借此去认识北宋和南宋文坛面貌的某些差异。当然，此事须从中国"士大夫"的历史演变说起。

一、从封建士大夫到帝国士大夫

汉语的"士大夫"一词，要翻译成其他语言是比较困难的（可以照抄汉字的语言如日语，另当别论），据笔者有限的见闻，英语中就有好几种译法，如 scholar-official（学者—官员）、scholar-bureaucrat（学者—官僚）、literati and officialdom（文人和官员）等。其共同点是，需要把英语世界中两个不同的社会角色合而为一，才能表达传统中国的这一种特殊身份①。造成这个现象的当然是

①参考阎步克《士大夫政治演生史稿》第一章第一节"关于士大夫的二重角色"，北京大学出版社，1996年。

中西方不同的历史实情,也就是说,国家通过荐举或考试制度把读书人吸收到官僚队伍中,相应地,读书人也通过这条途径去践履他的社会责任,从而形成知识分子和国家官员合一的特殊的"士大夫"阶层,这样的阶层是许多国家近代以前的历史所不曾拥有的,而中国拥有了至少两千年以上。政治活动、经济决策、法律裁断、军事指挥、文化创造……在中国社会的几乎所有领域,"士大夫"都是当仁不让的主角。从肯定的方面来说,这保证了国家指导者具备较高的学识水准,能体现出文化价值与政治权力的结合;但从消极方面说,这也使政治的影响过于深入地干涉各种文化门类的演变,而且,当一个"士大夫"的学养、职业和兴趣不甚统一时,他经常显得不够专业或者不务正业。无论如何,这是我们面对国史的任何方面时都会首先映入眼帘的东西,因为虽然每个"士大夫"可以有自己的兴趣特长,但至少就理想状态而言,为了完成社会赋予他的职责,他必须使自己成为通才,所以,不但文学史上被提及的作者多数属于这个阶层,各种专门史皆是如此。

从字面上说,"士大夫"一词来源于古籍记载中西周官僚的"卿、大夫、士"之序列,如《礼记·王制》所云:

> 王者之制禄爵,公、侯、伯、子、男,凡五等;诸侯之上大夫卿、下大夫、上士、中士、下士,凡五等。①

据说西周的政治制度如此,可能只是春秋、战国时代的儒家所提供的一种理想化的记述,但封建(中文"封建"一词的"分封建国"之义,下同)时代的大领主、小领主依次排列其等级,按其实力的

---

① 《礼记正义》卷一五,十三经注疏整理本,上海古籍出版社,2008年。

高低来确定其在中央或地方政府中的相应地位，大致就是这样的情形，而"士"和"大夫"的称号便表示了这些等级地位。就此而言，"士大夫"一词指的是"士"以上的世袭领主，也就是封建贵族阶层。有时候，只用一个"士"字就表示此一阶层，比如从《尚书》就可以看到的"四民"之说，将所有社会成员分为"士、农、工、商（贾）"四种，这个时候"士"表示贵族统治阶层，其他三种表示平民庶人。

文化史上，最早出现的一批典籍往往决定后世知识人的表达形式，"士大夫"一词被历代沿用，但其实，随着社会历史情况的变化，同样的名称所指的对象允有不同。从上述封建时代的情形来看，确定"士大夫"身份的因素有两个方面：一是其实际拥有的领地、势力、水平，二是来自君主的加封任命。很难相信这两种因素随时随地都能配合恰当，实际上，君主的授命与其实力不相称，乃至其实力与国家权力发生激烈冲突的情形，是并不少见的。所以，"士大夫"身份大致可以视为自身实力与国家权力之间的一种平衡，但这个平衡点偏向哪一头，是因时因地变化的。到了中央集权的帝国时代（秦朝以后），国家权力所发挥的作用越来越大，其所指的方向当然是不顾对象的自身实力如何，完全由国家来决定"士大夫"身份。实际情形不可能如此彻底，各级政府的权力都会与各地豪强（他们拥有经济实力、言论影响乃至人际关系等各种社会资源）有所妥协，但就总体上看，自身实力起主导作用，或国家权力起主导作用，会使"士大夫"阶层具有绝然不同的性质，其表达将会如何不同，便是可想而知的。

我们不妨设想两种极端的情形。一种是，完全由各自拥有实力的人物来分割国家权力，此时的君主很容易被架空，而实力者之间如果用协商的方式解决矛盾，那就接近古代共和政治的状态,但实际上也很可能出现军阀割据,或者实力最雄厚者掌控朝廷的"僭主"局面。另一种情形是,官员们自身全无实力,纯粹是君主用来管理国家的工具,这便是君主独裁的局面,其前提是有一支直属国家的强大军队,足以压服所有企图自我主张的实力者,使他们不得不服从君主的各级代理人。所谓"士大夫",如果身处这两种极端的情形下,即便其表达的形式相似,实际性质却完全不同:前者表达的是自身的意志,后者则只能传达君主的意志,或者主动站在国家的立场进行表达。而且,这两种表达的倾向往往相反,因为后者的实现就是对前者的取缔。

如果相信现存史料的记述,周公、召公似乎在相当长的时期内既拥有自己的封国,也分掌着西周中央政府的执政权,而且一度出现"周召共和"局面。但无论如何,春秋时代的鲁国国君(周公后代)显然不具有这样的双重身份,他至多能领导自己的封国而已。此后出现的所谓"霸主",乃是诸侯混战的结果,却也没有贸然取代周天子,反而打出"尊王"的旗号。长期的分裂引起处士横议,百家争鸣。这诸子百家中,对待周天子的态度允有不同,但即便不尊周天子,也未必等于取消天子。对后世影响最大的入世学说,要数儒家和法家,他们所描绘的政治蓝图,都是以一个天子为中心的(是否维护原来的周天子,则另当别论)。所以毋宁说,意识形态方面是在呼唤强大的皇权,而且后世的"士大夫"在这个方面几乎全部口径一致。也就是说,即便封建时代的"士大夫",在表达自身意志的同时,也有站在国家立场发言的一面。如果用"知识分子—官僚"双重身份的说法来严格地限定"士大夫"的内涵,那么文化水平较低的军阀、土豪就要除外,这也就意味着,纯粹自我主张的声音将被排除,国家立场倒成为"士大夫"表达的特征。在上述两种极端的情形中,应该说封建时代接近于第一种情形,但作为"士大夫",多少仍要兼具其站在国家立场的表达。同时,在后一种情形下,当然也不可能做到对自我意志的完全取缔,但站在国家立场的表达显然会具有优势。那么,从抽象的意义上说,后者即代表国家发言,才是"士大夫"的本质属性。这种属性在封建时代的士大夫身上已开始酝酿,而到帝国时代的士大夫身上则充分地表现出来。

秦始皇"废封建,立郡县",使中国进入帝国时代。与此相应,本文将此前的士大夫称为"封建士大夫",而此后则为"帝国士大夫"。其实,当我们将"士大夫"形容为"知识分子—官僚"双重身份时,应该说主要就是针对帝国士大夫而言的,封建士大夫只是我们追溯其来源时才进入视野的对象。鉴于他们留下的经典和圣贤形象对帝国士大夫的持续影响,我们当然不能忽视封建士大夫,但严格说来,封建士大夫具备以上双重身份是出于贵族对教育和政治权利的同时垄断,并不是根据知识选拔官僚的结果,当然不能保证大部分官僚具备相应的知识水准。而且,与其他国家历史上的贵族相比,中国古代的封建士大夫也未必具有多少独特性。更为重要的是,真正具有中国特色的帝国士大夫,在某种意义上正是对封建士大夫的否定。

假使一个帝国士大夫完全认同于自己的身份,那么他的所有力量只来源于皇帝的委任,即对国家权力的分有,而不依靠自己的家族势力。与此相应的一系列道德标准,会随之出现,比如他应该只依靠俸禄维持生活,不经营私人产业,在执法的时候,他不应当顾虑私人关系,国法面前应该六亲不认,等等。这未必只是理想,在"士大夫"文化的鼎盛时期,难保没有这种清教徒式的士大夫出现在历史上,而且他们应该是当代"士大夫"文化的中坚和脊梁,直到今天,类似的道德要求对于政府官员,似乎依然是有效的。然而，不置私产，不认六亲，恰好就是佛教的戒律，仅此两条就使一个"士大夫"的生存状态几乎接近僧人，且不说那是否不合人情，至少已严重违反了产生于封建时代，以宗法制为背景的原始儒学的"亲亲"原则。于是，以"大义灭亲"之类的说法为代表，强调帝国秩序对于经典教条的优先性，继而便直接对经典提出质疑，要求重建儒学，以适应于帝国秩序。其最为显著的成果，便是唐宋以后"新儒学"的确立。不难发现，帝国意识形态对于封建意识形态的否定，就是帝国士大夫对封建士大夫的否定，虽然在表达方式上似乎展示了更多的继承性。

问题的复杂处，在于"士大夫"并不是只懂行政管理技能（"吏能"）的帝国事务官僚，其作为知识分子的一面，使他身具深厚的古典教养，而这种教养使他更愿意认同于古代的前辈，即封建士大夫。许多帝国士大夫真诚地相信古老的学说和道德理念是救世的良药，以对于这些学说和道德的身体力行为人生的价值。在周围没有"先进"的外国可供参考的情况下，中国的"士大夫"只要不是纯粹的功利主义、事务主义者，就只能向古代的圣贤求取价值理想。当那些被他们奉为经典的、产生于封建时代的古老教条与帝国秩序发生矛盾时，可以想象他们的内心会多么彷徨。不妨夸张地说，他们以毕生精力追随的，是大抵不适于其自身性质的东西。经过改革的儒学，无论如何也不会完全洗刷掉其与生俱来的封建性的痕迹，与帝国所需要的意识形态并不能完全契合，而后者才是帝国士大夫的天赋使命。所以，"士大夫"文化的内在需求，使中国知识分子迟早要去寻求一种比儒学更合适的、彻底国家化的理论武器（比如列宁主义），此种寻求一直要到他们走出作为"士大夫"的时代后才有了结果，这是后话了。作为"士大夫"当然是不能抛弃儒学的，也许，对封建意识形态的继承和否定,是"士大夫"身上更为深刻的双重性。

把上面粗略的论述更简单地归纳一下,就是:所谓具备双重身份的"士大夫",是以帝国士大夫为标准的,如果他自觉认同自己的身份,那么其表达的立场是近乎国家主义的;但是,作为知识分子,他所拥有的古典修养却使他更容易认同封建士大夫的价值观。不过,自秦汉以来,中国延续了两千多年的帝国时期,"士大夫"的生存状态也将随着帝国形态的演进而发生变化,难以一概而论。至少,有两种类型的"士大夫"值得重点关注,一是由血统门第确定的所谓"士族",即门阀士大夫,二是从科举考试出身的进士,即科举士大夫。

二、从门阀士大夫到科举士大夫

魏晋南北朝是士族门阀的时代。"士族"又称"世族"、"华族"、"贵族"等,是东汉以来逐渐形成的世家大族,其经济基础是大土地所有制,即庄园经济。由于大量土地集中在这些家族,使国家的最高统治者也不能不对他们有所依赖,而允许他们在各方面享有特权,所以,尽管这个时期王朝更换频繁,但每个王朝大抵都需要一些"士族"拱卫,任由他们占据政府的重要职位。我们只要稍微翻阅一下《南史》、《北史》的列传部分,就不难看到数量有限的"门阀"甚至比皇族更为稳固地生存在统治核心。比如《南史》的卷一九和二〇,就是为谢氏家族所作的列传:

> 谢晦,兄子世基,兄瞻,弟㬇,从叔澹;
> 谢裕(谢晦从父),子恂,孙孺子,曾孙璟,玄孙徽,裕弟纯、述,述子综、约、纬,纬子朓,朓子谟;
> 谢方明(谢裕从祖弟),子惠连;

谢灵运（谢方明从子），孙超宗，曾孙才卿、几卿；

谢弘微（谢裕从子），子庄，庄子朏，朏子谖、譓，譓子哲，

朏弟颢，颢弟瀹，瀹子览，览弟举，举子据，举兄子侨①

这些人全是西晋太常卿谢裒的后代，谢裒的儿子谢安、孙子谢玄（谢安侄），在东晋的历史上颇著盛名，上面的谢澹就是谢安的孙子，而谢灵运则是谢玄的孙子。史书的列传大抵只列出政治上比较重要的人物，但仅从上面的名单中，我们就可以找到五个有作品入选昭明《文选》的"文学家"：谢瞻、谢灵运、谢惠连、谢庄、谢朓。至少谢灵运和谢朓是文学史上举足轻重的诗人。在那个时期，正是像谢家这样的"士族"，为文学史源源不断地提供作家。产生于南朝的《世说新语》一书记录了这些世族子弟的风度言谈，而论及当时的"玄学"或佛学时，也离不开这些人物。比如谢灵运就是把佛学思想与诗歌创作相结合的一大典范。这些世家大族代代相承，虽处帝国体制之下，性质上却接近于世袭的封建士大夫。不妨说，这是封建势力在帝国时期的延续，或者说，他们是植入帝国体制的封建士大夫，而帝国体制要真正将他们消化，还需要漫长的时间。

强大的门阀势力也催生了根深蒂固的门第观念，成为士族们选择婚姻对象时最重要的考虑因素。这样一来，婚姻关系可以把最繁荣的几个家族联结为一个集团，使他们更牢固而长久地占据政治核心的地位。虽然在他们上面还有一个皇帝存在，但门阀士大夫将不会对皇帝唯命是从，因为首先要维护的是家族、集团的利益。反过来，皇帝也必须与他们妥协，善于"纳谏"，照顾各方利

① 《南史》目录卷一九、二〇，二十五史整理本，中华书局，1975 年。

益,才能稳定其最高领导权。当然,皇帝毕竟是国家权力的象征,与门阀势力的妥协至少将令"暴君"很不开心,而正是著名的"暴君"隋炀帝发明了"进士科"的考试制度,开始培植后来取代门阀士大夫的科举士大夫。

唐朝政府曾比较认真地执行均田制,20世纪初从敦煌藏经洞传出的户籍账簿可以证明这一点。在相当大的程度上,均田制可以抑制门阀士族势力的发展,使集中的土地分散开来,被重新分配。当然土地兼并的现象不会断绝,但即便产生新的大地主,也有利于打破旧贵族垄断一切的局面,使社会阶层发生流动。另一个重要的方面是,科举制度获得了长足的发展,"进士科"越来越成为唐朝政府"取士"的主流,出身于进士的政治家逐渐受到皇帝的重视和信赖。于是,真正的帝国士大夫——进士走上了历史舞台,他们中的相当一部分并没有显赫的家世,得不到家族实力的支撑,其荣辱沉浮全听朝廷之命,只能与帝国同呼吸、共命运。此时距帝国体制在秦朝的初建,已近千年。盘踞于此千年帝国的门阀世族,也就随着大唐帝国的崩溃而风流云散了。

唐末五代的长期战乱,确实扫荡了旧贵族,同时却也将均田制破坏无余,加上中央政府统治力的软弱,以及商品经济的发展,社会财富重组的结果,未免使各地的乡村、城市出现新兴的地主、富民。接下来的统一王朝——北宋政府,如果直接任用这批地主、富民,那么他们一旦跟政治权力结合起来,就会又一次形成豪强门阀的阶层。所幸北宋政府另有主意,就是大力发展科举考试制度,以年均百余人的速度录取进士,让他们成为文官,来管理国家。这批人考上进士,称为"天子门生",受到皇帝委任,是"朝廷命官",虽然他们事实上也可能来自地主、富民,但至少在理念上,从"天子门生"到"朝廷命官",其力量完全来自对国家权力的分有,而并不依靠家族势力。长此以往,形成一个作为国家权力分有者的士大夫阶层,占据中国社会的主流地位,而且依靠科举制度不断地为这个阶层换血,保证其活力。从此时起,帝国体制终于拥有了与自身性质相协调的"士大夫",来承担各方面的重要事务。就文学领域而言,我们也不难发现,自北宋以后(实际上从唐代中期以来),中国文学史上正统的诗词古文作家,核心成员大致都是进士,或者还有些屡试不中的人,终生走在迈向进士的途中。

"士大夫"性质的变化,即其主体部分从门阀士大夫转为科举士大夫,应该是历史学界所谓"唐宋转型"的一大内容。本书也从第一章就提示了以此为背景考察"唐宋古文运动"的思路,这里不再赘述。下文将关心的是科举士大夫作为一个社会阶层在历史上的成长演变过程,及其与两宋文学发展的关系。

三、科举士大夫阶层的身份自觉与发展困境

自中唐起,唐王朝能够依赖的统治力量,大致就以进士为主了。北宋完善了科举制度,成为高级官员的几乎唯一的来源。据史家统计,北宋开科 69 次,共取正奏名进士 19281 人[1],平均每科 280 人,每年 116 人,至少是唐代的五六倍。相应地,从高级文官的顶端即宰相的情况来看,北宋宰相共计 71 人,其中进士出身者 63 人(包括状元 5 人、进士第二名 3 人、进士第三名 1 人),占 89%,再加上制科出身 1 人、辟雍私试首选 1 人,通过考试入仕的宰相就超过了九成,剩下的 6 位无科第者,多是开国时的功臣[2]。

---

[1] 张希清《北宋贡举登科人数考》,北京大学中国传统文化研究中心《国学研究》第 2 卷,北京大学出版社,1994 年。

[2] 李裕民《两宋宰相群体研究》,漆侠等主编《宋史研究论文集》,宁夏人民出版社,1999 年。

其他重要职位的情况,也大致如此,司马光就说过:"国家用人之法,非进士及第者,不得美官。"①就最著名的一批文学家来说,我们熟悉的欧阳修、王安石、曾巩、苏轼、苏辙等人,就都是进士出身的高级官僚。但就他们的血统而言,没有一个是大富大贵的家庭出身,没有一个不经过艰辛苦读的少年时代。科举士大夫阶层在北宋政坛和文坛的绝对优势地位,可谓一目了然。

雕版印刷术的及时出现,使我们至今仍可读到北宋士大夫的大量文集,从中可以发现,这个刚刚形成的阶层,马上就获得了自觉,发表了一系列认同自己身份的言论。最著名的代表就是范仲淹、欧阳修,他们倡导士大夫"先天下之忧而忧"、"以天下为己任"的精神,主张"以通经学古为高,以救时行道为贤,以犯颜纳说为忠"②,与君主"共治天下"。我们之所以说此类言论是对其身份的自觉,首先就是因为其明确的帝国立场。从现实上说,士大夫是考上进士做官的人;但从精神上说,他们应该是超越个人视野、家族视野,而主动地以"天下"(实即帝国)为出发点进行思考的人。同时,这种站在帝国立场的"救时"精神,又与"通经"、"行道"的文化传承意识相结合,非常确切地对应着"知识分子—帝国官僚"合一的身份。在范、欧的周围,还有一大批与他们志向接近的年轻官僚,由于他们曾在宋仁宗庆历年间掀起一场政治波澜,从而彪炳史册,故我们称之为"庆历士大夫"。这"庆历士大夫"的崛起,可以被视为帝国(科举)"士大夫"阶层身份自觉的标志。而其实,紧接着他们登场的一代,在各方面都比他们有过之而无

①司马光《贡院乞逐路取人状》,《温国文正司马公文集》卷三〇,《四部丛刊》本。
②苏轼《六一居士集叙》,《苏轼文集》卷一〇,中华书局,1986年。

不及，像司马光、王安石、程颐那样绝对清教徒式的士大夫，无论自律律人，都称得上严厉乃至苛刻，像苏轼那样在经学、史学、诗词、文章、书画、医学、宗教、政治、水利等几乎所有领域都达到一流水准的"通才"，亦堪称"士大夫"文化极盛的象征。可以说，这一种精英文化，形成不久便迈向了高潮。

确实，王安石的政治学说，程颐的哲学，司马光的史学和苏轼的文学，足以使北宋士大夫文化雄视千古。像这种高素质的士大夫，有一个特殊的称呼，叫作"名臣"，南宋朱熹编纂的《名臣言行录》就记载了他们的言行。此书与《世说新语》可以前后辉映，展示了两种不同的"士大夫"形象。或者也因为是朱熹所编的缘故，《名臣言行录》在后世拥有无计其数的读者，从而让人觉得宋代的"士风"特别淳正，比如顾炎武的《日知录》中就有"宋世风俗"一条，对此颇为肯定①。不过，像《名臣言行录》这样的读物，其实一望而知其有美化之嫌，因为从结果来看，由这些"名臣"们所引领的两宋政治，不能算怎样成功。可见，虽然强烈的身份自觉、道德自律使"名臣"们体现了士大夫文化的较高水准，但他们身上也存在许多问题，使科举士大夫文化的发展整体上面临困境。

就笔者目前思考所得来说，首先就是意识形态的问题。上文已经指出，以产生于封建时代的儒学为思想指导，与帝国秩序并不完全合拍。虽然"新儒学"可以被视为使儒学适应帝国秩序的一种改造，但在改造的过程中，各家各派产生了自己的方案，互不相服，形成纷争，也延伸为政治上的党争。直到南宋中期朱子学出现后，才算有了个比较权威的思想体系，可是等朱子学获得此权威地位，赵宋王朝的历史也接近尾声了。而且，这朱子学所阐

---

①见《日知录集释》卷一三，岳麓书社，1994年。

述的主题,上至天地宇宙之本体,下至个人心性之修养,于社会制度、政权建设方面反不如北宋诸家所论更为务实,故其是否适合作为国家的指导思想,当代和后世实际上都有不少人持怀疑态度。至少,以朱子学为科举衡文之标准,从而产生的"八股"经义文,对于科举考试制度的发展来说,显然是弊大于利。

其次,与意识形态和科举制度密切相关的,是士大夫的知识结构问题。科举士大夫是以知识立身的,但在总体上,应科举之需而学习的他们延续着封建士大夫、门阀士大夫的知识结构,大抵只适合于做官,与宋元以下社会各行业所需的实用知识差距甚远。这当然使那些考运不佳、当不上官的读书人很容易沦为一无所长的"腐儒",也使官场履历不深、经验不足的官员经常被狡猾的胥吏阴夺事权。每个人当然都希望做自己擅长的事,所以除总揽政务的宰执外,对士大夫们最具吸引力的职位就是谏官御史、翰林学士之类,宋人称之为"言语"和"文学"之臣,这两条路上真可谓人才济济,竞争激烈,而此外如财政、法律、军事等方面,乃至州县地方官,就相对缺乏人才,且受轻视,于是形成"重内轻外"、"重文轻武"、"重文轻法"等种种偏颇。此类偏颇貌似令"文学"领域特别繁荣,但终究损害着科举士大夫阶层存在的依托——国家。应该说,从北宋便开始出现的以学校代替科举选拔人才的设想,进而在学校里分年级、分专业的做法,有利于改变上述局面,但这种近代意义上的大学,直到清末还停留在萌芽状态。

第三,是经济基础的问题。科举士大夫不像以前的贵族那样自有雄厚的经济实力,虽然朝廷为官员们发放俸禄,但这并不能充分满足其物质需求。"名臣"们可能具有较严格的道德自律,像王安石、司马光那样出骑瘦驴、卧拥布衾的宰相,确实被视为模范,但若以这样的标准去规范众人,便未免被视为"不近人情"。

至于退休之后的养老之地，更需要提前关心。所以，科举士大夫在俸禄之外寻求经济资源，势必难以避免。于是，贪污腐化，与土豪富商相勾结，遂成为最便捷的获利途径。从这个角度说，科举士大夫阶层在社会上越具优势，其士风便将越趋堕落，那程度大约与经济发展同步，故历朝历代都是开国之初问题较轻，此后愈益严重。可以说，士大夫政治的内在痼疾——腐败，必然会随着他们所服务的帝国一起成长，并且在最后将它葬送。

第四，是士大夫的数量问题。从北宋中期起，便出现士大夫过剩的现象，一个职位有几个人等着上任，谓之"候阙"。可想而知，这将使士风更趋败坏。对于国家来说，官僚阶层的膨胀带来双重压迫：纳税人减少，而俸禄负担增大。长此以往，酿成一个致命的困境：科举士大夫阶层自身的发展超越了其所依托的国家的需求和承受能力！为了走出这个困境，宋朝国家想了很多办法，除增加税种、税额外，还有大量发放纸币（国债），国家做东来经营获利（如王安石"新法"中的一些项目）等，最后甚至想出"公田"政策，即国家剥夺或收买地主的土地，直接雇人耕种以收取巨额田租。这个政策的危险性显而易见，它将使赵宋政权失去汉族地主阶层的支持，其后果是，即便思想家们如何强调"夷夏之辨"，如何高举民族主义的旗帜，赵宋政权仍不能有效地团结整个民族来抵御外患，无论在两宋之交还是宋元之交，都是如此。

第五，还有特权问题，即不符合士大夫政治运作规则的，从皇权延伸出来的特殊权力。在具有严重封建性的门阀士大夫占优势的时代，皇帝曾是国家权力的象征，但在科举士大夫按"近世"国家的法则运作政治时，皇帝又反过来显示出封建性，因为他毕竟与士大夫不同，未经考试而世袭权力。虽然宋代的士大夫经常表现出限制皇权的勇气，但皇帝身上的特权成分还是会蔓延开来,如宗室、外戚、宦官、近侍等,都将具备破坏规则的能力。时间越久,蔓延的范围就越大,形成一个"特权阶层",某些高级士大夫的家属也会参与进去,严重干扰士大夫政治的正常运作机制。上文提及的"公田"政策,其实与此特权阶层的存在和需求有很大的关系。士大夫们很难抵御特权的压迫或腐蚀,他们当中依靠特权的帮助而获选拔、晋升的人不在少数,令这个阶层本身走向败坏。

以上只是科举士大夫阶层形成后,在宋代尤其是南宋就已暴露出来的问题。自王国维、陈寅恪先生以来,许多学者推崇宋代文化,许其为中国传统文化发展的顶峰①,但我们也应该看到另一个方面,即此文化的创造主体——科举士大夫阶层身上存在的诸多难以解决的问题,将必然导致这个文化的发展陷入困境。当然,这也可能反过来证明了"顶峰"之说,因为接下来的元明清三朝,也并未有效地解决这些问题,有的只是在新朝建立之初稍显缓和,然后便照例出现,愈趋严重。可见,改朝换代也不是根本的解决办法。在世界史上,科举士大夫确实是近代以前的中国最具特色的东西,但自其成熟的时期宋代起,其发展的限度便可预见了。换句话说,宋朝已经展示了科举士大夫文化发展的极限状态,与此同时,对此文化具有挑战性(即改变士大夫阶层对文化的独占)的现象,也逐渐出现,仅就文学领域来说,就是非士大夫作者的逐步涌现,也就是作者身份的分化。

四、文学创作者的身份分化

上文已经提及,科举士大夫在俸禄之外寻求经济资源,是难以避免的。从另一个角度说,为了实践士大夫所信仰的古老礼

①参考王水照主编《宋代文学通论》绪论第一节,河南大学出版社,1997年。

教,也有必要重新建立家族经济。如果家人不能同居,怎能实践孝道? 如果同族的人互不相关,哪里存在什么"丧服"之制? 所以我们不难看到,从"庆历士大夫"开始,就着力经营家族生计。欧阳修、苏洵都热心于编纂族谱,范仲淹为苏州范氏宗族建立了"义庄"。总之,他们希望家族的繁荣不会及身而止,既然帝国需要进士,他们就要为自己的家族建立培养进士的经济基础。简单地说,就是士大夫要变成地主、富民;反过来,地主、富民为了获得政治地位,也必须培养自己的子弟成为进士。

应该说,这种现象与严格的国家主义立场是有所冲突的。比如在王安石眼里,地主、富民的存在都是"兼并"平民的结果,他们与国家"争利",是危及国家的因素,必须利用各种"不近人情"的政策加以摧破。他的反对者苏辙曾云:

> 州县之间,随其大小,皆有富民。此理势之所必至,所谓"物之不齐,物之情也"。然州县赖之以为强,国家恃之以为固,非所当忧,亦非所当去也。能使富民安其富而不横,贫民安其贫而不匮,贫富相恃以为长久,而天下定矣。王介甫,小丈夫也,不忍贫民而深疾富民,志欲破富民以惠贫民,不知其不可也。①

显然,苏辙说出了多数士大夫的心愿,与其做王安石那样彻底的国家主义的清教徒,他们更愿意与地主、富民结合为一体。大概从北宋后期起,士大夫的地主、富民化,与富民、地主的士大夫化,

---

①苏辙《诗病五事》之五,《栾城集·栾城三集》卷八,上海古籍出版社,1987年。

越来越成为不可阻挡的趋势,到了南宋,两者间差不多已完全融合①。

如果一个家族能连续培养出进士,那么这个家族就很像六朝的"世族"。太宗朝状元宰相吕蒙正,其侄子吕夷简是仁宗朝宰相,夷简的儿子吕公著是哲宗朝宰相,公著的儿子吕希哲是哲宗朝御史,也是程颐的最早弟子,希哲的儿子吕好问是南宋高宗朝的执政,好问的儿子吕本中官至中书舍人,也是著名诗人,以《江西宗派图》闻名,本中的侄孙吕祖谦则是与朱熹齐名的思想家。吕氏家族比起东晋南朝的谢家,也并不逊色了。这样的官宦兼文化世家,宋代以降不算太罕见,他们与六朝贵族的区别,是在于没有世袭特权,必须不断培养进士,如果三四代不出一个进士,大抵就要走向败落。当然,进士不容易考上,而与地主、富民的融合,使他们拥有了一定的经济基础,维持两三代子弟"耕读传家",尚无问题。于是,非士大夫身份的文化人——"乡绅"出现了。

实际上,随着时代的推移,绝大部分士大夫的家族会无可避免地变成"乡绅"。在宋代历史上,这"乡绅"的文化绝对不可忽视。比如,从北宋后期延续到南宋的福建"道南"之学,即"杨时—罗从彦—李侗—朱熹"一系的道学,后来成为权威意识形态,而严羽的《沧浪诗话》,也差不多成为明清诗学的圭臬。罗从彦、李侗、严羽都未考上进士,只是"乡绅"。朱熹考上进士,使道学进入士大夫社会;严羽的再传弟子黄清老考上了元朝的进士,开始搜集

① 参考宫崎市定《宋代的士风》,《宫崎市定全集》第 11 卷,岩波书店,1992 年,第 339 页。

和刊刻严羽的著作，推向士大夫社会①。由此看来，"乡绅"文化可以与士大夫文化相联结，成为其社会基础。另一方面，"乡绅"经常会充当地方政府中的胥吏，而且很可能世代担任，他们与士大夫的合作，使国家立场、地方意识与个人利益获得一定程度的调和。

除乡绅胥吏外，跟士大夫比较接近的文化人还有幕僚、馆客、门生之类。为了建立自己跟政界新人的良好关系，宋代官僚往往愿意接待应考的举子，指点或帮助他们获取科名。所以，有些士大夫在考上进士之前，曾寄身于"先辈"的门庭，他当官后，跟原来的东家依然会关系密切；至于考不上进士的应举者，充当门客的时间就会更长。比如曾巩在考上进士前已是深受欧阳修眷顾的门生，陆佃也曾处馆于高邮傅氏家②，李廌追随苏轼、苏辙的时间更久。曾巩、陆佃后来都考上了进士，李廌却终身未第，现在看来，在北宋有别集现存的作家中，除了几个"隐士"和僧人外，李廌是很少见的非士大夫文人了。

宋代的所谓"隐士"大抵可以归为"乡绅"，僧人另当别论，李廌的情况却值得进一步关注。此类情况事实上不会少，因为从科举制度产生的不光是士大夫，更有大量的落第者，其写作上的水平和名声未必低于及第者。要不是得到有力人物的推荐而勉强入仕，苏洵、程颐和陈师道也将与李廌属于同类。与乡绅不同的是，他们并无"归隐"的意识，不愿安居家乡，即便对科举之途已经绝望，也仍流连于京师周围，出入士大夫之门，从事跟士大夫相仿

①关于严羽《沧浪诗话》的编刻流传过程，参考张健《〈沧浪诗话〉非严羽所编》，《北京大学学报(哲学社会科学版)》1999年第4期。
②陆佃《傅府君墓志》，《陶山集》卷一五，《文渊阁四库全书》本。

的写作活动。这当然使他们有可能得到特别推荐的机会，但也不仅如此而已。《宋史·李廌传》载："中年绝进取意，谓颍为人物渊薮，始定居长社，县令李佐及里人买宅处之。"①可见，已经"绝进取意"的他，依然要选一个"人物渊薮"之地去定居。实际上，颍昌府长社县处于离开封不远的中心地区，确实有许多士大夫在此安家，晚年的苏辙就住在相邻的阳翟县。李廌如此选择定居之地，肯定含有置身"文坛"核心人物的身边，方便交流，并容易获得关注，维持其文名的目的。很显然，地方官和当地有经济实力的人物，也以这样著名的文人住在本地为荣，故不吝施以援手。我们不太清楚李廌定居长社后的经济来源，或许他可以写作来获取资助，维持生计。

被目前掌握的史料所限，我们不得不承认李廌这样非士大夫身份的著名文人，在北宋可谓特殊现象。但到了南宋，这种情况就不算特殊。1994 年，日本著名学者村上哲见出版了《中国文人论》②一书，强调南宋以后非士大夫文人崛起的现象，应该引起学术研究者的重视。村上先生本人擅长词史研究，上述思路使他获得了对南宋词坛的全新把握，在近年出版的《宋词研究·南宋篇》③中，他放弃了以豪放派、婉约派二分法贯串词史的传统方法，而将南宋词区分为"士大夫词"和"（非士大夫）文人词"两种，且明显侧重于后者。除综论外，该书的主体部分由四个个案研究组成，其中"士大夫词"的个案只有辛弃疾一位，而"（非士大夫）文人词"的个案却有姜夔、吴文英、周密三位。确实，南宋非士大夫

①《宋史》卷四四四，《文苑传六》，二十五史整理本，中华书局，1985 年。
②村上哲见《中国文人论》，汲古书院，1994 年。
③村上哲见《宋词研究·南宋篇》，创文社，2006 年；金育理、邵毅平译，上海古籍出版社，2012 年。

文人的文学业绩,在词的领域表现得最为显著,与辛弃疾等士大夫词人相比,他们的特点在于精通音乐,能够凸现词作为歌辞文艺的本色。所以,村上先生也把他们称为"专业文人":

> 到了南宋,与官僚文人性质相当不同的文人,开始作为文学的接班人闪亮登场。他们一方面与仕途几乎无缘,另一方面不仅精通文事、诗文,也广泛擅长书画、音乐等各种艺术,就文人这一面来说,超越了通常的官僚文人,也可以说是纯粹文人或专业文人。在无缘仕途这一点上,他们与所谓隐士相同;但他们与权贵交往密切,以文事进行热闹的社会活动,这与隐士有决定性的区别,他们可以说是进入南宋后才出现的新生阶层。……正因为词是歌辞文艺,所以依靠这些精通音乐的文人,词成就了不同于官僚文人阶层作品的新的辉煌。①

我们知道,词原来就是一种"歌辞文艺",北宋以苏轼为代表的士大夫词人突破了乐曲的束缚,"以诗为词",取得了令人耳目一新的效果,被称为"豪放词"。从文学史的角度,我们也充分肯定他的成就,但这样的词不久就被李清照指责为"句读不葺之诗",而南宋词向强调与音乐密切配合的本色回归的倾向,也宛成主流,正如村上所说,成就了"新的辉煌"。这是一种专业化的趋向,依靠许多非士大夫文人毕生精力的倾心投入,而推进到了事务繁忙、心思旁骛的士大夫所不能兼擅的境地。值得注意的是,像李清照那样的闺阁文人,在这个问题上明显站在"专业文人"一边。

---

① 《宋词研究·南宋篇》第一章第三节。

实际上，闺阁文人也是非士大夫文人的一种，虽然身为士大夫的妻女，创作上的观念和趣味却跟"专业文人"相近。

如果说北宋的李廌在创作上基本追随士大夫，那么南宋的姜夔等人却已形成士大夫所难以具备的专业特长，展示了自己的独特价值。不过，无论是"专业文人"还是闺阁文人，其对于"专业"的全神贯注，仍得益于权贵、士大夫在生活上给予的有力支持。虽然出于对文化和才华的尊重，许多士大夫愿意与他们平等交游，但这不能改变他们依附于士大夫的生存境况。不过，到了南宋中期以后，临安的一位出版商陈起，却为非士大夫诗人提供了另一条出路：通过作品的商品化来求取生计。他所策划出版的《江湖集》，包含了许多非士大夫诗人的别集，中国文学也由此而出现了一个新的作者群体："江湖诗人"。

"江湖"一词有多种含义，其最为核心的意思，应当如范仲淹《岳阳楼记》所示，与"庙堂"对举的。就此而言，《江湖集》收录的作者应该全非士大夫。但实际上，它也收录了一些士大夫的诗作，这是因为士大夫们也喜欢把他们不当官的时期形容为身在"江湖"，尽管这可能只是他前后两任官职之间短暂的间歇。更有甚者，"重内轻外"的观念使州县地方官尤其是低级官员也自视为"江湖"人士，至于安居一方的"乡绅"，当然也可参与其中。这使《江湖集》作者群的身份呈现出复杂的面貌。然而，值得重视的是其中确实包含了标准的"江湖诗人"，如戴复古《春日》诗云："淹滞江湖久，蹉跎岁月新。……山林与朝市，何处著吾身？"①这表明"江湖"既非"山林"也非"朝市"，其《都中书怀呈滕仁伯秘监》描写了"江湖诗人"的生存境况：

①戴复古《春日》，《戴复古诗集》卷二，浙江古籍出版社，1992年，第40页，

北风朝暮寒,园林日萧条。自非松柏姿,何叶不飘摇。儒衣历多难,陋巷困箪瓢。无地可躬耕,无才仕王朝。一饥驱我来,骑驴吟灞桥。通名丞相府,数月不见招。欲登五侯门,非皓齿细腰。索米长安街,满口读诗骚。时人试静听,霜枝咮寒蜩。倘可悦人耳,安望如箫韶。①

"无地可躬耕"表明他不是"乡绅","无才仕王朝"表明他不是士大夫,他依靠干谒求取生活资助,而干谒的手段无非是写诗。为了达到目的,他的诗要写得"悦人耳",但尽管如此,还是会遭受冷遇。可见,"江湖诗人"主要还是靠士大夫的欣赏和资助来维持生计,陈起为他们提供的新出路,大概只能估计为具有辅助性的作用,还不足以支撑"职业作家"的生存。不过作家与出版业的结合,应该说预示了这样的方向。

按宋人的用语习惯,"江湖"是包括僧道的,《江湖集》也收入僧人作品,有一个宋末禅僧所编专收僧诗的集子,也题名《江湖风月集》②。不过,宋代的僧道尤其是禅宗僧人的文学创作,实在足以自成一个系统。目前出版的《全宋诗》中,禅僧诗数量约占全部的十分之一,而有诗歌作品现存的禅僧,也在一千名以上③。可见,以禅僧为主的僧道作者,构成了宋代非士大夫作者的最主干部分。虽然人们经常指责宋代的僧道与士大夫的交往过于密切,但我们应该理解,与士大夫交往并不全是趋炎附势之举,毕竟士大夫占据着"文坛"的中心地位,而时至近世,任何作者都不能让

①戴复古《都中书怀呈滕仁伯秘监》,《戴复古诗集》卷一,第4页。
②朱刚、陈珏《宋代禅僧诗辑考》附录二《江湖风月集》,复旦大学出版社,2012年。
③《宋代禅僧诗辑考》共辑1037名禅僧的作品。

自己离开"文坛"太远。宋代的禅僧文学还东传日本,直接开启了彼邦的"五山文学",那也是日本文化史上一个时代的名称。

综上所述,乡绅胥吏、馆客门生、"专业文人"、"江湖诗人"乃至闺阁、僧道等非士大夫作者,都能使用与士大夫文学相似的体制进行创作。由于他们都在不同程度上依靠士大夫而生存、活动,故我们称之为"士大夫周边"文人。他们的作品,广义上仍可纳入"士大夫文学"的范围。当然,此外还有姓名不见于史料的更下层的民间作者,从事着与士大夫文学体制完全不同的通俗文学的写作。现在仅就"士大夫周边"文人而论,北宋时期已有零星出现,但数量不多,到了南宋就成为不可忽视的一支文学创作队伍。尽管是"周边",但这个"周边"的存在和发展,也将使整个作者群体的结构发生变化,从而呈现出两宋"文坛"面貌的一大差异。

第四章 北宋士大夫文学的展开（下）：
贤良进卷

　　把北宋文学视为科举士大夫的表达载体时,对表达者的思想心态和载体本身各种类型的考察,可以说是同等重要的,上一章基本聚焦于前一个方面,本章拟对后一方面作些研究。所谓载体类型,实际上无非是我们经常提到的文体或文类,但对此进行研究时,中国作者对传统的尊重乃至迷恋将会给我们带来不少困惑。比如,按六朝时代有韵为"文"、无韵为"笔"的观念,"文"可以包括诗赋,当时选"文"论"文"的著作自可含诗赋在内,这些著作给后世提供了范本,乃至宋代以后"诗"、"文"虽早已分途,却仍有不少选"文"论"文"之作会兼及诗赋。我们当然不能据此断定"文"、"笔"的观念在宋代以后依然流行,但上述现象确实令文体文类的发展并不一概呈现为显著的变化。唐宋词和金元曲的产生、繁荣,是新型体制的代兴,唐宋"古文运动"使古文取代骈文成为最常见的文章体式,这些是显著的变化,但诗文的各种类型,如五七言古诗、律诗、绝句,奏议、传记、书序、赞铭、碑志等具体类别,自形成后便一直被沿用下来,表面上并无变化。大抵自《文选》《文心雕龙》以来,中国的文体分类系统就趋于稳定,此后多数作者愿意按这些类别进行写作,并编纂自己的文集。

不过,分类系统虽然稳定,各个时代最受重视的类别却有不同。这最受重视的类别必然最符合表达的需要,从中可以探寻一个时代的表达特点。所以,对文体文类的发展作断代史的考察时,除了关注新兴体制外,也应当关注原有各类别受重视程度的变化。

在 11 世纪的最后一年,即北宋元符三年(1100),著名的"浪子"皇帝宋徽宗继位。刚刚上台的徽宗允许朝野之士就今后应该采用的政策进行讨论,这就引出了一大批与"新旧党争"有关的奏章。后来决定起用"新党"的徽宗和他的宰相蔡京,就根据这些奏章来区分哪些人可以提拔,哪些人应该排斥。著名的"旧党"人士晁说之,也因为元符三年的奏章,而被划入"邪等"。但他的奏章中却有一段话,回顾了北宋士大夫最重视的文体类别的变化:

> 国家之初尚诗赋,而士各精于诗赋,如宋祁、杨真、范镇各擅体制,至于夷狄犹诵之。自嘉祐以来尚论策,而士各力于论策,乃得苏轼、曾巩辈,至今识者各仰之。[1]

这是说,北宋时期最受重视的文体从诗赋转为论策。此种转向至少可以从两个方面得到解释:一是创作主体方面,即士大夫阶层的迅速成长。以提供意见和参与治国为首要职责的士大夫,会把论策看得远比诗赋重要,应该不难理解。二是科举制度所发挥的作用。决定一个人能否成为士大夫,主要就看他能否通过科举考

---

[1] 晁说之《元符三年应诏封事》,《景迂生集》卷一,《文渊阁四库全书》本。按,"杨真"是"杨寘"之讹,即庆历二年(1042)韩绛、王珪、王安石那一榜进士的状元。

试,那么科举考什么,便成为关键问题。以前之所以重视诗赋,就因为唐代以来的进士考试以诗赋为主,而北宋实行了科举方面的改革,以策论和经义取代了诗赋。正如晁说之所说,"自嘉祐以来尚论策",宋仁宗时代的科举考试提高了论策的重要性。到宋神宗时期,著名的"王安石变法"使诗赋彻底被取消,代之而起的实际上是后来被视为"八股文"之前身的"经义"文,所以,若完整地描述北宋时代写作重心的转移过程,应该有诗赋、论策、经义三个环节。但是,晁说之不喜欢经义,他只愿意说到论策为止。实际上,在他发言的时刻,被他举为论策代表人物的苏轼和曾巩,后者已经去世甚久,前者也只剩一年的寿命了。而且,在宋徽宗和蔡京看来,仅凭他对苏轼的推崇就可以证明他是"邪等"之人。

北宋"经义"的兴起与王安石"新学"有密切的关系,目前已有学者对此作了专门的研究①,这里转就晁说之所提示的"论策"作些探讨。按现在的用语习惯,说成"策论"似乎更为常见,实际上内容一样,就是"论"和"策"两种文类的并列而已。从体制上说,这确实与经义一样适合于宋代的士大夫,而从创作成就来说,似乎高于经义。不过,与其泛议北宋策论的发展历史,笔者更有兴趣的还是将策论与科举制度相联系,作出具有专题性的考察。科举考试中的"常科"即进士科,并不是培育策论的最佳温床,有一种专门以策论为考试方式,而且要求考生提交大量策论的"制科",以及将这些提交的策论编辑成单行文本的"贤良进卷",才是本章的探讨对象。

---

① 参看方笑一《北宋新学与文学》,上海古籍出版社,2008 年。

第一节　北宋贤良进卷考论

自汉代以来,中国就有"贤良对策"的制度,由地方政府推荐"贤良"的人才到中央去回答皇帝提出的问题,如果答得好,便由此入仕。汉文帝时代的晁错,可能是"贤良对策"制度所收获的第一个有用之才。汉武帝登基,亦首举此政,广川董仲舒连对"天人三策",是文化史上的一件大事,公孙弘则徒步封侯,严助、东方朔等继起,人才极盛。在没有公平完善的选官制度的时代,相比于宗室、外戚、门客、家奴之登庸者,这批"贤良"才是国家的支柱。六朝的政治虽被贬为"门户私计",但南北朝廷仍不废贤良之举。到了唐代,便融入科举之中,成为所谓的"制科",即除了进士、明经等"常科"外,由皇帝临时下制举行的选拔特殊人才之考试。这"制科"的名目虽然多种多样,但中唐以来最为突出的就是"贤良方正能直言极谏"科,专门选拔政治方面的人才,实际上就是汉世"贤良对策"的延续。由于政治上问题甚多,故此科屡屡举行。降及北宋,"制科"形成了完善的制度,"贤良"亦成为"制科"的代名词。

唐代的贤良制科,考试方式仍与汉代相似,应试者所作的主要是一篇对策。有的对策激烈攻击时弊,在当时颇具盛名,如刘蕡的对策。至北宋仁宗以后,随着制度的完善化,应试的手续、步骤变得复杂,应试者所作的文字剧增,除了对策之外,还有所谓"秘阁六论",而更重要的则是"贤良进卷"。这些都与制度相关,所以先要略述制度方面的内容。

一、北宋"制科"之制度

有关北宋的"制科"制度,在《宋史·选举制》、《宋会要辑稿·选举》、《续资治通鉴长编》和《文献通考·选举考》中都有叙述,资料不少。中国学者聂崇岐的《宋代制举考略》[①]和日本学者荒木敏一的《宋代科举制度研究》[②]对此都有详细的考论,此处只须略述概要。

北宋"制科"又有"六科"之称,即包含六个科目:贤良方正能直言极谏科、博通坟典明于教化科、才识兼茂明于体用科、详明吏理可使从政科、识洞韬略运筹帷幄科、军谋宏远材任边寄科。另外还有高蹈丘园、沉沦草泽、茂才异等科,专取布衣。这些科目中,"贤良"科堪称代表,故当时的习惯也以"贤良"统称制科举人。

就宋仁宗以后比较完备的制度而言,考试的步骤大致有三:第一步,经近臣推荐,应试者向朝廷提交五十篇策论,由朝廷委员考评,排出名次,这就是所谓"贤良进卷"了;第二步,进卷考评获得合格者,被召集到京师,到秘阁去做六篇命题作文,题目都是从古代典籍甚至注疏中挑出一句乃至半句,要求按题面写成论文,并且在文中交代题面的出处,实际上论文写得如何并不重要,能否记得出处,才是成败的关键,此之谓"秘阁六论";第三步,在"秘阁六论"考试中获得"四通"、"五通"(即准确交代了多数题目的出处)者,有资格去参加"御试对策",即回答有关当前政治的一系列问题,其写成的对策也要由朝廷委员考评,合格者便获得"制

---

① 聂崇岐《宋代制举考略》,见《宋史丛考》上册,中华书局,1980年。
② 荒木敏一《宋代科举制度研究》第七章、第八章,同朋舍,1969年。

科"出身。

按宋代的俗称,"制科"又叫"大科",由此出身的人较快被提拔,升进之速远逾一般的进士,所以很多已经具有进士出身的人,还要去考这个"制科"。但应考过程中确实也难关重重。那五十篇策论即"进卷",虽说是提交给朝廷的,实际上总是以单行本到处流传,等于是向整个社会公开,要接受全体士大夫的考量。而最难的莫过于"秘阁六论",其方式虽类似于后来的"八股文"考试,但后者的出题范围限于《四书集注》,这"秘阁六论"的出题范围却并无限制,除儒家经典及其注疏外,从古代子、史类书籍中也可能出题。这是对应试者的阅读量和记忆力进行严厉的审查,能通过这一关的人,每次都是寥寥无几。最后的对策,有时候是比较形式化的,但若不幸遇到党争激烈的关头,则对策所提供的意见被哪一派首肯,这一派的力量能否支持他获胜,就要看运气了。总而言之,这"制科"既重视平时的写作,又要求临场的发挥,还直接关涉到政治局势,确实结合了汉举贤良和唐试进士的优点和难点,堪称科举考试之最。

不过,现在看来,"秘阁六论"大抵是相当乏味的文章,"御试对策"虽有做得相当精彩的,毕竟也是匆促而成,最有价值的乃是"贤良进卷"。每一个应试者,一下子提交五十篇策论,无疑是今天研究宋代策论的最佳材料了。实际上,宋代著名的策论大抵出自贤良进卷。

二、应试者及其策论

聂崇岐的论文中提供了宋代历届制科及第者的名单,但文章传世的情况与此并不相符,因为及第者的文章未必流传下来(如范百禄),而现存贤良进卷的人当年却未必及第(如秦观),所以仍须依据现存的史料重新寻检。就笔者目前掌握的情况来说，北宋一代比较重要的如下：

1. 夏竦《文庄集》为清代四库馆臣从《永乐大典》辑出，收入其进策近二十篇，六论中的四论，以及对策。

2. 张方平两次应制科，其《乐全集》四十卷，为宋代以来所传原本，其中收入了相关的文章。卷六至卷十五为《刍荛论》十卷，可以判定为一个进卷，另一个进卷似未收入，或者只选收了一部分。

3. 李觏有《富国强兵安民策》三十篇，当时实属制科进卷。其应制科前作有《礼论》七篇、《易论》十三篇，若编入进卷，则恰成五十篇之数。

4. 陈舜俞《都官集》由四库馆臣从《永乐大典》辑出，其卷六、卷七为《治说》五十篇，前有《进治说序》，实为制科进卷。五十篇并未全部保存下来，但题目是全的。其六论、对策未见。

5. 苏轼、苏辙兄弟同应制科。苏辙的《栾城应诏集》收入了进卷、六论、对策，最为完善；苏轼的《应诏集》也收入了进卷，其六论和对策则散入文集。他们的父亲苏洵也曾参加制科考试，当时必有进卷，但因没有及第，据说烧毁了所有文章，今存《嘉祐集》的文章都是后来写的。不过，《嘉祐集》包含好几组策论，形式上类似进卷的组成部分。笔者怀疑全部烧毁的说法有些夸张，也许他还是保留了一部分得意之作，即便后来重新修改，至少在写作上延续着进卷的作风。

6. 曾巩并未参加过制科考试，但其《元丰类稿》卷四十九为《本朝政要策》五十篇，恰同进卷之数。只是每篇都很简单，似乎只是收集做策论的素材，而尚未成文。大概他曾有参加制科考试的计划，但后来放弃了。

7. 李清臣文集不存，但《宋文选》收入其策论五卷，实际上就是其贤良进卷的全貌，六论只存一篇，对策存。

8. 孙洙的进卷据说风传当世，今天能见到的只是数篇而已，但质量确实不错。

9. 吕陶《净德集》由四库馆臣从《永乐大典》中辑出，保存了其进卷的一部分。

10. 秦观《淮海集》中有全部进卷，以及六论中的四论，但他并未参加"御试对策"，所以没有对策。

由以上情况看来，晁说之举苏轼和曾巩为"嘉祐以来"策论的代表，就曾巩而言是稍觉勉强的，但这或许因为《元丰续稿》失传的缘故。苏轼自然是当之无愧，但要说北宋一代策论的代表，统举三苏可能更为恰当。若就现存的文章而言，李清臣和秦观的贤良进卷也都很完整，其写作水平都臻于上乘，不容忽视，尤其是李清臣的进卷，在"新党"诸人的文集大抵失传的今天，是研究"新党"文学的难得材料了。

三、贤良进卷之结构与价值

苏轼、苏辙、李清臣和秦观的四个贤良进卷现在保存完整，现将其进卷中策论的标题列为一表，以观其大概。张方平的《刍荛论》十卷也是个基本完整的进卷，陈舜俞的《治说》虽不全，但题目都保存下来了，李觏的《富国强兵安民策》加上《礼论》和《易论》恰为五十篇，所以也一并列入表格。北宋一代的贤良进卷，今日尚可窥其全貌的，大致就是这些了。

序号	张方平	李觏	陈舜俞	苏轼	苏辙	李清臣	秦观
1	*政体论	礼论第一	说御	中庸论上	夏论	论略	晁错论
2	立政之本在信命令	礼论第二	说用	中庸论中	商论	易论上	韦元成论
3	政理之要在广言路	礼论第三	说复	中庸论下	周论	易论中	石庆论
4	姑息之赏	礼论第四	说变	大臣论上	六国论	易论下	张安世论
5	恩贷之诩	礼论第五	说应	大臣论下	秦论	春秋论上	李陵论
6	*主柄论	礼论第六	说柄	秦始皇帝论	汉论	春秋论下	司马迁论
7	后妃	礼论第七	说几	汉高帝论	三国论	礼论上	李固论
8	宦者	易论第一	说权	魏武帝论	晋论	礼论中	陈建论
9	宰司	易论第二	说上	伊尹论	七代论	礼论下	袁绍论
10	藩镇	易论第三	说学	周公论	隋论	诗论上	鲁肃论
11	*选举论	易论第四	说教	管仲论	唐论	诗论下	诸葛亮论
12	凡资任子弟荫名国子监立格试业补用论	易论第五	说化	孙武论上	五代论	史论上	臧洪论

	张方平	李觏	陈舜俞	苏轼	苏辙	李清臣	秦观
13	复举孝廉	易论第六	说政	孙武论下	周公论	史论下	王导论
14	选格	易论第七	说刑	子思论	老聃论上	四子论上	崔浩论
15	川岭举人便宜	易论第八	说仁	孟轲论	老聃论下	四子论下	王俭论
16	*官人论	易论第九	说义	乐毅论	礼论	唐虞论	韩愈论
17	用人体要	易论第十	说礼	荀卿论	易论	三代论	李泌论
18	郡县理本	易论第十一	说乐	韩非论	书论	秦论	白敏中论
19	考功之法	易论第十二	说智	留侯论	诗论	西汉论	李训论
20	辟署之制	易论第十三	说信	贾谊论	春秋论	东汉论	王朴论
21	*宗室论	富国策第一	说体	晁错论	燕赵论	魏论	序篇
22	皇族试用	富国策第二	说制	霍光论	蜀论	梁论	国论
23	诸院教授	富国策第三	说实	扬雄论	防边论一	隋论	主术
24	？	富国策第四	说听	诸葛亮论	防边论二	唐论	治势上

	张方平	李觏	陈舜俞	苏轼	苏辙	李清臣	秦观
25	？	富国策第五	说断	韩愈论	防边论三	五代论	治势下
26	*礼乐论	富国策第六	说祭	策略一	君术第一道	策言	安都
27	学校	富国策第七	说财	策略二	君术第二道	法原策	任臣上
28	车服	富国策第八	说兵	策略三	君术第三道	势原策	任臣下
29	儹俗	富国策第九	说战	策略四	君术第四道	议刑策上	朋党上
30	雅乐	富国策第十	说河	策略五	君术第五道	议刑策下	朋党下
31	*刑法论	强兵策第一	说预立太子	策别/课百官/厉法禁	臣事上第一道	议兵策上	人材
32	诏狱之弊	强兵策第二	说幸	策别/课百官/抑侥幸	臣事上第二道	议兵策中	法律上
33	不孝之刑	强兵策第三	说节	策别/课百官/决壅蔽	臣事上第三道	议兵策下	法律下
34	官刑之滥	强兵策第四	说势	策别/课百官/专任使	臣事上第四道	议戎策上	论议上

	张方平	李觏	陈舜俞	苏轼	苏辙	李清臣	秦观
35	更为奸赃	强兵策第五	说官	策别/课百官/无责难	臣事上第五道	议戎策下	论议下
36	*武备论	强兵策第六	说任	策别/课百官/无沮善	臣事下第一道	议官策上	官制上
37	民兵	强兵策第七	说使	策别/安万民/敦教化	臣事下第二道	议官策中	官制下
38	任将	强兵策第八	说进	策别/安万民/劝亲睦	臣事下第三道	议官策下	财用上
39	兵器	强兵策第九	说党	策别/安万民/均户口	臣事下第四道	重计策	财用下
40	?	强兵策第十	说副	策别/安万民/较赋役	臣事下第五道	实备策	将帅
41	*食货论	安民策第一	说士	策别/安万民/教战守	民政上第一道	明责策	奇兵
42	屯田	安民策第二	说衣	策别/安万民/去奸民	民政上第二道	劝吏策	辩士

	张方平	李覯	陈舜俞	苏轼	苏辙	李清臣	秦观
43	仓廪	安民策第三	说工	策别/厚货财/省费用	民政上第三道	固本策	谋主
44	税赋	安民策第四	说商	策别/厚货财/定军制	民政上第四道	厚俗策	兵法
45	畿赋	安民策第五	说田	策别/训兵旅/蓄材用	民政上第五道	广助策	盗贼上
46	轻重	安民策第六	说谏	策别/训兵旅/练军实	民政下第一道	养材策	盗贼中
47	原蠹上篇	安民策第七	说恩	策别/训兵旅/倡勇敢	民政下第二道	审分策	盗贼下
48	原蠹中篇	安民策第八	说宥	策断一	民政下第三道	慎柄策	边防上
49	原蠹下篇	安民策第九	说禁	策断二	民政下第四道	解蔽策	边防中
50	?	安民策第十	说戒	策断三	民政下第五道	辨邪策	边防下

我们之所以重视完整的进卷,就是因为从上面的表格可以看出,五十篇策论不是简单堆积起来的,而是具备着一定的结构。也就是说,贤良进卷的性质其实不是别集,而是子书。中国在先秦时期产生过很多子书,后来别集流行而子书越来越少,但在宋代,士林之间流传着许多单行的贤良进卷,实际上可以视为子书的复兴。理论内容如何暂且不论,只就篇目安排的结构形态来说,其层次性、体系性是高于先秦子书的。尤其是苏轼的进卷,先分为策、论两种各二十五篇,策中又分为策略、策别、策断三类,策别之中又分为课百官、安万民、厚货财、训兵旅四个方面,每个方面又包含几个具体的篇目,结构上呈现了四个层次,在历代子书中可能没有第二个例子了。

当然,基本的构成单位是一篇一篇用古文写作的策、论,脱离了进卷的整体后,也自具独立性,就此而言,它又是唐宋"古文运动"的成果。可以说,以"古文运动"的精神再造先秦子书传统,才是对贤良进卷的确评。

若仔细剖析进卷之结构,大抵论、策各占一半,因为要进呈朝廷,所以也分称"进论"、"进策",前者偏重于原理性,后者比较倾向于具体的建议。上表之中,苏轼、苏辙、李清臣的进卷都是论、策各二十五篇,李觏和秦观都是二十论、三十策,亦大致均匀。需要说明的是,陈舜俞的进卷虽然都标题为"说",但如其自云:"总五十首,离其篇为上、下,上篇言皇王之轨法,兼明当世所未至,下篇指国家之蠹敝,要以施行之便宜。"①即谓前二十五篇重原理,后二十五篇重实用,则性质上等于论、策各占其半。只有张方平的进卷比较别出心裁,似乎是分了九个专题,每个专题冠以一论,续

①陈舜俞《进治说序》,《都官集》卷六,《文渊阁四库全书》本。

以数策,是以论带策的形式。

观其论题,大约可以分为五种:

1. 经籍论,如《诗论》、《易论》之类;

2. 历代论,如《商论》、《唐论》之类。

3. 人物论,如《秦始皇帝论》、《韩愈论》、《四子论》之类。

4. 地域论,如《燕赵论》、《蜀论》之类。

5. 主题论,如《政体论》、《大臣论》、《说仁》、《说义》、《防边论》之类。

这样的分类只是就题面而言,从其实际内容上说,时有交叉。比如,若以历代人物构成人物论的系列,则与历代论相差不远。李清臣的《四子论》题面上是指孟子、荀子、扬雄、韩愈四个人物,实际上是通过对此四家学说的辨析,来谈论"性"的问题,归入主题论亦无妨。而秦观的《韩愈论》,则纯是一篇文学评论。总体来说,论的内容遍及哲学、历史、文艺诸领域,至于政治、经济、军事、外交方面的论文,则与策并无严格分别,只能说策更偏重这些方面,而且大多针对现实问题。

策的组织方式多种多样,上文已提及,苏轼在整体结构的经营上似乎最下功夫,但其他几位也大抵各具自己的思路。有趣的是陈舜俞的《说预立太子》一篇,与另四十九篇的命题方式迥然不同,这显然是因为宋仁宗没有亲生儿子,至其晚年,继承人的问题十分突出,所以陈舜俞不惜破坏其进卷命题上的统一性,硬是把这个问题纳入他谈论的范围。这个现象再次证明进卷的作者对于现实的强烈关怀。

一般来说,策论写到五十篇,而且被组织为一个有结构的整体,这就足以系统地表达出作者的主要思想,以及他对各领域具体问题的意见。今天,这些策论大多已散入各人的文集,研究者也多把它们看作单篇的文章，难免使其整体性有所失落。所以，把它们恢复为进卷，应该是一件颇有意义的事。实际上，不但是每个进卷各具整体性的思路，有时候进卷与进卷之间还会互相配合。比如苏氏兄弟的进卷，就显然如此。苏辙写了五经论，交代了他对传统儒家经典的认识，苏轼便作三篇《中庸论》，表明他对北宋新儒学所重视的经典的关注。苏辙写了历代论，苏轼便改变方式，写作历代人物论，以避免论题雷同。苏轼的二十五策中，谈论吏治、民生、军事的较多，谈论财经问题的特少，仅有的"厚货财"两篇，其实一篇可归入吏治，一篇可归入军事，探索经济规律或提供理财建议的几乎没有。笔者以前写作《苏轼评传》的时候，曾由此判断苏轼在财经方面缺乏新颖的思想，不足以成为王安石"新法"的合格批判者①。现在看来，这个判断是错的，因为财经方面的论述，更多地见于苏辙的二十五策，而且其《臣事策下第五道》和《民政策下第二道》已经提出类似"雇役"和"青苗"之法的建议，这至少说明他具备批判王安石这些"新法"的能力。苏氏兄弟写作和编定进卷的时候，在论述领域或论述角度上显然有所分工，而由苏辙分担的部分所达到的认识水平，应当承认苏轼也是具备的。总而言之，二苏的进卷不但自具结构，合起来更呈现为完整的体系。

以上强调了贤良进卷在整体性上的价值，接下来要分析它们在各具体领域的创获。这里暂且不论吏治、财经、军事等方面，因为那超越了笔者的能力。按照近代人文学科的领域区分，我们可从哲学、历史、文学三个方面来加以清理。第一，北宋的进论必定谈及儒家经典或者"道"、"性"等儒学命题，可以据此考察"新儒

---

① 王水照、朱刚《苏轼评传》，南京大学出版社，2004年，第322—323页。

学"的兴起与发展;第二,仁宗以后的进策,大抵关涉到"变法"的问题,可以据此研究北宋新旧党争之形成;第三,由于策论本身是嘉祐以后士大夫文学的核心体制,而贤良进卷又是策论的集成,故理应成为北宋文学史的考察对象。

四、贤良进卷与"新儒学"

对北宋"新儒学"的研究,以前大多集中在二程、张载等被《伊洛渊源录》所承认的思想家,目前已经扩大到其他各派的学说了,但是恐怕还没有人关注过李清臣吧。其实,他的"进论"之中,对当时新兴的思潮是有颇为积极的响应的。

李清臣的二十五篇"进论",首以《论旨》一篇,概述各篇大意,等于是序言。此后是十篇经论、两篇史论(对《史记》和《汉书》的批判)、两篇子论,最后是十篇历代论,组织的思路是非常清晰的。上文已提及,两篇《四子论》实以"性"为主题,直接参与了有关"新儒学"核心问题的探讨。现在再看他的经论,《诗论上》指责郑玄说诗烦琐牵强,《礼论下》批驳《礼记·礼运》的"大同"之说,《易论上》拒绝接受象数之学,《易论下》力证《序卦传》非孔子所作:这些都具有北宋"新儒学"的"疑经"特点。

现存的北宋贤良进卷,其实非常集中地反映出北宋中期的士大夫被"新儒学"所激动的情形。上文提及,张方平两次应"制科",应该有两个进卷,表格中录入了他的第一个进卷即《刍荛论》十卷的标题,我们从中很难看出"新儒学"的影响。现在找不到他的第二个进卷,但《乐全集》卷十七有十篇论:《中庸论》三篇、《三代建国论》、《史记五帝本纪论》、《三代本纪论》、《四代受命论》、《南北正闰论》、《君子大居正论》、《诗变正论》,这些有可能是他的第二个进卷的一部分内容,仅从标题上就可以看出鲜明的"新儒学"色彩。果然如此,则张方平前后两个进卷的差异,就见证了仁宗时代初期"新儒学"思潮的勃兴。至嘉祐以后,陈舜俞、苏轼、苏辙、李清臣的四个进卷,就无一不以相当篇幅来热烈地响应"新儒学"的思潮。而到秦观应"制科"的元祐年间,士林对"新儒学"的热情似乎有所消退,他写了二十篇历代人物论,其中并不包含李清臣借以论"性"的孟、荀和扬雄,其《韩愈论》也不谈"性"的问题。这也许是因为王安石"新经学"的出台,使"新儒学"的发展告一段落。秦观所论二十个人物,始于西汉的晁错,终于五代的王朴,意外地摈除了先秦的人物。据晁说之的说法,在北宋的新旧党争中,"王荆公著书立言,必以尧舜三代为则,而东坡所言,但较量汉唐而已"①。由此看来,秦观"进论"在取材上轻三代、重汉唐的做法,与苏轼"蜀党"的政治立场相关,这就牵涉到党争的问题了。

五、贤良进卷与北宋党争

确实,秦观的进卷本身就是新旧党争的产物。在王安石主政的时期,"制科"一度已被撤废,元祐旧党上台后恢复了这个制度,才有了秦观的进卷。其三十策的内容,可以分为三大部分:专制国家论(前六篇)、官僚政治论(中十三篇)和军事边防论(后十一篇)。笔者将在本章第四节具体分析这三十策所阐述的见解与"新旧党争"和"洛蜀党争"的关系,这里只先提示一点,就是秦观以他的这份进卷,直接参与了北宋的党争。

话题回溯上去,王安石为什么要撤废"制科"呢?就是因为有人用"御试对策"的机会反对他变法。熙宁三年,孔文仲应制科,

①晁说之《晁氏客语》,《文渊阁四库全书》本。

在对策中激烈攻击"新法",考评的官员纷纷叫好,高中在望,结果却被支持王安石的宋神宗御批黜落,考官们勇敢地封还皇帝的御批,上疏力争,但仍归无效。此后王安石为了怕麻烦,索性便取消了制科考试。

孔文仲的制科进卷没有流传下来,自然是一件可惜的事,但现存完整进卷的作者中,正好包含了新、旧二党的领袖人物:苏辙是旧党的执政,而李清臣是新党的执政。不过,他们的进卷都作于仁宗的时代,新旧党争还没有发生,阐述的政见毋宁说是比较接近的,即都主张一种稳健的变革。到真正大刀阔斧的"变法"发生的时候,这种稳健的变革论者或退而为"旧党",或进而为"新党",也是一件可以理解的事。

值得注意的是上文也曾提及的苏辙《民政策第七道》。这是一篇施政提案,内容是所谓"贷民急",就是在每年青黄不接的时候,由政府分两次向农民发放贷款,"春贷以敛缯帛,夏贷以收秋实"。苏辙说,这是早就见于《周礼》一书的古代成法,而且"可以朝行而夕获其利,此最当今之所急务也"①。无论是实施方法还是论证依据,这"贷民急"都与王安石的"青苗法"惊人地一致。也许宋神宗看到了这一点,所以派苏辙去王安石领导下的"制置三司条例司"工作,参与策划"新法"。不料苏辙却成为"青苗法"的第一个批判者,而且不久便反出了条例司,跟王安石眼里的"流俗"们同流合污去了。

仁宗晚期的四个进卷作者(陈舜俞、二苏和李清臣),前三个后来反对"新法",只有一个支持"新法"。但不管后来的态度如何,他们当初的言论依然成为"变法"的舆论基础。

---

① 苏辙《民政策第七道》,《栾城集·应诏集》卷十,上海古籍出版社,1987年。

六、贤良进卷的文学史意义

按近代的文学观念,比起记、序、传、书及一些小品文来,策论并非纯粹的文学作品。但正如本章开头已经指出的那样,嘉祐以后的北宋士大夫文学,却以策论为最核心的文体。所以,贤良进卷的文学史意义,几乎是不言而喻的。进卷的作者多为文章名家,而且写作时正值盛年,尽心竭力,体现他最好的水平。写成以后,在当世就要遭遇严格的考评,而能否流传至今,又关乎后世的取舍,故上面的表格中,包含了许多受到历代文章选家青睐的名篇。不过,这里不能作单篇的赏析,只能就进卷的整体性略作讨论。

当我们知道这些策论出自贤良进卷时,也就可以理解它们为什么形式一致、主题类似,连长短也相仿佛。宋人的文章批评之所以讲究"法度",也与此有关,因为这确实不是私人性的写作,必须讲规矩。最典型的可能是秦观的进卷,所谓"少游五十篇只用一格"①,就是每篇的结构方式全部相同。而且,因为进卷要上呈候审,所以即便竭尽文章修辞的能事,其基本风格却必须平易畅达,不可过于晦涩,令人难解。这对北宋古文的总体风貌之形成,多少有些作用。

就贤良进卷的形式而言,应当来源于唐代的进士行卷。为了向主考官或对科举取士有影响力的人展示自己的写作实力,唐代的应试者把他们平时得意的诗文抄成行卷,在考前到处投递。宋初的君臣讨厌这样的风气,设计了"糊名"、"誊录"等法,而且禁

---

① 《文献通考》卷二三七"秦少游《淮海集》三十卷"下注引"玉山汪氏"。按,即南宋汪应辰。

止举子们投递行卷,使进士考试成为真正的"一考定终身"。但是,以"贤良方正能直言极谏科"为代表的"制科",却正式要求先缴"进卷"。这等于是行卷的制度化。学术界对唐代的进士行卷已有较多的研究,一般认为,唐诗之盛自与"诗赋取士"的科举制度相关,但试帖诗本身少有杰作,科举影响文学的真正实绩倒是这些行卷。其实宋代的情形也相似,王安石改进士试"经义",那"经义"文亦颇受诟病,而与进士行卷相似的贤良进卷,却包含了许多脍炙人口的名作。相比之下,从今存的唐人诗文,要钩稽出某个行卷的原貌,是极为困难的,而宋代的贤良进卷虽多散入文集,但此类文章的特征鲜明,要恢复进卷的原貌并不很难。所以,宋代贤良进卷可以看作科举影响文学的最佳正果。如果我们相信韩愈的"五原"那样的系列论文曾被编入他的行卷,那么这个行卷就是北宋贤良进卷的前驱了。

作为一种制度性的存在,贤良进卷的写作方式对作者的知识结构的塑造也是值得重视的。为了养成适合于写作进卷的能力,士大夫一方面要广泛而深入地阅读各类典籍(为了应付"秘阁六论",还必须具备超强的记忆力),通过独立思考,形成一套基本上自成一家的学说,另一方面也要关怀现实,研究具体的问题,提出各种建议。其议论要耸人耳目,必须新颖独到,在某些领域具备专长,才能被人首肯,但五十篇策论在总体上又遍涉全部领域,所以作者还必须使自己成为通才,不能拘于一隅。应该说,文官政治对士大夫素养上的要求,极为典型地反映在贤良进卷的写作方式之中,由此造就了宋代士大夫作家的一系列特征,当然也与宋代文学的总体特征密切相关。如果说贤良进卷是士大夫文学的典范,大概并不太过分。

七、余论

宋代笔记的繁荣、诗话的涌现、语录的流行、文集的大量编撰，也是士大夫文化兴起的结果，特别是笔记和诗话，以随意性和无体系性为其显著特征，反映了士大夫在写作方式上的某种爱好。这样的写作习惯经常被认作中国人的思维特征，但贤良进卷的撰写却纯然与此异趣，它要求体大思精，强调规矩，重视结构，崇尚自成一家的学说，同时又针对现实。这是士大夫写作传统中不可忽视的严肃一面，受过此种训练的人不会丧失这种著述的能力。比如，苏辙在晚年还写作了《历代论》五卷，共四十五篇①，形式上跟贤良进卷很相似。这个时候他不需要再应付什么考试，仅仅是早年撰写进卷的习惯，促使他投入系列性论文的写作。而且，"苏门"弟子如秦观、张耒、李廌等，都有"进卷"或类似的系列性论文留存，看来这样的写作方式是"苏门"的一大作风②。

贤良进卷本是典型的士大夫文学，而且写作目的是去应"制科"，凡是身非士大夫者，或者虽是士大夫而不应制科者，本来并不需要如此写作。但是，实际上既有不应制科而采取类似写作方式的士大夫，也有身非士大夫而写出了类似作品的。宋仁宗的时代可能是此种写作风气的极盛期，连僧人也受到了影响。释契嵩的《镡津集》卷五至卷七，有《论原》四十篇，其细目如《礼乐》、《大政》、《至政》、《赏罚》诸论，命题与结构方式极似贤良进卷。虽然身为僧人，他却并不回避谈论世俗的问题，而且与李觏争论是非。

---

①收入《栾城集·后集》卷七至卷一一。
②详见本章第二节。

无独有偶的是,在他去世后,为他写作了《镡津明教大师行业记》①的,正是另一个贤良进卷的作者陈舜俞。契嵩的写作方式与李觏、陈舜俞等人几乎没有什么区别。甚至在以接受宋代禅僧文学为主的日本五山文学中,我们也可以发现士大夫文学的某种影响,比如虎关师练的《济北集》②卷一五,就由如下十篇论构成:

> 外别论、正旁论、寺像毁败论、智通论、瞽瞍杀人论、李斯论、萧何论、文帝论、则天论、姚崇论。

虽然只有十论,但也构成系列,前五篇是主题论,后五篇是历代人物论,而且论述对象是中国宋代以前的人物,颇似一组小型的贤良"进论"。大概在五山禅僧中,虎关是最像宋代士大夫的。至于中国南宋、元明以后的文人别集,包含此类系列性论文的就不胜枚举了。

到此为止,我们只粗略地叙述了北宋贤良进卷的概况,后续的几节,将对目前可以确信其为完整面貌的四个进卷(苏轼、苏辙、李清臣、秦观之进卷)作出比较详细的个案研究。

第二节　论二苏贤良进卷

半生赴考却未获一第的苏洵,后来对科举考试形成一种偏激的看法,在他写给梅尧臣的书信中吐露出来:

---

① 见《镡津集》卷首,《文渊阁四库全书》本。
② 见《五山文学全集》第一册,思文阁,1973年。

自思少年尝举茂才，中夜起坐，裹饭携饼，待晓东华门外，逐队而入，屈膝就席，俯首据案。其后每思至此，即为寒心。今齿日益老，尚安能使达官贵人复弄其文墨，以穷其所不知邪？①

他认为参加考试就是让不懂文章的达官贵人去玩弄自己的作品。这样的说法真是给科场不得意的人解气！但他的两个儿子却全然无此心态。二十二岁的苏轼和十九岁的苏辙在宋仁宗嘉祐二年（1057）初次赴举，便一齐进士及第。此后归乡为母亲程夫人服丧，至嘉祐五年再至京师，又获欧阳修等推荐，参加次年举行的"贤良方正能直言极谏科"即"制科"考试，结果又是"连名并中"，令欧阳修高兴得连呼"盛事盛事"②。跟他们同时登科的还有一位王介，字中甫，此人去世较早，苏轼为他写《同年王中甫挽词》云："先帝亲收十五人，四方争看击鹏鲲。"③这是说宋仁宗在位四十余年间，总共只有十五人获得"制科"出身，众所瞩目，理应前程远大。多年以后，苏轼又作《王中甫哀辞》，序云：

> 仁宗朝以制策登科者十五人，轼忝冒时，尚有富彦国（弼）、张安道（方平）、钱子飞（明逸）、吴长文（奎）、夏公酉（噩）、陈令举（舜俞）、钱醇老（藻），并王中甫与家弟辙九人存焉。其后十有五年，哭中甫于密州，作诗吊之，则子飞、长文、令举殁矣。又八年，轼自黄州量移汝海，与中甫之子沇之

①苏洵《与梅圣俞书》，曾枣庄等《嘉祐集笺注》卷一三，上海古籍出版社，1993年。
②欧阳修《与焦殿丞（千之）》，《欧阳文忠公集》卷一五〇，《四部丛刊》本。
③苏轼《同年王中甫挽词》，《苏轼诗集》卷一四，中华书局，1982年。

相遇于京口,相持而泣,则十五人者,独三人存耳,盖安道及轼与家弟而已。呜呼悲夫!①

这里简叙十五人的存殁情形,悲痛号呼。其《哀辞》末云:"堪笑东坡痴钝老,区区犹记刻舟痕。"②此谓时过境迁,期待已落空,记忆却依然深刻。他如此自嘲,反证"制科"登第的经历实为其心中无与伦比的骄傲。同样,苏辙晚年作自传《颍滨遗老传》,第一件详叙的事就是嘉祐六年的"制科"考试,而且还将应试时的对策节录了一大段③。可见此事在他心中也是自己政治生涯的第一页。

关于苏氏兄弟举"制科"的经过以及其间应试文章,目前以孔凡礼《苏轼年谱》和《苏辙年谱》④的叙述较为简要而完整,但包含

①苏轼《王中甫哀辞并叙》,《苏轼诗集》卷二四。按,据聂崇岐《宋代制举考略》,仁宗朝制科及第者如下:天圣八年(1030)何咏、富弼,景祐元年(1034)苏绅、吴育、张方平,景祐五年(1038)田况、张方平,庆历二年(1042)钱明逸,庆历六年(1046)钱彦远,皇祐元年(1049)吴奎,嘉祐二年(1057)夏噩,嘉祐四年(1059)陈舜俞、钱藻,嘉祐六年(1061)王介、苏轼、苏辙。其中张方平两登制科,总人数正为十五名。《宋史丛考》上册,中华书局,1980年,第192—193页。

②苏轼《王中甫哀辞并叙》,《苏轼诗集》卷二四。

③苏辙《颍滨遗老传上》,《栾城集·栾城后集》卷一二,上海古籍出版社,1987年。

④孔凡礼《苏轼年谱》,中华书局,1998年;《苏辙年谱》,学苑出版社,2001年。孔氏其后又有合订本《三苏年谱》,北京古籍出版社,2004年。对比前二书,《三苏年谱》主要增入苏洵事迹,也补充了有关二苏的新见资料,但前二书已有的条目文字,基本上原样抄入,较少做合并、疏通的工作,有一些二苏同做的事,仍被分作两条,更严重的问题是,这两条还未必抄在一处,中间被其他叙述隔开,仿佛前后两事。所以,《三苏年谱》虽然引证资料更丰富,但叙述上也更多混乱,反不如两部单人的年谱。

一些细节上的讹误和不够明确之处,故下文先在《年谱》的基础上,交代事件的始末,然后考论其文章。

一、苏轼、苏辙举"制科"经过

按孔凡礼两部《年谱》的叙述,苏氏兄弟于嘉祐五年(1060)二月晋京,以选人身份至流内铨,分别得到河南府福昌县主簿和渑池县主簿的任命①,但并未前去上任,而是由欧阳修、杨畋推荐,应次年举行的"制科"考试。其具体的科目,现存史料中或作"材识兼茂明于体用科",或作"贤良方正能直言极谏科",因为都是"制科",考试方式完全一样,故不免混同,就二苏本人的表述来看,他们主观上是应"直言"科的②。

宋仁宗时的"制科"考试有三个步骤。第一步是须近臣推荐,应试者向朝廷提交由五十篇策论构成的"进卷"(或称"贤良进卷"、"制科进卷"等),朝廷将委员考评,排出名次,确定进入下一步召试的名单。苏氏兄弟的"进卷"就是下文要考察的《应诏集》,都包括了二十五篇论和二十五篇策,这些论、策也分称"进论"和"进策",在嘉祐五年应编成提交。此事《苏辙年谱》叙述得比较清楚,《苏轼年谱》却交代不清,于嘉祐五年已叙"杨畋以苏轼之文五十篇奏之,以荐应制科也",又于嘉祐六年叙"进《策》"、

①《苏轼年谱》和《苏辙年谱》分别叙其授官事,《三苏年谱》未合并,依然分列两条,且其间又隔有其他叙述。按理,二苏至京后,到流内铨注授官职,应考虑为同时之事。

②苏辙《颍滨遗老传上》:"二十三举直言。"《栾城集·栾城后集》卷一二。苏轼《答李端叔书》:"而其科号为直言极谏。"《苏轼文集》卷四九,中华书局,1986年。

"进《中庸论》等凡二十五篇",显然重复①。

苏轼后来自云:"嘉祐中,予与子由同举制科,寓居怀远驿,时年二十六,而子由二十三耳。"②说的是嘉祐六年之事,不过他们兄弟寓居怀远驿,当如《年谱》所考,始自嘉祐五年,其时苏洵留住京畿的雍丘县,而兄弟二人须进京注官,随即又举"制科",自当寓居开封城内。然而,《年谱》又引苏辙《辛丑除日寄子瞻》诗"城南庠斋静,终岁守坟籍"③之句,谓"城南"即指怀远驿,却不确。《玉海》卷一七二有"景德怀远驿"条云:"景德三年十二月辛巳,作怀远驿于汴河北,以待南蕃交州、西蕃大食、龟兹、于阗、甘州等贡奉客使。"④此与《续资治通鉴长编》卷六四该日之记载相符,当无误。北宋东京有内、外城,汴河横贯内城之南部,怀远驿在汴河北岸,若称"城南",也只能指内城的南部。但苏辙诗所云的"城南庠斋",这"庠"是指太学,仁宗时太学在东京内城之外,外城之南部,与内城南部、汴河北之怀远驿决非一地⑤。苏辙后来回忆说:"辙昔侍先人于京师,与希声邻,居太学前。"⑥这才是所谓"城南庠斋",而"辛丑除日"即嘉祐六年年底之前,已侍父居住此处。大概就在举"制科"事毕后,苏氏兄弟从怀远驿移居城南太学附近。那么,他们寓居怀远驿约有一年,正是专心备考期间。这一次备考

---

①《苏轼年谱》的重复叙述,可能因孔氏编订时尚不了解"制科"规矩,但《苏辙年谱》叙述准确,说明其时孔氏已了解,则于《三苏年谱》的有关条目,宜可修正。遗憾的是,这些条目依然照抄《苏轼年谱》的文字。
②苏轼《感旧诗》叙,《苏轼诗集》卷三三。
③苏辙《辛丑除日寄子瞻》,《栾城集》卷一。
④王应麟《玉海》卷一七二,江苏古籍出版社、上海书店,1988年。
⑤参考久保田和男《宋代开封研究》卷首图2,郭万平译,上海古籍出版社,2010年。
⑥苏辙《次韵子瞻寄眉守黎希声》诗自注,《栾城集》卷七。

应该十分紧张,除了编定"进卷"提交给朝廷外,更艰巨的是为"制科"考试的第二步即"秘阁六论"作准备。

所谓"秘阁六论",就是"进卷"考评获得合格者,被召集至京,到秘阁去做六篇命题作文,题目都是从古代典籍甚至注疏中挑出一句乃至半句,要求按题面写成论文,并且在文中交代题面的出处,写出其上下文。如此获得"四通"、"五通"(即准确交代了多数题目的出处)者,才有资格进入第三个步骤。这是对读书量和记忆力的严格考查,每次"制科",能通过这一关的寥寥无几。嘉祐六年的秘阁试论,在八月十七日举行,考官是吴奎、杨畋、王畴、王安石,考题是《王者不治夷狄论》、《礼义信足以成德论》、《刘恺丁鸿孰贤论》、《礼以养人为本论》、《既醉备五福论》和《形势不如德论》,题面分别出自《公羊传》隐公二年何休注、《论语·子路》樊迟学稼章包咸注、《后汉书》本传、《汉书·礼乐志》、《毛诗·生民》既醉章注疏和《史记》吴起传赞①,正好三经三史。考试的结果,合格的就只有苏轼、苏辙和王介三人。现在我们看不到王介的文章,而二苏的六论都在他们的文集里,检核之下,只有苏轼的《形势不如德论》,交代出处不够明确。按宋人沈作喆的说法,"形势不如德"这样的题目是专跟考生为难的"顽"题,因为"意思语言,子史中相近似者殆十余处,独此一句在《史》赞,令人捉摸不着。虽东坡犹惑之,故论备举诸处以该之也"②。苏轼文中也提到了太史公,但未准确交代《史记》的哪一处,另外又"备举诸处",引证典籍中的类似文句,综合立论。看来,他确实被此"顽"

<hr>

①郎晔《经进东坡文集事略》卷一〇专为苏轼秘阁六论作注,题下简注出处,《四部丛刊》本。又,朱迎平《宋代科举试论考述》详细交代了六题的出处,见其《宋文论稿》第 50 页,上海财经大学出版社,2003 年。
②沈作喆《寓简》卷八,《文渊阁四库全书》本。

题所困，这一篇严格来说是不合格的。但六篇中只有一篇不合格，不影响他通过秘阁试论这一难关。至于苏辙的六论，文章也许逊于苏轼，但交代出处无一错讹，作为考试答卷是更完美的。《苏轼年谱》引《吹剑录》之说，谓苏辙答题时得到了苏轼的提示。此类不负责任的闲谈，宜不足信，考场上并非只有他们兄弟二人，还有"不近人情"的王安石做考官，哪能容得他们作弊？

通过了秘阁试论的三人，一齐进入"制科"考试的第三个步骤，即八月二十五日在崇政殿举行的"御试对策"。仁宗皇帝亲临考场，考官为胡宿、沈遘、范镇、司马光、蔡襄，胡宿起草了《策问》，即有关当前政治的一系列提问，考生一一加以回答，等于提出政策建议，串联成文，提交长篇的对策，付考官们去考评。考评的结果要分为五等，第五等相当于不合格，第四等以上算合格，但第一、二等皆虚设，自宋初以来，只有吴育在景祐元年获得了"第三次等"[1]，其余合格者全是第四等而已。然而这一次苏轼的对策却被考为"第三等"，真是破天荒的高分。王介获得了第四等，苏辙的对策却引起一番争议。《苏辙年谱》备录了司马光闰八月九日所奏《论制策等第状》、苏辙《颍滨遗老传上》的自述和《续资治通鉴长编》的记事，大致经过是：因苏辙对策批评朝廷、宫廷事"最为切直"，司马光考为第三等，范镇以为不妥，与蔡襄等商量后，置于第四等，但胡宿以为策语不逊，力主黜落，最后由仁宗御裁，收入第四等。

这样，苏氏兄弟同获"制科"出身，照例，他们要对考官表示感谢，就是写一篇《谢制科启》。苏辙《栾城集》中无此启，孔凡礼校点《苏轼文集》卷四六却收入了两篇，《苏轼年谱》猜测一篇给秘

---

①《宋会要辑稿·选举》一〇之二二，中华书局，1957年。

阁试论的考官,另一篇给御试对策的考官。实则,《苏轼文集》中的第二篇,就是吕祖谦《皇朝文鉴》卷一二二所收《谢中制科启》,署名苏辙,首云"辙以薄材……",中云"幼承父兄之余训",为苏辙所作无疑。此启未收入《栾城集》,却被明代以来刊行的苏轼集误收,开篇"辙"字亦改为"轼"字,而中间"父兄"字依旧,显见矛盾。孔凡礼以明代茅维刊《苏文忠公全集》为底本整理《苏轼文集》,遂沿袭其误。比较原始的七集本《东坡集》卷二六就只有一篇《谢制科启》,没有第二篇。《苏辙年谱》引宋人孙汝听《苏颍滨年表》谓辙"有《谢制科启》",又谓"文已久佚",其实不佚①。在《谢中制科启》中,苏辙检讨自己做事不够稳妥,批评朝政过于激烈,但也辩解说,他如此大胆进言,动机是为了要做忠臣。这样的内容显然与其御试对策引起的争议有关,涉及到一系列人事,故苏辙自编《栾城集》时不予收入,也许出于免生事端的考虑。但此启在宋代必仍流传,而为吕祖谦、孙汝听所知。

苏辙的麻烦还没有完。获得"制科"出身的二苏改除官职,苏轼除大理评事、凤翔府签判,这大概相当于北宋前期进士科状元的待遇,非常优厚;苏辙只得到"试秘书省校书郎充商州军事推官",比苏轼差得多。然而,负责起草任命状的知制诰王安石,却只肯作苏轼的制词,而拒绝为苏辙草制。《颍滨遗老传上》自叙:

> 知制诰王介甫意其右宰相,专攻人主,比之谷永,不肯撰

---

① 《三苏年谱》根据新出的《三苏全书》(语文出版社,2002 年)补录了苏辙的《谢中制科启》,却不知此文就是《苏轼文集》卷四六《谢制科启》的第二篇,其有关苏轼的叙述,仍照录《苏轼年谱》中的条目。

词。宰相韩魏公哂曰:"此人策语,谓宰相不足用,欲得娄师德、郝处俊而用之,尚以谷永疑之乎?"知制诰沈文通亦考官也,知其不然,故文通当制,有爱君之言。

《苏辙年谱》据此判断:"'宰相不足用'云云,亦苏辙答策中语,疑以此开罪宰相,宰相欲黜之也。"这是非常明显的误读,宰相"韩魏公"乃韩琦,对二苏极为欣赏,他那段话是为苏辙辩护的,怎能理解为"欲黜之"? 真正对苏辙不利的,是被韩琦所"哂"的王安石。宋代知制诰有"封还词头"的权力,即以拒绝撰制,来表示自己反对这一项任命。宋人吕希哲记载此事比较详细:

> 初,欧阳文忠公举苏子瞻,沈文通举苏子由应制科,兄弟皆中选。时王介甫知制诰,以子由对策专攻上身及后宫,封还词头。乃喻文通为之,词曰:"虽文采未极,条贯靡究,朕知可谓爱君矣。"盖文与介甫意正相反。子由《谢启》云:"古之所谓乡愿者,今之所谓中庸常行之行;古之所谓忠告者,今之所谓狂狷不逊之徒。"又云:"欲自守以为是,则见非者皆当世之望人;欲自讼以为非,则所守者亦古人之常节。"①

可见,"封还词头"这一种表示反对的方式,也不一定造成无法挽救的结果,因为担任知制诰的不止一人,只要宰相坚持原来的任命,起草制书的事完全可以另请高明。苏辙的制词,后来便转由沈遘来起草,他的看法与王安石不同。值得注意的是,这里还引用了苏辙给沈遘的《谢启》,对胡宿、王安石之类"当世之望人"表

---

① 吕希哲《吕氏杂记》卷下,《文渊阁四库全书》本。

示了不屑。与上文所述《谢中制科启》的情况一样,此启亦未收入《栾城集》,是苏辙的佚文。

王安石的不满并不只针对苏辙,据《邵氏闻见后录》记载,他对三苏都有意见:

> 东坡中制科,王荆公问吕申公(公著):"见苏轼制策否?"申公称之。荆公曰:"全类战国文章,若安石为考官,必黜之。"故荆公后修《英宗实录》,谓苏明允"有战国纵横之学"云。①

《苏轼年谱》引录了这条记载,却判断云:"安石乃考官,《后录》偶失实。"这《邵氏闻见后录》固然常有蓄意攻击王安石之处,但简单地判断为"失实",却缺乏根据。如果《英宗实录》中没有类似的话,邵氏怎能公然捏造?至于王安石"乃考官",上文已叙述,他担任的是秘阁试论的考官,而那六篇论文的评审有客观的标准,主要看文中是否写明题面的出处,文章写得如何并不重要,故考官的主观好恶不起作用。"若安石为考官,必黜之",是针对苏轼的御试对策而言,但这一次是由司马光等人来担任考官,无王安石。对于苏轼来说,这真是值得庆幸的事!

由于母亲去世,苏氏兄弟在嘉祐二年进士及第后回乡守制,并未任官,故嘉祐六年"制科"及第后,才初入仕途。相比之下,苏轼颇为顺利,不久便离京去凤翔赴任,但苏辙却连续遭受波折,所以他对这件事,可谓终生在意。《颍滨遗老传上》又云:"是时先君被命修礼书,而兄子瞻出签书凤翔判官,傍无侍子,

---

① 邵博《邵氏闻见后录》卷一四,中华书局,1983年。

辙乃奏乞养亲。三年,子瞻解还,辙始求为大名推官。"可见,虽然改由沈遘撰制,但苏辙仍辞官不赴。名义上说是"养亲",实有抗议的意思。从我们目前掌握的史料来看,王安石与三苏的交恶,实始于此,两年以后,苏洵写出了著名的《辨奸论》,亦可谓事出有因矣。

二、苏氏兄弟的《应诏集》及相关文章

根据上文叙述的"制科"考试过程,苏氏兄弟直接为此事所作的文章应有三个部分:一是由五十篇策论构成的贤良进卷,在嘉祐五年编写完成,提交朝廷;二是秘阁六论,三是御试对策,都是嘉祐六年临场写作。这些文章现在都保存在二苏的文集中,没有任何缺失。

苏辙的《栾城集》由他自己编辑,故条理最为井然。《栾城集》的最后部分为《栾城应诏集》十二卷,前五卷为"进论"各五首,第六至十卷为"进策"各五首,合起来就是五十篇策论,即贤良进卷了;卷十一是"试论八首",其中前六首就是"秘阁六论",另外两首当是进士考试的程文;最后一卷"策一道",乃《御试制策》。可见,《栾城应诏集》包括了应进士考试和"制科"考试的文章,其主要部分便是贤良进卷。

苏轼的别集,可以分为两种类型,一是所谓"七集本",包括《东坡集》四十卷、《后集》二十卷、《续集》十二卷、《奏议集》十五卷、《外制集》三卷、《内制集》十卷和《应诏集》十卷。二是所谓"全集本",按文类统一编排,目前通行的《苏轼文集》就属于这一类型。对于本节要考察的内容来说,更接近宋代原貌的"七集本"是较为理想的,其中《应诏集》十卷就是苏轼的贤良进卷,即五十篇策论,可视为其本人编定;另外,《后集》卷十有"秘阁试论六

首"和《御试制科策一道》,就是六论和对策,虽不像《栾城应诏集》那样与进卷同编,毕竟也集中在一处,便于寻检。相比之下,"全集本"就显得很乱,因为要按文类编排,六论和对策当然不能在一处,进卷的二十五策和二十五论也被拆开,更有甚者,由三篇《中庸论》、两篇《大臣论》和二十篇历代人物论组成的二十五论,还被分散,比如《苏轼文集》,就分作三处(卷二、三、四),且在二十篇历代人物论的中间,插入一篇不属于进卷的《士燮论》。可见,"全集本"重新编排的结果,令文献的原貌丧失殆尽,不利于研究。

值得庆幸的是,《栾城应诏集》和"七集本"东坡《应诏集》,把苏氏弟兄的两个贤良进卷原封不动地保存至今,它们各含五十篇策论,都完成于嘉祐五年之前,是我们研究二苏早期(出仕前)思想、政见、文章的珍贵资料。可以顺便提及的是,苏辙的进卷中包含了《礼论》、《易论》、《书论》、《诗论》和《春秋论》,此五篇也见于《苏轼文集》,故二苏"五经论"的归属问题,近年有些争议①。我们比照这两个进卷,可以看出一种互相配合的结构:苏辙有"五经论",讨论传统的儒家经典,苏轼进卷无这方面内容,但有三篇《中庸论》,这是北宋"新儒学"重树的经典;苏辙有《夏论》至《五代论》十二篇以朝代命题的论,苏轼则有《秦始皇帝论》至《韩愈论》二十篇以历代人物命题的论,显然出于相似的构思而又有意加以区别。从这个角度说,我们几乎可以认为,二苏共同制作了两个进卷,所以,与归在苏辙名下的文章相似的观点乃至文句,在

①顾永新《二苏"五经论"归属考》主苏辙作,《文献》季刊2005年第4期;刘倩《二苏"五经论"归属再考证》主苏轼作,《洛阳师范学院学报》2010年第4期。

苏轼其他文章中屡能看到,反过来也是如此①。为了使进卷所包含的文章构成漂亮的系列性,兄弟之间互赠某些作品的可能性甚大,至少他们一定会互相讨论,乃至动笔修订对方的作品。因此,制作进卷时期的二苏,大抵如同一人,难以分论。两个进卷所表述的观点,现在也只能视为二苏共持,不宜强加分别。当然,"五经论"被编在苏辙的进卷,则起初以苏辙作品的名义问世,是可以确信的。

除了进卷、六论、对策外,二苏举"制科"期间的相关文章,还有一些谢启、上书等,孔凡礼已在《年谱》中一一叙述,上文也略有提及,这里不再赘述。

三、嘉祐时期的学术与政治动向

嘉祐六年的"制科"考官和上文提到的相关人物中,胡宿(996—1067)最为年长,他在文学方面被视为"西昆体"的后续人物②。其次就是荐举二苏的欧阳修(1007—1072)和杨畋(1007—1062),考官王畴(1007—1065)、范镇(1008—1088)和宰相韩琦(1008—1075)大抵与之同龄,吴奎(1011—1068)和蔡襄(1012—1067)略小,但可以算同一代人,其中韩琦、欧阳修、蔡襄是庆历年间范仲淹政治集团的核心人物,到嘉祐年间已为名公巨卿,韩琦掌握着北宋朝廷的决策大权,而欧、蔡可谓文学艺术上的一代宗

---

① 顾永新、刘倩分别列举了苏辙和苏轼其他文章中与"五经论"相似的观点和文句。实际上,在"五经论"以外,二苏笔下相近的文字还有很多,比如著名的苏轼《上神宗皇帝书》(《苏轼文集》卷二五),就是以苏辙《制置三司条例司论事状》(《栾城集》卷三五)为基础写成的。

② 参考陶文鹏《论胡宿的诗学观与诗歌创作》,沈松勤主编《第四届宋代文学国际研讨会论文集》,浙江大学出版社,2006年,第349页。

师。另外还有三位更年轻的官员，就是司马光（1019—1086）、王安石（1021—1086）和沈遘（1025—1067）。这沈遘最年轻，但去世甚早，司马光和王安石则在不久的将来成为"党争"的领袖，他们应该算另一代人。嘉祐年间的他们已在士林享有盛誉，朝廷委任其为考官，说明他们的能力和见解已获重视，而他们也明确地表达和坚持自己的意见，决不含糊。颇具意味的是，在看待苏辙对策的问题上，此二人的态度已绝然相反。从西蜀偏远之地来到首都的苏氏兄弟，所面对的前辈先达，或者说对二苏的学业加以评判裁断的，主要就是这两代人：当年的"庆历士大夫"和将来的"党争"领袖。

苏氏兄弟与"庆历士大夫"的关系非常密切，如苏轼即曾自述，进士及第后"始见知于欧阳公，因公以识韩（琦）、富（弼），皆以国士待轼"①。不仅如此，就连仁宗皇帝见了兄弟二人，也高兴地说："吾为子孙得两宰相。"②此种备受前辈赏识的情形，令人联想到苏轼进卷中的《贾谊论》。怀才不遇的贾谊历来受到同情，但苏轼却说问题也在贾谊自己身上：

> 为贾生者，上得其君，下得其大臣，如绛、灌之属，优游浸渍而深交之，使天子不疑，大臣不忌，然后举天下而唯吾之所欲为，不过十年，可以得志，安有立谈之间，而遽为人痛哭哉？③

---

①苏轼《范文正公文集叙》，《苏轼文集》卷一〇。
②《宋史·后妃传上·慈圣光献曹皇后传》，中华书局，1976 年。
③苏轼《贾谊论》，《苏轼文集》卷四。

他认为年轻的贾谊急于指责时弊，与现任大臣冲突，致被排斥，甚不明智，应该跟汉文帝君臣搞好关系，谋取信任，此后必有施展抱负的机会。这未必真适合贾谊的情况，却显示出苏轼对当前政局与自己前途的乐观。他的乐观也并非盲目，通观二苏的贤良进卷，可见他们对"庆历士大夫"的肯定和理解，以及成为其继承者的真诚愿望，而此种愿望也获得了长辈的接受。这方面最为显著的表现，就是二苏对欧阳修思想、政见的非常自觉的认同和继承。

还在应进士举之前，苏轼就已写过《正统论三首》，其《续欧阳子朋党论》①大概也是早期之作。欧阳修关于"正统"、"朋党"的著名观点，被尚处学习阶段的苏轼取为论题，继续发挥，他后来自述的"童子何知，谓公我师，昼诵其文，夜梦见之"②，也许并非夸张。其进卷中的《周公论》一篇，本来讨论的是周公替成王摄政，是否僭越的问题，却以较多的篇幅去否定周文王生前"称王"之说，牵合得出"凡以文王、周公为称王者，皆过也"③的结论。这样的写法，固然也可以理解为行文的技巧，但更可能的情形是：写作此文的苏轼，脑子里始终有一篇欧阳修的《泰誓论》在。这《泰誓论》的主旨，就是驳斥西伯受命称王为"枉说"④，就此而言，苏轼的《周公论》实际上就是"续欧阳子泰誓论"。

像文王、周公那样的上古之人，史料记载既极为有限，又时见矛盾，其是非如何判别？我们读欧阳修《泰誓论》，可知其方法，此篇分析当时的人事，三次反复"此岂近于人情邪"，来证明记载之

①俱见《苏轼文集》卷四，《正统论三首》题下有自注："至和二年（1055）作。"
②苏轼《祭欧阳文忠公夫人文（颖州）》，《苏轼文集》卷六三。
③苏轼《周公论》，《苏轼文集》卷三。
④欧阳修《泰誓论》，《居士集》卷一八，洪本健《欧阳修诗文集校笺》，上海古籍出版社，2009年，第558页。

枉。这"人情"就是全篇的关键词。在欧阳修看来,"圣人之言,在人情不远"①,故可根据"人情"来判别记载之是非。而且,他坚信"尧舜三王之治,必本于人情,不立异以为高,不逆情以干誉"②,所以推本于"人情",还不只是治学方法,也是施政根据,所谓"不近人情,不可为法"③。这是欧阳修思想的核心内容之一。大抵北宋思想界多继承中唐"古文运动"之精神,以"复古"为最高价值,其最易陷入的困境,就是与世俗发生冲突。为了解脱这一困境,欧阳修致力于对"圣人之道"的合情合理、易明易行的解释,其论学论政,皆诉诸"人情"、"常理",意在将"复古"的价值观与日常性相融合,不再显得惊世骇俗,而能被世人普遍接受,成为一种普世价值。随着欧阳修的声望、地位在嘉祐年间走向极盛,以"人情"为本的普世化思路确实产生了颇大的影响,在二苏的进卷中,这几乎成为议论的出发点,以下略举数例:

苏轼《中庸论上》:"圣人之道,自本而观之,则皆出于人情。"

苏轼《汉高帝论》:"古之善原人情而深识天下之势者,无如高帝。"

苏轼《子思论》:"圣人之道,造端乎夫妇之所能行,而极乎圣人之所不能知。"

苏轼《策别·安万民一》:"宜先其实而后其名,择其近于人情者而先之。"

①欧阳修《答宋咸书》,《居士外集》卷一九,《欧阳修诗文集校笺》第 1828 页。
②欧阳修《纵囚论》,《居士集》卷一八,《欧阳修诗文集校笺》第 563 页。
③欧阳修《十五国次解》,《居士外集》卷一○,《欧阳修诗文集校笺》,第 1605 页。

苏轼《策别·安万民三》："圣人之兴作也,必因人之情,故易为功。"

苏辙《夏论》："今夫人之爱其子,是天下之通义也;有得焉,而思以与其子孙,人情之所皆然也。圣人以是为不可易,故从而听之,使之父子相继而无相乱。"

苏辙《易论》："夫《易》本于卜筮,而圣人阔言于其间,以尽天下之人情。"

苏辙《诗论》："夫六经之道,惟其近于人情,是以久传而不废。"

苏辙《春秋论》："《春秋》者,亦人之言而已。"

苏辙《君术策第一道》："善治天下者,必明于天下之情,而后得御天下之术。"

苏辙《臣事策下第四道》："圣人之为天下,不务逆人之心。人心之所向,因而顺之,人心之所去,因而废之,故天下乐从其所为。"①

以上言论,有解释圣人之道的,有申述经典含义的,有评论历史人物的,也有提出施政建议的,都以推原"人情"为旨归,切近"人情"为先务,可见二苏议论与欧公思想的高度契合。

然而,"人情"是一个缺乏明确理论含义的词语,虽然它具有将个人诉求与公众愿望相联结的特征,从而有利于上述普世化的思路,但除非拥有完善的民意调查机构或公众表决制度,否则无非将个人诉求直接等同公众愿望而已。因此,以"人情"为依据的议论,实际上近于无所依据地自诵其说,或者只是随事制宜的功

---

①以上见《苏轼文集》卷二、三、八,《栾城集·栾城应诏集》卷一、四、六、八。

利主义态度。王安石指责三苏为"战国纵横之学","全类战国文章",即含有对其议论缺乏明确宗旨的不满。在拒绝为苏辙撰制的同时,他为苏轼撰制云:

> 尔方年少,已能博考群书,而深言当世之务,才能之异,志力之强,亦足以观矣。……夫士之强学赡辞,必知要然后不违于道。择尔所闻,而守之以要,则将无施而不称矣,可不勉哉!①

观其辞气,不可谓不语重心长,他肯定了苏轼的"强学赡辞",即博学能文,却又指出其不足之处,提出"知要"、"守之以要"的希望。所谓"要",就是明确而统一的原则性,也就是理论宗旨。很显然,以"不近人情"著称的王安石,对欧、苏那种将圣人之道与日常性相融会的"人情"之论,是不以为然的,在他眼里,这根本不成其为理论原则,不过是堕于"流俗"而已。而且,对于苏轼持论跟欧阳修的高度一致,他心中实有反感,后来在宋神宗面前表露出来:

> 上曰:"轼有文学……"安石曰:"邪恺之人! 臣非苟言之,皆有事状。作《贾谊论》,言优游浸渍,深交绛、灌,以取天下之权;欲附丽欧阳修,修作《正统论》,章望之非之,乃作论罢章望之,其论都无理……"②

---

① 王安石《应才识兼茂明于体用科守河南府福昌县主簿苏轼大理评事制》,《临川先生文集》卷五一,《四部丛刊》本。
② 《续资治通鉴长编拾补》卷六,"神宗熙宁二年十一月己巳"条,上海古籍出版社,1986年。

看来他对包含《贾谊论》在内的苏轼贤良进卷以及更早撰作的《正统论》等文，都曾仔细阅读，并且大感失望。"附丽欧阳修"的说法，从人品的角度言之也许过分，但就其观点相承言之，则也一针见血。

相比于欧阳修，苏氏兄弟的人生轨迹将与王安石平行更久，故我们研究其贤良进卷时，也必须重视王安石对此的态度。欧阳修将"复古"价值观与日常性相融合以避免与世俗冲突的思路，虽被二苏所继承，但并未被介于其间的王安石一代人所认可，后者希望的是以更鲜明的姿态坚持"复古"价值观，树立为唯一正确的最高原则，而不惮与世俗激烈冲突。司马光虽与王安石的具体主张不同，但原则至上的思路也如出一辙，如此相同的思路和不同的主张，即将把北宋的士大夫社会撕裂成两半。在二苏初入仕途的嘉祐时期，比"庆历士大夫"更年轻一代的学者型政治家，正逐渐走到时代的前沿，甚至已经比欧阳修等更引人注目。他们所预示的动向，在学术上是"性命之学"的崛起，在政治上是呼吁"变法"，这样的动向后来通过王安石的"新学"、"新法"而呈现出成熟的形态，被"新党"确立为牢不可移的指导原则——"国是"。

对此动向，二苏亦并非无所察觉。上文已经提到，苏辙进卷中有"五经论"，而苏轼的进卷则相应地安排了三篇《中庸论》，这《中庸》正是"性命之学"所依据的根本典籍。《中庸论上》也明云："自子思作《中庸》，儒者皆祖之以为性命之说。"①不过，他的三篇《中庸论》却并不谈论"性命"，进卷中真正以"性"善"性"恶为论题的是《扬雄论》一篇，提出了"性"非善非恶的见解。在北宋"性"论中，这也足以自成一家，但他对于这个论题，似乎只是因

---

①苏轼《中庸论上》，《苏轼文集》卷二。

其甚嚣尘上而不得不表明自己的意见，内心倒希望取消这个论题，如其《韩愈论》所云："儒者之患，患在于论性。以为喜怒哀乐皆出于情，而非性之所有。夫有喜有怒，而后有仁义，有哀有乐，而后有礼乐，以为仁义礼乐皆出于情而非性，则是相率而叛圣人之教也。"①可见，与其谈论人"性"，他还是更愿意谈论人"情"。然而，"性""情"之关系虽不可分割，但论"性"是从研究经典而得出抽象原则，可依此为准，矫厉世俗，论"情"则容易随顺世俗，为王安石之辈所不取。

"变法"的愿望，在二苏进卷特别是"进策"中，也有所表达。比较来看，苏轼的二十五策，除总论性的《策略》五篇和专谈外患的《策断》三篇外，涉及内政的有《策别》十七篇，包括《课百官》六篇、《安万民》六篇、《厚货财》二篇和《训兵旅》三篇，分论吏治、民生、财政、军事四个方面，而论财政的最少，仅有的二篇，一篇讲"省费用"，一篇讲"定军制"，固然是"厚货财"的途径，却并不直接谈论财经政策；而苏辙的二十五策，则相对简单地命名为《君术策》五道、《臣事策》十道和《民政策》十道，其中却包含了不少分析财政问题，提出相关建议的篇目。这大概也是两部进卷在论题、论域上有意分工合作的体现。最值得注意的是，苏辙在《臣事策下》第五道提出了给全国胥吏发放薪水的主张，后来茅坤在《唐宋八大家文钞》中收入此篇，还加了一个标题叫《禄胥吏》，这个主张令我们联想到王安石的"制吏禄"政策，与"新法"中的"雇役"之法，也思路相似。还有《民政策下》第二道，更提出了"贷民急"的建议，就是官府向农民发放借贷：

---

① 苏轼《韩愈论》，《苏轼文集》卷四。

夫所谓贷者,虽其为名近于商贾市井之事,然其为意不可以不察也。天下之民无田以为农,而又无财以为工商,禁而勿贷,则其势不免转死于沟壑。而使富民为贷,则有相君臣之心,用不仁之法,而收太半之息。其不然者,亦不免于脱衣避屋以为质,民受其困,而上不享其利,徒使富民执予夺之权,以豪役乡里。故其势莫如官贷,以赒民之急。《周官》之法,使之贷者,与其有司辨其贵贱,而以国服为息。今可使郡县尽贷,而任之以其土著之民,以防其逋逃窜伏之奸。而一夫之贷,无过若干。春贷以敛缯帛,夏贷以收秋实,薄收其息而优之,使之偿之无难,而又时免其息之所当入,以收其心。使民得脱于奴隶之中,而获自属于天子。如此则天下之游民可得而使,富民之贷可以不禁而自息。①

这里阐述的"贷民急"一策,无论是施行方法,还是经典依据,都与王安石的"青苗法"极其近似。所以,二苏进卷虽未明确提议"变法",却也实有相似的愿望,包含了与后来王安石所行"新法"相似的建议。不过,提出"贷民急"建议的苏辙,到了熙宁二年,却变成"青苗法"的第一个反对者。王安石应该读过他的进卷,当时不知是否感到诧异?按王氏的个性来推想,他大概认为这无非是"小人"的行径:反复无常。

总之,二苏贤良进卷的内容,既有继承欧阳修等"庆历士大夫"主张的一面,也表现出与王安石等后来的"党争"领袖相似的某些诉求,但以前一方面为主。熙宁以降,面对王安石"变法",二苏的所论所行,与早年的进卷所述见解有差异乃至矛盾之处,是

---

①苏辙《民政策下》第二道,《栾城集·栾城应诏集》卷一〇。

由许多人事因素促成的变化。

四、贤良进卷的文风

二苏贤良进卷，包含了许多被后世文章选家所青睐的策论名篇，故就单篇而言，其文章之佳已毋庸赘议，唯历来文评中，似乎尚无从其作为一部"进卷"的整体角度加以考察者，故这里谈二苏进卷的文风，先从其整体性说起。

两部进卷确实都经过精心编制，我们只要浏览《应诏集》的目录，就可以感受到近于完美的整体性，所有标题都形成系列，而秩序井然。如苏辙的二十五论，由十二篇历代论、三篇人物论、"五经论"和五篇地域论组成，历史、人物、经籍、地域，涉及广泛而区划分明，且都联系时事以发表议论。正如王安石给苏轼撰制所下的评语，这是既"博考群书"，又"深言当世之务"，充分展示作者才能的著作。那么，具备如此高度整体性的著作，为什么王安石只许其"强学赡辞"，而不许其"知要"呢？推其原因，大概是进卷整体结构上显示的这种简明有序的外观，与文章实际内容的丰富多样性，形成了极大的反差。

以苏辙的十二篇历代论为例，从《夏论》、《商论》到《唐论》、《五代论》，按历史顺序对每个朝代加以议论，看来秩序井然。但仔细阅读各篇，则每篇自有不同的主旨，《夏论》是讲父子相承比禅让制更合人情，《商论》是拿商、周两代作对比，来讨论治理天下之术，《周论》是对古代的"三代损益论"发表看法，《六国论》讲东方诸国不支援韩魏抗秦，所以都被秦所灭，以下《秦论》、《汉论》、《三国论》、《晋论》、《七代论》、《隋论》等也各有不同主旨，最后两篇，《唐论》是讲内外，即中央与地方的关系问题，《五代论》则强调不可侥幸于一时之利。可见，虽然同是史论，主题实际上非常多样化，而且前后并无统一的思路。我们不难想象，如果不是以所论对象，而是以论说的主旨来命题的话，这一组文章将失去系列性。读完一篇，根本不能预料下一篇的主旨会是什么。同样，苏轼的二十篇历史人物论也是如此，像《秦始皇帝论》是强调"礼"的必要性，《汉高帝论》则讨论臣下应如何向君主进言，《周公论》辨文王、周公不"称王"，《管仲论》讲兵法，《子思论》讲立论的方法问题，《荀卿论》批评异说高论之害，《贾谊论》谈处世之道，《扬雄论》探讨"性"的善恶，等等，他不是从某种确定的原则、标准出发去评议历代人物，而是每篇都选取不同的视角，抓住历史人物的不同方面，展开各具特色的论旨。每一篇的说理都可谓透彻，但你一次只读一篇便罢，若一口气读完数篇，则貌似整齐划一的框架下隐藏的丰富多样性，就会让你应接不暇。恐怕王安石提醒他须"知要"、"守之以要"，也不光就学术思想而言，也与二苏进卷给人的阅读感受有关。

二苏初到京师，便文名鹊起，除了临场所作的应试文章外，贤良进卷是他们第一次集中展示其写作能力的文卷，当时必被人广泛阅读，且有可能刊印行世，宋人对于苏文的印象式批评，最早就应该来自阅读这两部进卷的感受。那么，在单篇文章的艺术效果之外，进卷整体的上述特征，至少增强了读者对苏文灵活多变、出奇无穷的总体印象。所以，用不着等到《东坡集》、《栾城集》出版，宋人就能对二苏的文风获得总体认识，因为他们从进卷中可以一下子读到百篇形式相似而内容却包罗万象的策论。

或许，在王安石看来，这也是思想上缺乏宗旨的表现。上文说过，二苏议论大抵继承了欧阳修以"人情"为旨归的意见，但"人情"本身就具备多样性，以此为宗旨，确也近于无所宗旨。不过，从经典中推导出统一、抽象的理论原则，而应用于具体事务，来发表看法，那是王安石擅长的"经术"，他所倡导的"经义"之文才是这种写法，而二苏所做的乃是策论，这策论自有策论的做法。苏轼进卷中的《子思论》就谈到这个方面："昔者夫子之文章，非有意于为文，是以未尝立论也，所可得而言者，唯其归于至当。"①苏辙也明说："天下之事，安可以一说治也？"②可见，他们的思维方式恰好跟王安石相反，不喜欢先立原则的做法，而重视具体意见针对具体事务的施行效果。

除此之外，还有一点不能不加以考虑，就是策论一体，虽不妨视为史论、政论之类，但同时却也是一种科举的程文。对于北宋士大夫来说，表达政见还有奏议、章表、制诰等文体，跟施政过程的关系更为直接，其中表达的意见，作者对其施行后果须负明确的责任，相对而言，策论就不如此正式。皇帝若不读臣僚的奏议，会被认为不称职，但一般情况下他不必阅读策论。于是我们不难想象，策论一定会逐渐淡化其作为政论、史论的一面，而更显著地朝着符合科举程文要求的方向发展。所以，苏轼对于自己的进卷，日后就有几乎相反的评价：

> 轼少年时读书作文，专为应举而已。既及进士第，贪得不已，又举制策，其实何所有？而其科号为"直言极谏"，故每纷然诵说古今，考论是非，以应其名耳……妄论利害，搀说得失，此正制科人习气。③
>
> 凡文字，少小时须令气象峥嵘，采色绚烂，渐老渐熟，乃

---

①苏轼《子思论》，《苏轼文集》卷三。
②苏辙《老聃论下》，《栾城集·栾城应诏集》卷三。
③苏轼《答李端叔书》，《苏轼文集》卷四九。

造平淡。其实不是平淡,绚烂之极也。汝只见爷、伯而今平淡,一向只学此样。何不取旧日应举时文字看,高下抑扬,如龙蛇捉不住,当且学此。①

前者对朋友言,必须谦虚;后者对侄子说,不妨自负。其评价的不同,当然可从这个角度去理解。但无论如何,苏轼检讨的是策论的内容,而自负的是文章。也就是说,策论一体本来就要论说"利害""得失",即便日后会发现这是"妄论""攒说",但作为文章,还是该如此去做。所谓"高下抑扬,如龙蛇捉不住",就是不能太平实,经常要出人意料,充分重视文字的阅读效果,去抓住读者的注意力。——作为程文,这实在是成功的关键!

实际上,若考察宋代策论的发展,我们一直可以看到二苏示范作用的存在。陆游记录南宋流行语"苏文熟,吃羊肉"②,盖亦就场屋文章能否成功取得科第而言,则所谓"苏文"主要就指策论了。这种淡化其史论、政论的性质,而强调阅读效果的策论,大概可以称为"文学性"的策论。

五、附录:"苏门"弟子的"进卷"

有二苏成功的榜样在前,撰作系列性策论而编制成进卷,后来在苏门弟子中颇成风气。这里简单列举,以为附录。

首先是秦观,他按苏轼的指教编写了进卷,去应元祐年间的制科,完全步了二苏的后尘。笔者关于此事已另有考论③,这里不

①苏轼《与二郎侄一首》,《苏轼文集》附录孔凡礼辑《苏轼佚文汇编》卷四。
②陆游《老学庵笔记》卷八第一条,中华书局,1979年。
③朱刚《论秦观贤良进策》,《新宋学》第一辑,上海辞书出版社,2001年。参看本章第四节。

再详论。

其次是张耒，据《宋史·艺文志》的记载，张耒有"进卷十二卷"①。现存的张耒文集里，确有数十篇具备系列性的策论，但在文集的编撰、翻刻过程中，似乎已经与其他同类的文章混在一起，其面貌犹如苏轼别集的"全集本"，要准确分辨哪些策论属于进卷，须仔细考订一番。不过，这里还无暇作此考订，因为还有一个更重要的问题，须先予解决：通观张耒生平②，未有应"制科"之举，何以会写作进卷，并在当时单行？

张耒于熙宁六年中进士后，长期担任诸县丞、簿，而于元丰末、元祐初入京任太学录。这太学录是所谓"学官"，而自熙宁"变法"以来，朝廷对"学官"，尤其是中央太学的"学官"选任是相当重视的。据元祐初臣僚所奏：

> 内自太学，外至诸郡，学官之制，皆令就试。四方之士，区区于进卷，屑屑于程文，不惮奔驰之远，留滞之久。③

据此可以推测，张耒的太学教职并不是轻易得到的，他必须参加考试，而为了获得应试的资格，又先须投递进卷。这一过程，居然也跟"制科"相似。从熙宁后期到元丰末，"新党"主政，取缔了"制科"，张耒的进卷大概就是为谋求"学官"职位而作。我们从这个事例也可以得到一个信息，就是除了"制科"以外，进卷的写作形式也曾被应用于别的场合。

---

①《宋史》卷二〇八《艺文志七》。
②清末邵祖寿有《张文潜先生年谱》，见《张耒集》附录，中华书局，1990年。
③《续资治通鉴长编》卷三八二，"元祐元年七月丙辰"条录王岩叟奏状，上海古籍出版社，1986年。

最后是李廌,他的文集没有以原编的面貌流传下来,现存的《济南集》八卷只是四库馆臣辑《永乐大典》本,故其著述的全貌难以了解。但《苏门六君子文粹》卷四五、四六录有其"进论"七篇①,既然叫做"进论",则原来应该有个贤良进卷。李廌于元祐间两次举进士,都未通过省试,而此时"旧党"主政,恢复了"制科",可能他曾有改举"制科"的打算。但李廌终身无科名,这条路他结果也没走通。不过,要说策论的文风,即便在"苏门六君子"中,李廌也是学二苏最为用力的。

第三节　论李清臣贤良进卷

李清臣(字邦直,1032—1102)并不是王安石政治集团的核心成员,他是在宋神宗亲自主持政局的元丰年间被提拔为执政大臣的,也许就因此故,他就以忠于神宗遗志的姿态活动在神宗去世以后的政治舞台上,元祐年间反对司马光的"更化",而一有时机,就力主"绍述"(即继承神宗的政策),在元祐、绍圣之交,与元符、建中靖国之交,两度入朝执政,奠定"绍述"局面,却又因为反对严厉镇压"旧党"人士,而被"新党"中更为强硬的势力排斥出朝。他在崇宁元年(1102)正月去世,几个月后还遭到"新党"主持的朝廷的追贬②,而此时为他写作《行状》和《墓志铭》的,是他荐举过

①《苏门六君子文粹·济南文粹》,《文渊阁四库全书》本。
②《宋史·徽宗纪》崇宁元年闰六月,"追贬李清臣为武安军节度副使";九月,"追贬李清臣为雷州司户参军"。中华书局,1976年。

的"旧党"文人晁补之①,送去一纸《祭文》的,是曾经受他迫害的"旧党"思想家程颐②。不过,虽然宋徽宗和蔡京炮制的"元祐奸党碑"上列入了他的姓名,他的"绍述"主张依然决定其身份为"新党"的大臣。"新党"其实可以被区分为两部分:一部分是王安石的门生弟子,其特征是除了主张推行"新法"以外,还有宗奉"新学"的思想背景,如蔡卞和陆佃;另一部分则未必宗奉"新学",或对"新学"的是非不感兴趣,如李清臣和章惇,是因为支持神宗变法革新,而被起用的,随后便持"绍述"主张。就李清臣来说,早在"新学"成为钦定的正确思想之前,已经形成了他的独立思想,跟王安石、曾巩、苏轼一样受过欧阳修的欣赏。因此,李清臣自然不在苏轼所说的"黄茅白苇"③之列。

尽管苏辙在元祐时的奏章中贬低李清臣,说他是"斗筲之人,持禄固位,安能为有,安能为无"④,但李清臣与二苏的私交,至少在熙宁年间是不错的。熙宁九年,任京东路提点刑狱的李清臣与密州知州苏轼唱和甚欢,为此还在"乌台诗案"中被连累罚铜。而且,跟二苏一样,李清臣也是年轻时就以文章名世,是"新党"中除王安石外最负文名之人,晁补之所作《行状》云:

---

① 晁补之《资政殿大学士李公行状》,《鸡肋集》卷六二;《资政殿大学士李公墓铭》,《鸡肋集》卷六四,《四部丛刊》本。
② 程颐《祭李邦直文》,《二程集》,中华书局,2004年,第663页。《宋史·程颐传》载:"绍圣中削籍窜涪州,李清臣尹洛,即日迫遣之,欲入别叔母,亦不许。"
③ 苏轼《答张文潜县丞书》,《苏轼文集》卷四九,中华书局,1986年。
④ 苏辙《乞选用执政状》,《栾城集》卷三六,上海古籍出版社,1987年。李焘《续资治通鉴长编》于元祐元年二月卷内录此奏章。

其学务探圣人意，以修身治心，而记览文章为余事，尤蚤为忠献韩公、欧阳文忠公所器异。未壮，连擢科第。一篇之出，后生争传去为式。既知制诰，为史官，代言之体，叙事之法，高文典册，瑰雄雅奥，晔然一代之俊也。

当年韩琦、欧阳修所欣赏的年轻人中，既有二苏，也有李清臣。韩琦因为赏识他，把侄女嫁给了他，但因此也就要避亲嫌，不能自己去荐举，而欧阳修则毫不掩饰其欣赏之情。《行状》叙其早年经历云：

中皇祐五年进士第……迁晋州和川令。时朝廷方崇制举，转运使何郯行县，取公文稿读，即以材识兼茂明于体用科荐之。文忠公欧阳修见其文，大奇之曰："苏轼之流也。"以治平二年试秘阁，试文至中书，未发也，修迎语曰："主司不置李清臣第一，则缪矣。"开视果第一。

可见李清臣与二苏一样，也有制科高中的经历。要说明的是，虽然何郯首荐他应"材识兼茂明于体用"科，但治平二年（1065）朝廷举行的和李清臣所应的实是"贤良方正能直言极谏"科①。当时应制科需先缴进论策五十篇，谓之"进卷"，欧阳修所见当即李清臣之贤良进卷，把他跟苏轼相比，就因为苏轼也应过此科。但欧阳修把李清臣比为苏轼的原话，则可能不是晁补之记的"苏轼之

---

① 此点，《宋会要辑稿·选举》——之一〇所载甚明（中华书局 1957 年影印本），《宋史·李清臣传》谓其"应材识兼茂科"，可能是误节《行状》之文而致误。

流也",南宋初的孙觌在《与苏季文书》中提到一事:

> 某在京师时,尝过谢任伯,见夏均父在坐,纷然问其故。
> 均父曰:"唐有韩昌黎,宋有苏东坡,是一流人也。"任伯摇首
> 不然之。均父愠怒,面颈发赤,诐诐不已……后十年,任伯作
> 《李邦直集叙》谓:"文忠公云:李清臣文似苏而议论过之。"
> 读之叹骇不已。①

谢任伯就是南宋初替张邦昌把玉玺还给宋高宗的谢克家,他所记
的欧阳修那句话跟晁补之所记不同,是认为李清臣超过了苏轼。
孙觌大感惊讶,认为是谢克家胡编,欧阳修不可能说这样的话。
但是,鉴于晁补之对苏轼的尊崇态度,我们却也不能拿晁的所记
去否定谢的所记。《宋史·李清臣传》载为:"欧阳修壮其文,以比
苏轼。"看来是一句折中的话。此事当然无法考断,但认为李清臣
超过苏轼的议论,在宋代是确实存在的,至少谢克家这样认为。
朱熹也说过:

> 李清臣文饱满,《杂说》甚有好议论。
> 李清臣文比东坡较实。②

既"比东坡较实",又"甚有好议论",合起来岂不就是谢克家所谓
的"议论过之"?

---

①孙觌《与苏季文书》,《鸿庆居士集》卷一二,《文渊阁四库全书》本。
②《朱子语类》卷一三九,《朱子全书》第18册,上海古籍出版社、安徽教育出
版社,2002年。

当然，我们现在毫无必要去分辨苏、李二人的高下，就今天的情形而言，苏轼在文章史上的地位，并不是文集早已失传的李清臣能够比拟的。然而，也应当考虑到，今天的这个情形是经过了长期的历史偏见造成的，由于南宋以降"新党"的事业被否定，"新党"人物都被诬为"奸臣"、"小人"，所以"新党"人物的文集绝大部分没有被保存下来。至今，一部北宋的文章史，除王安石外就再也没有"新党"的一个人物。历史的真实情形绝非如此，当年被欧公赏拔的后进，应该有一半进了"新党"吧，今人能够获读其文集的，只是"旧党"的那一半而已。李清臣的《淇水集》在宋代曾有八十卷本和一百卷本两种本子①，现皆不存。所幸的是，被欧公认为可与苏轼相比的李清臣那个贤良进卷，却完整地留存于今。被四库馆臣推断为编成于北宋的《宋文选》②卷一八至二二，录李清臣文五卷，内容为论、策各二十五篇，实际就是其贤良进卷。《宋史·艺文志》著录有李清臣的"《进策》五卷"，《宋文选》的五卷李文，就是此《进策》五卷的完整抄录。此可谓北宋"新党"文学的鲁殿灵光了。

本节对此进卷略作研讨，期能为北宋"新党"文学作一补白。进卷的文字，四库本的《宋文选》与今存宋刻本《圣宋文选全集》所录有些差异，《全宋文》第三十九到四十册所录③，是据宋刻而

---

① 《直斋书录解题》卷一七著录有"《淇水集》八十卷"；孙觌《与李主管》云"读《淇水集》百卷"，见孙觌撰、李祖尧编注《内简尺牍》卷九，《文渊阁四库全书》本。《宋史·艺文志》既载"《李清臣文集》一百卷"，又"《奏议》三十卷"，又复出"《李清臣集》八十卷"，又"《进策》五卷"，大概八十卷本是较早的刊本，一百卷本则较晚。
② 南京图书馆藏有宋刻本《圣宋文选全集》三十二卷，即《文渊阁四库全书》所收的《宋文选》。
③ 曾枣庄、刘琳主编《全宋文》第三十九、四十册，巴蜀书社，1994年。

以四库本校勘的结果，今即以《全宋文》为准。

一、李清臣贤良进卷的写作时间

宋仁宗以后，制科考试必须有看详进卷、秘阁试论、御试对策三个步骤。李清臣参加秘阁试论和御试对策是在宋英宗治平二年八月和九月，与范百禄一起通过，较详细的记载见《宋会要辑稿·选举》一一之一〇：

> 英宗治平元年八月二十一日，命天章阁待制司马光、直史馆邵亢、直集贤院韩维、秘阁校理钱藻，就秘阁考试制科。光等上范百禄、李清臣论各六首（《一为君德》、《礼以本民性》、《五经简易》、《道体君德尽变》、《五占从其多》、《羊陆非纯臣》论）。九月十二日帝御崇政殿试贤良方正能直言极谏秘书省著作佐郎范百禄、晋州和川县令李清臣。制策曰……百禄等策并考入第四等，诏百禄为秘书丞，清臣为秘郎。

这里将"治平二年"误写为"治平元年"，当据《续资治通鉴长编》和晁补之《资政殿大学士李公行状》纠正。《行状》还称当时"同发策者四人"，就是说通过秘阁试论而参加了御试对策的有四个人，最后是李、范二人的对策被考评为合格。《全宋文》第三十九册第一七一〇卷从《国朝二百家名贤文粹》卷四八录得李清臣的对策，题为《御试制策一道》，其开头的部分是当年的策题。今检王珪《华阳集》卷四〇《问贤良方正策》，就是这道策题，可知策题是英宗委托王珪所作的。《全宋文》第四十册第一七一七卷还录有李清臣《羊陆非纯臣论》一篇，就是当年的秘阁六论之一，其他五篇则已不存，而据《行状》，李清臣秘阁试论的成绩是列为第一的。另外,《会要》只记录了秘阁试论的考评官,没有记录御试对策的考评官,那名义上是皇帝亲策,实际上仍由大臣考评的。今检蔡襄《端明集》卷三〇有《回贤良李秘书启》、《回贤良范秘丞启》,曾巩《元丰类稿》卷三六有《回李清臣、范百禄谢中贤良启》,是给李、范二人中贤良后写给蔡、曾的谢启的回信,按当时考生要谢考官的习惯,可推定蔡襄和曾巩当是御试对策的考评官,王珪既然出了策题,可能他也是考官之一。至于"同发策者四人"中被淘汰的另两人,现在只知道有一个是蒋之奇①。此年举贤良之事中更有一个不幸的人,苏颂《颍州万寿县令张君墓志铭》云:

> 斯立名挺卿……举贤良方正,复大振名称于天下。既而被召至京师,试有日矣,一夕无疾而卒于景德之僧舍……以治平二年六月三十日卒。②

这一位张挺卿还没有来得及参加秘阁试论,就在考前的紧张中卒于京城。与李清臣一起经历了严格的考试而终于中选的范百禄,后来成为"旧党"中"蜀党"的要员,政治上与李清臣敌对。

回头再说李清臣应试前所上的进卷,现在看来却并不是英宗治平二年写的,其《策旨》云:

---

① 《宋史·蒋之奇传》:"举贤良方正,试六论中选,及对策,失书问目报罢,英宗览而喜之,擢监察御史。"宋英宗时举行制科考试只有治平二年这一次,可见蒋之奇必是与李清臣、范百禄一起参加御试对策的。所谓"失书问目",就是对策时本应先引录策题中所提的问题的原文,再就问题内容作对策,但蒋之奇却忘了引录问题的原文,以此不能合格。

② 苏颂《颍州万寿县令张君墓志铭》,《苏魏公文集》卷五八,中华书局,1988年。

陛下继祖宗大业，数十年间，宽和闲安，无为于中，以法尧舜……

宋英宗只做了不到四年的皇帝，就驾崩了，为"陛下"而至"数十年"者，当指宋仁宗。又《议兵策下》云：

一祖二宗，相承而治……陛下御宇数十年，循三圣法度而天下顺治。

此处的"一祖二宗"即指宋太祖、太宗、真宗，合为"三圣"，继"三圣"之后"御宇数十年"的"陛下"，自然非仁宗莫属。可见李清臣写作进卷的时间尚在仁宗朝。而且，以上文字显然表明这进卷是写给仁宗看的，可知进卷呈上朝廷的时间也在仁宗朝。那就带来一个比较复杂的问题，就是李清臣起初所应的并不是治平二年的这一届制科，而是更早的仁宗朝举行的某一届，只是迟至治平二年才获召试而已。

据《行状》："时朝廷方崇制举，转运使何郯行县，取公文稿读，即以材识兼茂明于体用科荐之。"进卷的写作当在何郯荐举的前后，所谓"文稿"，大概就是进卷的初稿了。揆于情理，自当准备在先，才能获得荐举的。何郯是仁宗朝著名的谏官，对韩琦有意见，却能荐举其侄婿李清臣，可见仁宗朝确实风气良好。今考何郯曾任河东路都转运使，其荐举李清臣即在此任上。唯此任的具体时间，《续资治通鉴长编》失载，但能确定其上下限。《东都事略·何郯传》云："龙昌期上所著书，赐章服。郯言昌期异端之学，不宜崇长，诏追所赐。文彦博少从昌期学，恶郯言，出为龙图阁直学士河东都转运使……英宗即位,移知永兴军。"①按,英宗即位在嘉祐八年(1063),何郯移知永兴军的制词在王安石集中,内有"朕初即位"之语②,可知他确于此时改任,则其任河东路都转运使的下限就是嘉祐八年。再看上限,《长编》载龙昌期事在嘉祐四年(1059)八月,另加小字注:"《何郯传》云:'文彦博深恶郯言,自银台司徙判吏部铨。'案郯徙判铨乃明年九月……"③这里引的应是宋代国史的《何郯传》,所谓"明年九月"就是嘉祐五年(1060)九月,此时何郯所任为判吏部流内铨。王安石有《送何圣从龙图》诗,李壁注云:"文彦博少从昌期学,深恶郯言,徙判吏部流内铨,又改龙学河东都转运使。"④据知何郯之使河东在嘉祐五年九月判吏部铨以后,此为上限。在此上下限之间,北宋朝廷所举行的制科考试只有嘉祐六年,即苏轼、苏辙参加的那一次。

宋代祝穆所撰《方舆胜览》卷四五真州的"人物"栏中有孙洙,其下小字注云:"举制科,与二苏、李邦直同选。"⑤这是一条很珍贵的史料,说明二苏、孙洙、李清臣曾应同一届制科,而且都被选中(即通过进卷的评判,取得参加秘阁试论的资格)。由于二苏应制科只有嘉祐六年一次,一举及第,故我们可以确信李清臣被何郯荐应制科,也在此年。晁补之撰李清臣《行状》也称:"与(孙)洙同制科。"可为旁证。

①《东都事略》卷七五,《文渊阁四库全书》本。
②王安石《龙图何郯知永兴军》制,《王文公文集》卷一二,上海人民出版社,1974年。
③李焘《续资治通鉴长编》卷一九〇,上海古籍出版社,1986年。
④王安石《送何圣从龙图》诗李壁注,《王荆文公诗笺注》卷三四,上海古籍出版社,2010年。
⑤祝穆《方舆胜览》,中华书局标点本,2003年,第809页。

那么，为什么李清臣又迟至治平二年才参加秘阁试论呢？据李廌《师友谈记》载：

> 东坡云：顷同黄门公（按即苏辙）初赴制举之召，到都下。是时同召试者甚多。一日，相国韩公与客言曰："二苏在此，而诸人亦敢与之较试，何也？"此语既传，于是不试而去者，十盖八九矣。①

所谓"同召试者甚多"，大概就包括了李清臣、孙洙在内。可是由于大宰相韩琦的一句话，"不试而去者，十盖八九"。李清臣是韩琦的侄婿，大概也听了韩琦的话，避二苏之锋，没有参加这一届的秘阁试论，所以他中制科晚了四年②。

这样，我们可以确定何郯荐举李清臣所应的必是嘉祐六年的制科，其进卷亦当于此时撰定，并上呈朝廷。所以，李清臣进卷的写作时间，盖与二苏的贤良进卷相同。其《审分策》有云："仁主之子育万姓，四十载矣。"从仁宗登基的乾兴元年（1022），到嘉祐六年（1061），正好是四十年。

二、进卷内容分析

上文既已考定李清臣的贤良进卷写于仁宗朝将近尾声的时候，则可据我们对仁宗朝后期社会思想情形之了解，来分析此进卷所写的内容。以下依进卷本身的结构，举要阐述之。

---

① 李廌《师友谈记》，"东坡云相国韩公盛赞其兄弟"条，孔凡礼整理本，中华书局，2002年。
② 从嘉祐六年到治平二年，其间本来还有嘉祐八年的一届制科考试，由于仁宗去世而被停罢了。

（一）经学

进卷由论、策各二十五篇组成，论的部分首以《论旨》一篇，概述各篇大意，相当于序言，然后就是《易论》三篇、《春秋论》二篇、《礼论》三篇与《诗论》二篇，这十篇分论五经中的四经，是经学的部分。当时的贤良进卷，多以经学为首要部分，反映出"庆历士大夫"崛起之后，"以通经学古为高"①的社会风气已经形成。众所周知，宋人治经的特点是具有怀疑精神，不但疑注疏，而且疑经文的本身。这一点在李清臣的经学里也有显著的表现。如《诗论上》一篇，就从"诗，性情也"的观点出发，专门批判郑玄以礼说诗的烦琐牵强。《礼论下》则据儒家的三纲五常之义，驳斥《礼记·礼运》的"大同"之说，认为那与儒家思想不合，是"非圣人之言而设之于圣人"，"不可以尽信"。最显著的是《易论下》一篇，力证《序卦》非孔子所作，是继欧阳修怀疑《系辞》后对《易传》的又一重要怀疑，在经学史上颇有影响。支撑着这种怀疑精神的实是一种理性的态度，万事万物皆据道理以断，故对权威有不能盲从者。《易论上》就主张《易》学应排除象数巫术的成分，纯究人事，而《易论中》则明确表达了天人相分的观点，谓："木石之怪、羽毛之妖、青眚赤祥、人痾犬祸，杳然而有不足畏也，修吾人事而已矣。"可见王安石所谓"天变不足畏"在当时并非孤调。还有一点值得注意的是宋代经学中的"尊王论"，主要表现在《春秋》学上，以孙复《春秋尊王发微》为始，将《春秋》大义概括为"尊王"一义，既是中唐以来掊击三《传》的一个结果，也与北宋君主独裁的中央集权制度的建设相呼应，至南宋迫于时势，又加上"攘夷"一义，遂完成宋代《春秋》学的主旨构建。李清臣的《春秋论上》一篇，就是继

①苏轼《六一居士集叙》，《苏轼文集》卷一〇，中华书局，1986年。

承了孙复的"尊王"之义,而发展为其"王法"理论,这是李清臣思想的要点,故引述于下:

> 孔子作《春秋》以寄王法,盖诛天下之不臣者也。故《春秋》以王法为本,曲直善恶次之。不奉王命而战争盟会,则曲直善恶皆为《春秋》之罪人;奉王命而陷于恶,则罪在上而不在下。此《春秋》之本统也。有如文、武为王,周、召为相,坐明堂而治天下之诸侯,猝焉有两诸侯不以王命,举兵以相残,王者执而治之,则将诛其不以王命而起兵乎,将赏其直者而刑其曲者乎,又将偕诛之乎?又有诸侯或列国之臣,弃其宗庙、社稷之祭祀,逾疆丧职,不一王命礼典而盟会者,纷纭于天下,王者治而止之,将诛其未命而行乎,将赏其有益而为之乎?此譬之人子,奋呼袒裸,持挺斗争,而相揟击于父母之前,使良有司者治之,必且罪渎上乱礼之恶,而未暇及所争之曲直也。又譬之人子不告父母而行,以逐利于千里之外,使贤父兄者讯之,必且罪其辄往,亦未暇问利之得失也。如此以治《春秋》,岂不简约而易明哉!

他打了四个比方,明白而雄辩地表述了"王法"思想。这是李清臣"王法"理论的经学根据,在进卷的其他部分,他要求将此原则运用于政治建设,下文再详。需要指出的是,此是李清臣后来赞助神宗独断于上,立法定制,又于神宗去世后力主"绍述"的思想基础。士大夫行其所学,自属应当,谓主"绍述"者皆是小人,是被宋代的党见所惑。

(二)性学

宋代是哲学昌明的时代,当时哲学所讨论的主要概念,有

"道"、"理"、"心"、"性"等,宋人遂将对这几个概念加以探讨的学问称为"道学"、"理学"、"心学"、"性学"等①。李清臣进卷接着其经学部分后,有《史论》两篇,是批评司马迁和班固的,再接下来是《四子论》两篇。所谓"四子",即孟子、荀子、扬雄、韩愈,将这四人并列在一起,就是因为他们都谈过"性"的善恶问题,而且各主一说②。北宋的性学,一般都要先检讨这"四子",然后推出自己的意见,李清臣进卷中专设《四子论》两篇,就是为了参与当时对"性"的讨论。他的意见是"性"无善无恶,与王安石、苏轼的观点相近。在北宋,持"性"无善恶论的其实是多数。而且,李清臣还不主张学者专门谈"性",认为要研究"性",不如先研究"道",要研究"道",不如先研究"文章"。也就是说,要关心具体的东西,不要陷于纯粹的抽象思辨。这大概也是北宋人的通识,由文章行义而上溯道德性命,至南宋才形成专言道德性命的风气,故引起陈亮的强烈不满③。

(三)历代论

进卷二十五论的后十篇,是从《唐虞论》到《五代论》的十篇

①因为有"程朱理学"、"陆王心学"的说法,且《宋史》专取伊洛一派而作《道学传》,故后人常将"道学"、"理学"、"心学"诸词看作特定哲学体系的指称。但在宋代一般人的心目中,这几个词还不特指某家学派的体系。南宋的科场温习用书《古今源流至论》(《文渊阁四库全书》本)前集卷一有《性学》篇和《心学》篇,前篇专讲"性",后篇专讲"心",其卷二的《语孟》篇云:"《论语》一书,盖理学之渊源也……《孟子》七篇,盖性学之门户也。"又别集卷四《儒学同异》篇云:"言经学者主安定,言数学者主康节,言理学者主二程。"此皆依探讨的对象而名"×学"。体现在这种科场温习用书中的应是当时的一般观念,而不是独特见解。

②孟子言性善,荀子言性恶,扬雄言性为善恶混,韩愈言性有善、善恶混、恶三品。

③参考陈亮《送吴允成运干序》,增订版《陈亮集》卷二四,中华书局,1987年。

史论。像这样以朝代为序，依次撰写史论，宋人谓之"历代论"，有时也稍作变化，取历代的人物作论。现存完整的北宋贤良进卷，如二苏、秦观所撰者，也包括这个"历代论"的部分。通过"历代论"，李清臣谈到了"无为"和"有为"的关系、"封建"和"郡县"的关系、崇儒学和佞佛老的关系、君权与民心的关系、"仁义"与"权谋"的关系、"王道"与"吏治"的关系等当时热门的话题。但笔者觉得，其中最可关注的乃是《西汉论》与《五代论》两篇。《西汉论》从西汉的兴亡谈到怎么做君主的问题，谓"人君之气，必主于刚"，若"无刚明之气，终不能一奋人主之威，卓然有所立"，所以，不必计较小事的一善一恶，关键是要有刚断明烈的"人君之概"。这种观点，既是北宋君主独裁制度下的产物，也是对宋仁宗宽仁政策的不满，就李清臣本人的学说而言，则是其"王法"理论的重要环节，是"王法"理论对君主的要求。没有这样刚断明烈的君主，其"王法"的实施就无从谈起，而他后来的政治实践，也是把宋神宗当作这样的君主来辅佐的。而且，据《古今源流至论》前集卷十"新法"条云："是时也，何郯以总览威柄之说进，余靖以自览威权之说进。宋绶曰览威柄，绶犹郯也；欧阳修曰执威权，修犹靖也。"当时本多类似的言论。《五代论》从治乱的循环讲起，治世后必有乱世，大乱后亦必大治，故"五代之大乱，天所以开圣宋也"。然后话题转向现实，说宋有天下百余年而至今，可谓大治，"其安治如此，然而识者观天之势，尚为之忧栗而不宁，其故何也？夫始治者，天下之所乐，而久治者，明智之所忧也。"物极必变，将忧其变而为乱。那么应如何对付呢？他说："古之王者知其物理之极，惧其变而为危，则先自为之变，使变而治，此其所以久也。"处久治之后，应主动求变，才能继续保持长久。"居治之久而未知所以变，此非今之可忧者欤？"目前的危机正在于因循不变。由此，他明确主张"奋然而有所变"。不难看出,这是对变革的呼吁,发于王安石变法以前。持此变革主张的李清臣后来成为"新党"的大臣,原是顺理成章的事。而且,据刘安世回忆:"祖宗以来,以忠厚仁慈治天下,至于嘉祐末年,天下之事似乎舒缓,萎靡不振。当时士大夫亦自厌之,多有文字论列。"①据此可以说,求变乃是仁宗朝晚期普泛的社会思潮,李清臣显然受时代思潮的影响。其实类似的影响在二苏的进卷中也可以看到,但李清臣对变革要求的表达更为明确。

(四)法势论

进卷的二十五论后面是二十五策。按说,"策"是提供具体策略的,但除了首篇《策旨》与《论旨》一样概述各篇大意,相当于序言外,紧接着的《法原策》与《势原策》两篇,却不是讲具体的策略,而是集中阐明"法"和"势"在政治上的关键作用,实际是两篇"论"。且"原"本来就是一种特殊的"论"体,只不过以"法"和"势"为治天下首先要了解的政治原理,故加上"策"字,作为二十五策的原理部分。所谓"法原",是说"法"原本于道德仁义,但这却不是《法原策》的主题。这一篇强调的是"法"的至高无上的地位,谓"法为贵,君位次之"。因为"法"是一种"至公大定之制",没有"法",国家就不能存在,君主也就不成为君主。所以,君主也要"尊法","视法如神物而不敢侮,如天坠地设";同时,一切事务都依法而断,不允许法外容情,譬如"大匠之起巨室,弹画一定,木之曲直、小大、长短,必皆就吾绳墨规矩焉。其参差不齐,龃龉不合,则斤削燎括而已矣。若毁吾弹画而从木之情,则工劳而事拙,

---

① 马永卿《元城语录》卷上记刘安世语,《丛书集成》收王崇庆《元城语录解》本。

纷扰而不可理矣"。如此强调法的绝对权威性与其对于天下事物的强制性，就是李清臣从他的"王法"思想引申而出的政治理论。说"法"的地位高于君主，也并不违背"尊王"的精神，实际上是将"王"与"法"视为一体而已。《势原策》是对这种强硬的法治主张的补充，因为君主以"一人而胜天下之大，制天下之众，兼听天下之广"，乃是非常强大的"势"，同时也是非常危险的"势"，所以必须善于利用操纵这个"势"，既要果断，也要谨慎。这也确是集权制度下不能不讲究的政治课题。大概这《法原》、《势原》两策，本是李清臣贤良进卷中最受人关注的部分，所以南宋吕祖谦的《皇朝文鉴》选入了《势原策》，而楼昉的《崇古文诀》则两篇全选。明人刘定之据此便发议论云："清臣平日于操切禽制以作法，抑扬轩轾以立势，所优为也，故尝发而为《法原》、《势原》之文，玩其辞气，真小人之言也。夫为治者先德而后法，上理而下势，今乃切切于法与势之为言，则其所蕴可知矣。"[1]他显然没有读到完整的进卷，不知道李清臣讲"法"讲"势"也是原本于经学，是其经学上的"王法"理论的展开。

（五）策略

《势原》以下的其余二十二策，才是具体的治国策略，内容涉及刑律、军事、外交、吏治、财政、教育诸方面，这里不能一一详论，但其中有与后来的熙丰新政相一致处，则须提及。如《议戎策下》主张攻取河湟，《议官策下》主张削减任子恩荫，《养材策》主张兴建官办学校等，后来都成为"新党"的政策。另外，《审分策》讲君臣名分，强调尊君，云"君尊则法尊"，则可见他确实是将"君"与

---

① 刘定之《杂志十条》之"李清臣"条，见《明文衡》卷五六，《文渊阁四库全书》本。

"法"视为一体。《重计策》要求改革财政，云：

> 费冗而为蠹，兵冗而为蠹，官冗而为蠹，蠹生于昔而大炽
> 于今，不可以不变矣。……国家之所惮为者，常谓蠹已成而
> 势不可变，变而去之，则将群起而叫讹，陵突而怨上，不得已
> 而又复之，是未知其道耳。夫去蠹莫若渐。人之常情，猝遽
> 则扰骇，平缓则因恬，以岁月去之而使之不知，善变者也。

可见，李清臣也是鉴于冗费、冗兵、冗官之弊而主张财政改革的，
但他持一种"渐变"论，与苏轼早年的观点相似。持"渐变"论的
人本来就可能退而为"旧党"，或进而为"新党"的，与苏轼不是
"旧党"中顽固的一翼相似，李清臣也不是"新党"中强硬的一翼，
这除了很多复杂的人事关系方面的原因外，也与他们的"渐变"主
张相关。

以上简单条举了李清臣进卷的主要内容，总而言之，他的疑
经思想、"王法"理论和"渐变"主张是仁宗朝晚期社会思潮的产
物，也与他后来在政治舞台上扮演的角色相应。出现于熙丰新政
之前的这份贤良进卷，有力地证明着王安石变法在当时所拥有的
相当的舆论基础。而且，本章第二节考察二苏进卷的总体结构时
曾指出，那两部进卷虽然编制得极具整体性，但内容上却缺少明
确而统一的理论原则。相比之下，李氏的进卷却有"王法"理论贯
穿始终，这一点也显示出李氏并非谬得文名，即便与二苏比，他也
有一日之长。

三、进卷的写作艺术

据上引晁补之所撰《行状》，李清臣的文章在当时达到"一篇

之出，后生争传去为式"的风行程度。现在讨论进卷的写作艺术，必须先明白一个前提，就是在李氏写作进卷之时，正值欧阳修所领导的宋代"古文运动"基本成功，获得了广泛的社会效应之时。而且，我们也知道欧阳修改变了唐代韩柳古文的峭厉作风，提倡平易自然，婉转流畅的风格。这一点在论证方面体现得很显著，譬如韩愈曾经论证《诗序》非子夏所作，其言曰：

> 子夏不序《诗》，有三道焉。不智，一也；暴中闻之言，《春秋》不道，二也；诸侯犹世，不敢以云，三也。①

如果不仔细推求，就根本不明白这三点理由究竟是什么意思，又何以可据此推翻原来的成说。逻辑方面严密与否是另一回事，就论证方面来说，这样的写法实在太"高古"了一些。比较李清臣论证《序卦》非圣人之言的《易论下》一篇，就觉得清楚明白，平易近人。他先提出天地间的事物都是矛盾相对，两两相从的，再论证《周易》的六十四卦也都是两两相对相从的，如乾对坤、屯对蒙，等等。因为这是其论证的主要环节，所以他不避繁复，将六十四卦一一比对，没有一卦略过。从而他断定"易卦二二而相从，岂不甚明哉"，而《序卦》之文与此不合，所以不是圣人之言。其实，照他的说法，最多只能说《序卦》讲得无理，并不能证明那一定非圣人之言。但逻辑上严密与否是另一回事，论证的全过程确实是一一交代清楚了，毫无难解晦涩之处。可见，李清臣跟苏轼一样，属于继欧公而起的一代古文家，他们承续了欧阳修所提倡的古文写作

---

①此据宋代员兴宗《辩言》(《文渊阁四库全书》本)所引。明代杨慎《升庵集》卷四二《诗小序》谓"余见古本韩文，有《议诗序》一篇"云云。

风格。

不过,除了承续欧公外,作为后起者,也要进一步深探古文的渊源,汲取古代文章的精华,一般也会各自就其气质所近去寻找学习的典范,从而形成各自的特色。比如王安石之喜孟子,曾巩之学刘向,苏氏父子之好《战国策》,等等。这就在基本的文从字顺、自然流畅之外,另有了一种艺术因素。李清臣的文章也不例外,读他的贤良进卷,可以非常直觉地感受到贾谊的气息。

(一)文体的骈散兼行

凡读过贾谊文章的人,都会对其同一句式的铺排,也就是骈句之多留下深刻的印象。大抵除太史公喜以单句驰骋外,汉世文章无不有此趋向,故后来定格成两两相偶的骈文。只是贾谊并不限于偶句,经常一口气铺排数句,故气势特盛。唐人解骈为散,以复其"古",但复"古"不如复"自然",若有意回避骈句,也不自然。所以自然的文体当是骈散兼行的。李清臣在这方面做得很出色,如《礼论上》的一段:

> 大莫大于天下,长莫长于万世。天所无者,虽至圣不能强之使久立;天所有者,虽多力不能强之使必亡。今夫礼也,先天地而不见其始,穷今古而不见其终,杰者不得而逃,暴者不得而灭。惟其与人俱生,原于自然而后能也,故圣人知礼乐之出乎天地性情之所自有,故因其理而导之,探其本而文之。不行则已,行之斯成;不言则已,言之斯立。大可以被天下,久可以传万世。桀纣率天下之人而赴情欲,欲以绝礼,礼不绝而桀纣亡;秦焚圣人之书而树己意,欲以绝礼,礼不绝而秦亡。庄列之虚无,杨墨之僻邪,申商之残刻,秦仪之诡伪,王乐之浮旷,簧鼓其说,驰骛于礼之外,欲以破礼,礼终不可

破，而数子者后世不可宗。礼非出于自然而何也！

读这样的文字，觉得"骈散兼行"犹是胶固于骈体、散体之观念的说法，实际上不是有意识地间用骈散，而是根本突破或摈除了骈散观念，至少已经没有"解骈为散"的刻意追求。唯其如此，其骈句就没有一般骈文给人的气格卑弱之感，而重新获得了贾谊的铺排之妙，如《法原策》的一段：

> 故人主尊法，惧法之不立也，故以身先之；惧天下之慢法而法坏也，故一举事而不敢忘法。赏罚以法，号令以法，取予以法，废置以法，杀生以法，动静以法，视法如神物而不敢侮，如天坠地设，不敢辄破坏改易也。不以一事小害而损法，不以一时苟利而增法，使天下无有不由法而自为者。故智者不得越法而谋，辩者不得越法而议，士不得背法而有名，臣不得背法而有功。我善可抑，我忿可窒，而法不可离；骨肉可刑，亲爱可灭，而法不可屈也。故虽成王之叔，不得以流言而乱政；高祖之父，不得屈君臣之仪；文帝、元帝之子，不得越王门，绝驰道；光武之姊，不得保臧获，奸使吏民。爱若孝王，嬖若韩、邓，功若陈汤、冯奉世，义若郭解，不免于有司之议，恐其开乱法之原而后争以为比也。故明王之法，左者不为右，右者不为左，上不夺下职，下不侵上事。为廷尉者不以才有余而道礼乐，为太常者不以官优寡事而言刑法，士不为工商，贾人不为士也。

古人常以世间一切事物皆矛盾对立，自然有其比偶，作为骈语的合理性论证。其实，骈语不一定包含对立的意思，同一个意思、同一类事例的铺排也可以造成骈语，形偶而神单，正如二马并驾，车子应该朝一个方向行进得更快（好像这才是"骈"字的确解），贾谊的骈句大致属于此类，李清臣的也是。

其实，唐代"古文运动"的倡导者韩愈，也并不排斥这种铺排的手法，只是他有意变换句式，以避骈偶，如其《原道》云：

> 有圣人者立，然后教之以相生养之道：为之君，为之师；驱其虫蛇禽兽，而处之中土；寒然后为之衣，饥然后为之食；木处而颠，土处而病也，然后为之宫室；为之工，以赡其器也；为之贾，以通其有无；为之医药，以济其夭死；为之埋葬祭祀，以长其恩爱；为之礼，以次其先后；为之乐，以宣其壹郁；为之政，以率其怠倦；为之刑，以锄其强梗；相欺也，为之符玺斗斛权衡以信之；相夺也，为之城郭甲兵以守之；害至而为之备，患生而为之防。[1]

这里排比的句子，都是"因为什么，而作什么，以达到什么目的"的句型，但他有意变化次序，或省略某个部分，使之长短错综。这大概就是古文家乐道的"伸缩离合之法"。从上引李清臣文中可以看出他对此法也有所运用，又如《议兵策上》讲带兵之难的一段：

> 生者人之所甚乐，死亡人之所甚恶，将使之触白刃、冒流矢，赴死如赴生；安逸人之所至愿，劳苦人之所最病，将使之草食水饮，介胄而骑，角逐出入于死生之场，趋劳如趋逸；耳目之众也，将使之莫敢不一；心志之异也，将使之莫敢不同；

---

①韩愈《原道》，马其昶《韩昌黎文集校注》卷一，上海古籍出版社，1986年。

我之迹,将使之不可窥;彼之情,将使之不可隐。

因为没有刻意"解骈为散",所以变化不如韩愈显得丰富,但整齐中略寓变化,也恰到好处。

(二)文气的酣畅饱满和议论的紧扣中心

文以"气"为主,还是以"意"为主,古文家之间说法并不相同。大致以"气"为主能显示个性,酣畅淋漓,但也容易泛衍枝离;以"意"为主则出于安排,边幅修整,但不免拘谨。若既有饱满的文气,又能紧扣中心,则可许为能文。李清臣文就能兼有之。朱熹谓之"饱满",大概便指文气而言,《崇古文诀》录《议兵策中》一篇,有评语云:"文字如长江大河,一泻千里,略无间断。"[1]也是此意。仔细体会之,则其文气的饱满仍得力于铺排。古人经常批评骈文的气格萎弱,但贾谊文多有骈语,只增气势。关键在于形偶而神单,如"席卷天下,包举宇内","囊括四海之意,并吞八方之心"[2],形式上是对偶,实际上并无对立的意味,只是一个意思的重复,在律诗中是"合掌"之病,在古文中却能增强语气,加强力量,如车之两轮,如鸟之双翼。李清臣深得此中奥秘,故常以铺排来增气势,《势原策》中的如下一段可作代表:

> 善用国者,势而已矣。理势循则行,忤则变,动则险,止则平,轻能重,缓能速。故物有至小而力不可胜既,事有至易而功不可胜原,发如毫芒针端而巨若丘阜,本在拱把而远际穷发者,势也。如户之运也,如车之驰也,如弓之圆也,如矢

---

① 楼昉《崇古文诀》卷二八,《文渊阁四库全书》本。
② 贾谊《过秦上》,《新书》卷一。

之激也，如衡以一权而举数倍之重也，水之注于卑泽也，原火之燎于风中也，兵之奋寡而走众也，人之乘高而制下也，势也。

若单为说理，则用不着列举许多，这样有意的铺排，只为增强气势。但意思只有一个，故文脉并不因此而散乱。李淦《文章精义》云："李邦直《势原》只一'势'字，《法原》只一'法'字，演出数千言，所谓一茎草化作丈六金身者。"[1]就是说其全文气象壮伟而能紧扣一个中心。其实，这两篇还包含了独特的观点，不仅以文字为工，若《东汉论》一篇，以东汉的兴亡为例来说明得"民心"的重要，则论点既简单，论据也单一，全仗笔力铺排出来，而绝不离题，可谓狮子搏兔，亦用全力。这就像贾谊的《过秦上》，洋洋数千言，文字上高潮迭起，而最后引出的道理也简单。朱熹又说李清臣文"比东坡较实"，大概便就其紧扣中心而言。相比之下，他确实不如苏轼的海涵地负，泛衍四出，当然也不如曾巩的谨严周到，意味醇厚，他是鼓其饱满的气势而紧紧裹挟着一个论题，虽不足以兼收二人之长（于前二人的独到处均有不如），但足以自成一体[2]。

（三）形容的铺张宏丽

李清臣文另有一个显著的特征，就是议论过程中常会出现形容、刻画的成分。先举出一个例子，如《唐虞论》云：

天地之化，气之所感，雨之所濡，茎叶之勾、直、长、短、

---

①李淦《文章精义》第七十八条，王水照主编《历代文话》第2册，复旦大学出版社，2007年，第1180页。
②《后村诗话》卷七引李格非《祭淇水文》，称赞李清臣文"泛而汪洋，密而精致"，则许其兼有二种长处矣，容有夸饰。

圆、斜、狭、大，华实之浓淡芬芳，臭色之不齐，味之众多，莫不各足其形。一阳之所温，一雷之所震，飞者、跃者、巢者、穴者、吟者、默者，或鳞而泳，或翼而升，或毛而群，或介而潜，莫不各足其分。此人之所可见也，此化之迹也。诘其何为而能然，而谁为之者，则明哲所不能计，智巧所不能匠，虽圣人莫之或知也，此化之神也。

这里的"化之迹"与"化之神"，是指自然界的现象与原理。为了说明现象的丰富性，遂有了上引的一段形容。大概形容是一个作家最难藏拙，也最能体现功力之处。我们平常说某个人文笔好，多数指他善于形容。在说理之文中，这虽不是必备的成分，但有好的形容，就能增强文章的形象性、可读性。比如《法原策》讲到朝廷有法才有权威性，才容易治理，本来只说理也不妨，但李清臣则加入一段形容：

> 今夫一人之寡，居深户之中，传盈尺之纸，而风趋霆行，杀生废置人于千里之外；提癯夫羸老仅胜衣冠之人，付之寸印而坐诸帷幄，进退万夫若羊豦然；童子据奥室，群湖海之珍怪，处女婴珠玉，而立乎衢途，乌获戾目而不敢动，以法在也。

由此就能给人深刻而具体可感的印象。更重要的是，它能使作家的个人风格更为显著地表现出来。在议论和叙事中并非不能表现风格，但不如见诸形容之为显著。如上所述，李清臣善于铺排的风格特征在议论中也有表现，但以铺排之句为议论的环节，则一定要受逻辑的制约，不如见于形容，可以自由施展，更为铺张宏丽，引《势原策》之文为证：

天下之势,安则动难,动则安难。当其安也,垂绅端委,深拱于堂奥户牖之内,而高论治古之上,尊明如天日,闳隐如震霆,煦煦如雨露,肃肃如风霜,指顾叱咤而天下莫不趋走,鞭笞海外之蛮夷若制童妾。虽有刘、项之魁雄,曹、马之奸桀,必且老死民籍而不敢唱。及乎昏孺为之也,席先王之位,传先王之民,朝有遗臣故老,事有纲目轨度,先王之泽未涸,天下之势未运。自视其安也,以为无有危事也;任一喜怒,从一嗜欲矣,而患未切己也,以为可为而无伤也;习知天下之尊服己也,以为人终古莫敢蹑路马之刍,触圈兔之毛也;簸顿关纽,嬉弄机枢,动静不以时,开阖不以法,张弛不以节;淫乐在官中而怨毒被天下,略易在一朝而祸患遗千日。民心之他属也,君柄之旁落也,势之翻然而离也,虽欲安之,不可能也。

从"当其安也"以下,都是对"安则动难,动则安难"一句的展开形容,这不是逻辑上必要的环节,几乎就是单为展示他的文笔而写的。南宋的评论家对此也有不以为然的,如《崇古文诀》卷二八《势原策》的评语云:"文字伤于刻削太深些子。"卷二六苏辙《臣事策三下》的评语也提及:"推明模写之功,与邦直相似。邦直文差刻画太过。"说李清臣形容得有些过头。其实,当时人作文,多有这种逻辑环节之外的形容段落,即便号称严谨的曾巩,为苏洵作哀词,也专门用一段恢张瑰丽的描写,来形容苏洵文章的高妙。不过,曾巩是偶一用之,李清臣则常用之。无论如何,这也是李清臣文章的一个特点。若究其源流,也不外乎贾谊、韩愈的影响。

以上就笔者的阅读体会,谈了李清臣贤良进卷在写作艺术上的几个特色。无论是否像谢克家认为的那样超过了苏轼,至少可以许为当时一流的古文,是宋代"古文运动"的全面开展带来的果

实。在历史上,李清臣本是与二苏等人一样,继欧阳修而起的著名古文家之一,正如时人刘斧所云:

> 先生(按指李清臣)后应进士,中甲科,举贤良,为优等。方其射策天庭,天子临轩虚己,侍臣耸观,摇笔不逾数刻,落笔万言,皆出入九经,极孔孟之渊源,尽时政之要道,天下莫不倾其风采,实当世之伟儒也。盛哉!①

附录 《全宋文》、《全宋诗》所收李清臣诗文补正

一、《全宋文》卷一七一〇《上言章惇开导以残忍杀民之事奏》,下注"崇宁元年闰六月"。按晁补之所作《行状》,李清臣已卒于该年正月。《全宋文》从《九朝编年备要》卷二六录得此奏,但原书虽系于崇宁元年闰六月,却是回顾之文,应删去此条注文。

一、《全宋文》卷一七一一《与韩魏公书》,录自《宋稗类钞》卷二二。按见《默庄漫录》卷七,且后文尚有:"又有与魏公书云:'旧日梳篦固无恙,亦尝增添三两人,更似和尚撮头带子尔。'"此也可录为《与韩魏公书》。

一、《郡斋读书志·后志》卷一,著录毕仲衍《中书备对》十卷,下云:"李清臣尝与许将书云:'《备对》乃吴正宪公居宰路,以圣问多出意表,故令中书掾毕君为之。其时预有画旨,诸司遇取会,不许濡滞如此,尚历数年乃就。后虽有改革,然事亦可概见也。'"此可录为《与许将书》。

---

①《说郛》卷八一刘斧《青琐诗话》,《文渊阁四库全书》本。

一、《浩然斋雅谈》卷上：“李淇水《谢户书》云：‘补报朝廷，本末无万分之一；因循岁月，甲子已六十有奇。’”此当录为《谢户部尚书表》。

一、《四库全书》中有《内简尺牍》一书，孙觌撰、门人李祖尧编注。卷九《与李主管》的注文从李清臣《淇水集》引录《相台志序》一篇的全文，文繁不录。

一、宋·史铸《百菊集谱·补遗》“续集句诗”中有李清臣一句：“银觥须引十分强。”《京口耆旧传》卷一《刁约传》云：“李清臣赋诗所谓‘传闻彩服朱颜客，已作金章白发翁’，盖以属约。”此二处散句，《全宋诗》卷七二一未录。

一、《全宋诗》卷七二一《沂山龙祠祈雨有应》、《答苏子由》，分别录自《苕溪渔隐丛话》和《能改斋漫录》。按俱见朋九万《乌台诗案》，尚有《再次原韵》一首：“东来常叹少朋游，得遇高人苏子由。已誓不言天下事，相看俱遣世间忧。新诗定及三千首，曩别几成二十秋。南省都台风雪夜，问君还记剧谈不。”

第四节　论秦观贤良进卷

《淮海集》卷一二至二二有《进策》三十篇、《进论》二十篇①，是秦观于元祐间应“贤良方正能直言极谏”制科时进呈朝廷的贤良进卷。秦观以其婉约词蜚声后代，在当时却也以文章名世，他的贤良进卷曾受到时人的高度评价，是北宋古文中的名作。兹先

---

① 本节所引《淮海集》内容，全据徐培均《淮海集笺注》，上海古籍出版社，1994年。

考述秦观应制科之史实,再就其进卷中所表达的政见及写作艺术略谈看法。

一、秦观应制科史实

清人秦瀛所编《淮海先生年谱》,载秦观应制科一事,错讹较多,今人徐培均重编《秦观年谱》①,已作纠正,但有些细节还有待进一步考明。

徐《谱》元祐二年(1087)四月,"复制科,苏轼、鲜于侁荐先生于朝,以备著述之科",此条下自注:

> 秦《谱》:"先生在蔡州任,四月复制科,苏公与鲜于公侁,共以荐先生于朝。"徐按:《续资治通鉴》卷八十云:是岁四月乙巳,吕公著请复制科;乙未,诏许之。然当年犹未实行。先生《与鲜于学士第一书》云:"昨蒙左右,不以观之不肖,猥赐论荐,以备著述之科。"又云:"观自去门下,于今七年。"鲜于侁于元丰三年守扬州,先生曾游其门。至本年,共为七年。苏轼荐先生,《东坡集》无考,唯蔡正孙《诗林广记》后集卷八云:"少游名观,苏子瞻以贤良荐于哲宗。"

此谓秦观应制科出于苏轼、鲜于侁所荐,时在元祐二年。今按,宋神宗改革科举以后,取消了制科,哲宗元祐元年闰二月二日,侍御史刘挚"请复置贤良茂材科"②,至元祐二年四月,诏复置贤良方

---

① 见《淮海集笺注》附录一。
② 见《宋会要辑稿·选举》一一之一四。李焘《续资治通鉴长编》卷三六八载刘挚疏,又见刘挚《忠肃集》卷四《论取士并乞复贤良科疏》,《丛书集成》本。

正能直言极谏科,《续资治通鉴长编》载此诏于四月丁未,上引徐《谱》所谓"乙未,诏许之",当是"丁未"之讹。贤良科复置后,要求近臣荐举应试者,苏轼即荐秦观,徐《谱》谓"《东坡集》无考",而苏轼《乞郡札子》明言"臣所举……制科人秦观"①,唯荐状不存耳。真正"无考"的倒是鲜于侁荐秦观应贤良科的史料。秦《谱》、徐《谱》所据只有秦观的《与鲜于学士第一书》,此书见《淮海集》卷三七,对鲜于侁"猥赐论荐,以备著述之科"表示感激。很显然,秦瀛与徐培均先生都以为"著述之科"就是贤良科。实际上,"著述之科"是另一科目,属于当时所谓"十科"。"十科"举士出于司马光的建议,时在元祐元年七月②。"十科"中的第七科曰"文章典丽可备著述科",就是所谓"著述之科",当时人多认为秦观应此科较为合适,不但鲜于侁,范纯仁、曾肇也尝以此科荐秦观③。大概他们都认为秦观会写一手好文章,但未必有政治才能,只有苏轼看好秦观的政治才能,故以贤良科荐之。

明白了鲜于侁荐秦观所应的是著述科而非贤良科,则其荐举的时间就未必可以定在元祐二年。《与鲜于学士第一书》是秦观于被荐后写给对方的谢书,讲鲜于侁"进拜谏议大夫,供奉仗内",按《续资治通鉴长编》所记,鲜于侁拜左谏议大夫在元祐元年九月丁卯,而在元祐二年三月丙寅,鲜于侁以集贤殿修撰知陈州。这就是说,在朝廷复置贤良科之前,鲜于侁已改了职务,如果他荐秦观应贤良科,那么秦观这封谢书中所称对方的职务是错误的,此亦可反证鲜于侁未尝以贤良科荐秦观。至于他荐秦观应著述科

①苏轼《乞郡札子》,《苏轼文集》卷二九,中华书局,1986 年。
②见《宋会要辑稿·选举》二八之一六。《四部丛刊》本《温国文正司马公文集》卷五三有《乞以十科举士札子》。
③见徐《谱》,"元祐五年六月"条。

的时间,则自元祐元年九月至二年三月,都有可能,但《与鲜于学士第一书》中又谓"诏书比下,明公首以观充赋",这"诏书"必是"十科"举士之诏书,我们既知司马光奏准"十科"举士在元祐元年七月,则鲜于侁荐秦观的时间,当是元祐元年的可能性为大。至于《书》中所谓"观之去门下,于今七年",则自元丰三年(1080)至元祐元年(1086),计其首尾也可算七年,古人计年经常如此。

徐《谱》元祐三年九月,"先生应贤良方正试,进《策》《论》五十篇、《序篇》一篇,未售"。该条下自注云:

> 秦《谱》系此条于元祐五年,云:"先生自汝南被召至京师,为忌者所中,复引疾归汝南。"而其旧谱则云"应制科,进《策》三十篇,《论》二十篇,进《策序篇》。既奏,除太学博士,校正秘书省书籍。"案:秦《谱》误。据《长编》卷四一四云,元祐三年九月辛亥,由孙觉、苏辙、彭汝砺、张绩①考试贤良方正能言极谏科举人。又卷四一五云,冬十月己丑,苏轼言:"帖黄:臣所举自代人黄庭坚、欧阳棐,十科人王巩,制科人秦观,皆诬以过恶,了无事实。"同卷又云:九月丁卯,哲宗御集贤殿试贤良方正能言极谏科谢悰。右正言刘安世言:朝廷近复制科,皆不应格,唯取谢悰一人。可见少游应试不售,乃因有人"诬以过恶",此事或与洛蜀朋党之争有关。
>
> 又案:少游此次应制科,因被人"诬以过恶",处境极艰,幸赖右相范纯仁保全。其《与许州范相公启》云:"某淮海一

---

① 此人名"绩",字去华,《长编》此处误作"绩"字。详孔凡礼《苏辙年谱》"元祐三年九月辛亥"条,学苑出版社,2001年。张绩亦制科出身,《长编》卷二一五"熙宁三年(1070)九月壬子"条载,当年举制科者五人:孔文仲、吕陶、张绘中选,钱勰、侯溥被黜。此"张绘"当即"张绩"。

介之士,行能无取,比因缘科第,获列士版;又属朝廷,复置贤科,而一二迩臣,猥以充赋,名实乖戾,果致多言。相公当国,怜其孤单,不即闻罢,使得自便,引疾而归,侥幸深矣!"一二迩臣,指苏轼、鲜于侁,于元祐二年以贤良方正荐先生于朝。启云"不即闻罢,使得自便",可知在发榜前,范纯仁即告知不幸消息,使其引疾归蔡州。

此考正秦《谱》之误,将秦观赴京应贤良试事系于元祐三年,甚是①。但进《策》《论》则不在此时。《宋史·选举志二》云:"元祐二年,复制科。凡廷试前一年,举奏官具所举者策、论五十首奏上,而次年试论六首,御试策一道。"据此,既然召试贤良在元祐三年,则秦观的《策》《论》当在元祐二年已进呈于朝廷②。进呈以后,朝廷还须委员审查是否合格,由于进呈者不止一人,还须比较优劣,排定次序,谓之"详定"。此事史籍失载,今考刘安世《论胡宗愈除右丞不当第八状》云:"宗愈尝荐布衣方坰,可应制科。臣闻坰素无士行,而进卷文理荒疏,最为亡状。宗愈权翰林学士日,适当详定,曲欲成就,不复避嫌,妄以坰文置在第二。中书舍人刘

---

① 钱大昕《淮海先生年谱跋》(见《淮海集笺注》附录三)已指出此误:"《宋史·哲宗纪》:元祐二年四月复制科,苏公荐先生贤良方正,当在其时。明年应诏入京师,为言者所齮龁,引疾而归,不得与试,集中《与许州范相公书》载其事甚备。诗集亦有'白发道人还省记,前年引去病贤良'之语。然则被诏至京师为忌者所中,复引疾归汝南,实三年事。"按所引秦观诗句见《淮海集》卷一一,题曰《元祐三年余被召至京师,从翰林苏先生过兴国浴室院,始识汶师,后二年复来,阅诸公诗,因次韵》。
② 依《淮海集》,《进策》三十篇中已包含《序篇》,不应于《策》《论》五十篇外另列《序篇》。

敛等不敢异论，但闻退有后言。"①据《长编》，胡宗愈于元祐二年五月任御史中丞，元祐三年四月任尚书右丞，其"权翰林学士"不知在何时，但翰林学士品衔在御史中丞上，尚书右丞（副相）下，故胡宗愈以"权翰林学士"的身份"详定"贤良进卷，当在元祐二、三年之间，则秦观进卷亦必在其中。参与此次"详定"之事的还有中书舍人刘攽。在元祐党争中，胡宗愈被认为是党同（苏）轼、辙的蜀党，刘攽亦是苏轼的好朋友，都不会排斥秦观。而且，其时身任翰林学士的苏轼，很可能是主持"详定"者，《宋会要辑稿·职官》六七之八载绍圣元年闰四月十八日监察御史刘拯弹劾苏轼、秦观之章云："观浮薄，影附于轼，故《进策》谓秦二世不变始皇之法而至于亡，汉昭帝变孝武之法而存，轼遂考为第一。"如果刘拯此言不是变乱事实加以诬蔑，则苏轼曾主持"详定"贤良进卷，并考秦观为第一。

但孔凡礼先生认为刘拯之语有误，其所撰《苏轼年谱》卷二五云："拯语有误。苏轼乃荐秦观应制科，并非考秦观。苏轼本年十一月二十九日于学士院策馆职；十二月七日，擢毕仲游第一……拯盖混应制科、策馆职为一谈。且制科但分三等、四等……不云第一、第二。益见拯语之妄。"②笔者认为，孔先生这番辩驳的说服力不足，苏轼策馆职与"详定"贤良进卷自是两事，刘拯未必"混应制科、策馆职为一谈"，倒是孔先生将"详定"进卷与御试对策混为一谈了。宋人应制科有三个步骤，第一步是经近臣荐举，进呈策论五十篇，通过"详定"后，第二步是参加秘阁的考试，考论六篇，要求四篇以上合格，才能最后参加御试，对策一道。所谓三等、四

---

①见刘安世《尽言集》卷三，《丛书集成》本。
②孔凡礼《苏轼年谱》，中华书局，1998年，第741—742页。

等,乃是对御试策考定等第,而其初"详定"进卷,则固云第一、第二①。释道潜《哭少游学士》云:"当时所献策,考致第一流。"②即指当年"详定"时,秦观进卷被考为第一。此虽未云何人所考,但苏轼荐秦观与考秦观,是并不矛盾的。

此番"详定"贤良进卷,将苏轼所荐的秦观考为第一,胡宗愈所荐的方坰考为第二,看来蜀党几乎要操纵元祐三年的贤良制举。同时,胡宗愈正要出任尚书右丞(副相),形势的发展对蜀党有利。但正因为此,他们的政敌便要设法阻止这样的发展趋势。朔党刘安世连上二十章反对胡宗愈任尚书右丞,而秦观、方坰也都遭受了攻击。对方坰的攻击已见上引刘安世弹劾胡宗愈的奏章,对秦观的攻击有苏轼和秦观自己的文字为证,上引徐《谱》已详。但史籍未载秦观被"诬以过恶"的具体详情,《朱子语类》卷一三〇有云:"东坡荐秦少游,后为人所论,他书不载,只《丁未录》上有。"③《丁未录》是南宋时李丙所编的史书,见《郡斋读书志·附志》,今已失传,所以竟不知当时何人以何语攻击秦观,但其人应不出洛、朔之党,其语也无非"浮薄"之类。那结果是,蜀党所荐举的秦观、方坰都不能参加最后的御试,只剩下谢悰一人去对策,其他人都在秘阁六论的考试中"淘汰"了。

秦观既已被诏至京,想必是参加了秘阁的考试。所谓秘阁六论,就是要写六篇论文,其题目都是从经史子书甚或注疏中抽取一句或一句中的几个字,要求应试者能记得此题的出处,由此生发议论。《文献通考》卷三三《选举考六 贤良方正》末载马端临

---

① 如《宋史·陈舜俞传》:"举进士,又举制科第一。"
②《参寥子诗集》卷一〇,《四部丛刊》本。
③《朱子语类》,中华书局,1994年,第3116页。

按语云:"按制科所难者六论,然所谓四通、五通者中选,所谓准式不考者闻罢,则皆以能言论题出处为奇,而初不论其文之工拙。"这就是说,论文的文笔好坏关系不大,主要是看应试人是否记得题目的出处,写在文章里。"四通、五通"是指应试人于六个题目中多数能记得出处;"准式不考"是多数的题目记不得出处①。前者即"中选",后者即"闻罢"。根据现在能够找到的史料来看,参加元祐三年秘阁考试的有好几个人,除秦观、方垌之外,还有张咸②、谢悰等。朝廷委派的考官是孙觉、苏辙、彭汝砺、张缋,其中孙觉和苏辙都是很欣赏秦观的人,这一支考官队伍应该对秦观的"中选"相当有利。但结果参加御试对策的只有谢悰一个,方垌、张咸等大概都被"闻罢"了。秦观的情况则比较特殊,其事后与范纯仁书云:"相公当国,怜其孤单,不即闻罢,使得自便,引疾而归,侥幸深矣。"③他没有被宣布"闻罢",而是以"引疾而归"的名义退出。既有"闻罢"之说,则秦观必然参加了秘阁考试无疑。问题在于,"闻罢"与否当由考官决定,此事何故须由宰相范纯仁出面来处理呢? 可见当时的情况比较复杂。

这里存在两种可能:一是秦观所作六论本当"中选",但朔党、

---

① 如《文献通考》卷三三载熙宁七年:"秘阁考制科陈彦古六论,不识题语何出,字又不及数,准式不考。"

② 范祖禹《范太史集》(《文渊阁四库全书》本)卷一九《举张咸贤良札子》:"臣伏见前陵井监仁寿县令张咸,素有履行,富于文学,元祐三年有近臣举应贤良方正能直言极谏科,蒙召试秘阁,以不中第复归本任。"可见张咸参加了此年的秘阁考试。又《范太史集》卷二一《荐章元弼札子》:"臣伏见前虢州知录事参军章元弼,学问该洽,词章富赡,自元祐三年举贤良方正,召试,以丁忧不赴。"这一位章元弼也被荐举应此年制科,但没有参加秘阁考试。

③ 秦观《与许州范相公书》,《淮海集笺注·后集》卷五。

洛党的台谏官对他加以攻击，不让他参加御试，而考官又不肯将他"闻罢"，遂由宰相范纯仁出面，作此中间处置；二是秦观的六论本来就未达到"四通、五通"的要求，范纯仁为保全他的声誉，让他主动退出，以免被宣判为"闻罢"。今检《淮海集》卷二三有《圣人继天测灵论》、《变化论》、《君子终日乾乾论》、《以德分人谓之圣论》四篇，题面分别出自《法言》、《周易》、《庄子》之书，其体制合于秘阁试论。秦观生平中，除这次秘阁试论外，需作此种体制论文的场合似乎不多，所以，这四论很可能就属于元祐三年的秘阁六论。问题是《淮海集》中只有这四篇，找不到另外的两篇。就这四篇来看，秦观于前三篇都准确地交代了题目的出处，最后一篇《以德分人谓之圣论》则未明出处，大概没想到考官会从《庄子》书中出题，不曾温习。四篇之中，三通一不通，由于另两篇不见，故竟不知秦观当年的试论合格与否。

蜀党对这一次制科举士的辛苦经营，最终彻底失败，侥幸参加了御试的谢悰，也没有逃脱朔党刘安世的弹击①。折腾了两年，结果竟是一场空。举贤良本是朝廷的大事，在元祐三年，这件大事也成为党争的一个节目，但与同时进行的另一个节目即胡宗愈能否出任执政相比，它是比较次要的，故蜀党听从了范纯仁的安排，让秦观作出了牺牲。本文之所以要详考秦观应贤良科的经过细节，就是因为，不单是秦观在进卷中表达的政见与党争密切相关，而且这一次贤良举士事件的本身就是党争的表现。即便秦观

---

① 见《续资治通鉴长编》卷四一四，"元祐三年九月己巳"条。按，谢悰字公定，谢景初（师厚）子、谢愔（公静）弟。谢景初为黄庭坚岳父，二谢当为其妻舅，则亦与蜀党关系较密切。陈师道有《送黄生兼寄二谢二首》、《和谢公定雨行逢卖花》、《送谢朝请赴苏幕》、《和谢公定观秘阁文与可枯木》等诗，《后山诗注补笺》卷三、卷一二，中华书局，1995年。

本人并无明确的政见，他也已不知不觉地步入了党争的战场，更何况他的政见带有鲜明的蜀党色彩！说见下文。

二、秦观进策之政见

秦观的贤良进卷，包括《进策》三十篇与《进论》二十篇，共五十篇。《进论》的性质是史论，以时代的先后为序，论列了二十个历史人物，虽然宋人的史论多少都与时政有些关系，却基本上是从历史人物的具体言行上生发议论，那自然就不能成为政见的系统表达；而《进策》则直接就时政中的一系列问题发表意见，可以比较系统地表述作者的政见。以故，这里主要分析《进策》三十篇的政治内涵。

（一）与"新旧党争"有关者

宋朝设制科以待非常之士，贤良科更是为选拔政治方面的人才而设，故时人称贤良科为"大科"，由此进身者，例获较快的升擢，比进士、明经等诸科出身者更有机会展其抱负。以故，自负见识超人、胸怀大志者，往往不屑或不满足于进士出身，而从事决科射策之举，如李觏、苏轼所为。北宋士大夫的写作热点从诗赋转向策论，也多少与朝廷重视制科有关。一般来说，诗赋是纯文学性的创作，是"无用"的，而策论则必须指斥时弊、陈述政见，自然是"有用"之文。《宋史·沈邈传》："（沈邈）奏《本治论》。仁宗曰：'近献文章者率以诗赋，岂若此十篇之书为可用也。'"仁宗重视策论，本为其有用于治道，而士人遂以策论直接参与议论时政。神宗熙宁三年，由于王安石变法引起朝野上下大规模的争论，该年应贤良科的孔文仲便在对策中表明自己对"新法"的反对态度，受到"旧党"考官的高度评价，却被神宗御批黜落，继而取消了制科举士制度，至元祐年间"旧党"执政，才予恢复。在这样的局面之下,制科成为新旧党争的一个环节,"旧党"之所以要恢复制科,也无非是想为支持"旧党"政策的人提供优越的仕进之途,以利于其政策的延续①。从而,应制之人进呈策论,也就不但要"有用",且须具有鲜明的"旧党"立场了。

秦观《进策》中有极可注意者,即除《序篇》之外,正文的第一篇冠以《国论》。所谓"国论",是关于朝政的大议论,它不是就一般的行政措施而发,而是要由此来决定基本政策的。"国论"不定,有关政策就无法顺利实施,神宗、王安石为了推行"新法",烦于"国论"不一,遂强制统一思想,将"国论"定于一是,当时谓之"国是"。此后"新旧党争"之中,"国是"问题甚嚣尘上,成为北宋党争留给中国政治思想史的一大遗产。南宋人吕中曾对北宋"国是"问题加以总结云:

> 国论之无所主,非也;国论之有所主,亦非也。国无定论固不可以为国,然使其主于一说,则人情视此以为向背,人才视此以为去就,人言视此以为是非,上之政令,下之议论,皆迁就而趋之。甚矣"国是"一言之误国也!夫国以为是,即人心之所同是也,又安有众之所非而自以为是,使人皆不得于国是之外者!此特孙叔敖之妄论,唐虞三代之时,孔孟之明训,初无是也。秦汉至五代,其言未尝用也。本朝自建隆以来,此其说未尝有也。自熙宁王安石始有是论,而绍圣之蔡卞、崇宁之蔡京,皆祖述其说而用之。熙宁以通变为国是,则

---

① 当时的进士科很难达到这样的目的,因为熙丰以来,进士废诗赋而考经义,而经义又以王安石所定《三经新义》为准,故士子皆习新经,元祐诸臣虽能恢复诗赋,却也不能遽废新经以断天下士人之望,故所取之士未必反对"新法"。

君子为流俗矣;绍圣以绍述为国是,则岭海间皆逐臣矣;蔡京之国是,又曰"丰亨豫大"之说而已,则立党籍,刻党碑,凡所托以害君子者,皆以国是藉口,曰此神宗之意、安石之说也。缙绅之祸,多历年所,岂非一言可以丧邦乎!①

他说"国是"之说出于先秦时的孙叔敖,大概是对的,刘向《新序》卷二《杂事》载孙叔敖对楚王问,有此说。秦汉以来,此说确也少人继述。"自熙宁王安石始有此论",则不知何据,我们在今存的王安石诗文中,没有发现关于"国是"的论述,但吕中可能看到过王安石的《熙宁日录》,或许内有此说,亦未可知,因为王安石"一道德而同风俗"的思想,与"国是"之说的涵义是相当一致的。《宋史·司马光传》有两段关于"国是"的记载:变法之初,众论不一,宋神宗曾教训司马光:"今天下汹汹者,孙叔敖所谓'国之有是,众之所恶'也。"至元丰末,神宗欲起用司马光,新党宰相蔡确予以阻止曰:"国是方定,愿少迟之。"司马光由此不得起用。可见,神宗与新党确以"新法"为"国是"。正因此,苏轼在熙宁初公开反对"新法",不过离朝外任而已,至元丰时,却会因为在诗歌中暗寓反对"新法"之意,而被捕下狱,缘当时"新法"早过了讨论的阶段,已定为"国是",不容再议。也正因此,司马光主持"元祐更化"之初,不得不唱出"以母改子"这样一个容易授人以柄的论调。论者多谓温公短于才智,其实表现了他的勇决,因别人困于神宗所定"国是",不敢显斥,凡行"更化"之事,未免含糊其辞,或曲为

---

① 吕中《类编皇朝大事记讲义》卷二一,"小人妄主国是"条,复旦大学藏清文珍楼钞本。此即《四库全书》中《宋大事记讲义》一书。两本的文字互有舛讹,引文据文义略作参校。

之说,而温公此语,等于公然改弃先帝"国是",可谓快刀斩乱麻。但此语也确实是倒持太阿,后来"新党"反攻倒算,蔡卞入朝主持意识形态,便很轻易地拈起"国是"二字,大做文章。我们明白了这一背景,就可以理解秦观的《进策》为什么要首列《国论》一篇了,那是开宗明义,表明党派立场的。

"以母改子"的口号挑明了神宗的"国是"被改弃的事实,其所含隐患在于,它还表明"更化"乃是宣仁太后的政策,而不是宋哲宗的政策。按那个时代一般的政治伦理,它的权威性远逊于"子承父业"这种天经地义般的训条,而后者无疑是极易被"新党"利用的。所以,"哲宗亲政以后怎么办",成为"旧党"的极大忧虑。这样的忧虑使另一种看似更为高明的说法得以产生:即把"更化"说成是神宗的遗志,谓神宗晚年追悔往事,意欲起用"旧党",只没来得及自行"更化"而已。这个说法的真实性如何,是并不重要的,因为无论其真实与否,都很难令"旧党"以外的人相信。不过,除此之外,元祐诸臣实在没有更好的说法了。秦观的《国论》篇,就是要强调这样的说法,他称之为"先帝之末命"。然而,他似乎也知道此"末命"之说难以取信于哲宗,故又讲了一通关于"子之事父"的道理。他说真正的"达孝"是"继其志",而不是"述其事",即便先帝没有"末命","陛下犹当继其志,不述其事"。这也无非是把实施"新法"说成神宗所行之"事",而把"更化"说成神宗之"志",立论甚为牵强。

不过,秦观有他的聪明之处。他知道自己的进策名义上是给哲宗提建议,实际上是给太皇太后看的。所以,真正的问题不是说服哲宗相信"末命"或者"达孝"之说,而是趁太皇太后主政期间设法于舆论上坐实"末命"之说,使之牢不可破,令后来者不得不延续"更化"政策。他想出的办法是:朝廷应模仿《尚书》里面盘庚与武王的诰命训誓,将此意"作为明诏,丁宁反覆",然后"布告天下,咸使闻之",还要"被之以诗章,传示无穷"。这实际上是要重新确立一个"国是",令后来者难以改变。此法未必真足以阻止政局的逆转,只体现了秦观鲜明的"旧党"立场。

绍圣元年刘拯弹劾秦观云:"《进策》谓秦二世不变始皇之法而至于亡,汉昭帝变孝武之法而存。"[1]这话就见于《国论》篇,用历史事例来说明改变神宗之法的正当性。刘拯可谓一下就抓住了要害。反过来,这也证明了《国论》篇在秦观这份《进策》中的首要地位。

除《国论》外,还有一些篇目表述了秦观的"旧党"见解。我们如将他的进策与"新党"李清臣应制科的进策相比较,就会一目了然。李清臣是元祐末首倡"绍述"之人,其应制科在宋英宗治平二年,后于苏轼而早于秦观。我们若取苏轼、李清臣、秦观三人的制科进卷,比勘其观点的同异,将会了解北宋策论的发展过程。秦观的观点多承自苏轼,已为今人所知,此仅取李清臣进策的首篇《法原策》,与秦观的有关论述相比较。

《法原策》云:

> 法立,而天下之心定;天下之心定,而治道毕矣。法为贵,君位次之……今夫大匠之起巨室,弹画一定,木之曲直、小大、长短,必皆就吾绳墨规矩焉。其参差不齐、龃龉不合,则斤削燎括而已矣,若毁吾弹画而从木之情,则工劳而事拙,

---

①《宋会要辑稿·职官》六七之八引。

纷扰而不可理矣。①

这是毫不含糊的"法治"主张。李清臣认为"法"的地位应该比君主还高,故以此篇冠其进策。他强调"法"的绝对权威性,并以匠人的绳墨弹画为喻,说明"法"对于天下人情事务的强制性。此虽作于王安石变法之前,却很符合王安石立法定制以强制天下执行,进而"一道德而同风俗"的主张,这也证明王安石的理论在当时拥有一定的社会基础,士人中不无同调。但在秦观看来,这无疑是违反儒家精神的"申韩之术",其《进策》之《法律下》云:

> 昔者以《诗》《书》为本,法律为末;而近世以法律为实,《诗》《书》为名。臣以为天下之大弊,君子所宜奋不顾身而救之者,无甚于此。何则?废《诗》《书》而从法律,则是举天下而入于申韩之术也。

由此,他要求朝廷废罢王安石设立的"明法"科,或至少限制此科的取士规模。因为真正具有权威性的应该是《诗》《书》而不是法律。对于"法"的强制性,他也加以反对,《治势上》云:

> 臣闻御天下之术,必审天下之势。不审其势而己信臆决,行其所谓道,守其所谓法,则虽有刚毅果断之材,或失而为刻深。

---

① 李清臣《法原策》,曾枣庄、刘琳主编《全宋文》第三十九册,巴蜀书社,1994年,第745—746页。参校《崇古文诀》卷二八,《文渊阁四库全书》本。

秦观作文时大概并无批驳李清臣之意，但两人的议论正相反对。新旧两党的策论，就是如此对立的。不过，秦观所云，无非"旧党"的一般论调；倒是李清臣于王安石变法之前，卓然发此违反传统之论，应得到较高的评价。

（二）与"洛蜀党争"有关者

宋朝的官僚队伍极为庞大，文化素质也不低，但史载北宋后期君臣之间常有"乏才"之叹，朝官有缺，无人可补。这个现象是党争造成的，新旧两党各有人才，也各有足具补缺资历的官员，但一党当政时，另一党的人不能用，所以人才资源少了一半，"乏才"现象就很自然地发生。与此同时，循资进职的文官制度造就着具备足够资历的异党官员，必须以种种理由阻止他们来填补朝官的空缺，宁缺不补。然而终究不能不补，一补便联袂而来，足以冲击现行政策，引起政局逆转。北宋后期党争形势几度反复，如环无端，此亦是原因之一。元祐诸臣汲汲乎"荐士"之举，既设"十科"，又复贤良，其用心是不难理解的。他们的愿望是造就一批与自己政见相同的"人才"，以巩固政局。这个愿望的不能实现，据说是因为"旧党"内部又产生了"洛蜀党争"，自相排斥。其实，"洛蜀党争"一语还不能完全概括元祐党争的复杂性。这里不能忽视"代沟"的因素，"旧党"中那些经历过仁宗时代的年长官员，固然是王安石的老政敌，却也跟王安石有着许多共同语言，可以部分地接受王安石的理论（当然各人愿意接受的又有不同），真正把王安石的理论视为不可沾染之毒草的，倒是一些年轻的官员，他们的党派立场比前辈更为明确。一般来说，执政、侍从比较年长，台谏则较年轻，而台谏与执政又是制度上对立的，故元祐党争多表现为台谏对执政、侍从的攻击。自然，出生地域与师门传授的不同，也造成年轻官员之间互相分歧，是以台谏内部亦自有互攻。总之,代沟、制度、地域、师门,种种复杂因素,造成元祐党争局面的纷繁错出,几乎不可清理。本文仍用"洛蜀党争"一语,只是姑且承袭旧史的传统而已。

秦观被台谏攻击,是因为与苏轼的师弟关系。但苏轼何以如此招台谏厌恶,则其奏章中自有交代:

> 臣退伏思念,顷自登州召还,至备员中书舍人以前,初无人言。只从参议役法,及蒙擢为学士后,便为朱光庭、王岩叟、贾易、韩川、赵挺之等攻击不已。①

苏轼一直认为他跟台谏之间的冲突,起于"参议役法"。苏轼可以接受王安石的免役法,而台谏坚持司马光的主张,务必废除之,由此水火不容。故苏轼奏章中屡次申明:他跟司马光虽在役法问题上互相争执,其实原有许多共同语言。司马光固曾力主差役法,以致被苏轼呼为"司马牛",但他未尝一牛到底,也允许"相机变通"。比较之下,司马光的弟子及其提拔的年轻官员,即布满台谏的朔党与洛党,对免役法更为深恶痛疾,以致憎恶苏轼。而秦观师从苏轼,于是,代沟与师门两种因素,造成台谏对秦观的排斥。及苏轼被擢为翰林学士,恰值执政官有缺,台谏深恐其登于宰辅,遂愈急于攻击。结果令朔党的御史中丞刘挚越过苏轼所任的翰林学士一级,而升上执政之位。但如此一来,蜀党的御史中丞胡宗愈便也可援例升补执政之空缺,令党争进入势均力敌的相持状态。而秦观于此时被诏至京,真可说来得不是时候。

王水照先生在《"苏门"的性质和特征》一文中,曾详细分析

---

① 苏轼《乞罢学士除闲慢差遣札子》,《苏轼文集》卷二八。

秦观与元祐党争的关系,及《进策》与苏轼政见的一致性①,此处不必再予复述。值得关注的是,《进策》中的《论议》上、下两篇,表达蜀党政见最为集中。所谓"论议",即就朝廷目前有争议之事发表见解,由于争议必与党争相关,故《论议》两篇的写作,等于直接参与了党争。这两篇,一论免役法与差役法的是非,一论科举试经义与试诗赋的是非。前者正是台谏与苏轼的分歧所在,而秦观无疑支持苏轼;后者则是苏轼与王安石争论的老话题,但秦观于此时论及之,并非针对"新党"。进士废诗赋而试经义,固是王安石的主张,可司马光原与王安石有着许多共同语言,崇经术而斥文学,两人是一致的,而洛党的精神领袖程颐,在这一点上比王安石和司马光更为态度鲜明。所以,朔党、洛党大致都排斥文学,只有苏轼领导下的蜀党对文学抱有好感。在那个时代,文学相比于德行、经术,有着天然的劣势,即便秦观,在《论议》中也不敢主张纯以诗赋取士,而只敢要求德行、经术、诗赋各为一科,争取共存而已。但这无疑主张文学之士可以只因其文学才华而获进用的机会,也为朔党、洛党所不容。与《国论》篇一样,《进策》专设《论议》两篇,也是专为党争而作的。当然,如王水照先生所分析,《进策》的《治势》、《朋党》等篇,也反映了秦观的蜀党政见。

(三) 其他

秦观的贤良进卷,虽缴进于元祐二年,但其中篇目并非全作于一时。徐培均先生《秦观年谱》元丰三年:"是岁,颇得专意读书,与弟辈学作制科之文,以《奇兵》、《兵法》、《盗贼》,致苏轼求教。"此条下自注:

---

① 王水照《苏轼论稿》,河北教育出版社,1999 年,第 44—46 页。

苏轼《答秦太虚书》：“寄示诗文，皆超然胜绝……太虚未免求禄仕，方应举求之。应举不可必，窃为君谋，宜多著书，如所示论兵及盗贼数篇，但似此得数十首，当卓然有可用之实者，不必及时事也。”先生作《与苏公先生第四简》，复曰：“寻诲谕，且令勉强科举……尽取今人所谓时文者读之，意谓亦不甚难及，试就其体作数首……今复加工如求应举时矣。”案：此皆谓攻制科之文，策论之作已着手矣。

按元丰三年制科早废，苏、秦二人未必能逆料元祐之复制科，以少游“论兵及盗贼数篇”为此而作，语未妥贴。但谓《进策》中有关篇目已草就于此时，则是可信的。苏轼是劝秦观于准备进士之业外，还要著书，但不必关涉时事。后来制科恢复，秦观遂以前时所作充进卷的篇章。大概进卷中与党争时事无关者，多是此数年间陆续作成。

陈师道《秦少游字叙》①谓秦观少时好读兵书、论边事，《进策》中论兵的有《将帅》、《奇兵》、《辩士》、《谋主》、《兵法》五篇，又有《盗贼》三篇、《边防》三篇，皆与此相关，总数占《进策》的三分之一强。当年被东坡许为“卓然有可用之实”者，大概就是这些文章。具体来看，论兵的数篇，是将构成一支军队的各要素逐一论述，以明其各有所用。此可见秦观确曾研读兵书，但也看不出有特别的见解。唯《将帅》篇谓西、北二边之事，朝廷不必详其细节，宜全权委托统帅各一人，足以了事。此似有见于北宋兵权集中之流弊，但此策亦早见于苏轼的贤良进卷②，秦观只承其说而

①陈师道《后山居士文集》卷一六，上海古籍出版社，1984年影印宋刻本。
②苏轼《策略二》，《苏轼文集》卷八。

已。《盗贼》三篇,徐培均《淮海集笺注》卷一七引明代张綖按语云:"富郑公、苏长公论弥盗尝有此说。"则亦承富弼、苏轼之说。《边防》三篇,首谓西夏之患更甚于辽,次论对付西夏之策,主张进攻,最后献五路之兵岁出一路,轮流进扰之计。在我们看来,认为西夏之患更甚于辽,乃是宋人之遁词,不过因为辽军强大,不敢去碰,只好一味献币求和,而西夏国弱,宋军尚可应付,故凡有志于立功边陲者,都只对西夏打主意,不独秦观为然,宋神宗、王安石也不过如此。大概直到靖康之年,宋人才明白亡国之祸其实来自北方,而不是西夏,这当然不是秦观所能知。至于五路轮流攻扰之计,后来也被杨时所否定,其语录有云:

> 问:"秦少游进卷,论所以御戎,乃欲以五路之兵,岁出一路,以扰夏人之耕,如此是吾五岁一出兵,而使夏人岁岁用兵,此灭狄之道也。当时元祐间有主此议者。此果可用否?"曰:"……亦无此理。今常以五路之师,合攻夏人,尚时有不支。岁出一路,其倾国而来,攻城破邑,吾其可止以一路之众当之乎?大抵今之士人议论,只是口头说得,施之于事,未必有效。"①

他认为秦观的计策只是说来好听罢了。确实,秦观虽好论兵,但算不得军事家。

到此为止,我们可以对秦观《进策》所表述的政见给予总体的评价了:除了体现其"旧党"立场、蜀党身份,及复述苏轼的某些成说之外,并无独到的卓见。这不是说《进策》没有政治意义,正相

---

①杨时《龟山集》卷一二《语录三》,《文渊阁四库全书》本。

反,它几乎可以被称为蜀党的政治宣言;这也不是说秦观个人缺乏政治才能,而是那段时期的所谓"政治",除了党争以外就没有什么东西了。

三、秦观进策之文学

秦观的进卷并非"无用"之文,但其用似只限于党争,作为政论,谈不上有何卓异之处。相比之下,其文学上的成就要高得多,在当时即获蜀党人物的称赞,如黄庭坚诗曰:

> 少游五十策,其言明且清。笔墨深关键,开阖见日星。陈友评斯文,如钟磬鼓笙。[1]

所谓"关键"、"开阖",盖指文章结构之巧。"陈友"当是陈师道,所谓"如钟磬鼓笙",盖指文章语言之妙。宋人更为关注的是结构的方面,两宋之交的批评家吕本中有云:

> 文章有首有尾,无一言乱说,观少游五十策可见。[2]

稍后的汪应辰亦承其说:

> 居仁吕公云:秦少游应制科,问东坡文字科纽,坡云:"但如公上吕申公书,足矣。"故少游五十篇只用一格。前辈如黄

---

[1] 黄庭坚《晚泊长沙示秦处度湛范元实温用寄明略和父韵五首》之五,《山谷诗集注》卷一九,上海古籍出版社,2003 年。

[2] 王构《修辞鉴衡》卷二"秦少游文"条下引吕本中《童蒙训》,郭绍虞辑入《童蒙诗训》,《宋诗话辑佚》下册。中华书局,1980 年,第 601 页。

鲁直、陈无己,皆极口称道之。后来读书,初不知其为奇也。吕丈所取者,盖以文章之工,固不待言,而尤可为后人模楷者,盖篇篇皆有首尾,无一字乱说,如人相见,接引、应对、茶汤之类,自有次序,不可或先或后也。①

这都是对秦观进卷的文章结构给予好评。据说,"五十篇只用一格",即都用同一的结构之法,并且是出于苏轼的指导。

苏轼所云"如公上吕申公书",今见《淮海集》卷三七《上吕晦叔书》,是秦观早年干谒吕公著的书信。此书开门见山,先说"五月日,进士秦某,谨再拜献书"之语,然后主体部分是赞美吕公著的功名,顺及仰慕之意,最后复说献书以求赏识,与开篇相照应。其赞美的部分,则先发议论,以为一个成就功名的人,当兼具器识与学术;然后分举史例,说西汉的霍光有器识而无学术,故虽能建功而灭族于身后,东汉的李固有学术而无器识,故虽能立名而不能成功,扩而言之,西汉之士大抵具器识而乏学术,东汉之士大抵富学术而乏器识,皆有缺陷,故功名或缺,以此证明器识与学术兼备的重要性;最后赞美吕公著器识、学术完备无欠,是有"道"之人。这篇文章确实是有首有尾,而中间立说、引据、归结,步骤分明,次序井然,结构上一无罅漏,很符合吕本中、汪应辰的说法。

从这个角度来看秦观进卷,所谓"五十篇皆用一格"似也不是虚说。除《序篇》简要,较为特殊之外,其他篇目大都首尾完具,平衡匀称,其议论大都具有立说、引据、归结诸种要素,而巧为安排,功夫甚细。徐培均先生在《淮海集笺注·前言》中曾解剖了《主术》一篇的结构,可以窥斑见豹,此不赘述。李廌《师友谈记》载:

①《文献通考》卷二三七"秦少游《淮海集》三十卷"下注引"玉山汪氏"。

鬳谓少游曰："比见东坡,言少游文章如美玉无瑕,又琢磨之功,殆未有出其右者。"少游曰："某少时用意作赋,习贯已成,诚如所谕,点检不破,不畏磨难,然自以华弱为愧。"邢和叔尝曰："子之文,铢两不差,非秤上秤来,乃等子上等来也。"①

　　可见,秦观作文的这种特征,是与他少时用心习赋有关的。习赋是为了应进士考试,故所习必为律赋,长度有定,限换八韵,且句格整齐。赋本长于形容,但律赋的试题多出经史,须要议论,则往往就以八韵分段,为意思的起承转合,结构平衡而次序不乱。与欧阳修、苏轼的"以文为赋"相反,秦观乃是"以赋为文"。

　　然而,论事之文,须要分析事理,提供策术,事有详略,策有奇变,表述之间怎能都做到节节匀称、"铢两不差"呢? 大抵文章结构之巧,仍基于其立说之巧。笔者细读秦观进策,用心推求,觉其立说亦是有规可寻,不敢自是,写出来向大家请教。

　　尝读《礼记·中庸》:

　　子路问强。子曰："南方之强与? 北方之强与? 抑而强与? 宽柔以教,不报无道,南方之强也,君子居之。衽金革,死而不厌,北方之强也,而强者居之。故君子和而不流,强哉矫;中立而不倚,强哉矫;国有道,不变塞焉,强哉矫;国无道,至死不变,强哉矫!

①李鬳《师友谈记》"东坡谓秦少游文章为天下奇作"条,孔凡礼整理本,中华书局,2002 年。

按此段可见夫子之巧于应答,盖子路所问之"强",原极抽象,难于一言道明,夫子乃自为宕开一层,化出"南方之强"、"北方之强"、"而强"三端,然后可以逐一分述,推出己见。此可谓"窄题宽做",化一为三,而结构也便匀称。笔者受此启发,审视秦观进卷,发现他全用此法立论,除《序篇》外,四十九篇莫不如是,真可谓"五十策皆用一格":

《国论》篇,论"更化"之意宜明告天下,却化出"太上忘言"、"其次有言"、"其下不及言"三幅,分举史例以论之,归结到今宜"有言"。

《主术》篇,论国君用臣之术,却分出用执政与用台谏两个方面,对举以行其文。

《治势》二篇,上篇讲原理,下篇讲现实。上篇论治术与形势的关系,分出"宽、猛"与"强、弱"两种,分述利弊;下篇论当前宜用的治术,却先分述仁宗时"宽"、神宗时"猛"的情况,以明当今宜用中和之治。

《安都》篇,论建都开封之当否,却引出长安与洛阳作对比,分述三地形势。又将建都所据之"险",分作"以地为险"、"以兵为险"两种,对比论述,以成其说。

《任臣》二篇,仍依《主术》篇之法,以执政与台谏分论。上篇论执政举人当不避其亲,说古人"有自举其身者、有举其子者、有举其弟者、有举其侄者、有举其内外之亲旧者",然后分别引述史例,是化一为五;下篇论台谏之臣宜受宽容,其议论也分作"取其大节"、"略其小过"两端,化一为双以行其文。

《朋党》二篇,亦是上篇讲原理,下篇讲现实。上篇论朋党有其合理性,却从君主御臣之术"不务嫉朋党,务辨邪正"说起,然后以此二事对举行文;下篇论哲宗不当嫉朋党,却引出仁宗来对举,分述两朝情事。

《人材》篇,论君主当惜人材,却将人材分作"成材"、"奇材"、"散材"、"不材"四种分论。

《法律》二篇,亦是上篇讲原理,下篇讲现实。上篇论纯依法律不可为治,引出《诗》《书》以与法律对举,分述三代、秦、汉唐三种情况。下篇论王安石设立的明法科当被废除或限制,行文中也一直以《诗》《书》与法律对举。

《论议》二篇,上篇论役法,下篇论贡举。论役法则分述差、雇二法之各有利弊,论贡举则分述德行、经义、诗赋之各有所用。

《官制》二篇,上篇讲制定官制的一般原则,下篇对当前的官制提出具体的意见。上篇将进退官员的依据剖为资格与声望两种因素,然后对举论述;下篇则提出"自正议大夫以上,迁进太略;自中散大夫以下,清浊不分"两个缺陷,交论其非,这两个缺陷原是平行的,不是对立的,但秦观以前者之弊在"大臣侥幸",后者之弊在"小臣偷惰",巧妙地表述为对立,以行其文。

《财用》二篇,上篇论理财之法,分天下财富偏归于国家与偏归于私室两种情况,分别利弊以立其说;下篇进理财之术,提出"尽地力、节浮费"两端,交叉论述。

《将帅》篇,论军队胜败之机系于将帅,却把将帅分为"一军之将"、"一国之将"、"天下之将"三种,分别论述。

《奇兵》篇,论出奇制胜,先罗举天地间其他事物的"奇"来类比"奇兵",再将"兵之正"与"兵之奇"对论,复谓用"奇兵"有"难"、"巧"、"妙"三端,分别论之。

《辨士》篇,论辩士在军中的作用,谓辩士须具三德、明五机,分别论之。

《谋主》篇,论谋士的重要性,却引主将作对,通过主将与谋士的关系来展开论述。

《兵法》篇,言用兵之法,却先引"将"作对,论"将"与"法"之关系;然后将兵法分作权谋、形势、阴阳、技巧四端,举例分叙;最后又引出"道",讲兵法与"道"之关系。

《盗贼》三篇,上篇讲平定盗贼之法,中篇推究盗贼的起因,下篇进逆销盗贼之术。上篇引夷狄与盗贼对举,比勘平夷狄与平盗贼之法的不同,以行其文;中篇谓盗贼起于政治之弊病,却铺展为朝廷任法与任吏之关系,以立其说;下篇论盗贼之中有豪俊,若朝廷收用之,可以逆销盗贼,全篇即以销盗贼与收豪俊对举展开。

《边防》三篇,上篇论对付西夏之政策,先列出"弃地"与"进取"两说,分别论之,然后决出进取之策;中篇是回答对进取之策的质疑,却分别真宗朝、仁宗朝、神宗朝三个不同时期的不同形势,以证今日当进取;下篇献五路轮流出兵进扰之计,却取"攻"与"守"的关系来立论。

《晁错论》,以汉斩晁错为得计,通过战之胜败与理之曲直的关系来立论。

《韦玄成论》,以韦玄成议汉宗庙之论为非是,通过礼与人情的关系来立论。

《石庆论》,认为石庆能免汉武帝之诛杀,乃因其为鄙人之故,却引阴阳之说以比君臣关系,分别君弱臣强与君强臣弱两种情形,推出其说。

《张安世论》,以安世为非贤,却将臣子分为"大臣"、"具臣"、"奸臣"三种,化一为三以申其论,而归安世于"具臣"。

《李陵论》,以李陵之败为用兵之误,取用兵之"常"与"变"的关系,来立其说。

《司马迁论》,辨班固所讥司马迁"是非颇谬于圣人"之语非是,认为司马迁是"有见而发、有激而云",全篇即依此两点分述。

《李固论》,像是答苏轼元祐元年试馆职策①,以西汉之易亡与东汉之不易亡为对比,分论"功臣"与"名臣"的不同作用。

《陈寔论》,以陈寔诎身应世为是,取君子行为与时世之关系立论。

《袁绍论》,以袁绍之所以亡,在于杀田丰,取君主与士的关系立论。

《鲁肃论》,以鲁肃借荆州给刘备为善策,设想若不借,会发生两种可能的情形,分论此两种情形皆不佳,反证借为善策。

《诸葛亮论》,以诸葛亮不足以兴礼乐,取帝王之臣与霸者之臣对举立说。

《臧洪论》,辨臧洪之死非为义举,以"君子之常"与"君子之变"对举为辩资。

《王导论》,言王导杀周颛,寻《春秋》赵盾之事作对,通篇以比勘二事行文。

《崔浩论》,以崔浩自比张良为非,取"有道之士"与"有才之士"的同异,辨张良之优于崔浩。

《王俭论》,以王俭自况谢安为非,通篇取谢安事业、志趣与王俭比勘,最后又引出陶渊明之高节来相形贬低王俭之为人。

《韩愈论》,以韩文为"集大成"之文,取杜诗为"集大成"之诗,以相衬并论。

《李泌论》,以李泌进兵范阳之计为然,取除敌必捣其巢穴之义,又反论起事必固其根本,以为对称互证。

《白敏中论》,以白氏背李德裕为非,取"公义"与"私恩"之关

①苏轼《试馆职策问三首》之二《两汉之政治》,《苏轼文集》卷七。

系立说。

《李训论》,以唐文宗用李训除宦官为非,取谋事与用人之关系立说。

《王朴论》,赞王朴为周世宗画策之明,以辨别敌之大小与取之难易的关系来展开论述。

由上可见,秦观进卷每篇立说的机杼全同,都是化单为双或为多,或分其端绪,或寻其比对,或只有意并列两三事,行文时或通篇结辩而论,加以琢磨整洁,或均画片段而加以首尾照应,故皆能节节匀称,"铢两不差"。其结构之巧,原本于立说之巧。黄庭坚所谓"关键""开阖",其秘密就在于此。

窃疑天下事未必都可以或都必须如此均匀分剖而论,彭汝砺《论用人奏》云:"所听主于智而可以谋也,而纤巧者附焉。纤巧者,其说似智而非智也。"①秦观五十策,于政见而言大抵不过"似智而非智",其成就唯在文章之"纤巧"。恐怕作文之时,也未必真求解决问题,而只求立说之巧。但论事之文,能做到篇篇这样"纤巧",其寻思、布置的功夫实在非同一般。

在宋人看来,这样的文章体现出"法度"的精严。吕本中为什么如此看重秦观的进卷? 就因他是讲究"法度"的人。苏轼的诗变化太多,无成法可循,他便标举黄庭坚的诗,来讲"诗法";同样,苏轼的文章也是太富于变化,无成法可循,他便让人去读少游五十策,那是有着固定的"法度"的。所以,依吕本中文学批评的思路,秦文几乎具有黄诗一般的意义。这当然也显示了元祐创作中"法度"与"变化"的互补。不过,论事之文毕竟不同于诗,虽然固守成法的诗也算不得一流的好诗,但诗的精致程度理应比文更高

---

① 彭汝砺《论用人奏》,《全宋文》第 50 册第 59 页。

些,而文则更应自由一些,更应随内容的不同而呈现不同的形态。以故,南宋人于诗多迷恋"法度",于文却欣赏"变化";于诗可以只取形式,而于文则必看内容。虽然吕本中推崇五十策,但吕祖谦的《皇朝文鉴》却只收了一篇,而其《古文关键》卷首的"看文字法"中,便谓秦文"知常而不知变"①。

————————

①吕祖谦《古文关键》卷首,《文渊阁四库全书》本。

第五章　晚年苏辙与"古文运动"的终结

　　唐宋"古文运动"使古文取代骈文成为一般的表述文体,从这个角度说,大致在欧阳修的时代就可以看到这个"运动"的成功,目前几乎所有的"文学史"著作都如此叙述。然而,若把"古文运动"同时看作一个思想运动,或者如本书前面的章节所提示的那样,视为前近代中国士大夫表达形式的一次历史性转变,则事实还有另一方面。自韩柳倡导复兴儒学(实为"新儒学"之发轫)以改造政治、改造文体,至欧阳修等"庆历士大夫"身体力行之,而获得广泛的社会影响,基本上奠定了所谓"成功"的局面,但在欧公之后,北宋士大夫的"新儒学"思想随即呈现了分裂的格局,"新学"、关学、洛学、蜀学等各自成家,政治上也产生了"新旧党争",经过激烈的拉锯式交替后,其在北宋的结果是王安石的"新学"取得官方意识形态的地位,被宋徽宗和蔡京牢牢树为"国是"。所以,就"古文运动"所孕育的新思想征服一个国家而言,我们不能不说王安石才是真正的"成功"标志。而且,即便仅就狭义的"文学"来说,也没有谁可以断言王氏的诗歌、古文成就在欧阳修之下,若论影响,则北宋后期的极大多数读书人,必须规摹王氏的"经义"才能通过科举或学校而走向仕途,其对于整个社会的如此强大的规范作用,决非韩愈、欧阳修所能望其项背的。在科举士大夫以其思想、文学和积极从政行为全面构筑其"士大夫文化"的历史进程中，王安石可谓辉煌的顶点。我们不能不说，这个顶点本身就是"古文运动"倡导者们所理想的一个结果。换句话说，"古文运动"所包蕴的理想，通过王安石的事业才全面地向现实转化，所以，它的历史当然不能只写到欧阳修为止。

问题在于，无论王氏"新学"及其文学创作本身的成就如何，作为与最高政治权威相结合的钦定"正确"思想、科举文体，在具有无比强势之影响力的同时，其对于士大夫思想自由和文学多样化的损害，也是不言而喻的。故从另一个角度也可以说，王安石式的"成功"使以表述新见为生机的"古文运动"走向了终结。虽然这大概也不是王氏的本意，但他和他的"新党"继承者确实造成了这样的历史局面。至少就"古文运动"来说，以欧阳修为"成功"的标志，然后仿佛万事大吉，如此认识显然不符合北宋后期的历史实情。因此，笔者以为唐宋"古文运动"存在一个"终结"的阶段，即王氏"新学"被定为"国是"，王氏"经义"被确立为统一的科举文体，在这样一个前所未有的环境下，古文创作不得不展现出特殊面貌的阶段。唐宋古文八大家中最晚去世的苏辙，在徽宗朝的"国是"环境下还生活了十余年，他的晚年创作，就颇能代表"古文运动"的这个终结阶段。本章将以此为课题，作些初步的探索。

第一节　苏辙散文的基本风格与晚年变化

作为唐宋古文八大家中年龄最小的"殿军"，苏辙（1039—1112）在散文史上的地位是被批评史的传统所决定了的；但另一方面,目前对苏辙散文的具体研究,即便说还处在起步阶段,大概也不算过于谦虚。自 1980 年代以来,先后出版了曾枣庄、孔凡礼的两部《苏辙年谱》①和曾枣庄的《苏辙评传》②,促成了传记研究上的长足进步,但令人不易乐观的一个现象是,传记研究的进步很难反映到散文研究上,各种文学史、散文史著作对苏辙的概括论述甚至不免基本事实上的失误。比如著名的郭预衡《中国散文史》,针对苏辙晚年所作的《历代论·冯道》,而论为“写作之时,涉世可能尚浅”③。苏辙嘉祐二年(1057)登进士第,熙宁十年(1077)才改著作佐郎,为选人二十年方得京官④,其仕途之淹滞在当时著名文臣中颇为少见⑤,与“乌台诗案”发生前历任大州通判、知州的苏轼更不能相比,但孙望、常国武主编的《宋代文学史》却说他“前期政治坎坷也较苏轼为少”⑥。当然,若考虑到“乌台诗案”,这样的表述也许不能算错,但对一个大作家生平基本情况的交代,会出现如此不周全之处,在目前文学史研究的总体格局中,实为罕见。

至于本节要论述的苏辙散文的基本风格,已有的各种论著所

①曾谱,陕西人民出版社,1986 年;孔谱,学苑出版社,2001 年。

②曾枣庄《苏辙评传》,台湾五南图书出版公司,1995 年。

③郭预衡《中国散文史》中册,第五编第六章第三节“苏辙的‘汪洋淡泊’之文”,上海古籍出版社,1993 年。

④熙宁十年初,陈襄荐苏辙云:“辙自登第及中制科,凡二十年,尚在选调,未蒙褒擢。”见《熙宁经筵论荐司马光等三十三人章稿》,《古灵集》卷一,《文渊阁四库全书》本。

⑤《名臣碑传琬琰集》中卷三一曾肇《彭待制汝砺墓志铭》云:“在选十年,人以为淹,而公处之淡如也。”彭汝砺为治平二年(1065)状元,做了十年选人,已“人以为淹”;苏辙嘉祐二年(1057)进士,嘉祐六年又获制科出身,而当了二十年选人,显然极为淹滞。

⑥孙望、常国武主编《宋代文学史》第十五章第一节,人民文学出版社,1996 年。

作的概括就体现出更明显的初步性。郭著《中国散文史》一方面引用苏轼的评语，概括苏辙散文的风格为"汪洋淡泊"，一方面又引用《宋史》本传的评语，谓其"论事精确，修辞简严"，而不顾这两种评语有些矛盾，前者散缓，后者凝练，究竟如何，理应进一步说明。对于这个问题，以三苏研究闻名的王水照、曾枣庄早已有所察觉，其所作《苏辙的文学思想和散文特色》①、《苏轼兄弟异同论》②两篇专论，都从总体上概括了苏辙散文的特色，堪为代表。前者联系苏辙"沉静谨重"的个性气质，综合前人有关苏辙文的评语，将其行文特色概括为"稳"和"淡"，并分析了一些实例，展示其如何"平和纡徐"、"曲折回旋"。但与此同时，王先生也指出这"稳"和"淡"是相对于苏洵、苏轼的文风而言，如果更换比较对象，则也有"骏发蹈厉"的一面。后者从个性、政治主张、学术思想诸方面比较了苏氏兄弟的异同，指出"谨重"的苏辙在政治上往往比苏轼表现得更为激烈，在概括苏辙散文的特点时，虽仍以"纡徐百折"、"从容不迫"的"平淡"风格为主，却也不忘说明，苏辙有的作品也展现了"气象峥嵘"的"其他风格"。——这样看来，他们基本上也继承了苏轼对乃弟的"汪洋淡泊"之评，但都加以限定或补充，只不过被补充的内容显得相对次要。然而，若仔细考察这补充的内容，其实不是与"平淡"风格可以并立无碍的"其他"风格，而是很大程度上与之相反的"对立"风格。如果我们认为《宋史》本传的"精确"、"简严"之评，更接近这种对立风格，那么将多少具有矛盾的两种评语一起接受的情况，就与郭先生相似。孙、

①王水照《苏辙的文学思想和散文特色》，《四川师范大学学报丛刊》第 13
辑，1987 年；后收入《王水照自选集》，上海教育出版社，2000 年。
②曾枣庄《苏轼兄弟异同论》，《中国典籍与文化论丛》第 5 辑，1999 年；后收
入《三苏研究》，巴蜀书社 1999 年。

常主编的《宋代文学史》似乎也意识到这个问题,其有关表述是"苏辙文风确以平畅、疏宕见称,在纡徐之中时露骨力",看来有些综合之意,可惜语焉不详。

　　总之,对苏辙散文基本风格的概括,现在仍有矛盾、暧昧之处,但我们以此为基础,可以作进一步深入的考察。也许因为致力于传记研究,曾先生准确地指出了苏辙在政治上比乃兄更为激烈的事实。按"文如其人"的一般思路,这个事实应该更有利于说明上述对立风格,即"骏发蹈厉"或者"气象峥嵘"的一面。不过问题依然存在,因为苏辙的这种风格即便获得承认,据说也是相对于别人的,那么相对于苏轼又如何呢? 所以,要解决这个问题,似乎还须从二苏对比入手。

一、二苏对比

　　苏氏兄弟的创作量都很大,而生平经历相似,所以留存的文章中颇有一些同题之作,可资对比。由于古文不易比较,我们暂取四六来看。熙宁四年(1071)欧阳修致仕,二苏同作贺启[①],次年欧公去世,他们又同作祭文[②]。将这四篇文字对比,可见二苏的写法明显不同。苏轼的贺启有"自非智足以周知,仁足以自爱,道足以忘物之得丧,志足以一气之盛衰,则孰能见几祸福之先,脱屣尘垢之外"、"虽外为天下惜老成之去,而私喜明哲得保身之全"这样行云流水般的句子,祭文的句法也矫健变化,伸缩自如,体现了宋四六的"古文化"特征;但苏辙却不然,他谨守四字、六字句式,

---

①苏轼《贺欧阳少师致仕启》,《苏轼文集》卷四七,中华书局,1986 年。苏辙《贺欧阳少师致仕启》,《栾城集》卷五〇,上海古籍出版社,1987 年。
②苏轼《祭欧阳文忠公文》,《苏轼文集》卷六三。苏辙《祭欧阳少师文》,《栾城集》卷二六。

而且极少虚字绾联,几乎全用实字顾盼生姿,不露圭角地推进文义。如果说苏轼喜欢突破常规,求新善变,任意驰骋,则苏辙显然更愿意在传统的写法上求胜。但是我们应该注意的是,无论贺启还是祭文,其实都不是简单的应酬之作,在赞美或悼念欧公的同时,苏氏兄弟都把批判的锋芒指向当前的政治!对于这政治态度本身,我们可以暂不评论,但要说文章的亮点,无疑正在此处。苏轼的亮点固然夺人眼目,但若仔细观察,则同样的亮点在苏辙文中也时有闪现,可能不够显豁,不过看起来一片温润之中,也自含刚强的质地,这个方面是不能忽视的。

换句话说,二苏对比虽然是为了看到他们的相异之处,但我们毕竟也不能无视他们相同的地方。由于兄弟二人"进退出处,无不相同"①,各方面所持观点及其表述,多相配合呼应,而唐宋古文的精彩处往往体现在议论上,见解的独到是其灵魂,故无论表达方式如何差异,若从整篇主旨、立意着眼,则见于苏轼文的好处,在苏辙文中也多能找到。如果只作政治史、思想史、学术史的史料来读,对二苏之文几乎不必判别彼此,而可以视为一家之说,实际上各个领域的研究者也基本上如此看待。当然文学史领域应该重视表述风格,但表述风格是离不开内容、观点的,二苏在诸多方面持一致见解,是个毋庸置疑的前提。在这个前提下,我们才能比较充分地理解苏轼对乃弟的评价:

> 子由之文实胜仆,而世俗不知,乃以为不如。其为人深不愿人知之,其文如其为人。故汪洋淡泊,有一唱三叹之声,

①《宋史》卷三三九《苏辙传》史臣论,中华书局标点本。

而其秀杰之气,终不可没。①

　　"胜"不"胜"且不论,至少苏轼本人很清楚,他的许多引人注目的
"独到"见解,其实是与苏辙共有的,那么在内容、见解方面,本来
没有高下之分。问题只在表述方式上,亦即是否容易被人所
"知"。苏轼表达得显豁,充分展现其独创性,而苏辙却"深不愿人
知之",其精彩处被"汪洋淡泊"的表述掩盖起来了。但重要的是,
"秀杰之气,终不可没",看不到这"秀杰"处的读者,会被苏轼指
责为"世俗"。

　　苏轼讲的"秀杰之气",指一个人的综合能力而言,至少包括
独到的见解,也许还应该以此为主,其表现并不专在绚烂的文采。
如仅论文采,则苏辙的《黄楼赋》②一向被当作"秀杰之气,终不可
没"的证明。据说,从北宋起就有人怀疑此赋是苏轼代作,因为这
么绚烂的文采好像超越了苏辙的能力。其实,按苏籀在《栾城遗
言》中的说法,这篇《黄楼赋》是模仿汉代班固的《两都赋》而写③。
现在看来,其气象宏大,格局规整,注重铺排描写,着力经营文辞,
确实颇具汉赋的风采;而以徐州一地的形胜和历史为刻画对象,
也跟《两都赋》之刻画长安、洛阳相似;虽然在抒情和议论之间,也
用了少许散文句法,但与欧阳修《秋声赋》、苏轼《赤壁赋》等典型
的宋代"文赋"相比,还是传统的成分居多。如果我们把"文赋"
看作宋代作家突破赋体的传统写法的结果,那么这种突破性表现

----

①苏轼《答张文潜县丞书》,《苏轼文集》卷四九。
②苏辙《黄楼赋》,《栾城集》卷一七。
③苏籀《栾城遗言》:"公曰:余《黄楼赋》学《两都》也,晚年来不作此工夫之
　文。"《文渊阁四库全书》本。

在苏轼的身上，本来就比苏辙更为显豁。相比于苏轼的纵横驰骋，苏辙本来就更愿意遵守传统法则，而稍加变化以求佳胜。赋的传统写法，就是要放开格局，大肆铺排，熔铸词汇，设色绚烂的，所以《黄楼赋》跟苏辙其他作品显然相别的惊人文采，正是他遵守传统的表现。我们只要把《黄楼赋》跟他此前所作的《超然台赋》①作一比较，就可以看到许多相同之处。不但是"流杮"、"淡漫"等不常用的词语，同在二赋中出现（它们从未出现于苏轼的作品，而苏辙则在其他作品中多用"流杮"一词），而且在空间描写中寓含时间过程的构思，也实出一手。《超然台赋》以"溢晨景之洁鲜"、"落日耿其夕躔"、"竢明月乎林端"、"徂清夜之既阑"数句，表明时间从清晨延续到傍晚，再到月亮升起，直至夜尽。《黄楼赋》也是如此：登楼四望，原是白天的清晰景物；但西望的时候已经看到了落日，而北望时听到的乌鸦叫声，也证明时至黄昏；然后夕阳西下，明月东升，月光照进门户来，无疑到了深夜；最后"河倾月堕"，则将近黎明了。反观班固的《两都赋》，却看不出如此明确而完整的时间结构，可见这正是苏辙在继承传统的基础上，自出手眼之处。当然，熟悉苏轼前后《赤壁赋》的人，会记得那两篇《赤壁赋》所具有的更为清晰的时间结构。从这个角度说，苏辙的《黄楼赋》正好可以被看作汉代大赋与宋代"文赋"的中间状态，他的"秀杰"处还是没有苏轼那么显豁。但重要的是，他具备这样"秀杰"的内涵。

表达风格的差异确实与兄弟二人的性格差异相应。苏辙"深不愿人知之"，不像东坡那样光彩外露；《宋史》本传也说他"寡言

---

① 苏辙《超然台赋》，《栾城集》卷一七。此赋作于熙宁八年（1075），而《黄楼赋》作于元丰元年（1078）。

鲜欲",不像东坡那样成天要找人说话；他的弟子张耒说，平生只见苏辙"不曾忙"，"虽事变纷纭至前，而举止安徐，若素有处置"①，一派不慌不忙慢悠悠的作风，不像东坡那样直爽痛快。与此相关的还有一点值得指出，苏氏兄弟都濡染禅学甚深，但东坡喜欢去跟禅师斗机锋，而苏辙则能一个人长期坚持坐禅。不过，若由此认定苏辙是个一味内敛的人，那却也大谬不然。正如曾枣庄先生所论，他在政治上的表现就比苏轼更为激烈。至少，有下述四次，他比苏轼更显得锋芒逼人。

第一次是在宋仁宗嘉祐六年（1061），苏氏兄弟一起参加"贤良方正能直言极谏科"的御试对策，这是他们走向官界的非常关键的一步。苏轼顺利地通过了对策，苏辙却几乎惹祸，因为他在对策中严厉批评了皇帝和宰相，甚至指斥后宫的秘事，被考官胡宿视为"不逊"。虽然因为司马光的力争，加上宋仁宗为人宽厚，没有将他黜落，但此事又引起王安石拒绝起草其任官制词的后果，严重滞缓了苏辙的仕途进展。

第二次是在宋神宗熙宁二年（1069），苏氏兄弟为父亲守完了孝，回到京城，正好面对王安石变法。苏轼开始只得了一个闲职，所以只表现得不积极而已；苏辙却上书论述财政问题，被神宗委派在变法的核心机构"制置三司条例司"工作，参与商议"新法"。所以，苏辙有机会了解正在酝酿中的所有"新法"的具体内容，从而也就有机会成为第一个批评者。当年八月所作的《制置三司条例司论事状》②就是全面驳斥"新法"的文章，他由此反出了"条例

① 张耒《明道杂志》，《丛书集成》本。
② 苏辙《制置三司条例司论事状》，《栾城集》卷三五。此年年底，苏轼作《上神宗皇帝书》（《苏轼文集》卷二五）全面批评"新法"，大量内容取自苏辙《论事状》。

司",成为反对变法的"旧党"急先锋。后来苏轼也称赞他:"至今天下士,去莫如子猛。"[1]苏辙在这个时期所表现出的勇决程度,仅次于御史中丞吕诲,而远过于司马光、苏轼等。

第三次是在宣仁太皇太后主政的元祐年间,苏氏兄弟都得到了提拔,成为朝廷的要员。但他们升进的途径不同,苏轼走的是"文学"一途,由中书舍人而翰林学士,以起草朝廷文告为主要职责,苏辙走的则是"言语"一途,先任右司谏,再任御史中丞,专掌弹劾纠察。所以苏辙更为锋芒毕露,几乎一刻不停地奏请废除"新法",弹劾"新党"官员,故后人检查"当时台谏论列,多子由章疏"[2]。结果也是苏辙的官位上升更快,做到了副宰相,进入了权力核心。后来宋哲宗亲政,贬谪"旧党"人物,第一个遭受厄运的当然也是苏辙。

第四次是在宋徽宗刚刚登基的元符三年(1100),苏氏兄弟都从遥远的南方获赦北归,但苏轼迟迟未离开贬地,而且在广东盘旋甚久,直到年底还没有翻过南岭,而苏辙几乎一接到赦令便动身北归,而且以凌厉的速度扑向北宋的政治中心,年底之前已经回到距京城一步之遥的颍昌府(今河南许昌)。很显然,苏轼对于政局的变化疑虑重重,苏辙却急于寻找回朝的机会,其心态更为积极。

以上这四次,第一次是在登上仕途之始,第二次是面对变法而确定其党派立场之时,第三次是"旧党"在政治上得势的阶段,第四次则是苏氏兄弟掌握朝政的最后机会,可以说,都是他们政治生涯中最关键的时刻。我们看到,在这样关键的时刻,苏辙都

---

[1] 苏轼《颍州初别子由二首》之一,《苏轼诗集》卷六,中华书局,1982年。
[2] 朱弁《曲洧旧闻》卷七,《文渊阁四库全书》本。

能果断出击。所以，若完整地概括苏辙的个性，除了"静如处子"的一面外，其实还有"动如脱兔"的一面。他曾推崇兄长"百折不摧，如有待然"①，突出了苏轼的刚强个性；而他自己则在宁静的外表下蕴含了内在的刚强。所以，元祐六年谏官杨康国弹劾苏辙，谓其"天资很戾"②、"以文学自负，而刚很好胜"③，南宋的朱熹也一再说，"东坡虽然疏阔，却无毒，子由不做声，却险"，"子由深，有物"，"子瞻却只是如此，子由可畏"④。这是从反面去认识苏辙柔中含刚的个性。

由此看来，苏辙的文风与其为人的个性也相似，在"汪洋淡泊"的外表下蕴含了内在的"秀杰之气"，简单地说，就是外柔内刚。

二、外柔内刚

所谓外柔内刚，柔的是其"汪洋淡泊"、从容回旋的行文笔调，刚的是其表达主旨之处，往往聊聊数句，片言据要，凝练简捷而见解独到，发出不同凡响之声。这样说，似乎是把前文所述对苏辙文风的两种互相对立的概括糅合为一而已，但笔者认为，如此理解，才符合苏轼评论乃弟之文的那段话的原意。换言之，以从容淡泊为苏辙散文的基本风格，而补充以偶露峥嵘气象，还不足以阐明苏辙的特点，笔者企图证实的是，苏辙的许多被认为体现了

①苏辙《祭亡兄端明文》，《栾城集·后集》卷二〇。
②李焘《续资治通鉴长编》卷四五五，"元祐六年二月癸巳"条，引左司谏杨康国言，上海古籍出版社，1986年。
③李焘《续资治通鉴长编》卷四五五，"元祐六年二月丁未"条，引左司谏杨康国奏。
④《朱子语类》卷一三〇，中华书局，1986年。

"汪洋淡泊"风格的散文作品,其实也同时包含"精确"、"简严"的成分,也就是说,外柔内刚才是他的基本风格。下文依苏辙生平,分几个阶段来考察此种风格在其散文创作中的体现。

在熙宁二年(1069)面对王安石"变法"之前,苏辙的散文作品主要是应进士和制科考试的科场之文,全部收录在《栾城应诏集》,其中包含了应制科前上交朝廷的五十篇策论,当时叫作"贤良进卷"。此进卷由论、策各二十五篇组成,系统阐述其各方面所持观点,论的部分以《夏论》、《商论》、《周论》为首,据《栾城遗言》说,在苏辙十六岁的时候就写成了①,当然编入进卷时可能作过修改,后来他写作《古史》一书时,在该书的《夏本纪》、《殷本纪》、《周本纪》卷末,也将此三文作为史论收入,可见苏辙本人也重视之。明人茅坤在《唐宋八大家文钞》中选录了这三篇,而对《商论》评价最高,说:"此文如天马行空,而识见亦深到。"②该文全篇以商、周对比为眼目,从《诗经》和《尚书》去体会商、周二代不同的"风俗"即文化特征,据此解释商强而短、周弱而长的原因,推出治理天下的妥当方案。其所论皆上古茫昧之事,层层进展都全仗推理,确实像"天马行空",却被苏辙说得条理分明,而且气象宏大,让人感受到一种对于历史的深刻洞察力,委实不愧是史论的名作。整篇的文风优游婉转,但关键之处,则驱遣概括力甚强的语词,如谓"商人之《诗》骏发而严厉,其《书》简洁而明肃",就是一篇中最重要的判断,却用了简练而紧严的表达,不费赘词。在整篇优游不迫之中安置一两处紧严,便使行文显得柔中含刚。

这样的行文特征,很可能是苏辙主观追求的结果。现存苏轼

<hr>

① 苏籀《栾城遗言》:"公年十六,为夏商周论,今见于《古史》。"
② 茅坤《唐宋八大家文钞》卷一五〇《颍滨文钞六》,《文渊阁四库全书》本。

文中,可以系年的最早之作为至和二年(1055)的《正统论三首》,是继续欧阳修的《正统论》而作,其《续欧阳子朋党论》应该也是早年之作。可见其应举前后,对欧文有高度关注,以欧文为学习对象,是情理中事。苏轼如此,苏辙亦然。由于从容委婉、优游不迫是欧文最显著的特征,所以苏辙的这个方面,可以欧公的影响解释之。另一方面,对苏辙最有可能产生极大影响的,当然还有他的父亲苏洵,而笔调峻健、措辞廉悍正是老苏的特色。那么,我们大致可以说,用欧公的委婉将老苏的廉悍深深包裹起来,显得"不愿人知之",而其实内含锐利,就是苏辙通过对前辈的自觉学习而形成的独特风格了。

上文提到过,苏辙在嘉祐六年(1061)参加制科考试,在"对策"中严厉地批评了皇帝和宰相,差点遭到黜落。据宋人孙汝听《苏颍滨年表》:"辙有《谢制科启》。"①就是中了"制科"后感谢考官们的书信。但这封书信没有收入苏辙的《栾城集》,却被明代以来刊行的苏轼文集误收②,文中自称"辙"也被改成了"轼"。其实,南宋吕祖谦编的《皇朝文鉴》中有这篇《谢中制科启》③,署名本是"苏辙",而且文中提到"父兄",无疑是苏辙的文章。此文的受谢对象很可能是司马光,整篇的语调还是比较克制,似乎一直检讨自己做得不够稳妥,但明眼人不难看出:年轻的苏辙并未屈服。他说自己之所以犯错,是因为想做忠臣;之所以敢大胆进言,是因为"策问"本身有那样的要求;之所以被某些考官所不容,是因为他们只喜欢听空洞的好话;之所以获得宽容,是因为时代环

①孙汝听《苏颍滨年表》,《栾城集》附录。
②《苏轼文集》卷四六有《谢制科启二首》,其第二首当为苏辙作。七集本《东坡集》卷二六就只有一首。
③苏辙《谢中制科启》,《宋文鉴》卷一二二,《文渊阁四库全书》本。

境比西汉要好。——这样的检讨其实无异于自我辩解。更有趣的是,宋人吕希哲的《吕氏杂记》,还引录了苏辙当时所作另一篇谢启中的语句:"古之所谓乡愿者,今之所谓中庸常行之行;古之所谓忠告者,今之所谓狂狷不逊之徒。……欲自守以为是,则见非者皆当世之望人;欲自讼以为非,则所守者亦古人之常节。"①相比之下,这一篇连检讨之意都没有,是更不克制的了。也许苏辙自己也觉得不够委婉,故未收入自编的文集。不过,即使是比较克制的前一篇,委婉的语调下还是隐藏了锐利的锋芒。

自熙宁二年(1069)面对王安石"变法"后,苏辙的人生和创作进入第二个阶段。开启这个阶段的作品,就是当年三月刚抵京师时奏上宋神宗的《上皇帝书》②。文章是写给皇帝看的,行文当然明白通畅,语气也委婉曲折,从最容易引人首肯的话题说起,在反复回旋之中,一步一步引向主题,尽量使读者感受不到一点突兀,缓缓推进,却也环环相扣。茅坤读了此文以后,这样感叹:"如游丝之从天而下,袅娜曲折,氤氲荡漾,令人读之情怡神解而犹不止。"③通读全文的感受确实如此,不过茅坤也指出"此书专言理财,中多名言",即谓其中也时见精彩骏发的语句。而且细心的读者也不难看出,文中对神宗施政方式和效果的批评之语,其实非常严厉:"今也为国历年于兹,而治不加进,天下之弊日益于前世。天下之人未知所以适治之路,灾变横生,川原震裂,江河涌沸,人民流离,灾火继作,历月移时,而其变不止。"如果不读全文,单看这几句,读者的感受恐怕将与茅坤相反。

---

① 吕希哲《吕氏杂记》卷下,《文渊阁四库全书》本。
② 苏辙《上皇帝书》,《栾城集》卷二一。
③ 茅坤《唐宋八大家文钞》卷一四五《颍滨文钞一》该文题下评语。

神宗朝的政治，大致可依年号而区分为熙宁、元丰两期，熙宁年间基本上是由王安石执政，熙宁末和元丰年间则由神宗本人主持政务。作为反对"新法"的"旧党"人物，其对于朝政的批评，必将因此而有所变化：熙宁年间的批评是针对王安石的，可以措辞激烈；元丰年间的批评则针对皇帝，不能不有所顾虑。除了坚定地继续王安石的经济政策外，神宗对刑法的爱好和对外作战的志向也给元丰之政带来显著的特色。他认为现有的法律条文不够细密，专门设局，重新修订；他觉得开封府和大理寺无法处理重要案件，就使用御史台进行审讯，还不时地委派大臣组建临时法庭，谓之"诏狱"。熙宁八年，判处了李逢"谋反"案，被株连的宗室、官员甚多，元丰元年（1078）初，又兴起大理寺"纳贿"案，牵涉的官员更多。与此同时，宦官李宪被派往西北主持军事，积极准备对西夏作战。该年四月七日，天章阁待制李师中（1013—1078，字诚之）卒，苏辙为他代撰遗表①。全文的篇幅并不大，感叹衰病，回顾平生，推崇君主，眷恋时代，语调忠恳悲戚，感人泪下，在极尽委婉曲折之能事后，才说出两句进谏的话："刑非为治之先，兵实不祥之器。"联系宋神宗当时的作为，这无疑是针锋相对的当头棒喝，局中之人是不难感受到它的分量之重的。但苏辙却也没有多加发挥，遗表中实质性的意见只有这两句。苏辙的行文特征在这里体现得极其典型：反复回旋铺垫之后，要紧的话却说得简捷。从效果来说，正因为有反复的回旋铺垫，便令读者对后文要说出的意见有较高的期待，等到意见来了，却只有两句，那么除了反复推寻这两句所包含的意思外，读者就别无满足期待的办法了。如果这两句精炼有力，含蕴丰富，就成为点睛之笔。晋代陆机的《文

①苏辙《代李诚之待制遗表》，《栾城集》卷四九。

赋》有云："立片言而居要，乃一篇之警策。"苏辙可谓深通其旨。不过，宋神宗并未接受这意见，不但没有停止军事筹备，而且在当年的冬天，就重建大理寺，增置官员，加强审判机构，到了第二年，他的御史台又兴起一桩重案，审判的不是别人，正是苏辙的兄长苏轼，史称"乌台诗案"。当苏辙写下"刑非为治之先"的话去棒喝神宗的时候，恐怕没想到回应来得这么快。

如果说奏疏、遗表之类采用上述写法，可理解为文体本身的要求，那么私人书信，尤其是写给学生辈的书信，就不妨直截痛快了，但苏辙却又不然。陈师道之兄陈师仲（字传道）曾在元丰元年赴南京（今河南商丘），见过在当地任职的苏辙，别后有书信来求助，苏辙写了回信《答徐州陈师仲书》，全文不长，故引录于下：

> 辙白陈君足下：去年辙从家兄游徐州，君兄弟始以客来见，一揖而退，漠然不知君之胸中也。既而闻之君之乡人，君力学行义，不妄交游，既已中心异之。及来南京，又辱以所为文为赠，读之翛然以清，追慕古人而无意于世俗，心虽爱之，然亦忧君之以是困于今世也。今年春，君西游，谋所以葬先子于朋友。既而东归，贫不克举。书来告曰，将改卜七月，且问所以为葬。嗟夫！辙固知君之至于此也。以若所为行，求今之人，则其困也固宜。虽然，子而固子之守，尽子之有，敛手足形还葬，此则曾子之所以葬其亲也，而何病？《诗》云："凡民有丧，匍匐救之。"有欲救之心，而力不赡，愧实在我，而子何病？今既七月矣，惟自勉以礼。不宣，辙白。①

---

① 苏辙《答徐州陈师仲书二首》之一，《栾城集》卷二二。

北宋科举改革之前，进士考试以诗赋为主，擅长古文的苏洵因为不耐烦诗赋的声律、对偶，而终生没能考上。王安石废除了诗赋，改考经义、策论，却又令陈师仲、陈师道兄弟不愿意再参加科举考试。这是因为，策论必须赞同"新法"，才能通过；经义必须按照王安石在熙宁八年编成的《三经新义》去答题，才算正确。这样，在学术上和政见上有些自己看法的人，为了保持尊严，就不愿进入考场了。苏辙肯定陈师仲"无意于世俗"，即指此而言。但是，贫困的读书人除了通过科举去做官这条路外，似乎没有别的办法摆脱困境，所以苏辙又指出陈氏必将"困于今世"。一方面穷得安葬不了父亲，有承受"不孝"罪名的危险；一方面又放弃了走出困境的唯一道路，以免失去独立操守。——陈氏的境况确实是令人同情的，尤其是对于当前政策心怀不满的苏辙，自然很愿意为了陈氏去指责时代。不过，面对陈氏的请求捐助，苏辙却也委婉地加以拒绝。这也可能是由于苏辙本人并不富裕，但此时苏轼正担任着陈氏所在之地徐州的知州，如果一定要帮忙，也未必做不到。苏辙的拒绝捐助，主要是因为他对儒家丧礼的理解，是以《礼记·檀弓》说的"称其财"为准，就是与实际的经济条件相称，不必追求隆重。如果为了安葬死者而去做超越生者能力的事，反而不合于"礼"。因此，书信的最后用"惟自勉以礼"来告诫陈氏，其实是相当严肃的提醒。由此回顾这封不足三百字的短信，真是很难相信苏辙居然能在如此小的篇幅内处理了这么丰富的内容：对交往过程的描述，对陈氏困境的揭示，明确地肯定和鼓励陈氏的操守，赞赏其文章，因同情其遭遇而指责时代，针对陈氏来信的求助而提醒他正确的葬父之"礼"。特别是最后说明葬父之"礼"的部分，他既引证经典，又列举先哲，并且连用两次"何病"来加以强调，叫陈师仲不要错误地理解"孝"，叫他不要期待援助，赶快让父亲的遗体入土为安。这一切都只由短短几句来完成,粗看似乎是毫不费力,细看却是剪裁精当,委婉中含有严肃,简单的语句中含有告诫的苦心。应该注意的是,即便对于学生,他也努力将严肃的教导说得简短,而且隐藏在全篇委婉的语调之中。

研究者通常将苏轼的黄州之贬视为其创作道路的一个新阶段,同样,元丰三年(1080)苏辙受兄长牵连而贬筠州,也可视为其生平第三个阶段的开始。赴筠的途中,他经过庐山,曾游栖贤寺,次年便应寺僧的请求而作《庐山栖贤寺新修僧堂记》①。这是苏辙的一篇名文,历来受到推崇的是文章第一段的描写,让读者如身临其境。但按宋文的普遍情形,后面的议论才是作者用力所在:

> 孔子曰:"朝闻道,夕死可矣。"今夫骋骛乎俗学,而不闻
> 大道,虽勤劳没齿,余知其无以死也。

"无以死也"的话说得不可谓不重,而关键在于被他贬斥的所谓"俗学"何所指?元丰七年,苏辙的女婿王适(字子立)到徐州去参加科举解试,苏辙写了《次韵王适留别》诗云:"决科事毕知君喜,俗学消磨意自清。"②意思是,考完了科举以后就高兴了,因为这就可以把为了科举而勉强学习的那套"俗学"抛弃了。由此可见,苏辙笔下的"俗学"所指非常明确,就是王安石规定为科举标准答案的《三经新义》之学。了解了这一点,我们就能领略到这段议论的力度并不比上面的描写逊色,因为照苏辙的说法,钻研这

---

①苏辙《庐山栖贤寺新修僧堂记》,《栾城集》卷二三。
②苏辙《次韵王适留别》,《栾城集》卷一三。

"俗学",即便勤奋一辈子,到死也毫无意义。姑且不论苏、王学术差异的是非,处在贬谪之中的一个罪人发出如此尖锐而斩绝的言论,实在是至为刚强的表现。问题在于他说得如此简短,仿佛一笔带过而已,所以不易引起评论者的注意。

　　受"乌台诗案"牵连的还有黄庭坚(字鲁直),元丰三年的他恰值改官之期,因"诗案"之故而只得了吉州太和县(今江西泰和)的知县,次年到任。至元丰五年(1082),黄庭坚寄书给任地相近的苏辙,表达求教之情,苏辙便作《答黄庭坚书》①为报。这是二人文字来往之始,而答书探讨的是苏辙思想中颇有特色的"颜子之学",也是他贬谪筠州以来的心得之要②。面对别人的请教,而答以自己最深最新的体会,应该说是郑重其事的了;可是,正如前面的《答徐州陈师仲书》一样,他还是把郑重的指教内容掩埋在全篇委婉曲折的表述之中。答书的开头从仰慕之情写起,先是为了没有主动去信感到愧恨,后来又说既然是知音就不必愧恨,好不容易写出了自己对于颜子的理解后,马上又说,这样的理解恐怕正在被鲁直身体力行,从而将原来一方请教、一方指教的行为表述为互相印证之举。如此谦逊委婉、顾盼生情的行文,确实颇

①苏辙《答黄庭坚书》,《栾城集》卷二二。按,二人书信往来的同时,还有黄庭坚、其兄黄大临与苏辙三人间"烟"字韵诗的唱和,由于黄庭坚元丰四年春至太和知县任,故有关黄氏的诗注、年谱等,皆系以上诗、书于元丰四年。但据苏辙《栾城集》的编排顺序,卷一二《次韵黄大临秀才见寄》、《次烟字韵答黄庭坚》二诗,都应在元丰五年。黄庭坚《寄苏子由书》(《山谷集》卷一九)有云:"比得报伯氏书诗,过辱不遗,绪言见及。"此"伯氏"当指黄大临,可见庭坚寄书在苏辙答大临书诗之后。辙与大临为旧识,庭坚以兄长为介而通书于辙,故晚至元丰五年。
②关于苏辙的"颜子之学",及与其筠州之贬的关系,本书已专门论及,参看第三章第六节。

受其恩师欧阳修的影响；不过，若只看表述观点的部分，则仍有简练、斩绝的风采，直出判断，不多阐说，宛然老苏家风。

旧党执政的元祐年间，应视为苏辙生平的第四个阶段。他在这个阶段写得最多的文章是奏议，第一篇是元祐元年（1086）二月十四日担任右司谏第一天所上《论台谏封事留中不行状》①。在北宋，宰相和执政合称"宰执"，御史和谏官合称"台谏"，史籍中最常看到的就是这两类人的发言，而且几乎天然地互相对立。一般情况下，皇帝是鼓励这种对立的。王安石变法时，也曾遭到"台谏"的猛烈反对，但在他掌权的年代里，通过清洗和重塑，成功地把"台谏"改造为帮助宰相驱除异己的力量，从而在朝廷内消除异议。于是，当司马光要改变王安石的政策时，他给太皇太后开出的第一个药方就是"广开言路"。此种貌似民主化的建议，其实际的意图在于引进另一种声音，而且必然是从前被压抑的对立论调。下一步，就是把对立论调纳入体制之内，那当然便是恢复"台谏"与现行政策的对立性，将苏辙这样持有对立论调的人委任为"台谏"。等苏辙到任以后，他就要发挥其作为"台谏"而在这个特定历史时期所担负的使命，就是为取缔"新法"、驱逐"新党"制造声势。出于这样的目的，他的所有意见都不是给皇帝和太皇太后提供的秘密建议或小报告，而是希望成为响彻朝堂的大声音。虽然从前的规章制度为了保护官品远低于"宰执"的"台谏"免受报复而采用了"封事"（"台谏"的奏状密封给皇帝）、"留中"（皇帝知道了奏状的内容，而不予公开）等做法，但这个时候显然不适合沿袭这样的做法，否则便达不到目的。因此，苏辙在他担任谏官

①苏辙《论台谏封事留中不行状》，《栾城集》卷三六。题下小字自注："元祐元年二月十四日。"

的第一天,便要求"台谏"的所有意见都获得公开"行遣"。这无疑是公然表露其凌厉的锐气,但苏辙的行文却仍然委婉回旋,从赞美和谦虚起笔,还把将近一半的篇幅让给了历史往事,到最后才进入正题。当然,由于叙述历史的部分从正反两方面都强调了"台谏"表述异议的正当性,就令最后部分的要求显得呼之欲出,可见其委婉回旋仍有文义上的铺垫作用,不仅出于对接受者的顾虑。

　　真正对接受者顾虑重重的奏议,是元祐之政结束时写的《论御试策题札子》①。元祐八年(1093)九月,太皇太后高氏去世,宋哲宗亲政,一心要恢复他父亲神宗的政策。次年二月,新党的李清臣担任中书侍郎(执政官),三月份进士殿试(即题中的"御试"),李清臣撰作了策题,以明确的否定语调列举元祐年间的一系列政策,希望考生们继续攻击。苏辙意识到这是为政策的变化制造舆论,而力图加以阻止,所以奏上这篇札子,苦劝哲宗不要改变元祐之政。其结果是,不但苏辙被剥夺执政之位,连年号也从元祐九年改为绍圣元年,正式表明皇帝要继承他神圣的父亲制定的"新法",历史上称之为"绍述"政策。所以,这篇奏议标志了一个历史的转折点,当然也是苏辙生平的转折点,即其第四阶段的终焉。从文章来说,该文的措辞不能不说竭尽了委婉回旋之能事。首先,不直接否定哲宗的"绍述"之心,而说哲宗原本并无此意,是被小人教唆的;其次,不否定神宗的作为,反而大大夸奖,细细列举,并说值得永远继承;再次,不得不正面否定神宗的"新法"时,也自为开脱,说哪一代都会有做错的事,而且一笔带过,转而去列举历史上的事例,证明儿子可以改变父亲的政策;举例的时

---

①苏辙《论御试策题札子二首》之一,《栾城集·后集》卷一六。

候,还特意举到了神宗本人。这样的回旋固然是苏辙行文的一贯手段、拿手好戏,但如此充分而近于过剩的运用,也传达出他写作此文时是如何用心良苦。可是,这一次哲宗皇帝倒能看出,他的文辞虽然委婉,而意图其实"险恶",所以还是从文辞中找了一个把柄①,将他贬斥了。其实,从写作的角度说,这是以委婉文辞写"险恶"意图,也就是外柔内刚风格的登峰造极之作了。此年苏辙五十六岁。

到此为止,我们已考察了外柔内刚风格在苏辙五十六岁之前各个阶段的各类作品中的具体表现,据此可以认定,这是苏辙文章的基本风格。当然,以上皆就其成功的作品而言,若全面评价,他这样的写法也不无缺点。不肯开门见山地道破真意,往复百折才写到要紧处,可是要紧的话却又不肯多说,那么对于全文意旨的表达来说,这少数几句就担了太大的责任,可想而知,其措辞要求便极高,稍显力度不足,就会使全篇轻重失宜,甚至不知所云。而且,在很多场合,措辞的力度如何往往要在了解背景的前提下才能体会,过于简短就会缺少对于背景的提示作用,不利于后人的鉴赏。从文章体制和相应的鉴赏习惯来说,他这样的写法施于四六似乎是更为合适的,因为四六文有比较固定的格式,等于从体制上规定其重点所在的部位,读者也会特别留意此处。所以,虽说苏辙是著名的古文家,其实他的四六文写得也颇为成功。

三、"国是"环境下的晚年写作

为什么上文只论到"五十六岁之前"呢？这是因为苏辙此后

---

①苏辙文中举到汉武帝的例子,宋哲宗认为这是以汉武帝比拟宋神宗,指责其穷兵黩武。

的文风有了较大的变化，而与写作环境相关。

苏辙五十六岁那年，正值宋哲宗亲政的元祐九年即绍圣元年（1094），"新党"再度得势，"旧党"遭受贬谪。由此直到苏辙去世，其被朝廷惩罚或废弃的境遇没有改变。更为严重的是，北宋朝廷在这个时期推出一种特殊的政策，叫作"国是"，即树立起一种权威意识形态，把王安石的"新学"规定为天下唯一正确的学说，凡与此相异的思想，都被认作"曲学""邪说"。这样的政策自宋神宗时期就开始酝酿，但其正式确立则在绍圣之后。虽然在宋哲宗去世的元符三年（1100）和宋徽宗初掌政柄的建中靖国元年（1101），这个政策似乎稍有松动，但自崇宁元年（1102）起就再度被强调，被变本加厉地贯彻下去。我们应该充分估计朝廷的这一政策给当时士大夫的写作环境带来的巨大、深刻的变化，因为唐宋古文的灵魂——基于独立见解的议论，从此失去了合法性。在1101年苏轼去世后，"唐宋八大家"中只剩苏辙，还将在这样的环境中生存十余年。如果我们把"八大家"的先后出现看作"唐宋古文运动"的完整历程，那么这个运动应包括文体改革和儒学复兴两方面，都由韩愈所倡导，而由欧阳修奠定了成功的局面，但在欧公身后，儒学走向各家各派的分裂，王安石与二苏的学说就彼此互斥，经"新旧党争"较量的结果，是王氏"新学"成为"国是"，王氏倡导的"经义"之文成为科举考试的固定格式。——这样的结果可以被视为"古文运动"的终结。在这个意义上，生活于"国是"环境下的晚年苏辙，比他的兄长更能代表"唐宋古文运动"的终结阶段。

不难发现，在"国是"覆盖全国思想文化界的环境下，苏辙的写作态度和行文风格显然不同以往。茅坤曾注意到苏辙晚年文章的特点，他说："其年已老，其气已衰，无复向所为飘飘驰骤，若云之出岫者、马之下阪者之态，然而阅世既久，于古今得失处参验已熟，虽无心于为文，而其折衷于道处，往往中肯綮，切事情，语所谓老人之言是已。"①这就是说，他那种有意经营的外柔内刚的典型风格似乎消失了，换之而来的是"无心于为文"的简单随意的写法。但这并不仅仅由于年老气衰，实际上，因为"内刚"的本质在于独立见解，现在它失去了合法性，当然就要改变表述的方式；而与此同时，反复回旋、渲染的所谓"外柔"也就毫无必要。随着环境的变化而放弃了原来的写法，这一点其实不难理解。

当然，以建中靖国元年为界，还是可以把苏辙五十六岁以后的人生区分为贬谪岭南和闲居颍昌府两个阶段。在贬谪时期，他还需要写几篇表文，来感谢皇帝的不杀之恩，此类谢表无疑仍须委婉回旋的笔法，来掩盖其刚强抗拒之意，不能完全"无心于为文"。这里引录篇幅较短的《雷州谢表》：

> 臣辙言：臣先蒙恩责降，分司南京，筠州居住。于今年闰二月内，又蒙恩责授化州别驾，雷州安置，已于今月五日至贬所讫者。谪居江外，已阅三年，再斥海滨，通行万里，罪名既重，威命犹宽。臣辙诚惶诚惧，顿首顿首。伏念臣性本朴愚，老益顽鄙。连年骤进，不知盈满之为灾；临出妄言，未悟颠危之已至。命微如发，蚍积成山。比者水陆奔驰，雾雨烝湿，血属星散，皮骨仅存。身锢陋邦，地穷南服，夷言莫辨，海气常昏。出有践蛇茹蛊之忧，处有阳淫阴伏之病，艰虞所迫，性命岂常？念咎之余，待尽而已。伏惟皇帝陛下，仁齐尧舜，政述祖宗。日月之明，无幽不烛；天地之施，有生共沾。怜臣草木

---

① 茅坤《唐宋八大家文钞》卷一五二《颍滨文钞八》，苏辙《历代论》题下总评。

之微,念臣犬马之旧,未忍视其殒毙,犹复许以生全。臣虽弃捐,尚识恩造,知杀身之何补,但没齿以无言。臣无任感天荷圣,激切屏营之至,谨奉表称谢以闻。臣辙诚惶诚惧,顿首顿首,谨言。①

叙述经历,检讨罪衅,歌颂皇帝,感激"生全",谢表的固定格式以及"蒙恩"、"恩造"之类固定套语,似乎帮助苏辙做了些委婉回旋的功夫,但此篇谢表依然显得怵目惊心,因为全篇充满着对于死亡的明确意识,文中的"命微如发"、"皮骨仅存"、"性命岂常",以及"待尽"、"殒毙"、"弃捐"、"杀身"、"没齿",在在都是表示死亡之语。文章史上恐怕很难找见另一篇谢表,能集中如此丰富的表示死亡之词语,简直可以称为"死亡谢表"。无论如何,剥夺人的生命是不能算作恩泽的,内容与格式、套语间的巨大反差,已经不能用"外柔内刚"来形容了。毕竟,外柔内刚是一种相当克制的表达方式,而人的克制力总是有限度的。

闲居颍昌府的最后十二年,是苏辙人生的最后阶段,也是其创作力非常旺盛的阶段。摆脱了贬谪流离的个人困境后,从事写作时所面临的"国是"环境便成为对其表达方式影响最大的因素。苏辙当然不会去写一些毫无意义或者服从"国是"的文章,他的旺盛创作力本身就是对环境的反抗。所以,他晚年那种被茅坤视为"无心于为文"的简单随意写法,却真正透露出复杂的内涵,值得一篇一篇仔细分析。本节旨在总结苏辙散文的基本风格,对其晚年变化暂不举例细论,但必须说明苏辙对于"国是"的总体态度:他并不屈服顺从,而是含蓄地给予讥刺,或明确地加以批判。我

---

①苏辙《雷州谢表》,《栾城集·后集》卷一八。

们了解他的这个基本立场,就不难理解,面对"国是"的他为什么放弃了原先那种"深不愿人知之"的写法,现在的他不能让行文技巧遮蔽他的观点。然而,对"国是"的挑战并不像一般情况下提出不同意见那样简单,当周围的整个世界都因为掌握了"正确"的学说而众口一辞时,一个固执地不以为然的老人,在坚持他的写作活动时,心境是难以形容的。这"老人之言",每一声叹息都是那么沉重,所有貌似随意的表达都显得言浅意深。谁都不曾料到"唐宋古文运动"迎来了这样一个终结阶段,而苏辙自己也不曾料到他会成为这样一个终结者。对此,我们理应去作更为深入的研究。

第二节　苏辙晚年事迹考辨

元符三年(1100),宋哲宗崩,在向太后的主持下,哲宗的弟弟端王赵佶继承了皇位,北宋的历史从此进入以奢侈荒唐著称的徽宗朝。坐上皇位的徽宗写了五首诗来悼念哲宗,其中有云:"欲阶追述志,永绍裕陵尊。"①裕陵就是宋神宗,可见徽宗本人自初就有"绍述"神宗新法的决心。不过,当时执政的新党宰相章惇却认为赵佶是个"浪子"②,曾经反对他继承皇位。所以,徽宗一即位,第

①宋徽宗《太陵挽诗》五章之四,见《西清诗话》卷上,谓是"始即位"时所作。张伯伟编校《稀见本宋人诗话四种》,江苏古籍出版社,2002年,第171页。
②《续资治通鉴长编拾补》(上海古籍出版社,1986年)卷一七,"建中靖国元年二月丁丑"记事,注文引《宋编年通鉴》云:"任伯雨累疏言:'陛下即位时,章惇帝前异议,乞正典刑。'盖言端王浪子尔。遂贬雷州司户。"徽宗即位之前为端王。不仅徽宗被称为"浪子",他后来任用的一个宰相李邦彦也有"浪子宰相"之号,见《宋史》本传。

一件大事就是发动朝野来批判章惇。这样,哲宗时代被章惇压制和迫害的"旧党"人物反而得以抬头,政局一时颇有逆转的趋向。多年贬谪南荒的苏轼、苏辙兄弟,也在此时遇赦北归。就在这年的岁末,苏辙回到他安置在颍昌府的家中,开始他闭门闲居的十二年晚年生活。

次年年初,元祐时当过宰相的范纯仁卒于颍昌府,苏辙成为"旧党"中曾在元祐年间任职最高的"钜公"。接着,苏轼卒于常州,文学史上所谓的"唐宋八大家"至此只剩苏辙一人在世。当然,在驱逐了章惇以后,经过一年左右新旧并用的所谓"建中靖国"之政,宋徽宗已不能也不需再容忍"旧党",他找到了合意的宰相蔡京,正式宣布"绍述"神宗的政策,年号亦改为"崇宁",意谓尊崇熙宁之政。崇宁元年(1102),颁布"元祐党籍碑",将"旧党"人物一并打入党籍,不许进入京城。此后党禁虽时紧时松,但终徽宗一朝二十余年,"旧党"在政治上一直处于在野的境遇,未有改变。苏辙就在党禁之中顽强生存了十年,卒于政和二年(1112),此时距北宋灭亡已为时不远。现在仅据《栾城后集》和《三集》来作粗略的统计,可以确定作于北归颍昌府以后的作品,至少有诗三百七十余首,各体文章百篇以上。这便是徽宗朝即北宋末期最优秀的文学,其侄苏过誉为"斯文有盟主,坐制狂澜漂"、"手持文章柄,灿若北斗标"[1]。

应该说,苏辙的文章虽列于八大家之中,而诗歌则并不享当时的盛名。但就在他去世十余年后,北宋灭亡,而苏辙诗歌的知

---

①苏过《叔父生日》,《斜川集》卷一,《丛书集成》本。

音陆游出生了①。在苏轼、黄庭坚身后，陆游出生之前，宋诗缺乏大家的年代里，苏辙晚年的勤奋创作，让我们看到了一种历史的连接。迄今为止，文学史把这种连接仅仅归诸江西诗派，但陆游本人却提醒我们关注苏辙。确实，我们无论如何不该忽略苏辙的最后十二年对于文学史的意义，而且，这意义还不局限于文学方面。正如苏过所云："造物真有意，俾公以后凋。"②后凋的苏辙在幽居中勤奋著述，完成了《诗传》、《春秋传》、《老子解》、《古史》四部专著的定稿，又对苏轼所著《论语解》、《易传》、《尚书传》三书提出纠正和补充，写下《论语拾遗》二十七条、《易说三首》及《洪范五事说一首》③；同时又参悟禅宗公案，笔为《书传灯录后》十二条④；此外还有史学批评著作《历代论》五卷凡四十五篇⑤，及文学批评方面的《诗病五事》⑥；其《栾城后集》和《三集》也是晚年亲手编定。这大量的著述使徽宗朝处于在野境遇的"元祐党人"在哲学思想、政治主张、史学研究、文学批评及人生态度等各方面的长足发展，获得了最好的表述，在铸九鼎、造八玺、建明堂、作大晟乐、修礼书、兴辟雍、倡八行、崇道教等等层出不穷的"盛世大典"的热闹喧嚣中，独自放射着冷静的理智之光，给予即将到来的南宋文化以深刻的影响。杜门闲居的苏辙默默地担负了这种他人无法替代的历史责任，毫无疑问地成为徽宗朝文化界最巨大的一

①周必大《跋苏子由和刘贡父省上示座客诗》："吾友陆务观，当今诗人之冠冕，数劝予哦苏黄门诗。"《文忠集》卷一六，《文渊阁四库全书》本。
②苏过《叔父生日》，《斜川集》卷一。
③见《栾城集·栾城三集》卷七、八，上海古籍出版社，1987年。
④见《栾城三集》卷九。
⑤见《栾城后集》卷七到卷一一。
⑥见《栾城三集》卷八。

个存在。从历史的流程来看,他是北宋最后一个集思想家、政治家、文学家、学者于一身的文化巨匠,可以说是北宋学术文化的终结者,当然也是北宋"古文运动"的终结者。"造物真有意,俾公以后凋",苏辙的长寿真是"造物"给历史的特大恩赐。

苏辙晚年的生活,笼统讲就是闭门沉思、读书写作而已。其具体的事状,在宋人孙汝听的《苏颍滨年表》①里有精简的记录,今人曾枣庄和孔凡礼皆编有《苏辙年谱》②,以孔谱后出为详。但因为详细,所以仍有可以指出的失误。本节先择要补正这些失误,以为知人论世之助。

一、苏辙的官阶问题

孔谱在这方面显得比较混乱。元符三年,苏辙从贬谪地遇赦北归,复官为太中大夫,但孔谱此年末忽出"授朝议大夫,赐紫金鱼袋"一条,并引《宋大诏令集》卷二一一《苏辙降朝议大夫制》为证。按,由此直到崇宁元年确定"绍述"政策以前,"旧党"境遇尚在好转,不应突然降贬。检同谱崇宁元年下复引此制,题作《苏辙降朝请大夫制》,以证崇宁元年闰六月降官为朝请大夫之事。同是一封制书,仅标题中官名不同而已。今查中华书局1962年校点本《宋大诏令集》,题作"朝议大夫"。该书分门别类钞录诏令,但每类之下所录仍有时间顺序,此制前后皆为崇宁元年五月贬责"旧党"官员的制词,则可推定苏辙于崇宁元年五月降朝议大夫,闰六月再降朝请大夫,至于元符三年,当并无此事。

关于崇宁元年五月的降官,孔谱实亦提及,其五月庚午(十六

---

①见《栾城集》附录。
②曾谱,陕西人民出版社,1986年;孔谱,学苑出版社,2001年。

日）条云："诏苏轼追贬崇信军节度行军司马,其元追复旧官告缴纳;苏辙更不叙职名。"这是照抄《苏颍滨年表》的文字,故表述不够清晰,什么叫"更不叙职名"呢? 没有说明。今按,此时庙谟已确定继述神宗新政,遂大贬元祐臣僚,《续资治通鉴长编拾补》卷一九记录了贬谪诏书,含司马光以下四五十人,但系于五月乙亥,而《宋史》徽宗纪、《宋宰辅编年录》卷十一皆系其事于庚午日,现在参考《苏颍滨年表》的说法,可知庚午是正确的。《长编拾补》所载诏文中,有关苏氏兄弟者曰："朝奉郎苏轼降复崇信军节度行军司马,其元追复官告并缴纳"、"太中大夫苏辙"等"更不叙复职名",并云贬责制词"皆右仆射曾布所草定"。比照《宋大诏令集》卷二一〇《故责授舒州团练循州安置追复右光禄大夫吕大防特授太中大夫、故观文殿大学士右正议大夫中太一宫使范纯仁落职余如故制》(题下注"崇宁元年五月庚午"),制词与《长编拾补》所引合,以下有《故朝奉郎苏轼降授崇信军节度行军司马制》,制词与《长编拾补》所引亦合,由此至卷二一一《苏辙降朝议大夫制》前后,都是五月庚午的贬责制词。辙制云："稍黜近班,犹复旧职。"因为苏辙曾于绍圣元年从太中大夫降为左朝议大夫,元符三年复官太中大夫,此时仍降朝议大夫,所以说"犹复旧职"。诏文中"更不叙复"、《年表》中"苏辙更不叙职名",也就是不复官太中大夫的意思,实际上就是重新降为朝议大夫。

此年闰六月戊寅(二十五日),苏辙再次降官朝请大夫。孔谱复引《宋大诏令集》卷二一一《苏辙降朝请大夫制》为证,此乃上述五月庚午降朝议大夫制,孔氏自改标题而已,不足为据。但这一次降官却是事实,不但《苏颍滨年表》有记载,《栾城后集》卷一八亦有《降授朝请大夫谢表》,题下注"崇宁元年",表中说"追削者五官",是从太中大夫算到朝请大夫,共降五级。《栾城后集》卷二〇有作于崇宁三年的《遣适归祭东茔文》，也自署"降授朝请大夫护军赐紫金鱼袋辙"。这是苏辙自己的文字，当不致有误。其再次降官的缘故，《年表》谓"以铨品责籍之时差次不伦故也"，所谓"责籍"是指该年五月庚午贬降一大批元祐臣僚后，乙亥又"诏苏辙等五十余人，令三省籍记其姓名，更不得与在京差遣"[①]，这是当时宰相曾布所造的党籍。大概《年表》的意思是，朝廷造党籍之时，比较苏辙与其他"罪臣"受惩罚的程度，认为太轻，故再予降官。但苏辙自己则有不同的说法："朝廷易相，复降授朝请大夫。"[②]据《宋宰辅编年录》卷一一，崇宁元年闰六月壬戌曾布罢相，七月戊子蔡京拜相，苏辙再次降官事正在"易相"期间，故他认为这是蔡京造成的。《宋史·苏辙传》也采用了这一说法："崇宁中，蔡京当国，又降朝请大夫。"虽然闰六月戊寅还没到蔡京正式拜相的日子，但曾布既已罢相，则认为此事出于蔡京的主张，大致无误。从当年政局变动的大势来看，五月乙亥曾布、陆佃等结定五十余人的党籍，原有到此为止，不再继续牵连追究，扩大打击面的意思，但不久陆佃、曾布相继去朝，蔡京主政，则党籍又被扩大重议，遂有九月份御书刻石的所谓"元祐党籍碑"，列入姓名者凡一百二十人。至崇宁三年六月，更进一步扩大，达三百零九人矣。生活在当时的人，自能感受到曾布与蔡京的政策差异，故苏辙认定他再次降官是蔡京掌权的结果。

大观二年（1108）元日，徽宗受八玺，大赦天下，党人得以复官优待。孔谱于正月书"苏辙复朝议大夫，迁中大夫，皆有谢表"，是

①孙汝听《苏颍滨年表》，"崇宁元年"条，《栾城集》附录。参考《长编拾补》卷一九该年五月乙亥条纪事。陈均《九朝编年备要》（《文渊阁四库全书》本）卷二六书此事为"籍党人"，盖所谓"元祐党籍"之始也。
②苏辙《颍滨遗老传下》，《栾城集·栾城后集》卷一三。

据孙汝听《年表》。但六月又书"诏特授苏辙朝散大夫",是据《长编拾补》卷二八的记事。按,《长编拾补》的原文如下:

> (六月)戊申,三省检会大观二年正月一日赦书,内一项,应元祐党人,不以存亡及在籍,可特与叙官。勘会前任宰臣执政官见存人韩忠彦、苏辙、安焘……与复一官。……降授朝散大夫苏辙可特授朝散大夫。(引者按,末句原文如此。)

可见赦书因元日受八玺之庆典而下,"勘会"落实则在六月。《年表》与《长编拾补》所记当为同一事。《年表》只因复官优待缘自庆典,所以将复官、迁官事并记在正月下,非谓两次叙官皆在正月。六月"复一官",按元丰寄禄格,当自崇宁元年降授之朝请大夫升为朝议大夫,《年表》所记准确,而上引《长编拾补》的末句文字错讹很明显。朝散大夫尚在朝请大夫之下,既名复官,不应实降。其迁中大夫,则不知何时,从谢表看,当也在此年[①],唯月份无法考定。谢表又有"连锡二阶"之语[②],则从朝议大夫升二阶,依元丰寄禄格正为中大夫。然而,大观初于中大夫下增入中奉大夫一格,则当迁至中奉大夫。《栾城三集》卷一〇《坟院记》作于政和二年(1112)九月,其自署官名即为"中奉大夫"。

政和二年九月壬午(二十八日),孔谱书"苏辙以中大夫转大中大夫致仕",也以《年表》为据,并推测苏辙因疾病奏请致仕。按,《坟院记》载苏辙官名为"中奉大夫",同月升太中大夫致仕,

---

①《栾城后集》卷一八《谢复官表二首》,当分别为复官、迁官而作,两篇都提到恩典缘自"八宝"(即八玺),可信皆在大观二年,且孙汝听《年表》可证。
②见《谢复官表二首》之二。

则苏辙从未担任中大夫,《年表》大概是将"中奉大夫"误作"中大夫"了,孔谱亦承其误。至于致仕事,除《年表》外,《宋宰辅编年录》卷一〇"前门下侍郎苏辙责授化州别驾雷州安置"条下,亦云"政和二年九月复太中大夫致仕",但并无史籍记载苏辙曾经奏请。检《长编拾补》、《九朝编年备要》等史籍,此月徽宗、蔡京有更定官名事,"诏以太师、太傅、太保为三公,少师、少傅、少保为三孤,以左辅、右辅、太宰、少宰易侍中、中书令、左右仆射之名"①,朝廷重要官员,特别是宰执的官名都被改变,鉴于苏辙曾任前朝执政,或者因为此事而连带勘及,发现他已年过七十,遂赐致仕了。

二、迁居汝南问题

自崇宁元年末至三年初,苏辙有一年多的时间离开颍昌府的家,单独住在汝南,即蔡州。这是苏辙晚年生活中最大的一次波折,其《迁居汝南》诗谓"亟逃颍州(川?)籍,来贯汝南户。妻孥不及将,童仆具樽俎。"②显得颇为狼狈。关于这次迁居,曾谱据《寒食》诗"身逃争地差云静"、"耳畔飞蝇看尚在"③等句,谓"迁居汝南有政治原因",孔谱又据《思归》诗④,谓出于"儿辈建议"。但仅此还未说明具体的原因。

按,崇宁元年大贬元祐党人,苏辙受降官处罚,已如上述,却并未指定他到哪里居住。七月以后,蔡京主持造"元祐党籍",籍中之人及子弟不得"与在京差遣",并立碑端礼门。到崇宁二年三月,又重申"党人亲子弟,不论有官无官,并令在外居住,不得擅到

①《九朝编年备要》卷二八,政和二年九月"改官名"条。
②苏辙《迁居汝南》,《栾城集·栾城后集》卷三。
③苏辙《寒食二首》之二,同上。
④苏辙《思归二首》,同上。

阙下,令开封府界各据地分觉察"①。看来不许党人进京的规定,执行得较为严格。苏辙安家的颍昌府(即许州),是一个比较特殊的地方,《宋史》卷八五《地理志一》云:

> 京畿路,皇祐五年(1053)以京东之曹州,京西之陈、许、郑、滑州为辅郡,隶畿内,并开封府,合四十二县,置京畿路转运使及提点刑狱总之。至和二年(1055),罢京畿路转运使、提点刑狱,其曹、陈、许、郑、滑各隶本路,为辅郡如故。崇宁四年(1105),京畿路复置转运使及提点刑狱。先是,改开封府界为京畿路,是年又于京畿四面置四辅郡,颍昌府为南辅,郑州为西辅,澶州为北辅,建拱州于开封襄邑县,为东辅,并属京畿。大观四年(1110),罢四辅,许、郑、澶州还隶京西及河北路,废拱州,复以襄邑县隶开封府。政和四年(1114),襄邑县复为拱州,后与颍昌府、郑州、开德府复为东南西北辅。宣和二年(1120),罢四辅,颍昌府、郑州、开德府各还旧隶,拱州隶京东西路,旧开封府界依旧为京畿。

许州即颍昌府②,仁宗时一度隶属京畿路,后来又成为东京的"四辅郡"之一。此时虽尚归属京西路,但多少与一般的州军有些不同。也许就因此故,上引苏辙诗中称之为"争地",也就是说,其是否属于禁止党人居住的范围,有可争议之处,这就免不了有一些"飞蝇"要来找麻烦。释居简《跋赵正字士㒟帖》云:

---

①《续资治通鉴长编拾补》卷二一。
②《宋史》神宗本纪三,元丰三年正月"癸酉,升许州为颍昌府"。

"山谷贬宜州,全台攻苏黄门,元祐籍中子弟在官者黜数
　　百人。"正字赵士粲《报参寥书》中语。①

赵书年月无考,所述黄庭坚贬宜州事,《续资治通鉴长编拾补》系
于崇宁二年三月;而黜元祐党籍子弟至于"数百人"者,当在崇宁
三年重定党籍时。前后相参,则苏辙(即"苏黄门")被整个御史
台所攻击,恰在其迁居蔡州之时。大概苏辙狼狈迁居,这是原因
之一。

　　不过,此时的颍昌府究竟不在京畿范围内,苏辙的有关文字
也未明云朝廷不许他居住此地。其《汝南迁居》诗云:"忽闻鹊返
巢,坐使鸠惊飞。"意谓他迁居蔡州是因为有人回到了颍昌府。其
后《还颍川》诗云:"东西俱畏人,何适可安者。"②意谓无论住在蔡
州还是颍昌府,都要与人相避。看来,避人是苏辙迁居的更直接
的原因。为什么要避人呢? 这就关系到崇宁朝廷对于"元祐党
人"的一个特殊政策了。

　　据《宋史·徽宗纪》载,崇宁元年十月戊辰,"诏责降宫观人不
得同一州居住"③。时苏辙降官朝请大夫,而差遣为"提举凤翔府
上清太平宫",亦属"责降宫观人",若颍昌府有相同身份人居住,
则法当相避。大抵被责降的"元祐党人"多数提举宫观,所以这一
条政策应有防止其互相串联、私下聚会诋毁朝政的意思。我们从
黄庭坚此时的行踪,可以看到这条政策确实造成了他的困惑。其
《与元仲使君书》云:"某以避范德孺,法当迁居,辄欲就贵部,自谋

①释居简《跋赵正字士粲帖》,《北磵集》卷七,《文渊阁四库全书》本。
②苏辙《还颍川》,《栾城集·栾城后集》卷三。
③《长编拾补》卷二〇,"崇宁元年十月丙子"条,亦提及"不得同在一州指
　挥"。

一舍，不敢烦公家。但不知有责降宫观人在贵州否？"①这里的
"范德孺"即范纯粹，崇宁元年十月罢知金州，以管勾南京鸿庆宫
居住鄂州②。因为他在，黄庭坚就不得同居鄂州，黄𦔒编《山谷年
谱》卷二九崇宁二年条云："先生是岁留鄂州。先生有四月二十二
日《与张叔和通判书》云：'庭坚罢太平，即寓鄂渚，会范德孺谪来，
即谋居汉阳；已而安厚卿来，遂营居九江。将登舟矣，德孺以散官
安置，众议以为自下碍责降充宫观人不得同州指挥，遂定居耳。'
按《国史》，正月己酉范纯粹常州别驾鄂州安置。"③可见他为了要
避开范纯粹、安焘这些"责降宫观人"，只好不断改变居住计划，后
来因为范氏"以散官安置"，失去了"宫观人"身份，故又不妨同地
居住了。《山谷年谱》中"下碍"当为"不碍"之讹。

那么，苏辙所居的颍昌府，又有什么人同为"责降宫观人"而必
须相避呢？说来凑巧，正好就是黄庭坚所避范纯粹之兄范纯礼。据
《长编拾补》卷一七、《宋宰辅编年录》卷一一及《九朝编年备要》卷
二六载，范纯礼于建中靖国元年六月罢尚书右丞，出知颍昌府④，而
《宋史·范仲淹传》附纯礼传云："罢为端明殿学士知颍昌府，提举
崇福宫。崇宁中启党禁，贬试少府监分司南京。"可见纯礼罢执政知
颍昌府不久，即改宫观。范氏家在颍昌府，其改宫观后，当仍居此
地。至崇宁元年五月庚午贬责元祐臣僚，亦含范纯礼，《宋大诏令

①黄庭坚《与元仲使君书》，《山谷集·别集》卷一四，《文渊阁四库全书》本。
②见《长编拾补》卷二〇，"崇宁元年十月丙子"条注文。
③黄𦔒《山谷年谱》卷二九，《山谷集》附录，《文渊阁四库全书》本。
④孔凡礼《苏辙年谱》于崇宁元年叙"范纯礼（彝叟）来守颍昌"，而引苏辙
　《栾城后集》卷二〇《祭范彝叟右丞文》"居未逾岁，亦来守邦"之语为证。
　按，苏辙"居未逾岁"之语，前接范纯仁（纯礼兄）之丧，纯仁薨于建中靖国
　元年正月，则"未逾岁"仍指此年。孔谱系此事晚了一年。

集》卷二一一有《端明殿学士中大夫提举西京嵩山崇福宫范纯礼落职依前官差遣如故制》，此是落端明殿学士职，而宫观如故。五月乙亥造党籍，九月刻党籍碑，皆有其名。范纯礼既与苏辙同为"责降宫观人"，自不得同居一州，故苏辙不得不于崇宁元年末迁居蔡州。

不过，事情马上又有了变化，据《宋宰辅编年录》卷一一载，范纯礼"崇宁元年十二月降授朝议大夫，试秘书少监，分司南京，徐州居住"，此事亦见《长编拾补》卷二〇崇宁元年十二月癸丑条注文。范纯礼自此改居徐州，其离开颍昌府，大约比苏辙稍后，故苏辙《祭范彝叟右丞文》有云："我寓汝南，公旅彭城。"[1]那么，颍昌府既已无须相避之人，苏辙似乎就可以归居了，其崇宁二年所作《三不归行》云："客心摇摇如悬旌，三度欲归归不成。方春欲归我自懒，秋冬欲归事自变。"[2]如果范纯礼奉旨离家是在崇宁二年春，则"方春欲归"就意味着纯礼的离开使苏辙有了归居的机会。但所谓"我自懒"，当然只是无奈的说法，实际上他还是有所疑惧，故迟迟未归。到了秋冬，事情便再度发生变化。

苏辙迁居蔡州时，应该见到了欧阳修的儿子欧阳棐。据《长编拾补》卷一九载，崇宁元年五月庚午贬责元祐臣僚时，直秘阁朝奉大夫知蔡州欧阳棐落直秘阁职，差遣依旧。五月乙亥造党籍，九月刻党籍碑，皆有其名，殆十月丙子，"朝奉大夫知蔡州欧阳棐管勾崇道宫……外州军任便居住"[3]。如此一来，欧阳棐罢蔡州而领宫祠，也成了"责降宫观人"，如果他继续留住蔡州，那么刚刚迁来蔡州的苏辙又必须与他相避了。所幸欧阳棐另有去处，如苏辙

---

①苏辙《祭范彝叟右丞文》，《栾城集·栾城后集》卷二〇。
②苏辙《三不归行》，《栾城集·栾城后集》卷三。
③《长编拾补》卷二〇。

《迁居汝南》诗所云："故人乐安生,风节似其父。忻然暂一笑,舍我西南去。"①孔谱谓"安生,不详,其人盖为田园隐逸之士",把"乐安生"读成了人名。其实,"故人"就指欧阳棐,"其父"当然是欧阳修了。这欧阳棐自往西南而去,把蔡州留给了苏辙,令苏辙感激其"风节"。然而,到了崇宁二年的十月,这样到处避人的困境却奇妙地结束了,因为苏辙自元符三年十一月授提举凤翔府上清太平宫(即所谓"宫观"、"祠禄"),至此已期满②,故作《将归》诗云:"言归似有名。"③如果他不再是"宫观人",则似可不被"责降宫观人不得同一州居住"之诏所困,不管颍昌府情况如何,他都可以归居了。稍后所作《罢提举太平宫欲还居颍川》诗有云:"祠官一扫空,避就两相失。"④这就明白说出,因为不再担任"祠官",已不必再避人了。所以,崇宁三年正月,苏辙自蔡州回到了颍昌府。《宋史·苏辙传》表述为"罢祠,居许州",史笔颇为谨严。

奇怪的是,崇宁三年四月,朝廷还在落实党籍中人及其子弟"不得擅到阙下"的规定,《长编拾补》卷二三提供了一份当时党人居住地的清单,京西路蔡州有苏辙,而此时的苏辙实际上已经回到颍昌府,而且再也没有到蔡州去过。到崇宁四年七月,颍昌府成为"四辅郡"之一,九月以定九鼎庆典大赦天下,党人稍得内徙,但"不得至四辅畿甸"⑤。依此,则已明确颍昌府在党人不得居住的范围内,而苏辙却安然居之,直到善终。这就带来下一个

①苏辙《迁居汝南》,《栾城集·栾城后集》卷三。
②《苏辙年谱》亦将"罢祠禄"系于崇宁二年十月三日。
③苏辙《将归二首》之一,题下自注:"十月初三日作。"《栾城集·栾城后集》卷三。
④《栾城集·栾城后集》卷三。
⑤《续资治通鉴长编拾补》卷二五。

问题,即苏辙在党人中独得优待的问题。

三、独得优待问题

苏辙不但得以安居禁止党人居住的"四辅"之一颍昌府,且在政和二年得以太中大夫致仕,等于恢复了他在元祐间任执政时的官阶,不久去世,朝廷给予的"恤典"也特厚,孔谱于此年据《年表》书:"十一月乙丑(十二日),追复端明殿大学士,特赐宣奉大夫。"①其追复职名及赠官的制书,孔谱亦已引录:

> 朕绍述先猷,聿怀故老,凡刑章之星误,悉牵复以优容,矧获令终,可忘褒典。具官某,凤禀直谅,逮事四朝,晚历险艰,独秉一节。处讦谟之地,非尧舜不陈;居退食之私,以孟孔自乐。宜永终誉,式介寿祺。欻尔讣闻,良深震悼。超进文阶之峻,宠还名殿之荣,尚其幽灵,膺此显命。②

观其语气颇为褒赏,似乎已不把他当作"罪臣"来看待。而与此同时,朝廷还在禁止三苏文集的流传,凡已流传者皆遭毁板,甚至禁止写诗,故当年科举发榜后,例行的"赐诗"也改成了"赐箴"③。

---

① 原文其下尚有"赠少保"三字。按,少保之称见苏迟宣和五年(1123)所撰苏适墓志铭,孔谱录于宣和四年下。赠少保非政和二年十一月乙丑事,《年表》无此三字。但由此可见苏辙死后至宣和五年之前,犹得追赠美官。
② 刘安上《太中大夫致仕苏辙追复端明殿学士赠宣奉大夫》,《给事集》卷二,《文渊阁四库全书》本。
③《九朝编年备要》卷二八,政和二年:"三月,亲试举人,赐莫俦以下七百余人进士及第、出身有差。赐诗改赐箴云。初,御史李章言作诗害经术,自陶潜至李杜,皆遭讥诋。诏送敕局立法,宰臣何执中遂请禁人习诗赋。至是故赐箴。"

在这种情况下,被禁毁文集的作者本人却受到优待,简直有点匪夷所思。

孔谱没有对此情形直接作出解释,但在大观二年和政和二年下两次引录朱弁《曲洧旧闻》的一段话:

> 元祐初,蔡京首变神宗役法,苏子由任谏官,得其奏议,因论列其事。至崇宁末,京罢相,党人并放还,寻有旨党人不得居四辅。京再作相,子由独免外徙。政和间,子由讣闻,赠宣奉大夫,仍与三子恩泽。王辅道为予言,京以子由长厚,必不肯发其变役法事,而疑其诸郎,故恤典独厚也。①

王辅道即王寀,王韶之子,《宋史》有传。据他的说法,对苏辙的特殊优待出于蔡京的疑惧之心,因为他有把柄在苏辙手上,所以不敢迫害他。其说是否可考,孔谱未予讨论。按,元祐初蔡京奉司马光之命,将开封府雇役改成差役,即所谓"首变神宗役法"之事,乃当时人所共知,绝非只有苏辙一个人知道,王寀的说法只是他个人的猜测而已。但王寀、朱弁既然谈及此事,则可见苏辙在徽宗朝受意外优待之事,当时也受人关注。

后来朱熹更提供了一个神乎其神的说法:

> 刘大谏与刘草堂言:"子瞻却只是如此,子由可畏。谪居全不见人,一日蔡京党中有一人来见,子由遂先寻得京旧常贺生日一诗,与诸小孙先去见人处嬉看。及请其人相见,诸孙曳之满地。子由急自取之曰:'某罪废,莫带累他元长去。'

---

①朱弁《曲洧旧闻》卷六,"子由恤典特厚"条,孔凡礼整理本,中华书局,2002年。

京自此甚畏之。"①

这是说,苏辙耍个把戏制住了蔡京。"刘草堂"是朱熹的老师刘勉之,朱熹为他作墓表云:"道南都,见元城刘忠定公;过毗陵,见龟山杨文靖公,皆请业焉。"②意谓刘勉之曾师事刘安世、杨时。刘安世曾官谏议大夫,就是所谓"刘大谏"了,他也是著名的元祐党人,如果苏辙钳制蔡京事真的由刘安世亲告刘勉之,勉之再亲告朱熹,那么此事或非虚构。大概在朱熹的心目中,苏辙是一个阴险的人,他的意思是:连蔡京也怕苏辙的阴险,所以不敢惹他。不过,以上那样的把戏,果真能制住蔡京么? 就算蔡京因此而对苏辙心存畏惧,不加重迫害也就罢了,又何必特予优待? 大概这样的说法,也只能当谈资看。

以上二说的思路其实相当一致,就是把原因找到蔡京身上去。南宋人谈及徽宗朝事,几乎一律归罪蔡京,同时也就夸大了他的力量,仿佛他能决定一切的事务。不可否认,苏辙在党人中特别地得到了优待,但没有确凿的材料可以证明其出自蔡京之意。更何况,就算蔡京有意优待苏辙,以苏辙的名声地位,也绝无可能不经宋徽宗同意而私自处置。《曲洧旧闻》所云"京再作相,子由独免外徙",当指大观元年正月蔡京再相事,检《宋宰辅编年录》卷一二,可知同月还有梁子美被任命为执政。这梁子美的女儿嫁给了苏辙的儿子苏迟,他们有姻亲的关系,且梁氏颇受徽宗

①《朱子语类》卷一三〇,《朱子全书》第十八册,上海古籍出版社、安徽教育出版社,2002年。
②朱熹《屏山刘先生墓表》,《晦庵先生朱公文集》卷九〇,《朱子全书》第二十四册。

的宠信，与其猜测蔡京会优待苏辙，还不如猜测梁氏会对苏辙待遇的改善起到一定的作用。苏迟的儿子苏策，还"以外祖梁子美恩，授将仕郎"①，可见其荫及苏氏，也能得到朝廷的允许。由此看来，梁子美似有能力为苏辙稍作斡旋，谋取徽宗的谅解。

当然，所谓"优待"，其实也只是让苏辙住在颍昌府，到去世时，给予了跟"前执政"身份相应的哀荣而已，于政局并未有任何影响。

四、关于"全不敢见一客"

这也是朱熹的说法，见《朱子语类》：

> 子由深，有物。作《颍滨遗老传》，自言件件做得是，如拔用杨畏、来之邵等事，皆不载了。门下侍郎甚近宰相，范忠宣、苏子容辈在其下。杨攻去一人，当子由做，不做，又自其下用一人；杨又攻去一人，子由当做，又不做，又自其下拔一人。凡数番如此，皆不做。杨曰："苏不足与矣。"遂攻之，来亦攻之。二人前攻人，皆受其风旨也。后来居颍昌，全不敢见一客。一乡人自蜀特来谒之，不见，候数日，不见。一日，见在亭子上，直突入。子由无避处了，见之云："公何故如此？"云："某特来见。"云："可少候，待某好出来相见。"归，不出矣。②

意谓苏辙在元祐当政的时候做了坏事，所以晚年不敢见人。按，

---

①陆心源《宋史翼》卷四《苏策传》，中华书局，1991年。
②《朱子语类》卷一三〇，《朱子全书》第十八册。

《颍滨遗老传》是苏辙晚年所作自传,见《栾城后集》卷一二、一三,确实没有记载"拔用杨畏、来之邵"之事。但此传虽主要记政事,也是取其重大者,没有必要将他提拔过的人一一写入。南宋人之所以重视杨畏,是因为"绍述"政策既已被否定,又不好批评君主,只好对主张"绍述"政策的臣子施行口诛笔伐,于是力图追究是谁"首倡绍述",杨畏遂被看作罪魁祸首。其实,"绍述"政策原是宋哲宗、徽宗本人的决心,杨畏即便不端,也只是适逢其会而已。苏辙身为当时的大臣,回忆刚刚过去的历史,未必像后来人那样重视杨畏等。故杨畏之不入《遗老传》,是讳己之过,还是对史事的取舍不同,尚难断言。而把苏辙没有升任宰相说成是他"深,有物",自己"不做","又不做","皆不做",则未免有些好笑。

至于躲避乡人来访的那个颇具戏剧性的一节,倒可能是件传闻较广的轶事,见于《却扫编》的记载:

> 苏黄门子由,南迁既还,居许下,多杜门不通宾客。有乡人自蜀川来见之,伺候于门,弥旬不得通。宅南有丛竹,竹中为小亭,遇风日清美,或徜徉亭中。乡人既不得见,则谋之阍人,阍人使待于亭旁。如其言,后旬日果出。乡人因趋进,黄门见之大惊,慰劳久之,曰:"子姑待我于此。"翩然复入,迫夜竟不复出。①

不管此事真实与否,苏辙晚年确实深居简出,很少见客,吕本中《童蒙训》有云:

---

① 徐度《却扫编》卷中,《文渊阁四库全书》本。

苏子由，崇宁初居颍昌。时方以元祐党籍为罪，深居自守，不复与人相见，逍遥自处，终日默坐。如是者几十年，以至于没。亦人所难能也。①

吕本中对苏辙此举是给予肯定的，未料在朱熹口中却成了"全不敢见一客"。朱熹对苏氏成见之深，一至于此！

其实，说苏辙晚年真的一个客人都不见，至少是一种夸张。朱熹本人就曾讲过苏辙对蔡京党中的人耍把戏的故事，上文已引述。从苏辙晚年诗文和孔凡礼先生所编《年谱》来看，他还是有一些交游。除去子孙、女婿、外孙、表弟等亲族，像同住颍昌府的范纯仁、范纯礼、范纯粹兄弟和李廌，在颍昌府任官的唐义问，住在蔡州的"诸任"即任大防、任象先、任亮等，就曾有往来；在蔡州还接待过海南岛来的姜唐佐，在颍昌府则接待过李之仪②、韩驹、张元幹③的来访；其他还有乡人杨明、野老刘正、道士廖有象、写真杨生、画学董生④、秀才陈天倪及不知名的"邻叟"；虽未见面而曾

①吕本中《童蒙训》卷下，《文渊阁四库全书》本。
②李之仪《跋东坡诸公追和渊明归去来引后》："予在颍昌，一日从容，黄门公遂出东坡所和。"《姑溪居士后集》卷一五，《丛书集成》本。
③孔谱政和二年下有"是年未辞世前，晚生犹及识之，衣冠俨古，语简而色庄"一条，所据为张元幹《芦川归来集》卷九《跋苏黄门帖》。按，张元幹所云"晚生"当是自称，既描述其"衣冠俨古，语简而色庄"，明是亲见，故此列张为来访者。
④《栾城三集》卷三有《画学董生画山水屏风》诗，孔谱系于政和元年，并云："《三集》卷一《画叹》之引云及里人重赵、董二生之画，当即此董生。"按，不然。《画叹》之引云："武宗元比部学吴道子画佛、菩萨、鬼神，燕肃龙图学王摩诘画山川水石，皆得其仿佛，颍川僧舍往往见之。而里人不甚贵重，独重赵、董二生。二生虽工而俗，不识古名画遗意。"这段话在画评史上颇具意义，将武、燕与赵、董作比较，取雅贬俗。既能比较，则（转下页）

书信相通的有黄庭坚、欧阳棐、张舜民、王巩、刘敦夫①等。这里值

（接上页）其作品必已流传，而且赵、董二人必是有一人作佛画，一人作山水。今检郭若虚《图画见闻志》卷三有："赵光辅，华原人，工画佛道，兼精蕃马，笔锋劲利，名刀头燕尾。太祖朝为图画院学生，故乡里呼为赵评事。许昌开元、龙兴两寺，皆有画壁；浴室院《地狱变》尤佳。有《功德》、《蕃马》等图传于世。"同书卷四有："董赟，颍川长社人，工画山水、寒林，学志精勤，毫锋老硬。但器类近俗，格致非高。"此二人生活在北宋的前期或中期，一在颍昌府留有壁画，一是颍昌府人，意苏辙所谓里人独重之二生，或为此二人。至于"画学董生"，则是北宋末期宋徽宗创办的"书画学"学校里的学生，苏辙诗开篇云："承平百事足，鸿都无不有。策牍试篆隶，丹青写飞走。纷然四方集，狐兔萃林薮。"就是指"书画学"而言，语含讥讽，意甚不以为然。下叙："何人知有益，长啸呼鹰狗。奔逃走城邑，惊顾念糊口。"此必有当权者欲利用这"画学董生"为其鹰犬，而董生极有骨气，宁愿奔逃四走，决不为其所用。此生能成为苏辙之客，盖亦因其气节也。

①孔谱于建中靖国元年下云："友人刘原之来简，答之。"其所据为南宋绍熙刊本《圣宋名贤五百家播芳大全文粹》卷八〇苏辙《与刘原之大夫二帖》，第一帖有"北归至许已半年余"语，故系此年。但孔谱未考证"刘原之"为何人。按，《栾城集》不收尺牍，刘尚荣《苏辙佚著辑考》（中华书局1990年标点本《苏辙集》附录）录此二帖，并推测刘原之为刘挚之子刘跂。孔谱不采其说。今考刘跂字斯立，有《学易集》传世，其非刘原之甚明。检《江西通志》卷四六，曾任"江南西路都转运使"名单中有刘敦，注："字原之，大观间任。"姓字、时代相合，当即其人。但同书卷三五录汪藻《石头驿记》云："大观二年，转运使彭城刘公府事之明年，……公名敦，字厚之云。"与上条记载相合，唯刘敦字作"厚之"。检《文渊阁四库全书》本《五百家播芳大全文粹》卷六四录苏辙《与刘原之大夫帖》，其第二帖中称呼对方，亦作"厚之"。李廌《济南集》卷四有《次韵刘厚之久阴未雨》诗。"厚"、"原"字形相似，易互讹，但其名为"敦"，则作"厚之"近是。又，苏辙第二帖为朝廷褒奖刘氏"先公"事而作，孔谱据帖中提及人事，考其时间在元祐中，甚是。彭城刘氏卒于元祐中之名臣，有刘庠，吕陶《净德集》卷二一《枢密刘公墓志铭》云："公讳庠，字希道，世为彭城人……嘉祐二年擢进士第。"此人是苏辙同年进士，卒于元祐元年三月，有子名敦夫。文彦博《潞公文集》卷四〇《举包绶》（题下注：元祐三年十月二十七日）云："臣伏见近奖（转下页）

得注意的有李廌和陈天倪，李是"苏门六君子"之一，陈则写作了《颍滨语录》①，其人必有较长时间追随苏辙，可算苏辙晚年的弟子。苏辙诗中曾写道："两家门户甲乡党，正如颍川数孙陈。"②可见陈氏是当地的大族，陈天倪或许便属这个陈氏。

在苏籍记录祖父晚年言论的《栾城遗言》中，还出现过另一位姓陈的颍川人：

> 陈恬《题襄城北极观铁脚道人诗》，诗似退之。③

此陈恬在北宋末年是一个有名的隐居文人，曾著《涧上丈人集》，今佚。《墨庄漫录》云：

> 许、洛两都，轩裳之盛，士大夫之渊薮也。党论之兴，指为许、洛两党。崔鶠德符、陈恬叔易，皆戊戌生，田昼承君、李廌方叔，皆己亥生，并居颍昌阳翟，时号戊巳四先生，以为许

（接上页）用刘敦夫、吕由诚，皆以其父吕海、刘庠之故。"范祖禹《范太史集》卷五五《手记》中有"刘敦夫，元祐四年举著述科"。疑苏辙此二帖乃与刘敦夫字厚之者，后来有关记载误"厚"为"原"，又脱去"夫"字。又，《苏轼文集》（中华书局，1986年）卷四九有《答刘沔都曹书》云："蒙示书教，及编录拙诗文二十卷……无一篇伪者，又少谬误。及所示书词，清婉雅奥，有作者风气，知足下致力于斯文久矣……足下词学如此，又喜吾同年兄龙图公之有后也。"据吕陶《枢密刘公墓志铭》，知刘沔为刘庠孙，所谓"同年兄龙图公"即指刘庠，以庠曾任龙图阁学士也。刘沔或即刘敦夫子，其一家三代皆与苏氏关系密切，理当表出。
①此书已失传，详见孔谱崇宁五年下考证。
②苏辙《程八信孺表弟剖符单父相遇颍川归乡待阙作长句赠别》，《栾城集·栾城三集》卷二。
③苏籍《栾城遗言》，《文渊阁四库全书》本。

党之魁也。故诸公皆坐废之久。①

这条材料很值得关注,其所谓"许、洛两党"显然都是"旧党"。北宋的新旧党争,只在熙宁初和建中靖国元年暂时呈现过势均力敌的状态,多数时候是一边倒的局面,所以无论是"旧党"还是"新党",其内部都有更复杂的派阀斗争。"新党"在徽宗时代站稳了执政地位,蔡京的主要斗争对象其实已经不是"旧党",而是"新党"内的另一些派阀,如赵挺之、张商英等;"旧党"在他们执政的元祐年间就分裂为朔、蜀、洛三派,曾有所谓"洛蜀党争",而到了徽宗时代,虽一样被朝廷排斥,却仍然互不相服,此处的"许、洛两党"显然各自受到苏辙和程颐的影响,宛然是"洛蜀党争"的延续。被称为"许党之魁"的四人中,李廌本是苏轼的学生,陈恬的诗被苏辙欣赏,看来也跟苏辙有密切的关系。此外还有一个晁说之,字以道,如《涧泉日记》所云:

> 陈恬叔易,号涧上丈人,……与崔德符、晁以道,皆以清节照映颍湖。②

可见晁说之也是在颍昌府一带活动过,且颇有影响的名士,他与苏门学士晁补之同族,曾受过苏轼的赏识,也可算成"许党"吧。

关于"许党"的存在,现在还没有更多的史料来作详细的描述,但仅此已可看出,苏辙虽深居简出,却仍保持着对士林的持久影响力。从学术流派来讲,朱熹乃是洛党的后学,对苏氏有很深

①张邦基《墨庄漫录》卷四,"戊己四先生"条,孔凡礼点校本,中华书局,2002年。
②韩淲《涧泉日记》卷上,上海古籍出版社,1993年。

的偏见，其言不可从。

实际上，所谓"许党"诸人，都是北宋末期很重要的文化人，有的且进入了南宋，如晁说之，就对南宋的文化有很大的影响。所以，"许党"的意义也许不亚于江西诗派和道南学派。仅就诗歌方面而言，虽然方回把陈与义归为江西诗派的一宗，但他实际上是"许党"的后学，如《却扫编》所云：

> 陈参政去非，少学诗于崔鹏德符，尝请问作诗之要，崔曰："凡作诗，工拙所未论，大要忌俗而已。天下书虽不可不读，然慎不可有意于用事。"①

本来，吕本中作《江西宗派图》时，并未算入陈与义。其诗学主张也兼推苏、黄，并非"传衣江西"。而拜访过苏辙的韩驹，本人就不满吕本中把他列入《宗派图》。毕竟，就宋代文化而言，苏学、苏门乃是更大的存在。

五、苏辙晚年交往的禅僧

话题回到苏辙的晚年交游问题，还有一批重要的人物必须被提及，就是禅宗的僧人。苏辙自中年以后，于禅用功之深即超过苏轼、黄庭坚，在朋友间颇得"有道"之称，晚年闭门幽居十余载，已不异于"高高山顶坐，深深海底行"②，禅学成为其思想的精髓，参禅也成为其生活的重要内容。大概他闭门谢客主要为了避免

---

① 徐度《却扫编》卷中。
② 苏辙《书传灯录后》："昔李习之尝问戒定慧于药山，药山曰：'公欲保任此事，须于高高山顶坐，深深海底行，如闺阁中物舍不得，便为渗漉。'予欲书此言于绅，庶几不忘也。"《栾城集·栾城三集》卷九。

政治上的麻烦,但与禅僧交往则一般没有这方面的顾虑吧。

孔谱元符三年以后叙及的僧人,有道潜、悟缘、智昕、道和、悟老、维觉六人。按,悟缘和智昕是四川人,苏辙称为"乡僧",其生平无考;其他四僧,则补考如下。

道潜号参寥子,是苏轼旧交。《咸淳临安志》述其生平较详,其中云:

> 轼南迁,道潜欲转海访之,轼以书戒止。当路亦捃其诗语,谓有刺讥,得罪返初服。建中靖国初,曾肇在翰苑,言其非辜,诏复祝发。①

《参寥子诗集》卷八有《吴门狱中怀北山旧隐》诗,当是他"得罪"时所作。楼钥有《跋参寥诗》一文云:

> 参寥以东坡门人得罪。黄师是,坡之姻家,时为京东漕使。坡与之书曰:"参寥以某故窜兖州,望为之地。"师是曰:"昨方有兖州楼教授见过,其人必长者。"遂以为属。教授,钥大父少师也,领其意而行。既至兖,与之定交。②

可见"得罪"的结果,不但是剥夺了僧人身份,还流放兖州。到建中靖国元年,"旧党"得到宽赦,道潜也在曾肇的帮助下恢复僧籍。这一年就访苏辙于颍昌府,次年苏轼遗体下葬,又到颍昌吊唁,皆已详于孔谱。

---

① 《咸淳临安志》卷七〇"道潜"条,《文渊阁四库全书》本。
② 楼钥《跋参寥诗》,《攻媿集》卷七二,《四部丛刊》本。

道和,见《栾城后集》卷四《施崇宁寺马并引》诗,谓为"寺僧",即崇宁寺僧。同卷《梦中谢和老惠茶》,和老也即道和。孔谱皆系于崇宁四年。按,《五灯会元》卷一六有"真州长芦道和祖照禅师"[①],当即其人,为云门宗法云善本之法嗣。善本即苏轼诗中的"小本禅师"[②]。

悟老,见《栾城三集》卷三《悟老住慧林》诗,孔谱系于政和元年,并谓"慧林在京师"。按,宋神宗在京师大相国寺创慧林、智海两禅院,命高僧住持。"悟老"即《五灯会元》卷一六所载"东京慧林常悟禅师",亦为法云善本之法嗣。这常悟禅师也是苏轼的旧交,曾因苏轼的聘请而出任杭州径山寺住持[③]。

维觉,见《栾城后集》卷四《春深三首》之一自注:"僧维觉时讲《楞严》。"又《栾城三集》卷二《十一月一日作》亦有自注:"觉师识病,善用药。"二诗孔谱分别系于崇宁五年和大观二年。按,觉师当即维觉,苏辙晚年常赖其看病。此僧既是《楞严经》讲师,恐非禅僧。

另外,《栾城后集》卷三有崇宁二年所作《示资福谕老》诗,谈其禅悟,则"谕老"可能是禅僧,孔谱未述及。检《五灯会元》卷一七有"东京褒亲旌德寺谕禅师"一人,为临济宗东林常总之法嗣宗谕[④]。按禅门的世系,苏轼也是常总的法嗣,大概以此因缘,苏辙

---

① 《五灯会元》卷一六,中华书局,1984年。
② 苏轼有《送小本禅师赴法云》诗,因善本之师为宗本,故称宗本为"大本",善本为"小本"。见查慎行《苏诗补注》卷三三该诗注,《文渊阁四库全书》本。
③ 关于苏轼与常悟禅师关系的考证,详见拙作《苏轼与云门宗禅僧尺牍考辨》,中国人民大学国学院《国学学刊》2012年第2期。
④ 《五灯会元》只言"谕禅师"。《建中靖国续灯录》(《续藏经》本)卷一九作"东京褒亲旌德禅院谕禅师",但该书的目录中则云"东京褒亲宗谕禅师"。

遂与宗谕交往。

《栾城三集》卷三《壬辰生日儿侄诸孙有诗所言皆过记胸中所怀》诗有云："下种言非妄,开花果定圆。驱羊旧有法,视后直须鞭。"孔谱系于政和二年,并解释云："此四句似与生日无关,所言皆农事,盖作者系念农事也。末二句叙驱羊法,似作者生活中有此种经历。"按,驱羊鞭其后,出罗隐《两同书》①,为比喻而非经历;下种开花,则本是说禅,不关农事,苏辙本人在《书传灯录后》中有详论。因与禅有关,故附于此。

以上从几个方面对苏辙晚年事迹作出考辨,对研究苏辙晚年的思想和创作应该有些帮助。行文至此,笔者要对已经去世的孔凡礼先生致以崇高的敬意和深切的哀悼,他提供了最为详细的《苏辙年谱》,使笔者的考辨有了最好的基点。而且,笔者从他的书中得到的启发,远比上文已经表达出来的为多。

第三节　苏辙晚年散文与"元祐体"

前文曾综述苏辙一生的散文创作,又详考其晚年事迹,本节便对苏辙晚年散文,作一专论。从历史上说,北宋末期即徽宗一朝共计二十五年,而苏辙的晚年正好与其前半段重合。至少在散文创作上,苏辙应是这个时期成就最高的代表。从这个角度说,其晚年散文也是很值得研究的对象。

---

①罗隐《两同书·理乱第六》："驱羊者亟鞭其后,后之不鞭,羊之所失也。"《文渊阁四库全书》本。

一、苏辙晚年散文概览

这一研究对象，在资料方面是比较容易把握的，因为苏辙的《栾城集》、《后集》、《三集》皆由他本人编定，其编集的原则是先分类，每类之下则依写作时间的先后为序排列，而且重要的文章几乎都标明了写作年月，再参考宋人孙汝听《苏颍滨年表》和今人曾枣庄、孔凡礼《苏辙年谱》①对其作品的系年，我们便不难确定所谓"晚年散文"的范围。今以元符三年（1100）遇赦北归为界，将可以判明作于此后的各体文章罗列于下：

《栾城后集》卷五有《和子瞻归去来词并引》，引中自谓作于苏轼去世那年的十月，则当在建中靖国元年（1101）。《自写真赞》，有"还居里间"之语，当在归居颍昌府后，《栾城后集》卷四有《予昔在京师，画工韩若拙为予写真，今十三年矣，容貌日衰，展卷茫然。叶县杨生画不减韩，复令作之，以记其变。偶作》诗，作于崇宁五年（1106），《自写真赞》当亦为此而作，也可系于崇宁五年。《抱一颂并引》，引中标明时间为"崇宁甲申岁"，则是崇宁三年（1104）。以上三篇。

《栾城后集》卷七至一一，为《历代论》四十五篇并引。引中云："归自岭南，卜居颍川，身世相忘，俯仰六年。"故曾枣庄系于崇宁五年，可从。

《栾城后集》卷一二、一三，为《颍滨遗老传》上、下两篇，文末云："予居颍川六年，岁在丙戌秋九月。"亦在崇宁五年。

《栾城后集》卷一八，为表、状、疏文，其中《移岳州谢表》和

---

① 《苏颍滨年表》见《栾城集》附录，上海古籍出版社，1987 年。曾枣庄《苏辙年谱》，陕西人民出版社，1986 年。孔凡礼《苏辙年谱》，学苑出版社，2001 年。

《复官宫观谢表》作于元符三年北归途中,以下皆归颍昌府后作。此卷共得晚年文十五篇。

《栾城后集》卷一九的青词,《阁皂》1篇作于北归途中,《许昌三首》作于颍昌府,共四篇。

《栾城后集》卷二〇祭文,大致都标了写作时间,自《北归祭东茔文》以下,除末尾祭奠僧人的两篇外,皆在颍昌府作,共得十篇。

《栾城后集》卷二一的《六孙名字说》,谓"予年六十有五",当在崇宁二年(1103)。《书楞严经后》,有"崇宁癸未"记年,亦即崇宁二年。紧接其后的《书金刚经后二首》,无写作年月,但文意承《书楞严经后》而来,当是稍后之作。《书鲜于子骏父母赠告后》,文末标明作于建中靖国元年。以上五篇。

《栾城后集》卷二二《亡兄子瞻端明墓志铭》,文中叙及苏轼下葬之事,则当作于崇宁元年(1102)。

《栾城后集》卷二三《欧阳文忠公神道碑》,文首叙写作缘起云:"自葬至崇宁五年,凡三十有二年矣。公子棐以墓隧之碑来请。辙方以罪废于家,且病不能执笔,辞不获命,乃曰:'病苟不死,当如君志。'既而病已……"孔凡礼揣其语气,系于崇宁五年,谓"约作于本年或稍后"。按《栾城后集》编于崇宁五年①,虽然其中如卷一八的表文,有崇宁五年以后的作品,当为编集之后随类增入,但其总卷数为二十四卷未变,此《碑》在集中独占一卷,必是编集时就有的,因此可以确定它作于崇宁五年。

《栾城后集》卷二四的《亡姊王夫人墓志铭》,文中谓夫人卒于建中靖国元年十二月,故孔凡礼系于此年,但文中亦谓崇宁元年十月将下葬,则系于崇宁元年为妥。《天竺海月法师塔碑》,孔

---

① 苏辙《栾城后集引》,《栾城集·栾城后集》卷首,上海古籍出版社,1987年。

凡礼系于崇宁元年,可从。

以上共得《栾城后集》所载晚年文八十九篇,加上卷首的《栾城后集引》,总计九十篇。

《栾城三集》的所有文章,皆崇宁五年编完《后集》以后之作,故全在晚年文的范围。今将卷五的诗赋铭赞十首中,除去四、六言诗六首,得四篇;卷六的十五个策题计为一篇,加上《观会通以行典礼论》,得二篇;卷七的《论语拾遗》计为一篇;卷八为杂说九篇;卷九的《书传灯录后》计为一篇;卷十为记四篇;再加上卷首的《栾城第三集引》,《三集》共得文二十二篇。

此外,曾枣庄、马德富先生整理《栾城集》还附录了他们搜辑的苏辙佚文①,其中《跋马知节诗草》一文自署“辛巳季春”,即建中靖国元年;《与刘原之大夫二帖》的第一帖谓“北归至许已半年余”,也当作于建中靖国元年②;《西楼帖所收遗文一篇》③作于政和元年。还有,《全宋文》④第二〇七四卷从《宝真斋法书赞》辑得《与王定国书》第九首,孔凡礼系此书于建中靖国元年,可从;第二〇七六卷又从苏辙所著《老子解》辑得《跋老子解》两篇,分别作于大观二年(1108)和政和元年⑤。以上共得六篇。

———————

① 《栾城集》附《栾城集拾遗》。另外,中华书局1990年标点本《苏辙集》也附录了刘尚荣《苏辙佚著辑考》,内容与《栾城集拾遗》相近。
② “刘原之”当作“刘厚之”,名敦夫,考证见上节注文。
③ 刘尚荣《苏辙佚著辑考》拟题为《与表侄程君观子瞻遗墨题后》。
④ 曾枣庄、刘琳主编《全宋文》,巴蜀书社,1994年。
⑤ 此两篇孔凡礼亦辑得,并正确系年。《全宋文》在第二篇的标题下加注写作时间为“政和元年十月”,而此文的末尾自署“十二月十一日”甚明,当是误脱“二”字。顺便提及,《全宋文》卷二〇七一有《为樊左丞让官表》,卷二〇九六有《南轩记》,俱作为苏辙佚文辑入,前一篇实是柳宗元之文,见《柳河东集》卷三八,后一篇实是曾巩之文,见《元丰类稿》卷一七。

这样,目前可以确认的苏辙晚年散文,按以上的计法,已有一百十七篇之多。

二、崇宁五年的创作高潮

从以上所列篇目的写作时间来看,崇宁五年似乎是苏辙的创作欲最为旺盛的一年。此年正月,因为彗星的出现,舆论认为这样的"天变"是迫害元祐党人所致,于是宋徽宗派人在夜半偷偷毁了"元祐党人碑",二月蔡京罢相,似乎替在野的"旧党"人士出了一口恶气,带来些许希望。老天好像也帮衬,据《宋史·徽宗纪》载,之前的崇宁元、二、三年连遭蝗害,四年犹有部分地区水灾,崇宁五年却无灾害记录,是个难得的丰年。从《栾城后集》卷四所录作于此年的诗歌来看,苏辙的心情较好,闲居读书,并开始修建住房。他的侄孙苏元老于三月份进士及第后,带着一位秀才陈天倪来颍昌府看望他,当然也是令他高兴的事。这位陈天倪后来写作了《颍滨语录》①。这一年的来访者中还有韩驹,经苏辙指点后,成为两宋之交最重要的诗人之一。给他画像的"杨生"估计也是来访者,《自写真赞》应当是题在画像上的。杜门谢客的苏辙在崇宁五年似乎乐于接待客人,也敢于为欧阳家写作《欧阳文忠公神道碑》,这种刻石树碑的大文章,作为"罪人"一般是不敢写的。

当然更重要的是《历代论》四十五篇和《颍滨遗老传》上、下两篇,皆于此年完成。前一种可视为一部专著,后一种是超过万字的长篇自传,是对自己的生平作出了交代。此外,《栾城后集》也于这年编成,并写了《栾城后集引》。总之,崇宁五年的作品占了苏辙晚年全部散文创作的一半左右,而且,除了《亡兄子瞻端明

----

①此书已失传,详见孔凡礼《苏辙年谱》崇宁五年下考证。

墓志铭》外,重要的作品几乎都作于此年。

所以,崇宁五年的苏辙,虽然年老体病,但闲居无事,专心创作,成就斐然。他自己似乎也感到满意,因而在诗中自述:"活计无多子,文章自一家。"①颇为自许。十一月八日凌晨四鼓,他居然梦见了老政敌王安石。在梦中,苏辙似乎获得了胜利,令王安石"赧然有愧恨之色"②。

此时王安石本人虽早已作故,但其"新学"和"新法"犹被朝廷当作唯一正确的"国是"崇奉着。他的《三经新义》和《字说》是全国学校的统一教材,他的观点是科举考试的标准答案,他的遗像被供奉在孔庙里,其子王雱为他作的《画像赞》"列圣垂教,参次不齐。集厥大成,光乎仲尼",早被蔡卞"书之大刻于石"③,至崇宁四年,徽宗还命学士院撰其赞曰:"孔孟云远,六经中微。斯文载兴,自公发挥。推阐道真,启迪群迷。优入圣域,百世之师。"④可谓无限崇敬与赞美了。不仅如此,朝廷的大臣"蔡氏、邓氏、薛氏皆塑安石之像,祠于家庙。朝拜安石而颂之曰'圣矣圣矣',暮拜安石而颂之曰'圣矣圣矣'"⑤,已经到了近乎癫狂的状态。同时,对司马光、范祖禹的历史著作,程颐的哲学著作,三苏及四学士的文集,却严加封锁,禁止流传,造成思想文化的专制

---

①苏辙《开窗》,《栾城集·栾城后集》卷四。按诗作编年排列的顺序,可断为崇宁五年的作品。
②苏辙《梦中反古菖蒲诗并引》,《栾城集·栾城三集》卷一。引中说的"愚公",据苏籀《栾城遗言》(《文渊阁四库全书》本),谓是王安石。
③见陈瓘《四明尊尧集序》,《四库全书存目丛书》影印清刻本《宋忠肃陈了斋四明尊尧集》。
④见《续资治通鉴长编拾补》卷二五,"崇宁四年五月癸亥"条,上海古籍出版社,1986年。
⑤陈瓘《四明尊尧集序》。

局面。苏辙与王安石的梦中较量，就发生在这样的现实背景之下。这无疑是北宋文化在徽宗朝演变成的一出带有荒诞性的悲剧，而后世的读者应当了解生活在那荒诞悲剧之中的一位六十八岁的老人，他自称"文章自一家"时的一份倔强，与令人敬佩的清醒。

三、"文章自一家"

所谓"活计无多子，文章自一家"，意思是生活极其简单，而写作上则独出己见，自成一家。

所谓自成一家，就是与别人不同，即便是与最亲近的人，也"和而不同"。这一点，表现在苏辙对兄长苏轼的态度上，颇见典型。苏氏兄弟一生出处风节，大抵相同，友于之情，誉满天下。苏辙对兄长敬爱追随，始终如一，但在文章的写作上，涉及观点的差异时，却相当自信地申说己见。他们兄弟曾分注经典，苏辙所注有《诗经》、《春秋》、《孟子》，苏轼则注了《周易》、《尚书》、《论语》，苏辙晚年为诸孙讲解经典，对兄长所注有不能同意的地方，分别写下《易说三首》、《洪范五事说一首》、《论语拾遗》二十七条，提出异议，并云"恨不得质之子瞻也"①。其中《易说》的第二首，将苏轼的原解贬斥为"野人之说"，语气十分严厉，南宋的陈善感到诧异，谓之"矫枉太过"②，认为没有必要。其实，三苏对注解《周易》一事都相当重视，此事本由苏洵先着手，但生前没能完成，临死时交托于二子，后来苏辙将自己所解送与兄长，由苏轼完成

①苏辙《论语拾遗·引》，《栾城集·栾城三集》卷七。
②陈善《扪虱新话》下集卷四，"东坡兄弟文章议论"条，《丛书集成》本。

了此书的注解①。现在看《苏氏易传》卷六对"涣"卦的解释，与苏洵在《仲兄字文甫说》中所论并不相同②，可见苏轼对父亲的说法也并非不加批判地接受，则苏辙继而对兄长的说法有所不取，本是苏氏家风如此。指责兄长误从"野人之说"，正可见出对于学术的严肃态度。

当然，就思想见解和政治观点来说，苏氏兄弟之间只能说大同而小异，同的方面是更主要的。《亡兄子瞻端明墓志铭》是为苏轼作的墓志，今天看来是了解和研究苏轼生平、思想最重要的材料之一，也是苏辙晚年文章的重要篇章。但这篇墓志在宋代却引来不少议论，如《郡斋读书志》的作者晁公武，便曾作《毗陵东坡祠堂记》云：

> 公武闻诸世父景迂生，崇宁间贼臣擅国，颠倒天下之是非，人皆畏祸，莫敢庄语。公之葬也，少公黄门铭其圹，亦非

①事见苏籀《栾城遗言》："先曾祖（苏洵）晚岁读《易》，玩其爻象，得其刚柔远近喜怒逆顺之情，以观其词，皆迎刃而解，作《易传》。未完，疾革，命二公（苏轼、苏辙）述其志。东坡受命，卒以成书……公（苏辙）乃送所解予坡，今'蒙'卦犹是公解。"

②"涣"卦六四爻辞"涣其群"，苏洵认为："群者，圣人所欲涣以混一天下者也……圣人之所欲解散涤荡者。"（《仲兄字文甫说》，《嘉祐集笺注》卷一五，上海古籍出版社，1993年。）把"群"当作私自结合的朋党，要予以解散的。《苏氏易传》（《丛书集成》本）卷六释此句："涣而至于群，天下始有可收之渐，其德大者其所群也大，其德小者其所群也小，小者合于大，大者合于一，是谓涣其群。"这是说天下由涣散，通过结群，而走向混一的自然趋势，对于"群"是肯定的，与老苏不同。《朱子语类》卷七三既称老苏之说"虽程《传》有所不及"，又称"东坡说这一爻最好"，盖未察其父子之说有散群为一与合群为一之不同。东坡对于"群"的肯定，可能来自欧阳修对朋党的见解。

实录。其甚者，以赏罚不明罪元祐，以改法免役坏元丰；指温公才智不足，而谓公之斥逐出其遗意；称蔡确谤讟可赦，而谓公之进用自其迁擢；章子厚之贼害忠良，而谓公与之友善；林希之诋诬善类，而云公尝汲引之。呜呼，若然，则公之《上清储祥》《忠清粹德》二碑，及诸奏议、著述，皆诞谩欤？……后世不知其然，惟斯言是信，则为盛德之累大矣。因述景迂生之语，俾刻之乐石，庶异日网罗旧闻者有考。①

景迂生即晁说之，与苏轼关系不错，又是司马光的崇拜者。他对这篇墓志的指责，可以用一句话来概括，就是"旧党"立场不坚定。一方面，说了元祐朝的缺点，说了苏轼与司马光的矛盾；另一方面，则说元丰"免役法"可守，说苏轼与"新党"的蔡确、章惇及后来投靠"新党"的林希曾有私交。就苏轼的生平来看，这些都是事实，墓志叙其生平，当然不能抹杀事实。但在晁说之、晁公武看来，将这些写入墓志，有损苏轼作为"旧党"大臣的形象。他们将北宋中后期的新、旧党争理解为截然对立的两大阵营的斗争，而且"新党"纯是小人，"旧党"全是君子。在我们看来，这正是一偏之见，但由此偏见出发，对苏辙的更为严厉的指责，来自程颐的门下。汪应辰《与吕逢吉》云：

> 示谕子由所作《东坡墓志》，昔见陈齐之云，尝见龟山杨丈言及。龟山云："他只是要道我不是元祐人，可谓误用其心。"所言三段，此固害理，而其最不可以示后者，如云"因经筵言时事，大臣不悦，风言者攻公"。当时大臣盖吕微仲、刘

①费衮《梁溪漫志》卷四，"毗陵东坡祠堂记"条，上海古籍出版社，1985年。

莘老也,而以为与台谏交通,岂非诬罔?惇、卞辈政以此罪微
仲诸公,天下后世固不之信,而子由乃当时执政,遂助实其
事,何以使小人无词耶?然观其作《颍滨遗老传》,邪正分明,
略无回隐,有不可诬者。盖《传》将付之子孙,而志铭刻之石,
意者恃曲笔以避群小之锋。然孰若不作之为愈耶。①

龟山即程门高弟杨时;转述其语的陈齐之,名长方,也是程门后
学②;给汪应辰写信指出墓志中有三段"害理"的吕逢吉,名大同,
是吕本中之子③,其曾祖吕希哲师从程颐。汪应辰是朱熹的从表
叔,但是他对朱熹贬斥苏氏很不以为然,这封信里,也给苏辙作了
一些辩护,不过,仍然以为墓志写出苏轼与"旧党"大臣吕大防(微
仲)、刘挚(莘老)的矛盾是"不可以示后"的,因为这正好给"新
党"的章惇、蔡卞提供了攻击"旧党"的口实。一句话,还是"旧
党"立场不够坚定明确。杨时的话最为激烈,说苏辙这样写是想
否定自己是元祐党人,简直心术不正。自建中靖国元年范纯仁去
世后,苏辙是活着的元祐党人中曾在元祐年间任职最高的人物,
可以说是元祐党人的领袖,如果他说"我不是元祐人",那还有谁
是元祐人?杨时的偏激是不言而喻的。汪应辰说,苏辙在《颍滨
遗老传》中是"邪正分明"的,故墓志可能是"恃曲笔以避群小之
锋"。其实,《颍滨遗老传》更为详细地叙述了他自己与吕大防、刘

①汪应辰《与吕逢吉》,《文定集》卷一五,《丛书集成》本。
②陈长方著有《步里客谈》,四库馆臣从《永乐大典》辑得其《唯室集》四卷,
　并附录胡百能《陈唯室先生行状》,述其生平、学术颇详。
③汪应辰《豹隐堂记》(《文定集》卷九):"东莱吕君时叙,……逢吉,名大同
　者,其弟也。"《名贤氏族言行类稿》(《文渊阁四库全书》本)卷三六:"吕本
　中字居仁……本中生大猷、大同。"

挚矛盾的前后经过,对元祐年间朔、蜀、洛三派的党争,即"旧党"的内部矛盾并不回避。

不难想象,《颍滨遗老传》也未能免于程门后学的指责,见《朱子语类》:

> 子由深,有物。作《颍滨遗老传》,自言件件做得是,如拔用杨畏、来之邵等事,皆不载了。①

朱熹的意思是说苏辙在文过饰非。所谓"件件做得是",当指苏辙任尚书右丞,能够参与主持政事以后的行为,也正是与吕大防、刘挚的争议。按《颍滨遗老传下》所叙:"是时所争议,大者有二,其一西边事,其二黄河事。"就是处理与西夏的和战关系、黄河河道的走向问题。苏辙既然因此而与人争议,当然认为自己的意见是对的。至于"拔用杨畏、来之邵",朱熹之所以关注此点,也无非因为这二人后来支持"新党"的复起。就党派斗争来说,这不妨被说成苏辙的一个失误,但"新党"之复起,关键在宋哲宗,对杨、来二人的作用本不必如此重视。何况,如果不以"君子、小人斗争史"的史观来看待党争的过程,那么像苏辙那样力求澄清各方的政见,是比关注人事的进退更重要的。

在北宋党争中,苏氏兄弟既反对"新党",又不附和"旧党"中别的派阀,自领一派,独出己见,原是史实的真相。徽宗朝对元祐党人的长期"党禁"迫害,使后来的人不愿意强调元祐党人内部的深刻矛盾;而南宋舆论对"新党"的否定,又使许多人不愿接受"旧

---

① 《朱子语类》卷一三〇,《朱子全书》第十八册,上海古籍出版社、安徽教育出版社 2002 年。

党"的"君子"原与"新党"的"小人"有很多关系、交情的事实，再加上程门后学对苏氏的偏见，令本来最可信赖而且值得称道的实事求是的写作态度，反被当作"曲笔"，或者竟是文过饰非的表现。然而，所谓"文章自一家"，东坡墓志和颍滨自传这两篇大文章，其着力点恰在努力澄清党争的史实，突出交代苏氏兄弟自成一家的学识和独立的政治态度，现在看来无疑正是可贵之处。

只要不像杨时那样持着门户偏见，我们不难明白：在元祐党人中突出其自成一家，并不等于说"我不是元祐人"。正好相反，当苏辙在崇宁五年自称"文章自一家"时，言下所强调的正是他不能附和当时的权威意识形态。他对王氏"新学"、"新法"以及徽宗朝政治的否定，在四十五篇《历代论》里有明确而深沉的表达，正如曾枣庄所说："名为论史，实亦论政。"①由于这四十五篇内容丰富，这里不能充分展开，只举出一例：

> 东晋以来，天下学者，分而为南北。南方简约，得其精华；北方深芜，穷其枝叶。至唐始以义疏通南北之异，虽未闻圣人之大道，而形器之说备矣。上自郊庙朝廷之仪，下至冠婚丧祭之法，何所不取于此？然以其不言道也，故学者小之，于是舍之而求道，冥冥而不可得也，则至于礼乐度数之间，字书形声之际，无不指以为道之极。然反而察其所以施于世者，内则谄谀以求进，外则聚敛以求售，废端良，聚苟合，杜忠言之门，辟邪说之路，而皆以《诗》《书》文饰其为，要之与王衍无异。呜呼！世无孔孟，使杨墨塞路而莫之辟，吾则罪人

---

① 曾枣庄《苏辙年谱》，"崇宁五年"条。

尔矣!①

此从儒学的历史说起,谓唐代基本上完备了注疏之学,使礼仪法度皆有可稽。宋人贬之为形而下者,要去追索形而上的"道",于是出现了王氏的"新学"。"至于礼乐度数之间,字书形声之际,无不指以为道之极",显指《三经新义》和《字说》。依此而施行于世,便是"新法",而"聚敛以求售"正是苏辙对"新法"实质的认识。然后,废除异见,专以其说教授通行于天下(所谓"辟邪说之路"),而无论如何荒唐的作为,全有经典的条文引为依据,如蔡京取《周易》卦爻辞而提出"丰亨豫大",公开主张铺张奢侈之类,也正是新党的政治演变到苏辙写作此文时候的现状,同时的唐庚也说是"一部《周礼》,举行略遍,但不姓姬尔"②。面对这样的现状,深以为忧的苏辙,却是一个身在"党籍"的"罪人",无能为力。即便我们认为苏辙对王安石"新学"、"新法"的认识带有偏颇,但这个"罪人"始终表达着"元祐人"的政见,却是毫无疑问的。不过,他一点也没有必要去声明"我是元祐人"。在杨时和许多人看来,身为"元祐人"便值得骄傲,而苏辙回忆自己在元祐时执政数年的经历,却说:"天下事卒不能大有所正,至今愧之。"③并不因为自己是受排挤的一方,便觉得自己对当前政治的堕落不负责任而洋洋自得。

四、"无心于为文"

"文章自一家"主要是就文中表达的见解的独立性而言的,未

---

①苏辙《历代论·王衍》,《栾城集·栾城后集》卷九。
②唐庚《与席侍郎书》,《眉山集·眉山文集》卷八,《文渊阁四库全书》本。
③苏辙《颍滨遗老传下》,《栾城集·栾城后集》卷一三。

必兼言其写作艺术。不过,苏辙晚年散文在写作艺术上也有可论之处。

对于苏辙散文艺术的比较经典性的论述,见于茅坤的《唐宋八大家文钞》:

> 子由之文,其奇峭处不如父,其雄伟处不如兄,而其疏宕袅娜处,亦自有一片烟波,似非诸家所及。……《历代论》四十三首,盖子由于罢官颍上时,其年已老,其气已衰,无复向所为飘飘驰骤,若云之出岫者、马之下坂者之态,然而阅世既久,于古今得失处参验已熟,虽无心于为文,而其折衷于道处,往往中肯綮,切事情,语所谓老人之言是已。①

他强调了苏辙散文与其父兄不同的艺术特征,但又认为以《历代论》为代表的晚年文失去了那样的特征。这个看法可能来自苏辙本人,即《历代论·引》所云:“已老矣,目眩于观书,手战于执笔,心烦于虑事,其于平昔之文益以疏矣。”意谓年老气衰,连自己平昔的功夫也做不到了。

不但苏辙自己,南宋人读苏辙晚年之文,也多作同样的评论,如朱熹就说:“是他老来精神短,做这物事,都忘前失后了。”②韩淲也说:“子由《历代论》、《古史·论》之属,文极平心,但理道泥于庄老,不能有所发明。”“子由文字,晚年多泥老佛之说,笔势缓弱无统。”③议论通于佛老是苏学的特点,不足以为苏辙病,但谓其

---

①茅坤《唐宋八大家文钞·苏颍滨文钞》八《历代论》,《文渊阁四库全书》本。
②《朱子语类》卷一三〇,《朱子全书》第十八册。
③韩淲《涧泉日记》卷下,上海古籍出版社,1993年。

"文极平心"、"笔势缓弱",则确是"老来精神短",没有精力再出奇制胜的结果。

然而,茅坤所谓的"无心于为文",其实却正是北宋古文家所追求的极高境界。以苏轼、黄庭坚为代表的文风、诗风,大致都求新求奇,但这两人到晚年都反过来认为平淡自然才是真正的高妙。对于这"无心于为文"而作的《历代论》,茅坤其实相当欣赏,他的《唐宋八大家文钞·苏颍滨文钞》,选录《历代论》至于二十八篇。确实,《历代论》几乎毫无经营迹象,语势平缓,长短随意,就题发议也是直入直出,并不顾盼照应,有时候连题面也不顾①,所仗全在其穿透历史表象的洞见和对现实政治的深刻讥刺。此时的风格既不"疏宕",也不"袅娜",只是随其长论而见舒展,随其短议而见精严,随其剖析的深刻而见老辣,随其思想的成熟而见从容,随其见解的独特而见奇杰不凡,随其忧患的真诚而见深切感人。从文章的角度细看,其实有剪裁不当处,草草了事处,但正因其见解不被"文章"所遮蔽,故有一篇神行之感。这样的作品,读者若反对他的见解(如朱熹),则连其文章也无足观;若认可他的见解有独特的价值(如茅坤),则会叹赏其文章自然之不可及。

以上说的是议论之文,对于苏辙晚年的传记之文,金代的王若虚也有否定的评价:

> 古人或自作传,大抵姑以托兴云尔,如《五柳》、《醉吟》、《六一》之类可也。子由著《颍滨遗老传》,历述平生出处言行之详,且诋訾众人之短以自见,始终万数千言,可谓好名而

---

① 如《梁武帝》一篇,全文只有一句话说到梁武帝。

不知体矣。①

从文体上看，《颍滨遗老传》确实与以前"姑以托兴"的那些自传不同，但这恐怕算不上缺点。且王若虚论诗论文，一般主张真情真意，并不肯定效古，不料此处却指责苏辙"不知体"，似乎自传一定要用古人的文体。其实，《颍滨遗老传》虽然失去了《五柳》、《醉吟》、《六一》②的高旷之风，却是详尽切实的自我交代，严格地说，这才是真正的自传。至于"诋訾众人之短以自见"，则是苏辙为自己的政见作辩护，其间确实有些"诋訾"之语，但若谓其动机是"好名"，对于已经名满天下的苏辙来说不免滑稽，还是为了申述一家之见吧。按王若虚的说法，这种长篇叙事的自传，倒是苏辙在文体上的一个创造。其实，《历代论》的文体，也有着特殊性。这类文章在北宋属于"策论"性质，往往是年轻的作者表达见解、献计献策、邀求赏识、极力经营之文，如苏氏兄弟自己作过的贤良进卷。《历代论》的随意写法与一般的策论就有不同，而且宋代很少有人在晚年还写这类文章。苏轼在海南时欲作《志林》，与此相似，但没有完成。

要之，苏辙晚年之文，在写作上不着力经营，不固守传统的文体和章法，文字上也不求新奇，重在表述其自成一家的见识。

五、关于"元祐体"

最后略谈"元祐体"的问题。自从严羽《沧浪诗话》用"元祐

---

① 王若虚《滹南遗老集》卷三七《文辨》，《四部丛刊》本。
② 按指陶渊明《五柳先生传》、白居易《醉吟先生传》、欧阳修《六一居士传》，这种简短的、漫画化的自传，确实是一种写作传统。

体"一词指称北宋苏轼、黄庭坚、陈师道之诗以后,此词被视为诗歌的一种时代风格。经曾枣庄、张宏生、周裕锴的论述[1]后,作为诗歌时代风格的"元祐体"一词的涵义已经大致清晰。但他们都没有考论这个词的来历,笔者认为,此词产生于北宋末期,原来不指诗歌,乃指文章而言。

根据是陆游的《曾文清公墓志铭》:

> 公讳几,字吉父……迁辟雍博士,兼编修道史检阅官。时禁元祐学术甚厉,而以剽剥頽阘熟烂为文,博士弟子更相授受,无敢异。一少自激昂,辄摈弗取,曰"是元祐体也"。公独愤叹,思一洗之。一日,得经义绝伦者,而他场已用元祐体见黜,公争之,不可。明日,会堂上出其文诵之,一坐耸听称善,争者亦夺气。及启封,则内舍生陈元有也。元有遂释褐。文体为少变,学者相贺。[2]

按陈元有为宣和三年(1121)进士[3],陆游所述曾几事就在这一年。当时按王安石之"新法",废除诗赋,以"经义"考试取士。这"经义"之文,是后来八股文的先驱,要求熟诵《三经新义》和《字

---

① 曾枣庄《论元祐体》,《成都大学学报》1986 年第 1 期;张宏生《元祐诗风的形成及其特征》,《文学遗产》1995 年第 5 期;周裕锴《元祐诗风的趋同性及其文化意义》,《新宋学》第 1 辑,上海辞书出版社,2001 年。
② 陆游《曾文清公墓志铭》,《渭南文集》卷三二,见《陆游集》第五册,中华书局,1976 年。
③《浙江通志》(《文渊阁四库全书》本)卷一二四《选举二》录"宣和三年辛丑何涣榜"有"陈元有,临安人",但《福建通志》(《文渊阁四库全书》本)卷三三《选举》录"宣和三年辛丑何涣榜"也有"晋江县陈元有淑子"。不知究为何处人,但是宣和三年进士,则可肯定。

说》,依其解释,扣住题面,作一篇文章,所谓"答义应举,析字谈经"①。由于只用一家之说为正解,不能自出己见,时间一长,考得多了,其文章难免陈陈相因,所以说是"以剽剥頹阘熟烂为文";又因为全国上下都有官办的学校来讲授其说,大概也传习"经义"文之作法,故又谓之"博士弟子更相授受,无敢异"。一旦与此有异,"少自激昂",即有些个性,就会被叫作"元祐体"而摈落。陈元有之文,今天无从得读,但必然颇有一些独特的见解,故能"一坐耸听称善"。由此可知,所谓"元祐体",就是相对于徽宗朝的考试"经义"之文而言的,在观点上(至少被认为)与"元祐学术"相关,在写作风格上则突出个性。曾几是清江三孔的外甥,本人又服膺江西诗学,与"元祐学术"颇有渊源,据说他的努力曾使"文体为少变"。

徽宗朝"经义"的文体,现在可供寻讨的材料不多,我们可从叶适《习学记言序目》的议论中窥见一斑:

> 辟雍、太学既并设,答义者日竞于巧,破题多用四句,相为俪偶。隆兴初,有对《易》义,破题云:"天地有自然之文,圣人法之以为出治之本;阴阳有不息之用,圣人体之以收必治之功。"主司大称赞,以为得太平文体,擢为第一。主司所谓太平,则崇、观、宣、政时也。②

叶适把"太平文体"解释为崇宁、大观、宣和、政和时候的文体,也就是徽宗朝的"经义"文体,因为题目是从经文中出的,目的是要

---

① 陈瓘《四明尊尧集序》。
② 叶适《习学记言序目》卷五〇,中华书局,1977 年。

考核应试者对《三经新义》的学习理解程度，所以文首的"破题"颇为重要，依叶适所说，"多用四句"，并且"相为俪偶"，他举的那个例子，就是用四句做一个长对。这四句又称为"冒"，叶适说："俗有'五道不如一道，一道不如一冒'之语。"①应试的"经义"文中只要有某一篇的一个"冒"做得好，引起考官的注意，就容易登科。看来此种风气到南宋还在延续。

晁说之在徽宗即位之初的元符三年（1100）应诏上书，因为这封上书，后来入了"党籍"，其中有云：

> 今则不然，义理必为一说，辞章必为一体，曰："是为一道德。"不知道德之一，如是其多忌乎？臣常谓今之学者，《三经义》外无义理，扇对外无文章。②

可见，叶适所说的那种文体，此时已经风靡天下。大概自神宗朝开始"经义"取士以来，此种文体便逐渐形成：内容上是"答义应举，析字谈经"，写作上则特重"一冒"，多用扇对。因为是科举考试的标准，只要想获取功名，都必须学习，当然就会弥望皆是。被苏轼所讥刺过的"黄茅白苇"③，应该就是这样的文章。因了哲宗朝后期章惇、蔡卞的专政，情况就发展到晁说之所谓"《三经义》外无义理，扇对外无文章"的严重程度。至徽宗朝，无疑更为严重，因为蔡京竭尽财力大办学校，欲以此取代科举，结果虽未能真正取消科举制度，但规定年轻人都要到学校受教，而教育的内容又

---

① 叶适《习学记言序目》卷五〇，中华书局，1977 年。
② 晁说之《元符三年应诏封事》，《景迂生集》卷一，《文渊阁四库全书》本。
③ 苏轼《答张文潜县丞书》，《苏轼文集》卷四九。

是统一的《三经义》和《字说》，遂使"黄茅白苇"有了生长繁茂的温床，一时弥漫全国。那又带来新的弊病，如陈善所说：

> 崇、观三舍，一用王氏之学，及其弊也，文字语言，习尚浮虚，千人一律。尝见人说，当时京师优人有致语云："伏惟体天法道皇帝，趋时立本相公，惟其所以秀才，和同天人之际，而使之无间者，乐人也。"于是观者莫不绝倒，盖数语皆当时之文弊也。①

优人的致语好像是在模仿"一冒"，内容是最空洞的歌功称圣，又加上滑稽，形容出"当时之文弊"。因为文章要讲的道理是预先统一好的，"千人一律"，不能自出主张，那么应试时要想征服考官，就只好想这样的办法：一是对皇帝和宰相的无限止的歌颂吹捧，即便空洞，或许也能令考官不敢黜落②；二是把任何琐细的事物都一直提升到最高的道理上去讲，如讲优人的作用，竟至于"和同天人之际，而使之无间"，虽然滑稽，却能把所有事物都纳入"正确理论"的帽子下，令考官慑于这大理论的正确，而无法不赞同其所

①陈善《扪虱新话》上集卷三"三舍文弊"条，《丛书集成》本。按"三舍"即上舍、内舍、外舍，为熙宁以来太学之升级结构，徽宗时推行至全国州县学。
②一般来说，有的题目容易做成歌颂的文章，有的题目却不怎么适合写入吹捧之词，所以后来出题的考官也多加配合，专出适合于歌颂的题目。《建炎以来系年要录》卷一七一记，绍兴二十六年二月，权礼部侍郎兼权国子祭酒周葵言："科举所以取士，近年主司迎合大臣之意，多取经传之言可为谀佞者，以为问目。学者因之，专务苟合时好。如论伊尹、周公，则竟为归美宰相之言；《春秋》讥贬失礼，则指为褒称之事。其悖戾圣人之意，大率类此。至于前古治乱兴亡之变，以时忌，绝口不道。后生晚辈往往不读史，历代先后有不知者。"南宋初的科场依然沿袭着北宋末的风气。

云。这是思想专制必然带来的文章弊病和士风堕落,范仲淹、欧阳修以来"以通经学古为高,以救时行道为贤,以犯颜纳说为忠"①的士风文风,半个世纪以后竟演变至此,而表面上看,却仍似根据经典,忠于朝廷,实在可叹可悲。

至于"元祐学术",就其内容来讲未必全部优于"新学",但在当时,毕竟是另一种声音。对于"元祐学术"的严加禁锢,使稍有主张,略见个性的文章,都被斥为"元祐体"。因此,徽宗朝产生的所谓"元祐体"一名,指的是与权威意识形态、主流文风不同的那种文章。

那么,在徽宗朝,与权威意识形态和主流文风背道而驰的文章,其典范又是什么呢? 毫无疑问,那就是被严令禁毁的苏氏文章。朝廷虽有严令,而民间暗习苏氏诗文成风,此种景象曾由诸葛忆兵加以详细的描述②。在苏氏之中,自然要以苏轼为主,但直至徽宗朝的中叶,苏辙还健在,还在写作,其一息尚存,便是"元祐体"的无可争议的代表人物,与当时的权威意识形态和主流文风相抗,自标一帜,壁立千仞。所谓"斯文有盟主,坐制狂澜漂"、"手持文章柄,灿若北斗标"③,在当时懂得文学的人看来,苏辙写的才是真正的文章。

这样,苏辙晚年自称的"文章自一家",现在也就可以理解为"元祐体"的本质特征。

---

①苏轼《六一居士集叙》,《苏轼文集》卷一〇。
②诸葛忆兵《徽宗词坛研究》第三章第一节《禁绝"苏学"和"苏学"的渗透》,
　北京出版社,2001年。
③苏过《叔父生日》,《斜川集》卷一,《丛书集成》本。

第四节　吕本中政和三年帖的批评史意义

苏辙于政和二年（1112）去世，此时的北宋朝廷依然沉浸在"丰亨豫大"的"盛世"闹剧之中，而被排斥的元祐党人及其子弟也不得不继续其"箪食瓢饮"的生活。当然，直接参与过熙宁以来"新旧党争"的老辈，已凋零殆尽，但由于党争不仅关乎政治利益，也基于学术思想和人生态度上的深刻分歧，故漫延久长，其造成的士大夫社会的分裂局面，有继续加深的趋向。所以，无论"新党"还是"旧党"，在人事代谢之际，都面临着继承者如何总结前辈遗产的问题，包括思想、政见、文学等诸多方面。这样的总结对他们个人而言，有清理观点、表明态度（党派立场）的意义，对于国家而言，则也关联到将来政策的设计。恰巧不久之后，出乎意料的外来军事打击，造成了宋室南渡的变局，于是，原本伴随人事代谢而来的这一番总结，顿时又具备了非凡的价值：它意味着北宋的历史是如何被认识，其中的对立元素如何被别择，哪一种将在南宋时期延续或更替为主流。

就本书研究的"古文运动"课题来说，虽然北宋末期"新党"的"国是"政策和苏辙在此环境下的批判性写作，已呈现了"运动"的终结状态，但文章史当然还要延续下去，而在后"古文运动"时代，终结阶段中呈现的两种对立元素，也存在着如何被后人所认识、别择、继承的问题。这不但与南、北宋交替的时代漩涡相牵连，也与此后的整部文章史总体格局相关联。就其大端而言，北宋"新党"推行的"经义"文经过一系列曲折变化，后来却与源自"元祐学术"的道学思想结合起来，演化成了明清科举的"八股文";与此同时,"元祐体"古文的继承者也不断地甄辨唐宋古文的源流派别,通过反复的选择、批评,而终于促成了包括欧苏曾王在内的"八大家古文"的经典化。——这些都是后话,但其权舆则已见于北宋末期新、旧两党子弟对其前辈遗产的总结。

可想而知,在身份、地位上具有悬殊差异的两党继承者,总结的方式很不一样。"新党"把握着朝政,可以国家的名义来总结,比如蔡京、蔡卞兄弟就重视当代史的编修,蔡卞依其岳父王安石的政治日记为准,改写了神宗朝的实录、国史,蔡京也主持了哲宗朝实录的编纂,把高太后垂帘听政的时期与哲宗亲政时期分为两半。同样是"新党"宰相却与蔡京不和的张商英,则主张编订一部《皇宋政典》,把神宗以来以"新法"为主的各种政策、法规、措施一一列目,加以清理确认,著为明文。这个工作由大观四年十一月专门设立的"编政典局"来负责进行,但不到一年,张商英失势,蔡京重新柄政,就发布命令,"神宗德业,具在信史,其《政典》无用,可罢局"①。大概蔡京的意思是,既然已有史书在,就无须另编《政典》。但无论是编史书还是编政典,实际上都具有总结"新党"遗产,并使之权威化的作用,蔡、张二人无非都想把这权威性揽归己有而已。

至于"旧党"子弟,他们就不能以国家的名义来做类似的总结,只能私自表述这方面的见解。事有凑巧,在苏辙去世的次年,即政和三年(1113),元祐宰相吕公著的曾孙吕本中,便以给人赠言的方式,写下了几段主要关于诗文创作的总结性意见,而与"旧党"继承者的立场相应。这就是本节要具体分析的吕本中政和三年帖。

---

①陈均《九朝编年备要》卷二七,大观四年十一月"置编政典局"条,《文渊阁四库全书》本。

一、吕本中政和三年帖

吕本中(1084—1145)生活在两宋之交,曾被他的一些同代人看作当时最优秀的诗人,而在今天的研究者眼里,他主要是一个文学批评家。实际上,徽宗一朝的文化,明显地分裂为朝、野两个部分:自蔡卞力主"国是"后,王安石的"新学"、"新法"被当作朝廷的"国是"确立下来,成为权威意识形态,其核心是所谓"三经义",辅以一大堆曾经颇受嘲弄的"字说",凡持论与之不合者,概遭排斥;而元祐大臣的后裔、后学和同情者,则或散落于民间,或处于州县低级职位上,但他们之间自有一种社会联系,叫作"师友渊源",以此组成一个交游的圈子,作为元祐宰相吕公著长曾孙的吕本中,在这个圈子里有着突出的地位,他几乎是徽宗朝文化在野部分的代表人物。这种在野的文化,当时称为"元祐之学",所学的主要内容是司马光、范祖禹的史学,二程兄弟的哲学,和苏轼、黄庭坚的文学。看似文、史、哲三方面都得其所宗,其实这几家学问间也有不少冲突,很难加以协调,如程氏弟子与苏门后学便多少延续着苏轼和程颐之间的不快局面。当然,由于徽宗朝对这几家学问的明令禁锢,相同的境遇也迫使他们互相认同。当年的吕公著曾高踞于"朔党"、"洛党"、"蜀党"之上,他的子孙也自可以出入于各家之门,博学广交,凭其社会地位,加以一套面目不清的"杂学",吕本中实在是整合、统一"元祐之学"的最好人选。故南渡之后,吕氏被认为"得中原文献之传",发表的言论都有"师友渊源所自",也就是说,他将北宋的文化积累(所谓"中原文献",其实也就是"元祐之学")带入了南宋。就此而言,吕本中的成就并不仅仅在诗歌创作或文学批评方面,他在各方面所作的努力是具有整体的文化史意义的。也就因此,从他的文学批评里体现出的对当代文化加以宏观把握的意识，比他的诗歌创作和具体的批评观点更值得关注。

王兆鹏先生曾著《吕本中年谱》①，比较详细地叙录了吕本中的生平、事迹和著述，却遗漏了一件很重要的史料，就是政和三年（1113）四月吕氏在楚州宝应写给他表弟赵承国的一个帖子。这个帖子被完整地钞录在陈鹄的《西塘集耆旧续闻》卷二，共有论学之语十七条，内容涉及文学、经学和人生修养诸方面。末后还有一段说明，且依今通行的标点本《耆旧续闻》转钞于下：

> 外弟赵承国至诚乐善，同辈殆未见其比。盖其性质甚良，不可以他人语也。若少加雕琢，少下勤苦，便当不愧古人。政和三年四月，相遇于楚州宝应，求余论为学之道甚勤，因录予之闻于先生长者本末告之，随其所问，信笔便书，不复铨次，更当求充之考人印证也。案"考人"或"古人"之讹。②

陈鹄钞录了这个帖子后，又交代了帖子的来历：

> 东莱此帖，今藏承国之家。承国乃侍讲荥阳公之外孙也。

"侍讲荥阳公"指吕本中的祖父吕希哲（他是程颐的最早弟子），"承国"即吕本中此帖所赠之人赵承国。但此帖后来似为吕本中

---

① 见王兆鹏《两宋词人年谱》，台湾文津出版社，1994 年。
② 陈鹄《西塘集耆旧续闻》卷二，上海古籍出版社，1993 年，与《涧泉日记》同一册。

孙子吕祖平所有,周必大曾见之,并为作跋云:

> 紫薇舍人吕十一丈,在政和初,春秋鼎盛,时方崇尚王氏学,以苏、黄为异端,而手书立身、为学、作文之法乃如此。其师友渊源,固有所自,而特立独行之操,谁能及之!近世谓以诗名家,是殆见其善者机邪?嗣孙祖平力绍家学,远示此轴,叹仰之余,辄附名于后。充之老人姓唐,讳广仁,真宗朝参政安仁之后,仲长之子也。绍熙元年正月二十五日。①

由此可见,今本《耆旧续闻》所录的"充之考人","考"乃"老"字之讹,今本所附的按语亦误②。也由此可以肯定,周必大所跋之帖即是《耆旧续闻》所录者。

郭绍虞先生曾注意到这个帖子,他在辑录吕本中的《童蒙诗训》时,把此帖中论诗的数条也一并辑入,还猜测此帖是吕本中后

---

①周必大《跋吕居仁帖》,《文忠集·省斋文稿》卷一八,《文渊阁四库全书》本。按,吕祖平为吕本中之孙,在陆游《吕居仁集序》(《渭南文集》卷一四)中亦提及。王兆鹏《吕本中年谱》据吕祖谦《东莱公家传》列出吕好问(本中父)诸孙九人及曾孙十六人,而未详何者为本中子孙,今按南宋章定《名贤氏族言行类稿》(《文渊阁四库全书》本)卷三六"吕本中"条下云:"申公(吕公著)之孙好问,生弸中、本中。本中生大猷、大同。大同生祖平,今为桂阳太守。大猷生祖仁、祖泰。弸中生大器,大器生祖谦、祖俭。"此叙吕本中二子三孙甚明。汪应辰《文定集》卷九《豹隐堂记》谓大器、大伦、大猷、大同兄弟共筑豹隐堂以讲学,此盖统从兄弟而言,而《宋元学案》误以四人皆为弸中子,今人所编《宋人传记资料索引》及《吕本中年谱》亦沿其误,当正。
②吕本中写此帖,之所以要"求充之老人印证",乃是因为唐广仁此时亦住在楚州宝应,见《东莱吕紫薇师友杂志》,《丛书集成》本。

来写作《童蒙训》的蓝本①。不过，此帖仅十七条，更集中、简要地概述了吕氏对当代文化的宏观把握，其价值却不能被《童蒙训》所掩。它向我们透露出，处在徽宗朝的元祐党人后学的基本文化态度，其中当然包括对当代文学发展导向的看法。此种看法，对南宋文学发展所起的影响是值得充分估计的。

二、欧苏文和苏黄诗范式的确立

正如郭绍虞先生所说，吕本中政和三年帖的内容与其后来所著的《童蒙训》有重合之处，比如《童蒙训》的第一条讲学问的基础，相同的内容已见于此帖：

> 学问当以《孝经》、《论语》、《孟子》、《中庸》、《大学》为主，此数书既深晓，然后专治一经，以为一生受用。

这里提到的五部书，除了《孝经》外，另四部就是后来所谓"四书"。我们知道，"四书"崇高地位的形成，经历了较长的历史过程，大概六朝人开始注重《中庸》，韩愈《原道》一文标举《大学》之义，此后北宋皇帝的经筵上常讲这两篇，到南宋时，始由朱熹将《论》、《孟》与《学》、《庸》合编为"四书"。故《四库全书总目提要·四书类序》云："《论语》、《孟子》，旧各为帙；《大学》、《中庸》，旧《礼记》之二篇。其编为四书，自宋淳熙始，其悬为令甲，则自元延祐复科举始，古来无是名也。"②可见标举"四书"乃是宋代"道学"成熟的标志，而吕本中写此帖时，"道学"尚处形成阶段，

①见郭绍虞《宋诗话辑佚·童蒙诗训》，中华书局，1980 年。
②《四库全书总目提要·四书类序》，中华书局，1965 年。

且属于当时的在野文化，即"元祐之学"，以"地下"的方式在读书人中间传播，"四书"一名还未被提出。帖中这一条，说明他对"道学"的旨趣有比较明确的把握，在"四书"地位逐渐形成的历史过程中，值得提上一笔。

当然，这个帖子的主要内容是讲文学，十七条中，有十一条是讲诗文创作的。在这个方面，吕本中的论述也非常明确地体现了"元祐党人"后学的立场：

> 学文须熟看韩、柳、欧、苏，先见文字体式，然后更考古人用意下句处。
> 学诗须熟看老杜、苏、黄，亦先见体式，然后遍考他诗，自然工夫度越过人。
> 自古以来，语文章之妙，广备众体，出奇无穷者，唯东坡一人；极风雅之变，尽比兴之体，包括众作，本以新意者，唯豫章一人。此二者，当永以为法。

正当苏轼、黄庭坚的诗文被朝廷禁锢的时代，吕本中却将二人的诗文奉为"体式"，即学习的典范，难怪南宋的周必大要赞叹其"特立独行之操"了。不过，更值得注意的是，周必大还指出吕氏的这种观点来自"师友渊源"，那表明它在很大的程度上已是"元祐党人"后学的共识。

如果我们仔细参详吕本中上述观点的含义，不难发现，它实际上指出了宋代文学的基本范式，这样的范式不但被用来总结北宋文学的成就，也被用以指示后学的门径，奠定南宋文学发展的方向。文承韩柳，诗学老杜，正是北宋一代诗文创作主张几经波折后的归结，而欧苏文与苏黄诗，确是在继承韩柳文和老杜诗的基础上，淬砺其精神，推广其境域，扩展其影响，成为北宋文学最高成就的代表。至此，吕本中指示后辈的创作，应该是文承韩柳欧苏，诗学老杜苏黄，即以欧苏文与苏黄诗为新的文学范式，说得更精简一些，便是以苏文黄诗为"法"。南宋文学的面貌，固然不十分单纯，但论其诗文创作，大抵受欧苏文与苏黄诗范式的影响，从整体上说，也大致符合吕本中的指示。所以，吕氏的上引数语，可推为宋代文学的一个简明的整体观，准确地道出了宋代文学的基本"经典"。这当然离不开他对当代文化的宏观把握，因为他所标榜的文学范式，正是中唐以来科举士大夫自觉倡导和进行的文化运动的结果之一。联系到吕本中此帖中对"道学"旨趣的明确把握，和他写此帖指导别人"为学之道"的目的，及其中反映出的"元祐党人"后学的立场，我们不难领会，他这种宋代文学的"整体观"，既是在文学领域内略细节而观大体，也是在更宏大的文化视野中从大观小的。

吕本中所代表的徽宗朝在野文化，是被当日的"国是"所否定的，往往被朝廷贬称为"曲学"，但比较于蔡京之流粉饰盛平的"丰亨豫大"之说，这种文化态度却更能得到历史的肯定。处在政治迫害之中的"元祐党人"后学，对当代文化发展状态的审视是较为清醒的，吕本中对宋代文学基本范式的揭示，表明他对当代文化、文学的来龙去脉认识得十分清晰。在今天看来，吕本中的这种认识似乎很接近我们有关北宋文学史的基本常识，也确实是南宋以后经常被重复的观点，但在北宋末年"新党"所制造的"国是"环境下，提出和坚持这样的观点，便需要一种能够穿透意识形态迷雾的识见和魄力。当然，这与来自"元祐党人"的"师友渊源"相关，就在吕本中写下此帖的三年前，苏辙曾有《题东坡遗墨卷后》诗云：

少年喜为文，兄弟俱有名。世人不妄言，知我不如兄。篇章散人间，堕地皆琼英。凛然自一家，岂与余人争？多难晚流落，归来分死生。晨光迫残月，回顾失长庚。展卷得遗草，流涕湿冠缨。斯文久衰弊，泾流自为清。科斗藏壁中，见者空叹惊。废兴自有时，《诗》《书》付西京。①

此诗对苏轼文学的推崇，便与吕本中相近。作者相信，被朝廷禁毁的苏文能被后世所传诵，就像《诗》《书》虽毁于秦火，却复兴于西汉。值得注意的是，苏辙所强调的苏文"凛然自一家"、"泾流自为清"的价值，是相对于"新党"制造的"国是"环境而言的，后者虽被宋徽宗、蔡京等粉饰为史无前例的"盛世"，实际上在苏辙笔下被表述为"斯文久衰弊"。很显然，吕本中延续了这样的党派立场，虽然他没有显斥"国是"环境，而只是正面标举苏文、黄诗"当永以为法"。

客观地讲，作为北宋文学的一个总结，吕本中的说法也有不够全面之处，因为他把王安石及其"新党"的文学摈除在视野之外，这自是"元祐党人"子弟的立场所带来的缺陷。不过在政和三年，王安石被主流意识形态推戴为"圣人"般的存在，根本用不着吕本中来表彰。

三、从诗文"复古"到江西宗派

从韩柳到欧苏的唐宋古文史观，从老杜到苏黄的唐宋诗歌史观，虽然都有摈除王安石的明显缺陷，但自吕本中开始标榜以后，

---

① 苏辙《题东坡遗墨卷后》，大观四年（1110）作，《栾城集·栾城三集》卷二，上海古籍出版社，1987年。

这样的观念确实影响深远，而且，即便我们愿意充分估量王安石的历史作用，也应当承认此种观念仍有其合理性，因为，若考虑到南宋的情形，则在整个赵宋一代的古文和诗歌创作中，欧苏文和苏黄诗的典范意义，确实高于王安石的诗文，尽管后者的实际成就并不逊色。

实际上，欧、苏、黄与王安石原有其共同之处，他们都是中唐后崛起的科举士大夫文化的代表人物，其诗文创作都与自觉的诗文批评相伴随，总体上是在从事一个以"复古"为旗帜的文化运动。从时间上说，欧阳修自是最早，他在文学方面所起的领袖作用甚大，现在一般的文学史都肯定他引领了北宋中期的一个"诗文革新运动"。不过，"革新"一词其实不符合当事者的用语习惯，这是现代人对此文学运动之成效的概括，就欧阳修等人在诗文创作上的自觉追求而言，若称为"诗文复古运动"可能更为恰当。这个运动其实包含了两个方面：文的复古与诗的复古。文的复古就是"古文运动"，承韩柳而来，至欧苏则变其雅健奇崛为平易流畅，一般认为，这是宋文的总体风格。诗的复古，或许也可称为"宋诗运动"，这个运动经常被我们认作宋人在唐诗的艺术高峰之后难以为继而另辟蹊径之举，但宋人自己未必肯这样承认，他们之所以要改变诗风，是出于对唐诗的不满。他们认为唐人多数不识"道"，故其诗体不"正"，违背了《诗经》所代表的儒家诗学原则，只有杜甫的作品才符合他们的文化态度，所以既要汲取杜诗的艺术手法，更要继承杜甫的创作精神，旨在"正"诗体。南宋时的一本科场温习用书《古今源流至论》，就公然宣称："诗体至国朝而始正，发于讽咏，有三百篇之意。"①此类科场用书是指导读书人如何

①林駉《古今源流至论》前集卷二"文选文粹文鉴"条，《文渊阁四库全书》本。

持论才易于中式的,反映的自然不是写作者的个人独见,而是较普遍的习见。可见宋人以为他们的诗体比唐诗较得"三百篇之意",至于元代以降的评论者认为宋诗更远离了"三百篇"的比兴风采,那是宋人始料未及的了。

揆于情理,"宋诗运动"与"古文运动"理应具有同样的文化关怀,体现出同样的文化态度。从这个角度来看,欧阳修所倡导的"诗文复古",便只在文的方面取得了成功,诗的方面仍有待继续。故宋人多认为,欧公能正国朝的文体,却未能正诗体。王安石与苏轼的诗歌成就,当然是他们所推崇的,但在他们看来,真正完成了诗体之"正"的,乃是黄庭坚。吕本中之所以标举"江西宗派",意也在此。

众所周知,吕本中作了《江西诗社宗派图》,后来相沿有"江西诗派"之说。不过,推求吕本中的原意,这里所谓的"宗派","宗"是黄庭坚,"派"是《图》里列出的二十几人,由于原《图》已不存,我们也不知他将此二十余人归了几个"派",反正都从黄庭坚这个"宗"出来。严格地说,"江西诗派"不能包括黄庭坚本人,必须说"宗派"才包括。"派"字当依字义作"支派"解,与现代说的文学"流派"稍有不同。至于"江西"一词,很可能与更常用的"豫章"一词相似,是代指黄庭坚,而"诗社"也未必实指一个由江西人组成的唱和团体。所谓《江西诗社宗派图》,当是画出黄庭坚这个"宗",再将传承其诗学的二十余人分作数"派",画于其下,如此构成以诗歌为传承纽带,以"江西"(黄庭坚)为宗主的一个"社会",与宋代其他各种行业的从事者所组织的"社会"相类。这里其实并没有"人江西"或"诗江西"的问题,大概从南宋起,人们常以诗歌的地域流派的观念来看此《图》,才产生了许多问题。吕本中的意图,并不止于揭示一个自具创作特色的诗歌流派而已,更遑论地域流派,他是要为当代诗坛树立范式,在他看来,唯有传衣于"江西",才得诗学之正体的。黄庭坚的示范意义,不限于一个流派,他是欧阳修以后完成诗体复古的大家。这个意思,在他的《江西诗社宗派图序》中本有明确的表述,见于南宋赵彦卫《云麓漫钞》的引述:

> 古文衰于汉末,先秦古书存者为学士大夫剽窃之资;五言之妙,与三百篇、《离骚》争烈可也。自李、杜之出,后莫能及。韩、柳、孟郊、张籍诸人自出机杼,别成一家。元和之末无足论者,衰至唐末极矣。然乐府长短句,有一唱三叹之音。国朝文物大备,穆伯长、尹师鲁始为古文,成于欧阳氏;歌诗至于豫章始大出而力振之,后学者同作并和,尽发千古之秘,亡余蕴矣。①

这一段引述,如对照胡仔《苕溪渔隐丛话》前集卷四八所引的此《序》之文,就可发现两者都不十分尊重原文,都是概述性的,故互有详略。其论诗之语虽以胡仔所录较详,但《序》文的总旨却要借《云麓漫钞》以存。吕本中的意思是很明确的,他以一种"复古"的观念来构画了古文和诗歌的发展历史,并将黄庭坚诗歌的文化意义与欧阳修古文相提并论,如果说宋代的古文"成于欧阳氏",则宋诗就"成"于黄庭坚。所谓"后学者同作并和",当即指"江西诗派",而"尽发千古之秘,亡余蕴矣",则其功业之著绝不是一个流派所能承当的了,这个"宗派"至少是当代诗坛的正宗正派,在诗歌领域继述和完成了欧阳修倡导的"诗文复古运动"。

---

① 赵彦卫《云麓漫钞》卷一四,中华书局,1996 年。

这样，吕本中把"江西宗派"的文化意义与"诗文复古运动"相联系，从更大的历史视野来看，也与中唐以来的文化运动相联系，将之表述为一个延续的历史过程。可见，《江西诗社宗派图》与他写于政和三年的帖子，所表达的主旨是一致的。

四、关于苏、黄二体

上文说过，吕本中的观点反映了"元祐党人"后学的文化立场，他对黄庭坚诗歌的上述看法，大致也是"元祐党人"后学的共识。当然，"元祐之学"的内部并不很一致，程颐的门下就不太欣赏苏门的文学，吕本中对此也是了解的，他所著的《东莱吕紫薇师友杂志》中记下了这样一条：

> 尹彦明在经筵，尝从容说："黄鲁直如此做诗，不知要何用。"①

尹彦明就是程颐的晚年弟子尹焞，其侍经筵在南宋高宗时。高宗是很喜欢黄诗的，但尹焞却从容地在他面前表示对黄诗的不理解。很明显，尹焞继续着程颐的一种怪癖：不无自得地展示自己艺术感知力的贫乏，用以烘托自己的道德修养。吕本中对尹焞是很尊重的，但他的"师友渊源"不限于程门，他的言行作为，也一直要把苏门、程门，乃至全部"元祐党人"后学拉拢在一起。所以，他的观点是对徽宗朝在野文化的综合。出于"元祐党人"后学之手的另一份材料，可以印证他对黄诗的看法。

在两宋之交，文坛上流传着一篇不知谁人所作的《豫章先生

---

① 吕本中《东莱吕紫薇师友杂志》，《丛书集成》本。

传》，屡见于《苕溪渔隐丛话》的引述，其完整的形态，则保存在明代以来黄庭坚集子的某些版本中，近人龙榆生编《豫章黄先生词》时，校录了这篇最早的黄庭坚传记。今人郑永晓的《黄庭坚年谱新编》，即依龙本录附此篇于后。这篇《豫章先生传》记事晚至大观三年以后，但称徽宗为"今上"，可见其写作时间当在徽宗朝的后期。当时朝廷以苏学为异端曲学，禁止苏黄文字的传播，而此文盛称眉山苏公及苏门四学士等，其出于"元祐党人"后学之手无疑。全篇剪裁有法，史笔老练，议论亦精到，盖"元祐党人"后学之能文有识者撰于高压之下，值得重视。篇末有一段"史赞"，对黄庭坚诗歌乃至整部北宋诗歌史作出评述：

> 史赞曰：自李杜没而诗律衰。唐末以及五季，虽有以比兴自名者，然格下气弱，么麽骩骳，无以议为也。宋兴，杨文公始以文章荏盟，然至为诗专以李义山为宗，以渔猎掇拾为博，以俪花斗果为工，号称"昆仑体"，嫣然华靡，而气骨不存。嘉祐以来，欧公称太白为绝唱，王文公推少陵为高作，而诗格大变。高风之所扇，作者间出，班班可述矣。元祐间，苏、黄并世，以硕学宏才，鼓行士林，引笔行墨，追古人而与之俱。世谓李杜歌诗高妙而文章不称，李翱、皇甫湜古文典雅而诗独不传，惟二公不然，可谓兼之矣。然世之论文者必宗东坡，言诗者必右山谷，其然，岂其然乎？山谷自黔州以后，句法尤高，笔势放纵，实天下之奇作，自宋兴以来，一人而已！[1]

---

① 转录自郑永晓《黄庭坚年谱新编》附录一《豫章先生传》，社会科学文献出版社，1997年。

这样的议论，与《江西诗社宗派图序》如出一手，其作者显然与吕本中出于同样的"师友渊源"。艺术鉴赏趣味应当是千人异面的，不能如此一致，使他们的诗学观点统一起来的不是鉴赏趣味，而是相同的文化态度，包括政治立场。

当然，推崇黄诗的文化意义，除了尹焞等少数人外，"元祐党人"的后学一般都能接受，但若说黄诗的成就一定高于苏诗，"宋兴以来，一人而已"，则未必能被大家认可。所以，吕本中在政和三年帖中，将苏黄并提，同树为宋诗的范式，是更妥当的说法。苏黄本是师弟子，苏轼又自认为欧阳修继承人，苏黄并提不但不影响吕本中的诗学主旨，反而使其诗学所蕴含的文化态度显得更为明朗。与吕本中同时的著名诗人陈与义就有相同的说法：

> 诗至老杜极矣，东坡苏公、山谷黄公奋乎数世之下，复出力振之，而诗之正统不坠。①

在我们看来，如果不提苏轼，则吕氏为宋代诗歌所树的范式确实不够稳当，因为就南宋的诗歌发展来说，黄庭坚的影响固然极为深远，但仍不能笼括南宋诗坛所有的创作倾向。大抵南宋人的文化关怀，与北宋人较有不同。宋人都爱好史学，热衷于考史、论史，但北宋人所考所论是前代的历史，而南宋人则喜谈本朝史，有关北宋时期的绝大部分史料，是南宋人为我们收集的。对北宋士人来说，他们自觉的文化使命是继承中唐以来复古运动的精神，创建一代文化盛世，超唐轶汉，直追两周；而对于南宋人来说，

---

① 晦斋《简斋诗集引》述陈与义语，见白敦仁《陈与义集校笺》附录五，上海古籍出版社，1990年。

他们面临的更直接的任务是继述北宋的文化,即所谓"中原文献",他们怀念着东京的梦华,珍视一切中原文物的涓滴留存,不使其失坠。在这种心态下,北宋期间的一切文化创造,都在南宋人所要继述的范围之内,相比于北宋晚期的"元祐党人"后学,他们的继承面有所扩大,在诗歌方面,不但要继承黄庭坚,也要继承梅尧臣、欧阳修、王安石、苏轼等人。金人王若虚、元好问不能理解这种心态,认为诗歌只要写出真情实感就行,何须标举一个先人来继承——此种宏论在南宋人看来只证明其为不得文化正传的蛮貊。南宋人写作诗歌,当然也为抒情述事,但同时也是在延续北宋诗歌的正脉。刘克庄对当时诗坛的创作倾向有这样的概括:

> 元祐以后,诗人迭起,一种则波澜富而句律疏,一种则锻炼精而情性远,要之不出苏、黄二体而已。①

可见,南宋的诗坛,是自觉地以苏黄诗为创作范式的。考虑到"江西诗派"的存在,我们认为,黄庭坚的影响可能更大一些,但凡对其"诗法"有所扬弃的,大都以兼学苏轼为借口。苏黄二人的示范意义在某种程度上是互相补充的。

南宋中后期,渐渐有人对苏黄诗表示不满,声称要以唐诗为法,理论上以严羽《沧浪诗话》为代表,创作上以"永嘉四灵"为代表。学术界都认为,他们所标榜的"唐诗",实际上只是晚唐诗。晚唐诗风在南宋中后期的流行,看起来是对苏黄诗范式的突破,实际上,宋初就有隐士、僧人写作的"晚唐体"诗歌,而士大夫转向

①刘克庄《后村诗话》前集卷二,中华书局校点本,1983 年。

学习晚唐诗的创作倾向也起源甚早。苏轼于诗歌创作虽推崇李杜，但其鉴赏趣味，却已流露出对中、晚唐诗歌的别具会心，他晚年对柳宗元、司空图诗歌艺术的欣赏，就是这方面的表现。惠洪记其论诗语："诗以奇趣为宗，反常合道为趣。"①这"反常合道"的"奇趣"，与严羽所谓"诗有别趣"的理论内涵，是相当接近的。其实，苏黄诗范式虽强调诗歌的文化内涵，但作为一个文艺大家的苏轼，是不难领悟诗歌的审美特性的，只不过其文化使命感更强一些，在很多场合下掩盖了他的审美趣味。而所谓"别趣"之说，及对晚唐诗的标举，不过是要求诗歌专以审美趣味为主。宋人的诗学从自觉承担文化使命到专门追求审美趣味，虽可许为诗学理论上的进步，却也是其文化运动走向衰落的表征。处在文化运动高潮时期的苏轼，可在承担文化使命的同时，兼具审美趣味的追求，前一方面与黄庭坚共同奠定了宋诗的基调，后一方面也开启了学习晚唐诗的创作倾向。他的弟子门客中，若抱负较大的，当然要继承其前一方面，但若专门以诗为业而淡于政治等其他文化事业的，就容易发展其后一方面，如诗僧参寥子，他的诗便有同于晚唐风格者，另一位诗僧惠洪②，多有论诗之语，也偏重于审美趣味、艺术手法之类，不太强调文化内涵。实际上，若把僧人的诗歌创作纳入视野，则"晚唐体"在宋代可谓不曾断绝。

苏门的后学中，也比"永嘉四灵"更早地出现晚唐诗风，杨万里《诚斋诗话》记：

> 李方叔之孙大方，字允蹈……寄予诗一编，多有警句，如

①惠洪《冷斋夜话》卷五，《丛书集成》本。
②惠洪从未被苏轼所知，但他见过黄庭坚，也自称见过苏轼。

"三百年来今已秋,天地自老江自流",如"笛声吹起白玉槃,正照御前杨柳碧",如"可怜一代经纶业,不抵锺山几首诗",如"后院落花人不到,黄鹂飞下石榴阴",大似唐人。①

李方叔就是苏轼弟子李廌,杨万里认为其孙李大方的诗风"大似唐人",据我们对杨万里诗学的理解,所谓"唐人"也当指晚唐。观上引的诗句,其思致幽险,气象萧瑟,也颇似晚唐,但议论新警,却也兼得江西派的风骨,只不过句格比较流丽,似是兼学苏黄所致。其实,就在江西诗派中,如徐俯的绝句也就有晚唐风味,杨万里更是自江西入手而转学晚唐的代表人物。所以,南宋中后期的晚唐诗风,是其来有渐的,而士大夫在诗学理论上肯定晚唐,其起点却在苏轼。苏轼的堂庑本来就比黄庭坚更大,晚唐诗风貌似反苏黄范式而起,实则苏轼诗学原本也包含这个侧面。

因此,晚唐诗风的存在,并不影响南宋诗歌"不出苏黄二体而已"的总体判断。吕本中在政和三年帖中,就以苏黄并提,树为宋诗的范式,从宋诗整体的发展情形来说,是正确的。至于古文创作的方面,虽然不能忽略王安石推行"经义"的影响,但就南宋士大夫的选择继承而言,以欧苏文为宋文的范式,也基本符合史实②。总而言之,吕本中为我们提供的这个宋代文学的整体观,及今视之,可以接受。

①杨万里《诚斋诗话》,《历代诗话续编》,中华书局,1983 年,第 159 页。
②近人刘咸炘《文学述林·宋元文派略述》云:"南宋之文,则欧、苏二派而已。策论为主,苏文最盛,序记则以欧为准。"参见朱迎平《南宋散文宗欧、宗苏辨》,见《古典文学与文献论集》,上海财经大学出版社,1998 年。

五、后"古文运动"时代

如果我们愿意接受吕本中提供的宋代文学整体观，那么在此基础上，可以对宋代文学史的分期问题略作探讨。分期问题在文学史写作中是自然地存在的，但正式为宋代文学史提出分期主张的，却并不多见。陈衍编《宋诗精华录》时，曾将宋诗分为初、盛、中、晚四期，这是仿照唐诗的分期传统，而套用于宋诗。由于一般事物大致总有起、盛、衰、亡（或如佛家所谓生、住、异、灭）的必然过程，故四分法几乎适用于所有历史现象的分期，但也因此，它往往只能揭示事物发展的普遍规律，而未必能抓住某个事物的特性。陈衍的四分法，是以元丰以前为初宋，元丰以后尽北宋为盛宋，南渡以后为中宋，而四灵以后为晚宋①。这实际上是以南、北宋为大界，各分前、后两期而已。此种分期法至为简便，后来作宋代文学史者多沿用之，如孙望、常国武主编《宋代文学史》②，就是这样分期的。我们在此种分期中很难窥知宋代文学的总体特征是如何形成和衰变的。按理说，四分法中的"盛"期应是最集中地体现其总体特征的时期，所谓"盛"理应尽可能成为对一代文学之范式的标举，但以元丰为上限，便将欧阳修古文创作的高潮期划在"盛"期之外，以南渡为下限，又将苏黄去世后的徽宗朝文学全部包笼在内，使这个"盛"期在标举范式方面不够明确。

窃以为，鉴于宋人文化使命感的强烈与文化承传意识的浓厚，其各种文化活动的历史大致都呈现"作者作之，述者述之"的面貌，即都可分成"作"与"述"两个阶段，就文学领域而言，欧苏

---

① 陈衍《宋诗精华录》卷一识语，曹中孚校注本，巴蜀书社，1992 年。
② 孙望、常国武主编《宋代文学史》，人民文学出版社，1996 年。

文、苏黄诗范式的形成,是"作"的阶段,其后便是"述"的阶段。就此而言,欧阳修古文乃是"作"的大端,而徽宗朝"元祐党人"后学的文学创作,已在"述"的阶段,吕本中政和三年帖就提出了"述"的宗旨,是宋代诗文创作从"作"的阶段转向"述"的阶段的历史现实在理论上的明确揭示。此帖只讲到诗文,若论及词史,则苏轼和秦观的词也分别为宋词的豪放、婉约二体奠定了基调,也当视为宋词的范式。一代文学范式的形成,也就是这一代文学总体特征的成熟,若以此为界,将宋代文学史科判为前、后两段,是有充分的理由的。如果一定要分作初、盛、中、晚四期,则欧公断无外于"盛"期之理,而被苏辙指责为"斯文久衰弊"的徽宗朝,至少不能全部纳入"盛"期。"盛"期的基本内容应是:欧苏文、苏黄诗、苏秦词,时间上约为仁、英、神、哲四朝,与徽宗朝的前半期,前后不到一百年。在此期间,宋人在政治上经历了"庆历新政"、"熙丰新法"与"元祐更化",最后又出现了"国是"专断的局面,但军事上基本能保护边界的稳定,社会经济持续着繁荣局面,哲学上创建了"道学",科学上留下了《梦溪笔谈》这样的巨著,史学上则完成了《新五代史》、《新唐书》、《资治通鉴》的编撰,文学上形成了欧苏文、苏黄诗、苏秦词范式,尽管有"新旧党争"以及与此相伴随的各种对立元素间的冲突,但总体上仍构成一个士大夫文化的盛世,这也正是中唐以来的科举士大夫文化运动全面地收获其硕果的时期。

文化"盛世"的一个突出的表现是,集政治家、思想家、文学家、学者于一身的文化巨匠型的士大夫相继崛起于朝,欧阳修、王安石、司马光、苏轼、苏辙等,都曾身居高位而领袖时流,发挥其倡导之功,他们使北宋的庙堂几乎成为一个文坛和学界。自徽宗朝以后,宋朝的庙堂上就失去了这样的文化巨匠。不过,从哲宗朝的后期起,宋代文化史也展开了另一页十分动人的画卷:苏轼、程颐晚年长期的流放生活,使真正热爱文学和哲学的青年不再心恋魏阙,而以东坡、伊川所在为斯文不坠之地,他们以绝海往见东坡为荣幸,以立雪程门、不图富贵为高节,以得其一言传授为立身治学作文之本,稍后,又有追随黄庭坚于蛮荒僻地直至终其葬事者,而士人一皆仰其高风。名公巨卿从此黯然失色,"师友渊源"成为文化的命脉所在,文化事业也就通过"师友渊源"而延续,与当局可以分庭抗礼。嗣后,文学上的江西派、晚唐派、江湖派乃至遗民派,哲学上的理学派、心学派、事功派等,都托根于民间意义上的文坛和学界,与庙堂可以无干。从这个角度,我们也能看到宋代文学史的前后两期明显不同的风貌:前期是韩文、杜诗的继承者相继崛起于庙堂的历史,后期是欧苏文、苏黄诗、苏秦词的范式延续于民间的历史。在后一段历史的末尾,我们在文天祥的身上似乎又看到一点前期的风貌,这也许是有宋一代文化精神的回光返照。

身处徽宗朝的吕本中,正是在文化史的转折点上,比较集中地体现出"师友渊源"的意义,以此与朝廷所谓"国是"相抗衡。他的政和三年帖,表达出当时的文化人对此转折的自觉,是一个具有文化发展纲领之性质的重要文件。也许是一种巧合,吕本中写作这个帖子的政和三年,正好是"唐宋古文八大家"的最后一家苏辙去世的次年。这个巧合极具象征性:文学上一个时代的终结和另一个时代的起步,竟然如此迅速地被时人所自觉!故就文学批评而言,吕氏的贡献绝不只是画了一卷《江西诗社宗派图》,而更有其荦荦大者,总结前期的成就,标举一代范式,指示后学的轨辙,继往开来,厥功甚伟。

当然,以上只在宋代文学史这一断代领域的范围内考察吕氏观点的历史意义,若就本书的研究课题"古文运动"而言,则我们的考察视野自不能被朝代区划和专业领域所限。在笔者看来,"古文运动"是科举士大夫以"古文"形式表达"新儒学"思想以指导君主独裁国家的自觉文化运动,它不但造就了北宋士大夫文学的辉煌成就,也使这种文学的每一步进展都与清晰自觉的理论、批评相伴随,并且与其他文化部门的演进保持了高度的一致性。"庆历士大夫"的崛起使秉承"古文运动"精神的一代名臣成为士大夫社会的中流砥柱,但随着北宋士大夫分裂为新、旧两党,王安石和苏轼在文化态度、文学观念和创作风格上的对立被继承者不断扩大加深,演而至于非此即彼的地步。在文学上,我们赞赏多元化的态度,故对于王、苏的对立,文学史家多数会同情苏氏,但不可否认的是,"古文运动"的目标并不只是以"古文"取代"骈文",或者促进文学的多元化发展而已,它确实含有以士大夫对"圣人之道"的"正确"理解来指导国家、社会的理想,如果说这种理想的实现才是"古文运动"的真正成功,那么王安石及其"新党"以"国是"专断的局面,就有其出现的必然性。由于这样的局面对文学发展有扼杀的作用,故我们以"国是"环境的形成为"古文运动"的终结,并充分评价苏辙在此环境下的批判性写作。在中国文章史上,"古文运动"的成就凝结于它所产生的"经典",就是"唐宋古文八大家"的作品。作为八大家中的最后一家,苏辙的去世标志着"经典"创作时代的结束。接下去就是八大家作品被"经典化"的时代,即后"古文运动"时代。从这个角度说,吕本中的政和三年帖,便为后"古文运动"时代写下了明确而精湛的第一页。按笔者的设想,这个时代也将突破朝代区划的框限,而延续到"唐宋八大集"之说定型的时候。

代结语:北宋文学与政治

2001 年 5 月,笔者曾蒙内山精也教授之邀,在早稻田大学作题为"北宋文学与政治"的演讲。转眼十年过去,马齿徒增而学无长进,今将十余年中陆续撰成之论文串成一书,顾此讲稿未曾发表,但恰可归纳本书大旨,遂取以代结语。

内藤湖南先生关于"唐代是中世之结束,宋代是近世之开端"的著名论断,对日本的汉学界具有深刻的影响,即经常讲到的"唐宋变革论";在中国大陆,最近也经常被学者所引用。中国人对于本国的历史,最感到骄傲的是唐代,最欣赏的皇帝是唐太宗,建国初的历史学家希望毛泽东主席成为新的唐太宗,所以对唐代历史和文学的研究最兴盛、最深入。20 世纪 70 年代末以来,中国学界重新与国际接触,渐而"文化"成了热门的话题,而探讨中国传统文化的特点,就要关注宋代,因为传统文化的核心内容大都是在宋代成熟的。并不是不研究其他的时代,但最深入的唐研究和方兴未艾的宋研究,可以说是当前中国文史学界最显著的特点。现在谈北宋政治与文学的关系,也不能不从"唐宋变革论"说起。

简单地说,"唐宋变革"就是从贵族士大夫领导的社会变为科举士大夫领导的社会。贵族士大夫来自一种不太完整的世袭制,作为盘踞各地的"大姓",他们世代占据地方权利,而中央政权也被几个"大姓"以联姻方式组成的婚姻集团所把握。变革以后的社会与此相反,消除地方割据自治的成分,建立完善的君主独裁的制度,而把握中央权力的又是科举考试出身的文官。在"唐宋变革"中起了关键作用的是宋太祖,他用政治手腕集中了兵权、财权、政权,并开始使他的官僚队伍从"打天下"的"功臣"转向读过书的文官。紧接着他的弟弟宋太宗大规模录取进士,倡导"文治"。太祖和太宗的统治办法,被称为"祖宗家法",它实际上包含了一个"皇帝之下,人人平等"的原则,是宋代以降所谓"庶民文化"兴起的保障,也有的学者把宋代以降的社会定性为"庶民社会",区别于之前的贵族社会。对于政治史上这样一个大手笔,《宋论》的作者王夫之感到很奇怪,他说宋太祖这人读书不多,没有什么学问,却怎么有这样大的智慧? 他说这应该是天意吧! 我觉得,太祖出身行伍,没有一点贵族气质,对高深的学问自然疏远,但对一般有用的文化知识还是尊重的。在贵族社会的时代,高深的学问其实也是贵族化的,对贵族化的学问濡染不深的宋太祖,用庶民的智慧来思考,用庶民的办法来解决问题。庶民并非不向往知识文化,但出发点与贵族不同。贵族的学问以"礼"为核心,他们心目中有一套"礼法"原则,既施之于家族,也要求贯彻于国家的政治。这是一种从原则出发的思想方法。庶民则不懂这些"礼法",不从原则出发,而从实用出发来取舍。宋太祖就是一个很精明的实用主义者,南宋有一派功利主义的儒学学说,就十分推崇太祖。从贵族社会向庶民社会的转型,由庶民色彩浓厚的太祖来领导,是合适的。

庶民社会里自然产生庶民的通俗文学,就是戏曲、说唱和白话小说,但其成熟的作品要到元代以后才有,宋代文学中占主导地位的还是传统的诗文,加上很有特色的词。词本来也是通俗文学,在宋人手上却被"雅化",成为与诗文并驾齐驱的文学样式,所以后世经常把文学称为"诗古文词之学",宋代的文学已经形成了这个格局。其作者有一部分受过教育的庶民,但主要是科举出身的士大夫。所以,把北宋社会径称为"庶民社会",可能还是有点问题的,但无论如何,领导阶层即"士大夫"的性质确实发生了显著的变化:本来是由血统决定的贵族士大夫,现在是由考试决定的科举士大夫。因为科举士大夫是政治的中坚,也是文学创作的中坚,所以文学与政治的关系就极其密切。这样的文学与真正的"庶民文学"仍有不小的距离,但其与贵族的文学不同,则毋庸置疑。为了说明的方便,我把北宋九帝分成三个时期:太祖、太宗、真宗为第一段(960—1022),仁、英、神、哲四朝为第二段(1023—1100),徽、钦二宗为第三段(1101—1126),称为前期、中期和后期。以下分别探讨三个时期里文学与政治的关系。

一、北宋前期

刚才说过,宋太祖是一个实用主义者,他为了结束唐末五代军阀割据的局面,而建立了君主独裁的政治体制。这在当时,真可谓"应天顺人"之举。自从"安史之乱"以后的中唐以来,有识之士就抱有这样的政治理想。韩愈在《原道》里讲的:"君者,出令者也;臣,行君之令而致之民者也;民者,出粟米麻丝,作器皿,通货财,以事其上者也。君不出令,则失其所以为君;臣不行君之令而致之民,民不出粟米麻丝,作器皿,通货财,以事其上,则诛。"就是君主独裁的理想蓝图。我们知道,韩愈领导了中唐以来的儒学复古运动和"古文运动",儒学复古运动开启了宋代的"新儒学","古文运动"也被北宋人继承,而他的政治理想,实际上也由宋太祖付诸实施了。不过,宋太祖读书不多,他不知道自己的政治手段跟韩愈有什么关系。宋太宗提倡文治,鼓励儒学,但他脑子里也不会有"新儒学"的概念,他不知道韩愈以来的儒学跟从前的儒学有什么不同。他曾经下命令,把《礼记》的《儒行》篇单独印出来,发给新的进士和在京的官员,要他们照《儒行》篇说的去做。这《儒行》篇主要讲儒者的道德人格、行为规范,没有深入探讨人的本性问题,可以说是传统的儒学。后来宋仁宗发给大家去读的就不一样,那是《礼记》的《中庸》和《大学》两篇,这两篇才是"新儒学"的根据。所以,一直到宋仁宗的时候,皇帝才明白当前的儒学有什么特点,那是后一个时期的事了。在太祖、太宗的时代,虽然他们的政治手段基本上与儒学复古运动对政治的要求相合拍,但并没有按照儒学复古运动的学说来建设新文化的意思。也因此,太祖、太宗对文学并没有特别的看法,只是继承唐代的办法,用诗赋考试录取进士,或者提供经费,招集读书人大规模地编书而已,以为这就是"文治"了,其实是把文学看作太平社会的一种点缀的。但从士大夫的方面来说,新的君主独裁政治给他们发展"新儒学"和"古文运动"提供了条件,使他们觉得有希望按照儒学学说来建设当前的政治和文化。被我们称为"宋初古文运动"代表的那些作家,柳开、王禹偁等,就是这样一批志士。他们明确要求把韩愈的主张付诸实践,政治上要"复古",文章要写古文,其内容要明"道",士人的行为要正直,要依照"道"来立身处事,不肯苟且。由于他们的做法还不被朝廷所理解,因此都不太得志。

　　接着太宗之后的真宗,是一个比较荒唐的皇帝。他在行政上没有父亲和伯父那么干练,却偏偏喜欢指导别人;他好大喜功,想开创繁荣盛世的伟大局面,但临到打仗的时候,却怕得要死。好在他的经济条件比父亲和伯父优越得多,使他可以用钱来办事。他每年把银绢输送到辽国,买得了和平;然后又用财宝买通了手下的宰相,一起作弊,谎称"天书"下降,要他到泰山去"封禅"。"封禅"据说是上古时候伟大的君主做的事,宋真宗要夸耀他的功业,所以乐此不疲。毋庸说,那又是大肆挥霍。上有所好,下有所效,他的臣子们自然也就迎合,天书呀、灵芝呀、瑞草呀,各到各处地"发现"了献上来,其实就是互相欺瞒,用谎话点缀起一个"盛世",《宋史》所谓"一国君臣如病狂然",说得不错。宋真宗本非暴君昏君,他的知识文化修养也使他基本上能够辨别善恶。但缺乏能力而又不肯谦虚,胆小如鼠而又好大喜功,这种性格使他不能与正直的人长久相处。某些时候他也认识到正直的可贵,但又不肯承认自己的错误。所以寇准在他的朝廷里时起时落,其价值一直被认识到,却一直受着疏远。最后逼得寇准自己也去献"天书",才能获得回朝的机会,去对付那些"天书"党。当然,只要真宗不承认错误,寇准是无法成功的,他献"天书"的权宜之计只是给自己的生平染上一个污点。多数的时候,真宗乐意跟王钦若、丁谓等迎合的人在一起。

点缀升平的文学,也就在真宗的时候发展到极致。《宋史》的《儒林传》说,真宗迎天书,"王钦若、陈尧叟、丁谓、杜镐、陈彭年,皆以经义左右附和,由是天下争言符瑞矣"。《刘筠传》说:"是时四方献符瑞,天子方兴礼文之事,筠数上赋颂。"儒学和文学都被用来粉饰谎话的"盛世"。不过,这样的儒学和文学,其具体的作品大致都被历史所淘汰了,流传到今天的却是一部《西昆酬唱集》。于是,"西昆体"就成了反映真宗朝世风和文风的代表。关于"西昆体",目前有些不同的看法。许多人觉得,把"西昆体"当作坏的代表,是不公平的,因为"西昆体"诗文的艺术成就不算低,其作家的人格也有好的。要说公平,确实有些不公平。因为《西昆酬唱集》是十几个文臣在一起编《册府元龟》的时候,互相唱和编成的诗集。这十几个人既不是一个政治集团,也不是一个文学团体,他们聚到一起仅仅因为编《册府元龟》,完全是偶然的聚合。各人的创作风格和政治态度并不一致,其中的丁谓当然是寇准的死对头,但杨亿却是寇准的死党,而张咏更是要"斩(丁)谓头以谢天下"的人。所以,这一部诗集其实不是借以批判真宗朝世风和文风的合适对象,但是,由于它代表了真宗朝馆阁文学的最高水平,也就不得不成了这样的对象。后来石介、欧阳修等人要宣传自己的文学主张,就曾经严厉地攻击"西昆体"和杨亿。实际上,"西昆体"是代替了真宗朝荒唐的世风和文风挨骂。

与此同时,"古文运动"的继承者被冷落在民间,却顽强地存在着。穆修就是这样一个甘于寂寞的古文家,他的作品艺术成就不很高,但他的存在就是一种历史的价值。他在寂寞清贫和受人嘲笑中度过的创作生涯,是唐宋"古文运动"在它发展不利的时代里绵延不绝的见证。

真宗在 1022 年去世,仁宗继位,因为年幼,由刘太后主持朝政近十年,年号为天圣。这天圣年间,可以说是北宋前期与中期的过渡。一方面,朝政基本上延续着真宗的格局,但没有再闹太荒唐的事,另一方面,范仲淹的政治集团中的主要人物都在此时通过科举考试走上了仕途,欧阳修与他的朋友梅尧臣、尹洙在西京(洛阳)留守的幕府里互相唱和,开始了古诗文的创作,而他们的长官正是西昆体作家钱惟演。这一个唱和团体被学者们称为"洛阳幕府文人集团",在文学史上也具有过渡的意义。

二、北宋中期

仁、英、神、哲四朝，是北宋文学最发达的时期。就古文说，有唐宋八大家中的宋六家（欧阳修、王安石、曾巩、三苏）；就诗而言，从梅尧臣到苏轼、黄庭坚，宋诗的特色在此时期内形成；就词而言，苏轼和秦观的作品分别奠定了豪放和婉约两种基本风格。简单来说，欧苏文、苏黄诗、苏秦词，就是宋代文学的基本范式，其形成都在这四朝，所以我概括为一个时期。

在宋代"古文运动"还没有很大声势的时候，宋仁宗就两次下诏，号召臣下写古文；在宋代新儒学还没有代表人物出现的时候，宋仁宗就从《礼记》里挑出了新儒学最重要的理论根据《大学》和《中庸》两篇，印发给臣下去学习。对于还未显露出来的文化发展动向把握得如此准确的皇帝，是很罕见的。在他主持下完善起来的台谏制度，也是太祖以后对于君主独裁制度的最重要的补充。虽然范仲淹在他支持下搞的"庆历新政"由于老臣的反对中途流产，但除了范仲淹本人过早去世外，其政治集团中的主要人物韩琦、富弼、欧阳修、蔡襄等人，都慢慢被仁宗召回，付以重任，在仁宗朝的后期主持了政府。由此可见仁宗在政治上也颇能把握大局。对于当时正在发展中的文化、文学运动来说，仁宗是一个很理想的皇帝。

仁宗朝以欧阳修为代表的文学运动，一般称为"诗文革新运动"，其实，欧阳修是把他们创作的诗文称为"古诗文"的，所以应该改称"诗文复古运动"才较合适。从更大的范围来讲，它是一个以"复古"为口号的文化运动的组成部分，这个文化运动要求以中唐以来儒学复古运动的精神来从政、从学和从事文学创作。范仲淹的政治改革，实际上是把太祖出于实用目的创立起来的政治制度严格地按照"新儒学"的理想进行建设,这当然不可能完美地实现,但他对于宋代文化的最大贡献,是振作了士气,一改从前的迎合粉饰的实用主义的风气,转变为非常高昂的理想主义,按照个人的道德良心和他信奉的学说来进行政治和文化活动。用当时的话讲,就是以"道"自立,壁立千仞,绝不苟合。毋庸说,这也是"诗文复古运动"的精神内核。所以,苏轼对欧阳修有这样的赞美:"自欧阳子出,天下争自濯磨,以通经学古为高,以救时行道为贤,以犯颜纳说为忠,长育成就,至嘉祐末,号称多士,欧阳子之功为多。"

通过欧阳修的努力,"诗文复古"的号召深入人心,得到几乎全体士人的响应,这个运动可以说是取得了全面的成功,而且从此人才辈出,后继有人。苏轼和曾巩是他的学生,王安石尽管不太愿意当学生,但也受过指导,然后黄庭坚和秦观是苏轼的门人,基本上是一个延续的过程。中唐以来的文化运动至此全面地收获其丰硕的果实,而像苏轼这样的文学大家的出现,正是最大的一枚果实。

然而,政局却发生了巨大的变化,就是王安石变法,由此引起的"新旧党争"以惊人的激烈程度一直延续到北宋的灭亡,而几乎所有重要的文学家都卷入了党争。从此以后,北宋文学与政治的关系,其实就是与"新旧党争"的关系。

仁宗没有儿子,在司马光的建议和韩琦的主宰下,仁宗不太情愿地将侄子立为太子,后来继承了帝位,就是宋英宗。英宗统治的时间很短,韩琦和欧阳修几乎主持了一切重要的事务。虽然英宗跟太后(仁宗的妻子)之间出现了不和睦的局面,但内有仁宗的妻子,外有仁宗的心腹重臣,而且英宗自己从旁支入嗣大统,多少有些不安心理(史书记载他对一些元老大臣都不敢直呼其名),

所以仁宗的旧法能够延续不变。等到英宗的儿子宋神宗上台，情况就大不一样了。神宗以先帝的儿子名正言顺地继位，没有什么不安的心理，而且明确表达出改变仁宗旧政、自创一个新局面的愿望。他不再以本朝的祖先为模范，而是号称要学习唐太宗。这个时候来了一个王安石，跟他讲唐太宗也不值得学，应该学尧舜才对。虽然学尧舜令神宗觉得勉为其难，但王安石是当时最明确地"以仁庙为不治之朝"，主张洗刷一新的人物，符合神宗的愿望，所以他听从了安石的教导，起用安石变法。

除了神宗个人方面的原因外，变法也是复古运动发展的一个结果。在范仲淹、欧阳修的那一代，虽然社会风气从实用主义转向了新儒学的理想主义，但这一代人讲儒学，还没有形而上的倾向，而是基于对儒家典籍的一种普泛的理解，主要是就人格道德方面强调正直、忠诚和名节，就学术方面强调一种"通经学古"的态度，就各种事务的处理上强调有利于民生，有利于培养良好的社会风气，如此而已。我们初读儒家典籍的时候，对儒学的内容也就留下这样的印象。在这个程度上讲儒学，不会产生多大的分歧，最多跟和尚、道士争论一下，儒学的内部则是统一的。但当整个社会都"以通经学古为高"，经过了一定的时间后，对典籍的精读深思使不同的理解产生出来，从而形成了"新儒学"的不同流派，在学术上都各有特色，自成一家。这样，有学问的人各人自有一套学说，从形而上学到具体的政论、文论等，体系相当完整，互相很难说服，而且大致都觉得自从孔子、孟子以后，要算自己最懂得"道"的真谛，别人都不懂。从此以后，跟和尚、道士不争了，儒学内部不同学派的争论成了注视的焦点。司马光的涑水学、王安石的新学、三苏的蜀学、二程的洛学、张载的关学，这些学说之间都存在差异，但都认为自己是对的。其中王安石得到了神宗皇帝的支持,所以他的学说能够付诸实施。他根据自己对《周礼》一书的理解,创作了一系列"新法",要朝廷上下严格执行。推行这样的"新法"当然就要改变旧法,所以变法本身就是复古运动发展的结果。新儒学的发展和皇帝对儒学的尊重,使王安石这样的学者型政治家有机会施展他的抱负,他要根据自己的学说来全盘重建政治制度,还要用自己的学说来统一社会文化,其目标就是复兴尧舜三代之治。

然而,在"新儒学"发展的这样一个黄金时代,形成了一家之学的当然不止王安石一人,其他人的学问也很好,由于学术观点跟王安石不同,政治上也不同意"新法",于是发生争论。在争论的情况下无法贯彻"新法",所以神宗和王安石想了一个办法,推出一种叫作"国是"的说法。所谓"国是",就是"国之所是",以国家的名义来肯定的一种正确观点、正确路线。其来源出于先秦的法家,但汉代以来很少人提起,此时重提"国是",为的是统一思想,以便推行"新法"。这"国是"的说法一经出现,范仲淹、欧阳修以来的理想主义风尚就开始被改变。因为"国是"虽然是由皇帝来确定的,但一经确定,就具有很高的地位,不要说普通的人,连政府和皇帝本人也必须遵守,有点像今天的宪法。这实际上是一种新的原则主义。六朝隋唐以贵族"礼法"为内容的原则主义被复古运动破除,倡导了独立自由的思想方法,而宋太祖则以实用的智慧创建了君主独裁体制,实用主义在真宗朝变得堕落,于是以范仲淹为首的书生型政治家倡导起理想主义的风尚,振兴了复古运动,至王安石的时代,复古运动有了学术上的成果,他执政后,就根据他的学术观点来建立新的原则主义。历史上,如果某种思想运动取得政治上的成功,结果往往如此。

神宗和王安石的"国是",就是"新法"和"新学"。"新法"据说全是根据《周礼》引申出来的，实际上主要是一系列经济措施，现实的目的是要增加政府的收入。"新学"的内容则是《三经新义》和《字说》，就是王安石和他儿子、学生注释的儒家经典，及他的一部文字学著作，当时被规定为科举考试的正确答案。因为与科举相联系，"新学"当然就风靡全国。但也因为这种"唯一正确"的思想的存在，使王安石以外的本来各自不同的学派因为反对这个"国是"而表面上统一起来，在政治上也就产生了对立的党派。我们把王安石的党派叫"新法党"，反对他的党派叫"旧法党"，简称"新党"和"旧党"。这"新旧党争"就是北宋神宗朝以后政治界的主要内容。神宗朝是新党执政，此后的哲宗朝则分为元祐期和绍圣、元符期，元祐期是旧党执政，绍圣、元符期是新党重新执政。相对于宗旨明确的新党来说，旧党其实是乌合之众，并不是一个统一的党派，在旧党执政的元祐时期，旧党内部的争论也非常激烈。所以旧党人虽多，但终究敌不过新党。新旧党争总以新党占优势的时间为多。

由于两党交替执政，按理"国是"也要交替变化。不过旧党没有什么确定的"国是"可言，不像新党那样有"新法"和"新学"做确定不移的"国是"，而且旧党中有人根本不赞成"国是"的说法，所以"国是"之说几乎是新党所专有的。"国是"论虽由神宗和王安石提出，其最兴盛的时期却不是神宗朝，而是哲宗朝的绍圣、元符期，力主"国是"的大臣就是王安石的女婿蔡卞。蔡卞并不是新党中地位最高的，但后来以批判"新学"闻名的陈瓘却认定蔡卞是主谋，就是因为蔡卞把王安石的原则主义推向了高峰，不但《三经新义》和《字说》成了儒学的唯一正确的解释，而且王安石的遗像也被供奉到孔庙里，塑在孔子的身边，而其他各家的学说则被判定为"曲学"、"邪说"，遭到禁止。作为王安石的女婿，蔡卞本人又俨然成为"新学"的权威学者,连新党中最强硬的宰相章惇也说,他只是主持政事,理论方面的问题不太懂,要问蔡卞。北宋的复古运动经过仁宗朝的理想主义,和神、哲二朝的党争,发展到此时,出现了通过国家权力进行专断的局面,禁止各种异说,就剩下蔡卞这么一个"权威",及其主张的"国是"。

无论"国是"的内容为何,对于文学来说,"国是"是有害的东西。正像苏轼说的,"国是"专断的结果,是遍地黄茅白苇。因为文学是需要自由思想和独立个性的,而"国是"论则扼杀了自由思想和独立个性。不过,具体就新法、新学、新党来说,则新法既非没有成就,新学也有其独到之处,而新党亦非没有文学。那些在"国是"底下讨生活的黄茅白苇可以不论,但当初参与创建这个"国是"的人却很有思想和个性,因为"国是"本身也来源于独立的一家之学。对于新党的文学,目前的研究很不够,除了王安石外,其他作家几乎都没研究。像吕惠卿在当时号称能写文章,只是作品很少留存下来,但陆佃和李清臣则有较多作品留存,可以研究。当然,新党占优势是在政治上,文学的主流则在旧党,自有所谓"国是"以后,最杰出的文学家,其创作生涯必然是坚持文学的独立与自由,与"国是"作斗争的生涯。苏轼的一生,就是这样度过的。他去世的那一年,正好是宋徽宗建中靖国元年(1101),即北宋后期的开始。

三、北宋后期

北宋的最后二十几年是宋徽宗和宋钦宗统治的时期。不过钦宗只有最后一年,主要是徽宗的统治。在徽宗上台的第一年,即建中靖国元年,"国是"未定。因为哲宗后期主持政府的新党宰相章惇在徽宗的继位问题上曾持反对态度,所以徽宗继位后发起了批判章惇的政治运动，借着深入揭批章惇"罪行"的机会，旧党的人想推倒新党，重新执政。当时连章惇的儿子也相信苏轼将要回朝当宰相了，朝中也确实有人为苏轼的入相而努力。然而，支持徽宗上台的曾布是个新党中的温和派，他主张将新旧两党的代表人物都排斥不用，所谓"左不用京卞，右不用轼辙"，就是新党的蔡京、蔡卞兄弟，旧党的苏轼、苏辙兄弟都不用，这就叫"建中靖国"。苏轼从海南岛北归，路上听到这个消息，就停在常州，不去京城了，同年他就在常州去世；而蔡京却不放弃努力，他与宦官童贯建立了密切的关系，通过童贯的介绍而得到徽宗的赏爱，然后回朝执政，破除了所谓"建中靖国"之政，再一次把"国是"确立起来，年号也改为"崇宁"，即尊崇神宗的熙宁新政。

蔡京是"国是"论权威蔡卞的哥哥，可是两人很不相同。蔡卞是原则主义者，一切从王安石的学说出发来处理问题，虽然专断，却自有其立场，像勾结宦官这样的事情，在蔡卞的原则中也是不允许的，他后来也因为反对童贯而罢官；蔡京则不然，他有点不择手段，长期的党争锻炼了他对政治的一种明智的洞察力，知道原则本身靠不住，可以被人改变，关键是要使自己永远立于不败之地，牢固地掌握权力，才可以利用原则来统治国家，而如何使自己能够掌握权力，则要施展灵活的手段，自己并不被原则束缚。王安石、蔡卞建立起来的原则主义，到蔡京手上又变为实用主义，但在北宋的新旧党争中，蔡京把持政局的时间最长，新党对旧党的压倒优势也最显著，新法和新学的"国是"也被确立得最为牢固，正是这个实用主义者使王安石、蔡卞的原则获得了政治上最大的胜利。在蔡京的主持下，专门成立一个叫做"讲议司"的机构，追究元祐旧党的"罪行"，然后公布名单，刻碑宣示天下，即所谓"元祐奸党碑"，碑中列名的人，其子孙永远不许进入京城。苏轼、黄庭坚等人的文集被烧毁，不许天下人阅读。又大规模地举办公费的学校，教授《三经新义》和《字说》，还企图废除科举考试，根据学校的成绩来录取官员。由于当时写诗的人多受苏轼、黄庭坚的影响，朝廷还曾发出禁止写诗的荒唐命令。

徽宗的性格跟神宗、哲宗也不同，倒跟真宗相像：能力不强却自以为是，没有建立功业却想做盛世的伟大君主。蔡京看出他的弱点，就尽量满足他的虚荣心。真宗用天书和封禅装点的"盛世"是明显的谎话，蔡京却不是靠说谎，他用王安石那些增加政府收入的新法，变本加厉地施行，把国家的财富全部集中到京城，以全国各地的民不聊生为代价，换得东京（开封府）的极度繁华，这种繁华令身处京城的人都感到当今是空前的太平盛世。徽宗朝京城与地方的荣枯差异，读过《水浒传》的人一定有深切体会，但中国之大，使"聚敛"政策能造就的都市繁荣，程度确定惊人，令读过《东京梦华录》的人不免神望怀想那样的盛世。既是盛世，就要有盛世的气派，蔡京就提出"丰亨豫大"之说。丰和豫是《周易》的卦名，亨是丰卦的卦词，大是豫卦九四的爻词，大致是丰富通达安泰盛大之意，就是不要寒酸节俭，要搞大排场。于是铸九鼎、建明堂、制八玺、作大晟乐、堆艮岳、修礼书、兴学校，竭尽国家的财力来铺排，据说这就是"制礼作乐"，一切都有《周礼》作根据，当时谓之"一部《周礼》，行之殆遍"。日常生活上也鼓励奢侈，倡导享受。中国有正月十五元宵观灯的习俗，但徽宗时东京的灯会则从前一年的十二月十五就开始，叫作"预赏"，一直延续到新年的元宵以后。繁华的景象充分地满足了徽宗的虚荣心，使他相信自己确实创建了三代以来最大的盛世。他喜欢书画，会写一手好字，蔡京为了钳制异论，有意破坏政府的传统规矩，让徽宗亲笔写诏书，不经政府批准，一切以"御笔手诏"为准。徽宗大概也喜欢写字,于是"御笔手诏"代替了政府的正式文件,发布全国。但他一个人来不及写,就组织和扩大一个叫作"尚书内省"的秘书班子,这"尚书内省"分为司治、司教、司仪、司政、司宪、司膳六司,分别对应政府的吏、户、礼、兵、刑、工六省,处理六省上奏的文书,拟定指示,由徽宗押章,就作为"御笔"。这个"御笔"工厂一般的尚书内省置在皇宫里,其成员都由宫女组成。"御笔"政治的恶性发展产生了奇怪的结果,有关国家事务的处理指示实际上由尚书内省的宫女拟定,这批宫女成了国家的真正宰相,蔡京对此也无可奈何了。

"盛世"当然有"盛世"的文学。依照新党的文化政策,取消诗赋,写文章专用新学的"三经义",这是后来"八股文"的雏形。但新学理论在"经义"文中并无发展,何况读书人都去搞经学,起草四六骈体的朝廷公文就缺乏能手了,于是另设一个"词学科",录取章表奏启方面擅长的人才。这"词学科"的设置对宋代四六文的发展起了很大的影响,而且到南宋后也一直延续。不过"经义"文章和四六骈文都不是宋代文章的主流,旧党人物晁说之曾批判新党的文化政策造成了"三经之外无义理,扇对之外无文章"的局面,就是说诗和古文被排斥了。那是因为写诗和古文的人往往受苏轼、黄庭坚的影响,所以遭到排斥。相对来说,词却受到优容,既然"制礼作乐",歌词是必定需要的,所以词的一体特别获得发展,有所谓"大晟词派",内容多是歌颂太平盛世的,但新的曲调创建了很多。"大晟词派"中也出现了词的大家周邦彦,他在政治上无疑是属于新党的,但他的词作没有用来议政,跟政治关系不大。

徽宗朝真正重要的文学是处在政治迫害之中,流落民间或处于州县低级职位上的"元祐党人"及其后辈的文学。黄庭坚的最后几年是在徽宗朝度过的,苏辙、晁补之、张耒等人则还存在相当一段时间,他们去世后,弟子门生仍延续着"苏门"的文学事业,坚持着诗文创作,而且明确宣称自己是苏轼、黄庭坚的继承者。实际上,不但是文学,徽宗朝整体的文化都可以剖分成"在朝"和"在野"的两部分。在朝的文化以新学、新法为宗旨,在野的文化则是"元祐学术"的继承。所谓"元祐学术",按现代的学科话语来说,就是二程的哲学、司马光的史学和苏黄的文学。继承和同情"元祐学术"的人都没有机会进入朝廷,但他们在社会上互相联络,互相认同,形成了一种社会关系,叫作"师友渊源",以师生和朋友的关系来传播学术,交流意见,互相促进。这些人里面,大概吕本中有点像个领袖的样子,他被推崇为当时最优秀的诗人之一,还画了一卷《江西宗派图》,把继承黄庭坚写诗方法的人归纳为"江西诗派",而且他明确指出文学创作应该以欧苏文和苏黄诗为学习的对象。

徽宗朝这种在野的文学虽然是因为旧党在党争中失利所造成的,但它使宋代文学事业的主要承担者发生了巨大的变化,从庙堂转向了民间。从王禹偁、杨亿、晏殊到欧阳修、王安石、苏轼,文学界的领袖人物都是朝廷的名公巨卿,而从北宋末延续到南宋的江西派,及后来的四灵、江湖诗人、遗民诗人等,都托根于民间意义上的文坛,文学的重心与庙堂疏离开来,自以其"师友渊源"的方式传承和发展。就朝廷的方面来说,是复古运动的衰息,就整个国家的范围来说,则是复古运动的观念已经普及、深入到民间,不再是杰出人物的特别主张,而成为一般知识人的常识了。文学的重心从庙堂转向民间的文坛,也是庶民文化兴起以后必然的结果吧,可是这个结果却是经历了北宋文学与政治发生关系的复杂多变的过程后,终于在北宋的最后二十几年内开始出现的。

附录:作者与本书内容相关的论文目录

　　本书各章节,多数曾以论文形式发表于各书刊,编入本书时,虽经过不同程度修改,但理应交代最初发表之处,兼对这些书刊的主事单位,以及重版本书的中华书局,表示衷心的感谢!

第一章

第二节,《关于"文以载道"》,台湾成功大学《宋代文学研究丛刊》第 3 辑,1997 年。

第二章

第一节,《中唐儒学所谓"尧舜之道"》,台湾《孔孟月刊》第 37 卷第 12 期,1999 年。

第二节,《"太学体"及其周边诸问题》,《文学遗产》2007 年第 5 期。

第三节,《北宋"险怪"文风:古文运动的另一翼》,《中国社会科学》2010 年第 1 期。

第四节,《从"周程、欧苏之裂"说起——宋代思想史视野下的文学家研究》,《思想史研究》第四辑《欧阳修与宋代士大夫》,上海人民出版社,2007 年。

第三章

第一节,《"神童"时代(上):杨亿》,四川大学《新国学》第七卷,巴蜀书社,2008 年。

第三节,《"日常化"的意义及其局限——以欧阳修为中心》,《文学遗产》2013 年第 2 期。

第四节,《士大夫文化的两种模式——〈虔州学记〉与〈南安军学记〉》,《江海学刊》2007 年第 3 期。

第五节,《从个人唱和到群体表达——北宋非集会同题写作现象论析》,《江海学刊》2012 年第 3 期。

第六节,《从"先忧后乐"到"箪食瓢饮"——北宋士大夫心态之转变》,《文学遗产》2009 年第 2 期。

第四章

第一节,《北宋贤良进卷考论》,《中华文史论丛》第 93 辑,2009 年 3 月。

第二节,《论二苏贤良进卷》,《中国古代文章学的衍化与异形》,复旦大学出版社 2014 年 9 月。

第三节,《李清臣の賢良進卷について》,日本宋代诗文研究会《橄榄》第 11 辑,2002 年。

第四节,《论秦观贤良进策》,《新宋学》第 1 辑,上海辞书出版社,2001 年。

第五章

第一节,《苏辙散文的基本风格与晚年变化》,《第六届宋代文学国际研讨会论文集》,巴蜀书社,2011 年。

第二节,《天は思うところがあり蘇轍一人をこの世に残した——蘇轍晚年の事跡考弁》,日本神户大学《未名》第 22 号,2004 年。

第三节,《活计无多子,文章自一家——论苏辙晚年散文兼谈"元祐体"》,《朱东润先生诞辰一百一十周年纪念文集》,上海古籍出版社,2006年。

第四节,《吕本中政和三年帖与宋代文学整体观》,《首届宋代文学国际研讨会论文集》,复旦大学出版社,2001年。